대여금고

The Safe-Deposit Box

대여금고

그렉 이건 지음 · 김상훈 옮김

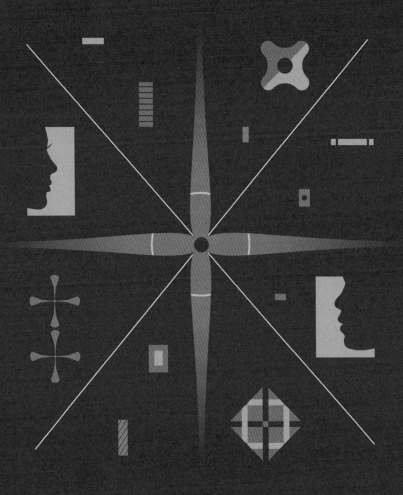

Greg Egan

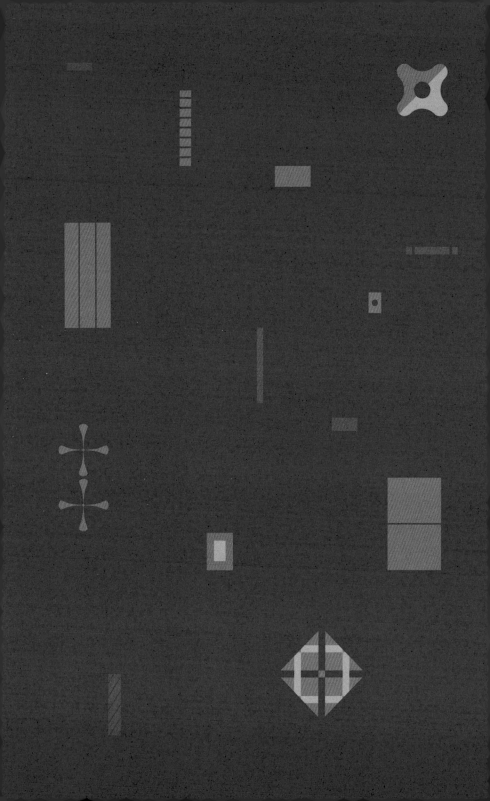

contents

1

유괴

A Kidnapping

보통 내게 걸려 오는 영상 전화는 사무실의 고성능 소프트웨어로 먼저 연결되지만, 이번 통화는 아무 예고도 없이 갑자기 시작됐다. 내가 앉아 있는 책상 너머 벽에 걸린 7미터 높이의 거대한 스크린에서 내가 감상하고 있던 작품—'스펙트럼 밀도'라는 제목의, 크라이스치히의 현란한 추상 애니메이션—이 갑자기 사라지더니, 별 특징 없는 젊은 사내의 얼굴로 대체되었던 것이다.

그 얼굴을 보자마자 가면 프로그램, 즉 시뮬레이션일지도 모른다는 생각이 떠올랐다. 사내의 이목구비는 평범했고, 부드러워 보이는 갈색 머리카락, 연한 푸른색 눈, 얇은 콧잔등, 각진 턱 따위에서도 딱히 이상하다는 느낌은 받지 않았다. 그러나 얼굴 전체를 볼 경우, 살아 있는 사람이라고 하기에는 너무나도 대칭적이었다. 잡티 하나 찾아볼 수 없는 데다가, 너무나도 몰개성적이라고나 할까. 영상의 배경에서는 육각형의 알록달록한 모조 도자기 재질 타일들이 벽지 위를 부유하고 있었다. 무미건조하기 짝이 없는 이 복고풍 기하학적 무늬와의 대비를 통해 사내의 얼굴 쪽을 자연스럽게 보이게 하려는 속셈인 듯하다. 나의 이 모든 판단은 순간적인 것이었다. 영상은 화랑 바닥에서 천장까지 내 키의 네 배에 달하는 높이까지 확대되어 있었으므로, 나의 가차 없는 관찰에 노출될 수밖에 없었다.

'젊은 사내'가 말했다. "우리는 / 당신 아내를 데리고 있어 / 50만 달러를 / 이 계좌에 / 입금해 / 당신 아내가 / 고통받는 걸 / 보고 싶지 않으면." 내 귀에는 이런 식으로밖에는 들리지 않았다. 단어 하나하나를 또렷또렷하게 발음하는 부자연스러운 말투 탓에, 전체적으로는 구제 불능일 정도로 힙한 공연 예술가 나부랭이가 형편없는 시를 낭독하고 있는 듯한 느낌이다. '몸값 요구'라는 제목의 시를 말이다. 가면 프로그램이 말하는 동안 16자리 숫자로 이루어진 계좌 번호가 스크린 아래쪽에서 깜박였다.

나는 말했다. "개소리하지 마. 하나도 안 웃겨."

화면에서 가면이 사라지더니 로레인이 나타났다. 머리가 헝클어지고 얼굴에 홍조를 띤 탓에 마치 방금 누군가와 몸싸움을 하고 온 듯한 몰골이었다. 그러나 당황하거나 히스테리에 빠진 느낌은 아니었고, 꿋꿋하게 자제심을 유지하고 있었다. 나는 스크린을 빤히 응시했다. 방 전체가 휘청하며 흔들리고, 양팔과 가슴에서 식은땀이 솟구치더니, 몇 초 뒤에는 숫제 줄줄 흘러내리기 시작했다.

로레인이 말했다. "데이비드, 난 괜찮아. 이 사람들은 날 해치지는 않았어, 하지만…"

통화가 끊겼다.

잠시 동안 나는 아무 일도 하지 못하고 땀에 젖은 채로 멍하게 의자에 앉아 있었다. 너무 어지러워서 근육 하나 까딱할 엄두가 나지 않았다. 조금 뒤에야 겨우 사무 소프트웨어를 향해 말했다. "방금 통화를 재생해 봐." '오늘 받으신 전화가 없습니다'라는 부정적인 대답이 돌아올 것을 기대했지만, 내 예상은 틀렸다. 다시 모든 것이 반복되었다.

"우리는 당신 아내를 데리고 있어…"

"개소리하지 마…"

"데이비드, 난 괜찮아…"

나는 소프트웨어에게 말했다. "집으로 전화해." 왜 그랬는지는 나도 모르겠다. 내가 뭘 확신했고, 뭘 기대했는지도 갈피를 잡을 수 없었다. 반사적인 행동이었는지도 모르겠다. 높은 곳에서 추락했을 때, 닿지 않을 것임을 뻔히 알면서도 뭐든 붙잡으려고 무작정 팔을 허우적거리는 것처럼 말이다.

책상에 앉아 호출음에 귀를 기울이며 생각했다. 어떻게든 해결할 수 있어. 로레인은 무사히 돌아올 거야. 놈들이 요구하는 돈만 주면 그만이잖아. 하나씩 차근차근 단계를 밟아 해결한다면, 끝에 가서 모든 문제는 반드시 풀리기 마련이야. 설령 해결에 이르는 순간 하나하나가 결코 넘을 수 없는 심연처럼 보인다고 해도 말이다.

호출음이 일곱 번까지 울리자 나는 며칠 동안 한숨도 자지 않고 이 책상 앞에 앉아 있었던 듯한 기분을 느꼈다. 무감각하게, 힘없이, 현실에서 괴리된 상태로.

다음 순간 로레인이 영상통화를 받았다. 로레인 뒤로는 그녀의 아틀리에가 보였고, 벽에는 낯익은 목탄화들이 걸려 있었다. 입을 열어 말하려고 했지만 목소리가 나오지 않았다.

조금 짜증스러웠던 로레인의 표정이 불안한 쪽으로 바뀌었다. "데이비드? 표정이 왜 그래? 심장마비라도 일으킨 것 같잖아."

몇 초가 흐른 뒤에도 나는 대답할 수가 없었다. 어떤 면에서는 단지 안도하고 있었고, 다른 한편으로는 내가 그렇게 쉽게 속아 넘어갔다는 사실에 겸연쩍어하고 있었다… 그러나 그와 동시에, 또 다른 반전이 찾아올 가능성에 대비해서 숨을 죽이고 있다는 사실을 자각하고 있었다. 이 사무실의 전화 시스템이 해킹으로 뚫린 마당에, 이 통화가 진짜 우리 집에 연결되었다는 보장이 어디 있단 말인가? 지금 로레인은 무사히 자기 아틀리에에 있는 것처럼 보이지만, 유괴범들에게 잡힌 로레인의 모습 역시 이와 똑같을 정도로 진짜 같지 않았는가? 지금 화면 속에서 나를 보고 있는 저 '여자'는 금방이라도 연기를 멈추고 냉담하게 예의 대사를 되풀이할지도 모른다. "우리는 당신 아내를 데리고 있어…"

그런 일은 일어나지 않았다. 그래서 나는 마음을 추스르고 진짜 로레인에게 방금 내가 무슨 일을 당했는지를 알렸다.

돌이켜 생각해 보니 속은 것이 되레 민망할 정도로 뻔하고 속 보이는 술책이었다. 일부러 부자연스럽게 보이도록 만든 가면 같은 얼굴을 보인 직후 세부까지 진짜 같은 영상이 튀어나오면, 앞뒤 영상의 차이가 너무나도 확연한 탓에 미처 내 눈을 의심할 생각조차 하지 못하도록 유도한 것이다. 아니, 저건 누가 봐도 CG로 만든 시뮬레이션이잖아! (잘난 척하는 전문가는 단박에 이렇게 간파한다.) 따라서 (천배는 더 사실적인) 다음 영상은 실물임이 틀림없어. 이런 식으로 말이다. 유치한 트릭이지만, 나는 거기 깜박 속아 넘어갔던 것이다. 물론 잠시 동안만 그랬을 뿐이지만 나를 동요시키기에는 충분히 긴 시간이었다.

범행 수법이 밝혀졌으나 범행 동기는 여전히 오리무중이었다. 어딘가의 미친놈이 농담 삼아 그랬던 것일까? 그러나 농담치고는 너무 공들였다는 느낌을 지울 수 없었다. 고작 60초 동안 내가 공황 상태에 빠져 식은땀을 흘리는 광경을 구경하려고 누가 그런 짓을 한단 말인가. 그러나 장난이 아니라 정말로 돈을 갈취하는 것이 목적이었다면… 범인은 도대체 어떻게 그럴 작정이었을까? 설마 내가 그 자리에서 제꺽 돈을 송금할 거라고 생각했던 것일까? 최초의 충격이 가시기도 전에, 로레인의 영상이 실물 같아 보이더라도 실제로는 아무런 증거도 되지 않는다는 사실에 생각이 미치기도 전에? 그게 사실이라면, 범인은 영상통화를 끊지 않고 당장이라도 로레인을 해칠 것처럼 나를 위협했어야 했다. 쉴 새 없이 나를 몰아붙여서 의구심을 느낀다거나 미심쩍은 점을 확인할 기회조차도 주지 않는 식으로 말이다.

어느 쪽의 가설도 아귀가 맞지 않았다.

나는 협박 영상을 재생해서 로레인에게 보여줬지만 그녀는 그리 심각하게 받아들이는 투가 아니었다.

"최신 기술을 썼다고 해도 장난 전화는 그냥 장난 전화일 뿐이야. 우리 오빠가 10살 때 친구들한테 허세를 부리려고 아무 번호에나 전화를 걸어댔던 게 기억나네. 그래서 누가 그 전화를 받으면 자기 딴에는 여자 목소리라고 들릴 거라고 생각했는지 고음의 목소리를 내면서 나 지금 윤간당할 것 같으니 살려달라고 소리쳤던 거야. 내가 그런 행동이 악취미인 데다가 지극히 치기 어린 짓이라고 느꼈다는 건 말할 나위도 없어. 당시 난 8살이었지. 하지만 전화 주위에 앉아 있던 오빠 친구들은 미치겠다면서 폭소를 터뜨리더군. 이건 누군가가 30년 뒤에 우리 오빠하고 똑같은 짓을 한 결과야."

"진심으로 하는 소리야? 10살배기 남자애들이 2만 달러나 하는 영상 합성 장치 따위를 갖고 있을 리가…"

"갖고 있을 리가 없다고? 그런 애들은 충분히 있을 수 있어. 40살이나 먹은 남자들 중에도 이와 비슷하게 세련된 유머 감각을 가진 작자들이 있을지도 모르고."

"맞아. 40살 먹은 사이코패스가 있을지도 모르지. 당신 얼굴을 정확하게 알고, 우리 집하고 내 직장 주소까지 알고 있는…"

우리는 거의 20분 가까이 대화했지만 그 협박 전화의 목적이 무엇인지, 또 그것에 어떻게 대처해야 하는지에 대해서도 의견 일치를 보지 못했다. 로레인은 중단된 작업을 빨리 계속하고 싶어서 조급해하는 눈치였기 때문에 나는 마지못해 전화를 끊었다.

그러나 내 상태는 최악이었다. 어차피 오후에는 일이 손에 잡히지 않을 것이 뻔했기에 화랑 문을 닫고 귀가하기로 했다.

출발하기 전에 경찰에 전화를 걸었다. 로레인은 찬성하지 않았지만, 단지 이렇게 말했을 뿐이었다. "그 전화를 받은 건 당신이지 내가 아냐. 경찰에 신고해 봤자 피차 시간 낭비일 게 뻔하지만, 당신이 정 그래야겠다면야 어쩔 수 없지."

내가 건 영상통화는 통신 범죄과의 니콜슨 형사에게 연결되었고, 나는 그에게 녹화된 영상을 보여주었다. 니콜슨은 친절하게 상담에 응했지만 현시점에서 자신이 할 수 있는 일은 별로 없다고 잘라 말했다. 범죄행위가 있었던 것은 부인할 길이 없는 사실이고, 장난임이 금세 들통났다고는 해도 몸값 요구는 중대한 범법 행위지만, 범인을 특정하는 것은 사실상 불가능하다는 얘기였다. 설령 범인이 제시한 계좌 번호가 정말로 본인 것이라고 해도 번호 앞자리로 미루어 볼 때 〈궤도〉 소속 은행의 고유 번호였고, 이 은행은 계좌 소유자의 신원을 밝히기를 거부할 게 뻔하다고 했다. 통신 회사에 해당 통화를 역탐지해 달라고 내가 직접 요청하는 방법이 있긴 했지만, 신호가 〈궤도〉 소속 국가를 경유해서 왔다면(십중팔구 그랬을 것이다) 더 이상의 추적은 불가능하다. 지구 궤도상의 인공위성을 통해 금전이나 데이터를 교환하는 행위를 금지하는 국제조약의 초안은 이미 10여 년 전에 상정되었지만 여지껏 비준되지 않았다. 준합법적인 〈궤도〉 경제에 접속함으로써 누릴 수 있는 여러 이점을 포기할 여유를 가진 국가는 거의 없기 때문일 것이다.

니콜슨은 혹시 내게 원한을 품을 사람이 없는지 물었지만 누군가를 콕 집어내는 것은 불가능했다. 몇 년 동안 지금 맡고 있는 비즈니스에 종사하면서 나는 크고 작은 다툼에 휘말렸다. 대부분 자기가 받은 대우에 불만을 느끼고 자기 작품을 다른 화랑으로 가져간 예술가들과의 다툼이었다. 그러나 그런 인물 중에 단지 내게 복수하기 위해 이토록 악의적인, 그러나 본질적으로는 치졸한 행위에 에너지를 낭비할 사람이 있다고는 도저히 상상하기 힘들었다.

니콜슨은 마지막으로 질문 하나를 했다. "아내 되시는 분은 한 번이라도 스캔을 받은 적이 있습니까?"

나는 웃음을 터뜨렸다. "설마요. 컴퓨터라면 학을 떼는 성격인데요. 설령 스캔 비용이 지금보다 1,000분의 1로 줄어들어서 전 세계의 모든 사람이 스캔을 받을 수 있게 되더라도, 로레인은 마지막까지 스캔을 거부할 겁니다."

"그랬군요. 흐음, 협력해 주셔서 감사합니다. 혹시 그런 일이 또 일어난다면 부담 갖지 마시고 즉시 연락해 주십쇼."

니콜슨이 전화를 끊은 후 나는 중요한 질문을 빼먹고 하지 않았다는 사실을 깨달았다. "만약 로레인이 스캔을 받은 적이 있다면 뭐가 달라집니까? 그게 이번 사건과 무슨 관련이 있죠? 설마 개인의 스캔 정보까지 해커들에게 뚫린 적이 있는 겁니까?"

그런 생각만으로도 불안이 몰려왔지만, 설령 그것이 사실이라고 해도 나에게 온 장난 전화와는 아무런 관계도 없다. 누군가가 악용하기 딱 좋은, 컴퓨터 데이터로 변환된 로레인의 묘사 따위는 애당초 존재하지 않기 때문이다. 따라서 범인들이 어떤 방법을 써서 그녀의 모습을 재현했든 간에 그 기반이 된 데이터 자체는 전혀 다른 수단을 통해 입수한 것이 틀림없다.

자동 주행 장치를 끈 채로 차를 직접 몰아 집으로 향했다. 나는 다섯 번에 걸쳐 제한 속도를 (살짝) 위반했고, 그럴 때마다 계기판 디스플레이 화면에 떠오른 벌금 액수가 올라가는 광경을 응시했다. 마침내 차가 선언했다. "한 번 더 교통 법규를 위반하면 면허가 정지됩니다."

차고에서 직접 아틀리에로 갔다. 당연히 로레인은 그곳에 있었다. 나는 문간에 서서 스케치에 몰두하고 있는 그녀를 말없이 바라보았다. 뭘 그리고 있는지는 알 수 없었지만 또 목탄을 쓰고 있다. 나는 아내의 이런 시대착오적인 수법을 곧잘 놀림거리로 삼곤 했다.

"왜 결점이 뚜렷한 전통적 재료를 그렇게까지 존중하는 거야? 물론 과거의 화가들은 달리 선택의 여지가 없어서 그런 거지만, 당신은 왜 그렇게까지 목탄을 고집하는 거지? 종이에 목탄으로 그림을 그리거나 캔버스에 유화 물감을 칠하는 게 그렇게 경이로운 효과를 낸다면, 그 경이로운 느낌을 적당한 가상 예술 소프트웨어에 입력해서 그보다 두 배는 더 멋진 당신만의 가상 재료를 생성할 수도 있잖아?"

로레인은 단지 이렇게 대답했을 뿐이었다. "이게 내 방식이고, 난 이게 좋고, 이게 익숙해. 게다가 이걸 쓴다고 무슨 폐가 되는 것도 아니잖아?"

그녀의 작업을 방해하고 싶지는 않았지만, 그대로 내버려 둔 채 나오고 싶지도 않았다. 내가 여전히 문간에 서 있는 것을 눈치챘더라도 그녀는 아무 내색도 하지 않았다. 나는 우두커니 서서 속으로 말했다. 난 정말 당신을 사랑해. 사랑할 뿐만 아니라 진심으로 존경해. 당신은 상황이 어떻든 간에 결코 냉정함을 잃지 않았고…

그러자 퍼뜩 이런 생각이 떠올랐다. 상황이라니, 어떤 상황? 유괴범들의 강요로 카메라 앞에 서야 하는 상황? 그런 일은 실제로는 일어난 적이 없지 않은가.

그렇기는 하지만… 나는 로레인을 잘 알고, 만에 하나 그녀가 실제로 그런 일을 당하더라도 결코 흐트러진 모습을 보이지 않고 평정을 유지하리라는 것을 확신할 수 있었다. 설령 내가 아내의 이런 장점을 새삼 재인식하게 된 이유가 아무리 기괴하다고 해도 말이다.

내가 등을 돌려 떠나려고 하자 로레인이 말했다. "그냥 있어도 돼. 당신이 보고 있어도 신경 쓰이지 않아."

나는 어질러진 아틀리에 안으로 걸어 들어갔다. 아까 있었던 화랑의 동굴처럼 휑하고 황량한 공간에 비하면 그야말로 아늑한 우리 집이라는 느낌이다.

"뭘 그리고 있어?"

로레인은 이젤 옆으로 비켜섰다. 스케치는 완성 직전이었다. 한 여성이 주먹 쥔 손을 입가에 대고 내 쪽을 정면으로 응시하고 있다. 불안하면서도 매료된 듯한 표정. 마치 최면적이고, 자극적이고, 엄청난 동요를 유발하는 무엇인가를 빤히 바라보고 있는 듯한 느낌이다.

나는 눈을 가늘게 뜨고 그림을 응시했다. "이건 당신이지? 자화상이야?" 로레인과 닮았다는 사실을 눈치채기까지는 조금 시간이 걸렸고, 지금도 뚜렷한 확신이 있는 것은 아니었지만 말이다.

그러나 로레인은 말했다. "응. 내가 맞아."

"이 그림에서 당신이 보고 있는 게 뭔지 물어봐도 될까?"

그녀는 어깨를 으쓱했다. "글쎄. 작업 중인 작품? 자화상을 그리던 중에 그 광경을 목격당한 예술가의 초상일 수도 있겠고."

"그렇다면 카메라하고 평면 스크린을 써서 작업해 보면 어때? 양식화樣式化 소프트웨어를 프로그래밍해서 당신의 합성 영상을 송출하고 당신은 그걸 보면서 반응하는 식으로 말이야."

로레인은 재미있다는 듯한 표정으로 설레설레 고개를 저었다. "그러고 싶으면 액자에 거울을 끼우면 끝이잖아. 왜 그렇게까지 수고를 해야 돼?"

"거울이라고? 관람객들은 예술가가 비밀을 폭로당하는 걸 보고 싶어 하지 자기 모습을 보고 싶어 하지는 않아."

나는 어질러진 아틀리에를 가로질러 로레인에게 간 다음 입을 맞췄지만, 로레인은 거의 반응을 보이지 않았다. 나는 다정하게 말했다. "당신이 무사해서 정말 다행이야."

"나도 동감이야. 그러니까 걱정 안 해도 돼. 앞으로도 납치 따윈 절대 안 당할 거야. 당신이 내 몸값을 지불하기도 전에 심장 발작을 일으키리라는 걸 알았으니까 말이야."

나는 아내의 입술에 손가락을 갖다 댔다. "농담이 아냐. 난 정말로 공포에 떨었다고. 상상이 안 돼? 범인들이 당신한테 무슨 짓을 할지 모르는 상황이었어. 당신을 고문할지도 모른다고 생각했지."

"어떻게? 부두교 주술을 써서?" 로레인은 내 품에서 빠져나와 작업대 쪽으로 걸어갔다. 그 위쪽 벽은 그녀의 스케치화로 뒤덮여 있었다. 그녀 말로는 '교훈을 얻기 위해' 일부러 전시해 둔 '실패작'들이었다.

로레인은 작업대 위에 있던 페이퍼 나이프를 집어 들고 스케치화

하나에 X자를 그었다. 오래전에 그린 자화상이었고 내가 정말로 좋아하던 그림이었다.

그런 다음 그녀는 나를 돌아보더니 짐짓 놀란 어조로 말했다. "어머, 하나도 안 아프잖아."

나는 밤이 깊을 때까지 얘기를 꺼내고 싶은 것을 참았다. 로레인과 나는 거실 난로 앞에서 서로 몸을 기대고 앉아 있었다. 침대로 가도 좋았지만 워낙 아늑해서 움직이기가 싫었다. (집을 향해 몇 마디 명령하기만 하면 집 안 어디에서도 난로 앞과 똑같은 따스함을 재현할 수 있었지만 말이다.)

"걱정이 되는 건," 나는 말문을 뗐다. "누군가가 카메라를 가지고 당신을 계속 미행했다는 사실이야. 당신 얼굴이나 목소리, 버릇 따위를 기록할 수 있을 정도로 오랫동안…"

로레인은 얼굴을 찡그렸다. "나의 뭘 기록해? 영상 속의 그 존재는 문장 하나조차도 끝까지 말하지 못했잖아. 또 날 일부러 졸졸 따라다닐 필요 따윈 없었어. 아마 내가 건 영상통화를 중간에서 엿보고 그걸 바탕으로 모든 걸 만들어 냈던 거야. 당신 화랑의 소프트웨어 방화벽을 그대로 뚫고 전화를 걸어왔다고 하지 않았어? 보나 마나 따분해서 좀이 쑤시던 해커 집단의 소행일 거야. 그러니까 지구 반대편에서 그랬다고 해도 전혀 이상할 게 없어."

"그럴 수도 있겠지. 하지만 한 번이 아니라 적어도 몇십 번은 그랬다고 봐야 해. 어떤 방법을 썼든 간에 당신 데이터를 대량으로 모은 것만은 틀림없어. 시뮬레이션 초상 작가들한테 들은 얘긴데, 앉아 있는 모델을 보통 몇 시간은 촬영해야 10초에서 20초 길이의 동영상을 만들 수 있지만, 설령 그걸 쓰더라도 모델 본인을 정말로 잘 아는 사람을 속이기는 힘들다고 하더군. 당신이 무슨 얘길 하고 싶은지 알아. 그럼 왜 나는 속았느냐 이거지. 왜냐하면 그 영상은 정말로 진짜 같았기 때문이야. 그 영상 속의 당신은 내가 머리에 떠올리는 당신 모습과 워낙 똑같아서…

로레인은 내 품 안에서 답답하다는 듯이 몸을 꿈틀거렸다. "그건 나하고는 전혀 달랐어. 컴퓨터에게 억지 신파 연기를 시킨 듯한 느낌이 풀풀 났다고. 범인들도 그걸 잘 알고 있었기 때문에 영상 길이가 그렇게 짧았던 거야."

나는 고개를 가로저었다. "누군가가 자기 자신을 흉내 내는 광경을 보고 그게 자기를 닮았는지 안 닮았는지 제대로 판단할 수 있는 사람은 없어. 그 점만은 내 말을 믿어줘. 그 영상 길이가 단지 몇 초에 불과했던 건 맞지만, 당신하고 정말로 똑같았다고 맹세할 수 있어."

대화는 자정을 넘긴 야심한 시각까지 이어졌지만 로레인은 한 치도 물러서지 않았고, 결국은 나도 우리 부부의 생활을 지금보다 더 안전하게 만들 수 있는 현실적인 방법따윈 없다는 걸 인정할 수밖에 없었다. 범인들이 우리에게 물리적인 해를 가하려고 획책하고 있든 있지 않든 간에 말이다. 우리 집에는 이미 최신식 보안 하드웨어가 설치되어 있고, 로레인과 나의 몸에는 외과적 수단으로 삽입한 초소형 무선 경보 발신기가 들어 있었다. 무장 경호원들을 고용한다는 방안에 대해서는 나조차도 엄두가 나지 않았지만 말이다.

또 한 가지 인정할 수밖에 없었던 것은 범인들이 유괴를 정말로 실행에 옮길 작정이라면 장난 전화로 우리에게 미리 그 사실을 경고할 리가 없다는 점이었다.

마침내 나는 녹초가 되어 (동이 틀 때까지 논쟁을 벌일 작정이 아닌 이상, 싫든 좋든 이 시점에서 결론을 내는 수밖에 없다는 식으로) 두 손을 들었다. 아마 나는 과잉 반응을 보인 것인지도 모른다. 혹은 그렇게 쉽게 속아 넘어갔다는 사실에 분개하고 있을 뿐인지도 모른다. 결국 이 모든 일은 단순한 장난이었을 수도 있다.

아무리 불쾌해도, 아무리 첨단 기술을 구사했어도, 아무리 무의미하게 보이더라도.

침대에 눕자마자 로레인은 골아떨어졌지만, 나는 몇 시간 동안 제대로 잠을 이루지 못했다. 내 머릿속은 더 이상 장난 전화 생각으로 가득 차 있지는 않았으나 그 생각을 밖으로 밀어내자마자 또 다른 걱정거리들이 떠오르며 그 자리를 차지했기 때문이다.

니콜슨 형사에게 말했듯이 로레인은 스캔을 받은 적이 한 번도 없었다. 그러나 나는 스캔을 받은 적이 있었다. 고해상도 촬영 기술을 써서 세포 레벨까지 내 육체의 상세한 맵을 생성하는 방식의 스캔이었다. 특기할 만한 것은 이 맵에는 나의 뇌에 들어 있는 모든 뉴런과 모든 시냅스 연결의 묘사가 빠짐없이 포함되어 있다는 점이다. 돈을 주고 일종의 불사不死를 구입했다고나 할까. 설령 현실 세계의 나에게 무슨 일이 일어나더라도, 가장 최근에 찍어둔 내 육신의 스냅숏은 나의 복제인 〈카피〉의 형태로 부활할 수 있다. 가상현실 내부에 이식된, 정교한 컴퓨터 모델로서 살아가는 것이다. 이 모델은 최소한 나와 똑같이 행동하고, 나와 똑같이 생각하며, 나의 기억과 신념과 목표와 욕구까지 모조리 공유하고 있다. 현시점에서 그런 모델은 현실 세계의 시간보다 느린 속도로 실행되는 데다가 그들이 활동할 수 있는 가상 환경에도 아직 제약이 많았다. 〈카피〉가 물질세계와 상호작용할 수 있는 수단으로 제시된 텔레프레젠스*. 로봇 역시 아직은 어설픈 농담에 가까웠다. 그러나 관련 기술들은 놀랄 정도로 빠르게 진화하고 있었다.

우리 어머니는 이미 '코니아일랜드**'라는 이름의 슈퍼컴퓨터 안에서 부활했다. 아버지는 스캔 기술이 실용화되기 전에 돌아가셨다. 로레인의 부모님은 모두 건재했고 스캔을 받은 적이 없었다.

나는 지금까지 두 번 스캔을 받았는데 마지막으로 받은 것은 3년 전이었다. 보존된 스캔 파일을 갱신할 시기가 한참 지났지만, 또 스캔을 받는다는 것은 내 사후에 찾아올 미래의 현실을 또다시 직시해야 한다는 것을 의미한다. 로레인은 스캔을 받는다는 나의 선택을 결코 비난하지 않았고, 가상의 내가 부활할 것이라는 사실에 대해서도 전혀 개의치 않는 것처럼 보였다. 그러나 그녀는 나처럼 스캔을 받을 생각이 없음을 처음부터 분명히 밝혔다.

※　원격 현장에 대한 인식 및 조작 기술.
※※※　미국 뉴욕시 브루클린 남단의 관광지.

그 부분에 대해서는 워낙 수도 없이 논쟁을 벌인 탓에, 곁에서 자고 있는 그녀를 깨우지 않아도 내 머릿속에서 실제 있었던 대화를 통째로 재현할 수 있을 정도였다.

로레인: 내가 죽은 뒤에 컴퓨터가 나를 모방하는 건 절대 사절이야. 그게 지금 여기 있는 나한테 무슨 쓸모가 있단 말이지?

데이비드: 모방을 그렇게 나쁘게만 보면 안 돼. 생명은 모방 과정으로 이루어져 있다고. 당신 몸에 있는 장기란 장기는 모두 끊임없이 그 형상에 맞춰 재구축되고 있어. 세포분열이란 원래 있던 세포가 죽고 그걸 모방한 후임자와 대체되는 현상이야. 지금 당신 몸에는 당신이 태어났을 때 갖고 있던 원자는 단 한 개도 남아 있지 않다는 얘기지. 그렇다면, 당신이라는 개체에게 정체성을 부여하는 게 뭐라고 생각해? 그건 바로 정보의 패턴이야. 물리적인 게 아니라고. 당신 몸이 자기 자신을 모방하는 대신 컴퓨터가 당신 몸을 모방하기 시작한다고 상상해 봐. 그럴 경우 정말로 유의미한 차이가 있다면, 컴퓨터 쪽이 훨씬 더 실수가 적다는 점이겠지.

로레인: 당신이 그렇게 믿고 싶다면야… 나도 딱히 이의는 없어. 하지만 그건 내 관점과는 달라. 물론 나도 다른 사람들과 마찬가지로 죽는 게 무척 두렵지만, 스캔을 받는다고 해서 기분이 나아지지는 않을 거야. 불사의 존재가 된 기분

을 맛보지도 않을 거고, 아무 위안도 얻지 못할걸? 그런 마당에 내가 왜 스캔을 받아야 하는데? 단 하나라도 좋으니 내가 수긍할 수 있는 이유를 대봐.

그녀의 이 요청을 나는 결코 들어줄 수 없었다. (지금처럼 아무도 모르게 혼자만의 상념에 잠겨 있을 때조차도) 도저히 이렇게 대답할 엄두는 나지 않았으므로. 왜냐하면 난 당신을 놓아주고 싶지 않기 때문이야. 그러니까 나를 위해서 스캔을 받아줘.

다음 날 오전은 대형 보험 회사의 큐레이터를 응대하며 바쁘게 보냈다. 큐레이터는 현실과 가상현실 양쪽에 존재하는 몇백 개의 회사 로비와 엘리베이터와 회의실의 실내 장식을 변경하고 싶어 했다. 적절한 명성을 가진 젊고 재능 있는 예술가들이 제작한, 적절하게 품위 있는 전자 벽지들을 골라 그녀에게 파는 것은 내 입장에서는 전혀 어려운 일이 아니었다.

명성에 굶주린 무명 예술가들은 저해상도의 러프 스케치를 네트워크 화랑에 진열해 놓는 경우가 종종 있는데, 이것은 도저히 돈을 내고 사고 싶은 생각이 나지 않을 정도로 조잡한 버전과 실물을 따로 구입할 필요가 없을 정도로 매력적인 고해상도 버전의 중간께를 노린 타협안에 가깝다. 예술품을 자기 눈으로 보지도 않고 구입하려는 고객은 존재하지 않지만, 네트워크 화랑에서 감상이란 곧 소유를 의미하기 때문이다.

따라서 견실하게 운영되는 물리적인 화랑은 여전히 최고의 해결책이다. 나의 화랑을 방문하는 관람객들은 모두 초소형 카메라나 시각 피질을 이용한 기록 장치의 소지 여부를 검사받는다. 정식으로 대금을 지불하지 않는 이상, 그 누구도 예술품을 직접 감상한 순간에 받은 인상을 넘어서는 정보를 가진 채 이 건물에서 나갈 수는 없다. 법에 저촉되지만 않는다면 나는 관람객의 혈액 샘플까지 요구했을 것이다. 그런다면 사진적 기억 ※과 관련된 유전적 소인을 가진 사람을 미리 찾아내서 입장을 거부할 수 있으니까 말이다.

오후는 평소 때와 마찬가지로 우리 화랑에 전시를 희망하는 예술가들의 작품을 검토했다. 어제 중단되었던 크라이스치히의 작품 평가를 마치고, 그보다는 덜 유명한 작가들이 보낸 대량의 작품을 솎아내는 일에 착수했다. 내가 거래하는 대기업들이 해당 작품을 선호할지의 여부를 결정하는 과정은 지적으로도, 감정적으로도 큰 노력을 필요로 하지 않는다. 과거 20년 동안 이 업계에 종사하면서 작품 평가는 내겐 순수하게 기계적인 작업이 되었기 때문이다. 대부분은 컨베이어 벨트 앞에 서서 너트와 볼트를 분류하는 것과 별반 차이가 없는 따분한 작업이다. 그럼에도 나의 미적 판단력은 둔해지기는커녕 오히려 더 정교해졌다고 해도 과언이 아니다. 예술 작품의 시장성에 대한 나의 평가는 예리하며 결코 빗나가는 법이 없다. 내가 진심으로 감동하는 것은 오직 진정한 걸작을 마주했을 때뿐이다.

이른바 '유괴범'의 모습이 또다시 벽 스크린에 떠올랐을 때도 나

※　눈으로 본 사물을 실물에 가까운 영상으로 기억하는 능력. 직관 기억.

는 놀라지 않았다. 오히려 화면을 본 순간, 내가 오후 내내 이것을 내심 기다리고 있었다는 사실을 실감했을 정도였다. 나는 앞으로 일어날 불쾌한 일들을 예상하고 긴장하면서도, 그와 동시에 범인의 진짜 동기를 좀 더 자세히 알아낼 수 있는 기회가 왔다는 사실에 내심 기뻐하고 있었다. 어차피 또 속을 일은 없으니 더 이상 뭐가 두렵단 말인가? 로레인이 안전하다는 것을 알고 있는 지금, 초연한 태도로 눈앞의 영상을 관찰하면서 이 사건의 진상을 밝히는 데 도움이 되어줄 수도 있는 실마리를 찾아보기로 하자.

가면을 연상시키는 이목구비를 가진 청년이 말했다. "우리는 / 당신 아내를 데리고 있어 / 50만 달러를 / 이 계좌에 / 입금해 / 당신 아내가 / 고통받는 걸 /보고 싶지 않으면."

예전처럼 로레인의 합성 영상이 벽 스크린에 떠올랐다. 나는 거북한 웃음소리를 냈다. 이 자식들은 도대체 내게 뭘 믿게 하려는 걸까? 나는 냉정하게 영상을 훑어보았다. '그녀' 배후의 우중충한 '방'은 새 페인트칠을 절실하게 필요로 하고 있었다. 이 역시 화면에 처음 나타난 가면 같은 얼굴의 청년 뒤 배경과는 극명하게 대조되는, 공을 들여 만든 티가 역력한 또 하나의 '현실적인' 터치라고나 할까. 이번 '그녀'는 누군가와 몸싸움을 한 것처럼 보이지는 않았고, 육체적으로 학대받은 징후도 없었다. (심지어 '그녀'는 몸을 씻을 기회가 있었던 것처럼 보였다.) 그러나 '그녀'의 표정에는 불안감이 깃들어 있었다. 지난번에는 볼 수 없었던, 희미한 공황의 기색이 '그녀'의 얼굴에 떠올라 있었던 것이다.

그러자 '그녀'가 카메라를 똑바로 쳐다보며 말했다. "데이비드? 여기선 당신 모습을 안 보여주지만, 난 당신이 거기 있다는 걸 알아. 당신이 날 구출하려고 전력을 다하고 있다는 것도. 하지만 서둘러 줘. 제발, 가급적 빨리 이 사람들에게 돈을 보내줘."

짐짓 태연한 채 하던 나의 허세는 단숨에 박살 났다. 나는 눈앞의 여성이 정교한 컴퓨터 애니메이션에 불과하다는 사실을 명명백백하게 알고 있었지만, 그런 존재가 이런 식으로 내게 '탄원'하는 광경은 예전에 내가 진짜라고 착각했던 영상을 보았을 때 못지않은 고뇌를 불러일으켰기 때문이다. 영상 속의 여자는 로레인처럼 보였고, 로레인처럼 말했다. 그녀의 말이나 몸짓 하나하나가 진짜라고밖에는 여겨지지 않았던 것이다. 내가 사랑하는 사람이 살려달라고 애원하는 광경을 전등 스위치를 끄듯이 머릿속에서 지워버리는 것은 불가능했다.

나는 양손으로 얼굴을 감싸고 외쳤다. "야, 이 미친 새끼들아. 너흰 이런 걸로 쾌감을 느껴? 이걸 그만두면 내가 돈을 줄 것 같아? 천만에. 난 너희가 다시는 침입할 수 없도록 전화 시스템 전체를 뜯어고칠 거야. 그러니까 너희가 좋아하는 쌍방향 스너프 영화*라도 보면서 자기 시체에나 계속 박으라고."

대답은 없었다. 벽 스크린을 다시 올려다보자 영상통화는 끊겨 있었다.

몸의 떨림―대부분 분노에서 비롯된―이 그칠 때까지 기다렸다가, 이게 무슨 의미가 있을까 반문하면서 니콜슨 형사에게 전화를 걸

❖ 실제 살인을 기획해서 촬영한 불법 영화.

었다. 이번 동영상을 그에게 전송하자 그는 내 행동을 치하했다. 나는 나 자신을 향해 낙관적인 말을 되뇌었다. 범행 수법을 컴퓨터로 분석할 때는 아무리 사소한 증거도 도움이 되기 마련이다. 만약 범인이 다른 사람들을 상대로 동일 범죄를 저지른다면, 수집한 관련 정보를 분석해서 종국적으로는 범인을 특정해 줄 일종의 프로필을 생성하는 것도 불가능하지 않다. 그 사이코패스 새끼가 체포되는 날이 올 수도 있는 것이다.

그런 다음 나는 사무 소프트웨어 공급 회사에 영상통화를 걸어서 자초지종을 설명했다. 장난 전화의 구체적인 내용까지는 밝히지 않았지만 말이다.

고객 센터의 전문 상담원은 원격 진단을 위해 접속 허가를 요청했고, 나는 요청에 응했다. 그녀의 얼굴이 화면에서 1, 2분쯤 사라져 있는 동안 나는 생각했다. 보나 마나 이건 단순하고 쉽게 해결할 수 있는 종류의 문제일 거야. 보안 설정 어딘가에서 사소한 오류가 있었던 게 틀림없어.

다시 화면에 나타난 상담원은 조심스러운 어조로 말했다.

"소프트웨어는 아무 문제도 없어 보입니다. 어딘가를 건드린 흔적도 없고, 부정 접속을 시도한 흔적도 없군요. 마지막으로 원격 접속용 암호를 변경하신 게 언젠가요?"

"어, 변경한 적이 없는데요. 시스템을 설치했을 때부터 아무것도 바꾸지 않았습니다."

"그럼 5년 동안 똑같은 암호를 쓰셨던 건가요? 그건 보안상 바람직하지 않습니다만."

나는 멋쩍게 고개를 끄덕이고 말했다. "하지만 그걸 무슨 수로 알아낸단 말입니까. 아무 단어나 고르는 식으로 몇천 번을 입력하더라도 그걸 맞히는 건…"

"암호 입력 오류가 네 번 발생하면 고객님에게 자동적으로 통보가 가도록 되어 있습니다. 게다가 이 시스템의 경우는 성문聲紋 체크도 통과해야 합니다. 암호가 유출되는 건 보통 도청 탓이죠."

"흐음, 나 말고 그걸 아는 사람은 우리 아내밖엔 없는 데다가 애초부터 그런 걸 쓸 리가 없는 사람인데요."

"파일에는 두 개의 성문이 등록되어 있군요. 다른 하나는 누구 건가요?"

"내 것입니다. 집에서 사무실 관리 시스템에 원격 접속해야 할 경우를 대비해서 등록해 놓았죠. 하지만 실제로 그랬던 적은 한 번도 없습니다. 따라서 이 소프트웨어를 설치한 날 이래, 암호를 소리 내어서 말한 적은 없을 것 같습니다만."

"흐음, 두 번 발생했다는 부정 접속의 로그가 남아 있는데…"

"그건 별 쓸모가 없을 겁니다. 난 모든 통화를 기록해 뒀고, 이미 경찰에 사본을 제출했으니까요."

"아, 제가 말씀드리려던 건 다른 종류의 기록입니다. 보안상의 이유에서, 사무실에 걸려 오는 영상통화의 앞부분은 따로 인코딩해서 자동으로 보존하게 되어 있습니다. 접속 암호를 직접 입으로 말해야 하는 건 이 부분이죠. 그걸 직접 보고 확인하고 싶으시다면 방법을 가르쳐 드리죠. 하지만 그 파일을 디코딩하려면 고객님 입으로 직접 암호를 말하셔야 합니다.”

그녀는 파일을 푸는 방법을 내게 설명해 주고 통화를 끊었다. 그리 밝은 표정이 아니었다. 물론 그녀는 범인이 로레인을 컴퓨터로 모방했다는 사실을 모르므로, 아마 내가 문제의 협박 전화들이 다름 아닌 아내에게서 왔다는 사실을 곧 ‘발견’할 것이라고 지레짐작했을 것이다.

물론 그녀의 예상은 틀렸다. 그리고 내 예상도.

5년이라는 긴 세월이 흐르기 전의 일들에 대한 사소한 정보를 기억해 내는 것은 쉽지 않았다. 나는 세 번이나 시도한 뒤에야 겨우 올바른 암호를 찾아냈다.

가짜 로레인의 모습을 또 볼 걸 예상하고 단단히 마음의 준비를 했지만 화면은 어두운 채로 남았고, ‘벤베누토*’라고 말한 것은 나 자신의 목소리였다.

집에 도착해 보니 로레인은 여전히 작업 중이었기 때문에 방해가 되지 않도록 그대로 서재로 가서 메일을 체크했다. 새로 온 메일은 없었지만, 나는 예전에 받은 메일 목록을 스크롤해서 어머니가 보낸, 동영상이 첨부된 가장 최근 메일을 찾아냈다. 한 달 전에 도착한 동영상이었다. 각자 시간이 흐르는 속도에 차이가 있는 탓에, 직접 얼굴을 맞대고 대화하는 것은 무척이나 시간을 잡아먹는 일이었다. 그래서

※ 16세기 이탈리아의 예술가인 ‘벤베누토 첼리니’에서 따온 듯하다.

우리는 이렇게 혼자서 녹화한 동영상을 교환하는 방식으로 연락을 취하고 있었다.

동영상을 재생하라고 단말기에 명했다. 이 동영상이 끝날 무렵에 어머니가 했던 말이 희미하게 기억에 남아 있어서 다시 확인하고 싶었기 때문이다.

어머니는 〈코니아일랜드〉에서 부활한 이래 천천히 자기 외모를 젊게 만들었고 지금은 30살쯤 되어 보였다. 살고 있던 집도 손을 봐서 원래는 현실 세계에서 마지막으로 살았던 자택의 거의 완벽한 복제품이었던 것이, 이제는 조각 장식이 된 나무문과 루이 15세 시대풍의 의자 그리고 화려한 태피스트리와 샹들리에 따위로 장식된 18세기 프랑스 대저택을 연상케 하는 거처로 변모해 있었다.

어머니는 의례적으로 나와 로레인의 안부를 물었고, 내 화랑과 로레인의 작업 상황에 관해서도 물었다. 그녀는 〈코니아일랜드〉 내부와 현실 세계 양쪽의 최신 정치 상황에 관해서도 몇 차례 신랄하게 평했다. 어머니의 젊은 외모와 호화로운 주거 환경은 자기기만의 산물이 아니었다. 그녀는 더 이상 노인이 아니며, 방 네 개짜리 아파트에서 살고 있지도 않았기 때문이다. 〈카피〉인 그녀가 유기체로서 살아가던 인생의 마지막 몇 년을 완벽하게 모방하는 것밖에는 달리 선택의 여지가 없다고 주장하는 것은 부조리 이외의 그 무엇도 아니다. 그녀는 자신이 누구인지, 또 어디에 있는지를 정확하게 알고 있었기 때문이다. 그리고 어머니는 당연히 그런 상황을 최대한 활용할 작정이었다.

원래는 찾던 영상의 끝부분이 나올 때까지 빨리 감기로 잡담 부분을 건너뛸 예정이었지만 결국 그러지 않았다. 나는 자리에 앉아 어머니의 모든 말에 귀를 기울였고, 이 존재하지 않는 여성의 얼굴에서 눈을 떼지 못한 채 지금 내가 느끼고 있는 감정을 이해해 보려고 했다. 오래전에 죽어서 스러진 육체를 복제한 이 정보 패턴에 대해 내가 느끼는 공감, 충성심, 사랑의 근원이 무엇인지를 알아내려고 했던 것이다.

마침내 어머니가 말했다. "넌 언제나 내가 행복하느냐고 묻지. 혼자라서 외롭지 않느냐, 혹시 좋은 사람을 만나지는 않았느냐고 말이야." 그녀는 잠시 망설이더니 고개를 가로저었다. "난 외롭지 않아. 알다시피 네 아버지는 이 기술이 완성되기 전에 죽었어. 내가 네 아버지를 얼마나 사랑했는지 알지? 실은 지금도 마찬가지란다. 난 여전히 그이를 사랑해. 그리고 그이는 죽지 않았어. 내가 이렇게 죽지 않은 것과 마찬가지로 말이야. 네 아버지는 내 기억 속에서 계속 살아가고 있거든. 그리고 내겐 그걸로 충분해. 다른 곳도 아닌 바로 이곳에서는, 그것만으로도 **충분해**."

처음 이런 말을 들었을 때는 어머니답지 않게 진부한 소리를 한다고 생각했다. 그러나 지금 다시 들어보니, 괜찮으니까 안심하라는 어머니의 이 대답 뒤에 숨어 있는 거의 무의식적인 힌트를 이해할 수 있을 것 같았다. 갑자기 등골이 서늘해진다.

네 아버지는 내 기억 속에서 계속 살아가고 있거든.

다른 곳도 아닌 바로 이곳에서는, 그것만으로도 충분해.

당연히 〈카피〉들은 함구하고 있을 것이다. 유기체들의 현실 세계는 이런 소식을 들을 준비가 아직 안 되었기 때문이다. 그리고 〈카피〉들은 얼마든지 기다릴 수 있었다.

그래서 나는 어머니의 새로운 반려자에게서 아직 아무 연락도 받지 못했던 것이다. 문제의 인물은 내가 〈코니아일랜드〉를 '직접' 방문할 때까지 몇십 년이라도 기다릴 수 있다. 그리고 그때, 그는 나를 '다시' 만나줄 것이다.

로봇식 급식 카트가 다이닝룸 식탁 위에 저녁 식사를 올려놓고 있었을 때 로레인이 물었다. "그 하이테크 협박범들의 장난 전화, 오늘은 걸려 오지 않았어?"

나는 아니라고 천천히 고개를 가로저었지만, 너무 동작이 커서 부자연스럽게 보였을 것이다. 마치 불륜남이 된 듯한, 아니 그보다 더 안 좋은 기분이다. 나는 물에 빠진 사람처럼 허덕이고 있었지만, 설령 눈치챘다고 해도 로레인은 아무 내색도 하지 않았다.

"봐, 어차피 같은 피해자를 상대로 두 번 이상 칠 수 있는 사기가 아니잖아, 안 그래?"

"응."

침대에 누워서 숨 막힐 듯한 어둠을 올려다보며, 이제 어떻게 하면 좋을지 결정해 보려고 했다… 보나 마나 유괴범들은 내가 어떤 결론을 낼지 이미 알고 있겠지만 말이다. 내가 막판에 가서 돈을 뱉어내리라는 확신이 없었다면, 범인들은 애당초 계획을 진행하지도 않았을 것이다.

　이제는 모두 아귀가 들어맞는다. 사실, 너무 잘 들어맞아서 탈이었다. 로레인의 스캔 파일은 존재하지 않는다. 범인들이 해킹한 것은 나의 스캔 파일이었다. 하지만 무슨 목적으로? 한 사내의 영혼을 어떻게 이용한단 말인가? 흐음, 사실은 이래저래 추측할 필요조차도 없었을 것이다. 당사자가 모두 알려주니까 말이다. 사무실의 접속 암호를 알아내는 것은 가장 쉬운 축에 속한다. 범인들은 나의 〈카피〉를 몇백 개에 달하는 가상 시나리오 프로그램에 넣어서 돌려보고, 투자 대비 수익을 최대화할 수 있는 협박 수단을 골랐던 것이다.

　몇백 번이나 부활한 나의 〈카피〉는 본인이 〈카피〉인지도 모르는 상태에서 몇백 번씩 상이한 방식으로 협박을 당하고, 그런 다음 몇백 번씩 삭제되어 죽는 일을 되풀이했으리라. 그러나 나는 개의치 않았다. 그런 식의 상상은 너무나도 기괴하고, 너무나도 현실과 동떨어진 탓에 전혀 마음이 동하지 않았기 때문이다. 몸값 요구가 지금과는 전혀 다른 형태를 취하지 않았던 것은 아마 그 때문일 것이다. "우리는 당신의 〈카피〉를 데리고 있어…"

　그리고 모조 로레인―진짜 로레인의 〈카피〉조차도 아니고, 전적으로 로레인에 관한 나의 지식과, 기억과, 심상에 입각해서 만들어진 존재―에 대해, 나는 도대체 어떤 공감을, 충성심을, 사랑을 느껴야 하는 것일까?

　유괴범들은 〈코니아일랜드〉에서 발명된 기억 부활 기술을 완벽하게 재현하지는 못했을지도 모른다. 사실 나는 그들이 실제로 창조한 것이 무엇인지, 창조했다고 해도 도대체 무엇에 '생명을 불어넣었는지'는 모른다. '그녀'가 했던 말, '그녀'의 얼굴 표정, '그녀'의 몸짓 뒤에 존재하는 컴퓨터 모델은 얼마나 정교할까? 그 모델은 진짜 〈카피〉와 마찬가지로, 자기가 보이고 있는 감정을 실제로 경험할 수 있을 정도로 복잡할까? 아니면 단지 나의 감정을 뒤흔들 수 있을 정도의 복잡성만 갖추고 있는 것일까? 아무런 감정도 느끼지 않고 단지 나를 능숙하게 조종할 수 있을 정도로만?

어차피 내가 그것을 알 방도는 없다. 도대체 어떻게 그런 것을 판단할 수 있단 말인가? 나는 〈카피〉가 된 어머니의 '인간성'을 당연한 것으로 받아들였고, 어머니 역시 그녀의 가상 뇌에서 추출된, 스캔을 받지 않았어도 부활한 아버지에 대해 똑같은 감정을 느끼고 있는지도 모르겠다. 하지만 그렇다고 로레인을 자처하는 그 정보 패턴 또한 내가 사랑해야 하는 소중한 존재고, 내 도움을 절실하게 필요로 하는 존재가 맞다는 확실한 증거가 어디 있단 말인가?

어둠 속에서 피와 살을 가진 진짜 로레인 곁에 누운 나는, 내 심상을 바탕으로 만들어진 그녀의 컴퓨터 시뮬레이션이 한 달쯤 뒤에 내게 뭐라고 할지 상상해 보려고 했다.

모조 로레인: 데이비드? 제발 거기 있다고 말해줘. 이 사람들도 당신이 내 말을 들을 수 있다고 했어. 그게 사실이라면… 이해 못 하겠어. 왜 몸값을 지불하지 않은 거야? 뭔가 문제라도 있어? 경찰이 돈을 주지 말래? (침묵.) 난 괜찮

아. 아직 견딜 수 있으니까. 하지만 어떤 상황인지를 전혀 모르고 있어서. (긴 침묵.) 험한 꼴은 안 당했어. 음식은 끔찍하지만 맛없다고 죽는 건 아니니까 괜찮아. 그림을 그릴 종이도 있어서 스케치를 몇 장 완성시켰어…

내가 끝내 수긍하지 못하더라도, 끝내 확신하지 못하더라도, 이 의문만은 사라지지 않고 계속 남을 것이다. 혹시 내 생각이 틀렸다면? 혹시 그녀가 자의식을 가지고 있다면? 혹시 내가 부활했을 때, 그녀 역시 그런 나 못지않게 인간적이라는 사실이 판명되고, 나는 그런 그녀를 배신하고, 그녀를 저버렸다는 결론이 나온다면?

그런 상황이 온다면 나는 견뎌내지 못할 것이다. 그런 가능성이 존재한다는 사실만으로도, 내가 그럴지도 모른다는 생각을 하는 것만으로도, 나의 마음은 갈가리 찢겨 나갈 것이다.

그리고 범인들은, 그것을 알고 있었다.

나의 재무관리 소프트웨어는 밤새도록 돌아가며 여러 투자처에서 자금을 회수했다. 다음 날 아침 9시에 나는 지정된 계좌에 50만 달러를 입금했고 사무실 의자에 앉아서 뭔가 일어나기를 기다렸다. 원격 접속 암호를 원래 쓰던 '벤베누토'로 되돌려 놓을까 생각했지만, 범인들이 정말로 나의 스캔 파일을 마음대로 쓸 수 있다면 새 암호를 추측하는 일쯤은 식은 죽 먹기라는 사실을 깨닫고 그냥 놓아두었다.

9시 10분. 유괴범의 가면 같은 얼굴이 거대한 벽 스크린에 떠올랐고, 예의 시적인 문구를 늘어놓는 일도 없이 대뜸 말했다. "같은 액수를, 2년 뒤에 또 보내."

나는 고개를 끄덕였다. "응." 그 정도의 금액에 2년 뒤라면, 로레인에게 들키지 않고 조달 가능하다. 아슬아슬하게.

"계속 돈을 내는 한은 그녀를 얼려두겠어. 시간도 흐르지 않고, 아무것도 경험하지 않고. 아무 고통도 받지 않는 상태로."

"고마워." 나는 조금 주저하다가, 억지로 입을 열어 말했다. "하지만 최종적으로, 내가…"

"당신이 뭐?"

"내가 부활할 때는… 그녀를 내게 보내줄 거지?"

가면과 같은 얼굴은 관대한 미소를 떠올렸다. "물론이지."

언젠가 모조 로레인에게 이 모든 일을 죄다 털어놓을 때가 오면 도대체 어떻게 운을 떼야 할지, 또 자신의 정체를 알게 된 그녀가 어떤 행동에 나설지, 나는 모른다. 〈코니아일랜드〉에서 부활할 경우 그녀는 자기가 지옥에 떨어졌다고 생각할지도 모른다. 하지만 내게 달리 어떤 선택의 여지가 있단 말인가? 그녀가 경험하는 고뇌가 여전히 내 마음을 움직일 거라고 유괴범들이 믿게 놓아두고 영영 그 상태로 썩어가도록 방치하란 말인가? 아니면 돈으로 그녀의 자유를 산 다음, 그 파일을 다시는 실행하지 말아야 할까?

우리가 〈코니아일랜드〉에서 함께 살게 된다면, 그녀는 그녀 나름대로 결론을 내리고 스스로 결정할 수 있다. 지금 내가 할 수 있는 것이라고는 단지 하늘을 우러러보고, 그녀가 정말로 사고하지 않는 정지 상태에서 안전하게 있기를 바라는 일뿐이다.

지금은 피와 살로 이루어진 육신을 가진 로레인과 함께 인생을 살아갈 때다. 물론 언젠가 로레인에게는 진상을 밝히는 수밖에 없을 것이다. 그리고 나는 그 대화 전체를, 어둠 속에서 그녀 곁에 누운 채로 매일 밤 되풀이한다.

데이비드: 내가 어떻게 그녀 일을 걱정하지 않을 수 있겠어? 어떻게 계속 괴로워하도록 놓아둘 수 있겠어? 내가 당신을 사랑하는 모든 이유, 글자 그대로 그걸 바탕으로 만들어진 존재를, 내가 어떻게 저버릴 수 있단 말이지?

로레인: 모조품의 모조품인데? 괴로워하는 사람 따위는 없고, 도움을 기다리는 사람도 없어. 당신은 누군가를 구출할 필요도 없고 누군가를 저버리는 것도 아냐.

데이비드: 나는 사람이 아냐? 당신은 사람이 아니고? 아무리 노력하더라도 사람은 서로를 그런 식으로밖에는 이해하지 못해. 상대방을 모방한 모조 존재, 〈카피〉로서 말이야. 우리가 진짜로 알 수 있는 건 상대방을 묘사한 자기 뇌 속의 심상뿐이라고.

로레인: 지금까지 나를 그런 존재로 보고 있었어? 당신 머릿속에 있는 환상?

데이비드: 아냐! 하지만 내가 가질 수 있는 거라고는 그것밖에는 없

어. 그러니까 그거야말로 내가 진심으로 사랑할 수 있는 것 전부라는 얘기야. 무슨 뜻인지 모르겠어?

그러자 경이롭게도, 로레인은 고개를 끄덕인다. 마침내 내 진심을 이해해 준 것이다.

매일 밤 그래왔듯이.

그제야 나는 눈을 감고, 안온한 잠에 빠져든다.

2

유진

Eugene

"확실하게 보장하죠. 천재 아이를 낳게 해드리겠습니다."

샘 쿡(의학사, 이학사, 의학박사, 왕립 오스트레일리아 의과대학 회원이자 박사, 경영학 석사)은 마치 반론할 수 있으면 그래보라는 듯이 자신만만한 표정으로 앤절라를 바라보았고, 빌에게 시선을 돌렸다가 다시 앤절라를 보았다.

그제야 앤절라는 헛기침을 한 번 하고 말했다. "어떻게요?"

쿡은 서랍을 열고 투명 아크릴판 사이에 끼운 인간 뇌의 조그만 절개면을 꺼내 들었다. "이게 누구 것이었는지 맞혀보겠습니까? 세 번까지 맞힐 기회를 드리죠."

빌은 갑자기 속이 울렁거리는 것을 느꼈다. 세 번씩이나 문답 놀이를 하고 싶은 기분이 아니었지만, 굳이 그 사실을 입 밖에 내지는 않았다. 앤절라는 고개를 가로젓더니 신경질적인 어조로 대꾸했다. "전혀 감이 안 오네요."

"20세기의 가장 위대한 과학자의 뇌입니다."

이 말에 빌은 오싹했지만, 강한 흥미를 느끼고 자기도 모르게 몸을 내밀었다. "서, 서, 설마 어떻게 그, 그걸…"

"어떻게 이걸 손에 넣었느냐고요? 흠, 1955년에 부검을 맡았던

수완 좋은 친구가 시신을 화장하기 전에 기념품 삼아 뇌를 슬쩍했던 겁니다. 당연히 그 친구에겐 연구용으로 뇌의 일부를 제공해 달라는 각계의 요청이 쇄도했고, 문제의 뇌는 몇 년에 걸쳐 여러 조각으로 분할되어서 전 세계에 배포되었습니다. 그러던 중에 누가 어떤 부위를 가지고 있는지를 명시한 기록이 분실되었고, 결국 표본 대부분이 실질적으로 사라져 버렸습니다. 하지만 그중 몇 개는 몇 년 전 휴스턴에서 열린 경매에 출품되었죠. 엘비스 프레슬리의 대퇴골 세 개*와 함께 말입니다. 누군가가 수집품을 처분하는 과정에서 흘러나온 것 같더군요. 저희 〈휴먼 퍼텐셜〉에서는 대뇌피질을 얇게 저민 이 1급 표본의 입찰에 참가했습니다. 낙찰가는 50만 달러였는데, 1그램당 얼마였는지는 기억이 나지 않지만 그만한 값어치가 있는 표본이었습니다. 비밀을 알아냈기 때문입니다. 신경아교세포神經阿膠細胞의 비밀을."

"신경… 뭐라고요?"

"신경아교세포는 신경세포인 뉴런을 둘러싸는 식으로 일종의 구조적 기반을 제공합니다. 그와 동시에 아직 완전히 해명되지 않은 몇 가지 능동적인 기능도 수행하는데, 뉴런당 신경아교세포의 수가 많으면 많을수록 뉴런들을 연결하는 시냅스의 수도 많다는 사실만은 이미 널리 알려져 있습니다. 바꿔 말해서, 시냅스가 많으면 많을수록 뇌의 복잡성과 성능도 올라간다는 뜻입니다. 여기까지는 이해하셨죠? 흠, 여기 이 세포조직에 들어 있는 뉴런당 신경아교세포의 수는," 그는 표본을 들어 보였다. "멍청한 일반인에 비해 거의 **30퍼센트** 더

※ 사람의 대퇴골은 두 개다.

많습니다."

빌의 안면 틱 증상이 갑자기 감당할 수 없을 정도로 심해졌다. 그는 괴로운 표정으로 작게 신음을 흘리며 고개를 돌렸다. 앤절라는 액자에 끼워 벽에 진열된 자격 증명서들을 올려다보았고, 그중 몇 장은 10여 년 전에 파산한 골드코스트 사립대학이 발행한 것임을 깨달았다.

앤절라는 앞으로 낳을 자식을 쿡의 손에 맡긴다는 생각에 여전히 조금 불안해하고 있었다. 〈휴먼 퍼텐셜〉의 멜버른 본사를 견학했을 때는 큰 감명을 받았지만 말이다. 연구 시설 내부는 정자은행에서 분만실에 이르기까지 번쩍이는 기계장치들로 가득했다. 쿡은 몇백만 달러에 달하는 슈퍼컴퓨터와 X선 결정학 장비, 질량분석기, 전자현미경 따위를 관리하는 책임자이므로, 당연히 자기가 하는 일을 숙지하고 있지 않겠는가. 앤절라가 의구심을 느끼기 시작한 것은 애지중지하는 프로젝트라면서 쿡이 DNA에 인간 유전자를 이식한 세 마리의 어린 돌고래를 보여주었을 때였다. ("실패작들은 연구원들끼리 먹어버렸습니다." 쿡은 이렇게 고백하면서 지고한 미식의 맛을 떠올리기라도 한 듯 작게 한숨을 흘렸다.) 이 프로젝트의 목표는 돌고래 뇌의 생리 기능을 변화시킴으로써 인간의 언어뿐만 아니라 '인간의 사고방식'을 터득하도록 하는 것이었다. 결국 그 목표는 달성되었다고 할 수 있을 것이다. 유전자 변형 돌고래들이 왜 리머릭*으로만 대화할 수 있는지는 아직 해명하지 못했지만 말이다.

※ 5행연 형식의 짧은 영문 시로 주로 유머러스하거나 외설적인 내용이 많다. 5행 희시(戲詩).

앤절라는 회의적인 눈으로 회색 박편을 바라보았다. "어떻게 그렇게 단정할 수 있나요?"

"실험을 거듭했으니까요. 그 결과 뉴런에 대한 신경아교세포의 비율을 결정하는 성장 인자를 코딩하는 유전자를 찾아내는 데 성공했습니다. 이제 우리 팀은 그 유전자가 발현되는 범위를 조절할 수 있습니다. 바꿔 말해서, 얼마나 많은 성장인자를 합성할 수 있는지를 결정할 수 있고, 나아가서는 신경아교세포의 비율을 조절할 수 있게 된 겁니다. 그래서 그 비율을 5퍼센트까지 줄여봤는데, IQ가 평균 20점 떨어지더군요. 따라서 단순한 선형 외삽법에 의거해서 신경아교세포의 비율을 200퍼센트 더 올린다면…"

앤절라는 이마를 찌푸렸다. "아니, 그럼 의도적으로 지능이 떨어지는 아이들을 태어나게 했다는 거예요?"

"문제는 안 됩니다. 그 아이들의 부모들은 올림픽 운동선수를 원했으니까요. 걔네들은 IQ가 20점 내려가더라도 아쉬울 게 없습니다. 사실, 바로 그 덕에 훈련에 더 쉽게 집중할 수 있을 겁니다. 우리도 그런 식으로 균형을 잡는 걸 선호합니다. 한 손으로는 나눠주고, 다른 한 손으로는 빼앗는다고나 할까요. 공평을 기하는 거죠. 우리가 보유한 생명윤리 전문가 시스템 역시 아무 문제 없다고 보증했습니다."

"그럼 우리 유진한테서는 뭘 빼앗을 건가요?"

쿡은 짐짓 마음이 상한 듯한 표정을 지었다. 명연기였다. 이 사내의 얼굴이 10여 권의 고급 잡지 표지에 실린 것은 직업상의 성공뿐만 아니라 저 커다란 갈색 눈 덕택인지도 모르겠다. "앤절라. 당신은 특별 케이스입니다. 왜냐하면 당신과 빌 그리고 유진을 위해서 나는 모든 규칙을 무시할 작정이니까요."

빌 쿠퍼는 10살이었을 때 한 달 치 용돈을 쓰지 않고 모아서 복권을 샀다. 1등 당첨금은 5만 달러였다. 어머니는 그 사실을 알아차리고 (빌이 뭘 하든 어머니는 다 알고 있었다) 차분한 어조로 말했다. "넌 도박이 뭔지 아니? 도박은 일종의 세금이야. 멍청한 사람한테 부과되는 세금. 탐욕스러운 사람한테 부과되는 세금이지. 돌고 도는 게 돈이라지만, 전체적으로 보면 돈은 언제나 한 방향으로만 흘러간단다. 정부, 카지노 경영주, 마권 업자, 범죄 조직을 향해서 말이야. 설령 네가 복권에 당첨된다고 해도, 그런 자들을 상대로 승리를 거둔다는 뜻은 절대아냐. 그자들은 여전히 자기 몫을 챙길 테니까 말이야. 만에 하나 당첨되더라도, 넌 단지 무일푼이 된 패배자들을 짓밟고 이겼을 뿐이야."

빌은 그런 어머니가 야속했다. 어머니는 빌의 복권을 압수하지도 않았고, 무슨 벌을 준 것도 아니고, 심지어 다시 복권 사는 걸 금지하거나 하지도 않았다. 그녀는 아들에게 단지 자기 의견을 말했을 뿐이었다. 유일한 문제는 평범한 10살 어린이에 불과했던 빌은 어머니가한 얘기를 반도 알아듣지 못했다는 점이었다. 그런고로 어머니의 논리를 반박하기는커녕 제대로 평가할 깜냥조차도 없었던 것이다. 어머니는 10살배기 아들이 이해하기도 벅찬 얘기를 함으로써 실질적으로 '넌 멍청하고 욕심쟁이인 데다가 잘못을 저질렀어'라고 유권해석을 내린 것이나 마찬가지였다. 그것도 지극히 차분하고 이성적인 어조로 말이다. 그 사실이 분해서 빌은 눈물을 흘릴 뻔했다.

복권은 꽝이었고 빌은 다시는 복권을 사지 않았다. 8년 후 집을 나온 빌이 사회보장국에서 데이터를 입력하는 사무직으로 취직했을 무렵, 정부가 발행하는 복권들 대부분은 새로운 방식인 로또 복권으로 교체된 상태였다. 구매자 본인이 쿠폰에 인쇄된 숫자들에 직접 표시를 하고 이렇게 선택한 숫자들이 나중에 기계가 뱉어내는 공들의 숫자와 일치하기를 바라는 식이었다.

빌은 이 변화를 국민을 봉으로 아는 정부의 시니컬한 계책으로 받아들였다. 통계학에 무지한 일반 대중에게, 로또는 구매자에게 '기술'이나 '전략'을 이용해서 당첨될 확률을 높일 기회를 준다고 몰래 귀띔하는 것이나 다름없기 때문이다. 복권에 찍힌 변경 불가능한 숫자에는 더 이상 연연할 필요가 없고, 이제는 구매자 취향대로 빈칸에 표시를 할 수 있습니다! 복권을 사는 사람에게 결정권이 있다는 이런 환상으로 인해 더 많은 봉이 낚일 것이고 이것은 더 많은 수익으로 이어진다. 사기도 이런 사기가 없었다.

이 로또 복권의 TV 광고는 일찍이 본 적이 없을 정도로 저질스럽고 메스꺼운 것이었다. 바보 천치처럼 히죽거리는 당첨자들이 폭포수처럼 쏟아져 내리는 지폐를 맞으며 어색하게 환호하고, 치어리더들이 양손에 든 폼폼 뭉치를 마구 흔들고, 싼 티 나는 특수 효과가 화면을 가득 메우고, 호화 요트와 샴페인 그리고 운전기사가 딸린 리무진 영상이 군데군데 삽입되는 식이다. 빌은 이 광고를 보다가 토할 뻔했다.

그러나 빌이 미처 생각 못 했던 제3의 측면도 존재했다. 라디오 광고는 TV보다는 그나마 덜 끔찍해서, 벼락부자가 되어 복수를 하자는 식의 각본을 동원해서 구매자에게 호소했다. 갑질을 일삼던 집주인을 몰아낸다든지, 못돼먹은 직장 상사를 정리 해고한다든지, 입장을 거부당한 적 있는 나이트클럽을 통째로 사들이자는 식이었다. 우매함이나 탐욕스러움에는 관심이 없었지만 이 광고는 빌의 아픈 곳을 찔렀다. 빌은 자신이 광고주의 술책에 놀아나고 있다는 사실을 뚜렷하게 자각했으나 솔깃했던 것만은 어쩔 수 없었다. 단말기에 키보드로 쓸데없는 정보를 입력하면서(또는 기술 발전 탓에 빌이 완전히 퇴물이 되어버리지 않는다면, 나날이 발전하는 과학기술이 빌 같은 말단 노동자에게 요구하는 새로운 노동에 종사하면서) 향후 42년을 허비하고, 실낱같은 탈출 가능성도 없는 상태에서 그렇게 번 수입 대부분을 집세로 지출해야 한다니, 상상만 해도 끔찍했다.

그런 연유로, 모두 술책임을 알고 있었음에도 불구하고 빌은 굴복했다. 매주 로또 용지에 숫자를 기입하고 세금을 냈던 것이다. 하지만 이건 탐욕에 대한 세금이 아니라 희망을 위한 세금인 희망세야. 빌은 이렇게 자위했다.

앤절라는 슈퍼마켓 계산대에서 일했고, 손님에게 전자 결제 카드를 어디 대야 하는지를 알리거나 스캐너가 상품 바코드를 제대로 읽지 못할 때 해당 캔이나 상자의 위치를 조정하는 일에 종사했다. (자동적으로 이 작업을 수행할 수 있는 장치는 〈히타치〉에서 이미 개발했지만, 이 장치에 내장된 패턴 인식 소프트웨어를 제3자가 손에 넣을 것을 우려한 미국 방부가 극비리에 모든 장치를 사들인 탓에 시판되지 않았다.) 빌은 대기 줄이 아무리 길어도 언제나 앤절라의 계산대에서 계산을 했고, 마침내 어느 날 병적인 부끄럼증을 극복하고 그녀에게 데이트를 신청했다.

앤절라는 빌이 말을 더듬는다는 사실에도 개의치 않았다. 설령 다른 문제들이 있었다고 해도 마찬가지였을 것이다. 빌이 정서적으로 장애인에 가까운 것은 맞지만, 그럭저럭 잘생긴 데다가 일단은 상냥했고 너무 내성적인 탓에 폭력을 행사하거나 과도한 집착을 보일 염려도 없었다. 얼마 지나지 않아 그들은 정기적으로 만나서 깔끔하다고 할 수는 없어도 쌍방에게 기분 좋은 행위를 거듭하는 관계로 발전했다. 물론 인체나 바이러스에 기인한 유전물질을 섣불리 교환하는 일이 없도록 충분한 방호 조치를 취하는 것도 잊지 않았다.

그러나 라텍스 제품을 아무리 많이 동원하더라도 성적인 친밀함이 두 사람 뇌의 다른 부분에 깊숙이 뿌리를 내리는 것까지 예방하지는 못했다. 처음 사귀기 시작했을 무렵에는 두 사람 모두 이 관계가 오래갈 거라고는 기대하지 않았지만, 몇 달이 지나도 이들의 관계는 파탄 날 기색이 없었다. 서로에 대한 호감이 줄어들기는커녕 상대방 용모나 행동의 많은 부분에 되레 익숙해지고 심지어 애정조차 느끼기 시작했던 것이다.

이런 유대감이 순수하게 무작위적인 것인지, 관계 형성기의 영향에 의한 것인지, 아니면 외부로 발현된 쌍방의 유전자들 일부의 결합이 자손 번식에 유리하게 작용한 적이 있다는 사실의 궁극적인 반영인지는 알 수 없다. 아마 이 세 가지 요소가 모두 조금씩 영향을 끼쳤는지도 모른다. 하여튼 그들의 상호 의존은 한층 더 심화되었고, 급기야는 헤어지느니 차라리 결혼하는 쪽이 더 쉽고 간단해 보이는 수준에 도달했다. 일단 이 사실을 받아들이자 결혼은 사춘기나 죽음에 거의 맞먹을 정도로 자연스러운 과정처럼 느껴지기 시작했다. 그러나 아이를 가진다는 것은 그들 입장에서는 결혼과는 무관한 공상에 불과했다. 설령 여러 측면에서 빌과 앤절라를 빼닮은 커플이 자식 농사를 잘 지어서 많은 자손을 남긴 과거 선례가 있다고 한들, 빌과 앤절라의 실제 경제 상태는 맞벌이를 하더라도 빈곤 선을 겨우 넘길 정도였기 때문이다. 아이를 가지는 것은 처음부터 논외였다.

세월이 흐르고 정보 혁명이 계속되면서 그들이 맡았던 원래 업무는 아예 사라져 버렸지만, 양쪽 모두 어떻게든 잘리지 않고 피고용 상태를 유지할 수 있었다. 빌은 광학식 글자 판독기에 의해 대체되었지만 컴퓨터 오퍼레이터로 승진했다. 바꿔 말해서, 레이저 프린터의 토너를 교체하고 용지가 걸렸을 때 해결하는 역할을 맡았다는 뜻이다. 앤절라는 판매 관리자로 승진했는데 실제로 하는 일은 매대 감시였다. 카드식 자동 판매대가 대세가 된 슈퍼마켓에서 옛날에 하던 방식의 도둑질은 아예 불가능해졌지만, 앤절라 같은 점원이 옆에서 대기하고 있음으로써 기물 파손이나 강도 행위를 방지할 수 있다는 논리다. (감시원 쪽이 진짜 경비원보다 싸게 먹힌다는 점은 말할 나위도 없다.) 어떤 단추를 눌러야 할지 모르는 손님을 돕는 것도 그녀의 업무 중 하나였다.

이런 변화와는 대조적으로, 이들과 생명과학 혁명 사이의 최초 접촉은 자발적인 동시에 유익한 결과를 가져왔다. 인종적으로 핑크빛 피부를 타고난 빌과 앤절라는(이런 피부는 햇볕을 쬐면 갈색으로 변하기보다는 한층 더 불그스름해지는 경향이 있었다) 자줏빛이 도는 칠흑의 피부를 획득했다. 인공 레트로바이러스 운반체를 이용해서 멜라닌 색소의 합성과 전이를 촉진하는 유전자를 본인의 멜라닌 생성 세포에 삽입하는 시술을 받았던 것이다. 이 시술이 유행한 것은 단지 미용적인 효과 때문만이 아니었다. 확대일로를 걷고 있는 남극의 오존홀은 이제 오세아니아 대륙 대부분을 뒤덮었고, 그 탓에 이미 세계 최고였던 오스트레일리아의 피부암 발생률은 무려 네 배로 뛰었다. 자외선 차단제는 끈적거리고 비효율적일 뿐만 아니라 장기 사용 시에는 유해한 부작용이 발생하기 쉽다. 아열대를 넘어 숫제 열대 수준으로 뜨거워지고 있는 기후에서, 1년 내내 손목에서 발목까지 완전히 가리는 옷을 입고 살고 싶어 하는 사람은 아무도 없었다. 과거 두 세대에 걸쳐 최대한 피부를 노출하는 습관을 발달시킨 대중이, 거의 빅토리아 시대를 방불케 하는 옷차림으로 역행하는 것은 애당초 문화적으로 가능한 일이 아니었다. 가장 쉬운 해결책은 인공 태닝을 통해 최대한 짙게 그은 피부를 선호하는 종래의 풍조를 극복하고, 흰 피부를 가지고 태어난 사람들도 사실상 흑인이 될 수 있다는 현실을 받아들임으로써 종래의 미의식을 조금 변화시키는 것이었다.

물론 약간의 알력도 존재했다. 피해망상에 사로잡힌 우익 집단들은(과거 몇십 년에 걸쳐 인종차별주의는 피부색 같은 사소한 특징이 아니라 '논리적'으로 설명 가능한 다문화 혐오증에 근거한다고 우겨대던 자들이다) 전염되지도 않는 예의 레트로바이러스를 '흑사병'으로 지칭하며 황당한 음모론을 펼쳤다. 소수의 정치인과 저널리스트들도 완전히 명청하게 보이는 일 없이 일반 대중의 불안감을 악용할 목적으로 여기 저기를 들쑤셔 보았지만 씨알도 먹히지 않자 결국은 입을 다물었다. 신新흑인들은 잡지 표지와 연속극과 상업 광고에 등장하기 시작했고, 이런 매체에서 예나 지금이나 투명 인간이나 다름없는 취급을 받아 온 오스트레일리아 원주민들은 이 현상에 대해 쓴웃음 섞인 반응을 보였다. 시간이 흐를수록 이런 유행은 가속화되었다. 법으로 흑인화 시술을 금지하자고 로비하는 위인들도 없지는 않았지만 문제는 그 것을 뒷받침할 논리가 전무하다는 점이었다. 흑인이 되라고 강요받 은 사람은 아무도 없었고, 나중에 마음이 바뀐 사람들을 위해서 해당 유전자들을 제거하는 바이러스까지 이미 개발 완료된 상태였기 때문 이다. 게다가 이 시술은 국가가 지출하는 의료비를 대폭 절감해 주는 효과까지 있었다.

어느 날, 오전 중이었음에도 불구하고 빌은 앤절라가 일하는 슈퍼 마켓에 나타났다. 동요한 기색이 너무나도 역력했던 탓에 앤절라는 남편이 직장에서 해고되었거나, 부모님 중 한 분이 돌아가셨거나, 아 니면 빌 본인이 무슨 불치병 선고를 받은 것이 틀림없다고 지레짐작 했다.

빌은 자기가 할 말을 이미 예습해 온 듯했다. 거의 주저하지 않고 이렇게 말했기 때문이다. "어젯밤 로또 추첨 방송을 보는 걸 깜박했 잖아? 그래서 아까 봤더니 당첨됐더라고. 상금 액수는 사천, 칠백만, 마, 만…"

앤절라는 타임카드를 찍고 퇴근했다.

그들은 조촐한 새집이 지어지는 동안 로또 당첨자들의 필수 행사라고 할 수 있는 세계 일주 여행을 다녀왔다. 몇십만 달러를 친구들과 친척들에게 나눠준 뒤에도(빌의 부모는 한 푼도 받지 않겠다며 거절했지만, 빌의 형제자매와 앤절라의 가족들은 그런 거부감과는 무관했다) 상금은 거의 4,500만 달러 이상 남아 있었다.[*] 워낙 거액이라서 예전부터 가지고 싶었던 소비재를 몽땅 구입하는 정도로는 그들의 자산은 줄어들 기색조차도 보이지 않았다. 부부 모두 도금한 롤스로이스라든지 자가용 제트기, 반 고흐, 다이아몬드 따위에는 흥미를 느끼지 않았다. 가장 안전한 곳들에 투자한 1,000만 달러의 배당금만으로도 일생 동안 호화로운 생활을 할 수 있다는 것만으로도 충분했다. 그런 그들이 차액을 가치 있는 곳에 즉각 기부하지 않았던 것은 탐욕스러워서라기보다는 우유부단한 탓이었다.

정치적, 생태학적, 기후적 재해로 인해 만신창이가 된 이 세계에서 그들이 할 수 있는 일은 얼마든지 있었다. 어떤 프로젝트를 후원하면 좋을까? 온실효과로 유발된 홍수가 빈발하는 방글라데시 범람원의 수몰을 저지해 줄지도 모를 히말라야 수력발전소 건설 계획? 북부 아프리카의 척박한 토양에서도 튼튼하게 잘 자라는 곡물의 개발 연구? 브라질의 극히 일부를 다국적 영농 기업으로부터 되사들임으로써 현지인들의 식량 수입을 생산으로 전환하고, 대외 채무를 줄인다는 안은 어떨까? 아니면 그들의 모국인 오스트레일리아에서 여전히 참담한 수준에 머무르고 있는 원주민 영아 사망률을 낮추는 투쟁에 참가

---

[*] 호주 달러 환율로 계산 시, 한화로 약 390억 원 정도 된다.

할까? 3,500만 달러를 쓴다면 상술한 어느 활동에도 큰 도움이 되겠지만, 앤절라와 빌은 올바른 선택을 하는 데 집착한 나머지 몇 달, 급기야는 몇 년이 지난 뒤에도 여전히 결단을 미루고 있었다.

그러는 동안, 금전적 제약이 사라진 그들은 아이를 가져보려고 했다. 2년이나 노력했는데도 아이가 생기지 않자 결국 병원에서 진단을 받아보기로 했고, 앤절라의 몸이 빌의 정자에 대한 항체를 만들어 내고 있다는 사실을 통고받았다. 이것은 큰 장애가 되지는 않았다. 두 사람 모두 생리적으로 불임이 아니었으므로, 각자가 생식세포를 제공해서 체외 수정을 하면 앤절라는 임신할 수 있었다. 문제는 그런 과정을 실행해 옮겨줄 의사였다. 이 의문에 대한 유일한 해답은 물론 돈으로 살 수 있는 최고의 인공수정 전문가였다.

샘 쿡은 최고의 전문가였다. 그게 아니라면 적어도 최고의 전문가라는 명성을 누리고 있었다. 그는 지난 20년 동안 불임 여성들의 치료와 출산 분야에서 큰 성공을 거뒀다. 최고 기록은 일곱 쌍둥이였다. 굳이 여러 개의 배아를 착상시키지 않더라도 임신이 가능해진 것은 이미 오래전의 일이지만, 보도 매체는 최소 다섯 쌍둥이 정도는 되어야 독점 취재에 흥미를 보이는 법이다. 특히 쿡의 품질 관리 능력은 동업자들 사이에서도 군계일학으로 평가받고 있었다. 그는 도쿄에서 인간 게놈 프로젝트에도 참여함으로써 그의 전문 분야인 여성 의학, 산과학, 태생학에 분자생물학을 추가했다.

부부의 임신 계획을 복잡하게 만든 것은 다름 아닌 이 품질 관리였다. 혼인 증명서를 발부받기 위해 그들은 평범한 병리과 의사에게

유진   57

혈액 샘플을 보냈는데, 의사는 근육위축증이나 낭포성 섬유증, 헌팅턴 무도병 등의 극단적인 질환에 관한 검사만 했을 뿐이었다. 그러나 최신 장비를 보유한 〈휴먼 퍼텐셜〉의 검사는 그보다 천배는 더 철저했다. 〈휴먼 퍼텐셜〉의 검사 결과에선, 빌이 자신의 아이를 임상적 우울증에 빠지게 쉽게 만들 수도 있는 유전자를 보유하고 있단 사실이 판명되었다. 앤절라는 과잉행동장애를 유발할 수 있는 유전자를 보유하고 있었다.

쿡은 그들이 어떤 선택을 할 수 있는지를 자세히 설명해 주었다. 한 가지 방법은 TPGM, 즉 제3자 유전물질third-party genetic material을 쓰는 것이었다. 질이 낮은 유전물질에 기댈 필요도 없었다. 〈휴먼 퍼텐셜〉은 노벨상 수상자의 정액을 대량으로 보유하고 있었기 때문이다. 그에 걸맞은 수의 난자를 가지고 있지는 않았지만(난자는 정자보다 훨씬 채취하기 힘든 데다가 대다수의 여성 수상자는 이미 환갑을 훌쩍 넘긴 나이였다) 그것을 대신해 줄 혈액 샘플을 수집해 둔 상태였다. 이럴 경우 인공수정은 혈액 샘플에서 추출한 염색체들을 배수체에서 반수체로 인위적으로 전환한 다음, 앤절라가 제공한 난자에 삽입하는 식으로 이루어진다.

그보다 비용이 조금 더 들긴 하지만 남의 것이 아닌 본인들의 생식세포만 쓰는 대안도 있었다. 직접 유전자치료를 받고 결함을 수정하는 방식으로 말이다.

빌과 앤절라는 2주 동안 머리를 맞대고 의논했지만, 선택 자체는 어렵지 않았다. TPGM에 의해 탄생한 아이들의 법적 지위는 여전히 혼란스럽기 짝이 없어서, 오스트레일리아 각 주마다도 조금씩 달랐다. 다른 나라들과의 차이는 말할 나위도 없다. 게다가 가능하다면 생물학적으로도 친부모가 되고 싶은 것이 인지상정 아닌가.

다시 쿡과 면담했을 때 앤절라는 이 결정에 관해 설명하면서 자기들의 자산 규모가 얼마나 되는지 밝혔다. 이렇게 미리 귀띔해 두면 쿡은 예산 절약을 위해 이런저런 옵션을 생략할 필요를 느끼지 않을 테니까 말이다. 부부는 로또 당첨 사실을 지금까지 공표하지 않았지만, 그들을 위해 기적을 행해줄 사내한테까지 그런 태도를 취하는 것은 말이 안 됐다.

쿡은 이 고백을 침착하게 받아들였고 부부의 현명한 판단을 치하했다. 그런 다음 그는 미안한 표정으로 이렇게 덧붙였다. 지난번에는 여러분의 재정 상태에 관해 전혀 몰랐던 탓에, 가능한 선택 범위에 대해 약간 잘못된 인상을 드렸는지도 모르겠습니다.

기왕에 유전차치료를 선택하셨다면, 대충 해서 낭비할 필요는 없지 않습니까? 부적응자가 될 운명으로부터 구출한 아이를, 평범함이라는 저주를 걸어둔 채로 방치할 생각입니까? 그보다 훨씬 더 많은 혜택을 받을 수 있는데도? 방금 언급하신 예산을 바탕으로 〈휴먼 퍼텐셜〉의 설비와 전문 기술을 동원한다면, 정말로 비범한 아이를 태어나게 할 수 있습니다. 높은 지능, 창조성, 카리스마 등에 관련된 특정 유전자들은 적든 많든 판명되었기에, 아직 연구가 미비한 절차의 경우에도 적시에 충분한 연구 자금, 이를테면 2,000만에서 3,000만 달러를 쾌척해 주신다면 금세 해결이 가능합니다.

앤절라와 빌은 아연실색한 표정으로 시선을 교환했다. 30초 전만 해도 그들은 평균적이고 건강한 아기를 낳기 위한 상담을 하고 있지 않았는가. 쿡의 노골적인 돈 요구는 너무나도 속이 빤히 들여다보여서 믿기 힘들 정도였다.

쿡은 부부의 시선을 전혀 눈치채지 못한 듯한 기색으로 말을 이어갔다. 그래주신다면 당연히 이 건물의 명칭을 〈L. K. 로빈슨/마거릿 리/듄사이드 로터리 클럽 연구소〉에서 〈앤절라와 빌 쿠퍼/L. K. 로빈슨/마거릿 리/듄사이드 로터리 클럽 연구소〉로 변경함으로써 두 분의 공헌을 기념하고, 해당 연구에 기인한 모든 논문과 언론 보도에서도 두 분의 자선 활동이 반드시 언급되도록 계약으로 보장하겠습니다.

앤절라는 웃음을 억지로 참으려다가 기침 발작을 일으켰다. 빌은 카펫의 한 지점을 응시하며 뺨 안쪽을 자근자근 씹었다. 기부를 통한 자기선전에만 관심이 있는, 이곳 도시의 위선적인 사교계 명사들에게 합류한다는 것은 그들 입장에서는 자기 배설물을 먹는 것만큼이나 매력적인 행위였다.

그러나 이 얘기에는 그들이 미처 생각 못 했던 제3의 측면이 존재했다.

"지금 우리가 사는 세계는," 쿡은 느닷없이 준엄하고 음울한 어조로 말했다. "최악의 상태입니다." 빌과 앤절라는 여전히 웃음을 참으려고 노력하면서 말없이 고개를 끄덕였다. 쿡의 의견에는 100퍼센트 찬성이었지만, 혹시 이러다가 애 따윈 처음부터 아예 안 낳는 것이 상책이라는 소리를 듣는 것은 아닐지 전전긍긍하고 있었다. "지구의 모든 생태계에서 그나마 개발되지 않은 것들은 환경 오염으로 빈사 상태입니다. 기후는 인간이 인프라를 개선하는 것보다 더 빠르게 급변하고 있습니다. 생물은 종 단위로 멸종하고, 사람들은 기아에 시달리고 있습니다. 지난 10년 동안 벌어진 전쟁으로 인한 사상자 수는 지난 세기에 벌어진 전쟁 사상자 수보다 더 많습니다." 빌과 앤절라는 다시 고개를 끄덕였다. 이제는 두 명 모두 엄숙한 표정이었지만, 쿡이 왜 이렇게 갑자기 화제를 바꿨는지 여전히 의아해하고 있었다.

"과학자들은 최선을 다하고 있지만, 그것만으로는 충분하지 않습니다. 정치인들도 마찬가지입니다. 정치인들의 경우는 전혀 놀랄 일이 아닐지도 모르겠군요. 그치들은 세상을 이 꼴로 만든 멍청이들로부터 불과 한 세대밖에는 떨어져 있지 않으니까요. 그렇다면 부모들이 저지른 잘못을 회피하고, 원상 복구하고, 완전히 초월할 수 있는 아이란 도대체 어떤 아이일까요?"

쿡은 말을 멈췄고, 갑자기 눈이 부실 정도의, 거의 지복의 경지에 달한 미소를 떠올렸다.

"어떤 아이일까요? 아주 특별한 아이, 바로 당신들의 아이입니다."

20세기 후반에 분자우생학에 반대한 사람들은 현대의 우생학 트렌드와 기탄할 만한 과거사들과의 유사점을 거의 유일한 논거로 삼았다. 즉, 골상학이나 관상학 따위의 19세기 유사 과학은 인종과 계급 간 차이에 관한 선입관을 정당화하기 위해 발명되었으며, 인종적

열등성에 관한 나치스의 이데올로기는 유대인 대학살로 직결되었고, 따라서 거의 학술지에서나 찾아볼 수 있었지만 인종차별을 과학적으로 그럴듯한 학문으로 격상시키려는 시도로 악명을 떨쳤던 급진적인 생물학적 결정론 역시 한통속이라는 논리였다.

그러나 세월이 흐르면서 인종차별적이라는 우생학의 오명은 점점 풍화했다. 유전공학은 과거에는 건강을 악화시킬 뿐만 아니라 일부는 치명적이기까지 했던 10여 종의 유전병들에 대해 지극히 효과적인 신약이나 백신뿐만 아니라 종종 완치조차도 가능케 하는 유전 요법들을 대량으로 제공해 주었기 때문이다. 분자생물학자들 모두가(마치 이들 모두가 똑같은 사상을 가지고 있다는 듯이) 아리아족 초인들이 지배하는 세계를 만들어 내려고 획책하고 있다는(게다가 그 사실, 오로지 그 사실만이 상정 가능한 유일한 악용 사례라는 듯한) 주장은 누가 보아도 부조리했고, 교묘한 언사로 과거의 공포를 악용하려고 했던 자들은 이제 공격 수단을 잃었다.

앤절라와 빌이 쿡의 제안을 숙고하기 시작했을 무렵, 이 분야의 지배적인 레토릭은 10년 전과는 거의 정반대였다. 현대의 우생학은 그것을 실천하는 전문가들로부터 인종차별주의 신화를 타파해 줄 무기로 간주되고 있었다. 정말로 중요한 것은 개개인의 유전적 특성이며, 이것들은 그 효용성에 비춰 '객관적으로' 평가받아야 한다는 식이다. 현대의 우생학자들이 과거에는 '민족성'으로 치부되던 여러 유전적 특성의 역사학적인 결합에 대해 느끼는 흥미는 지질학자가 국경에 대해 느끼는 흥미와 대동소이하다. 중대한 장애를 초래하는 유전적 질병의 발생률을 낮추는 일에 누가 반대한단 말인가? 다음 세대가 동맥 경화증이나 유방암이나 뇌졸중에 걸릴 위험을 낮출 뿐만 아니라 자외선이나 환경오염이나 스트레스에 대한 저항력까지 올려준다는데 누가 반대한단 말인가? 핵폭발로 인한 방사능 낙진에 대한 내성은 말할 나위도 없다.

전 세계의 환경적, 정치적, 사회적 문제를 쾌도난마로 해결할 수 있을 정도로 천재적인 아이를 낳는다는 부분에 대해서는… 그렇게 높은 기대치에 정말로 부응할 수 있다는 보장은 없지만, 적어도 그걸 시도한다고 해서 나쁠 것은 없지 않은가?

그럼에도 불구하고 앤절라와 빌은 여전히 불안감을 지우지 못했고, 쿡의 제안을 받아들인다는 생각에 대해 꼬집어 말하기 힘든 막연한 죄책감을 느꼈다. 부자들만이 우생학의 혜택을 받을 수 있다는 것은 엄연한 현실이다. 하지만 최첨단 의료 서비스는 이미 몇 세기 전부터 부자들의 전유물이 아니던가. 단지 세상 사람들 대부분이 비용을 댈 능력이 없다는 이유만으로 앤절라와 빌은 최신 외과 수술이나 치료 약을 거부하진 않을 것이다. 길고 지난한 연구 과정을 거쳐야 하겠지만 거액을 기부함으로써 모든 아이에게 광범위한 유전자치료를 제공한다는 장기적 목표의 실현에도 일조할 수 있을 것이다. 그러니까 적어도 부자 나라의 중상위 계층에 속하는 모든 아이들에게 말이다.

그들은 〈휴먼 퍼텐셜〉을 다시 방문했다. 쿡은 두 사람을 데려다 VIP 전용 사내 견학을 시켜주었다. 말하는 돌고래들과 최고급 대뇌 피질 표본까지 보여주었지만, 빌과 앤절라는 여전히 마음을 정하지 못했다. 그러자 쿡은 그들에게 설문지를 한 장 건네고 어떤 아이를 원하는지 상세하게 적어보라고 했다. 글로 쓴다면 조금 더 실감할 수 있을지도 모르니까 말이다.

쿡은 설문지를 홀끗 보더니 미간을 찌푸렸다. "선택 안 된 문항들이 있습니다만."

빌은 말했다. "저, 저희가 생각하기엔…"

앤절라가 빌의 말을 가로막았다. "어떤 부분은 그냥 운에 맡기고 싶어서요. 그러면 안 되나요?"

쿡은 어깨를 으쓱했다. "기술적으로는 문제가 되지 않습니다. 단지 그러기엔 너무 아깝다는 생각이 들어서요. 체크하지 않고 공란으로 남겨놓으신 유전적 특성들은 유진의 인생 진로에 결정적인 영향을 끼칠 수도 있습니다."

"그래서 일부러 대답하지 않았던 거예요. 시시콜콜한 세부까지 미리 지정하고 싶진 않아요. 그런 식으로 아이에게 아무런 선택의 여지도 남겨주지 않는다는 건…"

쿡은 고개를 설레설레 흔들었다. "앤절라, 앤절라! 그건 잘못된 관점입니다. 어떤 결정을 내리는 걸 거부한다고 해서 유진이 무슨 개인적인 자유를 얻을 거라고 생각했나요? 천만에요! 정반대입니다. 그런 식으로 책임을 방기한다고 해서 아직 태어나지도 않은 아이에게 선택권이 주어질 리가 없지 않습니까? 운에 맡겼다가는 이상과는 동떨어진 유전적 특성을 감수해야 할지도 모릅니다. 그래서 말인데,

공란으로 남겨두신 항목들을 지금부터 하나씩 짚어봐도 될까요?”

“예.”

빌이 말했다. “우, 우, 운도 자유의 일부일 수 있지 않습니까.” 쿡은 이 말을 무시했다.

“**신장**. 아이의 키가 크든 작든 간에 개의치 않는다는 게 진심입니까? 부모 양쪽의 신장이 평균을 훨씬 밑도니까, 지금까지 사회생활을 해오면서 작은 키가 얼마나 불리한지는 잘 아실 겁니다. 유진한테까지 그걸 물려주실 생각입니까?

체형. 솔직하게 말해서 앤절라, 당신은 과체중이고, 빌은 오히려 너무 말랐습니다. 하지만 사회적으로 최적화된 육체를 부여한다면 유진은 출발 지점부터 유리해질 수 있습니다. 물론 후천적인 생활 방식도 많은 영향을 끼치겠지만, 식사나 운동 습관에 대해서도 상상하시는 것보다 훨씬 더 큰 영향력을 행사할 수 있습니다. 특정 음식을 좋아하게 하거나 싫어하게 할 수도 있고, 운동 시에 뇌에서 분비되는 마약성 물질에 대한 감수성을 최대한 끌어올릴 수도 있습니다.

성기의 크기에 관해 말하자면…”

앤절라는 얼굴을 찌푸렸다. “아니, 그런 거야말로 사소하기 짝이 없는…”

“정말로 그렇게 생각하십니까? 하버드 경영대학원을 졸업한 남성 2,000명을 대상으로 최근 실시된 설문에 의하면, 페니스의 길이는 연봉 예측 변수로서는 IQ에 맞먹을 정도로 유효하다는 결과가 나왔습니다만.

안면 골격. 집단역학 분야 최신 연구 결과에 따르면, 이마와 광대뼈 모두 어떤 개인이 지배적인 지위를 획득할지 여부에 상당한 영향을 끼친다고 합니다. 이따가 보여드리죠.

성적 취향…"

"그런 건 나중에 본인이…"

"선택하면 된다고요? 유감이지만 그런 건 희망적 관측에 불과합니다. 연구 결과는 거의 확정적이니까요. 성적 지향은 배아 단계에서 몇몇 유전자들의 상호작용에 의해 결정됩니다. 나는 동성애자들에 대해 아무런 편견도 갖고 있지 않지만, 그건 도저히 축복이라고는 하기는 힘든 상태입니다. 아, 이러면 기다렸다는 듯이 유명한 동성애자 천재들의 이름을 나열하는 사람들이 있습니다만, 그건 표본 편향 탓입니다. 당연히 성공한 사람들만 유명해지니까요.

음악적 취향. 현시점에서는 아직 거칠게만 조작할 수 있습니다만, 그 사회적인 이점은 결코 평가절하할 수 없고…"

앤절라와 빌은 TV를 켜놓고 거실에 앉아 있었지만, 화면에서 줄기차게 흘러나오는 국방부 광고에는 거의 주의를 기울이지 않았다. 웅장한 음악을 배경으로 제트기들이 대칭을 이루고 멋진 편대비행을 하는 영상이었다. 정부를 민영화하는 최신 법안이 의회를 통과한 결과, 이제 모든 납세자는 자기가 낸 소비세를 정부의 어느 부처에 할당할지를 정확하게 지정할 수 있었고, 각 부처는 그렇게 할당받은 예산을 더 많은 예산 획득을 위한 홍보 활동에 얼마든지 쏟아부을 수 있었다. 요즘 국방부는 잘나가는 부처였다. 복지부는 직원들을 정리 해고하고 있었지만 말이다.

쿡과의 면담은 부부의 불안감을 해소하는 데는 아무 효과도 없었지만, 본인들도 뚜렷한 이유를 대지 못하는 탓에 결국은 무시하는 수밖에 없었다. 반면 쿡은 (최신 연구 결과를 바탕으로) 모든 의문에 대해 확고한 해답을 내놓을 수 있었다. 그런 마당에, 어떻게 그의 얼굴에 대고서 모조리 취소하겠다고 말할 수 있단 말인가? 《네이처》에 게재된 최신 논문들을 논거로 인용해 적어도 10여 가지의 완전무결한 이유를 대지 않는 이상, 그런 폭거를 정당화하는 것은 불가능했다.

문제는 도대체 이 불안의 원인이 무엇인지 감조차도 잡을 수 없다는 점이었다. 단지 유진이 그들에게 가져다줄 예정인 엄청난 명성이 두려운 것일까. 그게 아니라면, 미래의 자식이 달성할 예정인 미지의 (그러나 엄청날 것이 확실한) 업적들에 대해 벌써부터 질투심을 느끼는 것일까. 빌은 이 모든 노력이 인간이라는 존재를 규정하는 중요한 일부를 어떤 식으로든 무력화해 버리지는 않을까 하는 막연한 의구심을 품고 있었지만, 그것을 말로 어떻게 전달해야 할지 도무지 알 수 없었다. 앤절라에게조차도 말이다. 유전자가 어느 정도까지 개인의 운명을 결정하는지 실은 알고 싶지 않다고 고백하란 말인가? 아니면 한 명의 인간을 햄버거처럼 주문에 맞춰 만들어 낼 수 있다는 무미건조한 진실에 직면하느니, 차라리 마음 편한 종래의 신화에… 아니, 이 이상 완곡하게 말해봤자 무의미하다… 새빨간 거짓말에 안주하고 싶다고 선언하란 말인가?

유진

쿡은 천재 아기의 교육에 관해서는 전혀 걱정할 필요가 없다고 장담했다. 그의 인맥을 동원해서, 캘리포니아 최고의 유아 대학에 월반을 전제로 입학시킬 수 있으니까 말이다. 그곳에서 유진은 노벨상 수상자들의 TPGM만을 써서 태어난 천재 아기들과 함께, 베토벤의 선율에 맞춰 흐르는 칸트의 강의를 들으며 뇌를 자극하는 아기 체조를 시행하고, 오후 낮잠을 자면서 대통일 이론을 습득하게 될 것이다. 얼마 지나지도 않아 유진은 자기보다 유전적으로 열등한 급우들과 단지 수재에 불과한 교사들을 추월할 것이 뻔하지만 말이다. 그때부터는 스스로의 교육 방침을 정할 수도 있다.

빌은 앤절라의 어깨에 팔을 두르며 생각에 잠겼다. 그들이 몇천만 달러를 방글라데시나 에티오피아나 앨리스스프링스*에 직접 기부함으로써 달성할 수 있는 것 이상의 일을, 유진이 전 인류를 대상으로 정말로 행할 수 있을지는 확신할 수 없었다. 그러나 유진을 낳는 대신 기부하는 쪽을 택한다면, 빌과 앤절라는 이 망가진 지구를 위해 유진이 어떤 기적들을 행할 수 있었을지 궁금해하면서 여생을 보내는 수밖에 없었다. 생각만 해도 끔찍하다. 그런 고문을 당하느니 차라리 유진을 낳는 식으로 희망세를 내는 편이 낫다.

앤절라가 빌의 옷을 벗기기 시작하자 빌도 호응했다. 굳이 말을 나누지 않아도, 오늘밤이 앤절라의 생리 주기에서 가장 임신하기 쉬운 날임을 알고 있었기 때문이다. 예의 항체 문제가 판명된 뒤에도, 두 사람은 자연 임신을 기대하며 노력했던 시절에 생긴 습관을 여전

※ 오스트레일리아의 중앙부에 위치한 내륙 도시. 원주민이 다수 거주한다.

히 고수하고 있었다.

TV에서 들려오던 웅장한 음악이 느닷없이 멎었다. 군사 병기들의 영상을 보여주던 화면이 지직거리더니 노이즈로 완전히 뒤덮였다. 8살쯤 되어 보이는, 슬픈 눈을 한 소년이 화면에 나타나더니 나직하게 말했다. "어머니. 아버지. 설명드려야 할 일이 하나 있어요."

소년의 배후에는 텅 빈 푸른 하늘이 펼쳐져 있을 뿐이었다. 앤절라와 빌은 말 없이 화면을 응시하며 해설자의 목소리나 자막이 이 영상의 의미를 설명해 주기를 기다렸지만, 아무 일도 일어나지 않았다. 다음 순간 소년은 앤절라와 눈을 마주쳤고, 앤절라는 소년이 그녀를 바라보고 있다는 사실을 깨달았다. 소년이 누구인지도. 앤절라는 빌의 팔을 부여잡고 속삭였다. 충격 탓에 머리가 어질어질했지만, 희열이 깃든 목소리로. "유진."

소년은 고개를 끄덕였다.

한순간 빌은 공포와 혼란에 사로잡혔지만, 곧 부모로서의 자부심이 부풀어 오르는 것을 자각했다. 그는 가까스로 입을 열었다. "시, 시, 시, 시간 여행을 발명했구나!"

유진은 고개를 가로저었다. "아녜요. 컴퓨터에 배아 유전자 프로필을 입력하고, 그 컴퓨터가 인간으로 성장한 해당 배아의 모습을 시뮬레이션하는 광경을 떠올려 보세요. 그런다면 굳이 시간 여행을 동원하지 않아도 외삽을 통해 실현 가능한 미래상들을 알아낼 수 있잖아요? 방금 예로 든 컴퓨터들은 모두 현재에 존재하지만, 그보다 훨씬 더 뛰어난 성능을 가진 컴퓨터가 현재가 아닌 잠재적인 미래에 존재하는 경우에도 그와 똑같은 일이 일어날 가능성이 존재한답니다. 따라서 그런 미래가 실제로 존재하고, 과거에 영향을 끼치고 있다고 형식적으로나마 가정하는 행위는 유용한 수학적 수단이 될 수 있어요. 기하광학幾何光學에서 거울에 비친 물체의 반사상을 편의상 그 거울 뒤에 실제로 존재하는 물체로 간주하면 여러모로 계산이 편리해지는 것과 똑같은 이치랄까요. 어디까지나 형식주의적인 편법이긴 하지만요."

앤절라는 말했다. "그럼 우리가 마치 미래에서 온 것처럼 보이는 너를 이렇게 마주하고 대화를 나눌 수 있는 건 네가 미래에 그런 장치를 발명할 가능성이 있기 때문이라는 거야?"

"네."

빌과 앤절라는 서로를 흘끗 보았다. 드디어 모든 고민을 종식시킬 수 있다! 이제 유진이 세계를 위해 무슨 일을 해줄지를 정확하게 알 수 있으니까 말이다!

"만약 네가 미래에서 왔다고 가정한다면," 앤절라는 신중한 어조로 말했다. "부모인 우리한테 무슨 얘기를 해주고 싶어? 혹시 지구 온난화를 저지했니?" 유진은 슬픈 표정으로 고개를 가로저었다. "그럼 전쟁을 없앴어?" 아뇨. "기아 문제를 해결했어?" 아뇨. "암을 정복했어?" 아뇨. "그럼 뭘 한 거야?"

"열반으로 가는 길을 찾았다고 해야겠죠."

"그게 무슨 뜻이야? 영원한 생명? 무한한 행복? 지상낙원?"

"아뇨. 글자 그대로 열반이요. 모든 욕망이 사라진 상태."

빌은 전율했다. "서, 서, 설마 제, 제노사이드를 말하는 건 아니지?

이, 인류 전체를 며, 며, 멸망…"

"아녜요, 아버지. 그러는 건 쉽겠지만 그런 일은 절대 하지 않아요. 인간은 각자 자기만의 길을 찾아야 하는 법이니까요. 게다가 죽음은 해결책으로서는 불완전해서, 이미 존재했던 걸 지우지는 못해요. 열반이란 아예 존재한 적이 없는 상태를 의미하니까요."

앤절라가 말했다. "무슨 뜻인지 모르겠어."

"잠재적으로 현실이 될 수 있는, 나라는 존재는 단지 이 텔레비전에만 영향을 끼치고 있는 게 아녜요. 은행 계좌를 확인해 보면 나를 만들어 내기 위해서 쓰였을지도 모를 돈이 모두 출금되었다는 걸 알 수 있을 겁니다. 그렇게 낙담하실 필요는 없어요. 아버지와 어머니 모두 높이 평가하는 자선단체들에 기부했으니까요. 컴퓨터 기록상으로는 누가 봐도 본인들이 기부한 것처럼 보일 테니 부정하게 인출됐다고 호소해 봤자 소용 없을걸요."

앤절라는 당혹한 어조로 물었다. "하지만… 넌 행복하고 풍요로운 삶을 살면서 전 인류를 위해 위대한 업적을 남길 수도 있었을 텐데, 왜 그런 재능을 스스로를 파괴하는 데 쓰려는 거야?"

"왜?" 유진은 미간을 찡그렸다. "나더러 내 행동을 설명하라는 겁니까? 이런 나를 만든 건 아버지와 어머니인데도? 그래도 사적으로 나의 주관적인 의견이 듣고 싶으시다면 이렇게 대답하죠. 단지 존재 안 하는 것만으로도 이토록 많은 일을 달성할 수 있는 걸 알게 되니 굳이 존재해야 할 이유를 못 찾겠더라고요. 하지만 이건 '설명'이라고는 할 수 없겠고, 단지 뇌 신경 레벨에서나 제대로 기술될 수 있는 과정을 합리화한 것에 지나지 않다고 봐야겠죠." 유진은 미안한 기색으로 어깨를 으쓱해 보였다. "사실 그런 질문은 무의미합니다. 왜 그러냐고요? 물리법칙, 시공의 경계조건이 그러하니까 그러하다고 할 수밖에요. 그 이상 어떤 대답이 가능하겠어요?"

유진은 화면에서 사라졌다. 연속극이 시작되었다.

그들은 거래 은행 컴퓨터에 접속해 보고, 방금 경험한 것이 공유된 환각이 아님을 실감했다. 계좌는 텅 비어 있었다.

그들은 두 사람만 살기에는 너무 큰 집을 팔았지만, 매도금 대부분은 그보다 훨씬 작은 집을 사는 데 쓰였다. 앤절라는 관광 안내원으로 취직했다. 빌은 쓰레기 수거차 일자리를 얻었다.

물론 쿡의 연구는 그들 없이도 계속되었다. 그는 컨트리음악을 노래할 수 있으며 심지어 이해하기까지 하는 침팬지 네 마리를 만들어 내는 데 성공했고, 그 업적 덕에 노벨상과 그래미상 양쪽 모두 수상했다. 세계 최초로 3세대 체외수정법을 통해 다섯 쌍둥이의 착상과 분만을 성공시킴으로써 기네스북에도 올랐다. 그러나 쿡을 위시한 전 세계 우생학자들이 추진하는 슈퍼 아기 프로젝트는 마가 끼었는지 난항에 난항을 거듭했다. 스폰서들은 이렇다 할 이유 없이 자금 제공을 취소했고, 기계 장비는 툭하면 고장이 났고, 연구소에서는 화재가 빈번하게 일어났다.

쿡은 자신이 얼마나 완벽한 성공을 거뒀는지 꿈에도 모르는 채 세상을 떠났다.

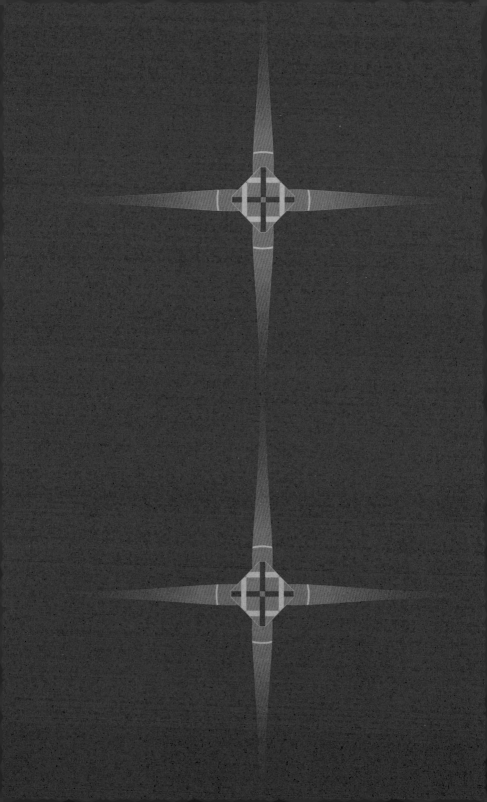

3

대여금고

The Safe-Deposit Box

내게는 소박한 꿈이 하나 있다. 이름을 가지는 꿈이다. 오직 하나뿐이고, 죽을 때까지 내 것인 이름. 그게 어떤 이름인지는 모르지만 그런 건 중요하지 않다. 내가 이름을 가지고 있다는 사실을 아는 것만으로도 충분하므로.

잠에서 깬 것은 (여느 때처럼) 자명종이 울리기 직전이라서, 시끄러운 알람 소리가 울려퍼지기 전에 재빨리 손을 뻗어 끌 수 있었다. 곁에서 자고 있는 여자는 꼼짝도 하지 않는다. 이 여자도 나와 같은 시각에 깨어나는 건 아니었으면 좋겠다. 실내는 지독하게 추웠다. 칠흑 같은 어둠 속에서 빨갛게 빛나는 디지털 탁상시계의 숫자가 천천히 뚜렷해진다. 3시 50분이라니! 나는 나직하게 신음했다. 이번엔 무슨 직업일까? 쓰레기 수거인? 우유 배달원? 이 몸은 여기저기 쑤시고 피곤하지만 그걸로 뭘 알 수 있는 것은 아니다. 최근 들어서는 모두가 직업이나 수입이나 생활 방식과는 무관하게 몸이 쑤시고 피곤하기 일쑤였기 때문이다. 어제 나는 다이아몬드를 거래하는 보석상이었다. 백만장자까지는 아니지만 상당히 부유한 인물이었다. 이틀 전에는 벽돌공이었고, 그 전날에는 남성복 판매원이었다. 그러나 내가 누구든 간에 따뜻한 침대에서 억지로 기어 나올 때 느끼는 기분은 대동소이했다.

반사적으로 옆에 있는 탁상 등의 스위치로 손을 뻗었다. 불이 들어오자 여자가 몸을 뒤척이더니 "조니?"라고 웅얼거리지만 눈은 여전히 감겨 있다. 나는 현재 숙주의 기억에 처음으로 액세스해 보았다. 그러면 종종 자주 쓰는 이름을 알아낼 수 있기 때문이다. 린다? 아마 이것일지도 모른다. 린다. 나는 소리 없이 이 이름을 발음해 보고, 잠들어 있는 여자의 얼굴을 거의 덮다시피 한 부드러운 갈색 머리카락을 바라본다.

이 여자는 초면일지도 모르지만 워낙 익숙한 상황인지라 내심 편안함을 느낀다. 잠든 아내를 정겹게 바라보는 남편. 나는 그녀를 향해 속삭였다. "사랑해." 본심이다. 눈앞의 이 여자(내 입장에서는 기껏해야 흘끗 들여다볼 수 있을 뿐인 과거와, 앞으로도 결코 공유할 일이 없는 미래를 가진)를 사랑한다는 뜻은 아니어도, 오늘 만난 이 여자를 포함하고 있는 집합적 개념으로서의 여성을 사랑하기 때문이다. 무상하게 가물거리는 나의 반려자, 나의 연인은 무수히 많고 거의 무작위한 단어와 제스처로 이루어져 있으며, 그런 존재가 성립할 수 있는 이유는 오직 그런 존재를 바라보는 내가 존재하기 때문이다. 그녀의 전모를 아는 사람 역시 나밖에 없다.

낭만적이었던 젊은 시절에는 이런 몽상을 하곤 했다. 설마 나 같은 존재가 단 하나뿐일 리가 없잖아? 나와 똑같은 방식으로 살아가지만, 아침마다 남자가 아닌 여자 몸에서 깨어나는 사람도 있지 않을

78

까? 혹시 나의 숙주를 선정하는 불가사의한 힘들이 그녀에게도 동시에 작용함으로써 우리를 한 장소로 끌어당기고, 매일매일 함께 있을 수 있도록 해주지는 않을까? 두 사람이 한 숙주 커플에서 다른 숙주 커플로 함께 옮겨 다니는 식으로?

그런 상상은 있음 직하지도 않을뿐더러 사실도 아니다. 가장 최근에(거의 20년 전의 일이지만) 중압을 못 이기고 무너져 내린 내가 이 믿기 힘든 진실을 당시 숙주의 아내에게 털어놓았을 때도, 그녀는 안도와 공감의 외마디 비명을 올리며 실은 나도 당신과 마찬가지라고 고백하거나 하지는 않았기 때문이다. (실제로는 별다른 반응을 보이지 않았다고 해야 할 것이다. 나는 그녀가 남편의 지리멸렬한 언행에 경악하고 충격을 받은 나머지 완전히 미친 사람 취급할 것이라고 예상하고 있었다. 그러나 그녀는 잠시 내 말에 귀를 기울였을 뿐이었고, 따분하거나 이해 불가능한 헛소리라고 판단했는지 현명하게도 하루 종일 나를 방치해 두었던 것이다.)

그런 상상은 현실이 아닐뿐더러 애당초 문제가 되지 않는다. 나의 연인이 1,000개의 얼굴을 가지고 있는 것은 사실이고, 1,000쌍의 눈으로 나를 바라보는 존재가 각기 다른 영혼의 소유자들인 것도 사실이지만, 그럼에도 불구하고 나는 기억 속의 내 연인으로부터 1,000개의 일관된 패턴을 찾아낼(또는 상상할) 수 있기 때문이다. 다른 남자나 여자들이 필생의 반려의 모습에서 일관된 패턴을 찾아낼(또는 상상할) 수 있는 것과 마찬가지로.

잠든 아내를 정겹게 바라보는 남편.

담요 밖으로 나온 나는 일어서서 잠시 방 주위를 돌아보았다. 온기를 유지하려면 일단 몸을 움직이는 편이 낫지만, 먼저 무슨 일을 해야 할지 감이 잡히지 않았다. 그러던 중 서랍장 위에 놓인 지갑이 눈에 띄었다.

운전면허증을 보고 내가 존 프랜시스 올리리라는 인물임을 알았다. 1951년 11월 15일생이다. 어젯밤 잠자리에 들었을 때의 나보다 1주 더 나이가 많다. 눈을 떠보니 20살 젊어졌다는 식의 몽상은 지금도 종종 하지만, 내가 들어가는 몸이 누구의 것이든 간에 그런 일이 일어날 가능성은 없어 보인다. 39년이라는 세월을 살아오면서, 내가 아는 한 1951년 11월이나 12월생이 아닌 숙주와 조우한 적은 단 한 번도 없기 때문이다. 이 도시 이외의 장소에서 태어났거나 거주하고 있는 숙주의 몸에서 깨어난 적도 없었다.

내가 어떻게 한 숙주에서 다음 숙주로 옮겨 다니는지는 모르지만, 그 어떤 작용에도 유한한 유효 범위가 있다는 사실을 감안하면 내가 한 장소에 계속 묶여 있다는 사실도 그리 놀랄 일은 아닐지도 모르겠다. 이 도시의 동쪽으로는 사막이, 서쪽으로는 바다가 펼쳐져 있다. 북쪽과 남쪽으로는 길고 황량한 해안선이 계속 뻗어 나갈 뿐이다. 다른 도시는 너무 멀어서 나는 아예 갈 수 없다. 사실 이 도시의 변두리에서조차 깨어난 적이 없다고 해야 할 것이다. 생각해 보면 전혀 이상한 일이 아니다. 숙주가 될 수 있는 사람들이 서쪽에 100명, 동쪽에 다섯 명 있다고 친다면, 무작위적으로 선택된 숙주 몸으로 이동한다고 한들 이동 방향 자체는 결코 무작위적일 수 없기 때문이다. 인구 밀집 지역이 나를 끌어당기는 일종의 통계적인 인력으로 작용한다고 해야 할까.

숙주의 나이나 출생지가 한정되어 있는 이유는 여전히 오리무중이었다. 설령 그럴듯한 가설이 떠오르더라도, 하루나 이틀 뒤에는 파기하는 수밖에 없었다. 12살이나 13살이었을 때는 차라리 마음이 편했다. 나는 외계에서 온 왕자이며, 우주적 규모의 상속권을 내게서 빼앗으려는 간악한 라이벌의 흉계에 빠져 지구인들의 몸에 일시적으로 갇혀 있을 뿐이라고 몽상하는 것도 가능했으니까 말이다. 1951년 말, 사악한 라이벌 일당이 이 도시의 식수에 뭔가를 몰래 섞어 넣었고, 현지 임산부들이 그걸 마신 결과 아직 태어나지도 않은 아이들이 나를 가둘 미래의 간수로 발탁되었다는 식이다. 최근 들어서는 영영 해답을 얻지 못할지도 모른다는 사실을 받아들이고 있지만 말이다.

하지만 한 가지만은 확신하고 있다. 현재의 내가 그나마 온정신에 가까운 상태를 유지하고 있는 것은 그나마 숙주의 나이와 거주 장소가 제한되어 있는 덕이다. 만약 내가 연령대가 제각각인 육체들을 거치며 '성장'했거나 숙주들이 전 세계에 뿔뿔이 흩어져 있는 탓에 매일 상이한 언어와 문화를 상대로 씨름해야 했다면, 애당초 내가 이런 식으로 존재할 수 있었을지도 의문이다. 그런 불협화음으로 가득 찬 환경에서는 그 어떤 인격도 형성될 수 없다. (그런 반면, 일반인들은 상대적으로 안정되어 있는 나의 인격에 대해서도 같은 느낌을 받을 게 뻔하지만.)

과거에 존 올리리였던 기억은 없었는데, 이것은 이례적인 사태였다. 이 도시에 사는 만 39세 남성은 6,000명에 불과하고, 그중에 11월이나 12월에 태어난 사람은 1,000명쯤 된다고 보면 된다. 39년은 1만

4,000일을 조금 넘으니까, 현재의 내가 과거에 한 번도 만난 적이 없는 숙주와 마주칠 확률은 극히 낮다. 내 기억에 있는 숙주들은 이미 몇 번이나 거쳐온 적이 있는 사람들이 대부분이었다.

독학이긴 하지만 통계학은 공부해 봐서 조금 안다. 숙주가 될 수 있는 사람들은 모두 평균 1,000일, 즉 3년마다 한 번씩 나의 방문을 받게 된다. 그러나 나 자신이 예전에 숙주였던 사람과 마주치지 않고 옮겨 다닐 수 있는 기간은 40일에 불과하다. (실제로는 이보다 더 짧아서 27일이었는데, 이것은 나와 평균 이상으로 더 잘 마주치는 경향을 가진 숙주들이 여럿 존재하기 때문이라고 추측하고 있다.) 처음 이 수치를 산출해 냈을 때는 뭔가 아귀가 맞지 않는다는 느낌을 받았지만, 평균치만으로 전모를 파악할 수 없다는 것은 자명한 이치가 아니던가. 재방문의 일부는 몇 년 단위가 아니라 몇 주 단위로 발생했고, 예의 평균치를 좌지우지하는 것은 숙주 중에서도 재방문까지의 간격이 비정상적으로 짧은 사람들이었다.

시내 중심가에 있는 번호 자물쇠식의 대여금고 안에, 나는 지난 22년 동안의 기록을 보관해 놓았다. 800명이 넘는 숙주들의 이름, 주소, 생년월일, 1968년 이후의 방문 날짜를 망라한 기록이다. 가까운 시일 내에 시간을 낼 수 있는 숙주의 몸에서 깨어난다면 데이터베이스 프로그램이 딸린 컴퓨터를 빌려서 이 잡다한 정보를 몽땅 디스크로 옮길 작정이었다. 그러면 통계조사는 천배는 쉬워질 것이다. 그렇다고 해서 무슨 경악스러운 진실이 밝혀질 거라고는 생각하지 않지만 말이다. 데이터에서 모종의 편향이나 패턴을 찾아낸다고 해서, 그게 무슨 의미가 있단 말인가? 그런다고 뭔가를 알 수 있나? 뭐가 변하기라도 한단 말인가? 그래도 해볼 만한 가치는 있어 보인다.

저 지갑 옆의 동전 더미에 반쯤 묻혀 있는 것은―좋아!―신분증이다. 사진도 딸려 있다. 존 올리리는 펄먼 정신의학 연구소의 간호사였다. 사진에는 담청색 제복의 일부도 보였는데, 올리리의 옷장을 열자 그 제복이 걸려 있었다. 그러나 이 육체는 샤워를 할 필요가 있다고 느꼈기 때문에 옷은 나중에 갈아입기로 했다.

지금 와 있는 집은 작은 데다가 가구도 소박했지만 아주 깨끗하고 내부 상태도 좋았다. 아이 방인 듯한 곳을 지나쳤지만 문이 닫혀 있었기 때문에 그냥 놓아두었다. 누군가를 깨우고 싶지는 않다. 거실로 가서 전화번호부로 펄먼 연구소 전화번호를 찾았고, 거리 지도를 펼쳐 위치를 확인했다. 운전면허증에 적혀 있던 이 집 주소는 이미 암기했고, 연구소는 여기서 그리 멀지 않은 곳에 있었다. 이런 새벽 시간에는 차로 가도 20분 이상 걸리지 않을 것이다. 내 근무 시간이 언제부터 시작되는지는 아직 모르지만, 적어도 새벽 5시 이전이 아닌 것만은 확실하다.

욕실에서 수염을 깎으면서 언뜻 나의 새로운 갈색 눈을 들여다보고, 존 올리리는 절대로 못생기지 않았다는 사실을 새삼 자각한다. 이런 생각을 해봤자 뭐가 달라지는 것은 아니지만 말이다. 다행히도 나는 꽤 오래전부터 매일 변하는 외모를 비교적 차분하게 받아들일 수 있게 되었다. 처음부터 그랬던 것은 아니다. 10대에서 20대 초반이 될 때까지는 곧잘 신경증 증세에 시달리곤 했다. 당일 내 육체를 어떻게 느끼느냐에 따라 고양감과 우울함이 극단적으로 교차했던 것이다. 특히 잘생긴 숙주의 몸을 떠나고 나서 몇 주 동안은(물론 나는 최대한 오랫동안 그 육체에 머물기 위해 며칠 밤을 새우곤 했다), 그 육체로 되돌아가서 아예 눌러앉는다는 따위의 강박적인 몽상에 푹 잠기는 식이었다. 사춘기를 심하게 앓는 평범한 청소년이라면 적어도 태어날 때 자기에게 주어진 육체를 받아들일 수밖에 없다는 사실을 언젠가는 깨닫기 마련이다. 그러나 내게는 그런 위안조차도 주어지지 않았다.

최근 나는 예전보다는 건강을 걱정하는 일이 잦아졌지만, 이 역시 무익하다는 점에서는 외모에 관한 고민 못지않았다. 운동을 하거나 식단에 주의해 봤자 무의미하다. 그런 행위가 어떤 효과를 가지든 간에, 결국은 1,000분의 1로 희석되어 버리기 때문이다. 1,000명에 달하는 '나'의 체중, '나'의 건강 상태, '나'의 술과 담배 소비량은 지금 여기 있는 내가 적극적으로 어떤 행동에 나선다고 해서 바뀌지는 않는다. 그런 것들은 내 입장에서는 공중 보건에 대한 통계 수치에 불과하다. 조금이라도 이것을 변화시키려면 거액을 쏟아부은 홍보 활동이 필요하다는 점은 말할 나위도 없다.

샤워를 한 다음에 신분증 사진에 나온 것과 비슷하게 보이도록 머리를 빗었다. 너무 오래된 사진이 아니기를 바랄 따름이다.

벗은 채로 침실에 돌아가자 린다가 눈을 뜨고 기지개를 켰다. 그 모습을 보자마자 나는 발기했다. 섹스를 안 한 지 벌써 몇 달이나 된다. 공교롭게도 최근에 조우한 숙주들은 내가 방문하는 전날 밤에 녹초가 될 때까지 섹스를 하고, 향후 2주 동안은 그러고 싶은 욕구를 느끼지 않는 경우가 태반이었기 때문이다. 그러나 이제는 운이 바뀐 듯했다. 린다가 손을 뻗더니 내 팔을 잡아당겼다.

"지금 안 가면 지각해." 나는 이의를 제기했다.

린다는 고개를 돌려 시계를 보았다. "거짓말. 6시까지 출근하면 되잖아. 그 휴게소에 들려서 기름진 아침을 먹는 대신 집에서 먹고 가면 적어도 1시간은 여유가 있어."

손목을 파고드는 뾰족한 손톱의 기분 좋은 감촉. 나는 저항하지 않고 침대 쪽으로 갔고, 그녀 위로 몸을 굽히며 속삭였다. "내 맘을 어찌 그리 잘 알아?"

나의 가장 오래된 기억은 어머니가 시끄럽게 울어대는 갓난아기를 조심스럽게 품에 안고 내게 보여주면서 이렇게 말하는 광경이다. "크리스, 여길 봐! 네 동생이란다. 폴이라고 해! 정말 귀엽지 않아?" 그러나 왜 이리 야단법석인지 나는 이해하지 못했다. 내 입장에서 형제자매는 애완동물이나 장난감과 별반 차이가 없었다. 그들의 나이, 성별, 이름은 가구나 벽지와 마찬가지로 아무 맥락도 없이 변천에 변천을 거듭했기 때문이다.

부모님은 명백하게 나보다 우월한 존재였다. 외모나 행동은 매일 조금씩 변했지만, 적어도 그들의 이름은 언제나 똑같았다. 내가 어른이 되면 내 이름은 '아빠Daddy'가 될 것이라고 지레짐작한 것은 당연했다. 내가 이 사실을 입에 올리면 부모님은 웃으면서 동의하곤 했다. 아마 나는 부모님이란 존재가 기본적으로는 나와 똑같다고 생각했던 것 같다. 그들이 매일 보이는 변화는 나 자신의 변화보다 더 크고 극단적이었지만, 그들이 다른 측면에서도 나보다 훨씬 더 크다는 점을 감안하면 충분히 이치에 맞았다. 매일 바뀌는 부모님이 어떤 의미에서는 동일 인물이라는 사실을 나는 믿어 의심치 않았다. 나의 어머니와 아버지를 정의하자면, 나를 상대로 특정 행동을 하는 어른들이었다. 나를 야단치고, 껴안고, 침대에 눕히고, 끔찍한 맛이 나는 채소를 억지로 먹이는 식이다. 이런 그들이 내 부모라는 점은 너무나도 명약관화해서 처음부터 오해의 여지가 없었다. 이따금 아버지 또는 어머니가 없는 경우도 있었지만, 그 상태가 하루 이상 지속된 적은 없었다.

과거와 미래는 문제가 되지 않았다. 그것들이 실제로 무엇인지에 관해 나는 막연한 개념밖에는 갖고 있지 않은 상태로 성장했다. 내게 '어제'와 '내일'은 '옛날 옛적에'라는 표현이나 마찬가지였다. 나중에 뭘 사주겠다는 약속이 지켜지지 않은 탓에 낙담하거나 예전에 이런저런 일이 있었다는 얘기를 듣고 당혹스러워한 적은 단 한 번도 없다. 그런 것들은 모두 의도적으로 지어낸 얘기라고 간주하기로 했기 때문이다. 나는 곧잘 '거짓말'을 했다고 비난받곤 했는데, 거짓말이란 충분히 흥미롭지 않은 이야기를 가리킬 때 쓰는 말이라고 생각하고 있었다. 하루 이상 지난 사건들이 무가치한 '거짓말'이라는 점은 명백했기에, 나는 그것들을 기억에서 지우려고 최선을 다했다.

어린 내가 행복했던 것만은 확실하다. 세계는 만화경이었다. 매일같이 내게는 탐험할 수 있는 새로운 집, 새로운 장난감, 새로운 친구, 새로운 음식이 주어졌기 때문이다. 피부색이 변할 때도 있었는데, 그

때마다 부모님과 형제자매들이 거의 예외 없이 나와 똑같은 피부색을 골랐다는 사실에 감격하곤 했다. 이따금 여자애로 깨어날 때도 있었고, 어느 시점부터는(아마 4살 무렵이었다고 생각한다) 그 사실에 동요하기 시작했다. 그러자 곧 그런 현상은 완전히 멈췄다.

내가 집에서 집으로, 몸에서 몸으로 이동하고 있다고는 꿈에도 생각하지 못했다. 내가 변하면 집도 변하고, 내 주위의 다른 집들과 거리와 상점과 공원도 함께 변했기 때문이다. 이따금 부모님과 함께 시내 중심가로 갈 때도 있었지만, (갈 때마다 다른 길로 갔기 때문에) 시내는 고정된 지점이라기보다는 해나 하늘처럼 변하지 않는 세계의 일부라고 생각하고 있었다.

학교에 입학하면서 긴 혼란과 고뇌로 점철된 인생의 한 시기가 시작되었다. 학교 건물이나 교실, 선생님, 다른 학생들이 변하는 경험은 나를 둘러싼 환경의 다른 부분들과 다르지 않았지만, 그 변동 폭은 집이나 가족만큼은 넓지 않았다. 똑같은 학교로 가면서도 매일같이 다른 이름과 얼굴을 하고 다른 거리를 통과해야 한다는 사실에 나는 동요했고, 같은 반 친구들이 내 과거 이름과 얼굴을 그대로 복제하고 있다는 사실을 점점 알게 되면서 분개했다. 그보다 더 끔찍했던 것은 나 자신이 그들이 쓰던 얼굴과 이름을 강요받기도 한다는 사실이었다.

오랜 세월을 살아오면서 나는 통상적인 세계관에 익숙해졌고, 그 탓에 학교에 입학했던 첫해에 진상을 완전히 파악 못 했다는 사실이 이따금 믿기지 않을 때가 있다. 그러니까 한 번 보았던 교실과 다시 마주치려면 보통 몇 주는 걸릴뿐더러, 100개가 넘는 학교를 무작위적으로 들락거려야 했다는 당시의 기억을 반추해 보기 전까지는 말이다. 나는 머릿속에 무슨 일기나 기록이나 학급 목록을 넣고 다니던 것도 아니었고, 내게 일어나고 있는 일을 논리적으로 생각해 볼 수단조차도 가지고 있지 않았다. 과학적 연구 방법을 내게 가르쳐 준 사람은 아무도 없었다. 아인슈타인조차도 자력으로 상대성이론을 확립한 것은 6살을 한참 넘긴 뒤의 일이 아니던가.

나는 부모님들에게 이런 불안을 내색하지 않았지만, 다른 사람들이 내 기억을 거짓말로 처리해 버리는 일에 넌더리를 내고 있었다. 용기를 내서 다른 아이들과 의논해 보았지만 돌아온 것은 조롱과 적의뿐이었다. 한동안 툭하면 분을 못 이기고 쌈박질만 하던 시기를 거친 후에 나는 내성적으로 변했다. 부모님들은 그런 나에게 하루도 빠지지 않고 "우리 아들 어쩨 오늘은 조용하네"라든지 그에 상응하는 말을 건넸다. 그 덕에 나는 그들이 얼마나 멍청한지를 깨달았다.

이런 상황에서 내가 뭔가를 배울 수 있었다는 사실 자체가 기적이다. 지금 와서도 내 독서 능력의 어디까지가 내 것이고, 어디까지가 숙주에게서 오는 것인지 확신할 수 없다. 내가 아는 어휘만은 나와 함께 이동한다는 확신이 있지만, 책을 훑어보며 글자와 단어를 실제로 인식하는 식의 기본적인 인지 활동을 수행하는 경우는 숙주가 바뀔 때마다 상당히 다른 느낌을 받기 때문이다. (운전도 이와 비슷했다. 숙주들 거의 모두가 운전면허증을 가지고 있지만, 나 자신은 한 번도 운전 교습을 받은 적이 없었다. 교통 규칙을 알고, 기어나 페달을 조작하는 방법도 알지만, 운전 경험이 아예 없는 숙주와 함께 도로 운행에 나선 적은 한 번도 없다. 실제로 그런다면 흥미로운 실험이 되리라고 생각하지만, 그런 숙주들은 보통 차를 갖고 있지 않았다.)

나는 글을 읽는 방법을 터득했고, 속독하는 법을 빠르게 익혔다. 어떤 책을 펼쳤다가 당일에 완독하지 못한다면, 다시 그 책을 손에 쥐는 것은 몇 주나 몇 달 뒤가 될 수도 있다는 사실을 잘 알고 있었기 때문이다. 나는 몇백 편에 달하는 모험물을 읽었다. 영웅적인 남주인공이나 여주인공들에게는 친구와 형제자매뿐만 아니라 애완동물들까지 딸려 있었고, 그들 모두가 매일매일 함께 지내는 내용이었다. 그런 책을 읽을 때마다 가슴이 조금씩 더 아팠지만, 도저히 그만둘 수가 없었다. 다음번에 읽는 책은 다음과 같은 문장으로 시작될지도 모른다는 희망을 포기할 수 없었기 때문이다. "어느 맑게 갠 날 아침, 소년은 잠에서 깼고, 오늘의 이름은 무엇일지 궁금해했다."

어느 날 아버지가 거리 지도를 훑어보는 광경을 목격한 나는 내성적인 성격임에도 불구하고 용기를 내서 뭘 보고 있는지를 물었다. 지구본이나 전국 지도는 학교에서 본 적이 있었지만, 그런 식의 지도를 보는 것은 난생처음이었다. 아버지는 상세한 시내 지도와 앞표지 뒤쪽에 인쇄된 시내 전체도 양쪽을 써서, 우리 집과 내가 다니는 학교와 자기 직장의 위치를 일일이 알려주었다.

당시 유통되던 거리 지도책은 사실상 한 출판사가 독점하고 있었고, 어느 집에도 한 권씩은 있기 마련이었다. 그로부터 몇 주 동안 나는 매일같이 아버지나 어머니를 졸라서 이런저런 장소의 지도상 위치를 알아냈다. 나는 그런 정보 대부분을 기억에 각인하는 데 성공했다. (한번은 연필로 일일이 표시해 놓기까지 했는데, 혹시 이 지도책이 가진 가히 마법적이라고 할 수 있을 정도의 항구성이 내게 옮겨 올지도 모른다는 희망을 느꼈기 때문이었다. 결국 그런 표시는 학교에서 배우는 글쓰기나 그림 그리기의 결과물과 마찬가지로 일시적이라는 사실이 판명되었지만 말이다.) 나는 내가 뭔가 심오한 진실에 접근하고 있다는 느낌을 받고 있었지만, 결코 변하지 않는 시내의 어떤 지점에서 다른 지점으로 다름 아닌 나 자신이 이동하고 있다는 뚜렷한 자각으로 나아가지는 못했다.

그로부터 얼마 지나지 않아 내 이름이 대니 포스터였던 날(현재 그는 영사기사로 일하고 있고, 케이트라는 미모의 아내와 함께 살고 있다. 케이트는 나의 첫 경험 상대였지만, 대니의 경우는 그렇지 않은 듯하다) 나는 친구의 여덟 번째 생일 파티에 참석했다. 나는 생일이 뭔지 도통 이해할 수 없었다. 그런 것이 아예 없는 해가 있는가 하면, 두세 번씩 있는 해도 있었기 때문이다. 생일 파티의 주역인 찰리 맥브라이드란 소년은 내 입장에서는 전혀 친구 따위가 아니었지만, 부모님은 선물을 주라면서 플라스틱제 기관총을 샀고 차편으로 찰리의 집까지 나를 데려다주었다. 내게 발언권 따위는 물론 없었다. 집에 돌아온 뒤에 나는 아버지를 졸라 시내 지도상에서 찰리 집의 정확한 위치를 알아냈고, 나를 태운 차가 어느 경로로 움직였는지도 확인했다.

일주일 후 잠에서 깼을 때 나는 찰리 맥브라이드의 얼굴을 가지고 있었다. 그뿐 아니라 그의 집과 부모와 남동생과 누나와 장난감들까지 이어받았다. 지난번 생일 파티에서 본 것들과 정확히 일치했다. 나는 어머니가 시내 지도로 우리 집 위치를 가르쳐 줄 때까지 아침을 먹지 않겠다고 고집을 부렸지만, 어머니의 손가락이 어디를 가리킬지 이미 알고 있었다.

나는 학교에 가는 척하고 집을 나섰다. 남동생은 학교에 가기에는 너무 어렸고, 누나는 나와 함께 등교하는 모습을 남에게 보이는 것이 싫은 나이인 듯했다. 그런 상황에 맞부닥칠 경우 나는 등교 중인 것이 명백한 다른 아이들을 따라가곤 했지만, 그날은 눈길조차도 주지 않았다.

생일 파티에 참석하기 위해 차를 타고 가면서 목격한 장소들은 아직도 기억에 남아 있었다. 몇 번 길을 잃기는 했으나 예전에 본 적이 있는 거리들을 따라 터벅터벅 걸어갔다. 나의 세계에 포함된 10여 개의 조각들이 하나로 이어지는 느낌. 고양감과 공포가 동시에 밀려왔고, 나는 엄청난 음모의 존재를 직감했다. 사람들은 내게서 의도적으로 세계의 비밀을 감추고 있었고, 바야흐로 내가 그것을 까발릴 때가 온 것이다.

그러나 대니의 집에 도착한 나는 승리감에 도취되기는커녕 고독감과 배신감과 혼란을 느꼈을 뿐이었다. 비밀을 까발리든 말든 나는 아직 어린애였다. 나는 현관 앞 계단에 앉아 흐느껴 울었다. 지난주에는 어머니였던 사람이 문을 열고 나오더니 당황한 기색으로 나를 찰리라고 불렀고, 너희 어머니는 어디 있는지, 여기까지 어떻게 왔는지, 왜 학교에 안 갔는지 캐물었다. 나는 이 더러운 거짓말쟁이에게 욕설을 퍼부었다. 이 여자도, 다른 여자들도 모두 내 어머니인 척했던 거짓말쟁이들이다. 전화 연락이 간 뒤에, 나는 차에 실려 집으로 돌아가는 내내 소리를 질러댔고 하루 종일 침실에 틀어박혔다. 식사도, 대화도, 도저히 용납될 수 없는 낮 시간 동안의 행동을 변명하는 것조차 거부하고.

그날 밤 '부모님'이 내 얘기를 하는 것을 우연히 엿들었다. 지금 생각해 보면 아동심리학자와의 면담을 예약하자는 얘기였던 것 같다.

결국 나는 그 면담에 참가하지 않았지만 말이다.

과거 11년 동안, 낮 시간에는 숙주의 직장에 출근하는 것이 습관이 되었다. 숙주를 위하는 마음에서 그러는 것은 결코 아니다. 내가 낯선 직장에서 큰 실수를 저지른 탓에 숙주가 해고될 확률은, 기껏해야 3년에 한 번꼴로 출근을 안 하게 만들어서 해고될 확률보다 훨씬 높기 때문이다. 최근 나의 이런 행동은 뭐랄까, 그냥 그러고 싶어서다. 사람은 스스로를 어떤 식으로든 규정할 필요가 있기 마련이다. 나는 전문적인 모방 배우였다. 내가 받는 보수와 대우는 매번 바뀌지만, 천직이려니 하고 받아들이는 수밖에 없다.

나는 나만의 독립적인 삶을 살아보려고 했으나 여전히 성공하지 못했다. 지금보다 훨씬 젊고 대부분 미혼이었을 무렵, 나는 독학을 해서라도 공부할 필요가 있는 분야들을 추려냈다. 예의 기록을 보관할 대여금고를 처음 빌린 것도 그때다. 나는 시간 날 때마다 시내의 중앙 도서관에 들러 수학과 화학과 물리학을 공부했지만, 일단 해당 분야가 버거워지기 시작하면 의욕이 떨어지기 일쑤였다. 이런다고 뭐가 달라진단 말인가? 정식 교육을 받고 과학자가 될 수 있는 것도 아니지 않은가. 내 기구한 운명의 원인이 뭐든 간에 그 해답이 도서관에 있는 신경 생물학 교과서들 속에 있지 않다는 것만은 명백했다. 에어컨이 나직하게 웅웅거리는 서늘하고 조용한 열람실에서, 눈앞의 단어나 방정식들이 조금이라도 이해하기 힘들어지는 즉시 나는 백주몽에 빠져들곤 했다.

통신교육으로 학부 수준의 물리학 강좌를 택한 적도 있었다. 나는 우체국 사서함을 하나 빌려 그 열쇠를 내 대여금고에 보관했다. 나는 그 강좌를 수료했고 상당히 괜찮은 성적표를 받았다. 하지만 그걸 보여주며 자랑할 상대는 어디에도 없었다.

그로부터 얼마 지난 뒤에 나는 스위스인 여성과 펜팔을 하기 시작했다. 그녀는 바이올린을 전공하는 음악도였다. 나는 이 지방의 대학에서 물리학을 공부하는 학생이라고 자기소개를 했다. 그녀는 내게 사진을 보냈고, 나도 가장 잘생긴 숙주 중 한 명의 몸에서 깨어날 때까지 기다렸다가 그 사진을 보냈다. 우리는 매주 빠짐없이 편지를 교환했으며 이런 관계는 1년 넘게 계속되었다. 어느 날 그녀는 나를 만나러 오고 싶으니 날짜와 장소를 정하자는 편지를 보냈다. 그때만큼 강한 고독감을 느꼈던 적은 없다. 만약 내 사진을 보내지 않았다면 적어도 하루는 그녀를 만날 수 있었을 텐데. 숙주가 아닌 나를 정말로 알고 있는, 세상에서 단 하나뿐인 진짜 친구를 직접 마주 보면서 오후 내내 대화를 나눌 수도 있었을 텐데. 나는 즉시 편지 보내는 것을 멈췄고 사서함 계약도 해지했다.

이따금 자살을 생각할 때도 있었지만, 내 입장에서는 실질적으로 타인에 대한 살인 행위인 데다가 어차피 다른 숙주의 몸에서 깨어날 공산이 컸기 때문에 도저히 그럴 엄두가 나지 않았다.

혼란과 비애로 가득 찬 어린 시절을 떠나보낸 이래, 나는 숙주들을 가급적 공평하게 대하려고 노력해 왔다. 이따금 자제심을 잃고 숙주에게 폐를 끼치거나 당혹감을 안겨줄 수 있는 행위를 저지르는 경우도 전무하지는 않았지만(참고로 재정적으로 여유가 있는 숙주들에게서는 약간의 현금을 징수해서 대여금고에 넣어두곤 한다) 의도적으로 해를 가한 적은 단 한 번도 없었다. 숙주들이 실은 나에 관해 알고 있으며 호의적이기까지 하다는 느낌에 사로잡힐 때도 가끔 있었으나, 짧은 간격으로 재방문한 숙주의 아내나 친구에게 질문해서 얻은 간접적인 증언에 의하면 숙주들은 내가 방문한 당일의 기억이 아예 없다는 사실을 전혀 눈치채지 못하는 것처럼 보인다. 애당초 의문을 품을 여지가 아예 없다는 뜻이다. 반면 나는 숙주들의 존재를 당연히 알고 있었고, 그들의 가족이나 동료의 눈에서 당사자를 향한 애정이나 존경의 감정을 목격하곤 했다. 그들이 이룩한 업적의 물리적인 증거를 마주하고 감탄할 때도 종종 있었다. 이를테면 소설을 한 권 쓴 숙주가 있었다. 베트남에서의 참전 체험을 바탕으로 한 블랙코미디였는데, 재미있고 유익한 작품이었다. 어떤 숙주는 취미로 천체망원경을 제작했는데, 뉴턴식의 이 멋진 30센티미터 반사망원경을 써서 그날 나는 핼리혜성을 관측했다. 문제는 숙주의 수가 너무 많다는 점이었다. 죽을 때까지 한 사람당 기껏해야 2, 30일 분량의 간헐적인 인생을 언뜻언뜻 들여다보는 것이 고작이니까 말이다.

나는 펄면 연구소 주위를 차로 돌면서 어느 창문에 불이 들어와 있고 어느 문이 열려 있는지를 확인했고, 밖에서 보이는 내부의 움직임을 주의 깊게 관찰했다. 출입문은 여러 개 있었는데, 푹신한 카펫이 깔리고 반들거리는 마호가니제 접수 데스크를 완비한 내방객용 로비가 있는가 하면, 두 건물 사이에 낀 좁고 우중충한 아스팔트 공간에 면하는 녹슨 금속제 회전문도 있었다. 내게 할당되지 않은 주차 구획에 무단 주차하는 위험을 피하기 위해 나는 도로에 차를 주차했다.

올바른 경로이기를 희망하며 불안한 마음으로 출입문 하나를 향해 걸어갔다. 직장 동료에게 처음 목격당하기 직전의 몇 초 동안은 여전히 속이 쓰릴 정도로 긴장한다. 그러나 일단 동료와 마주친 뒤에 도망치는 것은 어불성설이다. 불행 중 다행이라면 이 시점에서는 그대로 전진하는 쪽이 더 쉽다는 점이랄까.

"여어, 조니."

"좋은 아침."

남성 간호사는 짧게 인사하고 성큼성큼 나를 지나쳤다. 나는 내가 근무하는 부서를 찾아내기 위해 일종의 사회적인 결속력에 기댈 작정이었다. 같은 부서에서 나와 함께 대부분의 시간을 보내는 인물이라면, 인사를 하더라도 지금처럼 단지 고개를 까닥하고 한두 마디만 건넬 리가 없지 않은가. 내가 신은 신발의 고무창이 리놀륨 바닥을 스치며 내는, 귀에 거슬리는 뻑뻑 소리를 애써 무시하며 잠시 복도를 방황했다. "올리리!" 느닷없이 거친 목소리가 울려 퍼졌다. 뒤를 돌아보니 나와 같은 제복을 입은 청년이 성큼성큼 다가오고 있었다. 잔뜩 찌푸린 표정에, 양팔을 부자연스럽게 크게 벌린 채로 얼굴을 실룩거리면서 말이다. "거기 서서 뭐 해? 또 농땡이를 피우고 있었구먼!" 이 사내의 행동은 너무나도 기이했기에 한순간 그가 직원이 아닌 환자라고 확신했을 정도였다. 내게 원한을 품은 정신병자가 다른 간호사를 살해하고 그 제복으로 갈아입은 다음, 피에 물든 손도끼를 꺼내 드는 광경이 뇌리를 스쳐 갔다. 그러나 사내는 뺨을 잔뜩 부풀리고 멈춰 서서 나를 노려보았을 뿐이었다. 그제야 나는 진상을 파악했다. 이 사내는 미친 게 아니라 장난 삼아 살찌고 성질 더러운 직장 상사 흉내를 내고 있을 뿐이다. 나는 풍선 터트리기를 하듯이 그의 부풀어 오른 뺨을 손가락으로 콕 찔렀고, 가까이 다가간 틈을 타서 그의 명찰을 흘긋 보았다. 랠프 도피타.

"뭘 그렇게 화들짝 놀래? 천장을 뚫고 날아가는 줄 알았어! 내 목소리가 진짜와 구분이 안 갈 정도였나 보군!"

"얼굴도 똑같았어. 물론 타고난 추남인 것도 유리하게 작용했겠지만."

랠프는 어깨를 으쓱했다. "어젯밤 네 와이프는 그런 얘기 안 하던데."

"또 술을 퍼먹었나 보군. 그건 우리 와이프가 아니라 네 어머니였잖아."

"아버지 저한테 이러시면 안 되죠."

불필요할 정도로 구불구불한 복도를 잠시 나아가자 번쩍거리는 스테인리스강으로 뒤덮인, 김을 내뿜는 주방이 눈에 들어왔다. 두 명의 간호사가 우두커니 서 있었고, 그 옆에서 세 명의 조리사가 아침 식사를 준비하고 있었다. 한쪽 싱크대에서는 뜨거운 물이 콸콸 흘러나오고, 식판과 식기가 딸그락거리고, 기름이 지글거리고, 고물 환풍기가 고문당하는 듯한 소음을 발한다. 이런 곳에서는 대화 자체가 거의 불가능했다. 간호사 하나가 뜬금없이 닭 흉내를 내는가 싶더니, 한 손을 들어 올려 마치 건물 전체를 가리키는 것처럼 휘저어 보였다. "계란만은 언제나 차고 넘치지!" 그가 이렇게 외치자 웃음이 터져 나왔기 때문에 나도 함께 웃었다.

잠시 후 나는 다른 간호사들을 따라 조리실 옆에 있는 보관고로 갔고, 그들처럼 운반용 카트를 하나 끌고 나왔다. 벽 게시판에는 투명한 비닐 케이스에 끼운 환자 목록 네 장이 핀으로 고정되어 있었다. 한 병동당 한 장씩 할당된 목록에는 환자들의 이름이 병실 번호순으로 나열되어 있었다. 각 환자의 이름 옆에는 작고 동그란 컬러 스티커가 하나씩 붙어 있었는데, 녹색, 빨간색, 파란색 세 종류가 있었다. 나는 동료들이 파일을 하나씩 가져갈 때까지 뒤에서 기다렸다가 마지막으로 남아 있던 파일을 뜯어냈다.

환자들에게 제공되는 식사 종류는 세 가지였다. 베이컨 에그와 토스트, 시리얼, 그리고 유아식을 닮은 노란색 퓌레였다. 이 순서대로 인기가 있는 듯하다. 나 자신의 환자 목록에는 녹색보다는 빨간색 스티커들이 더 많았고, 파란색 스티커는 단 하나밖에 없었다. 그러나 네 장의 환자 목록을 합쳐서 본다면 아무래도 빨간색보다는 녹색이 더 많을 거라는 인상을 받았다. 이런 관찰을 바탕으로 내가 맡은 카트에 식판을 채워 넣으면서 랠프의 목록을 슬쩍 훔쳐보았다. 대부분 녹색 스티커 환자들이었는데, 랠프의 카트 내용물을 보니 스티커의 의미에 관한 나의 추측이 옳았음을 확인할 수 있었다.

환자로서든, 직원으로서든 정신병원을 방문한 경험은 없었다. 5년쯤 전에 교도소에서 하루를 보낸 적은 있는데, 숙주의 머리가 박살 날 뻔한 것을 간신히 회피할 수 있었다. 그 사내가 무슨 죄를 지었는지 또 얼마나 긴 형을 선고받았는지는 모르겠지만, 내가 재방문할 때는 형기를 마치고 출소해 있기를 희망할 따름이다.

정신병원도 교도소와 대동소이할 것이라고 막연하게 상상하고 있었지만, 다행히도 곧 오해였음이 밝혀졌다. 교도소 감방도 벽에 사진을 붙이거나 괴상한 사물을 전시해 놓는 식으로 어느 정도 개인의 취향을 반영하고 있었지만, 감방이라는 점에는 변함이 없었다. 그와는 대조적으로 이곳에는 그런 식의 물건이 드물었으나 그 저류에 흐르는 분위기는 감방의 엄혹한 분위기와는 하늘과 땅만큼이나 차이가 있었다. 병실 창문에도 쇠창살 따위는 박혀 있지 않았고, 내가 담당한 병동의 병실 문에는 아예 자물쇠가 없었다. 환자들은 대부분 이미 기상해서 침대에 앉아 있었고, 나를 보면 '좋은 아침'이라고 인사를 건네곤 했다. 식판을 들고 휴게실로 가서 TV 뉴스를 시청하는 환자들도 있었다. 이들의 차분한 행동은 자연스럽다기보다는 전적으로 약물에 의해 유도된 것일지도 모르고, 차질 없이 업무를 수행하는 데 도움이 되는 이런 평온한 분위기조차도 환자들 입장에서는 권태롭고 억압적으로 느껴질지도 모른다. 물론 그렇지 않을 수도 있다. 언젠가는 나도 내부 사정을 알게 될까.

내가 담당한 마지막 환자는 유일하게 파란색 스티커가 붙어 있었는데, 명부에 기입된 이름은 클라인, F. C.였다. 부스스한 검은 머리에 며칠 안 깎은 듯한 수염이 거뭇거뭇한, 비쩍 마른 중년 남자였다. 너무나도 똑바른 자세로 침대에 누워 있는 탓에 구속 벨트로 고정되어 있을 거라고 반쯤 예상했지만 그런 것은 없었다. 사내는 눈을 뜨고 있었으나 내게 시선을 돌리지는 않았고 인사를 건네도 반응을 보이지 않았다.

침대 옆 협탁에 환자용 변기가 놓여 있는 것을 보고 직감이 명하는 대로 그의 상체를 부축해서 일으켰고, 변기를 그의 하반신 아래에 밀어 넣었다. 클라인은 순순히 내가 유도하는 대로 움직였다. 적극적으로 협력한 것은 아니었지만, 아예 안 움직이는 것도 아니었다. 그는 태연하게 변기에 배설했다. 나는 휴지를 찾아내서 닦아준 다음 변기를 들고 화장실로 갔고, 수세식 변기에 내용물을 흘려보낸 뒤 꼼꼼하게 손을 씻었다. 불쾌한 느낌을 거의 받지 않은 것은 아마 올리리가 이런 업무에 익숙하기 때문이리라.

노란색 퓌레를 한 스푼 떠서 입 앞으로 가져가도 클라인은 꼼짝도 안 하고 앉아서 허공을 응시할 뿐이었지만, 입술에 스푼이 닿자 입을 크게 벌렸다. 그러나 그는 그 상태에서 입을 다물 기색을 전혀 보이지 않았기 때문에, 하는 수 없이 스푼을 뒤집어서 퓌레를 입안에 흘려보냈다. 클라인은 별문제 없이 음식을 삼켰다. 턱에도 거의 묻히지 않고 말이다.

흰 가운을 입은 여자가 문가에서 머리를 들이밀더니 말했다. "조니, 클라인 씨의 수염을 깎아주겠어? 오늘 오전에 세인트 마거릿 병원에 검사를 받으러 갈 거야." 그러고는 내가 대답하기도 전에 어딘가로 갔다.

나는 빈 식판들을 수거하면서 카트를 밀고 조리실로 되돌아갔다. 필요한 물품은 모두 보관고에서 찾을 수 있었다. 병실로 돌아온 나는 클라인을 의자에 앉혔다. 이번에도 그는 적극적이지는 않아도 충분히 협력적이었기 때문에 쉽게 그럴 수 있었다. 내가 그의 얼굴에 비누 거품을 칠하고 수염을 깎아줄 때도 그는 미동도 하지 않았다. 이따금 눈을 깜박거리기는 했지만 말이다. 실수로 작은 면도 상처 하나가 나긴 했지만 깊지는 않았다.

아까 봤던 여자가 두꺼운 종이 서류철과 클립보드를 들고 병실 안으로 들어왔다. 나는 곁에 와서 선 여자의 명찰을 흘끗 보았다. 닥터 헬렌 리드컴.

"어땠어?"

"문제없습니다."

의사는 여전히 뭔가를 기다리는 듯한 기색이었기 때문에 나는 갑자기 불안해졌다. 뭔가 실수를 한 것일까. 아니면 단지 너무 굼뜨게 행동한 것일까.

"거의 끝나가는데…"

내가 웅얼거리자 그녀는 한쪽 손을 뻗치더니 멍한 표정으로 내 목덜미를 주무르기 시작했다. 살얼음을 밟는 광경이 떠오른다. 나의 빌어먹을 숙주님들은 왜 인생을 단순하게 살아가려고 하지 않는 것일까? 이따금 나는 1,000편의 소프 오페라 NG 장면들을 몸소 살아가고 있는 것이 아닌가 하는 생각이 들 때가 있다. 존 올리리가 이 장면을 보고 있다면, 내가 어떤 행동을 하기를 원할까? 이 여성과 내가 정확히 어떤 관계를 맺고 있는지 또 그게 얼마나 깊은 관계인지를 알아내고, 어제 그 이상도 그 이하도 아닌 상태를 유지하며 내일을 기약한다? 잘도 그럴 수 있겠다!

"뭘 그렇게 긴장하고 있어?"

지금 당장 안전한 화제로 전환할 필요가 있다. 그렇다, 환자 얘기를 하자.

"이 친구 말인데, 옆에 있으면 가끔 힘들어질 때가 있어."

"뭐라고? 평소와 다른 행동을 보이기라도 했어?"

"아니, 내 얘기야. 이런 식으로 사는 건 어떤 기분일지 궁금해지더라고."

"기분이라. 애당초 그런 게 있기는 한 걸까."

나는 어깨를 으쓱했다. "변기에 앉히면 이 친구는 그게 뭔지 알아. 내가 음식을 먹이고 있다는 것도 알고. 식물인간이 아니라고."

"여기서 '안다'는 게 뭘 의미하는지 확실하게 말하긴 어려워. 한 쌍의 뉴런밖에는 없는 거머리도 언제 피를 빨아야 하는지를 잘 '알고' 있잖아. 모든 상황을 감안하면 클라인 씨는 놀랄 정도로 잘 기능하고 있지만, 의식이라고 할 만한 걸 갖고 있을 것 같지는 않군. 꿈을 꾸는 것조차도 가능할 것 같진 않고." 그녀는 작게 웃었다. "이 사람에게 남아 있는 건 기억뿐이야. 무엇의 기억인지는 상상도 안 되지만."

나는 클라인의 얼굴에서 비누 거품을 닦아내며 말했다. "기억을 갖고 있다는 건 어떻게 알아?"

"기억이라는 표현은 과장일지도 몰라." 헬렌은 서류철에서 슬라이드 사진을 한 장 꺼냈다. 사람의 측두부를 찍은 X선 사진처럼 보였지만, 인공적으로 착색한 반점이나 띠로 뒤덮여 있었다. "지난달에 마침내 예산이 나와서 PET˚ 스캐너를 몇 번 쓸 수 있었어. 그 결과 클라인 씨 뇌의 해마 부위가 활성화되어 있는 걸 확인했는데, 마치 장기기억의 저장 활동처럼 보이더라고." 이러면서 다시 서류철에 사진을 끼운 탓에 결국 자세히 보지는 못했다. "하지만 여기 있는 이 사람의 머릿속에서 일어나고 있는 활동을 정상인의 뇌 연구 결과와 비교하는 건 화성의 날씨를 목성의 날씨와 비교하는 거나 마찬가지야."

호기심이 동한 나는 위험한 걸 알면서도 얼굴을 찡그리며 말했다. "클라인 씨가 어쩌다가 이런 상태가 되었는지 자세히 얘기해 준 적이 있던가?"

헬렌은 못 말리겠다는 듯이 눈을 굴렸다. "또 그 얘기야? 내가 말했다는 게 들통나면 어쩌려고 그래."

"아니, 내가 그 인간한테 고자질이라도 할 것 같나?" 내가 슬쩍 랠프 도피타 흉내를 내자 헬렌은 폭소를 터뜨렸다. "그렇긴 하네. 이 연구소에 온 뒤로 네가 그 인간한테 한 말이라곤 '죄송합니다, 닥터 펄

˚ Positron Emission Tomography. 양전자 방출 단층 촬영.

먼.' 딱 이 세 단어뿐이니."

"그러니까 얘기해 줄래?"

"만약 이 얘기가 당신 친구들한테 새어 나간다면…"

"내가 그렇게 입이 가벼운 남자라고 생각하고 있었어? 그렇게 신용이 없었다니."

헬렌은 클라인의 침대에 앉았다. "문 닫고 와." 나는 그 말에 따랐다.

"클라인 씨의 아버지는 신경외과학 분야의 선구자였어."

"아니, 뭐라고?"

"만약 지금부터 하는 얘기가 단 한마디라도 새어 나간다면…"

"알았어. 절대로 발설하지 않을게. 그래서, 이 친구의 아버지가 대체 뭘 했다는 거야? 이유는 뭐였고?"

"클라인 교수의 주요 연구 분야는 인간 뇌의 중복성과 기능 전이였어. 뇌의 특정 부위가 상실되거나 손상된 사람들이 해당 부위가 본디 수행하던 기능을 자신의 정상적인 뇌 조직에 어느 정도까지 전이시킬 수 있는지를 연구했던 거지.

그러던 중에 클라인 교수의 부인이 아들을 낳다가 죽었어. 외동아이였지. 클라인 교수는 당시에도 이미 심각한 정신병에 시달리고 있던 걸로 추정되는데, 아내의 죽음으로 인해 완전히 맛이 가버렸던 거야. 클라인 교수는 아내의 죽음을 아들 탓으로 돌렸지만, 냉혹하게도 갓난애를 그냥 죽이는 걸로 끝낼 생각이 없었어."

됐어, 더 이상 알고 싶지 않으니 이제 그만. 나는 이렇게 말하기 직전까지 같지만, 존 올리리는 거구의 힘센 사내인 데다가 강인한 신경의 소유자였으므로 애인 앞에서 체면을 구기게 할 수는 없었다.

"교수는 아기를 '정상적'으로 키웠어. 말을 걸고 함께 놀아주면서 말이야. 그러면서 아기의 발달 과정을 자세히 기록했어. 시력, 운동 기능, 초보적인 언어 능력 따위를 망라했더군. 그리고 생후 몇 달이 되었을 때, 아기의 뇌 속에 캐뉼러cannula망을 삽입했어. 극히 미세한 삽입관들로 이루어진 촘촘한 그물을 뇌 전체에 거의 빠짐없이 이식했던 거지. 삽입관들은 워낙 가늘어서 그 자체로서는 아무런 장애도 일으키지 않았어. 그런 다음 클라인 교수는 예전과 마찬가지로 아기에게 자극을 주고 발달 과정을 기록했어. 그러면서 매주 삽입관들을 통해서 아기의 뇌를 조금씩 파괴했던 거야."

폭포수처럼 쏟아져 나오는 욕설은 내 입에서 나오는 것이었다. 클라인 씨는 여전히 미동도 안 하고 앉아 있었지만, 그의 사적인 삶을 내 멋대로 들여다보았다는 사실이 갑자기 부끄러워 견딜 수 없었다. 설령 그런 생각이 아무리 무의미하다고 해도 말이다. 얼굴에 피가 쏠린 탓인지 머리가 조금 어질어질했고, 한순간 나는 내가 아닌 듯한 느낌을 받았다. "그런 상황에서 이 친구는 어떻게 살아남을 수 있었던 거야? 뇌가 남아났을 리가 없잖아?"

"이렇게 말해도 될지 모르겠지만, 아버지라는 작자가 미쳐도 워낙 제대로 미친 탓에 목숨을 부지했던 거야. 실은 몇 달 동안 정기적으로 뇌 조직을 파괴당하는 동안에도, 아기의 신경학적인 발달은 계속되고 있었어. 물론 보통 아기들보다는 느렸지만. 눈에 띌 정도로 말이야. 뼛속까지 과학자였던 클라인 교수는 그런 결과를 도저히 모르는 척하고 넘어갈 수 없었어. 그래서 관찰 결과를 빠짐없이 기록한 논문을 학술지에 발표하려고 시도했던 거지. 이걸 받아본 학술지 편집부에서는 악질적인 장난 정도로 받아들였지만 일단 경찰에 통보했고 경찰도 뒤늦게나마 수사를 시작했어. 하지만 구출됐을 때 아기는 이미…" 헬렌은 아무 반응도 보이지 않는 클라인 씨를 턱으로 가리켜 보였다.

"뇌는 어느 정도까지 남아 있었어? 혹시 치료를 받는다면…?"

"10퍼센트도 채 안 됐어. 소두증 환자 중에는 클라인 씨와 비슷한 질량의 뇌만 가지고서도 거의 정상적으로 생활할 수 있는 사람들이 있지만, 그건 태아기부터 그런 발달 과정을 거쳐서 적응한 케이스이기 때문에 비교 대상이 될 수 없어. 몇 년 전에 중증 간질을 치료하기 위해서 대뇌반구 절제 수술을 받은 어린 여자애가 있었는데, 수술 후에도 거의 장애를 겪지 않고 회복했지. 하지만 그 여자애의 뇌는 손상된 한쪽 대뇌반구가 수행하던 기능들을 몇 년에 걸쳐 반대편 대뇌반구 쪽으로 천천히 옮길 시간적 여유가 있었어. 엄청나게 운이 좋았다고나 할까. 그런 수술은 참담한 실패로 끝난 경우가 더 많아. 클라인 씨의 경우는 뭐랄까, 운이 좋다 나쁘다 할 계제가 아니라고 해야겠지."

오전 시간 대부분을 대걸레로 복도를 청소하며 보냈던 듯하다. 외부에서 검사를 받을 예정인 클라인 씨를 구급차가 데리러 왔을 때, 아무도 내게 도움을 요청하지 않아서 조금 기분이 언짢았다. 두 명의 구급대원은 헬렌의 감독하에 클라인 씨를 휠체어에 털썩 앉혔고,

마치 무거운 택배 물품을 운반하는 것처럼 밀고 나갔다. 하지만 내가 '담당' 환자에 대해 소유욕이나 보호욕을 느낄 권리는 존 올리리 수준도 못 된다는 사실을 알고 있었기 때문에, 클라인 씨 생각은 이제 안 하기로 했다.

점심은 직원실에서 다른 간호사들과 함께 먹었다. 카드놀이와 나조차 진부하게 느끼는 농담이 오고갔지만, 그래도 이렇게 함께 시간을 보내니 좋았다. 동료들은 나더러 몇 번이나 "여전히 동해안 샌님 티를 못 벗었다"라며 놀렸는데, 잘 생각해 보니 수긍되는 점이 없는 것도 아니었다. 만약 올리리가 동해안에서 상당 기간 거주했다면, 왜 내가 과거에 그를 만난 기억이 없는지 설명할 수 있다. 오후 시간은 천천히, 나른하게 흘러갔다. 닥터 펄먼은 급하게 비행기를 잡아타고 출장을 간 탓에 자리에 없었다. 어딘가의 먼 도시에서 닥터 펄먼처럼 저명한 정신과 의사 또는 신경과 의사의(어느 쪽인지는 모른다) 즉각적인 대처를 필요로 하는 긴급 사태가 발생했기 때문이다. 그 탓인지는 몰라도 직원뿐만 아니라 환자들까지 긴장이 풀린 기색이었다. 근무는 오후 3시에 끝났고, 나는 마주치는 사람들 모두에게 "내일 봅시다"라는 식의 인사를 건네며 건물 밖으로 걸어 나왔다. 익숙한 상실감이 찾아왔지만 곧 나아질 것이다.

오늘은 금요일이므로 대여금고의 기록을 업데이트하기 위해 시내 중심가에 들렀다. 러시아워가 시작되기 전의 거리에서 차를 몰며 가벼운 고양감을 느낀다. 펄먼 정신의학 연구소에서 겪었던 작은 시련들도 이제는 점점 멀어져 가고 있었다. 앞으로 몇 달에서 몇 년, 운이 좋으면 몇십 년 동안은 더 이상 고민할 필요조차 없는 것들이다.

일기장에 이번 주 정보를 기입하고, 숙주들의 개인 정보로 가득한, 고리로 묶여진 두꺼운 서류철에 '존 프랜시스 올리리'라는 제목을 가진 페이지를 덧붙인다. 그러자 이 모든 정보를 활용해서 뭐든 하고 싶다는 낯익은 충동을 느꼈다. 하지만 뭘 어쩌란 말인가? 나른한 금요일 오후에, 일부러 컴퓨터를 대여해서 그걸 쓸 장소를 확보할 생각은 도저히 나지 않았다. 물론 휴대용 계산기를 써서 정보를 업데이트하고, 숙주를 재방문하는 빈도의 평균치를 내는 것은 가능하겠지만 말이다. 생각만 해도 피가 끓는 작업이 아닌가.

그러자 헬렌 리드컴이 꺼내 들었던 PET 사진이 문득 뇌리에 떠올랐다. 나는 그런 종류의 사진에 관해서는 문외한이지만, 숙달된 전문가가 뇌의 실제 활동을 그런 식으로 직접 확인하면서 얼마나 가슴이 설렐지는 상상하기 어렵지 않았다. 내가 지금까지 축적한 몇백 쪽에 달하는 정보를 그렇게 단 한 장의 착색 사진으로 변환할 수 있으면 얼마나 좋을까. 그런다고 무슨 해답이 나올 것 같지는 않지만, 되지도 않는 통계치를 내보겠다고 아등바등하는 것보다는 백배 천배는 더 매력적으로 느껴졌다.

거리 지도책을 샀다. 어릴 때부터 줄곧 봐와서 익숙한, 앞표지 뒤에 시내 전도가 인쇄되어 있는 판본이었다. 5색 사인펜 세트도 산 다음, 쇼핑몰 벤치에 앉아 지도 위에 색색 가지 점을 찍기 시작한다. 빨간색 점은 한 번에서 세 번까지 방문한 적이 있는 숙주의 집이고, 주황색 점은 네 번에서 여섯 번 방문한 숙주의 집, 일곱 번 이상은 파란색 점, 이런 식으로 말이다. 완성할 때까지 1시간 걸렸다. 그리고 그 결과물은, 컴퓨터가 생성한 뇌의 컬러 스캔 사진과는 동떨어진 것이었다. 숫제 낙서에 가까웠다.

그러나 묘한 부분이 눈에 들어왔다. 점들은 색깔별로 띠를 이루거나 하지는 않았고 오히려 넓은 범위에 걸쳐 뒤섞여 있었지만, 파란색 점들이 시내의 북동부에 집중되어 있다는 사실만은 의심의 여지가 없었다. 그러자마자 예감이 확신으로 바뀌었다. 북동부는 시내의 다른 지역들보다 훨씬 낯이 익었다. 이런 지리적 편향이 내가 특정 숙주들에게만 확률의 성질에 반할 정도로 자주 방문한다는 사실을 설명해 줄 수 있지 않을까. 떨리는 손에 연필을 쥐고 각 색깔별로 가장 바깥쪽에 있는 점들을 연결한다. 그런 다음 가장 안쪽에 있는 점들을 잇는다. 그렇게 이어놓은 선들은 단 하나도 교차하지 않았다. 완벽한 동심원들의 집합이라고 하기는 힘들지만, 모든 원의 대략적인 중심에는 파란색 점들이 집중된 지역이 있었다. 그 지역에는 다양한 건물들이 존재했고, 그중 하나는 펄먼 정신의학 연구소였다.

기록과 지도책 등을 모두 끌어모아 대여금고에 집어넣었다. 이 발견은 충분히 시간을 들여 숙고해 볼 필요가 있다. 차를 몰고 집으로 가던 중에 어렴풋한 가설이 형태를 갖추기 시작했지만, 배기가스와 눈부신 석양빛 탓에 확실한 결론으로 이어지지는 못했다.

린다는 화가 머리끝까지 나 있었다. "도대체 어디 가 있었던 거야? 당신 딸이 울면서 나한테 전화를 걸었다는 걸 알기나 해? 공중전화로, 그것도 생판 모르는 사람한테서 전화비를 빌려야 했대! 나는 나대로 꾀병을 부리고 조퇴해서 그 먼 길을 운전해 가야 했다고! 도대체 어디 있다 온 거야?"

"어… 실은 랠프 그 친구가 꼭 뒤풀이를 해야겠다고 잡아서…"

"랠프하고는 아까 통화했어. 잡긴 뭘 잡아?"

나는 말없이 서 있었다. 그녀는 1분은 족히 나를 노려본 뒤에, 등을 돌리더니 쿵쾅거리며 자리를 떴다.

나는 로라에게 사과했다. (이름은 교과서를 보고 알았다.) 더 이상 울고 있지는 않았지만, 몇 시간은 울고 있었던 듯한 얼굴이었다. 귀여운 이 8살배기 소녀 앞에서 나는 쓰레기가 된 느낌을 받았다. 숙제하는 걸 도와주겠다고 해보았지만 이제 아빠 도움 따위는 절대로 받지 않겠다는 대답을 듣고 더 이상 방해하지 않기로 했다.

린다 역시 저녁 내내 내게 거의 한마디도 하지 않았다. 내일 이 문제에 대처할 사람은 내가 아닌 존 올리리라는 생각을 하니 두 배는 더 마음이 무거워졌다. 우리는 말없이 TV를 시청했다. 린다가 자려고 침실로 가자 나는 1시간 더 기다렸다가 갔다. 내가 침대에 누웠을 때도 린다는 깨어 있었을지도 모르지만, 설령 꾀잠이었다고는 해도 들킬 생각은 없어 보였다.

어둠 속에서 뜬눈으로 클라인 씨와 그의 장기 기억에 관해 생각했고, 그의 아버지가 자행한 입에 담기도 힘든 '실험'과 내가 자작한 뇌 스캔 지도에 관해 곰곰이 생각해 보았다.

클라인 씨가 몇 살인지 헬렌에게 미처 물어보지 못했다. 다시 묻기에는 이미 때가 늦었지만, 클라인 교수가 재판에 회부되었을 무렵의 신문을 찾아보면 틀림없이 뭔가 정보를 얻을 수 있을 것이다. 내일 아침 일어나자마자(숙주의 예정 따위는 개한테나 줘버려라) 시내의 중앙 도서관으로 가서 확인해 보자.

의식이라는 것이 무엇이든 간에, 탁월한 임기응변의 재능뿐만 아니라 엄청난 탄성을 갖추고 있다는 점만은 확실해 보인다. 조그만 아기 내부에, 그것도 점점 파괴되면서 쪼그라들고 있던 뇌 속에 갇힌 채로 그토록 오래 살아남았으니까 말이다. 그러나 살아 있는 뉴런의 수가 너무나도 줄어든 나머지 그 어떤 기지나 재능을 발휘하더라도 의식을 유지하는 것 자체가 불가능한 상황이 왔을 때, 클라인 씨에게는 어떤 일이 벌어졌던 것일까? 의식은 눈 깜짝할 새에 소멸했을까? 아니면 천천히 사라졌을까? 뇌 기능이 하나둘씩 소멸하면서 마지막에는 몇 가지 반사신경만 남은, 인간 존엄성의 패러디와 같은 존재로 전락했을까? 아니면 의식은 자기처럼 어리고 유연한 1,000명의 다른 아기들에게 필사적으로 구원을 요청했고(그런 일이 정말 가능하기는 한 것일까?) 각자의 뇌 용량의 극히 일부를 기증받음으로써 망각되고 사라질 운명이었던 한 명의 아기를 구해냈던 것일까? 그리고 이들은 각자의 인생에서 1,000일당 하루씩을 내게 기증해 줌으로써, 단지 먹고 배설하고 장기 기억을 보존하는 능력밖에는 남아 있지 않은 그 빈 껍데기로부터 나를 구출해 준 것일까?

클라인, F. C. 이 두 머리글자가 어떤 이름의 약자인지도 나는 모른다. 린다가 알 수 없는 말을 웅얼거리며 돌아누웠다. 아까부터 이런 생각을 하면서도 내 기분은 놀랄 정도로 침착했다. 내심 이런 황당무계한 가설을 도저히 받아들일 수 없어서인지도 모른다. 하지만 그 가설이 아무리 기이하다고 해도, 이런 내가 존재하고 있다는 단순명쾌한 사실만큼이나 기이할까?

반면에 이 가설을 믿는다면, 나는 어떤 기분을 느껴야 할까? 아버지가 내게 저지른 잔악무도한 행위에 경악하고 전율해야 할까? 그렇다. 불굴의 인간 정신이 이뤄낸 기적에 경탄해야 할까? 물론이다.

나는 울기 시작했다. 내가 흘린 눈물이 클라인, F. C.를 위한 것인지 나를 향한 것이었는지는 나도 모른다. 린다는 잠에서 깨지는 않았지만, 꿈이라도 꿨는지 본능적으로 돌아누우며 나를 껴안았다. 이윽고 나는 오열을 멈췄다. 린다의 온기가 내게 흘러 들어온다. 평온함 그 자체.

잠이 찾아오는 것을 느끼며 나는 한 가지 결심을 했다. 내일부터는 새로운 삶을 살아가자. 내일부터는 더 이상 숙주인 척하지 않으리라. 내일부터는 그 어떤 문제나 난관이 닥치더라도, 내 손으로 나 자신의 인생을 만들어 나가리라.

내게는 소박한 꿈이 하나 있다. 이름을 가지는 꿈이다. 오직 하나뿐이고, 죽을 때까지 내 것인 이름. 그게 어떤 이름인지는 모르지만, 그런 건 중요하지 않다. 내가 이름을 가지고 있다는 사실을 아는 것만으로도 충분하므로.

4

큐티

The Cutie

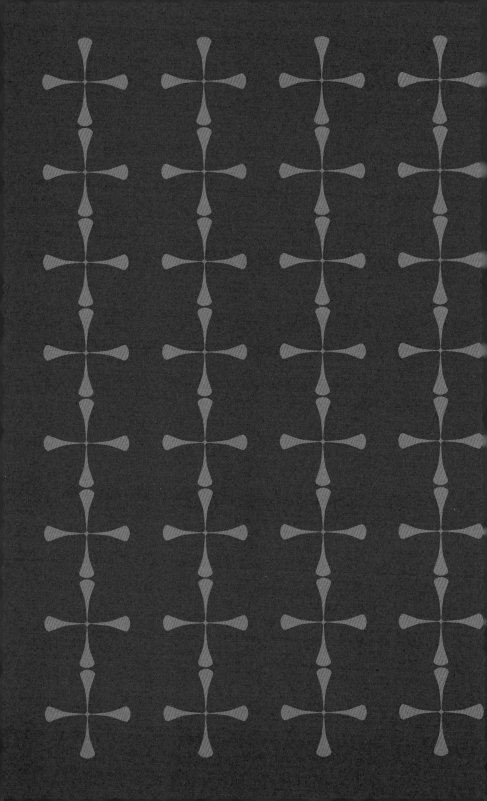

"왜 의논조차도 안 하려는 거야?"

다이앤은 침대 위에서 몸을 굴려 나를 등진 다음 태아처럼 몸을 웅크렸다. "의논은 2주 전에 이미 충분히 했잖아. 그 뒤로 달라진 건 아무것도 없어. 그러니까 이젠 의논할 필요도 없어. 안 그래?"

오늘 오후 우리는 내 친구네 집을 방문해서, 친구와 친구의 아내 그리고 생후 여섯 달 된 그들의 딸과 함께 시간을 보냈다. 이제는 눈을 감기만 해도 그 귀여운 아기의 얼굴에 떠오른 기쁨과 놀라움의 표정이 생생하게 되살아나고, 천진난만하게 까르륵 웃는 소리가 귓가에 울려 퍼지고, 아기 엄마인 로잘리가 "네, 안아봐도 돼요"라고 말했을 때 내가 느꼈던 묘한 고양감까지 되살아난다.

친구의 아기를 보여주면 다이앤의 마음도 바뀌지 않을까 기대하고 있었다. 그러나 이 경험은 다이앤에게는 아무런 감명도 주지 않았고, 되레 부모가 되고 싶다는 나의 욕구만 천배 더 강화했을 뿐이었다. 아이를 가지고 싶다는 나의 열망은 너무나도 강렬해서, 이제는 숫제 가슴이 아파 올 지경이다.

그래, 나도 안다. 우리가 아기들을 사랑하는 건 생물학적으로 그렇게 프로그래밍되어 있기 때문이라는 걸. 하지만 그게 뭐 어때서?

그건 모든 인간 활동의 90퍼센트에도 들어맞는 얘기가 아닌가? 인간은 성행위를 즐기도록 생물학적으로 프로그래밍되어 있지만, 그 사실을 불만스러워한다거나 우리는 사악한 자연의 꾐에 빠져서 하고 싶지도 않은 일을 할 뿐이라고 주장하는 사람은 아무도 없다. 언젠가는 바흐의 음악을 들었을 때 우리가 느끼는 기쁨의 생리학적 근거를 차근차근 단계를 밟아가며 완전히 규명해 줄 학자가 나타날지도 모르지만, 그렇다고 해서 갑자기 그 기쁨이 '원시적인' 반응이 된다거나, 생물학적인 야바위로 실추한다거나, 마약에 의한 도취감과 다를 바가 없는 공허한 경험으로 격하되는 것은 아니지 않는가?

"그 아기가 웃는 걸 보고 당신 정말 아무것도 못 느꼈어?"

"프랭크, 제발 잠 좀 자자."

"아기가 생기면 내가 돌볼게. 반년쯤 육아휴직을 받으면 돼."

"어머 반년씩이나! 고마워라! 그럼 그다음엔?"

"그럼 그보다 더 오래 돌볼게. 당신이 원한다면 직장을 그만둬도 좋아."

"그럼 어떻게 먹고살려고? 설마 내가 당신을 줄곧 먹여 살리라고? 세상에! 그런 다음엔 결혼하자고 할 작정인가?"

"알았어. 직장은 계속 다닐게. 아기가 좀 크면 어린이집에 맡길 수 있으니까 괜찮을 거야. 그런데 아기 갖는 일을 왜 그렇게 반대하는 거야? 매일 몇백만 명은 될 사람들이 애를 낳잖아. 인간으로서 지극히 당연한 일인데, 왜 그렇게 기를 쓰며 애를 안 낳을 이유를 찾으려는 거야?"

"왜냐하면 난 애를, 낳고, 싶지, 않기 때문이야. 이해했어? 단지 그뿐이라고."

나는 잠시 어두운 천장을 올려다보다가, 완전히 냉정하다고는 하기 힘든 목소리로 말했다. "내가 임신할 수도 있어. 남성 임신은 최근엔 완벽하게 안전한 방법이 됐고, 성공 사례도 이미 몇천 건이나 돼. 임신 2주째에 당신 몸에서 태반하고 배아를 꺼내서 내 내장 외벽에 부착하면 그만이야."

"당신 미친 거 아냐?"

"정 싫으면 수정에서 초기 발달 단계까지 아예 시험관 안에서 진행하는 방법도 있어. 당신은 단지 난자를 제공해 주기만 하면 돼."

"난 아이를 가질 생각이 없어. 당신이 임신하든, 내가 임신하든, 입양을 하든, 돈을 주고 사든, 훔쳐 오든 간에, 아예 가질 생각이 없다고. 이제 입 닥쳐. 잠 좀 자게."

다음 날 저녁, 퇴근해서 집으로 오자 아파트 안은 어둡고 조용했고, 텅 비어 있었다. 다이앤이 짐을 싸서 집을 나간 것이다. 그녀가 남긴 메모에는 당분간 언니 집에 가 있겠다고 쓰여 있었다. 물론 아기일 때문만은 아니었다. 최근 들어 다이앤은 나와 관련된 모든 일에 대해 짜증을 내고 있었다.

나는 주방 식탁에 앉아 술을 홀짝이며 어떻게든 그녀를 설득해서 되돌아오게 할 방법은 없을지 생각해 보았다. 내 성격이 이기적이라는 사실은 나도 잘 안다. 계속적으로 그걸 의식하면서 고치려고 노력하지 않는 한, 나는 다른 사람이 느끼는 감정을 무시하는 경향이 강했다. 게다가 아무리 그렇게 노력하더라도 결국은 오래가지 못했다. 하지만 일단 노력한 것은 사실이지 않는가. 더 이상 나더러 뭘 어쩌라고?

술을 잔뜩 퍼마신 후 다이앤의 언니에게 전화를 걸었지만 아예 바꿔주려고 하지도 않았다. 나는 전화를 끊고 뭔가 부술 수 있는 물건이 없나 하고 주위를 둘러보았지만, 다리가 풀리면서 그대로 주방 바닥에 널브러졌다. 울고 싶었지만 눈물조차 나오지 않았다. 그래서 그냥 잠들었다.

인간이 가진 생물학적 본능의 가장 큰 특징은 그것을 쉽게 속일 수 있다는 점이다. 어떤 행동을 할 때 쾌감을 느끼는 것은 본디 진화론적인 이유에서 비롯된 현상이지만, 인간은 그것을 어물쩍 속여 넘기고 육체적인 욕구만 쏙 빼서 만족시키는 일에 무척 능하다. 아무 영양가도 없는 음식을 정말 맛있고 먹음직스럽게 만드는 것처럼. 임신을 수반하지 않아도 섹스가 여전히 쾌감을 주는 것처럼. 아기의 경우는, 옛날 같았으면 아마 반려동물로 대용하는 수밖에 없었을 것이다. 나도 응당 그랬어야 했다. 고양이라도 한 마리 입양했으면 끝날 일이었다.

다이앤이 나를 두고 집을 나간 지 2주 뒤에, 나는 온라인 이체로 대만제 '큐티' 조립 키트를 하나 구입했다. 내가 여기서 '대만제'라고 한 것은 이체 계좌번호의 처음 세 자리 숫자가 대만의 국가 코드였기 때문이다. 그 코드는 지리적으로도 사실일 수 있지만, 보통은 그렇지 않은 경우가 대부분이다. 이렇게 작은 회사들 대다수는 물리적인 사무실을 가지고 있지 않았고, 그 실상은 국제 무역 네트워크상에서 실행되는 공용 소프트웨어가 관할하는 불과 몇 메가바이트의 데이터에 불과했다. 고객이 지역 노드에 접속해서 회사와 제품 번호를 지정하고 예금 잔액이나 신용카드 등급 심사를 통과하면, 이곳저곳에 산재한 부품 제조 업체와 배송 업체 그리고 전자동 조립 공장으로 주문이 들어가는 방식이다. 회사 자체는 통신 회선을 통해 전자電子를 이리저리 움직일 뿐이다.

그러니까 더 정확하게 설명하자면, 내가 산 큐티 키트는 싸구려 복제품이었다. 원한다면 해적판, 클론, 유사품, 불법 카피라고 불러도 좋다. 이걸 구입하면서 나도 조금은 양심의 가책을 느꼈고 자린고비가 된 느낌을 받기도 했지만, 백만장자가 아닌 이상 그보다 다섯 배는 비싼, 엘살바도르에서 제조된 '메이드 인 U.S.A.' 정품을 살 여유를 가진 사람이 도대체 어디 있단 말인가? 물론 이 제품의 연구 개발에 모든 시간과 돈을 쏟아부은 개발자들에게는 강도질이나 다름없는 행위이겠지만, 그렇게 말도 안 되는 비싼 가격을 부른다면 결과는 뻔하지 않은가? 10여 년 전 어떤 생명공학 기업의 프로젝트에서 운 좋게 돈 냄새를 맡은 캘리포니아 쪽 몇몇 투자자들의 코카인 상용 습관을 충족시켜 주기 위해서 그런 큰돈을 낼 생각은 더더욱 나지 않는다는 것이 나의 본심이다. 그럴 바에야 차라리 대만이나, 홍콩이나, 마닐라에 사는 15살쯤 되는 상업 해커에게 내 돈이 가는 편이 훨씬 낫다. 그

해커의 형제자매가, 단지 살아남기 위해서 부유한 관광객들 상대로 매춘을 할 필요가 없도록 말이다.

이제는 나의 행동이 얼마나 훌륭한 동기에서 비롯되었는지 모두들 이해해 줬으리라 믿는다.

큐티에게는 어엿한 족보가 있다. 1980년대에 엄청나게 유행했던 양배추 아기 인형을 기억하는가? 인형 하나하나마다 출생증명서가 딸려 있었고, 원한다면 선천적 장애를 가진 버전조차도 살 수 있었다. 유일한 문제는 인형은 그냥 그 자리에 가만히 누워 있기만 한다는 점이었다. 인형을 로봇화해서 마치 살아 있는 것처럼 움직이도록 한다는 안은 막대한 제작비가 드는 탓에 현실성이 없었다. 얘기가 나온 김에 말하겠는데, 〈비디오 베이비〉를 기억하는가? 〈컴퓨터 요람〉은? 이것들이 제공하는 아기는 실물 그 자체였다. 그러니까, 컴퓨터 화면 너머로 손을 뻗쳐서 품에 안으려고 하지만 않는다면 말이다.

물론 난 큐티 따위를 사고 싶지 않았다! 내가 키우고 싶은 것은 진짜 아기지 대용품이 아니었다! 하지만 무슨 수로? 또다시 관계 유지에 실패해서 여자에게 버림받은 34살 사내에게 도대체 어떤 선택지가 남아 있단 말인가?

조건을 충족할 수 있는 여성, 이를테면 (a) 본인도 아이를 가지고 싶어 하고, (b) 아직 아이를 가진 적이 없으며, (c) 나 같은 쓰레기와의 동거 생활을 적어도 2년 이상 견딜 수 있는 여성을 다시 찾아보는 방법이 있다.

혹은 아버지가 되고 싶다는 나의 비이성적인 욕구를 무시하거나 억제한다는 선택지도 있었다. 지적인 관점에서 본다면(그게 뭘 의미하든 간에) 내게 아이 따위는 필요하지 않다. 사실 자식을 낳고 부모가된다는 것은 무거운 짐을 일부러 짊어진다는 뜻이고, 그런 행위를 당장 중단해야 할 완벽한 이유를 대라면 지금 당장 반 다스는 열거할수 있다. 그러나 (대놓고 의인화해서 말하자면) 과거에 나로 하여금 수도없이 섹스를 하도록 만든 문제의 본능이 마침내 피임이라는 비열한수단의 존재를 눈치챘고, 녹슬어 버린 인과의 고리 그 바로 아래에 위치한 다른 고리를 향해 나의 관심을 교묘하게 돌리고 있는 듯한 느낌을 지울 수 없었다. 10대 젊은이가 시도 때도 없이 섹스를 꿈꾸는 것처럼, 나 역시 시도 때도 없이 아버지가 되는 것을 꿈꾸고 있었다.

그것도 아니라면…

아! 과학기술의 위대함이여! 고민에 빠진 사람에게 제3의 대안만큼 반가운 것은 없다. 마치 선택의 자유가 있는 듯한 환상을 가질 수있으니까 말이다!

…큐티를 사면 된다.

왜냐하면 큐티는 법적으로 인간이 아니기 때문이다. 게다가 그것을 낳기 위한 과정 전체는 구매자의 성별이 무엇이든 간에 엄청나게단순화되어 있었다. 변호사의 도움 따위도 불필요했고, 관청에 신고할 필요조차 없었다. 입양이나 대리모, 심지어 기증받은 생식세포로체외수정 시술을 받는 경우에도 몇백 쪽에 달하는 계약서를 작성해야 하는 데다가, 배우자 간에 자녀와 관련된 법적 계약서를 작성하려면 핵미사일 금지 조약보다 더 많은 교섭을 필요로 하는 작금의 상황

큐티   121

을 돌아볼 때, 큐티가 이렇게 인기가 있는 것도 당연했다.

내 계좌에서 대금이 인출된 순간 제어 소프트웨어가 내 컴퓨터 단말기에 다운로드되었다. 조립 키트 본체가 배송된 것은 한 달 뒤의 일이었다. 시뮬레이션 그래픽을 이리저리 건드려 보며 내가 원하는 외모를 정확하게 지정하기에는 충분한 시간이었다. 파란 눈, 성긴 금발, 토실토실하고 올목볼목한 팔다리, 조그맣고 납작한 코… 퍼뜩 정신을 차리고 보니 프로그램과 내가 힘을 합쳐 만들어 낸 결과물은 판에 박은 듯한 어린 천사의 모습을 하고 있었다. 나는 '여자 아기'를 선택했다. 예전부터 딸을 원했기 때문이지만, 큐티는 성별에 의한 외모 차이가 발생할 정도로 오래 살지는 못한다. 4살이 되자마자 그들은 불현듯, 조용히, 세상을 떠나기 때문이다. 이 작은 존재들의 죽음은 너무나도 비극적이고 애달프며, 너무나도 큰 카타르시스를 수반한다. 그런 다음에는 여전히 네 번째 생일 파티를 위한 드레스를 입고 있는 큐티의 주검을 새틴 안감을 댄 관 속에 안치하고, 큐티들의 천국으로 빔 전송[※]되기 전에 작별의 입맞춤을 하면 된다.

물론 이런 생각이 얼마나 혐오스럽고 추잡한 것인지는 나도 잘 안다. 내 행동이 얼마나 병적인지를 새삼 자각했을 때는 지독한 당혹감과 수치심에 고개를 들 수 없을 정도였다. 그러나 이 계획이 실행 가능하다는 점은 부정할 길이 없는 사실이었기에, 그리고 싶은 욕구에 저항하는 것은 불가능에 가까웠다. 합법적이며 간단한 데다가 심지어 저렴하기까지 하니 난들 어쩌란 말인가. 그런 연유로, 나는 차근차

※ SF 드라마 〈스타트렉〉에 등장하는, 우주선에서 쓰이는 물질 전송 기술이다.

근 단계를 밟아가며 계획을 실행에 옮겼다, 도대체 언제쯤 내 마음이 바뀔지, 언제 제정신으로 돌아와서 이 미친 짓을 포기할지 내심 궁금해하면서 말이다.

큐티들이 인간의 생식세포를 바탕으로 만들어지는 것은 사실이지만, 수정이 이루어지기도 전에 광범위한 DNA 조작의 대상이 된다는 점에서 인간과는 다르다. 적혈구의 세포막 외벽 형성에 필수적인 단백질 하나를 코딩하는 특정 유전자에 변경을 가하고, 큐티가 한계 연령에 도달하자마자 솔방울샘과 부신 그리고 갑상샘에서(이것들은 실패 가능성을 아예 원천 봉쇄하기 위한 3중 백업 시스템의 근간이다) 이 단백질을 완전 분해하는 효소를 분비하도록 조작해 놓은 탓에 유아기 때 죽음이 확실히 보장된다. 배아기에 이미 뇌의 발달을 통괄하는 유전자들을 완전히 망가뜨려 놓으므로 인간 이하의 지능도 확실히 보장된다. (이것은 큐티가 법적으로 인간이라고 간주되지 않는 근거이기도 하다.) 큐티는 미소를 떠올리고, 옹알이를 하고, 까르륵거리고, 킥킥거리고, 조잘거리고, 침을 흘리고, 울고, 발버둥치고, 낑낑거릴 수는 있지만, 지능이 정점에 달하는 시점에서조차도 보통 강아지보다 훨씬 머리가 나쁘다. 원숭이 쪽이 큐티보다 훨씬 더 똑똑하다는 점은 말할 나위도 없고, (신중하게 선별된) 특정 지능검사에서는 금붕어조차도 큐티보다 높은 점수를 받을 것이다. 큐티는 제대로 걷지도 못하고 혼자서 밥을 먹을 능력도 없다. 말을 들어도 아예 이해를 못 하기 때문에 말문이 트일 가능성도 없다.

요컨대 큐티는, 마음을 사르르 녹여줄 귀여운 아기는 키우고 싶지만 미운 7살이나, 반항적인 10대나, 부모를 임종하면서도 마음속으로는 오직 유언장의 내용에만 관심이 있는 못된 중년 자식들 따위는 상상조차 하기 싫다는 사람들을 위한 완벽한 선택이었던 것이다.

해적판이든 아니든 간에 큐티의 조립 과정은 지극히 간결하고 능률적이었다. 배송된 블랙박스를 내 컴퓨터 단말기에 연결하고 스위치를 넣은 다음, 내 주문이 요구하는 다양한 맞춤 효소와 유틸리티 바이러스들이 합성될 때까지 며칠 기다렸다가 A 튜브에 사정하기만 하면 된다.

A 튜브는 누가 보아도 여성의 질을 본뜬 디자인이었고, 내부 코팅에도 실물과 흡사한 향까지 추가되어 있었지만, 굳이 고백하자면 이 단계에서 내게는 아무런 육체적인 문제가 없었음에도 불구하고 사정하기까지는 무려 40분이라는 말도 안 되는 긴 시간이 걸렸다. 누구의 얼굴을 머리에 떠올려도, 그 어떤 종류의 행위를 상상해도, 나의 뇌의 일부는 끈질기게 거부권을 행사했기 때문이다. 그러나 나는 어떤 유능한 연구자가 뇌를 제거한 개도 교미를 완수할 수 있음을 증명했다는 기사를 어디선가 읽은 적이 있었다. 즉, 이 행위에 필요한 것은 오로지 척수뿐이라는 얘기다. 이런 우여곡절 끝에 나의 척수가 마침내 임무를 완수했다. 그러자마자 단말기 화면에 비꼬듯이 '잘했어요!'라는 글이 떠오른 것은 덤이었다. 그걸 보자마자 나는 주먹으로 화면을 박살 내고, 도끼로 블랙박스를 산산조각 낸 다음에 난센스 시를 고래고래 암송하며 방 안을 마구 뛰어다녔어야 옳았다. 그냥 돈을 주고 고양이를 입양했어야 했다. 하지만 뭐든 후회할 수 있다는 것은

좋은 일이 아니던가? 후회야말로 인간 존재의 본질적인 부분임을 나는 확신한다.

사흘 후, 나는 블랙박스 곁에 누워서 블랙박스에서 튀어나온 로봇 팔이 날카로운 발톱을 내 배 위에 갖다 대는 광경을 바라보고 있어야 했다! 그러나 수태 자체는 통증이 없었다. 로봇 팔은 겉보기에는 위협적이었지만, 내 복부의 피부와 근육 일부를 국소마취한 다음 재빨리 바늘을 찔러 넣고 미리 포장된 바이오 복합체를 주사했을 뿐이었다. 이 복합체는 나의 복강이라는 비정상적인 환경에도 견딜 수 있도록 특별히 설계된 융모막으로 보호받고 있었다.

이걸로 끝났다. 나는 임신했다.

임신한 지 몇 주가 지나자 끊임없이 나를 괴롭히던 의구심과 혐오감이 씻은 듯이 사라졌다. 온 세상을 돌아보아도 지금 내가 하고 있는 것보다 더 아름답고 올바른 일은 없단 느낌이랄까. 나는 매일처럼 내 배 속에 있는 태아의 시뮬레이션을 단말기에 띄웠다. 놀랍도록 멋진 그래픽이었다. 실물을 완벽하게 재현한 것은 아니겠지만 유례를 볼 수 없을 정도로 큐트했다. 사실, 바로 그걸 위해서 돈을 썼으니 당연하다. 나는 배 위에 손을 올려놓고 생명이라는 이름의 마법에 관한 깊은 상념에 잠겼다.

한 달에 한 번씩 병원으로 가서 태아 초음파검사를 받았지만, 그 많은 유전자 검사 중 단 한 가지도 신청하지 않았다. 원하던 성별이 아니라거나 눈 빛깔이 기대에 못 미친다는 이유로 수정한 지 얼마 되지도 않은 배아를 폐기할 필요는 없다. 나는 그런 요구 사항들을 처음부터 모두 해결해 놓았기 때문이다.

지인들에게는 내가 뭘 하고 있는지 아예 알리지 않았다. 내친김에 의사도 모두 바꿨고, 직장에서 임신 사실을 더 이상 감출 수 없게 되면 장기 휴가를 얻으려고 미리 신청해 두었다. (그때까지는 '요즘 맥주를 너무 마신 탓'이라는 식의 농담으로 얼버무렸다.) 실제로 그런 단계에 도달하자 상점이나 거리에서 마주친 사람들이 내 배를 빤히 쳐다보는 일이 잦아졌지만, 출산 시의 큐티 체중을 처음부터 낮게 설정해 둔 덕에 임신이라고 자신 있게 단언할 수 있는 사람은 아무도 없었을 것이다. (실은 사용 안내서의 조언에 따라 나는 임신 전에 일부러 체중을 늘려놓은 상태였다. 이것이 배아의 발육에 필요한 에너지를 확보하는 유효한 수단임은 명백했다.) 설령 나를 본 누군가가 진상을 알아차렸다고 해도 그게 뭐 대수인가? 무슨 범죄를 저지른 것도 아니지 않은가.

장기 휴가를 얻은 후 낮에는 텔레비전을 시청하거나 육아 관련 책을 읽었고, 내 침실 구석에 가져다 놓은 아기 침대와 장난감들의 위치를 조정하고, 또 재조정하는 일을 거듭했다. 에인절이라는 이름을 정확히 언제 골랐는지는 기억이 나지 않는다. 그러나 일단 정한 뒤에는 바꾸지 않았다. 나는 아기 침대 측면에다 칼로 그 이름을 새겼다. 침대는 플라스틱제였지만 벚나무 줄기에 새기는 마음으로 말이다. 어깨에도 문신을 할까 생각했지만, 아버지와 딸 사이에서는 어울리지 않는 일 같아서 그만두었다. 나는 휑뎅그렁한 아파트에 죽치고 앉아 큰 소리로 그 이름을 말했다. '이름에 익숙해지기' 위해서 그랬다는 변명이 내심 쑥스러워질 정도로, 자주 이름을 불러본 뒤에도 말이다. 이따금 전화 수화기를 들어 올리고 이렇게 말하는 연습도 했다. "제발 좀 조용히 삽시다! 우리 아기가 자고 있다고요!"

시시콜콜한 얘기는 이제 그만. 솔직히 나는 제정신이 아니었고, 스스로도 제정신이 아님을 자각하고 있었다. 막연하게도 나는 그 책임을 태반이 내 혈류에 분비한 '호르몬의 영향'으로 돌렸다. 물론 임신 중인 여성이 나처럼 맛이 가지 않는다는 사실쯤은 나도 안다. 하지만 여성은 생화학적으로도, 신체 구조상으로도 지금 내가 하고 있는 일에 적합하도록 설계되어 있지 않은가. 내 배 속에 들어앉은 환희의 원천은 내 몸을 여성의 것으로 착각한 채 오만가지 화학적 메시지를 보내오고 있었다. 그러니 내가 약간 이상해졌다고 해도 딱히 놀랄 일은 아니지 않은가?

물론 그보다 더 흔한 부작용도 겪었다. 입덧 같은. (입덧은 위장이 비어 있는 아침에 가장 심하다고들 하지만, 나는 하루 종일 밤낮을 가리지 않고 헛구역질에 시달렸다.) 후각이 예민해졌고 피부도 이따금 견디기 힘들 정도로 민감해졌다. 방광이 압박당하는 느낌을 받았고 종아리도 퉁퉁 부었다. 내 몸은 단지 무거워지기만 한 것이 아니라 가장 불편해지는 쪽으로 변형된 느낌이었고, 그 탓에 뒤뚱거리며 조금만 움직여도 녹초가 되는 것을 피할 수 없었다. 도대체 나는 몇 번이나 이렇게 되뇌었던 것일까. 이건 정말 소중한 경험이고, 너무나도 많은 여성과 극소수의 남성만 알고 있는 이런 상태와 과정을 몸소 체험함으로써, 나는 틀림없이 지금보다 더 낫고 더 현명한 인간으로 변모할 거라고 말이다. 아까 말했듯이, 제정신이 아니었다.

제왕절개수술을 받기 위해 병원에 입원하기 전날 밤에 꿈을 꿨다. 아기가 내 몸이 아닌 블랙박스에서 나오는 꿈이었다. 아기는 검은 털가죽으로 뒤덮여 있었고, 꼬리가 달린 데다가 여우원숭이를 방불케 하는 커다란 눈을 가지고 있었다. 상상을 초월하는 아름다움이었다. 처음에는 아기 원숭이와 아기 고양이 어느 쪽에 더 가까운지 마음을 정할 수가 없었다. 고양이처럼 네 발로 걷는가 싶더니 곧 원숭이처럼 쭈그리고 앉았기 때문이다. 게다가 꼬리는 어느 쪽이라고 해도 위화감이 없었다. 그러나 곧 아기 고양이는 태어났을 때 아직 눈을 뜨지 못한다는 사실이 떠올랐다. 그렇다면 원숭이가 맞다.

그것은 방 안을 뛰어다니다가 내 침대 밑에 숨었다. 손을 넣어서 억지로 끌어내 보니 내가 움켜쥐고 있던 것은 오래된 잠옷이었다.

오줌을 누고 싶다는 강렬한 욕구를 느끼며 잠에서 깼다.

병원 의료진은 나를 대하면서 그 흔한 농담 한 번 하지 않았다. 어쩌면 조롱의 대상이 되지 않을 만큼은 비싼 요금을 낸 덕일지도 모르겠다. 병실도 (산부인과 병동에서 최대한 멀리 떨어져 있는) 1인실을 제공받았다. 10년 전이었다면 나의 이야기는 아마 매스미디어에 유출되었을 것이고, 내 병실 앞에는 특종을 노리는 카메라맨과 기자들이 진을 치고 있었을 것이다. 그러나 천만다행히도 이제 큐티의 탄생은 (설령 독신 남성이 그것을 낳는다고 해도) 더는 뉴스거리가 되지 못한다. 10만 명에 달하는 큐티가 이미 태어나서 죽음을 맞은 뒤였기 때문에, 나는 유행의 첨단을 달리는 선구자와는 거리가 멀었다. 체험 수기를 자사 신문 〈요지경〉 코너에 실을 수 있게 해주면 연봉 10년 치에 달하는 거금을 주겠다고 제안해 오는 신문사도 없었고, 귀여운 비인간 아기의 장례식에서 눈물을 떨구는 나의 모습을 클로즈업해서 황금 시간대에 독점 생중계할 권리를 얻으려고 안달하는 TV 방송국도 없었다. 최신식 생식 테크놀로지 덕에 가능해진 온갖 조합은 처음에는 신기해 보였을지도 모르지만, 워낙 오랫동안 사골처럼 우려먹은 탓에 이제는 논란거리조차 되지 못했다. 다시 신문 1면 기사에서 각광을 받고 싶다면 연구자들은 과거의 충격을 비약적으로 뛰어넘은 신기술 개발에 매진하는 수밖에 없다. 보나 마나 그러고 있을 게 뻔하지만 말이다.

내가 받은 모든 처치는 전신마취를 받은 상태에서 이루어졌다. 마취에서 깨어나자 머리를 해머로 쾅쾅 때리는 듯한 지독한 두통이 엄습했고, 입안에서는 썩은 치즈를 게워낸 듯한 맛이 났다. 배를 봉합했다는 사실을 깜박 잊고 몸을 움직이려고 했을 때 느낀 격통에 관해서는… 그런 실수를 한 것은 그때가 처음이자 마지막이었다고 하는 것으로 족하다.

가까스로 고개를 들어 올렸다.

그 아이는 아기 침대 한복판에 누워 있었다. 침대가 축구장만큼이나 넓어 보일 정도로 작았다. 여느 갓난애와 마찬가지로 피부는 쭈글쭈글하고 분홍색이었다. 그녀는 얼굴을 잔뜩 찡그리고 두 눈을 질끈 감은 채로 숨을 들이쉬더니 엄청나게 큰 소리로 울었고, 또 숨을 들이쉬고는 울었다. 울부짖는 것이 숨 쉬는 것만큼이나 자연스러워 보일 정도였다. 머리에는 까맣고 촘촘한 배냇머리가 자라 있었다. (원래부터 그렇게 프로그래밍되어 있었다. 검은 머리는 곧 다 빠지고 금발이 새로 자라날 예정이었다.) 나는 머리가 지끈거리는 것을 무시하며 일어섰고, 아기 침대 울타리 너머로 몸을 구부리고 그녀의 뺨에 손가락을 살짝 갖다 댔다. 그녀는 울음을 그치지는 않았지만 눈을 떴다. 물론, 파란 눈동자였다.

"아빠는 널 사랑해." 나는 말했다. "아빠는 우리 에인절을 사랑한단다." 그러자 그녀는 눈을 감더니 깊게 숨을 들이쉬었고, 다음 순간 귀청이 떨어질 듯한 울음을 터뜨렸다. 나는 그녀를 향해 두 손을 뻗었다. 머리가 핑핑 도는 듯한 환희를 느끼며, 무한하게 신중한 동작으로, 극도로 세심하게, 에인절을 안아 올렸고, 오랫동안, 아주 오랫동안 품에 안고 있었다.

이틀 후에는 퇴원해도 좋다는 허락이 떨어졌다.

만사가 순조로웠다. 에인절의 숨이 갑자기 멎거나 하는 일도 없었다. 에인절은 젖병으로 우유를 먹었고, 기저귀에 오줌과 똥을 지렸고, 몇 시간이나 쉴 새 없이 울어댔고, 때로는 울지 않고 잠을 잘 때조차 있었다.

에인절이 큐티라는 사실도 어떻겐가 잊고 지낼 수 있었다. 임무를 완수한 블랙박스는 폐기했다. 나는 의자에 앉아서, 에인절이 아기 침대 위에 매달려 있는 반짝거리는 모빌을 올려다보는 걸 바라본다. 모빌을 흔들거나 뒤틀어서 딸랑거리게 만들고, 눈으로 그것을 좇는 법을 터득하는 광경을 지켜본다. 그녀가 모빌을 향해 두 손을 들어 올리고, 온몸을 일으키려고 낑낑거리는 광경을 지켜본다. 때로는 매료된 듯이 옹알거릴 때도 있다. 그럴 때면 나는 에인절에게 달려가서 허리를 굽히고 그녀의 코에 입을 맞춰서 킥킥 웃게 만들고는 여러 번 되풀이해서 이렇게 말한다. "아빠는 에인절이 좋아! 정말 정말로!"

유급휴가를 모두 써버린 시점에서 나는 직장을 그만두었다. 절약하면 몇 년은 먹고살 수 있는 돈을 저축해 놓았으며, 다른 사람에게 에인절을 맡겨놓고 일하러 나갈 생각은 도저히 나지 않았기 때문이다. 나는 에인절을 데리고 쇼핑을 하러 갔고, 슈퍼마켓에 있던 모든 사람은 그녀의 아름다움과 귀여움 앞에서 무릎을 꿇었다. 부모님에게도 에인절을 자랑하고 싶어 미칠 지경이었지만 정말로 그런다면 그들은 미주알고주알 캐어물을 게 뻔했기 때문에 그럴 수는 없는 일이었다. 나는 친구들과의 관계를 끊은 채 아무도 내 아파트에 들이지 않았고, 그 어떤 외부의 초대에도 응하지 않았다. 직장도, 친구도 필요 없었다. 에인절만 있으면 나는 그 무엇도 그 누구도 필요로 하지 않았기 때문이다.

에인절이 처음으로 손을 뻗어 자기 얼굴 앞에서 왔다 갔다 하는 내 손가락을 잡았을 때는 정말로 기쁘고 자랑스러웠다. 그녀가 내 손가락을 입에 물려고 하자, 나는 손가락을 휙 빼서 멀리까지 가져갔다가 다시 갑자기 얼굴에 들이대는 식으로 장난을 쳤다. 그러자 에인절은 웃음을 터뜨렸다. 마치 마지막에는 내가 항복할 게 뻔하고, 잇몸으로 잠시 손가락을 물게 해줄 거라는 절대적인 확신을 가지고 있는 것처럼. 실제로 그런 일이 일어나자 에인절은 손가락 맛은 별로라는 사실을 비로소 깨닫고 놀랄 정도로 강한 힘으로 내 손을 밀쳐냈다. 계속 까르륵거리면서 말이다.

이 단계에서 벌써 그런 행동을 할 수 있다면, 에인절은 예정된 발달 스케줄보다 무려 몇 달은 앞서 있다는 얘기가 된다. "아니, 이런 똑똑이가 있나!" 이렇게 말했을 때 나는 너무 가까이 얼굴을 들이밀고 있었던 듯하다. 에인절은 내 코를 움켜잡고 신이 나서 까불기 시작했다. 다리를 마구 버둥거리고 한 번도 들은 적이 없는 종류의 옹알이를 했던 것이다. 한 음조에서 다른 음조로 매끄럽게 이어지는, 이 아름답고 섬세한 소리는 마치 새의 지저귐을 방불케 했다.

나는 매주같이 에인절의 사진을 찍었으며 그 사진들로 앨범들을 가득 채웠다. 지금 입고 있는 옷이 작아지기도 전에 잇달아 새 옷을 사줬고, 1주 전에 사준 장난감에 에인절이 아직 손을 대기도 전에 새 장난감을 샀다. 에인절과 함께 나들이 나갈 준비를 할 때마다 나는 "여행을 하면 시야가 넓어진단다"라고 말하는 버릇이 생겼다. 눕는 방식의 유모차를 졸업하고서 하늘만이 아니라 주위 세계를 둘러볼 수 있는 앉는 방식의 유모차를 타기 시작한 후, 깜짝 놀라거나 호기심에 사로잡히기 시작한 에인절의 모습은 내게는 끝없는 기쁨의 원천이었다. 지나가던 개를 보면 기쁨에 겨워 몸을 들썩였고, 보도에 비둘기가 있으면 좋아서 까르륵거렸으며, 너무 시끄러운 소음을 발하는 자동차들을 향해서는 화난 듯이 얼굴을 찌푸렸다. 그 조그만 얼굴에 그토록 노골적인 경멸의 표정이 떠오르는 것을 보고 나는 참지 못하고 웃음을 터뜨렸다.

머리 한구석에서 '에인절의 죽음은 이미 예정되어 있다는 걸 잊지마'라는 끈질긴 속삭임을 듣는 것은, 너무 오랫동안 잠든 에인절의 얼굴을 바라보고 너무 가까이서 에인절의 규칙적인 숨소리에 귀를 기울였을 때뿐이었다. 그럴 경우 나는 머릿속에서 소리 없이 절규했으며, 알아들을 수 없는 말, 비속어, 무의미한 욕설 따위를 쏟아내서 그 속삭임을 묻어버리려고 했다. 어떨 때는 조용하게 자장가를 부르거나 콧노래를 불렀다. 에인절이 잠결에 그 소리를 듣고 몸을 뒤척이면, 나는 그것을 승리의 징후로 받아들였다. 머릿속의 사악한 목소리는 거짓말이라는 확고한 증거로서 말이다.

그러나 어떤 의미에서는 그런 다짐조차도 진정한 자기기만으로 이어지지는 못했다. 이미 죽음을 맞이한 10만여 명의 큐티들과 마찬가지로, 에인절은 죽을 때가 되면 반드시 죽을 것이라는 사실을 나는 명명백백하게 알고 있었기 때문이다. 그런 운명을 받아들일 수 있는 방법은 2중 사고밖에는 없다는 사실도 잘 알고 있었다. 에인절의 죽음을 예상하면서도, 그런 일은 결코 일어나지 않을 거라고 짐짓 믿는 식으로. 에인절이 귀여운 반려동물 이상도 이하도 아니라는 사실을 처음부터 뻔히 알면서도, 진짜 인간 아기를 기르듯이 그녀를 키우는 식으로. 원숭이, 강아지, 금붕어를 기르듯이.

햇빛조차 비치지 않는 악몽의 세계에 펼쳐진 검고 음울한 늪에, 자기 인생을 통째로 처박을 정도로 엄청난 잘못을 저지른 적이 있는가? 지금까지 살면서 행해왔던 모든 선행을 단 한 방에 상쇄해 버리고, 행복했던 모든 순간의 추억을 무효화하고, 세상의 모든 아름다움을 추악하게 변형시키고, 마지막까지 남아 있던 자존감의 단편마저 박살 냄으로써 자신은 처음부터 아예 태어나지 말았어야 했다고 확신했을 정도로 어리석은 선택을 한 적이 있는가?

나는 그런 적이 있다.

나는 큐티 키트의 싸구려 해적판을 샀다.

그러는 대신 고양이를 데려왔어야 했다. 내가 사는 아파트에서는 규칙상 고양이를 기를 수 없지만, 그럼에도 데려왔어야 했다. 내 지인 중에도 고양이를 기르는 사람들이 있고 나도 고양이를 좋아한다. 게다가 고양이는 강한 개성을 가진 동물이므로 좋은 반려가 되어주었을 것이다. 고양이를 데려왔더라면, 나도 예의 강박관념에 기름을 붓는 대신 고양이를 돌보고 애정을 쏟을 수 있었을 것이다. 내가 고양이에게 아기 옷을 입히고 젖병으로 분유를 먹이려고 했다면, 고양이는 나를 마구 할퀴어서 너덜너덜하게 만들었겠지만 말이다. 그런 다음 경멸이 담긴 시선으로 나를 쏘아봄으로써 그렇지 않아도 작아진 나의 존엄성을 오그라들게 만들었을 게 뻔하다.

어느 날 나는 에인절에게 줄 새로운 구슬 장난감을 샀다. 열 가지 색깔의 반짝거리는 구슬들을 주판처럼 꿰어 만든 이 알록달록한 장난감을 아기 침대 위에 매달았다. 그런 나를 보며 그녀는 까르르 웃으며 박수를 쳤다. 장난기와 기쁨으로 가득 찬 눈을 반짝이며.

장난기와 기쁨?

갓난애들이 떠올리는 '웃음'이란 실제로는 바람에 대한 반사적 반응에 불과하다는 글을 어디선가 읽고 불쾌하게 느꼈던 것을 기억했다. 글의 내용이 불쾌해서가 아니라 잘난 체하며 굳이 그런 따분한 지식을 퍼뜨리고 싶어 한 글쓴이의 오만함이 괘씸해서였다. 그러자 이런 생각이 떠올랐다. 도대체 이 '인간성'이라는 마법의 정체가 무엇일까? 적어도 그것의 절반은, 보는 사람의 눈에 달려 있는 것이 아닐까?

"장난기? 네가? 그건 불가능해!" 나는 허리를 굽혀 그녀의 이마에 입을 맞췄다.

에인절은 손뼉을 짝짝 치더니 말했다. 아주 뚜렷한 목소리로. "아빠!"

상담에 응한 의사들은 모두 동정적이긴 했지만, 그들이 해줄 수 있는 일은 없었다. 에인절 내부의 시한폭탄은 그녀라는 존재의 너무 큰 부분을 점유하고 있었기 때문이다. 해적판 키트도 그 기능만은 완벽하게 수행하고 있었다.

에인절은 날이 갈수록 똑똑해졌고, 쉴 새 없이 새로운 단어를 습득했다. 이제 나는 어떻게 해야 할까?

(a) 외부 자극을 차단한다.

(b) 영양실조에 빠지게 한다.

(c) 거꾸로 잡고 떨어뜨린다.

(d) 그 밖의 선택을 한다?

아, 내 걱정은 안 해줘도 된다. 정신적으로 약간 불안정해지긴 하지만, 아직 완전히 돌아버리지는 않았기 때문이다. 생식세포였을 때 에인절의 유전자를 망가뜨리는 행위와 살아 숨 쉬는 그녀의 육체를 실제로 망가뜨리는 행위 사이에 미묘한 차이가 있다는 것쯤은 아직 이해할 수 있다. 그렇다. 최대한 정신을 집중하기만 하면, 아직 그 차이를 인지할 수 있다고 맹세해도 좋다.

사실 나는 놀랄 정도로 능숙하게 이 사태에 대처하고 있다고 생각한다. 나는 에인절 앞에서는 결코 평정심을 잃지 않고, 그녀가 잠들기 전에는 내면의 고뇌를 절대로 밖으로 표출하지 않는다.

언제든 사고는 일어나는 법이고 완벽한 인간 따위는 존재하지 않는다. 에인절의 죽음은 순간적이고 고통도 없을 것이다. 전 세계에서는 지금도 수많은 아이들이 병이나 사고로 죽어가고 있다. 알겠는가? 이렇게 이런저런 해답을 내놓고, 이렇게 이런저런 말을 중얼거리면서, 충동이 사라지기를 기다린다. 지금 당장 에인절과 함께 죽고 싶다는 충동… 물론 이것은 단지 나 자신의 고뇌를 끝내고 싶은 욕구에서 비롯된 순전히 이기적인 충동이다. 그런 짓을 할 생각은 추호도 없다. 의사들의 소견이나 검사 결과가 모두 틀렸을 가능성도 여전히 남아 있다. 기적이 일어나서 에인절이 살아남을 가능성도 있다. 따라서 나는 감히 희망을 품는 일 없이 계속 살아가야 한다. 그러다가 에인절이 죽는다면, 나도 그 뒤를 따를 것이다.

그러나 아무리 노력하더라도 결코 해답을 얻을 수 없는 의문이 하나 남아 있었다. 나를 꽉 붙들고 놓아주지 않으며, 죽음을 향한 그 어떤 암울한 상념보다도 나를 더 몸서리치게 만드는 의문이.

만약 에인절이 단 한마디도 말을 하지 않았다면, 나는 그녀의 죽음이 지금만큼은 비극적이 아니라고 스스로를 속였을까?

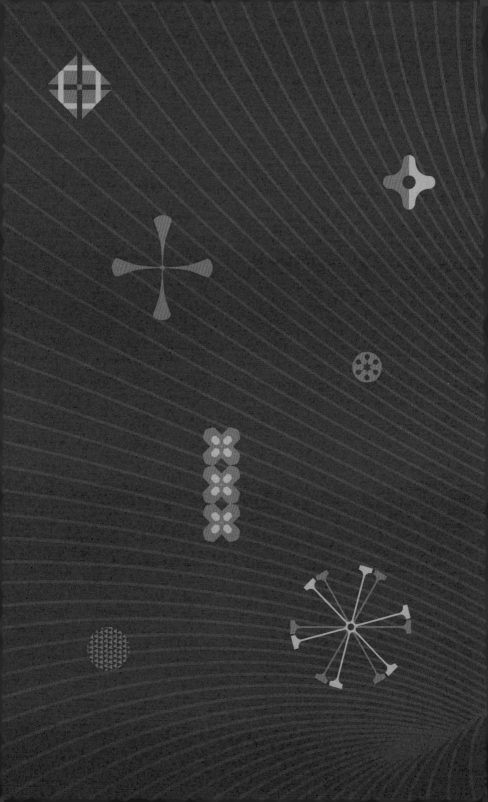

5

어둠 속으로

Into Darkness

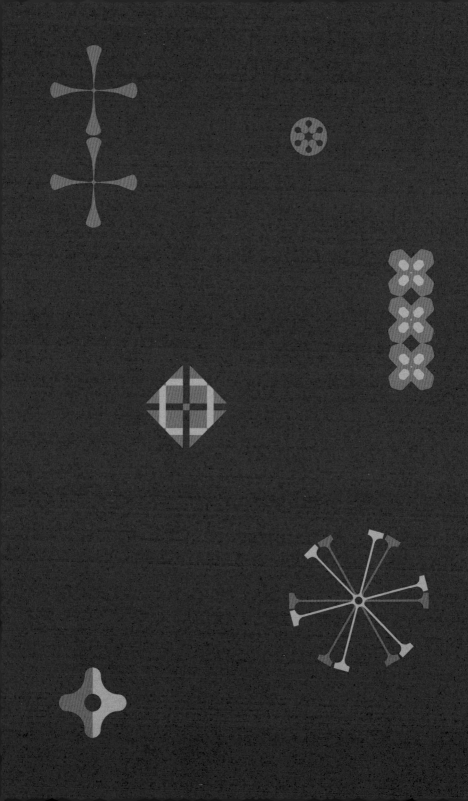

경보음은 오래 내버려 둘수록 점점 더 높아지고 시끄러워지므로, 자다가 침대에서 벌떡 일어난 나는 각성까지 채 1초도 걸리지 않았다고 확신했다. 그럼에도 실제 경보가 울리기 한참 전부터 이미 꿈속에서 그 소리를 들었다고도 나는 맹세할 수 있다. 이미 몇 번 경험한 일이다. 어쩌면 그것은 단순한 착각이고, 기억하려고 시도한 뒤에야 비로소 형태를 갖추는 꿈을 꾼 것일 수도 있다. 혹은 매일 밤 잠들어 있는 모든 순간순간마다 나는 그런 꿈을 꾸고 있는지도 모른다. 만일의 경우에 대비하기 위해.

경보기 위쪽에는 빨간색 불이 들어와 있었다. 이것은 훈련이 아니다.

나는 옷을 걸치면서 방을 가로질렀고 확인 스위치를 때리듯이 눌렀다. 경보가 멎자마자 집으로 빠르게 다가오는 사이렌 소리가 들렸다. 신발 끈을 매는 데는 지금까지의 모든 동작을 합친 것에 맞먹는 시간이 걸렸다. 침대 곁에 놓아둔 배낭을 집어 들고 전원을 넣었다. 배낭이 자기 점검 루틴을 수행하면서, 부착된 LED 등이 번쩍인다.

도로 가장자리로 달려가자 끼익 하는 소리와 함께 멈춰 선 순찰차의 뒷문이 홱 열렸다. 운전사인 앤젤로와는 아는 사이었지만, 조수석에 앉아 있는 경찰관은 처음 보는 얼굴이었다. 순찰차가 다시 속도를 올리며 달리기 시작하자 좌석 단말기에 의사擬似 색채로 필터링된 〈흡입구〉의 적외선 위성 영상이 떠올랐다. 색색 가지 반점들로 이루어진 배경 한복판에 자리 잡은 칠흑의 원. 다음 순간, 영상은 해당 지구의 시가도로 대체되었다. 초승달 모양으로 배열된 집단주택들과 막다른 골목들만으로 이루어진 듯한 새로운 교외 주택지 중 하나였고 시내 북단과 맞닿아 있었다. 시가도에는 〈흡입구〉의 원형 둘레와 중심뿐만 아니라 〈코어〉의 추정 위치로 이어지는 점선도 표시되어 있었다. 그러나 최적화된 진입 경로들은 따로 표시되어 있지 않았다. 정보가 너무 많은 상태로 현장에 돌입하면 되레 혼란스러워지는 법이다. 나는 시가도를 응시하며 그것을 기억에 각인하려고 노력했다. 진입 후에도 단말기를 볼 수 없는 것은 아니지만, 그냥 머릿속 지도를 참고하는 편이 훨씬 빠르다는 것은 굳이 말할 나위도 없다. 눈을 감고 예상 경로를 상상했다. 나의 뇌리에 떠오른 패턴은 퍼즐 책의 미로 찾기를 방불케 했다.

고속도로로 진입하자 앤젤로는 최대 속도로 질주하기 시작했다. 그는 유능한 드라이버지만 나는 가끔 이 작업에서 가장 위험한 부분은 바로 지금이 아닌가 생각하곤 한다. 나와는 면식이 없는 경찰관은 그런 걱정과는 인연이 없는 듯했다. 뒷좌석의 나를 돌아보며 이렇게 말했기 때문이다. "예전부터 꼭 하고 싶었던 말인데, 난 자네의 용기를 존중해. 하지만 솔직히 미쳤다는 생각밖엔 안 드는군. 설령 누가 나한테 100만 달러를 준다 해도, 저 안에 들어갈 생각은 털끝만큼도 없어."

그러자 뒷거울에 비친 앤젤로가 씩 웃는 것이 보였다. 그가 말했다. "어이, 노벨상 상금은 얼마쯤 됐어? 100만 달러보다 더 많았던가?"

나는 콧방귀를 뀌었다. "그렇게 많을 리가. 게다가 800미터 장애물 경주에 참가했다고 누가 노벨상을 줘?" 보도 매체들은 나를 일종의 전문가로 묘사하기로 마음먹은 듯하다. 무슨 이유에서 그러는지는 나도 잘 모르겠다. 어떤 인터뷰에서 내가 '방사상으로 비등방적*'이라는 표현을 한 번 썼다고 그러는 것이 아니라면 말이다. 과학 관측을 위한 '적재물'을 〈흡입구〉 내부로 반입하는 데 처음으로 성공한 〈러너〉 중 한 명이 나인 것은 분명 사실이다. 그러나 그건 〈러너〉라면 누구든 할 수 있었던 일이었고, 최근 들어서 그런 일은 일상적으로 이루어지고 있었다. 사실을 말하자면, 〈흡입구〉에 관한 이론 정립에 티끌만큼이라도 공헌할 수 있는 과학 인재가 죽을 위험을 무릅쓰고 〈흡입구〉 내부로 진입하는 것은 국제 협약으로 엄하게 금지되어 있다. 내게 어떤 식으로든 특별한 부분이 있다면, 구난과 관련된 자격을 단 하나도 갖고 있지 않다는 점일지도 모른다. 대다수의 지원자는 나와는 달리 구난 작업의 유경험자들이었다.

손목시계를 스톱워치 모드로 전환한 다음, 순찰차 단말기에 떠오른 경과 시간과 동기화하고 배낭의 타이머도 동기화했다. 〈흡입구〉가 출현한 지 6분 12초가 경과했다. 실체화한 〈흡입구〉의 존속 기간은 18분의 반감기를 가진 방사성 원자핵의 붕괴 통계치와 정확히 일치한다. 전체 〈흡입구〉의 79퍼센트는 6분 이상 존속하지만, 1분이 흐

※　非等方的. 어떤 대상의 물리적 성질이 방향에 따라 달라지는 것.

를 때마다 0.962를 곱해야 한다면 시간 경과에 따른 존속 확률은 놀랄 정도로 빠르게 낮아지는 법이다. 나는 분 단위로 1시간 뒤의 확률까지 일일이 암기하고 있지만(참고로 1시간 존속할 확률은 10퍼센트다) 그런 나의 선택이 현명했는지는 잘 모르겠다. 반직관적이긴 하지만 시간이 흐른다고 한 개의 방사성 원자핵이 더 '불안정'해지지는 않는 것처럼 〈흡입구〉 역시 더 위험해지지는 않기 때문이다. 〈흡입구〉가 아직 소멸하지 않았다면, 어떤 임의의 순간이라도 그것이 18분 더 그 자리에서 존속할 가능성은 예전과 전혀 다르지 않다는 뜻이다. 1시간 또는 그 이상 존속하는 〈흡입구〉는 전체의 10퍼센트에 불과하지만, 그 10퍼센트의 절반은 그로부터 18분 후에도 여전히 그곳에 버티고 서 있을 것이다. 즉, 위험이 증가하거나 하는 일은 없다.

〈흡입구〉 내부로 진입한 〈러너〉가 현재의 〈흡입구〉 존속 확률이 어떤지 자문하는 경우라면, 일단 당사자가 살아 있다는 뜻이므로 확률 곡선은 그런 질문이 발생한 순간부터 다시 시작되어야 한다. 과거는 〈러너〉에게 해를 끼치지 못한다. 그 〈러너〉가 과거 x분 동안 살아남았을 '확률'은 이미 살아남은 경우에는 무조건 100퍼센트이기 때문이다. 알 수 없는 미래가 개변 불가능한 과거가 되어버렸다면, 살았든 죽었든 간에 확률은 단일한 사건으로 붕괴한다.

물론, 정말로 그런 식으로 생각하는 〈러너〉들이 있는지는 그와는 별개의 문제다. 〈러너〉들은 남겨진 시간이 점점 줄어들고 있으며, 확률이 시시각각 깎여나가고 있다는 사실을 몸으로 느끼지 않을 수 없기 때문이다. 이론상으로는 아무리 무의미하다고 해도, 모든 〈러너〉

는 〈흡입구〉가 실체화한 후의 경과 시간을 파악하고 있기 마련이다. 솔직히 말하자면, 아무리 머리를 굴려보아도 결과는 달라지지 않는다. 상황이 어떻든 간에, 자기가 할 수 있는 일을 최대한 빠르게 수행하는 것이 〈러너〉의 임무이므로.

현재 시각은 오전 2시고 고속도로는 텅 비어 있었지만, 이토록 신속하게 브레이크를 걸며 출구로 진입할 때마다 퍼뜩퍼뜩 놀라곤 한다. 나는 배 속이 아플 정도로 딱딱해지는 것을 자각했다. 만반의 준비를 갖췄다는 든든한 기분을 느끼고 싶은 마음이야 굴뚝같지만 실제로 그러는 법은 결코 없다. 200번에 가까운 리허설과 열 번의 실전을 겪은 지금도 결코 그럴 수가 없다. 매번 돌입할 때마다 마음의 준비를 할 여유가 있었으면 좋겠다는 생각이 들긴 하나, 어떤 정신 상태를 지향해야 할지도 모르는 마당에 하물며 그 방법을 어떻게 알겠는가. 내 마음의 비정상적인 일부는 언제나 지각하고 싶어 한다. 내가 도착하기도 전에 〈흡입구〉가 소멸해 있기를 진심으로 바란다면, 애당초 여기 와 있지도 않았겠지만 말이다.

조정 담당자는 우리 〈러너〉들에게 거듭 이렇게 말하곤 했다. "언제든 중도 포기해도 됩니다. 그런다고 해서 당신을 비난할 사람은 아무도 없으니까요." 구출을 포기하는 행위 자체가 물리적으로 불가능해질 때까지는 물론 그럴 수 있지만, 내 입장에서 그런 자유는 필요없다. 아예 은퇴한다면 또 모를까, 일단 구출 요청에 응한 뒤에는 그런 고민에 에너지를 낭비하거나 스스로의 선택을 끊임없이 재확인하고 싶지는 않다. 중도 포기한다면, 설령 타인이 아무리 이해해 준다고 해도 당사자인 내가 견디지 못할 것이라는 확신은 이제는 반쯤 신념이 되어버렸고, 결과적으로 어느 정도 내게 위안을 주었다. 유일한 문제는 이런 자기기만이 자기 충족적 예언처럼 현실이 되어버릴 가능성이었다. 나는 그런 인간은 절대 되고 싶지 않았기 때문이다.

눈을 감자 뇌리에 지도가 떠올랐다. 내가 맛이 간 인간이라는 점은 부정할 수 없지만, 여전히 임무를 달성할 능력이 있고 성과를 올릴 수 있다. 중요한 건 바로 그 점이다.

굳이 도시의 스카이라인을 훑어보지 않아도 현장에 가까워지고 있다는 사실은 알 수 있었다. 모든 집에는 불이 밝게 들어와 있었고, 주민들이 앞뜰까지 몰려나와 구경하고 있었기 때문이다. 그중 다수는 현장으로 급행 중인 우리를 향해 손을 흔들며 환호했다. 언제 봐도 우울해지는 광경이다. 길가에 모인 10대들이 맥주를 마시며, 욕설을 내뱉고 외설적인 손짓을 해 보이는 것을 보았을 때는 되레 기운이 났지만 말이다.

"병신 새끼들." 이름을 모르는 경찰관이 중얼거렸다. 나는 대꾸하지 않고 침묵을 지켰다.

길모퉁이를 돌자 오른쪽 상공 높은 곳에서 편대를 짠 세 대의 헬리콥터가 거대한 프로젝션 스크린을 매단 채로 상승하는 것이 보였다. 갑자기 스크린의 한쪽 모서리가 어두워졌고, 나의 시각은 방금 스크린을 시야에서 차단한 물체의 일부인 조그만 호弧를 머릿속에서 연장시켜서 현기증이 날 정도로 거대한 반구의 윤곽을 완성시켰다.

낮 시간에 외부에서 바라보는 〈흡입구〉의 모습은 지극히 인상적이다. 이 거대한 칠흑의 반구는 빛을 전혀 반사하지 않아서, 마치 암흑이 하늘의 일각을 한입 크게 베어 문 것처럼 보인다. 눈앞에 있는 것이 거대한 질량을 가진, 속이 꽉 찬 고체가 아니라고는 도저히 믿기 힘들 정도다. 그러나 밤에는 사정이 달랐다. 아무리 깜깜한 밤하늘조차도 희끄무레하게 보이도록 하는, 칠흑의 벨벳 천을 연상시키는 암흑의 윤곽은 여전히 뚜렷하다. 그러나 더 이상 고체 같다는 인상은 주지 않는다. 단지 다른 종류의 허공처럼 느껴질 뿐이다.

〈흡입구〉가 지구에 출현하기 시작한 지 10년 가까운 세월이 흘렀다. 〈흡입구〉는 거의 완전한 구체고, 반지름은 1킬로미터를 조금 넘으며, 그 중심은 보통 지표면 근처에 위치해 있다. 드물게 해상에서 실체화하는 경우도 알려져 있고, 사람이 살지 않는 무인 지대에서는 그보다는 조금 더 자주 출현하지만, 〈흡입구〉의 절대 다수는 인구 밀집 지역에서 실체화한다.

최근 대두한 가장 유력한 가설은 미래의 문명이 먼 과거를 탐사할 목적으로 웜홀 건조를 시도했다는 설이다. 태곳적 생물들의 표본을 자기들의 시간대로 가져가서 연구할 목적으로 말이다. 그리고 그 미래인들은 실패했다. 웜홀의 양쪽 끝이 원위치에서 이탈해 버렸던 것이다. 웜홀 자체는 수축하면서 변형했고, 그 결과 (아마) 지질학적 시대들을 잇는 일종의 장대한 시간 고속도로가 될 예정이었던 것이 이제는 광속으로 원자핵을 가로지르는 데 필요한 시간보다 더 짧은 간격에만 걸쳐 있는 관문으로 전략했던 것이다. 실패한 웜홀의 한쪽 끝에 해당하는 〈흡입구〉의 반경은 1킬로미터였다. 크기상으로 그 5분

의 1쯤 되는 다른 쪽 끝은 공간적으로는 마치 동심원처럼 〈흡입구〉
와 중심을 공유하고 있었지만, 시간적으로는 거의 측정 불가능할 정
도로 미세한 미래에 자리 잡고 있었다. 우리는 이 안쪽의 구―웜홀
내부에 있는 것처럼 보이지만 실제로는 그렇지 않은, 웜홀의 목적지
―를 〈코어〉라고 부른다.❖

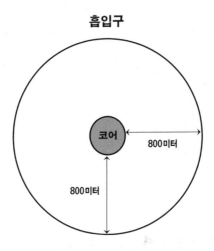

흡입구

〈코어〉는 미세하게나마 〈흡입구〉 본체보다 미래에 존재하며,
〈흡입구〉 내부에 갇힌 사람은 무조건 〈코어〉를 향해서만 이동할 수 있다.

실패해서 쪼그라든 이 시간 공학의 파편이 왜 현대에 출현했는지
는 아무도 모른다. 아마 웜홀은 대칭적으로 붕괴했고, 우리 시대는 본
래의 웜홈 말단들이 있던 시대들의 딱 중간 점에 위치해 있었던 것인
지도 모른다. 순전히 운이 나빴다고나 할까. 문제는 이 붕괴한 웜홀

❖ 여기의 그림과 캡션은 원서에 있지는 않으나, 독자의 이해를 돕기 위해 편집부가 추가한
   것이다.

이 결코 한곳에 머물지 않는다는 점이다. 그러는 대신 이 웜홀은 지구 상의 어떤 장소에 출현해서 분 단위로 그곳에 머물다가, 곧 접점에서 이탈해서 몇분의 1초 후 새로운 장소에서 출현한다. 10년에 걸친 데 이터 분석도 웜홀의 연속적인 출현 패턴을 예상하는 방법을 찾아내 지는 못했다. 그러나 웜홀의 시공간 항행 시스템의 잔재가 아직도 작 동 중인 것만은 틀림없다. 그렇지 않다면 웜홀은 지구 표면에(그것도 마치 사람이 사는 육지를 선호하기라도 한다는 듯이) 머무는 대신, 무작위 적인 경로를 따라 행성 간 우주 어딘가로 흘러갔어야 옳다. 마치 충 실하지만 머리가 돌아버린 컴퓨터가, 그 주인인 학자들의 흥미를 끌 가능성이 있는 지역에 〈흡입구〉를 고정하기 위해 최선을 다하고 있 는 느낌이랄까. 고생대 생물을 찾지 못했으니, 그나마 눈에 띄는 21세 기의 도시들로 대용하자, 뭐 이런 식이다. 그리고 이 컴퓨터는 웜홀이 영속적인 접점 생성에 실패하고 다시 초공간으로 빠져들어 갈 때마 다 무한한 헌신과 한없는 멍청함을 발휘, 재접속을 시도한다.

컴퓨터의 흥미를 끌었다는 것은 나쁜 소식이다. 이 웜홀 내부에 서 시간은 (의도적으로 설계된 것인지 물리적인 필연인지는 모르겠지만) 하 나의 공간적 차원과 뒤섞여 있고, 그 결과 미래에서 과거를 향해 가는 그 어떤 운동도 허용되지 않는다. 이것을 웜홀의 현재 기하학적 구조 로 치환해서 말하자면, 〈흡입구〉가 당신 주위에서 실체화할 경우 그 중심에서 멀어지는 식으로 이동하는 것은 불가능하다는 뜻이다. 당 신은 이런 기괴한 조건하에서 18분일 수도 있고, 그 이상이나 그 이하 일 수도 있는 미지의 제한 시간 내에 안전 지대인 〈코어〉로 이어지는 경로를 찾아내야 한다. 게다가 빛 역시 같은 제약을 받으므로, 빛은 오직 안쪽을 향해서만 전파된다. 따라서 당신보다 더 중심에 가까운 곳에 있는 모든 물체는 눈에 보이지 않는 미래에 위치해 있다는 뜻이다. 따라서 당신은 무조건 어둠 속으로 달려가야 한다.

이런 일들을 수행하는 것이 어려울 수 있다는 말을 들으면 뭐가 어렵냐면서 비웃는 사람들을 본 적이 있다. 그러나 나는 그런 작자들이 웜홀 안에서 가혹한 현실에 직면하는 것을 보고 싶어 할 정도로 가학적이지는 않다.

실은 바깥쪽을 향해 움직이는 것은 글자 그대로 불가능하지는 않다. 절대 불가능하다면 인간은 〈흡입구〉 안에 갇히자마자 즉사해야 옳다. 심장은 몸에 피를 순환시켜야 하고, 폐는 숨을 들이마시거나 내쉬어야 하고, 신경 자극은 모든 방향으로 전달되어야 하기 때문이다. 세포가 살아 있는 상태를 유지하려면 물질대사는 필수적이다. 만약 전자구름이 한쪽 방향으로만 요동하고 반대 방향으로는 그러지 못한다면, 분자 레벨에서 어떤 결과가 나올지는 상상조차 하기 힘들다.

바꿔 말해서, 약간의 오차는 허용된다는 뜻이다. 웜홀의 바깥쪽 경계에서 〈코어〉의 경계까지의 거리인 800미터는 시간적으로는 극히 짧은 간격에 해당하고, 사람만 한 크기의 물체의 길이는 그보다 한층 더 짧다. 양자론적 효과가 작용할 정도로 말이다. 해당 시공간 구조의 양자론적 불확정성이, 고전 법칙의 절대적인 제한을 국지적으로나마 조금 위반할 수 있게 해준다고나 할까.

그런 연유로, 〈흡입구〉 내부에 갇힌 모든 인간은 즉사하지는 않지만, 혈압이 상승하고 심장에 부담이 오고 호흡이 가빠지는 등의 부작용에 시달린다. 뇌에 일시적인 기능 장애가 올 가능성도 있다. 효소와 호르몬을 위시한 다른 생물학적 분자들도 모두 조금씩 변형되고, 그 결과 표적에 대한 결합 효율이 떨어지면서 인체의 모든 생화학적 과정이 일정 부분 간섭을 받는다. 이를테면 헤모글로빈은 산소 분자와의 결합을 더 쉽게 잃는다. 무작위적인 열운동은 갑자기 덜 무작위적으로 변하는 탓에 인체는 수분을 발산하고, 그 결과 탈수 증세가 점점 심해진다.

〈흡입구〉가 출현하기 전에 이미 건강 상태가 크게 악화되어 있었던 사람은 이런 부작용 탓에 죽을 수도 있다. 대다수의 건강한 사람은 속이 메스꺼워지거나 탈력감과 혼란에 시달리는 정도로 끝나지만, 〈흡입구〉의 출현으로 이미 엄청난 충격을 받고 공황 상태에 빠질 수밖에 없기 때문에 종종 판단을 그르친다. 그렇게 해서 막다른 곳에 갇히는 것이다.

〈흡입구〉가 실체화할 때마다 몇백 명은 어떤 식으로든 목숨을 잃는다. 〈흡입구〉 러너들은 그 안에서 오도 가도 못하는 사람들을 10명에서 20명까지 구출한다. 도저히 높다고는 할 수 없는 성공률이지만, 어딘가에 있을 천재가 웜홀을 아예 소멸시킬 참신한 방법을 고안할 때까지 아예 손을 놓고 있는 것보다는 그나마 낫다.

우리가 탄 순찰차가 '남측 작전 센터'에 도달했을 때, 헬리콥터들에 매달린 스크린은 한참 높은 상공의 정해진 위치에 정지해 있었다. 작전 센터라고는 해도 실상은 누군가의 집 앞 잔디밭에 주차해 놓은,

전자 장비를 잔뜩 실은 밴 두 대에 불과하지만 말이다. 이제는 눈에 익은 시가도의 일부가 스크린에 투영된다. 해당 이미지는 네 번째 헬리콥터에서 보내온 것이었지만 미동도 하지 않았고 초점도 완벽하게 맞아 있었다. 총 네 대의 헬리콥터는 웜홀 내부를 향해 부는 강풍 탓에 조금씩 흔들리고 있었는데도 말이다. 물론 웜홀 내부에 갇힌 사람들도 이 스크린을 볼 수 있으므로, 이 지도와 〈흡입구〉의 다른 세 방위에 설치된 지도들은 결과적으로 몇십 명의 생명을 구할 것이다. 일단 집 밖으로 나왔다면 이론상으로는 〈코어〉를 향해 직진하기만 하면 된다. 그 이상으로 알기 쉬운 방향이나 따라가기 쉬운 경로는 없으니까 말이다. 문제는 웜홀 내부를 향하는 직선을 따라가다 보면 장애물에 맞닥뜨리기 십상이라는 점이다. 웜홀 내부에서는 왔던 길로 다시 되돌아가는 것은 아예 불가능하므로, 아무리 사소한 장애물이라고 해도 그것을 돌파하거나 우회하지 못한다면 그 자리에서 죽는 수밖에 없다.

그래서 웜홀 상공의 지도에는 화살표가 잔뜩 기입되어 있었다. 도로 이동에 수반되는 안전상의 제약을 감안해서, 〈코어〉로 직행할 수 있는 최적화된 경로를 표시한 것이다. 〈흡입구〉 상공에서 호버링하고 있는 두 대의 헬리콥터는 그보다 더 효율적인 방식으로 작업에 임하고 있었다. 컴퓨터가 제어하는 고압 페인트건과, 덜덜 진동하는 컴퓨터에게 현재의 정확한 위치와 방위 정보를 끊임없이 보내주는 링 레이저 관성항법장치를 이용해서, 밖에서는 보이지 않는 웜홀 내부의 길들 표면에 형광 반사 도료를 쏘아서 예의 지도와 동일한 화살표들을 직접 그려 넣고 있었던 것이다. 웜홀 내부에 갇힌 사람들은 전방에 찍힌 화살표들은 볼 수 없지만, 이미 지나온 길의 화살표들을 되돌아볼 수는 있기 때문에 도움이 된다.

밴 주위에는 조정 담당자 몇 명과 〈러너〉 두 명이 모여 있었다. 언제 봐도 왠지 적막한 인상을 주는 광경이다. 여러 대의 헬리콥터가 하늘을 날고 있긴 하지만, 우천 탓에 중지된 소규모 아마추어 운동 대회의 본부 같은 느낌이랄까. 차에서 나오자마자 달리기 시작한 나를 향해 앤젤로가 "행운을 빌어!"라고 소리쳤다. 나는 뒤를 돌아보지 않고 한쪽 손을 흔들었고 계속 달렸다. 확성기들이 웜홀 안쪽을 향해 십여 개의 언어로 녹음된 표준적인 조언을 차례로 쏟아내고 있었다. 시야 가장자리에 TV 방송국의 중계 요원들이 도착하는 광경이 언뜻 비쳤다. 손목시계를 흘끗 보았다. 9분 경과. 그러자마자 무의식중에 71퍼센트라는 숫자가 떠올랐지만, 〈흡입구〉가 여전히 100퍼센트 제자리에 있다는 점은 명명백백하다. 누군가가 내 어깨를 툭 쳤다. 엘레인이었다. 그녀가 미소 짓고 말한다. "존, 〈코어〉에서 보자고." 이렇게 말하고는, 내가 대답하기도 전에 칠흑의 어둠으로 이루어진 벽 속으로 뛰어 들어갔다.

돌로레스가 할당 임무가 기록된 RAM 스틱을 나눠주고 있다. 〈흡입구〉에 돌입하는 전 세계의 〈러너〉들이 애용하는 소프트웨어 대부분은 그녀가 만들었는데, 본업은 컴퓨터 게임 제작자라고 들었다. 사실 그녀는 〈흡입구〉 자체를 모델화한 게임을 만들기까지 했지만, 악취미라고 비꼬는 평이 대부분이라서 매출은 영 신통치 않은 듯했다. "차기작은 뭐지? 〈항공기 사고 체험하기〉?" 모의 비행 훈련 장치의 날씨도 줄곧 '좋음'으로만 유지되도록 프로그래밍해야 한다고 주장할 기세다. 그런 한편, 텔레비전 전도사들은 신도들에게 웜홀 퇴치 기도문을 신나게 팔아댄다. 신용카드를 홈쇼핑용 슬롯에 끼워 넣기만 하면 즉석 가호를 얻을 수 있습니다!

"난 누구를 구하러 가면 돼?"

"갓난애 세 명."

"그게 다야?"

"늦게 왔으니 자투리 임무라도 만족해야지 어쩌겠어."

RAM 스틱을 배낭에 꽂자 배낭의 디스플레이 화면에 시가도 일부가 떠오른다. 새빨간 점이 세 개 찍혀 있었다. 나는 배낭을 맨 다음 스트랩으로 고정했고, 디스플레이의 가동식 지지대의 각도를 조정해서 필요시에는 곁눈으로도 지도를 볼 수 있도록 했다. 웜홀 내부에서도 전자기기를 확실하게 작동하도록 할 수는 있지만, 그러기 위해서는 모든 부품을 특별 설계해야 한다.

아직 10분은 안 지났다. 밴 옆에 거치된 탁자 위에서 물이 든 잔을 집어 들었다. 웜홀 내부에서 활동하는 〈러너〉의 신진대사에 최적화되었다는 혼합 탄수화물 용액도 있었지만, 예전에 한번 마셔보고 후회한 적이 있다. 최적화되든 안 되었든 간에 지금 이 단계에서 나의 위장은 뭔가를 흡수할 생각은 없는 듯하다. 커피도 있었지만, 지금 나에게 각성제만큼 불필요한 것은 없다. 물을 들이켰을 때 내 이름이 들렸고, 무의식중에 그쪽으로 고개를 돌렸다. 카메라 앞에서 TV 리포터가 떠벌리고 있다.

"…고등학교에서 과학을 가르치는 선생님이지만 뜻밖의 영웅으로 등극한 존 네이틀리 씨가 열한 번째 〈흡입구〉 돌입에 지원했습니다. 오늘 밤에도 살아남는다면 전국 신기록을 세우게 됩니다. 물론 돌입을 거듭할수록 성공 확률은 점점 희박해지기 때문에, 현재는…"

기레기가 멍청하기만 한 것이 아니라 헛소리에도 일가견이 있는 듯하다. 돌입 횟수가 늘어난다고 해서 성공 확률은 줄어들지 않고, 베테랑이 되었다고 해서 생존률이 낮아지지는 않는다. 그렇다고 지금 달려가서 정정을 요구할 수는 없는 노릇이라서 건성건성 팔을 터는 식으로 잠시 준비운동을 했다. 사실 이런 행위는 별 의미가 없다. 내가 뭘 하든 간에, 긴장으로 팽팽해진 온몸의 근육은 800미터를 주파할 때까지는 계속 그 상태를 유지할 것이 뻔했기 때문이다. 차라리 머리를 비우고 도움닫기에만 정신을 집중하는 편이 낫다. 〈흡입구〉로 돌입하는 속도가 빠르면 빠를수록 돌입의 충격은 줄어드니까 말이다. 이 야심한 시각에 도대체 난 여기서 뭘 하고 있는 걸까? 하는 의문이 퍼뜩 떠올랐지만, 당사자인 나는 이미 지면을 박차고 '등방적 우주'를 떠나온 뒤였기에 결국 이 의문은 탁상공론으로 남았다.

칠흑 같은 〈흡입구〉로 돌입했다고 해서 주위가 완전히 껌껌해지는 것은 아니다. 이것은 이 경험 전체를 통틀어서 가장 기괴한 부분일지도 모른다. 앞서간 다른 〈러너〉들은 어둠에 완전히 휩싸이는 것처럼 보이는데, 왜 나는 주위 사물이 어느 정도 보이는 것일까? 눈앞의 어둠은 내가 한 발짝 나아갈 때마다 되레 뒤로 물러난다. 명암의 경계선은 절대적이라기보다는 점진적이고, 양자론적 모호함은 어둠을 후퇴시키며 〈러너〉가 발을 내디딜 때마다 그 부근을 밝힌다. 낮에 보면 솔직히 초현실적이라고밖에는 할 수 없는 광경이지만(검은 허무가 이런 식으로 뒤로 물러나는 것을 난생처음 목격한 사람들은 발작을 일으키거나 정신이상 증세를 보이기도 한다고 들었다) 지금처럼 밤에는 지능이 있는 안개를 쫓는 느낌에 가깝다. 단지 황당할 뿐이다.

돌입 초기에는 수월하게 전진할 수 있어서 과거의 고통과 피로의 기억이 가소롭게 느껴질 정도다. 압박 벨트로 가슴을 조이고 여러 번 예습을 해둔 덕에, 숨 쉴 때 느끼는 저항은 이제는 거의 익숙하기까지 하다. 〈러너〉들은 과거에는 약물로 혈압을 낮췄지만, 훈련을 통해 본래의 혈관 조절 체계를 단련한다면 굳이 외적인 도움을 받지 않아도 〈흡입구〉의 스트레스에 충분히 대처할 수 있다. 다리를 앞으로 움직여 전진할 때마다 마치 누군가가 뒤에서 잡아끄는 듯한 묘한 느낌을 받는데, 이 감각의 원인이 무엇인지를 (대충이라도) 알고 있지 않았다면 미쳐버렸을지도 모른다. 〈흡입구〉 내부에서 몸을 움직일 때, 뭔가를 미는 것이 아니라 끄는 동작이 개재되어 있는 경우엔 안쪽을 향한 움직임도 저항을 받을 수 있다. 왜냐하면 해당 정보는 바깥쪽을 향해 이동하기 때문이다. 만약 내가 10미터 길이의 밧줄을 뒤로 끌며 전진하려고 한다면, 단 한 걸음도 내딛지 못할 것이다. 내가 끄는 밧줄은 나의 운동에 관한 정보를 내가 현재 와 있는 지점에서 더 바깥쪽 지점으로 전달하기 때문이다. 그런 일은 물론, 〈흡입구〉 내부에선 허용되지 않는다. 내가 그나마 다리를 질질 끄는 식으로 전진할 수 있는 것은 오로지 예의 양자론적 여백이 존재하는 덕이다.

길은 오른쪽으로 완만하게 구부러지며 순환로의 성격을 조금씩 잃기 시작했지만 적당한 샛길은 눈에 띄지 않았다. 두 줄의 흰 중앙선을 따라 도로 한복판으로 나아가자 과거와 미래의 경계를 알리는 어둠이 왼쪽으로 급격하게 꺾였다. 도로 표면은 언제나 어둠을 향해 경사져 있는 것처럼 보이지만, 이것 역시 웜홀이 끼치는 착시 효과에 지나지 않는다. 〈흡입구〉 안쪽을 향해 부는 바람과 완만한 탈수증세의 원인이기도 한 분자 열운동의 편향이 단단한 물체에도 작용하는 일종의 변형력 또는 의사擬似 변형력을 만들어 냄으로써 겉보기의 수직선을 기울인 결과다.

"…려줘! 제발!"

남자의 목소리는 절망과 당혹감으로 가득 차 있었고, 거의 화난 듯한 느낌이었다. 마치 내가 처음부터 자신의 구원 요청을 다 듣고 있었으면서도, 악의를 가지고 있거나 무관심한 탓에 일부러 안 들리는 척이라도 했다는 것일까. 나는 속도를 늦추지 않고 방향을 바꿨다. 현기증을 최소화하면서 그럴 수 있는 방법은 이미 터득했다. 웜홀 바깥쪽을 바라볼 경우 모든 사물은 거의 정상처럼 보인다. 유일한 예외는 가로등 불이 모두 나가 있다는 점이다. 그래서 불빛 대부분은 헬리콥터의 투광등과 하늘에 매달린 거대한 시내 지도에서 오고 있었다. 방금 들린 외침은 내가 있는 곳에서 적어도 5미터는 후방에 위치한 버스 승차대—기물 파손 방지 플라스틱과 강화유리로 만들어진—에서 들려왔다. 내 입장에서 저 승차대는 화성에 있는 것이나 마찬가지다. 강화유리 표면은 철망으로 덮여 있었고, 그 뒤로 희미한 사람 윤곽이 보였다.

"살려줘!"

다행히도 나는 (내 입장에서는) 저 사내 전방의 어둠 속으로 사라진 뒤였다. 그래서 이런 상황에 걸맞은 어떤 몸짓을 한다거나 표정을 지을 필요도 없었다. 고개를 돌리고 속도를 올린다. 나는 낯선 사람들의 죽음에 익숙해지진 않았지만, 나 자신이 느끼는 무력감에는 익숙해졌다.

〈흡입구〉가 출현한 지 10년이나 된 탓에, 모든 공공장소에서 잠재적인 위험이 될 만한 물체 주위의 지면에는 국제 기준에 따른 페인트 표시들이 찍혀 있었다. 다른 모든 대비책과 마찬가지로 약간은 쓸모가 있다. 〈흡입구〉 출현에 대비해서 사람들이 갇힐 수 있는 막다른 공간을 아예 없애버리기 위한 국제 기준도 제정되었지만, 실제로 시행하려면 몇십 년 동안 몇십억 달러에 육박하는 막대한 예산을 쏟아부어야 하는 데다가, 가장 큰 문제인 실내는 아예 건드리지도 못하는 것이 딜레마였다. 갇힐 염려가 없는 주택이나 사무실 건물의 모델하우스를 본 적이 있는데, 건물 내에 있는 모든 방의 모든 모서리에 문이나 커튼을 친 출입구를 내는 식이라서 당연히 인기가 없었다. 내가 사는 집의 구조도 이상적인 것과는 거리가 멀었다. 개조를 위한 견적을 몇 번 내본 뒤에, 집 안의 모든 벽가란 벽가에 대형 해머를 비치해 두는 것이 가장 싸게 먹힌다는 결론에 도달했기 때문이다.

왼쪽으로 돈 순간, 쉭쉭거리는 소리와 함께 내 뒤쪽 도로에 반짝이는 화살표들이 찍히는 광경이 눈에 들어왔다.

첫 번째로 할당받은 집에 거의 왔다. 배낭에 달린 버튼을 누르고 디스플레이에 떠오른 목적지 주택의 내부 구조도를 곁눈질한다. 돌로레스의 소프트웨어는 〈흡입구〉 위치가 판명되는 즉시 데이터베이스 검색을 시작하고, 〈러너〉가 가면 상당한 도움이 될 가능성이 있어 보이는 장소들의 목록을 작성한다. 그러나 우리가 받는 정보가 완벽한 경우는 결코 없고 완전히 잘못된 경우도 다반사다. 인구주택총조사 자료는 업데이트가 더디고, 건물 설계도는 부정확하거나, 엉뚱한 곳에 보존되어 있거나, 아예 결락된 경우도 있기 때문이다. 그렇다고 해도 아무 집이나 골라서 무작정 들어가는 것보다는 훨씬 낫다.

목적지에서 두 집 떨어진 곳까지 왔을 때, 웜홀의 효과에 익숙해지기 위해 걷는 것과 거의 다르지 않을 정도로 속도를 늦췄다. 웜홀 안쪽을 향해 달려갈 경우, 체내 순환적 운동 중 웜홀 외부로 향하려는 상대적인 움직임이 줄어드는 효과가 생기기 때문에, 감속은 완전히 잘못된 행동처럼 느껴진다. 나는 너비가 내 어깨 정도밖에는 안 될 만큼 좁은 협곡 안에서 달리는 꿈을 종종 꾸는데, 좌우에서 나를 압박해 오는 암벽은 내가 빨리 달리는 동안에만 분리 상태를 유지한다. 내 육체는 속력을 줄인다는 행위를 바로 그렇게 받아들이고 있었다.

이 도로는 〈코어〉로 이어지는 방사선에서 약 30도 벗어나 있었다. 옆집의 앞뜰 잔디밭을 가로지른 다음 무릎 높이의 벽돌 벽을 넘는다. 이 각도로 나아가면 뜻밖의 요소와는 거의 마주치지 않는다. 어둠 속에 잠겨 있는 부분에 뭐가 있는지는 대부분 쉽게 외삽할 수 있어서 마음의 눈으로 보고 있는 것이나 마찬가지다. 목표하는 집의 한쪽 모퉁이가 왼쪽 어둠 속에서 모습을 드러냈다. 그것으로 나의 현재 위치를 확인하고, 집 측면의 창으로 직행했다. 현관으로 들어간다면 이 집의 절반에 육박하는 공간에 접근하는 것이 아예 불가능해지고, 돌로레스의 변덕스럽기 짝이 없는 〈방 사용 예측〉 프로그램이 갓난애 방일 가능성이 가장 높다고 판단한 방도 거기 포함되어 있었기 때문이다. 〈러너〉가 구출하러 올 경우에 대비해서 각 방의 사용자가 누군지를 미리 등록해 놓는 대비법이 있긴 했지만, 실제로 그러는 사람은 드물었다.

쇠 지렛대로 유리창을 박살 내고 문을 연 다음 기어오른다. 창턱에 조그만 전등을 올려놓고(안으로 가지고 들어가면 되레 아무 쓸모도 없게 된다) 천천히 방 안으로 들어간다. 이미 현기증과 구토감이 몰려오기 시작했지만 억지로 정신을 집중한다. 한 걸음이라도 불필요하게 걷는다면 구출은 열 배 더 힘들어진다. 두 걸음을 낭비한다면 아예 불가능해진다.

이 방이 맞다고 확신한 것은 서랍장이 보였을 때였다. 플라스틱 장난감, 베이비 파우더, 아기 샴푸 따위의 유아 용품이 잔뜩 놓여 있고, 일부는 방바닥에 널려 있었다. 다음 순간 왼쪽 어둠 속에서 뜻밖의 방향을 향하고 있는 아기 침대의 가장자리가 모습을 드러냈다. 원래는 벽에 평행되도록 딱 붙여놓았겠지만, 웜홀 안쪽을 향한 힘에 끌려 불규칙하게 미끄러진 듯했다. 옆걸음을 쳐서 아기 침대에 다가간 다음 조금씩 전진하자 담요로 덮인 물체가 시야에 떠오른다. 나는 이 순간이 가장 싫지만 주저하면 주저할수록 더 힘들어질 뿐이다. 옆으로 손을 뻗쳐 담요째로 아기를 들어 올린다. 아기 침대를 옆으로 걷어찬 다음 앞으로 걸어가면서 두 팔을 천천히 굽혀 가슴의 고정 그물 안에 아기를 집어넣는다. 보통 성인도 작은 아기를 안고 웜홀 바깥쪽을 향해 짧은 거리 정도는 움직일 수 있다. 결과는 언제나 죽음이겠지만.

아기는 꼼짝도 하지 않았고 의식도 없었지만, 다행히 숨은 쉬고 있었다. 나는 부르르 몸을 떨었다. 감정적인 카타르시스의 단축 버전 같은 것이다. 그런 다음 움직이기 시작했다. 디스플레이를 흘끗 보고 집 밖으로 나가는 경로를 재확인하고, 그런 다음에야 비로소 시간을 확인한다. 13분 경과. 확률 61퍼센트. 그보다 더 중요한 것은 〈코어〉가 여기서 2, 3분밖에는 떨어지지 않은 곳에 있다는 점이다. 게다가 내리막길이고 앞을 가로막는 장애물도 없다. 임무 하나를 성공시킨다는 것은 나머지 임무를 모두 포기한다는 것을 의미한다. 대안은 없다. 아기를 품은 채로 건물을 들락거리는 것은 불가능하기 때문이다. 어딘가에 잠시 놓아두고 나중에 다시 데리러 올 수도 없다.

현관을 통해 집 밖으로 나오자 안도한 나머지 현기증을 느꼈다. 현기증이 아니라면 뇌혈관에 새로운 피가 돈 것이리라. 속도를 올려 잔디밭을 가로지르다가, 나를 향해 고함을 지르는 여자의 모습이 눈에 들어온다. "잠깐! 멈춰요!"

내가 걸음을 늦추자 여자는 나를 따라잡았다. 나는 그녀의 어깨를 손으로 밀쳐서 나보다 조금 전방으로 보낸 다음 말했다. "멈추지 말고 최대한 빠르게 나아가십쇼. 하고 싶은 말이 있으면 걸음을 늦추고 내 뒤로 처지면 됩니다. 나도 그렇게 하겠습니다. 알겠죠?"

나는 여자 앞으로 나아갔다. 그녀가 말했다. "거기 안고 있는 아기는 내 딸이에요. 괜찮아요? 제발… 살아 있어요?"

"멀쩡하니까 침착하세요. 이제 우린 함께 〈코어〉로 가기만 하면 됩니다. 이해했죠?"

"내가 안을래요. 직접 데려가겠어요."

"안전해질 때까지 기다려야 합니다."

"내가 안고 가고 싶어요."

염병할. 여자를 곁눈질한다. 땀과 눈물로 뒤범벅된 얼굴. 한쪽 팔이 멍투성이에 얼룩덜룩한 것은 결코 닿지 않는 것을 향해 손을 뻗치려고 한 결과다.

"진심으로 말하는데, 안전한 곳에 도달할 때까지 기다리는 편이 낫습니다."

"대체 무슨 권리로 그런 말을 하는 거죠? 걔는 내 딸이라고요! 당장 이리 줘요!" 화가 치민 어조였지만, 어떤 일들을 겪었는지를 감안하면 그녀의 정신 상태는 놀랄 정도로 명석했다. 동네 주민들이 모두 도망친 뒤에도, 말도 안 되는 기적이 일어나기를 고대하며 자기 집 옆에 우두커니 서 있다는 것이 어떤 느낌인지는 상상조차 할 수 없다. 그것도 웜홀의 부작용으로 몸 상태가 시시각각 악화하는 것을 느끼면서 말이다. 설령 그것이 아무리 어리석은 짓이었다고 해도 나는 어머니인 그녀의 용기에 내심 감탄을 금할 수가 없었다.

나는 운이 좋았다. 내 전처와 아들과 딸은 여기서 시내까지 절반

이상 더 간 곳에 살고 있기 때문이다. 이 근처에 사는 친구도 없다. 내 감정의 지도는 매우 신중하게 작성되어 있어서, 미처 못 구하는 사람이 나오더라도 나는 개의치 않는다.

그럼 이젠 어떻게 해야 할까. 여자를 내버려 두고 전력 질주해서, 고함을 지르며 내 뒤를 쫓아오게 만들까? 차라리 그러는 편이 나을지도 모르겠다. 하지만 이 아기를 넘겨주면, 집 하나를 더 체크할 수도 있어.

"아기를 어떻게 안고 가면 되는지 압니까? 뒤로 움직이려고 하면 안 됩니다. 어둠에서 멀어지면 안 된다는 뜻입니다. 절대로."

"알아요. 관련 기사를 모조리 읽어봤으니까. 당신 같은 〈러너〉가 어떻게 움직이는지도 잘 알아요."

"좋아요." 난 머리가 돌아버린 것이 틀림없다. 우리는 보통 걷는 정도로까지 속력을 늦췄고, 나는 그녀와 나란히 서서 아기를 그녀의 품에 안겼다. 그러자마자 다음 집으로 이어지는 분기점에 와 있다는 사실을 아슬아슬하게 깨닫는다. 나는 어둠 속으로 사라지는 여자를 향해 외쳤다. "달려! 화살표를 계속 따라가면서, 달리라고!"

시간을 확인한다. 이런저런 문제를 해결하느라고 15분이 경과했지만, 나는 아직 살아 있다. 따라서 웜홀이 앞으로 18분 더 지속될 가능성은 언제나 그렇듯이 반반이다. 물론 나는 어떤 순간에도 죽을 가능성이 있지만, 웜홀 안에 발을 들여놓은 시점에서도 그건 마찬가지가 아니었던가. 그때보다 더 멍청해진 것 같지도 않다. 그런다고 무슨 소용이 있을지는 잘 모르겠지만.

어둠 속으로

두 번째 집은 텅 비어 있었다. 이유가 무엇인지는 쉽게 알 수 있었다. 컴퓨터가 예측한 아기방은 실제로는 서재로 쓰이고 있었고, 웜홀 기준으로 부모의 침실은 아기 침실 바깥쪽에 자리 잡고 있었다. 창문이 열려 있는 것을 보니 그들이 어떤 경로로 탈출했는지는 명백했다.

그 집을 뒤로했을 때 나는 묘한 기분에 사로잡혔다. 안쪽을 향해 부는 바람이 경험한 적이 없을 정도로 강해졌고, 도로는 어둠을 향해 똑바로 이어지고 있었다. 불가해한 평온함이 나를 감싸는 것을 자각했다. 나는 최대한 빠르게 움직이고 있음에도, 언제든 갑자기 죽을지도 모른다는 사실에 대한 황망함이랄까 두려움은 깨끗이 사라져 있었다. 또한 나의 폐와 근육은 아까 돌입했을 때와 동일한 제약에 맞서 싸우고 있었지만, 왠지 그런 것들로부터 묘하게 초연해진 느낌이다. 몸이 쑤시고 힘들다는 사실을 자각하고 있으나 마치 남의 일처럼 느껴진다.

사실을 말하자면, 내가 이곳에 와 있는 이유가 무엇인지를 나는 뚜렷하게 알고 있었다. 물론 내가 그걸 입 밖에 내는 일은 결코 없다. 내가 생각하기에도 너무나도 변덕스럽고, 기괴한 이유이기 때문이다. 물론 인명을 구조할 수 있으면 기쁘고 그것도 이유의 일부가 되었을 수 있다. 영웅 대접을 받고 싶어 하는 공명심도 있을 게 뻔하다. 그러나 내가 목숨을 걸고 웜홀로 돌입하는 진짜 이유는 이타심이나 허영심 같은 기준으로 판단하기에는 너무나도 기이했다.

웜홀은 삶의 가장 기본적인 진리를 구현화한다. 그곳에서 당신은 미래를 볼 수도 없고, 과거를 바꿀 수도 없다. 다만, 산다는 것은 곧 어둠 속으로 달려가는 행위가 아니던가. 그리하여 내가 여기 와 있는 것도 바로 그 때문이다.

나의 몸은 마비되었다기보다는 분리된 느낌이다. 쳇바퀴 위에서 덜컥덜컥 춤추는 꼭두각시가 된 느낌이랄까. 그러다가 퍼뜩 정신을 차리고 지도를 확인해서 천만다행이었다. 길에서 벗어나기 직전이었기 때문이다. 나는 오른쪽으로 휙 방향을 틀었고, 덕택에 몽유병에 빠질 위험은 사라졌다. 어둠과 빛으로 완전히 갈라진 세계를 바라보자 머리가 욱신거렸다. 그래서 나는 발치를 내려다보며 움직였다. 뇌의 좌반구에 피가 몰리면 나는 좀 더 이성적이게 될까, 아니면 그 반대가 될까.

세 번째 집의 상황은 반쯤 위태로워 보였다. 부모의 침실은 아기방보다는 조금 바깥쪽에 위치해 있었지만, 아기방의 문을 통해서는 방 내부의 절반만큼만 접근할 수 있다. 그래서 나는 부모가 접근하지 못했던 창문을 통해 아기방으로 들어갔다.

아기는 죽어 있었다. 가장 먼저 눈에 들어온 것은 피였다. 불현듯 깊은 피로감이 몰려오는 것을 자각한다. 문은 조금 열려 있었기 때문에 무슨 일이 일어났는지 쉽게 추측할 수 있었다. 슬금슬금 조금씩 방으로 들어온 어머니나 아버지가, 손을 뻗는다면 아슬아슬하게 아기를―아기의 한쪽 손을―잡을 수 있다는 사실을 깨달았던 것이다. 바깥에 있는 물체를 안쪽으로 잡아당기면 저항이 오지만, 대다수 사람은 그런 경험을 하면 혼란에 빠진다. 전혀 예상하지 못했던 탓에, 실제로 그런 일이 일어나면 거기 맞서 싸우려고 한다. 사랑하는 누군가를 생명의 위기에서 구해낼 작정이라면, 혼신의 힘을 다해 당기는 것은 너무나도 당연하다.

아기방의 문은 내게는 손쉬운 출구가 되어줄 수 있지만 그쪽에서 방으로 들어온 사람에게는 그렇지 않다. 특히 극심한 비탄에 빠진 사람에게는 말이다. 나는 어둠에 잠긴 방의 안쪽 모서리를 응시하면서 "최대한 몸을 숙여!"라고 외친 다음 몸으로도 그런 시늉을 해 보였다. 배낭에서 파괴 총을 꺼내 벽 높은 곳을 겨냥하고, 발사한다. 통상적인 공간이었다면 발사시의 반동으로 뒤로 고꾸라졌겠지만, 이곳에서는 단지 가볍게 쿵 하는 느낌을 받았을 뿐이다.

앞으로 한 걸음 내디딘다. 그런 탓에 다시 문을 통해 탈출한다는 선택지가 사라져 버렸다. 방금 내가 벽에다 너비 1미터짜리 구멍을 낸 것의 영향은 아직 눈에 들어오지 않는다. 먼지와 파편은 실질적으로 모두 웜홀 안쪽을 향해 날아갔을 것이기 때문이다. 마침내 방구석에서 무릎을 꿇고 머리를 감싸고 있는 사내에게 도달했다. 한순간 그가 살아 있고 폭발로부터 몸을 지키기 위해 그런 자세를 취했다고 생각했다. 그러나 맥박도, 호흡도 없었다. 직접적인 사인은 아마 10여 개의 갈비뼈가 부러진 탓일 것이다. 굳이 손을 대서 확인할 생각은 들지 않았다. 어떤 사람은 두 개의 벽돌 벽과, 눈에 보이지 않는 제3의 벽—조금이라도 미끄러지거나 후퇴할 때마다 당사자를 막다른 골목으로 가차 없이 몰아넣는—사이에서 옴짝달싹도 못 하는 상태로 1시간이나 생존하기도 한다. 그러나 최악의 선택을 하는 사람들도 적지 않다. 그런 결정을 내린 시점에서는 올바르다고 느낀 모종의 본능에 따라, 주위를 에워싼 감옥의 가장 안쪽에 해당하는 좁은 구석으로 스스로를 몰아넣는 사람들 말이다.

그러나 이 사내는 착란한 것이 아니라 그냥 모든 것을 끝내고 싶었던 것일지도 모른다.

팔을 써서 벽에 난 구멍으로 몸을 끌어 올렸다. 비틀거리며 주방을 가로지른다. 이 얼어죽을 설계도는 아무짝에도 쓸모가 없다. 문이 있어야 할 곳에 문이 없지 않은가. 주방 창문을 깨고 나가다가 나는 손을 베었다.

지도에는 일부러 눈길을 주지 않는다. 몇 분이나 경과했는지 알고 싶지도 않다. 홀로 남겨진 나 자신을 구한다는 목적밖에는 남지 않은 지금으로선 모든 것에 마가 낀 듯한 느낌이다. 지면을 응시하고 어둠 속으로 사라지는 마법의 금빛 화살표들을 곁눈질하며, 그 수를 세고 싶은 충동을 억누른다.

길가에 버려져 썩어가는 햄버거를 흘낏 보자마자 나는 토하고 있었다. 상식은 내게 몸을 돌리고 얼굴을 아래로 향하라고 지시했지만 나는 그대로 따를 정도로까지 멍청하지는 않다. 목과 코에 신물이 차오른 탓에 눈물이 솟구친다. 얼굴을 흔들어 그것을 털어냈을 때 불가능한 일이 일어났다.

전방 어둠의 상공에 새파란 빛이 출현하면서, 어둠에 익숙해진 내 눈을 멀게 만들었던 것이다. 얼굴을 감싸 쥔 채 손가락 사이로 그쪽을 올려다본다. 강렬한 빛에 눈이 조금씩 적응하자 세부가 보이기 시작했다.

하늘에 떠 있는 물체는 빛을 발하는 길고 가느다란 원통들의 집합이었다. 마치 유리로 만든 파이프 오르간을 위아래로 뒤집어 놓은 듯한 모습의 그 기괴한 물체는, 마치 백열한 플라스마에 휩싸인 것처럼 눈부신 광채를 발하고 있었다. 그러나 그것이 발하는 빛은 그 아래의 건물이나 거리의 모습을 전혀 비추고 있지 않았다. 나는 환각을 보고 있는 것이 틀림없다. 예전에도 어둠 속에서 이런저런 물체의 윤곽을 본 적이 있지 않은가. 그러나 이토록 화려하고, 이토록 오래 지속되는 환각을 경험하는 것은 처음이었다. 머리를 맑게 하려고 더 빨리 달려보았다. 그러나 환영은 사라지거나 흔들리기는커녕 내게 점점 더 가까워지기만 했다.

그래서 멈춰 섰지만, 걷잡을 수 없을 정도로 몸이 떨렸다. 존재할 리가 없는 빛을 응시한다. 혹시 내 머릿속에만 있는 환영이 아니라면? 그렇다면 해답은 하나뿐이다. 웜홀의 숨겨진 기계장치의 일부가 모습을 드러낸 것이다. 고장 난 항행 시스템이 스스로의 아무 쓸모도 없는 영혼을 내게 보여주고 있었다.

머릿속에서 "안 돼!"라는 절규와 이런 기회는 다시는 오지 않을지도 모르므로 선택의 여지가 없다고 주장하는 목소리가 교차하는 것을 느끼며, 나는 파괴 총을 뽑아서 그것을 겨냥하고 방아쇠를 당겼다. 마치 아메바나 다를 바 없는 미미한 존재인 내가 휘두르는 이 장난감 같은 무기로, 미래 문명―실패작인 〈흡입구〉만으로도 우리를 경외하게 하고, 부복하게 하는―이 만들어 낸 빛나는 인공물에 생채기를 낼 수 있다는 듯이.

그 물체는 아무 소리도 없이 산산조각 났고, 안쪽을 향해 붕괴했다. 빛은 눈이 멀 듯한 바늘 끝만 한 광점으로 변해서 망막에 각인되었다. 고개를 돌린 뒤에야 실제로 빛이 사라졌음을 확신할 수 있었다.

다시 달리기 시작했다. 겁에 질리고 고양된 상태로. 방금 내가 무슨 짓을 했는지 전혀 감을 잡을 수 없었지만 웜홀 자체에는 아직 변화가 없었다. 어둠 속에서 잔상이 일렁였으나 망막에서 그것을 지울 방법이 없었다. 환영도 잔상을 남길 수 있는 것일까? 항행 시스템이 일부러 자신을 드러냄으로써, 나에게 파괴당하는 쪽을 택한 것일까?

무엇인가에 발이 걸려 비틀거렸지만 넘어지는 것만은 가까스로 면했다. 고개를 돌리자 길 위를 기어가는 사내의 모습이 눈에 들어왔다. 초월적이라고 할 수 있는 경험을 한 직후에 그런 일상적인 광경을 목격한 탓에 경악이 앞섰다. 나는 서둘러 멈춰 섰다. 사내는 두 다리가 허벅지에서 잘려 나가서 없었는데도 팔의 힘만으로 몸을 질질 끌며 전진하고 있었다. 통상 공간에서도 불가능에 가까운 행위일뿐더러, 여기서는 거의 자살행위나 다름없었다.

웜홀 내부에서도 이동이 가능한 특수 휠체어는 존재한다. (일정 크기를 넘는 바퀴는 갑자기 멈출 경우 찌그러지며 변형하므로 쓸 수 없었다.) 그런 것을 필요로 하는 장애인이 있다는 사실을 미리 알았다면 가지고 왔겠지만, 특제 휠체어는 만일의 경우에 대비해서 휴대하기에는 너무 무거웠다.

사내가 고개를 들더니 외쳤다. "계속 움직여! 이 바보 천치 같은 놈아!" 사내의 목소리에서 자신이 아무도 없는 텅 빈 어둠을 향해 외치고 있을지도 모른다고 의심하는 기색은 전혀 없었다. 그런 사내를 응시하며, 나는 왜 그의 충고를 따르지 않는지 자문했다. 사내는 거구였고, 튼튼한 골격과 우람한 근육 위에 두툼한 지방까지 두르고 있었다. 내 힘으로는 도저히 들어 올릴 수 있을 것 같지 않았다. 설령 들어 올린다고 해도, 비틀거리면서 지금 그가 기는 것보다 더 느린 속도로 전진하는 것이 고작일 것이다.

영감이 번득였다. 다시 운이 돌아온 듯하다. 시야 가장자리에 집이 한 채 보였고, 어둠에 잠겨서 보이지는 않았지만 그 현관문이 지금 내가 있는 곳에서 1, 2미터는 웜홀 안쪽을 향한 곳에 있다는 점은 명백했다. 나는 망치와 끌을 써서 현관문의 경첩을 부순 다음 문짝을 문틀에서 떼어냈고, 그것을 가지고 신중하게 도로로 되돌아갔다. 사내는 이미 내가 있던 곳까지 와 있었다. 나는 허리를 굽히고 그의 어깨를 툭 쳤다. "썰매 탈 생각은 없어?"

그런 다음 웜홀 안쪽을 향해 한 걸음 들어가자마자 폭포수처럼 쏟아지는 욕설의 일부가 들렸고, 사내의 피투성이가 된 팔뚝처럼 별로 보고 싶지도 않았던 것까지 눈에 들어왔다. 나는 문짝을 사내 앞쪽 도로에 떨어뜨렸다. 그는 여전히 앞으로 기어가고 있다. 그가 내 목소리를 들을 수 있을 때까지 기다린다.

"탈래, 안 탈래?"

"타겠어." 사내는 중얼거렸다.

힘들기는 하지만 실행 가능한 방법이었다. 사내는 두 팔을 딛고 문짝 위에 앉았다. 나는 그 뒤로 달려가서 양손으로 사내의 어깨를 밀기 시작했다. 미는 동작은 웜홀이 방해하지 않는 움직임 중 하나이 며, 안쪽을 향하는 힘 덕에 도로는 줄곧 내리막길이었다. 가끔 문짝이 너무 빨리 미끄러지는 통에 고꾸라지지 않기 위해서 1, 2초쯤 손을 뗄 때도 몇 번 있었다.

지도를 볼 필요는 없었다. 몽땅 내 머릿속에 들어 있었기 때문이 다. 그래서 우리가 정확히 어디까지 와 있는지도 잘 알고 있었다. 〈코 어〉까지는 100미터도 채 남지 않았다. 머릿속에서 주문을 되뇐다. 위 험도는 증가하지 않아. 위험도는 증가하지 않아. 그러나 마음속 깊은 곳에서는 '확률' 따위에 연연해 봤자 무의미하다는 것을 알고 있었 다. 빌어먹을 웜홀은 보나 마나 내 마음을 읽고 있을 것이 뻔했기 때 문이다. 안전한 피난처까지 50미터가 남았든, 10미터 남았든, 2미터 남았든 간에, 나의 내부에 어렴풋한 희망이 싹틀 때까지 기다렸다가 바로 그 순간을 골라 나를 포획할 심산인 것이다.

내 마음의 일부는 우리가 지금까지 주파한 거리를 침착하게 재고, 남은 거리를 세기 시작한다. 93, 92, 91… 이러는 대신 아무 숫자나 떠올리려고 했지만 여의치 않아서, 결국 세던 숫자를 적당히 재배열 하기로 했다. 81, 87, 86, 85, 89…

빛과, 퀴퀴한 공기와, 소음 그리고 사람들. 그 무수히 많은 사람 으로 이루어진 새로운 우주가 내 주위에서 폭발하듯이 출현했다. 나 는 문짝에 올려놓은 사내를 계속 밀었지만, 누군가가 달려오더니 사 내의 어깨에서 내 손을 살짝 떼어냈다. 엘레인이었다. 그녀가 어떤 집 의 현관으로 나를 이끄는 동안 응급 키트를 든 다른 〈러너〉가 피투성이가 된 나의 승객에게 다가갔다. 길거리나 앞뜰에서 전기 랜턴을 둘러싸고 옹기종기 서 있거나 앉아 있는 사람들의 무리가 눈이 닿는 한 이어지고 있다. 나는 그들을 가리켜 보이며 엘레인에게 말했다. "저것 좀 봐. 정말 아름답지 않아?"

"존? 괜찮아? 심호흡을 해봐. 이제 다 끝났어."

"염병할, 알았어." 나는 시계를 흘끗 보았다. "21분 경과. 45퍼센트." 나는 신경질적인 웃음소리를 냈다. "기껏해야 45퍼센트밖에 안 되는 걸 그렇게 두려워했던 거야?"

내 심장은 필요한 속도의 두 배로 맥박 친다. 현기증이 가라앉을 때까지 잠시 주위를 걸어다니다가, 계단에 앉아 있는 엘레인 곁으로 가서 털썩 앉았다.

잠시 후 나는 물었다. "아직도 저기 남아 있는 〈러너〉가 있어?"

"없어."

"다행이네." 머리는 거의 평소 수준으로 맑아진 느낌이다. "그래서… 당신은 어땠어?"

엘레인은 어깨를 으쓱했다. "성공. 귀여운 여자 아기였어. 여기 어딘가에서 부모하고 함께 있어. 아무 문제도 발생하지 않았어. 위치 관계가 유리하게 작용했지." 그녀는 다시 어깨를 으쓱했다. 엘레인은 언제나 이렇게 무덤덤하다. 위치 관계가 유리하든 유리하지 않든, 크게 개의치 않는다.

나는 환영을 목격한 부분을 제외하고 나 자신의 경험을 털어놓았다. 우선 의료 관계자들과 상담을 해보고, 웜홀에서 볼 수 있거나 볼 수 없는 환각이 무엇인지부터 확인해 봐야 한다. 미래에서 온 새파랗게 빛나는 파이프 오르간을 향해 총질을 했다는 사실을 공개하는 것은 그 뒤의 일이다.

하여튼 그런 나의 행동이 유익했는지는 여부는 곧 알게 될 것이다. 〈흡입구〉가 정말로 지구 밖으로 표류하기 시작한다면, 보도 매체가 가만히 있을 리가 없으니까 말이다. 어떤 속도로 이탈할지는 모르겠지만, 현재 우리를 에워싸고 있는 웜홀이 사라진 직후 다시 출현할 웜홀이 지표면에서 실체화하지 않는다는 점만은 확실하다. 그러는 대신 지각 아래로 깊이 파고들지, 우주로 반쯤 튀어 나갈지는 모르겠지만…

나는 고개를 세차게 흔들었다. 그게 정말로 현실이었는지도 확신 못 하고 있는 마당에, 벌써부터 지나친 기대를 하는 것은 금물이다.

엘레인이 말했다. "왜 그래?"

"아무것도 아냐."

다시 시간을 확인한다. 29분 경과. 33퍼센트. 나는 조바심을 내며 눈앞의 거리를 둘러보았다. 여기서는 당연히 웜홀 바깥쪽을 내다볼 수 있지만, 외부를 향한 빛이 가로막히는 지점에서 갑자기 어두워지는 탓에 경계선도 뚜렷하게 보였다. 그러나 〈흡입구〉가 이 지역을 떠나갈 때는 빛의 미묘한 변화 정도로는 끝나지 않는다. 웜홀이 존속하는 동안 그것이 끼치는 효과는 열역학 제2법칙을 위반하기 때문이다. (이를테면, 예의 편향된 열운동은 엔트로피를 명백하게 감소시킨다.) 그리고 웜홀은 있던 곳을 떠나면서 그런 사실을 벌충하고도 남을 만한 선물을 남기고 간다. 그것이 점유하고 있던 공간을 미크론＊ 단위까지 **방사상으로 균질화해** 버리는 방식으로 말이다. 지면에서 200미터 아래에 위치한 암반이라든지 해당 지점 상공의 대기는 원래부터 극히 균질적인 덕에 거의 변화하지 않지만, 주택, 뜰, 풀잎을 비롯해 육안으로 볼 수 있는 모든 구조물은 웜홀 소멸 시에 모조리 함께 소멸한다. 그 뒤에 남는 것이라고는 마침내 해방된 〈코어〉 내부의 고압 공기로 인해 소용돌이치며 방사상으로 확산하는 미세한 먼지밖에는 없다.

35분 경과. 26퍼센트. 지친 표정의 생존자들을 둘러본다. 가족이나 친구를 웜홀 안에 두고 오지 않은 사람들의 경우에도, 안전 지대에 도달한 직후 느꼈을 강렬한 안도감과 감사하는 마음은 이제 상당 부분 퇴색했을 것이다. 이제 그들은, 우리는, 단지 이 기다림이 끝나기만을 고대하고 있다. 시간 경과와 웜홀의 불확실한 존속 시간이 우리에게 의미했던 모든 것은 〈코어〉 내부에서는 완전히 역전되어 있다. 물론 웜홀은 당장이라도 우리를 해방시켜 줄지 모르지만, 그런 일은 아직 일어나지 않았으므로 결국은 18분을 더 기다려야 하는 상황이 올 수도 있다.

40분 경과. 21퍼센트.

"오늘 밤에는 귀가 먹먹해지는 사람들이 많겠군." 나는 말했다. 실은 그보다 훨씬 더 위험한 사태가 벌어질 수도 있었다. 드물기는 하지만 〈코어〉 내부의 기압이 너무 높아질 경우, 웜홀이 소멸하는 순간에 일어나는 급격한 감압으로 인해 잠수병에 걸리는 경우도 있기 때

＊ 100만분의 1미터.

174

문이다. 그러나 기압이 그 수준까지 높아지려면 웜홀은 적어도 1시간 이상은 존속해야 한다. 게다가 그런 위험한 상황이 가시화된다면 당국은 그 영향을 완화해 줄 약을 상공에서 투하해 줄 것이다.

50분 경과. 15퍼센트.

이제는 모든 사람이 침묵하고 있었다. 어린아이들조차도 울음을 그쳤다.

"당신 기록은 몇 분이었지?" 나는 엘레인에게 물었다.

엘레인은 눈을 굴렸다. "56분. 당신도 거기 있었잖아. 4년 전에."

"응. 기억나는군."

"긴장을 풀고, 그냥 기다려."

"좀 바보가 된 기분이 들지 않아? 이렇게 오래 지속될 줄 알았더라면 좀 더 느긋하게 움직였을 텐데."

1시간. 10퍼센트. 엘레인은 내 어깨에 머리를 기대고 꾸벅꾸벅 졸고 있다. 나도 졸리기 시작했지만, 아까부터 끈질기게 나를 괴롭히는 의문 탓에 잠을 이룰 수가 없었다.

지금까지 웜홀이 이동하는 이유는 그 장소에 계속 머무르려고 하는 웜홀의 시도가 최종적으로 실패했기 때문이라고 믿고 있었다. 하지만 진실이 그 정반대였다면? 애초에 웜홀이 다른 위치로 이동하는 것은 현 위치로 이동하려는 노력이 마침내 성공했기 때문이 아닐까? 일단 웜홀이 실체화에 성공하면 항행 시스템은 최대한 빨리 그 지점을 떠나라고 지시하지만, 그 기능을 수행하는 기계장치가 고장 난 탓에 18분 동안의 노력에 대해 반반의 확률로 성공하는 것이 고작이었다면?

이것이 사실이라면 나는 그런 고투에 종지부를 찍은 것인지도 모른다. 방황하던 〈흡입구〉를 한 지점에 영원히 안착시키는 형태로.

늦든 빠르든 〈코어〉 내부의 기압은 치명적으로 높아질 것이다. 그러려면 거의 5시간이 걸리고, 실제로 그런 일이 일어날 확률은 10만 분의 1에 불과하지만, 이미 한 번 일어난 적이 있으므로 또다시 일어나지 않는다는 법은 없다. 나를 가장 괴롭히는 것은 바로 그 지점이었다. 나는 결코 해답을 얻을 수 없을 것이다. 설령 내 주위에서 사람들이 죽어가기 시작하더라도, 그것이 우리가 치른 마지막 대가인지 아닌지를 확신할 수 있는 순간은 결코 찾아오지 않을 것이므로.

엘레인이 눈을 감은 채로 몸을 뒤척였다. "아직도 안 끝났어?"

"응." 나는 그녀의 어깨에 팔을 둘렀다. 그녀도 개의치 않았다.

"흠. 끝나면 잊지 말고 깨워줘."

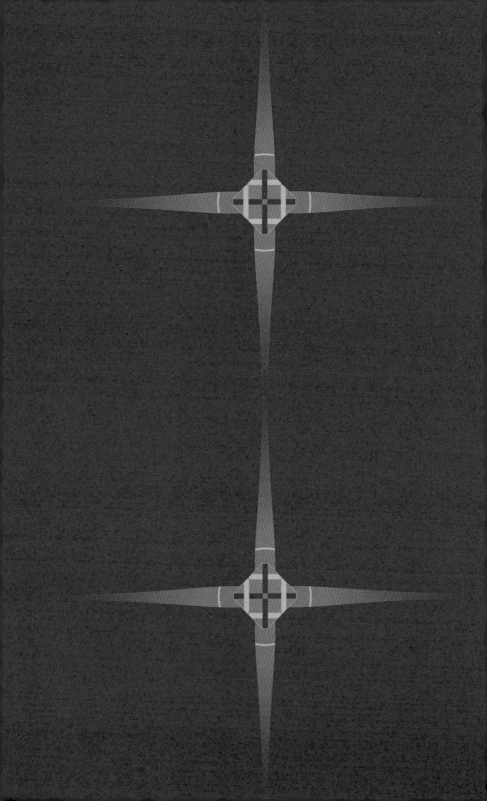

6

피를 나눈 자매

Blood Sisters

폴라가 바늘로 엄지손가락을 찌른 다음 그 피를 서로의 혈관에 넣어 섞자고 제안한 것은 우리가 9살이었을 때의 일이었다.

나는 코웃음 쳤다. "뭐 하러 그런 짓을 해? 우린 일란성 쌍둥이잖아. 우리 몸엔 어차피 똑같은 피가 흐르고 있다고."

폴라는 고집을 꺾지 않았다. "나도 알지만 그런 건 중요하지 않아. 중요한 건 의식儀式 그 자체거든."

그래서 우리는 한밤중에 침실에서 달랑 촛불 하나만 켜놓고 의식을 치렀다. 폴라는 촛불로 바늘을 소독한 다음 티슈에 침을 묻혀서 검댕을 닦아냈다.

피로 끈적거리는 조그만 상처를 맞대고 3류 아동소설에서 본 황당한 맹세를 함께 암송한 후 폴라가 촛불을 불어 껐다. 나의 눈이 어둠에 익숙해지는 동안 폴라는 직접 고안한 맺음말을 속삭였다. "이제 우리는 같은 꿈을 꾸고, 같은 연인을 공유하고, 한날한시에 죽으리라."

나는 분개하며 이렇게 쏘아붙이려고 했다. "그런 말도 안 되는 맹세가 어딨어!" 그러나 어둠과 꺼진 촛불의 진한 내음에 숨이 막힌 탓에, 나는 끝내 폴라의 맹세에 토를 달지는 못했다.

패커드 선생의 설명을 들으며 나는 보고서를 반으로 접고 또 반으로 접으면서 강박적으로 모서리를 맞춰보려고 했다. 그러나 너무 두꺼워서 제대로 접을 수가 없었다. 내 골수 안에서 증식 중인 기형 림프구들의 현미경 사진에서, 발병을 촉발한 바이러스의 RNA 염기 서열 일부의 분석 결과까지 망라하는 장장 32쪽에 달하는 조직 병리 검사 보고서였기 때문이다.

그와는 대조적으로 정면의 탁자 위에 달랑 한 장 놓인 처방전은 턱없이 얇고 빈약해서 두꺼운 보고서와는 비교가 되지 않았다. 의사들의 유구한 전통에 입각해서 처방전에 휘갈겨 쓴, 알아볼 수도 없는 여러 음절의 단어는 장식에 지나지 않았다. 내게 처방된 약의 명칭은 그 아래 바코드로 안전하게 부호화되어 있으므로 실수로 엉뚱한 약을 받을 염려는 없다. 진짜 문제는, 이 약이 정말로 도움이 될까?

"미즈 리스, 무슨 얘긴지 이해했죠? 뭔가 질문은 없나요?"

나는 접히지 않으려고 완강하게 저항하는 보고서의 주름을 엄지손가락으로 꾹 누르며 정신을 집중하려고 악전고투했다. 패커드 선생은 전문용어나 완곡한 표현에 의존하지 않고 내 몸 상태를 솔직하게 설명해 주었지만, 나는 아직 뭔가 결정적인 부분이 빠져 있다는 느낌을 지울 수가 없었다. 그녀가 내게 해준 설명은 모두 "이 바이러스는…"이 아니면 "이 약은…"으로 시작되었기 때문이다.

"내가 할 수 있는 일은 아예 없나요? 그러니까, 제 힘으로? 조금이라도… 치료 가능성을 높일 수 있는 일 말이에요."

그녀는 주저했지만 그랬던 것은 한순간에 불과했다. "네, 딱히 없어요. 이 병에 걸린 것만 빼면 건강 상태는 아주 좋으니까 현 상태를 유지하는 게 제일 나아요." 이렇게 말하고 이제 면담은 끝났다는 듯이 의자에서 일어나려고 했다. 나는 당황했다.

"하지만, 뭔가를 할 수 있지는 않나요?" 나는 내가 앉은 의자의 팔걸이를 꽉 쥐었다. 마치 물리력으로 쫓겨나는 것이 두렵기라도 하다는 듯이. 패커드 선생은 내 질문을 오해한 것인지도 모른다. 내 설명이 모자랐을 수도 있다. "이를테면… 특정 음식을 피할 필요는 없나요? 그게 아니면 운동을 더 한다거나 잠을 푹 잔다든지? 그러니까, 조금이라도 병세를 호전시킬 방법이 있는지 궁금해서요. 그런 게 있다면 무조건 할게요. 그러니까, 뭐든 좋으니 제안을 해주시면…" 나도 모르게 새된 목소리가 나오려는 것을 깨닫고, 당혹해하며 시선을 돌렸다. 침착해. 다시는 지금처럼 평정을 잃으면 안 돼.

"미즈 리스, 나도 정말 유감입니다. 어떤 기분인지는 잘 알아요. 하지만 몬테카를로*병은 모두 이런 식이랍니다. 솔직히 말해서 당신은 예외적으로 운이 좋은 축에 속해요. WHO의 컴퓨터는 전 세계에서 미즈 리스와 유사한 균주에 감염된 환자들을 8만 명 찾아냈으니까요. 그 정도의 환자 수 가지고서는 본격적인 치료 약 연구 개발을 뒷받침할 만한 시장을 형성하진 못하지만, 제약 회사들을 설득해서 데이터베이스를 뒤지고 효과가 있을 듯한 약물을 찾아보게 할 수는 있어요. 하지만 미즈 리스의 경우와는 달리 사실상 유일무이한 바이러스에 감염된 환자들도 많은데, 그런 경우는 손을 놓는 수밖에 없습

❈   모나코 동북부에 있는 휴양 도시.

니다. 그런 환자한테 의사가 어떤 유익한 정보를 줄 수 있는지 상상해 보세요." 나는 마침내 고개를 들고 패커드 선생을 보았다. 그녀의 얼굴에는 (약간의 조바심이 섞인) 동정 어린 표정이 떠올라 있었다.

은혜를 모르는 것처럼 보일지도 모르지만, 나는 그런 나의 태도를 부끄러워할 생각은 없었다. 방금 바보처럼 행동한 것은 사실이지만, 여전히 내게는 질문할 권리가 있지 않은가. "그건 나도 잘 알아요. 단지 내 힘으로 할 수 있는 일이 있을지도 모른다는 생각이 들어서요. 이 약은 효과가 있을지도 모르지만 없을 수도 있다고 하셨죠. 하지만 내가 이 병과 맞서 싸우기 위해서 뭐든 할 수만 있다면, 조금은…"

조금은 뭐? 그나마 내가 살아 있는 인간임을 조금은 실감할 수 있을 것 같다? 특효약과 치명적인 바이러스가 맞짱 뜨는 걸 옆에서 무력하게 바라보기만 하는 인간 시험관이 아니라?

"…마음이 놓일 것 같아서요."

그녀는 고개를 끄덕였다. "물론 이해합니다. 하지만 믿어주세요. 당신이 뭘 하든 간에 바뀌는 건 하나도 없어요. 그냥 평소 때처럼 자기 몸을 잘 건사하기만 하면 됩니다. 폐렴에 걸리지 않도록 주의하고, 체중을 10킬로그램 늘린다거나 줄이려고도 하지 마세요. 평소에 하지 않았던 행동을 아예 하지 말라는 뜻이에요. 이 바이러스에 노출된 사람은 몇백만 명에 달하지만, 당신은 병에 걸리고 다른 사람들이 안 걸린 건 순전히 유전상의 문제입니다. 치료 과정도 마찬가지예요. 이 약이 당신에게 효과가 있을지 없을지 결정하는 열쇠가 되는 생화학적인 작용은, 비타민 알약을 복용하기 시작하든 정크 푸드를 끊든 간에 변하지 않으니까요. 노파심에서 미리 경고하는데, '기적의 치료법'이니 뭐니 하는 식이요법 따위는 몸만 더 망가뜨릴 뿐입니다. 왜 그런 걸 파는 돌팔이들을 감옥에 안 보내는 건지."

마지막 지적에 대해서는 나도 크게 공감하며 고개를 끄덕이는 수밖에 없었다. 새삼 분노가 치밀어 오르는 것을 자각한다. 예전부터 나는 그런 사기꾼들을 극도로 혐오했지만, 태어나서 처음으로 다른 몬테카를로병 환자들이 왜 그런 엉터리 치료법에 돈을 쏟아붓는지 어느 정도 이해할 수 있을 것 같았다. 황당무계한 식이요법, 명상 치료, 아로마 세러피, 자기최면 테이프 등등. 아픈 환자들의 돈을 노리고 그런 쓰레기를 팔아치우는 자들은 자기 이익에만 관심이 있는 최악의 기생충이고, 그런 자들의 먹잇감이 되는 사람들은 태생적으로 귀가 얇거나 이성을 포기할 정도로 절망적인 상황에 처한 사람들이라는 것이 평소의 내 지론이었다. 그러나 실은 그렇게 쉽게 단언할 수 있는 문제가 아니었다. 자기 목숨이 경각에 달린다면 누구든 살기 위해 버둥대는 법이고, 마지막 남은 기력까지 쥐어짜고, 닥치는 대로 돈을 빌리고, 깨어 있는 모든 순간을 생존을 위한 노력에 할애하는 법이다. 가장 약삭빠른 사기꾼들이 제공하는 그럴듯한 치료법들은 희생자들로 하여금 죽을 병에 걸린 자신이 그런 상황에 걸맞은 노력을(또는 돈을) 쏟아붓고 있다는 기분을 느끼게 해주는 데 비해, 나처럼 캡슐 알약 한 개를 하루에 세 번 복용하는 방식은 너무 안이하다는 뜻이다.

한순간이나마 같은 분노를 공유한 덕에 패커드 선생과 나 사이의 어색한 분위기는 씻은 듯이 사라졌다. 결국 우리는 같은 편이 아니던

가. 애처럼 군 것은 나였다. 나는 패커드 선생에게 시간을 내줘서 고맙다고 말했고, 처방전을 집어 들고 방에서 나왔다.

그러나 약국으로 가면서, 차라리 거짓말을 듣는 쪽이 나았을지도 모른다는 생각이 떠오르는 것만은 어쩔 수 없었다. 하루에 10킬로미터를 달리고, 식사 때마다 해초를 날로 먹으면 치료 가능성이 엄청나게 커진다는 식으로 말이다. 그러나 곧 나는 그런 약한 마음을 먹은 나 자신을 꾸짖었다. 넌 정말로 '선의의 거짓말'을 듣고 싶어? 모든 건 네 DNA 탓이야. DNA 탓이라고. 아무리 불편하게 느껴지더라도, 네가 필요로 하는 건 단도직입적인 진실이지 거짓말이 아냐. 요즘 의사들이 옛날처럼 환자를 낮춰보는, 가부장적인 옛 방식에서 탈피했다는 사실에 고마움을 느끼라고.

전 세계가 〈몬테카를로 프로젝트〉에 관해 알게 된 건 내가 12살 때의 일이었다.

생물학전生物學戰 연구팀이(연구소는 라스베이거스 지적에 위치해 있었다. 애석하게도 네바다주가 아니라 뉴멕시코주의 라스베이거스였지만 말이다) 바이러스를 설계하는 것은 너무나도 비효율적이라는 결론을 내렸다. (특히 그놈의 〈스타워즈 계획〉* 연구자들이 슈퍼컴퓨터를 독점하고 있는 상황에서는 말이다.) 박사 학위를 소지한 인재들이 왜 그런 일에 몇 년씩 매달려 있어야 한단 말인가? 왜 굳이 그런 일에 고급 두뇌를 낭

※   위성 궤도에서 적국의 핵미사일을 요격할 목적으로 추진되던 1980년대 미국의 전략방위구상 계획의 별칭.

비해야 한단 말인가? 옛날부터 있었던, 맹목적인 돌연변이와 자연선택의 유서 깊은 연계를 활용하기만 하면 되는데?

물론 문제의 연계를 대폭 가속화할 필요는 있었지만 말이다.

연구팀이 개발한 시스템은 박테리아, 바이러스, 유전자를 조작한 인간 림프세포 계열의 세 부분으로 이루어져 있었다. 바이러스 게놈의 안정된 부위를 써서 박테리아 내부에서 해당 바이러스가 증식하는 동안, RNA 전사 오류를 복구하는 효소의 기능을 인위적으로 저해함으로써 바이러스의 남은 부분에서 빠른 돌연변이를 촉진하는 방식이었다. 문제의 림프세포 유전자는 자신을 감염시키는 데 성공한 바이러스 돌연변이 균주의 증식률을 대폭 증폭시키도록 조작되어 있었으므로, 결과적으로 해당 돌연변이 균주는 박테리아 내부에만 머문 균주들을 압도할 것이다.

이 시스템을 지하 연구실에 몇조 세트쯤 설치한 다음, 마치 줄줄이 늘어선 조그만 생물학적 포커 머신이라도 되는 것처럼 계속 돌리고, 그런 다음에는 잭팟이 터지기를 기다리기만 하면 된다는 논리였다.

이 계획은 세계 최고 수준의 밀폐 시설을 자랑했을 뿐만 아니라, 520명에 달하는 연구 인력이 며칠이든 몇 달이든 간에 단 한순간도 방심하지 않고, 게으름을 피우지도 않고, 깜박하지도 않고, 철저하게 공식적인 안정 규정을 준수할 것이라고 가정하고 있었다. 실제로 그런 농담 같은 일이 발생할 확률이 얼마쯤 되는지 계산해 보려고 한 사람이 아무도 없었다는 점은 명백했다.

실험에 쓰인 박테리아는 생존에 적합하도록 인위적으로 조절된 실험실의 환경 밖에서는 (이론상으로는) 생존이 불가능했지만, 박테리아의 생존률을 낮추기 위해 삭제된 유전자들의 빈틈을 채운 바이러스가 실험실 밖으로 유출되는 사고가 기어이 발생하고야 말았다.

연구자들은 효과 없는 화학물질을 써서 이 사태를 해결해 보려고 너무나도 긴 시간을 허비했고, 온갖 계책이 무위로 돌아간 뒤에야 큰 마음을 먹고 핵무기로 연구 시설 전체를 소멸시킨다는 극단적인 안을 추진하려고 했다. 그러나 그때는 이미 사방으로 불어가는 바람이 인간의 그 어떤 행동도 무의미하게 만들어 버린 뒤였다. 인근의 대여섯 주州들을 핵폭탄으로 완전히 녹여버렸다면 의미가 있었을지도 모르지만, 중요한 선거를 앞둔 해였기에 그런 선택은 물론 가능하지 않았다.

처음 들려온 소문에 의하면, 우리는 모두 1주 안에 죽을 것이라고 했다. 당시 일어났던 대혼란과 약탈과 자살 사태는 아직도 뚜렷하게 기억하고 있다. (우리가 살던 동네는 TV 화면을 통해서만 이런 것들에 접한 탓에 비교적 평온했다. 단지 마비된 상태였던 것인지도 모르지만 말이다.) 전 세계에서 비상사태가 선포되었다. 비행기는 공항 착륙을 거부당했고 배들은 (모항을 떠나온 것은 바이러스가 유출되기 몇 달 전이었음에도 불구하고) 부두에서 불태워졌다. 공공질서와 공중위생을 유지하기 위해 미국 각지에서 가혹한 법안들이 서둘러 통과되었다.

폴라와 나는 한 달 동안이나 학교에 가지 않고 집에서 놀았다. 내가 컴퓨터 프로그램 짜는 법을 가르쳐 주겠다고 제안해도 폴라는 관심을 보이지 않았다. 그러는 대신 그녀는 수영을 하고 싶어 했지만 해

수욕장도 수영장도 모두 폐쇄된 상태였다. 그 여름 나는 처음으로 펜타곤 컴퓨터를 해킹하는 데 성공했다. 내가 침입한 곳은 사무용품 구입 시스템에 불과했지만, 그래도 폴라는 제법이라며 감탄했다. (우리 두 사람 모두 종이 집게가 그렇게 비싼지는 꿈에도 몰랐다.)

폴라도 나도 우리가 죽을 거라고는 생각하지 않았다. 적어도 1주 내에는 말이다. 그리고 우리의 생각은 옳았다. 집단 히스테리가 가라앉자 실제로 유출된 것은 바이러스와 박테리아뿐이며, 예의 자연선택 과정을 미세 조정해서 감염력을 높여주는 유전자조작 림프세포가 빠져 있는 탓에 이미 해당 바이러스는 유출 초기에 집단 사망을 야기한 최초의 균주와는 다른 바이러스로 변이했다는 사실이 판명되었기 때문이다.

그러나 짝을 이루어 상리공생하는 몬테카를로 바이러스와 박테리아는 전 세계에서 속속 발견되었고, 끝없이 돌연변이를 일으키며 새로운 변종을 찍어내고 있었다. 인간을 감염시킬 능력을 가진 것은 극히 일부이고, 그중에서도 사망 위험이 있는 것은 극소수였지만 말이다.

사망자는 기껏해야 1년에 100여 명에 불과했다.

햇살이 너무 강해서 전철을 타고 집으로 가는 내내 눈이 부셨다. 어느 쪽으로 고개를 돌리든 간에 모든 물체의 표면이 빛을 반사하는 느낌이랄까. 그 탓에 오후 내내 조금씩 심해지던 두통은 이제 거의 견딜 수 없을 정도가 되었고, 결국은 팔뚝으로 눈을 가리고 바닥을 내려다보는 수밖에 없었다. 다른 손에 쥐여 있는 갈색 종이봉투 속의 작은 유리 약병 안에는 빨갛고 검은 캡슐 알약들이 들어 있었다. 내 목숨을 구해줄지도 모르고 구해주지 않을지도 모르는 캡슐들이.

암. 바이러스성 백혈병. 호주머니에서 구겨진 조직 병리 검사 보고서를 꺼내서 다시 한번 훑어본다. 보고서의 마지막 페이지는 종양 바이러스학 전문가 시스템이 보장하는 확실한 치료법이 있다는 식의 마법 같은 해피 엔딩으로 바뀌어 있지는 않았다. 그러는 대신 내가 받은 모든 진단 검사의 청구서가 인쇄되어 있었다. 2만 7,000달러.

집으로 돌아온 나는 워크스테이션 앞에 앉았다.

두 달 전 1년에 네 번 받는 정기검진에서(돈이 안 되는 환자들을 솎아내는 데 열심인 건강보험 회사의 요구 사항이었다) 몬테카를로병의 징후가 처음으로 발견되었을 때, 나는 예전과 변함없이 하던 일을 계속하겠다고 스스로에게 맹세했다. 보복 소비나 세계여행이나 폭음, 폭식 같은 현실도피에는 아무런 매력도 느끼지 않았다. 그런 식으로 자포자기한다면 패배를 인정하는 꼴밖에는 되지 않기 때문이다. 만약 내가 빌어먹을 세계여행에 나설 일이 있다면 그건 완치를 축하하기 위해서지 요양이나 기분 전환 따위를 위해서가 아니다.

하청받은 일들이 쌓여 있었고, 조직 병리 검사비에는 이미 이자가 붙기 시작하고 있었다. 그런 내게 필요한 것은 잡념을 없애주는 일과 그걸 통해 받을 수 있는 돈이었지만, 나는 무려 3시간 동안이나 멍하게 앉아 나의 운명에 대해 고민했다. 누군지는 모르지만 전 세계에 나와 같은 상황에 직면한 사람들이 8만 명이나 있다는 사실도 별다른 위안은 되어주지 못했다.

그런 다음에야 퍼뜩 생각이 났다. 폴라. 내가 유전적 이유로 인해 이 병에 걸린 거라면 폴라도 마찬가지가 아닌가.

의도적으로 서로 완전히 다른 삶을 추구해 왔다는 부분에서 우리는 일란성 쌍둥이치고는 성공적이었다고 생각한다. 폴라는 16살에 고향을 떠나 중앙아프리카를 여행하며 야생동물 사진을 찍었고, 그보다 훨씬 더 큰 위험을 무릅쓰고 밀렵자들도 촬영했다. 그런 다음에는 아마존으로 갔다가 원주민들의 토지소유권을 둘러싼 투쟁에 휘말렸다. 그 뒤에는 너무 정신없이 여기를 돌아다닌 탓에 나도 자세히는 모른다. 폴라는 언제나 최신 모험에 관한 소식을 내게 전해주려고 노력했지만, 그녀의 행동은 나의 느릿느릿한 심상 안에 머물러 있기에는 너무 빨랐다.

난 해외로 나가본 적이 없다. 10년 전 이 집으로 온 뒤에는 이사도 하지 않았다.

폴라는 대륙에서 다른 대륙으로 이동할 때 이따금 고향 집에 들르곤 했지만 우리는 전자적인 수단을 통해서도 꾸준하게 연락을 취했다. 그러니까, 상황이 허락하는 한은 말이다. (볼리비아 감옥에서는 위성 전화를 압수당했다.)

다국적 통신 회사들은 현재 어느 나라에 있는지를 미리 확인하기 힘든 누군가와 연락을 취하도록 해주는 고가의 서비스를 제공한다. 광고에 의하면 엄청나게 힘든 작업이라고 하지만, 실은 모든 위성 전화의 현재 위치는 중앙 데이터베이스에 등록되어 있으므로, 지역 위성 시스템에서 오는 정보를 집약하는 방식으로 항상 손쉽게 업데이트되고 있었다. 내 경우엔 문제의 데이터베이스를 들여다볼 수 있는 접속 암호를 '우연히 입수'한 덕에, 폴라가 어떤 오지에 있든 말도 안 되게 비싼 요금을 내는 일 없이 직접 전화를 걸 수 있었다. 이런 시시콜콜한 해킹 행위는 인색함에서 비롯되었다기보다는 일종의 노스탤지어에서 비롯된 것이었다. 이제 나도 중년을 바라보는 나이긴 하지만, 아직 법에 맹종하는 보수적이고 따분한 인간은 되지 않았다는 점을 형식적으로나마 증명하려는 일종의 제스처라고나 할까.

연결 과정은 이미 오래전에 자동화해 놓았다. 데이터베이스는 현재 그녀가 가봉에 있다고 대답했다. 내가 만든 프로그램은 현지 시간을 확인했고, 오후 10시 23분은 실례가 되지 않는 시간이라는 결론을 내리고 전화를 연결했다. 몇 초 후에 폴라의 얼굴이 화면에 떠올랐다.

"캐런! 잘 있었어? 근데 몰골이 왜 그래? 그렇지 않아도 지난주에 전화 오길 기다렸는데, 무슨 일이야?"

화면 영상은 선명함 그 자체였고, 음향도 뚜렷하고 왜곡도 없었다. (중앙아프리카의 광섬유 케이블 보급률은 낮을지도 모르지만 정지위성들은 언제나 머리 위에 있다.) 폴라의 모습을 보자마자 나는 그녀가 바이러스에 감염되지 않았다고 확신했다. 폴라의 말은 옳았다. 나는 거의 반쯤 죽은 것이나 다름없는 몰골인 데 반해서, 폴라는 예전과 다름없이 생기로 가득한 모습이었다. 생의 절반을 야외에서 보낸 탓에 피부는 나보다 훨씬 더 빨리 노화되었지만, 폴라의 전신에서 발산되는 활력과 자신감은 그런 사소한 결점을 벌충하고도 남았다.

나보다 카메라 렌즈에 더 가까운 곳에 있었기 때문에 배경은 거의 보이지 않았지만, 방풍 램프 두 개를 조명으로 사용 중인 유리섬유로 만든 오두막 안에 있는 듯했다. 평소 쓰는 텐트보다는 한 단계 위의 주거지다.

"미안. 연락할 겨를이 없었어. 그런데 지금 가봉인 거야? 에콰도르에 있다고 하지 않았어?"

"응, 하지만 거기서 모하메드를 만나게 됐어. 인도네시아에서 온 식물학자야. 사실 우리는 보고타에서 만났는데, 멕시코에서 열린 학회로 가는 도중이었고…"

"하지만 왜…"

"왜 가봉에 와 있냐고? 모하메드의 다음 행선지가 가봉이었거든. 단지 그뿐이야. 현지의 농작물에 균핵병이 만연하고 있다는데, 그 얘길 들으니 오지 않을 수가 없더라고…"

나는 멍하게 고개를 끄덕여 보였고, 장장 10분이나 계속된 폴라의 복잡다단한 설명에 건성으로 귀를 기울였다. 어차피 석 달 뒤에는 고대 역사가 될 일이다. 폴라는 프리랜스 대중 과학 저널리스트였고, 전 세계를 돌아다니며 가장 최근 발생한 생태학적 사건 사고에 관한 잡지 기사와 TV 프로그램 대본을 쓰는 일로 그럭저럭 먹고살았다. 솔직히 말해서 심각한 환경문제를 주제로 알기 쉽게 썰을 풀어보았자 당사자인 지구에는 하등 도움이 될 리가 없다는 것이 나의 평소 생각이었지만, 폴라 본인은 자기 일에 크게 만족하고 있었다. 사실 나도 그런 그녀가 부러웠다. 나는 절대로 폴라 같은 인생을 살지는 못했을 것이다. 그런 의미에서 그녀는 '내가 될 수 있었던 사람'은 절대 아니었다. 그러나 폴라의 눈에 내가 10년 이상 느껴본 적이 없는 순수한 흥분이 떠오르는 것을 보고 이따금 가슴이 먹먹해지는 느낌을 받는 것은 어쩔 수 없었다.

폴라가 얘기를 계속하는 동안 내 마음은 완전히 딴 곳에 가 있었다. 그러자 갑자기 폴라가 말했다. "캐런? 이제 뭐가 문제인지 얘기해 주지 않을래?"

나는 주저했다. 원래는 아무에게도 알리지 않고, 폴라에게조차도 얘기 안 할 작정이었다. 그러나 이제는 전화를 건 이유 자체가 무의미해진 느낌이다. 아무리 보아도 폴라는 나처럼 백혈병에 걸린 것처럼 보이지는 않았기 때문이다. 정신을 차리고 보니 어느새 나는 단조롭고 억양 없는 목소리로 자초지종을 털어놓고 있었다. 그러면서 폴라의 표정 변화를 묘하게 초연한 기분으로 바라본다. 충격, 동정, 그리고 나의 곤경이 자신에게 정확히 무엇을 의미하는지를 퍼뜩—나와는 비교도 안 될 정도로 빠르게—깨달았을 때 갑자기 몰려온 두려움.

그 뒤로 이어진 대화는 내가 예상했던 것 이상으로 불편하고 고통스러웠다. 폴라는 진심으로 나를 걱정해 주고 있었지만, 그러는 동시에 자기도 나처럼 감염될지 모른다는 불안에 사로잡히지 않았다면 거짓말일 것이다. 그리고 일단 그런 감정을 자각한 뒤에는, 나를 향한 자신의 언사는 작위적이고 불성실했다고 느낄 것이 뻔했다.

"괜찮은 의사였어? 믿을 만해?"

나는 고개를 끄덕였다.

"돌봐주는 사람은 있어? 내가 거기로 갈까?"

나는 짜증스럽게 고개를 가로저었다. "아니 난 괜찮아. 돌봐주는 사람도 있고. 일단 치료를 받고 있잖아. 너야말로 당장 검사를 받으라고." 갑자기 울화가 치민 나머지 말투가 날카로워졌다. 폴라도 바이러스에 감염되었을지도 모른다는 우려는 사라졌지만, 내가 이렇게 연락을 취한 것은 경고를 하기 위해서지 동정을 받고 싶어서가 아니라는 점을 강조하고 싶었다. 폴라도 나의 이런 감정을 이내 간파한 듯했다. 조용한 어조로 이렇게 말했기 때문이다. "오늘 검사받을게. 지금 당장 시내로 나가겠어. 됐지?"

나는 고개를 끄덕였다. 녹초가 되긴 했지만 안도감이 몰려온다. 순간적으로나마 우리 사이에 흘렀던 어색한 분위기가 녹아 없어지는 느낌이었다.

"검사 결과는 알려줄 거지?"

폴라는 눈을 굴렸다. "물론 알려줄게."

나는 다시 고개를 끄덕였다. "좋아."

"캐런. 무리하면 안 돼. 몸조리 잘하고."

"응. 너도 무리하지 마." 나는 자판의 ESC 키를 눌렀다.

반 시간 후 나는 첫 번째 캡슐을 삼킨 다음 침대에 누웠다. 몇 분이 지나자 쓴맛이 목까지 차올랐다.

폴라에게 감염 사실을 알린 것은 반드시 필요해서 했던 행동이었다. 그러나 마틴에게 알린 것은 미친 짓이었다. 만나서 사귄 지 반년밖에는 안 되는 사이지만, 그가 어떤 반응을 보일지 예상했어야 했다.

"우리 집에 와서 함께 살자. 내가 돌봐줄게."

"돌봐줄 사람 따위는 필요 없어."

마틴은 내 대답을 듣고 주저했지만 한순간만 그랬을 뿐이었다. "우리 결혼하자."

"결혼하자고? 아니 왜? 죽기 전에 무조건 결혼해야 할 필요가 내게 갑자기 생기기라도 했다는 거야?"

마틴은 얼굴을 찡그렸다. "그런 식으로 얘기하지 마. 난 너를 사랑해. 그것도 이해 못 하겠어?"

나는 웃음을 터뜨렸다. "동정받는 것 자체는 신경 쓰이지 않아. 되레 모멸감을 느낀다는 사람도 많지만 난 그게 지극히 정상적인 반응이라고 생각해. 하지만 그렇다고 24시간 내내 동정을 받고 싶지는 않아." 나는 마틴에게 키스했으나 그의 찌푸린 표정은 사라지지 않았다. 그나마 섹스를 마칠 때까지 기다렸다가 나쁜 소식을 전해서 다행이다. 안 그랬더라면 마틴은 나를 무슨 깨지기 쉬운 도자기라도 되는 것처럼 다뤘을 게 뻔하니까 말이다.

마틴은 침대 위에서 몸을 돌려 나를 마주 보았다. "왜 그렇게 자기 자신을 힘들게 하는 거야? 대체 뭘 증명하고 싶은 건데? 네가 초인이라는 사실? 다른 사람을 필요로 하지 않는다는 사실?"

"잘 들어. 내가 독립적인 생활과 프라이버시를 필요로 한다는 건 처음 만났을 때부터 알고 있었잖아. 나한테서 무슨 대답을 듣고 싶은 건데? 두렵다? 맞아, 난 두려워. 하지만 나라는 사람은 전혀 바뀌지 않았어. 그러니까 예전과 마찬가지 방식으로 살아갈 필요가 있다고."
나는 그의 가슴에 손을 올려놓고 최대한 상냥한 어조로 말했다. "그러니까 청혼해 준 건 고맙지만, 싫어."

"난 너한테는 별반 의미가 없는 존재라는 얘기야?"

나는 신음하고 베개로 얼굴을 덮었다. 그리고 생각했다. 다시 섹스할 준비가 되면 깨워줘. 이걸로 대답이 됐을까? 그러나 입 밖에 내어 말하지는 않았다.

1주 뒤에 폴라에게서 전화가 왔다. 검사 결과에서 양성이 나왔다고 했다. 백혈구 수치가 증가했고, 적혈구 수치는 낮아졌다고 했다. 폴라의 수치는 한 달 전의 내 수치와 똑같았다. 게다가 처방받은 약까지 나하고 똑같았다. 전혀 놀랄 일이 아니었지만, 그것이 뭘 의미하는지를 떠올리자 좁고 불쾌한 곳에 갇힌 듯한 느낌이 몰려왔다.

둘 다 죽거나, 둘 다 살거나. 둘 중 하나겠네.

향후 며칠 동안 이 생각이 머리에서 떠나지를 않았다. 마치 부두교나 동화에 나오는 저주 같은 느낌이다. 그게 아니라면 우리가 '피를 나눈 자매'가 되었던 그날 밤, 폴라가 낭송했던 맹세가 현실이 된 것일까. 우리는 결코 같은 꿈을 꾼 적이 없었고, 하물며 같은 남자를 사랑한 적도 없었지만, 지금은… 마치 우리 두 사람을 하나로 맺어주는 힘에 대한 경배를 게을리한 벌을 받고 있단 느낌이었다.

나의 일부는 물론 이것이 허튼 생각임을 잘 알고 있었다. 우리 두 사람을 하나로 맺어준 힘이라니! 이런 생각은 스트레스에서 비롯된 정신적인 잡음 그 이상, 그 이하도 아니다. 그러나 현실은 이런 생각 못지않게 내 마음을 무겁게 짓눌렀다. 서로 몇천 킬로미터나 떨어져서 살고 있더라도, 서로의 유전적인 동일성에도 아랑곳하지 않은 채 전혀 다른 삶을 살아왔음에도 불구하고, 우리의 생화학적 기제는 폴라와 나 양쪽에게 동일한 판결을 내릴 것이기 때문이다.

나는 일에 몰두하려고 했고 어느 정도 성공을 거뒀다. 컴퓨터 단말기 앞에 매일 18시간씩 앉아서 일한 탓에 의식이 잿빛으로 혼탁해지는 상태를 정말로 성공이라 부를 수 있다면 말이다.

나는 마틴을 피하기 시작했다. 강아지처럼 졸졸 나를 따라다니며 내 걱정을 해주는 식의 배려를 견디기 힘들었기 때문이다. 아마 선의에서 그러는 것이겠지만, 그때마다 마틴을 타이를 기력은 남아 있지 않았다. 그러면서도 얄궂게도 마틴과 예전처럼 논쟁을 벌이고 싶어서 견딜 수가 없었다. 마틴의 과도한 보호욕에 저항하다 보면 나도 좀 강해진 느낌을 받기는 한다. 그가 나에게 기대하고 있는 것 같은 무기력함에 비하면 강하다는 얘기지만.

처음에는 매주 폴라에게 전화를 걸었지만, 점점 통화하는 횟수가 줄어들었다. 폴라와 나 같은 일란성 쌍둥이는 완벽한 말 친구가 될 수 있다고 생각하는 사람들도 있겠지만, 사실 이만큼 진실과 동떨어진 얘기도 없다. 서로의 마음속을 너무나도 훤히 들여다볼 수 있는 덕에, 대화 자체가 아예 불필요한 경우가 많았기 때문이다. 그런 상대에게 자기 고민을 털어놓아 보았자 마음이 가벼워질 리가 만무했고, 오히려 지긋지긋한 그놈의 동일성을 재확인하고 폐색감에 시달리는 것이 고작이었다. 그래서 우리는 낙관적인 언사로 경쟁하듯이 서로를 격려하기 시작했지만, 이 역시 우울할 정도로 속이 뻔히 들여다보이는 행동에 불과했다. 급기야는 이런 생각이 떠올랐다. 좋은 소식을 전할 수 있을 때까지는(좋은 소식을 듣는다면 얘기지만) 연락하지 말자. 지금 같은 상황에서 대화를 나눈다고 아무 의미도 없지 않은가? 폴라도 나와 같은 결론에 도달했다는 점은 명백했다.

유년 시절 내내 우리는 함께 있는 것을 강요받았다. 서로에게 애정을 가지고 있는 것은 맞지만… 학교에서는 언제나 같은 반이었고, 언제나 같은 옷을 샀고, 크리스마스나 생일에 받는 선물도 언제나 똑같았다. 병에 걸렸을 때도 언제나 똑같은 원인에 의해 똑같은 병에 걸렸다. 폴라가 집을 떠났을 때는 부러웠고 한동안은 지독한 고독감에 시달리기까지 했다. 그러나 시간이 흐르자 기쁨이, 해방감이 솟구쳤다. 폴라 뒤를 따르고 싶은 생각은 추호도 없었고, 앞으로 서로가 살아가는 삶의 내용은 점점 더 달라지기만 할 거라는 사실을 자각했기 때문이다.

그러나 이제는 이 모든 것이 착각에 불과했다는 생각이 든다. 우리는 함께 살아남든가 아니면 함께 죽을 것이다. 우리를 속박했던 굴레에서 벗어나려는 우리의 모든 노력은 무위로 돌아갔기에.

치료를 시작한 지 넉 달쯤 지났을 무렵 나의 혈구 수치가 역전되기 시작했다. 헛된 희망을 품었다가 더 큰 좌절을 겪는 것이 두려웠던 나머지, 나는 섣부른 낙관주의를 물리치는 일에 모든 정력을 쏟아부었다. 폴라에게는 연락할 엄두가 나지 않았다. 폴라에게 우리가 완치될 것 같다는 인상을 줬다가 결국 오해였다고 판명되는 것 이상으로 끔찍한 사태는 상상도 되지 않았다. 패커드 선생이 마지못해 보이는 듯한 신중한 어조로 상황이 호전되었음을 시인했을 때조차도 말이다. 패커드 선생이 오로지 진실만을 알린다는 평소 원칙에서 벗어나서, 나를 위로하기 위해 임시방편으로 거짓말을 했다고 보는 편이 차라리 마음이 편하다.

어느 날 아침 잠에서 깼다. 여전히 병이 나았다는 확신은 없었지만, 실망을 맛보는 것이 두려운 나머지 비관주의에 기대는 일에는 이제 넌더리가 난다. 무슨 일에서든 절대적으로 확실한 보장을 받기를 요구한다면 일생을 비참한 기분으로 보낼 수밖에 없을 것이다. 병은 언제든 재발할 수 있고, 하물며 완전히 새로운 종류의 바이러스가 출현해도 이상할 것이 없지 않은가.

쌀쌀하고 어두운 아침이었고 밖에서는 장대비가 내리고 있었지만, 냉기에 몸을 떨며 침대에서 나온 나의 마음은 이 모든 사태가 시작된 이래 가장 가벼워져 있었다.

워크스테이션을 켜고 전자우편함을 열어보니 '기밀' 태그가 붙은 메일이 하나 와 있었다. 메일을 여는 암호를 떠올릴 때까지 30초나 걸렸고 그동안 몸의 떨림은 한층 더 심해졌다.

메일을 보낸 사람은 리브르빌* 인민 병원의 원장이었고, 환자였던 폴라의 죽음에 애도를 표하며 시신 처리에 관한 지시를 요청하고 있

※ 가봉의 수도

200

었다.

처음에 느낀 감정이 무엇인지는 나도 모르겠다. 불신. 죄악감. 혼란. 두려움. 나는 거의 완치되기 직전이었는데, 폴라가 어떻게 죽을 수 있단 말인가? 어떻게 나한테 한마디도 남기지 않고 죽을 수가 있나? 어떻게 난 폴라가 혼자 죽도록 내버려 두었던 것일까? 나는 단말기 앞에서 빠져나와, 차가운 벽돌 벽에 힘없이 몸을 기댔다.

가장 끔찍했던 것은 폴라에게서 연락이 오지 않았던 이유를 갑자기 이해했을 때였다. 나도 자기처럼 죽어가고 있을 거라고 확신하고, 일부러 연락을 하지 않은 것이 틀림없다. 우리가 가장 두려워하던 것은 바로 그것이었다. 함께 죽는 것 말이다. 우리의 삶이 아무리 동떨어져 있었다고 해도, 마치 한 사람인 것처럼 함께 죽는 것.

치료 약은 나한테는 효과가 있었는데 왜 폴라에게는 효과가 없었을까? 아니, 실제로 효과가 있기는 한 걸까? 한순간 극렬한 피해망상에 사로잡힌 나는 병원이 내게 엉터리 검사 결과를 보내온 것은 아닌지 의심했다. 실은 나도 죽기 직전인 것이 아닐까. 그러나 그건 말이 안 된다.

그렇다면 왜 폴라만 죽은 것일까? 가능한 해답은 하나밖에 없었다. 폴라는 귀국했어야 했다. 말을 안 들으면 억지로라도 그녀를 데려왔어야 했다. 면역이 저하된 데다가 영양 상태도 좋았을 리가 없는 그녀를, 열대 지방에 있는 제3세계 국가에, 그것도 변변한 위생 설비도 없는 유리섬유로 된 오두막에 방치해 두다니. 난 도대체 무슨 생각을 하고 있었던 것일까? 당장 돈을 송금하거나 비행기표를 보냈어야 했다. 아니, 내가 직접 거기로 날아가서 억지로라도 집으로 끌고 왔어야 했다.

그러는 대신 나는 폴라와 거리를 두는 쪽을 택했다. 함께 죽는 것이 두려웠던 나머지, 동일성의 저주가 두려웠던 나머지, 혼자 죽게 내버려 두었던 것이다.

울려고 했지만 무엇인가가 그러려는 나를 막았다. 나는 주방 식탁에 앉아서 눈물을 흘리지 않고 오열했다. 난 무가치한 인간이었다. 폴라를 죽인 것은 나의 미신과 비겁함이었다. 나는 살 가치도 없는 인간이었다.

향후 2주 동안은 친지가 외국에서 사망한 경우 밟아야 하는 복잡한 법적, 행정적 절차와 씨름하며 보냈다. 폴라는 유언에서 화장을 희망하고 있었지만 어디서 그래야 하는지에 대해서는 언급하지 않았다. 그래서 나는 그녀의 시신과 소지품을 항공편으로 고향까지 보내도록 조처했다. 장례식에 조문을 온 사람은 거의 없다시피 했다. 부모님은 10년 전 자동차 사고로 돌아가셨고, 폴라의 친구들은 전 세계에 널려 있었지만 여기까지 올 수 있었던 사람은 극소수였다.

그러나 마틴은 왔다. 그가 내 어깨에 팔을 두르자 나는 몸을 돌리고 화난 목소리로 속삭였다. "넌 폴라를 만난 적도 없잖아. 도대체 뭘하러 여기 온 거야?" 마틴은 마음이 상한 채 당혹한 표정으로 잠시나를 바라보다가 아무 말도 하지 않고 식장을 떠났다.

그러나 패커드 선생이 내가 완치되었다고 선언했을 때 기쁘지 않았다고는 말 못 하겠다. 그러나 그녀조차도 내가 전혀 기쁜 기색을 보이지 않자 당혹해하는 기색이었다. 폴라 얘기를 털어놓을 수도 있었지만, 혼자 살아남았다고 가책을 느끼는 것은 불합리하다는 식의 진부한 위로를 듣고 싶지는 않았다.

폴라는 죽었다. 내 몸은 날이 갈수록 건강해졌다. 곧잘 심한 가책과 우울증에 시달렸지만, 대부분은 그냥 무감동한 상태였다. 사태는 그렇게 일단락되었을 수도 있었다.

유언장의 지시를 따라, 나는 노트나 기록 디스크나 오디오나 비디오테이프 등 유품 대부분을 그녀의 출판 대리인에게 보내서 그것을 활용해 줄지도 모를 편집자나 프로듀서에게 전달되도록 했다. 그런 뒤에 남은 것은 옷가지와 몇 안 되는 장신구와 화장품, 그 외의 한 줌밖에 안 되는 잡다한 물건들이었다. 적색과 흑색 캡슐 알약이 든 작은 유리병도 그중 하나였다.

도대체 무슨 이유에서 거기 든 캡슐 하나를 꺼내 먹을 생각을 했는지는 나도 모른다. 내 약병에도 아직 대여섯 알 남아 있었다. 내가 그걸 끝까지 먹어야 하는지 묻자, 패커드 선생은 어깨를 으쓱하며 먹어도 해가 되지는 않는다고 대답했다.

쓴 뒷맛을 전혀 느껴지지 못했다. 내 약병의 캡슐을 삼키면 몇 분 지나지도 않아 쓴맛이 목까지 차오르는데 말이다.

두 번째 캡슐을 잘라서 그 안에 들어 있던 하얀 가루를 혀 위에 올려놓았다. 아무 맛도 나지 않았다. 내 약병이 있는 곳까지 달려가서 그 안의 캡슐을 같은 방법으로 확인했다. 너무나도 맛이 고약해서 눈물이 고일 정도였다.

나는 성급한 결론을 내지 않으려고 최대한 노력했다. 제약 회사가 만든 약엔 복용을 돕기 위한 비활성 물질이 섞여 있다는 사실은 십분 이해하고 있었고, 그것이 언제나 똑같은 물질일 거라는 보장이 없다는 사실도 잘 알고 있었다. 하지만 복용을 돕는 것이 목적이라면, 왜 굳이 **쓴맛이 나는** 물질을 쓴단 말인가? 내가 느끼는 쓴맛은 약 자체에서 오는 것이 틀림없었다. 폴라와 나의 약병에는 같은 제조 회사의 이름과 로고가 찍혀 있었다. 상표명도 동일하고, 약의 일반명도 동일하고, 유효 성분의 정식 화학명도 동일했다. 심지어 제품 코드의 마지막 숫자까지 똑같았다. 유일하게 달랐던 것은 약품의 로트번호[※]였다.

가장 먼저 떠오른 이유는 부정부패였다. 세부까지는 기억이 나지 않지만, 개발도상국의 보건 당국에 소속된 공무원들이 약품 원료를 암시장으로 빼돌려서 되팔았다는 뉴스를 본 게 한두 번이 아니었다. 도둑질을 했다는 사실을 숨길 때, 싸고 무해하며 완전히 쓸모없는 제품으로 바꿔치기하는 것만큼 유효한 방법이 어디 있을까? 젤라틴으로 된 캡슐에는 제조사의 로고밖에는 찍혀 있지 않았다. 제조사는 적어도 1,000종류 이상의 약을 생산하고 있을 것이므로, 똑같은 크기와 색깔의 캡슐에 들어 있지만 가격이 훨씬 더 싼 약을 찾아내는 것은 그리 어렵지 않았을 것이다.

이 가설을 어떻게 받아들여야 할지 감을 잡을 수가 없었다. 얼굴도 이름도 모르는 먼 나라의 관리들이 내 형제를 죽였지만, 그들에게 법적인 제재를 가하기는커녕 누구인지 알아낼 가능성조차도 거의 없

※　lot number. 동일 조건하에서 제조된 균일 제품군에 매기는 제조 단위 번호.

지 않은가. 설령 내가 그들이 유죄임을 확실하게 입증할 수 있는 증거를 갖고 있다고 해도, 내가 기대할 수 있는 가장 강력한 조치는 무엇일까? 보나 마나 외교 채널을 통해 소극적인 항의가 가는 것이 고작일 것이다.

나는 폴라가 먹던 캡슐 하나를 보내 내용물의 분석을 의뢰했다. 큰돈이 들었지만 어차피 빚투성이였기 때문에 상관없었다.

캡슐에 들어 있던 물질은 가용성 무기화합물의 혼합물이었다. 라벨에 열거되어 있는 성분은 전혀 포함되어 있지 않았고, 생물적인 작용을 하는 물질조차도 아예 없었다. 무작위로 고른, 싸구려 대용약 따위가 아니었던 것이다.

위약※이었다.

나는 분석 결과가 인쇄된 종이를 손에 쥔 채로 몇 분 동안 꼼짝도 않고 서서, 이것이 의미하는 바를 이해해 보려고 했다. 단순한 탐욕에서 비롯된 행위라면 나도 이해할 수 있지만, 지금 내가 직면한 너무나도 비인간적인 냉혹함만은 도저히 받아들일 수가 없었기 때문이다. 따라서 이것은 누군가의 단순 실수였음이 틀림없다. 고의적으로 그런 짓을 할 정도로 냉혹한 인간이 이 세상에 존재할 리가 없었다.

그러자 문득 패커드 선생이 한 말이 떠올랐다. "그냥 평소 때처럼 자기 몸을 잘 건사하기만 하면 됩니다. 평소에 하지 않았던 행동을 아예 하지 말라는 뜻이에요."

※ 심리적 효과나 실험의 대조군 평가를 위해 피험자에게 투여하는, 치료와는 무관한 약제. 플라세보.

알았습니다, 의사 선생님. 물론 하지 않을게요. 치료와는 무관한, 잡다하고 제어 불가능한 외부 요소를 끌어들여서 중요한 실험을 망칠 수는 없으니까요…

국내 최고의 탐사 보도 기자 중 한 명에게 연락을 취했고, 시 외곽의 작은 카페에서 만나기로 했다.

직접 차를 운전해서 약속 장소로 갔다. 10년에 한 번 있을까 말까한 다이너마이트급 특종을 손에 넣었다고 생각하니 두려움, 분노, 고양감이 몰려오며 머릿속에서 소용돌이쳤다. 캐런 실크우드 역을 맡아 연기하는 메릴 스트립이 된 기분이다.◈ 드디어 복수할 수 있다는 생각을 하니 현기증이 날 지경이었다. 진상이 만천하에 드러나면 목이 날아갈 사람은 한두 명이 아닐 것이다.

도중에 습격을 받는 일도 없이 도착했다. 카페에는 우리 말고는 아예 손님이 없었다. 웨이터는 주문을 해도 듣는 둥 마는 둥 했고, 그런 인물이 우리 사이의 대화를 엿들을 가능성은 더더욱 없어 보였다.

기자는 매우 친절했다. 그녀는 침착한 어조로 우리가 직면한 현실을 설명해 주었다.

몬테카를로 사태의 여파로 전 세계가 뒤흔들리고 있었을 무렵, 비상 상황에 대처하기 위해서 수많은 법률이 제정되었고, 그와 동시에 수많은 법률이 폐지되었다. 긴급 대책의 일환으로서 정부는 최대한

◈ 미국 오클라호마 핵발전소의 기술자이자 노조 활동가였던 캐런 실크우드가 사측의 수많은 부정행위를 폭로하기 위해 자동차를 몰고 《뉴욕타임스》 기자를 만나러 가던 중에 의문사한 실화를 다룬 영화 〈실크우드〉에 관한 언급이다.

빨리 이 새로운 질병을 치료할 수 있는 신약을 개발해서 평가할 필요가 있었다. 그리고 그것을 가장 확실하게 시행할 수 있는 최상의 방법은 임상 시험의 난이도와 비용 증가의 원흉으로 지목되는 번거로운 규제들을 철폐하는 것이었다.

예전의 '이중 맹검double-blind' 임상 시험에서는 피험자도 시험자도 누가 진짜 약을 투여받고 누가 위약을 투여받는지를 몰랐다. 이 정보는 제3자나 컴퓨터만이 알고 있는 비밀이었다. 위약을 투여받은 환자들의 병세가 개선되는 경우까지 고려 사항에 넣음으로써, 해당 약제의 실제 유효성을 평가하는 방식이다.

이 전통적인 방식에는 두 가지의 작은 결점이 있었다. 우선 생명을 구해줄 가능성이 있는 치료 약을 투여받을 확률이 반반밖에 안 된다는 사실을 통고받을 경우, 피험자들은 큰 스트레스를 받기 마련이다. 물론 이 사실은 진짜 약을 투여받는 실험군과 위약을 투여받는 대조군 양쪽에 똑같은 영향을 끼치지만, 해당 약제가 최종적으로 시장에 나왔을 때의 효과를 예측한다는 관점에서 보면 데이터에 많은 노이즈가 섞이는 것을 피할 수 없다. 어디까지가 진짜 부작용이고 어디까지가 피험자가 느낀 불안의 산물인지를 확인할 수 없다는 뜻이다.

조금 더 심각한 두 번째 결점은, 위약을 쓰는 임상 시험에 지원하는 피험자를 찾는 일이 점점 더 어려워졌다는 점이었다. 병으로 다 죽어가는 환자는 과학적 방법론 따위에는 연연하지 않는 법이다. 그들이 원하는 것은 자신의 생존 확률을 최대화하는 일이고, 이미 알려진 확실한 치료 약이 없는 경우는 시험을 거치지 않는 약이라도 마다하지 않는다. 그런 마당에 단지 시시콜콜한 세부 규칙에 집착하는 관료를 만족시키기 위해 그 확률을 반 토막 낼 이유가 도대체 어디 있단 말인가?

물론 좋았던 옛 시절에 의료 관계자들은 무지한 대중에게 무조건 명령에 따르라고 강요할 수 있었다. 이 이중 맹검 시험에 참여하기 싫으면 그냥 밖으로 기어 나가서 죽으라고. 에이즈는 이 모든 관행을 바꿔놓았다. 연구실에서 만들어지자마자 검증되지도 않고 거리로 직행한 최신 치료 약들을 파는 암시장들이 우후죽순처럼 생겨났고, 이 문제의 정치 이슈화도 한층 더 심화되었다.

상술한 두 가지 결점을 해결해 줄 방법이 무엇인지는 명백했다.

환자를 속이면 된다.

'삼중 맹검' 방식을 이용한 임상 시험이 합법적임을 명시한 법안이 통과된 적은 없었다. 정말로 그랬더라면 사람들의 이목을 끌고 소란이 일어났을 것이 뻔하기 때문이다. 그러는 대신, 삼중 맹검 시험을 위법화할 가능성이 있는 모든 법률이 대참사 이후 이어진 '개혁'과 '합리화'의 일환으로 은근슬쩍 폐지되거나 완화되었다. 적어도 겉으로 보기에는 그랬다. 법원에 그런 행위의 적법 여부에 관한 판단을 구할 기회는 아직 주어지지 않았기 때문이다.

"어떻게 사람 목숨을 구하는 의사가 그런 짓을 할 수 있나요? 환자를 속이다니? 도대체 어떻게 그런 일을 정당화할 수 있는 거죠? 우선 의사 본인부터가 그걸 받아들이기 힘들 텐데?"

기자는 어깨를 으쓱했다. "이중 맹검 시험이 나왔을 때도 기꺼이 정당화했던 사람들인데요? 모름지기 유능한 의학 연구자라면 한 사람의 목숨보다 시험에서 얻은 데이터의 질을 더 중시하는 법이랍니다. 그리고 이중 맹검이 효과가 있었다면 삼중 맹검은 그보다 더 낫다, 왜냐하면 데이터의 질이 향상할 것은 확실하기 때문이다, 뭐 이런 논리인데, 이해할 수 있지 않나요? 해당 약품의 효과를 좀 더 정확하게 평가할 수 있다면, 장기적인 관점에서는 그쪽이 더 많은 생명을 구할지도 모른다, 이런 식이죠."

"그건 개소리예요! 어차피 위약 효과는 그렇게까지 강하지 않아요. 애초부터 그렇게 중요한 요소가 아니었다고요! 하물며 그 효과를 정확하게 가늠하지 못한다고 해서 누가 신경을 쓴다는 거죠? 차라리 두 개의 치료 약 후보를 가지고 어느 쪽이 더 효과가 좋은지를 비교하면 되는 일 아닌가요? 그런다면 어느 쪽 치료 약이 더 많은 생명을 구할 수 있는지 확인 가능하잖아요? 가짜 약 따위를 쓰지 않더라도…"

"실제로 그러는 경우도 있답니다. 권위 있는 의학 저널에서는 그런 연구를 낮게 평가하는 경향이 있어서, 학회지에 실릴 가능성도 그만큼 줄어든다는 게 문제지만…"

나는 그녀를 빤히 쳐다보았다. "이런 일들을 모두 알고 있으면서도 왜 아무 일도 하지 않는 건가요? 보도 매체에 제보하면 대대적으로 폭로해 줄 텐데! 일단 대중에게 진실을 알리기만 하면…"

그녀는 희미한 미소를 떠올렸다. "요즘엔 그런 종류의 임상 시험도 합법적이라는 정보를 공개할 수는 있겠죠. 실제로 공개했던 경우도 있고. 하지만 별다른 주의는 끌지 못했어요. 그리고 내가 실제로 있었던 삼중 맹검 임상 시험에 관한 특정 사실을 매체를 통해 공개한다면, 난 공중 보건을 위태롭게 했다는 죄목으로 50만 달러의 벌금에 25년의 구금형을 선고받게 될 겁니다. 해당 매체도 법의 철퇴를 맞으리라는 건 말할 나위도 없고. 몬테카를로 바이러스 유출 사태에 대처하기 위해서 제정된 '비상' 법안들은 지금도 여전히 시행중이니까요."

"하지만 그건 20년 전 얘기잖아요!"

그녀는 커피를 모두 들이켜고 일어섰다. "당시에 전문가들이 뭐라고 했는지 기억 안 나요?"

"뭐라고 했는데요?"

"이 사태는 향후 몇 세대에 걸쳐 심대한 영향을 끼칠 것이다."

제약 회사의 사내 네트워크에 침입하기까지는 꼬박 넉 달이 걸렸다.

나는 재택근무를 선택한 몇몇 임원들의 데이터 흐름을 훔쳐보았다. 그중에서 컴퓨터 실력이 가장 떨어지는 임원을 특정하는 데는 그리 오랜 시간이 걸리지 않았다. 정말이지 아둔하기 짝이 없는 작자였고, 1만 달러짜리 회계 소프트웨어로 하여금 평균적인 5살배기라면 굳이 손가락을 꼽지 않아도 할 수 있는 계산을 시키고 있었다. 나는 소프트웨어 패키지가 에러 메시지를 표시하도록 하고 이 사내가 보인 어설픈 반응을 관찰했다. 그는 하늘이 내린 선물이었다. 아는 게 전혀 없다는 점은 명백했기 때문이다.

가장 좋은 소식은 그가 넌더리가 날 정도로 따분한 포르노 비디오게임을 24시간 내내 같은 컴퓨터에서 돌리고 있다는 사실이었다.

만약 컴퓨터가 "뛰어내려!"라고 명령한다면 "그럴 테니까 딴 사람한텐 얘기하기 없기다?"라고 대답하고도 남을 위인이다.

나는 2주를 투자해서 그가 해야 할 일을 최소화했고, 그 결과 자판 키를 72번 누를 필요가 있었던 당초의 절차는 23번만 누르면 되는 것으로 변경되었다.

그의 컴퓨터 화면이 가장 취약해지는 순간까지 기다렸다가, 회사 네트워크로 통하는 접속을 끊고 내가 그 자리로 들어갔다.

치명적인 시스템 에러가 발생했습니다! 복구하려면 다음 키들을 눌러주십시오.

그는 첫 번째 시도에서 실패했다. 나는 경보를 울리고 같은 메시지를 다시 띄웠다. 두 번째 시도에서는 성공했다.

내가 사내에게 누르게 한 최초의 키 조합은 그의 워크스테이션을 운영체제에서 완전 분리시켜서 해당 CPU의 마이크로 코드 디버깅 루틴으로 유도했다. 이어서 다음 화면에 떠오른 16진수 문자열은 그의 입장에서는 무의미한 암호나 마찬가지였겠지만, 실은 통신선을 경유해서 워크스테이션 메모리를 통째로 내게 보내주는 아주 작은 프로그램이었다.

만약 사내가 조금이라도 분별이 있는 타인에게 이 사실에 관해 언급했다면 그 즉시 의혹을 불러일으켰을 것이다. 그러나 '버그'가 발생했을 때 그가 돌리고 있던 문제의 프로그램이 무엇인지를 굳이 남에게 털어놓으려고 할까? 그럴 것 같지는 않았다.

사내의 패스워드는 이미 다 가지고 있었다. 내가 전송받은 워크스테이션 메모리에는 회사 네트워크의 보안 인증 요청에 정확히 어떻게 반응하면 되는지를 알려주는 알고리즘이 포함되어 있었다.

이렇게 해서 나는 침입에 성공했다.

나머지 방화벽들은 적어도 내 목적에 관련된 범위 내에서는 하찮은 것들이었다. 경쟁 제약사들이 유용하게 써먹을 수 있는 데이터는 충분히 보호받고 있었지만, 나는 최신 치질약의 비밀 따위를 훔치는 일에는 관심이 없었다.

원한다면 나는 제약 회사에 큰 타격을 줄 수도 있었다. 백업파일까지 쓰레기 데이터로 가득 차도록 설정할 수도 있었고, 회계 수치를 점점 현실과 동떨어지도록 함으로써 급기야는 파산이라든지 탈세 혐의 같은 냉혹한 현실에 느닷없이 직면하도록 할 수도 있었다. 실행 즉시 발각될 것이 뻔한 무지막지한 데이터 소거에서 가장 완만하고 교활한 형태의 데이터 손상까지, 내가 고려해 보지 않은 수단은 없었다.

그러나 결국은 자제하는 쪽을 택했다. 나의 투쟁은 곧 정치적인 투쟁으로 확장될 것이고, 그런 나의 개인적인 복수가 아무리 사소한 것일지라도 상대방은 그것을 낱낱이 캐내서 나의 신뢰성을 실추시키고 나의 대의를 깎아내리는 수단으로 악용할 것이 뻔하기 때문이다.

그래서 나는 절대로 필요한, 최소한의 일만 했다.

문제의 제약 회사가 개발한 제품의 삼중 맹검 시험에 자기도 모르는 새에 참여한 모든 환자의 이름과 주소를 기록한 파일들을 찾아낸 다음, 당사자 전원이 자세한 내막을 통고받을 수 있도록 조처했다. 그런 사람들은 20만 명에 달했던 데다가 전 세계에 흩어져 있었지만, 경영진이 조성한 두둑한 비자금을 찾아낸 덕에 통신 비용은 쉽게 조달할 수 있었다.

곧 전 세계가 우리의 분노를 알게 될 것이고, 우리와 함께 격노하고 슬퍼해 줄 것이다. 그러나 우리의 절반은 병세가 중하거나 죽어가고 있었기 때문에, 조그만 항의의 목소리가 하나라도 들려오기 전에 일단 내가 구할 수 있는 사람들을 구하는 것이 급선무였다.

나는 피험자들에게 치료 약과 위약을 자동 할당하는 프로그램을 찾아냈다. 견실한 실험 기법을 담보한다는 미명하에 폴라를 죽이고, 몇천 명의 다른 환자들을 죽인 바로 그 프로그램이다.

나는 프로그램에 변경을 가했다. 아주 작은 변경이었다. 거짓말을 하나 더 추가했을 뿐이다.

이 프로그램이 생성하는 보고서들은 임상 시험에 참여한 환자들의 반이 위약을 투여받는 중이라고 앞으로도 계속 주장할 것이다. 그 결과 이런 거짓말과 완전히 일치하는 데이터가 포함된, 엄청나게 상세하고 인상적인 파일들이 쌓일 것이다. 예전과 달라진 것은 인간이 결코 읽을 일이 없는, 조그만 프로그램 파일 하나가 존재한다는 사실이다. 제약 공장의 생산 라인에서 약품을 제조하는 로봇들을 제어하는 이 파일은, 모든 생산 라인에서 나오는 모든 약병에 위약이 아닌 치료 약을 담으라고 지시할 것이다.

삼중 맹검에서 사중 맹검으로 진화했다고나 할까. 내가 추가한 이 작은 거짓말은, 이런 식의 기만이 불필요해질 때까지 다른 거짓말들을 상쇄해 줄 것이다.

마틴이 나를 만나러 왔다.

"네가 〈공정한 의료〉라는 단체에서 무슨 활동을 하고 있는지 들었어." 그는 호주머니에서 스크랩한 신문 기사를 꺼냈다. "'대체 의학과 주류 의학 양쪽에서 돌팔이와 사기 및 기만행위를 근절하는 것을 목적으로 하는 새로운 단체가 활발한 활동을 펼치고 있다.' 나도 그 목적에 크게 공감하고 있어."

"고마워."

그는 잠시 주저했다. "자원봉사자를 몇 명 더 찾는다는 얘기도 들었어. 사무실에서 일할."

"응, 찾고 있지."

"주당 4시간 정도는 짬을 낼 수 있어."

나는 웃음을 터뜨렸다. "아, 정말? 흠, 제안은 정말 고맙지만, 네가 도와주지 않아도 그럭저럭 꾸려갈 수 있을 것 같아."

한순간 나는 마틴이 그대로 나가버릴 거라고 생각했지만, 잠시 후 그는 마음이 상했다기보다는 단지 곤혹스러운 어조로 이렇게 말했다. "자원봉사자가 필요했던 게 아니었어?"

"필요해. 하지만…" 하지만 뭐? 마틴이 이런 제안을 해 올 정도로 자존심을 내팽개칠 수 있다면, 나도 그 제안을 받아들일 정도로는 자존심을 억누를 수 있지 않을까.

그래서 매주 수요일 오후에 근무하는 것으로 낙착을 보았다.

이따금 폴라가 나오는 악몽을 꾼다. 꺼진 촛불의 내음을 맡으며, 베개 옆 어둠 속에 마치 우리의 기이한 관계에 매료되기라도 한 듯이 엄숙한 눈빛을 한 9살 시절의 그녀가 서 있다고 확신하며 잠에서 깨곤 한다.

그러나 이 아이는 내 마음을 어지럽히지는 못한다. 그녀는 죽은 적이 없기 때문이다. 그녀는 성장하며 나와는 점점 다른 인물이 되어 갔고, 스스로의 인생을 개척하기 위해 나와는 비교도 할 수 없을 정도의 노력을 기울였다. 만약 우리가 정말로 한날한시에 죽었다면? 아무 의미도 없었을 것이고, 아무것도 변화시키지 못했을 것이다. 그 무엇도 과거로 손을 뻗쳐 우리가 살아온 자기만의 인생을, 자기만의 성공과 실패를 앗아 가지는 못한다.

지금 와서 깨달은 일이지만, 당시 내가 그토록 불길하게 느꼈던 피의 맹세는 폴라에게는 아무것도 아닌 한낱 농담에 불과했다. 우리의 운명이 그런 식으로 뒤엉킬 수 있다는 생각 자체를, 그녀만의 방식으로 조롱하기 위한 방편이었던 것이다. 그걸 깨닫는 데 왜 이토록 오랜 시간이 걸렸던 것일까?

딱히 놀랄 일은 아닐지도 모른다. 사실을 말하자면—그리고 이 사실이야말로 그녀의 승리를 여실히 보여주는 증거이기도 하지만—나는 폴라를 정말로 이해한 적이 없었기 때문이다.

7

이행몽

Transition Dreams

"어떤 이행몽移行夢들을 꾸게 되실지는 저희도 모릅니다. 단 하나 확실한 것은, 고객님이 그것을 기억하지 못하리라는 점입니다."

캐럴라인 바우슈는 안심하라는 듯이 미소 지었다. 〈글라이스너〉 타워 64층에 위치한 이 사무실은 보는 사람이 부담스러울 정도로 유행의 최첨단을 달리고 있었다. 그녀의 책상은 세 개의 투명한 아크릴 고리로 지탱된 타원형의 흑요석 석판이었고, 사방의 벽은 최신식 유클리드 단색화들로 장식되어 있었다. 그러나 바우슈 본인은 이토록 쿨하고 기하학적인 실내 장식에 어울리는 로봇이라고 하기는 힘들었다. 이런 사무실과 바우슈의 대비가 의도적이며, 바우슈의 얼굴이 최대한 순진무구하고 자연스러워 보이도록 신중하게 설계되었다는 점에는 의심의 여지가 없다. 아무리 냉소적인 사람이라도 그녀의 교활한 고용주를 탓하지, 결코 그녀를 탓하지는 않을 정도로 말이다.

어차피 기억 못 할 꿈들이라고? 별 해가 있을 것 같지는 않다. 그래서 그냥 넘어가려고 했지만, 퍼뜩 이런 의문이 떠올랐다.

"스캔될 때 내 몸은 섭씨 0도에 가까운 상태가 아닌가?"

"예. 사실, 그보다 조금 더 낮습니다. 동결 방지용 이당류二糖類를 잔뜩 주입받기 때문에, 고객님의 모든 체액은 설탕으로 만든 유리처럼 변하게 되죠." 이 말을 듣고 두피가 근질거리는 듯한 느낌을 받았지만, 불현듯 나를 엄습한 감정은 두려움이 아니라 기대감이었다. 내 몸이 일종의 얼음과자 같은 조각상이 된다는 생각은 전혀 위협적이지 않았다. 바우슈의 책상 뒤 책장에 몇 개 전시되어 있는, 유리를 불어 만든 작고 섬세한 조각상들처럼 말이다. "그런 조치는 신진대사를 완전히 멎게 할 뿐만 아니라 스캔 시의 NMR※ 스펙트럼도 훨씬 더 선명하게 만들어 줍니다. 뇌의 각 신경세포의 강도를 정확하게 측정하기 위해서는 여러 가지 조건이 충족되어야 하는데, 그런 조건 중 하나는 각종 신경전달물질 수용체 사이의 미묘한 차이를 구별하는 것입니다. 그러기 위해서는 잡음은 적으면 적을수록 좋죠."

"그건 이해하네. 하지만 나의 뇌는 체온 저하로 인해 기능을 정지할 텐데… 왜 꿈을 꾼다는 거지?"

"꿈을 꾸는 것은 고객님의 뇌가 아니라 저희 회사에서 작성하는 소프트웨어 모델입니다. 하지만 방금 말씀드렸듯이 고객님은 그 꿈을 전혀 기억하시지 못할 겁니다. 최종적으로 그 소프트웨어는 깊은 혼수상태에 빠진 고객님의 유기적 뇌를 완벽하게 복제한 〈카피〉가 되고, 나중에 혼수상태에서 깨어나면 스캔 직전에 유기적 뇌가 경험했던 일들을 정확하게 기억하고 있을 겁니다. 그 이상, 그 이하도 아니지요. 그리고 유기적 뇌가 이행몽을 체험하지 않는다는 것은 확실하므로, 소프트웨어 역시 전혀 그런 체험을 했다는 기억을 갖고 있지 않습니다."

※　핵자기 공명(Nuclear Magnetic Resonance). MRI 등에도 쓰인다.

소프트웨어가? 내가 예상했던 것은 단순한 생물학적 설명이었다. 마취나 부동액의 부작용이라든지, 뇌의 신경세포들이 얼면서 희미하고 무작위적인 신호를 발하는 탓이라는 식의.

"왜 기억하지도 못하는 꿈을 꾸도록 로봇의 뇌를 프로그래밍하는 건가?"

"프로그래밍하지는 않습니다. 적어도, 명시적으로는." 이렇게 말하며 바우슈는 예의 너무나도 인간적인 미소를 다시 떠올렸고, 마치 내 속을 떠보려는 듯이 내 얼굴을 힐끔 쳐다보았다. 굳이 그런 기색을 감추려고 하지도 않고 말이다. 내게 어디까지 설명할 필요가 있는지를 판단하려고 그런 것일까. 물론 이 모든 행동거지는 상대방에게 안심감을 주도록 계산된 것일 수도 있다. 보시다시피 저는 로봇이지만, 고객님은 마치 책을 읽는 것처럼 제 속마음을 빤히 들여다볼 수 있으시죠?

그녀는 말했다. "〈글라이스너〉 로봇은 왜 자의식을 가지고 있을까요?"

"인간이 자의식을 가진 것과 같은 이유에서지." 나는 이번 면담이 시작되었을 때부터 이 질문이 나오기를 기다리고 있었다. 바우슈는 영업사원인 동시에 상담사이기도 했고, 내가 구입하려고 하는 새로운 존재 양식에 관한 불안감을 불식해 주는 것은 그녀가 맡은 업무의 일부이기도 했기 때문이다. "구체적으로 어떤 신경 구조들이 개재되어 있는지는 내게 물어봐도 소용이 없지만… 하여튼 그것들이 스캔 과정을 통해서 모두 포착되고, 다른 모든 것들과 함께 예의 소프트웨어 모델 안에서 재현된다는 사실을 알고 있어. 〈글라이스너〉 로봇들이 자의식을 갖고 있는 건 주위 세계에 관한 정보, 그리고 자기 자신에 관한 정보를 처리하기 때문이야. 인간과 똑같은 방식으로."

"그럼 당신은 인간의 뇌를 시뮬레이션하는 컴퓨터 프로그램 역시 인간과 똑같은 방식으로 의식을 가지고 있다는 생각에 찬성하십니까?"

"물론이네. 그걸 믿지 않는다면 애당초 난 여기 와 있지도 않았을 거야." 그래서 이렇게 앉아서 서로 얘기를 나누고 있는 거잖아. 안 그래? 나는 더 이상 자세하게 나의 심정을 설명할 필요가 없다고 느꼈다. 이를테면 댈러스와 도쿄의 지하에 자리 잡은 10톤짜리 슈퍼컴퓨터들이 소형화된 CPU에 실물과 똑같은 몸을 가진 〈글라이스너〉로봇들로 대체된 이래, 내가 그런 생각들을 천배는 더 마음 편히 받아들이게 되었다는 사실 따위를 말이다. 〈카피〉들이 비로소 컴퓨터 안의 가상현실—설령 그 현실이 아무리 웅장하고, 아무리 정밀하다고 해도—로부터 완전히 해방되어 피와 살을 가진 인간들처럼 이 세계에서 살아갈 수 있는 기회를 부여받은 뒤에야, 나는 스캔이라는 행위를 생매장과 동일시하는 것을 그만두었던 것이다.

바우슈가 말했다. "그럼 인간의 경험을 생성함에 있어서, 인간의 뇌가 가진 것과 동일한 정보를 인코딩한 데이터 구조에 대해 계산을 수행하는 것만으로도 충분하다는 사실을 인정하십니까?"

그녀가 왜 불필요할 정도로 복잡한 전문 용어들을 동원해서 뻔한 얘기를 하는지 이해할 수 없었지만, 나는 싹싹하게 대답했다. "물론 인정하네."

"그렇다면 그게 무엇을 시사하는지를 상상해 보십시오! 〈글라이스너〉 로봇을 운영하는 소프트웨어의 완성품을, 바꿔 말해서 스캔당한 인물의 완벽한 〈카피〉를 창조하는 모든 과정이란 바로 인간의 뇌를 표현하는 데이터 구조에 대한 일련의 긴 계산들을 가리키는 겁니다."

나는 말없이 이 아이디어를 곱씹었다.

바우슈는 말을 이었다. "저희는 소프트웨어가 이행몽을 꾸도록 의도하지는 않았지만, 아마 그건 불가피한 현상일지도 모릅니다. 〈카피〉들은 어떤 식으로든 단계적으로 만들어지는 것이지, 처음부터 완성된 상태로 튀어나오는 것이 아니니까요. 스캐너는 유기적 뇌를 샅샅이 훑어서 몇백억 개나 되는 뇌 횡단면의 NMR 스펙트럼을 측정하고, 그 측정치들을 처리해서 고해상도의 해부학적, 생화학적 맵을 만들어 내야 합니다. 바꿔 말해서, 인간의 뇌를 표현하는 엄청난 양의 데이터를 가지고 몇조 번의 계산을 행해야 한다는 뜻입니다. 그렇게 해서 완성된 맵은 실제로 운용되는 컴퓨터 모델인 〈카피〉 그 자체를 구성하는 데 쓰입니다. 이 과정에서 더 많은 계산이 필요해지죠."

나는 그녀의 말을 대부분 받아들일 수 있었지만, 내 마음의 일부는, 인간의 뇌를 단지 충분히 높은 해상도의 이미지로 전사하는 것만으로도 그 이미지를 통해 꿈을 꾸도록 할 수 있다는 주장을 여전히 단호하게 거부하고 있었다.

나는 말했다. "하지만 그런 식의 계산들은 인간 뇌의 활동을 모방하는 식으로 행해지지는 않아. 안 그런가? 계산은 단지 의식을 가진 컴퓨터 프로그램이 완성되어 작동할 수 있도록 미리 길을 깔아주기 위한 수단에 지나지 않는다는 뜻이야."

"예. 그런데 일단 그렇게 완성되어 작동한 프로그램이 의식을 가지기 위해서 무슨 일을 하는지 아십니까? 뇌의 디지털적 표상表象 내부에 일련의 변화를 생성합니다. 인간 뇌의 통상적인 신경 활동을 모방하는 식으로 말입니다. 하지만 그런 표상을 만들어 내기 위해서도 일련의 변화를 생성해야 한다는 사실을 잊지 마십시오. 몇조 개에 달하는 중간 단계들을 거치지 않고 공백 상태의 컴퓨터 메모리가 특정 뇌의 상세한 시뮬레이션으로 단박에 변신하는 것은 불가능합니다. 그리고 이런 중간 단계들 대다수는―부분적으로든 전체적으로든, 어떤 형태를 취하든 간에―바로 그 뇌가 보여줄 수 있는 상태들을 표현하고 있습니다."

"하지만 왜 그런 과정이 모종의 정신 활동으로 이어져야 한다는 거지? 뭔가 전혀 다른 이유에서 데이터를 재배열한 탓은 아닐까?"

바우슈는 요지부동이었다. "그런 일에 이유는 필요 없습니다. 살아 있는 유기적 뇌가 기억을 재편성하는 것만으로도 통상적인 꿈이 발생하니까요. 또 뇌의 측두엽에 전극을 꽂는 것만으로도 정신 활동은 발생합니다. 물론 뇌가 행하는 작업은 너무나도 복잡하기 때문에 의도하지 않고도 같은 결과를 얻을 수 있다는 생각이 기이하게 느껴지신다는 건 저도 압니다. 하지만 뇌의 복잡성은 모두 그 구조 자체에 부호화되어 있습니다. 일단 그 구조에 관여하면, 의식의 영역에도 관여하게 된다는 뜻입니다. 그걸 원하든, 원하지 않든 간에."

이 설명은 상당 부분까지 수긍할 수 있었다. 뇌에 일어나는 거의 모든 일은 각성 시의 사고 같은 질서정연한 과정이 아니더라도 실제로 일어난 것처럼 느껴진다. 만약 약물이나 질병의 임의적인 영향이 악몽이나, 조현병 발작이나, LSD 환각처럼 뚜렷한 정신적 현상을 유발할 수 있다면, 〈카피〉의 정교한 발생 과정에서도 같은 일이 일어나지 말라는 법은 없지 않은가? 불완전한 NMR맵 조각들, 아직 완성되지 않은 시뮬레이션 소프트웨어의 버전들 하나하나는 자신이 아직 자의식을 가질 때가 아니라는 사실을 '알' 도리가 없기 때문이다.

그렇다고는 해도…

"어떻게 이런 일들을 조금이라도 확인할 수 있었나? 아무도 문제의 꿈을 기억 못 하잖나?"

"의식에 관한 수학적 이론은 아직 초보적인 수준에 머물러 있습니다만, 지금까지 밝혀진 모든 사실은 〈카피〉를 구성하는 행위에 주관적인 내용이 포함되어 있다는 것을 강력하게 시사하고 있습니다. 설령 그런 체험이 전혀 흔적을 남기지 않는다고 해도 말입니다."

여전히 100퍼센트 수긍한 것은 아니었지만, 아무래도 이 여자의 말을 믿는 편이 나을 듯하다. 〈글라이스너〉는 존재하지도 않는 부작용을 굳이 날조할 이유가 없고, 나 역시 그들이 고객에게 이른바 '이행몽 현상'에 관해 일부러 경고해 줬다는 사실에 대해 나름대로 감명을 받고 있었다. 내가 아는 한 〈카피〉가 아직 물리적인 몸을 갖고 있지 않았던 시절에 창업된 스캐닝 클리닉들은 이 문제에 관해 거론조차 하지 않았다.

그 밖에도 의논할 일들이 남아 있었기 때문에 이쯤 해두고 다른 질문을 하는 편이 낫겠지만, 이 심란한 소식으로부터 주의를 돌리는 것은 쉽지 않았다. 나는 말했다. "스캔했을 때에는 언제나 이행몽이 발생한다는 사실을 확신할 정도의 증거가 있다면, 수학적으로 조금 더 깊게 파고들어 간다든지 해서 내가 어떤 꿈을 꾸게 될지를 미리 알아낼 수는 없을까?"

바우슈는 천연덕스럽게 반문했다. "어떻게 하면 그런 일이 가능할까요?"

"글쎄. 내 뇌를 검사한 다음, 〈카피〉로 이행하는 과정의 시뮬레이션 따위를 돌린다든지 해서… 나는 퍼뜩 깨달았다. "아. 계산 과정을 '시뮬레이션'한다는 것 자체가 이미 계산이란 얘기로군?"

"그렇습니다. 이 경우 그 두 가지를 구분하는 것은 무의미하지요. 꿈의 내용을 확실히 예측할 수 있는 프로그램은 바로 그 행위로 인해 〈카피〉로 이행 중인 '당신' 못지않게 완전하게 그 꿈을 경험하게 됩니다. 그렇다면 그 일에 무슨 의미가 있겠습니까? 설령 이행몽이 불쾌하다는 사실이 판명된다고 해도, 늦기 전에 당신이 그 트라우마를 '회피'하는 것은 불가능합니다."

트라우마라고? 상대방이 안심하라는 듯한 미소를 떠올리며 완벽한 망각을 약속했을 때 그냥 만족했으면 좋았을 거라는 생각이 들기 시작했다. '어차피 기억 못 할 꿈'이니 문제없다는 식으로 말이다.

그러나 막연하게나마 이 현상의 이유를 이해하게 된 지금은, 이행몽을 피치 못할 것으로 받아들이는 것이 천배는 더 힘들어졌다고 해도 과언이 아니다. 냉각이 개시되는 시점에서 뇌신경이 경련하는 것은 피할 수 없다고 해도, 컴퓨터 내부에서 일어나는 모든 일은 아무 문제 없이 통제할 수 있어야 마땅하지 않은가.

"꿈을 꾸는 동안에 외부에서 모니터할 수는 없을까? 필요하다면 간섭하는 식으로?"

"유감스럽지만 불가능합니다."

"그래도…"

"잘 생각해 보십시오. 그건 꿈을 예측한다는 아까 그 얘기를 한층 더 악화시킨 거나 다름없습니다. 이행몽을 모니터하는 행위는 인간 뇌와 흡사한 데이터 구조를 한층 더 많이 복사한다는 뜻이므로, 당연히 그 과정에서는 더 많은 이행몽이 생성됩니다. 따라서 오리지널 이행몽을 해독하고, 제어하는 식으로 관리하는 것이 가능하다고 해도, 그런 작업을 행하는 소프트웨어는 계산의 부작용이 무엇인지를 알기 위해서 또 다른 소프트웨어의 감시를 받아야 합니다. 그런 식으로 계속 이어지는 겁니다. 끝없이.

현재 스캐닝에 의한 〈카피〉의 생성은 최단 처리 시간 내에 가장 직접적인 경로를 통해 이루어집니다. 이 경우 가장 하지 말아야 할 일은 더 큰 연산 능력을 동원하고, 더 복잡한 알고리즘을 도입함으로써… 이행몽에 상당하는 연산 과정을 미러링하는 시스템의 수를 늘리는 행위입니다."

나는 의자에 앉은 채로 몸을 뒤척이며 점점 심해지는 어지럼증을 떨쳐보려고 했다. 질문을 하면 할수록 얘기 전체가 점점 초현실적으로 변해가는 느낌이었지만, 도무지 말을 그칠 수가 없었다.

"이행몽의 내용이 무엇인지 알 수도 없고, 그것들을 통제할 수도 없다면, 적어도 얼마나 오래 지속되는지는 얘기해 줄 수 있지 않나? 주관적으로?"

"그것도 이행몽을 꾸는 프로그램을 따로 돌리지 않는 이상은 불가능합니다." 바우슈는 미안한 듯이 말했지만, 나는 그녀가 그런 상황을 우아할 뿐만 아니라 적절하다고까지 느끼고 있다는 인상을 받았다. "수학의 성질이란 본디 그런 것입니다. 지름길은 없습니다. 가상의 질문에 대한 명쾌한 대답도 없습니다. 의식을 가진 어떤 특정한 시스템이 무엇을 경험하게 될지를 확실하게 알려드릴 수도 없습니다… 그 질문에 대답하기 위한 과정에서 바로 그런 시스템을 만들어 내는 일 없이는."

나는 힘없이 웃었다. 뇌의 복사판들이 꾸는 꿈. 꿈을 예측하기 위한 꿈. 꿈을 형성하려고 하는 모든 기계를 감염시키는 꿈. 이제는 〈카피〉가 되더라도 온전히 물리적 세계에서만 사는 쪽을 선택할 수 있으므로, 가상 존재에 관한 현기증 나는 형이상학적 고찰 따위는 완전히 털어버렸다고 생각하고 있었다. 나의 옛 육체를 벗어나서 〈글라이스너〉 로봇 안으로 단숨에 이행하는 식으로 말이다…

물론 이행한 뒤에 돌이켜 보면 바로 그렇게 느낄 것이다. 일단 인간과 기계를 가르는 심연을 가로지른다면, 심연은 내 배후에서 이음매조차도 남기지 않고 사라질 것이므로.

나는 말을 이었다. "결국 이행몽이 뭔지는 알 수 없다는 거로군? 불가피한 것이기도 하고? 그게 존재하는 건 수학적으로도 거의 확실하다고 했지?"

"예."

"하지만 내가 그걸 기억 못 하리라는 점도 같은 정도로 확실하다는 건가?"

"예."

"자네도 스캔 당했을 때 꿨던 이행몽을 전혀 기억하지 못하나? 언뜻 느낀 기분이라든지, 언뜻 스치고 지나간 광경조차도 생각나지 않아?"

바우슈는 참을성 있게 미소 지었다. "물론 기억 못 합니다. 저는 시뮬레이션된 혼수상태에서 깨어났습니다. 스캔이 시작되기 전에 마취 약을 투여받은 것이 제 마지막 기억이었습니다. 깊이 파묻힌 흔적이라든지, 숨겨진 기억 따위는 없습니다. 눈에 보이지 않는 심리적인 흉터도 없습니다. 그런 것들은 존재할 수 없으니까요. 지극히 실제적인 의미에서, 저는 이행몽을 아예 꾸지 않았던 겁니다."

나는 마침내 내 좌절감의 원인을 깨달았다. "그렇다면, 왜 **나한테** 그런 경고를 하는 건가? 어차피 난 그 경험을 망각할 것이 확실하다며? 결국은 꾸지 않을 꿈이잖나? 내 입장에서 차라리 아무 얘기도 안 해주는 쪽이 낫다는 생각은 들지 않았나?"

바우슈는 주저하는 기색을 보였다. 이제야 나는 그녀를 곤혹스럽게 만든 듯하다. 적어도 내 눈에는 그렇게 비쳤다. 지금까지 다른 고객들로부터 똑같은 질문을 천 번은 받았을 것이 뻔하지만 말이다.

그녀는 입을 열었다. "이행몽을 꿀 때 자신이 뭘 경험하고 있는지, 또 왜 그런 걸 경험하는지를 알고 있다면 아예 모르고 있는 것과는 큰 차이가 있을지도 모릅니다. 그 꿈이 현실이 아니라는 걸 알고 있다면. 또 그 꿈이 언제까지나 계속되지는 않을 거라는 걸 안다면."

"그럴지도 모르겠군." 그러나 이것은 그렇게 간단한 문제가 아니었고, 바우슈 역시 그 사실을 알고 있었다. "나의 새로운 마음이 하나로 짜맞춰질 때, 그런 지식이 도대체 언제 내 마음의 일부가 될지 알고 있나? 내 마음을 다독여 줄 그런 사실들을, 내가 필요할 때 기억할 수 있을 거라고 보장할 수 있나? 지금까지 자네가 해준 얘기가 조금이라도 의미가 있을 거라고 확언할 수 있어?"

"아뇨. 하지만…"

"그럼 애당초 왜 이런 얘기를 꺼낸 건가?"

바우슈는 대답했다. "만약 저희가 입을 다물고 있었다면, 고객님이 진실을 꿈꾸게 될 가능성이 조금이라도 있었을 거라고 생각하십니까?"

건물 밖으로 나온 나는 겨울 햇살을 받으며 미심쩍은 기분을 잊어보려고 했다. 조지가街에는 여전히 어젯밤 벌어진 축하 행사에서 뿌려졌던 색종이 조각들이 널려 있었다. 폭격과 포위전, 역병과 기아로 점철된 유혈 사태가 6년이나 계속된 끝에, 중국의 내전은 마침내 끝난 것처럼 보였다. 색색 가지 테이프들의 너덜너덜한 잔해를 내려다보며 이 기쁜 뉴스를 곱씹는 것만으로도 고양감이 솟구치는 것을 느꼈다.

몸을 옹그리고 시청 역을 향해 갔다. 시드니의 6월이 이토록 추운 것은 오랜만이었다. 맑고 차가운 하늘이 밤 기온을 영하까지 떨어뜨린 탓에 해가 뜬 뒤에도 한동안 서리가 녹지 않았을 정도였다. 나는 〈글라이스너〉 로봇이 된 내가 바로 이 길을 성큼성큼 걸어가는 광경을 상상해 보았다. 지금처럼 살을 에는 바람은 느끼지 않는 편을 선택하고 말이다. 기분 좋은 상상이었다. 일단 완전히 조화를 이룬 인공물이 되면, 나는 인공 무릎 연골이나 인공 고관절 주위의 부기 같은 무미건조한 고통에 시달릴 필요가 없어진다. 독감도, 폐렴도, 최근 전 세계를 휩쓸고 있는 약제 내성을 가진 디프테리아※ 따위도 더 이상 두려워할 필요가 없다.

이토록 오랫동안 이런저런 이유를 대며 스캔을 연기해 오다가, 마침내 계약서에 서명을 하고 스캐닝 절차를 밟기 시작했다는 사실을 나도 믿을 수가 없었다. 기관지염, 신장염, 오른쪽 발바닥의 흑색종 따위의 위험한 병이 잇달아 발생한 탓에 더 이상 안온한 일상에 안주할 수 없었던 탓이다. 사이토카인※※을 주사해도 나의 면역 시스템은 20년 전처럼 쉽게 활성화되지 않았다. 나는 올해 8월로 107살이 되지만, 이 숫자를 전혀 실감할 수가 없었다. 그러나 27살이 되었을 때도, 43살이 되었을 때도, 61살이 되었을 때도 그렇게 느끼지 않았던가.

전철을 탄 다음, 꺼림칙한 느낌을 잠재워 보려고 다시 한번 곰곰

※ 인후, 코 등의 상피조직에 국소 염증을 일으키거나 장기 조직에 장애를 일으키는 질환.
※※ 혈액 속에 함유되어 있는 단백질 면역 조절제로 면역반응에 관여한다.

이행몽

이 생각해 보았다. 이행몽을 피하거나, 예상하거나, 제어하는 것은 통상적인 꿈의 경우와 마찬가지로 불가능하… 이 두 가지 꿈의 기원은 근본적으로 다르지만, 교란된 내 뇌의 콘텐츠를 다른 수단을 써서 소환한다고 해서 지금까지 내가 이미 체험한 그 어떤 것보다 더 충격적일 것이라고 믿을 만한 이유는 없다. 도대체 나의 뇌 속에 갇혀 있는 어떤 끔찍한 망상이, 혼수상태의 인간에서 혼수상태의 기계를 향해 흐르는 데이터의 흐름 속에서 미친 듯이 날뛸 기회를 호시탐탐 엿보고 있단 말인가? 악몽은 가끔 꾸고, 개중에는 가위에 눌릴 정도로 무시무시한 것들도 있었지만, 나는 어렸을 때조차도 잠드는 것을 두려워한 적은 없었다. 그런 내가 왜 기계로 정신을 옮기는 것을 두려워해야 한단 말인가?

메도우뱅크 역에서 언덕길을 넘어 집으로 오자 앨리스는 뜰에서 완두콩을 따고 있었다. 이렇게 시내와 가까운데도 우리 집의 채소밭은 믿기 힘들 정도로 넓다. 우리는 키스하고, 함께 집 안으로 들어왔다.

"스캔 예약을 잡았어?"

"응. 7월 10일." 아무렇지도 않은 듯이 대답할 수 있었다. 지난 10년 동안 내가 받은 수술들을 모두 통틀어도 이번 것이 가장 안전하다고 할 수 있었다. 나는 커피포트를 켰다. 따뜻한 것을 마시고 싶었기 때문이다. 주방은 햇살로 가득 차 있었지만, 실내가 바깥보다 더 추웠다.

"그쪽에서도 모든 의문에 대답해 줬어? 이제 만족했어?"

"아마 그렇겠지." 하지만 숨겨도 무의미했기 때문에 나는 그녀에게 이행몽 얘기를 했다.

그녀가 말했다. "난 꿈에서 깰 때의 처음 몇 초 동안이 좋아. 마음속엔 꿈으로 꿨던 모든 광경이 여전히 뚜렷하게 남아 있지만, 마침내 그 맥락 전체가 머리에 들어오는 순간 말이야. 내가 정확히 어떤 꿈을 꿨는지를 이해하는 거지."

"현실이 아니라 모두 꿈이었다는 걸 깨닫고 안도하는 순간 말이야? 쇼핑센터에서 100명 명은 족히 되는 사람들을 학살하지 않았다는 걸 깨닫고? 그것도 벌거숭이인 채로? 경찰에 포위되어 있지도 않고? 하지만 그건 역방향으로도 작용해. 실로 멋진 망상이었는데 깨어나고 보니 한낱 티끌에 불과했다는 걸 깨닫는 경우도 있지."

그녀는 콧방귀를 뀌었다. "그런 식으로 한낱 티끌이 되어버리는 건 처음부터 아쉬워할 가치도 없는 것들이야."

나는 그녀와 나의 찻잔에 커피를 따랐다. 앨리스는 생각에 잠긴 투로 말했다. "하지만 이행몽의 경우는 묘하게 끝나는 건지도 몰라. 그게 시작되기 전에는 아무것도 모르고, 끝날 때 역시 아무것도 모르는 게 사실이라면." 앨리스는 커피를 저었다. 나는 그녀의 커피가 잔 안에서 찰랑거리는 광경을 바라보았다. "그런 꿈속에서는 시간이 어떻게 흐를까? 직선적으로 흐르지는 않을 것 같지? 컴퓨터에 의해서 혼수상태에 빠진 뇌의 모든 세부가 재구축되고, 그게 완성에 가까워지면 가까워질수록, 가짜 정보가 존재할 수 있는 공간은 쪼그라드니까 말이야. 하지만 아주 첫 단계에서는 아무런 정보도 존재하지 않겠지. 따라서 가장 많은 꿈을 '기억'할 여지가 생겨나는 건 오히려 중간 단계 어딘가일지도 몰라. 그렇다면 시간은 처음부터 끝을 향해 흘러

가더라도 이행몽은 도중에 끝나는 것처럼 보일지도 몰라. 당신 생각
은 어때?"

나는 고개를 설레설레 저었다. "상상도 안 되는군."

"아마 서로 다른 두 개의 꿈을 따로 보는 건지도 몰라. 하나는 앞
을 향해 가고, 다른 하나는 뒤를 향해 가는." 그녀는 미간을 찡그렸다.
"하지만 그 두 꿈이 중간에서 만난다면 양쪽 모두 같은 결말을 맞이
해야 해. 하지만 서로 다른 두 개의 꿈이 어떻게 동일한 결말을 맞이
할 수 있는 걸까? 그때까지 일어난 모든 일에 관해서 동일한 기억을
지닌 채로? 게다가 그때 스캐너는 뇌의 지도를 만드는 중이잖아… 그
게 끝나면 그 지도를 〈카피〉로 변환하는 게 두 번째 단계고. 그럼 이
행몽도 두 개가 있는 걸까? 아니면 네 개? 혹시 그것들 모두는 함께
생겨난다고 생각해?"

나는 짜증스러운 어조로 대꾸했다. "뭐래도 난 상관 안 해. 난 〈글
라이스너〉로봇 안에서 깨어날 거고, 그러면 이 모든 건 나와는 아무
관계도 없는 탁상공론이 될 거야. 결국 난 아무 꿈도 꾸지 않았다는
얘기가 되는 거지."

앨리스는 여전히 의문을 느끼는 기색이었다. "당신은 당신의 생
각이나 감정에 관해 얘기하고 있고, 그것들은 〈카피〉가 느끼게 될 것
만큼이나 현실적인 것들이야. 그런데 어떻게 그것이 한낱 탁상공론
이라고 단언할 수 있어?"

"내가 언급하고 있는 건 대량의 계산이지, 생각이나 감정이 아냐.
그리고 그 계산이 나를 가지고 행하는 모든 걸 합치면, 마지막에는 모

든 게 상쇄되어서 없던 것이 된다는 뜻이야. 혼수상태의 인간이 혼수상태의 기계로 옮겨 가는 거지."

"재는 재로, 먼지는 먼지로 돌아가리라.[*]"

앨리스는 자기도 모르게 툭툭 말을 내뱉는 버릇이 있었다. 머더구스[**] 동요 구절이라든지, 오래된 노래의 가사 따위를. 물론 의도적으로 그러는 것이 아니었다. 그러나 나는 팔에 소름이 돋는 것을 자각했다. 말라비틀어진 나의 손가락을, 비쩍 말라 뼈만 남은 나의 손목을 내려다본다. 이건 내가 아니다. 노쇠는 실수, 우회로, 작은 사고인 것처럼 느껴진다. 20살이었을 때 나는 불사不死의 존재가 아니었던가? 되돌아갈 길을 찾아낼 작정이라면 아직 늦지 않았다.

앨리스가 중얼거렸다. "미안해."

나는 그녀를 올려다보았다. "이런 걸로 난리 치거나 하진 말자고. 난 기계가 될 때가 됐어. 그냥 눈을 감고 심연을 가로지르기만 하면 그만이야. 그리고 몇 년 뒤에는 당신 차례가 올 거야. 우린 그럴 수 있어. 우리가 원하는 대로 하면 돼. 이 세상에서 가장 쉬운 일이지."

나는 식탁 너머로 손을 뻗어 앨리스의 손을 잡았다. 손이 닿았을 때, 내가 추워서 떨고 있다는 사실을 깨닫는다.

그녀가 말했다. "걱정하지 마. 괜찮을 거야."

---

[*] 구약성서 창세기 3장 19절의 "너는 먼지이니 먼지로 돌아갈 것이니라"라는 구절에서 유래한 장례 기도문.
[**] 옛 영국 등지에서 17세기부터 유행한 동화 양식의 전래 동요.

잠이 오지 않는다. 두 개의 꿈? 네 개의 꿈? 중간에서 만난다? 하나로 합쳐진다? 이행몽이 끝났다는 걸 나는 어떻게 알 수 있을까? 〈글라이스너〉 로봇은 혼수상태에서 깨어나고, 희희낙락하게 삶을 이어갈 것이다. 그러나 이행몽을 되돌아보고, 그것이 어떤 것이었는지를 인지할 기회 자체가 없다면, 나는 그것을 어떻게 받아들이란 말인가?

천장을 올려다보았다. 이건 미친 짓이다. 내가 지금까지 잠에서 깨어나면서 망각한 꿈은 무수히 많을 것이다. 컴퓨터에 의해 제어되며 망각이 보증된 꿈들 못지않게, 확실하고도 영원히 잃어버렸던 것들이다. 설령 이행몽 속에서 내가 무시무시한 귀신과 마주친다든지, 혹은 입에 담을 수도 없을 정도로 끔찍한 범죄를 저질렀다고 굳게 확신한다고 해도, 어차피 나중에 그런 망상을 꿈이라고 웃어넘길 기회조차도 주어지지 않는다면 아무 문제도 없지 않은가?

나는 침대에서 빠져나왔다. 일단 일어나 버린 뒤에는 몰려오는 추위를 막기 위해 옷을 모두 챙겨 입는 수밖에 없었다. 달빛이 방 안을 밝게 비춰주는 덕에 움직이는 데는 아무 문제도 없었다. 앨리스는 자다가 몸을 뒤척이며 한숨을 내쉬었다. 그런 그녀를 바라보는 나의 마음에 따스한 기분이 엄습한다. 적어도 먼저 가는 것은 그녀가 아니라 나다. 적어도 아무것도 걱정할 필요가 없다고 그녀를 안심시켜 줄 수 있다.

나는 주방으로 내려왔지만 갈증이나 허기는 전혀 느껴지지 않았다. 몸을 덥히려고 계속 왔다 갔다 할 필요는 있었지만 말이다.

난 뭘 두려워하고 있는 것일까? 이행몽은 내가 반드시 극복해야 할 장벽이 아니지 않는가. 반드시 합격해야 하는 시험이라든지, 살아 남을 가망이 없는 시련이 아닌 것이다. 이행의 전 과정은 사전에 이미 결정되어 있으며, 그것은 나를 새로운 삶의 형태로 안전하게 데려다 줄 것이다. 설령 내가 인간에서 기계로 가는 '험난한' 여정에 관한 은 유에 상응하는 힘든 꿈을 꾼다고 해도. 이를테면 뜨겁게 불타오르는 석탄이 깔린 끝없는 들판 위를 맨발로 걸어간다든지, 살을 에는 듯한 눈보라를 뚫고 등반 불가능한 산의 정상을 향해 악전고투하며 나아 가야 한다고 해도⋯ 설령 내가 그 여정을 완수하지 못한다고 해도 컴 퓨터는 개의치 않고 계산을 계속할 것이고, 어떤 상황에서도 〈글라이 스너〉 로봇은 각성할 것이다.

집 밖으로 나갈 필요를 느꼈다. 조용히 현관에서 나와, 전철역 반 대편에 있는 슈퍼마켓을 향해 걸어간다.

밤하늘의 별들은 무자비할 정도로 뚜렷했고, 공기는 정체되어 있 었다. 낮보다 지금이 더 춥다고 해도, 나는 그 차이를 느낄 수 없을 정 도로 마비되어 있었다. 차나 행인의 모습은 전혀 보이지 않고 불이 켜 진 집도 없다. 오전 3시쯤 되었을까. 이렇게 늦은 시각에 외출한 것은 거의⋯ 몇십 년 만이다. 그러나 달빛 아래에서 보는 교외 지역의 우중 충한 잔디밭은 무척 눈에 익은 것이었다. 17살이었을 무렵, 나는 동 이 틀 때까지 친구들과 얘기를 나누며 대부분의 시간을 보냈고, 지금 보는 것과 똑같은 텅 빈 거리를 터벅터벅 걸어서 귀가하곤 했다.

슈퍼마켓의 창문들은 그 안에 박혀 있는 광고 표지의 불그스름한 불빛에 둘러싸인 채로 희푸르게 반짝이고 있었다. 건물 안으로 들어가서 인적이 없는 상품 진열대를 둘러본다. 뭔가 살 생각은 전혀 나지 않지만, 맨손으로 나가는 것이 왠지 미안하다는 불합리한 죄책감을 느꼈기 때문에 우유 한 팩을 집어 들었다.

고장 난 광고 홀로그램 하나를 만지작거리고 있던 중년 사내가 우유 팩을 들고 자기장 결제 방식의 출구를 지나가려던 나를 향해 고개를 까닥했다.

사내가 말한다. "전쟁이 끝나서 정말 다행이지 않아?"

"동감일세! 정말 희소식이야!"

내가 그대로 떠나려고 하자 사내는 실망한 기색이었다. "나를 기억 못 하는군. 그렇지?"

나는 멈춰 서서 사내를 좀 더 주의 깊게 훑어보았다. 벗겨지기 시작한 머리, 갈색 눈, 상냥한 느낌의 얼굴. "미안해."

"자네가 어렸을 때 이 가게를 하고 있었다네. 그때 자넨 어머니 심부름으로 여기 와서 물건을 사 가곤 했지. 난 85년 전에 이 가게를 팔고 이 도시를 떠났지만, 최근 다시 돌아와서 옛 가게를 다시 샀던 거야."

나는 고개를 끄덕였지만, 여전히 사내가 기억나지 않았다.

사내가 말한다. "한동안은 가상 도시에 살고 있었지. 달까지 이어지는 탑이 있었는데, 난 그 계단을 올라서 달까지 가봤어."

나는 칠흑의 우주 공간을 뚫고 올라가는, 수정으로 된 나선 계단을 머리에 떠올렸다.

"하지만 되돌아왔군. 우리 세계로."

"예전부터 옛 가게를 다시 운영하고 싶단 생각을 하고 있었거든."

이제 이 사내의 얼굴이 기억나는 듯하기도 하지만, 여전히 이름이 떠오르지 않는다. 애당초 알고 있었는지도 확실하지 않지만.

나는 질문하지 않을 수 없었다. "스캔당하기 전에, 이행몽이라고 불리는 것에 관한 경고를 받았어?"

사내는 미소 짓는다. 마치 내가 공통되는 지인의 이름을 언급하기라도 한 것처럼. "아니. 그때는 못 들었어. 하지만 나중에 들었지. 알다시피 〈카피〉는 기계에서 기계로 흘러가면서 존재했잖아. 컴퓨터 연산 능력의 수요가 오르내리고, 환율이 변동하는 것에 맞춰서 말이야. 관리 소프트웨어는 우리 〈카피〉들을 조각내서 이런저런 곳에 있는 서버로 이동시키곤 했지. 일본에서 캘리포니아로, 텍사스로, 스위스로. 우리 〈카피〉들을 몇십억, 몇백억 개의 데이터 패킷으로 분할해서 각기 다른 몇천 개의 경로를 통해 네트워크로 송신하고, 그런 다음 다시 재조립하는 식으로 말이야. 하루에 열 번이나 그러는 날도 있었어."

피부에 소름이 돋았다. "그러던 중에… 똑같은 일이 일어났던 거야? 이행몽이?"

"내가 듣기로는 그랬다더군. 지구를 가로질러 송신되었을 때도 우린 아무것도 느끼지 못했어. 시간도 전혀 흐른 것 같지 같았고. 하지만 수학자들이 〈카피〉의 데이터가 모든 단계에서 꿈을 꾼다는 걸 증명했다는 소문을 들었어. 송신이 완료된 후 원래 있던 서버에서 소거될 때도, 새로운 목적지에서 재조립될 때도. 〈카피〉들은 자기들이 동결된 스냅숏을 한 장소에서 다른 장소로 옮기는 과정의 중간 단계에 불과하다는 걸 알 방법이 없어. 자기들의 디지털화된 뇌에 가해지는 변화에 무슨 의미가 있을 리가 없다는 점도."

"그럼 자넨 그걸 멈췄어? 일단 진상을 깨달은 뒤에는?"

사내가 껄껄 웃는다. "아니. 그거야말로 무의미한 행위잖아. 단한 대의 컴퓨터 안에서도 〈카피〉들은 끊임없이 옮겨지고 있어. 메모리를 회수하고, 공유할 수 있도록 여기저기로 재배치되고, 뒤섞이는거지. 초당 몇백 번씩."

피가 얼어붙는 기분이었다. 옛 스캐닝 회사들이 이행몽을 한 번도화제에 올린 적이 없는 것도 당연하다. 〈글라이스너〉 로봇이 등장할때까지 스캔에 나서지 않은 것은 내가 상상했던 것 이상으로 현명한행동이었다. 컴퓨터 메모리 안에서 〈카피〉를 여기저기로 움직일 뿐이라면 인간 뇌의 모든 시냅스를 매핑하는 것과는 비교할 수 없을 정도로 단순한 작업이고, 그것이 생성하는 이행몽 역시 훨씬 짧고 단순할것이다. 그러나 나의 삶 자체에 미세한 정신적 우회로들이 여기저기흩어져 있고, 모든 움직임의 이면에 어떤 의식의 소용돌이 같은 것이존재한다는 사실을 알았다면 나는 도저히 견디지 못했을 것이다.

나는 관절염에 걸린 차가운 손가락으로 힘겹게 우유 팩을 쥐고 집을 향해 갔다.

언덕을 넘자 우리 집 현관 위에 불이 켜진 것이 보였다. 집에서 나왔을 때는 틀림없이 모든 불이 꺼져 있었다. 앨리스가 잠에서 깼다가내가 사라진 것을 알아차린 것이다. 나는 내가 얼마나 배려심이 없었는지를 자각하고 움찔했다. 외출 따위는 하지 않거나, 적어도 메모라도 남겨놓고 왔어야 했다. 나는 발걸음을 재촉했다.

집에서 50미터 떨어진 곳까지 왔을 때, 가슴에 따끔따끔한 통증을 느꼈다. 혹시 튀어나온 나뭇가지에 찔렸는가 해서 멍한 눈으로 아래를 내려다보았다. 나뭇가지 따위는 보이지 않았지만, 또다시 통증을 느꼈다. 이번에는 가슴을 화살로 꿰뚫린 것처럼 뚜렷한 아픔이었다. 나는 털썩 무릎을 꿇었다.

왼쪽 손목에 찬 팔찌가 나직한 차임벨 소리를 냈다. 도움을 요청했다는 신호다. 하지만 현관문이 워낙 가까웠기 때문에 나는 집까지 가려는 충동을 억누르지 못하고 일어섰다.

두 걸음을 더 걷자 머리가 아찔했고, 나는 또 쓰러졌다. 내 가슴에 눌려 터진 우유 팩에서 차가운 액체가 흘러나오며 내 손가락을 얼어붙게 만들었다. 멀리서 구급차의 사이렌 소리가 들려온다. 긴장을 풀고 꼼짝도 하지 말아야 한다는 사실을 알고 있었지만, 무엇인가가 나더러 움직일 것을 강요한다.

나는 불빛을 향해 기어가기 시작했다.

내가 누운 이동식 침대를 뒤에서 밀고 있는 간호조무사는 지구상에서 가장 있고 싶지 않은 장소가 바로 여기인 듯한 기색이었다. 나는 마음속에서 그에게 동의했고, 잔뜩 찌푸린 표정으로 나를 쏘아보고 있는 그의 시선을 피하기 위해 고개를 뒤로 젖혔다. 그러나 머리 위를 빠르게 지나가는 천장은 그보다 한층 더 당혹스러웠다. 병원 복도의 조명 패널은 모두 똑같은 모양을 하고 있는 데다가 배치 간격도 완전히 일정했기 때문에, 마치 같은 곳을 빙빙 돌고 있는 듯한 느낌이었다.

나는 말했다. "앨리스는 안 왔나? 내 아내인데?"

"아직 문병은 안 됩니다. 나중에 면회할 수 있을 테니까 기다리십시오."

"난 스캔 비용을 이미 지불했네. 〈글라이스너〉에게 말이야. 만약 내가 위험한 상태에 빠진다면 그쪽에도 알려야 해." 이런 것들은 모두 내 팔찌에 이미 기록되어 있지만 말이다. 병원 컴퓨터가 그걸 모두 읽었을 테니까 내가 걱정할 필요는 전혀 없었다. 몇 시간, 아니 몇 분 뒤에 기계로의 이행에 직면해야 한다는 사실을 생각하니 폐소공포증이 밀려왔지만, 스캔 계약을 연기했다가 때를 놓치는 것보다는 훨씬 낫다.

간호조무사가 말했다. "뭔가 잘못 알고 있는 것 같군요."

"뭐라고?" 나는 힘겹게 고개를 들어 사내를 다시 쳐다보았다. 그는 심술궂은 얼굴로 히죽거리고 있었다. 규정에 안 맞는 신발을 신고 들어온 손님을 찾아낸 나이트클럽 문지기 같은 표정이다.

"뭔가 잘못 알고 있다고 했습니다. 우리 쪽 기록에는 스캔 비용을 지불했다는 얘기 따윈 없습니다."

분개한 나머지 식은땀이 솟구쳤다. "난 계약서에 서명했어! 바로, 오늘!"

"아, 그러세요?" 그는 호주머니에서 긴 면 붕대를 한 움큼 꺼내더니 그것으로 내 입을 틀어막았다. 내 양팔은 옆구리에 고정 벨트로 결박되어 있었다. 내가 할 수 있던 일이라고는 끙끙거리며 항의하고, 침으로 범벅이 된 면 붕대를 깨무는 것뿐이었다.

누군가가 이동식 침대 앞으로 오더니 우리와 보조를 맞추며 라틴어로 뭐라고 중얼거리기 시작했다.

간호조무사가 말했다. "너무 낙담하지 마. 가장 높은 레벨에 도달하는 건 빙산의 일각에 불과해. 파도로 치면 물마루 같은 거지. 우리 중에서 그런 엘리트가 될 수 있는 작자들이 대체 얼마나 된다고 생각해?"

나는 기침을 하며 캑캑거렸고, 필사적으로 숨을 쉬어보려고 했다. 패닉에 빠진 탓에 몸이 덜덜 떨린다. 이윽고 나는 마음을 추슬렀고, 억지로라도 코를 통해 느리고 착실하게 숨을 쉬려고 했다.

"빙산의 일각이라고! 넌 유기적 뇌가 무슨 마법을 써서 이동하기라도 한다고 생각해? 한 장소에서 다른 장소로? 한 순간에서 다음 순간으로? 인간의 뇌처럼 복잡한 물건 내부에 텅 빈 시공의 일부를 재구축하는 게 애당초 가능할 거라고 생각해? 이행몽을 꾸지도 않고? 데이터를 여기저기로 이동시키는 게 힘든 건 물리적 세계나 컴퓨터나 매한가지라고. 단 한 개의 원자를 완전히 똑같은 장소에 머물게 하려면 도대체 얼마나 큰 노력이 필요한지 알기나 해? 일관된 의식을 가진 단 하나의 자아가, 시간의 흐름에 저항하면서 줄곧 존속할 수 있다고 생각하기라도 했어? 몇십억에 달하는 마음의 단편들이 그 주위에서 형성되고 소멸되는 일 없이? 무수히 많은 이행몽이 활짝 피어났다가 망각 속으로 사라지는 일 없이? 네 주위는 이행몽투성이야. 보라고!"

머리를 비틀어 바닥을 내려다본다. 침대는 복잡하게 엉킨 빛의 소용돌이들로 둘러싸여 있었다. 대뇌피질의 주름을 연상시키는, 무지개처럼 영롱한 빛의 시트들이 흐르는 듯이 물결치면서 자기 자신의 더 작은 버전들을 생성하고 있다.

"이렇게 생각하고 있었지? 나는 중요 인물이라고? 나는 10억 명 중에서 선택받은 한 명이고 정상에 선 존재라고?"

또다시 혐오와 패닉의 발작이 나를 휩쓸고 지나갔다. 나는 침이 기도로 들어간 탓에 질식하기 직전이었고, 공포와 오한으로 인해 부들부들 떨고 있었다. 바퀴 달린 침대 앞에서 걷고 있는 정체 모를 인물이 내 이마 위에 얼음장같이 차가운 손을 올려놓았다. 나는 화들짝 놀라며 머리를 움츠렸다.

조금이라도 확고한 근거를 떠올려 보려고 악전고투했다. 그렇다면 이게 나의 이행몽이란 말인가. 좋다. 나는 그 사실에 응당 고마워해야 할 것이다. 적어도 지금 무슨 일이 일어나고 있는지는 이해할 수 있기 때문이다. 바우슈의 경고는 결국 쓸모가 있었다는 얘기다. 게다가 이것은 전혀 위험한 상황이 아니다. 〈글라이스너〉 로봇은 곧 혼수상태에서 깨어날 것이다. 곧 나는 이 악몽을 완전히 망각하고, 아무일도 일어나지 않은 것처럼 삶을 이어갈 것이다. 불사의 몸이 되어. 영원히.

삶을 이어간다. 앨리스와 함께, 광대한 채소밭이 딸린 집에서? 눈으로 땀이 흘러 들어왔다. 눈을 세차게 깜박여 떨쳐낸다. 그 채소밭은 부모님의 집에 있던 것이었다. 그것도 앞마당이 아니라 뒷마당에. 그리고 그 집은 이미 오래전에 철거되었다.

전철역 반대편에 있는 슈퍼마켓도.

그렇다면 나는 어디 살고 있었던 것일까?

나는 무슨 일을 하며 살고 있었을까?

나는 누구와 결혼했을까?

간호조무사가 쾌활한 어조로 말했다. "네가 앨리스라고 생각하고 있던 사람은 초등학교 때 당신을 가르치던 선생님이야. 당신은 그녀를 미즈 어쩌고 하는 식으로 불렀지. 선생님을 짝사랑하고 있었다니, 누가 그걸 상상할 수 있었겠어?"

그렇다면, 내가 제대로 기억하는 게 하나라도 있긴 할까? 바우슈와 했던 면담은…?

"하하. 〈글라이스너〉에 있는 똑똑한 친구들이 직접 나서서 친절하게 모든 걸 설명해 줬다는 거야? 농담도 정도껏 하라고."

그렇다면 나는 어떻게 이행몽에 관해 알아냈단 말인가?

"모두 자력으로 깨달은 게 틀림없어. 뇌 안에서 말이야. 축하해."

얼음장 같은 손이 또 내 이마를 건드렸다. 그가 단조롭게 중얼중얼하는 소리가 점점 더 커진다. 나는 두려움에 못 이겨 눈을 질끈 감았다.

간호조무사는 생각에 잠긴 투로 말했다. "하지만 아까 내가 했던 그 선생 얘기는 틀렸을 수도 있겠군. 그 집에 관한 네 생각도 틀렸을지도 몰라. 〈글라이스너〉라는 회사 자체가 존재하지 않을 수도 있겠군. 인간의 뇌를 컴퓨터에 옮긴 〈카피〉? 그런 수상쩍은 일이 정말로 가능하기나 한 건지 의문인데."

힘센 손들이 내 어깨와 다리를 잡고 이동식 침대에서 들어 올리더니 획 돌렸다. 현기증 나는 움직임이 멈추자, 나는 등을 바닥에 대고 누운 자세로 멀리 보이는 장방형의 푸른 하늘을 올려다보고 있었다.

허리를 굽힌 '앨리스'가 내 시야에 들어오더니 한 줌의 흙을 던진다. 나는 그녀를 위로하고 싶다고 갈망하지만, 움직일 수도 말할 수도 없다. 내가 그녀를 사랑하지 않았다면, 그녀가 아예 존재한 적도 없었다면, 어떻게 이토록 그녀에게 강한 애정을 느낄 수 있단 말인가? 다른 참석자들도 흙을 던져 넣는다. 흙은 전혀 나에게 닿지 않는 것처럼 보였지만, 하늘이 조금씩 사라져 간다.

나는 누구일까? 로봇 안에서 깨어날 사내에 관해 내가 확실하게 알고 있는 것은 무엇인가? 나는 필사적으로 그 사내에 관한 단 하나의 확실한 기억이라도 떠올려 보려고 하지만, 면밀하게 들여다보면 들여다볼수록 혼란과 의구심이 몰려올 뿐이었다.

누군가가 읊조린다. "재는 재로 돌아가고, 혼수 속에 빠진 자는 혼수 속에 빠진 자로 돌아가리라."

나는 어둠 속에서 기다린다. 차갑게 얼어붙은 상태로.

내 주위에서 빛이 깜박이고, 약간의 움직임이 느껴진다. 무지개처럼 영롱한 빛의 소용돌이가, 회오리치는 이행몽들이, 빛을 발하는 지렁이들처럼 흙 속을 누비고 나아간다. 마치 분해되고 있는 나의 뇌의 일부가 부패를 사고에 상응하는 화학 작용으로 착각하고, 내부에서 그 붕괴 과정을 재해석하고 있는 것처럼. 오감이나, 기억이나, 진실 따위에 현혹되는 일 없이.

스스로를 위해 아름다운 환영을 자아내고, 죽음을 그것과는 완전히 다른 무엇인가로 오인하면서.

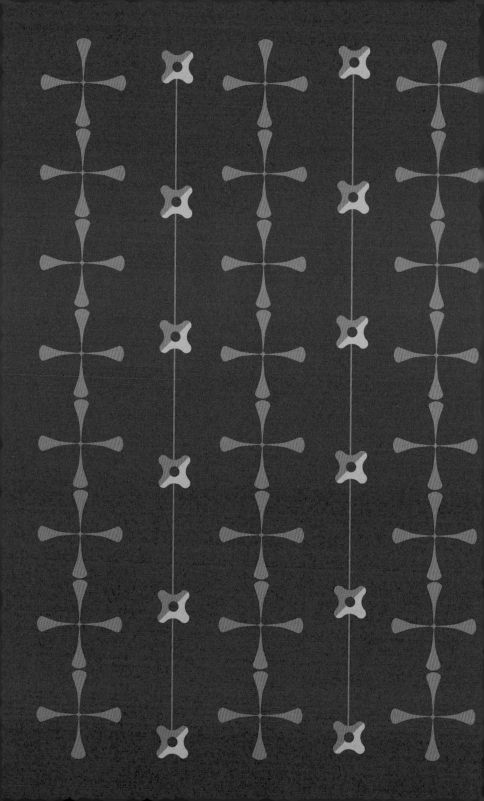

8

산책

The Walk

한 걸음씩 내디딜 때마다 나뭇잎과 잔가지들이 발밑에서 으스러진다. 버스럭거리는 정도가 아니라, 아예 되돌릴 수도 돌이킬 수도 없는 손상을 받았을 때에나 나는 날카로운 소리를 내며. 마치 이곳을 지나간 사람은 아무도 없다는 냉엄한 사실을 나의 뇌리에 각인하려는 듯한 느낌이다. 발소리 하나하나가 외부의 도움 따위는 전혀 기대할 수 없으며, 중단되거나 방해받는 일도 없을 것이라는 사실을 소리 높여 선언하고 있는 것이다.

차에서 내린 이래 나는 탈력감과 현기증에 시달리고 있었고, 마음 한구석에서는 그냥 이 자리에서 정신을 잃고 쓰러져서 영원히 깨어나지 않으면 좋겠다는 유혹을 느끼고 있었다. 그러나 나의 육체는 그런 나의 욕구에 호응할 생각이 전혀 없어 보인다. 마치 이렇게 한 걸음씩 내디디는 행위야말로 세상에서 가장 쉬운 일이며, 균형 감각에는 아무 이상도 없고, 이 모든 피로감과 메스꺼움은 순전히 내가 머릿속에서 만들어 낸 망상이라는 듯이 저벅거리며 앞으로 나아갈 뿐이다. 기절하는 척할까. 땅 위에 풀썩 쓰러져서 꼼짝도 안 하면 어떨까. 그러면 적어도 끝장을 볼 수는 있잖아.

그러나 나는 그러지 않았다.

왜냐하면 끝장을 보고 싶지는 않았기 때문이다.

나는 다시 설득을 시도했다.

"카터, 당신을 부자로 만들어 줄게. 남은 내 인생 전부를 당신에게 바치겠어." 낭신 인생이 아닌 내 인생. 괜찮은 표현이다. 왠지 이득이라는 인상을 주니까 말이다. "핀 그 인간한테 내가 돈을 얼마나 벌어줬는지 잘 알잖아. 여섯 달 동안 벌어들인 액수가 무려 50만 달러라고! 일생 동안이면 얼마나 벌 것 같아?"

카터는 대꾸하지 않았다. 나는 걸음을 멈추고 뒤로 돌아 그를 마주 보았다. 카터도 나와 원래 거리를 유지한 채로 멈춰 섰다. 그의 외모는 사형집행인과는 거리가 멀었다. 60살 가까운 나이에 머리는 허옇게 셌고, 풍상에 시달린 주름진 얼굴은 거의 인자한 느낌을 줄 정도다. 체격은 여전히 탄탄하지만, 전체적으로는 40년쯤 전에 권투 선수나 축구 선수로 뛰다가 은퇴하고 지금은 정원 가꾸기에 여념이 없는 어딘가의 정정한 할아버지처럼 보인다.

카터는 침착하게 총을 흔들어 보이며 다시 걸으라고 종용했다.

"더 걸어가야 해. 누군가가 차를 멈추고 잠깐 오줌을 누러 들어오는 곳은 이미 지나왔지만, 아직 캠핑이나 하이킹을 온 사람들과 마주칠 수는 있으니까… 신중해서 나쁠 건 없지."

내가 주저하는 기색을 보이자 카터는 넌지시 책망하는 듯한 눈으로 나를 보았다. 이대로 움직이지 않고 서 있으면 어떨까? 그런다면 물론 이 자리에서 나를 쏴 죽인 다음 내 시체를 떠메고 계속 숲으로 들어갈 것이다. 내 시체를 어깨에 아무렇게나 걸머지고 터벅터벅 걸어가는 카터의 모습이 불현듯 떠올랐다. 처음 만났을 때의 인상이 아무리 온화해 보였더라도, 이 사내는 얼어 죽을 로봇이나 마찬가지다. 카터가 뇌에 모종의 신경 임플란트를 이식했고, 뭔가 괴상한 종교에 심취해 있다는 걸 모르는 사람은 없었다.

목소리를 쥐어짰다. "카터… 제발 부탁이니 살려줘."

그는 다시 총을 흔들어 보였을 뿐이었다.

나는 몸을 돌려 다시 걷기 시작했다.

핀에게 들통난 이유가 뭔지 여전히 알 수 없었다. 핀을 위해 일하는 해커 중에서는 내 실력이 가장 출중하다고 생각한다. 그런 마당에 도대체 외부에서 누가 나의 움직임을 추적할 수 있었단 말인가? 불가능하다! 핀은 내가 그의 지시로 해킹한 회사 중 하나에 자기 부하를 심어놓았던 것이 틀림없다. 단지 나를 감시할 목적으로 말이다. 편집증 환자 같은 놈. 심지어 난 10퍼센트 이상은 먹은 적도 없는데. 아예 50퍼센트를 슬쩍하지 않은 것이 후회된다. 내가 한 노력에 걸맞은 대가를 말이다.

귀에 온 신경을 집중해 보아도 이제는 희미한 엔진 소리조차 들리지 않는다. 들리는 것이라고는 새들이 지저귀고, 벌레가 울고, 내게 밟힌 나뭇잎과 잔가지들이 부러지는 소리뿐이다. 좆같은 자연의 소리. 난 이런 데서 죽을 생각이 없었다. 난 인간답게 죽고 싶다. 중환자실에서 모르핀을 잔뜩 투여받고 더럽게 비싼 의사들과 냉혹하고 효율적인 생명 유지 장치들에 둘러싸인 채로. 죽은 뒤에 내 시체는 우주로 쏘아 올려질 것이다. 가능하다면 태양 주위를 도는 궤도로 말이다. 자연계의 탄소, 인, 질소 따위의 좆같은 순환에서 빠져나올 수만 있다면 아무리 비싸게 먹혀도 상관없다. 가이아여, 난 그대와 결별하노라. 욕심 사나운 년. 영양분은 나 말고 다른 놈들에게서나 빨아 먹으라고.

무의미한 분노로 시간을 낭비했다. 카터, 제발 날 살려줘. 내 몸이 아무 생각도 없는 생물권生物圈에 흡수당하는 건 견딜 수 없어. 실로 감동적인 발언 아닌가.

그럼, 뭐라고 할까?

"이봐 난 25살밖에는 안 됐어. 제대로 인생을 살아보지도 않았다고. 지난 10년은 컴퓨터나 만지작거리며 허송세월했고. 게다가 난 아직 애도 안 낳아봤어. 어떻게 애도 안 낳아본 사람을 죽일 수 있어?" 스스로의 궤변에 몰두한 나머지, 순간적이나마 난 여자와 자본 적도 없는 숫총각임을 털어놓을까 심각하게 고민했다. 하지만 그건 너무 과하게 들릴 수 있고… 아직 섹스도 못 해봤다고 징징거리기보다는 차라리 부모가 될 권리를 주장하는 쪽이 덜 이기적이고 덜 쾌락주의적으로 들릴 것이다.

카터는 웃음을 터뜨렸다. "자식을 남겨서 불사不死를 얻고 싶다는 건가? 그런 망상은 버려. 나한텐 아들이 둘 있지만, 나하고는 전혀 달라. 완전히 다른 인간이라고."

"정말이야? 유감이로군. 그래도 최소한 기회는 주어져야 하지 않겠어."

"뭘 할 기회? 네가 죽어도 자식들을 통해서 계속 살아갈 수 있다는 시늉을 할 기회? 자기 자신을 속일 기회?"

나는 짐짓 가식적인 웃음소리를 냈다. 나와 카터가 오직 냉소적인 인간끼리만 이해할 수 있는 농담을 공유하고 있다는 인상을 주려고 노력하며.

"물론 난 스스로를 속이고 싶어. 앞으로도 50년은 나 자신을 속이면서 살고 싶다고. 아주 매력적으로 들리잖아?"

카터는 대답하지 않았다.

나는 걸음을 늦췄고, 지면이 울퉁불퉁한 탓에 애를 먹는 척하며 보폭을 줄였다. 왜 이렇게까지 해야 하는 걸까. 몇 분이라도 더 시간을 끌면 기가 막힐 정도로 천재적인 계획이라도 짤 수 있을 것 같아서? 아니면 그냥 시간을 벌고 싶은 일념에서? 시간을 끌어봤자 고뇌의 시간이 길어질 뿐인데도?

나는 멈춰 섰고, 어느새 헛구역질을 하고 있었다. 경련은 깊은 곳에서 왔지만 치밀어 오르는 것은 위액의 희미한 신맛뿐이었다. 경련이 멈추자 얼굴에서 땀과 눈물을 훔친 후 와들와들 떨리는 몸을 추슬러 보려고 했다. 가장 분통이 터지는 점은 이런 상황에서도 내가 체면에 신경을 쓰고 있다는 사실이었다. 자기 토사물에 얼굴을 처박고 어린애처럼 흐느껴 울면서 죽든 말든 그게 뭐 그리 중요하단 말인가. 나의 죽음을 향해 가는 이 산책이야말로 세상에서 가장 중요한 일이며, 내 생애의 마지막 몇 분은 모든 것에 우선해야 한다고 주장하고 싶기라도 한 건가?

하지만 그건 사실이잖아? 그 밖의 모든 일은 이미 지난 과거의 일이야.

그렇다. 그리고 지금 이 순간 역시 과거의 것이 될 운명이다. 어차피 여기서 죽어야 한다면, 굳이 나 자신과 '화해'할 필요도, 죽음 앞에서 '침착해질' 필요도 없다. 내가 나의 소멸을 대하는 태도는 지금까지 내 삶의 모든 순간을 대해왔던 태도와 마찬가지로, 덧없고 무상하므로.

지금 이 시간을 의미 있는 것으로 만들 수 있는 유일한 행동이 있다면, 내 힘으로 어떻게든 살아남을 방법을 찾는 것이리라.

한숨 돌린 후에 나는 시간을 더 끌어보려고 했다.

"카터, 지금까지 이런 짓을 대체 몇 번 했어?" "33번."

33번.

총에 미친 작자가 애인에게 차였다는 이유로 군중을 향해 기관단총을 난사한 끝에 33명을 죽였다고 해도 끔찍하기는 매한가지지만, 같은 목적으로 33번이나 숲으로 들어와서 유유자적하게 산책을 하는 인간의 심리는…

"그럼 얘기해 줘. 당신이 죽인 사람들은 대부분 이걸 어떻게 받아들였어? 정말로 알고 싶어서 그래. 참지 못하고 토했다든지? 엉엉 울면서 살려달라고 빌었어?"

카터는 어깨를 으쓱했다. "그럴 때도 있었지."

"당신을 매수하려고 한 적도 있었어?"

"거의 언제나 그랬지."

"하지만 당신은 매수 따위엔 아예 응하지 않았고?"

대답은 없었다.

"혹시, 아무도 당신이 원하는 걸 제공하지 않았던 거야? 돈이 아니라면 뭘 원해? 섹스?" 카터의 무감동한 얼굴 표정에는 변화가 없었다. 혐오스럽다는 듯이 얼굴을 찡그리지도 않는다. 그래서 나는 농담이었다는 식으로 얼버무리며 그가 모욕적으로 받아들였을지도 모를 제안을 취소하는 대신 무작정 밀어붙였다. "그걸 원해? 당신 물건을 빨아준다든지? 내가 그래주기를 원한다면 그럴게."

카터는 예의 책망하는 듯한 눈으로 나를 보았다. 나의 줏대 없는 애원에 대한 경멸감이라든지 나의 뜬금없는 오해에 대한 혐오감 따위가 아니라, 단지 나 때문에 시간을 허비하고 있다는 사실에 대한 가벼운 조바심.

나는 속마음을 내비치지 않으려고 힘없이 웃었다. 내게 전혀 관심이 없고 경멸할 생각조차도 없어 보이는 카터의 태도는 내게는 굴욕 이외의 그 무엇도 아니었다.

나는 말했다. "결국 다들 죽기 싫어서 발버둥친다는 얘기로군. 당신은 그걸 어떻게 받아들이는데?"

카터는 사무적인 어조로 말했다. "난 아무렇지도 않아."

나는 다시 손으로 얼굴을 훔쳤다. "물론 당신이야 아무렇지도 않겠지. 그런 목적으로 뇌 속에 칩을 넣은 거야? 이런 짓을 하고도 밤에 푹 잘 수 있도록?"

카터는 잠시 주저하더니 말했다. "어떤 의미에서는 그렇겠지. 하지만 실제로는 그렇게 단순한 얘기가 아냐." 그는 총을 흔들어 보였다. "걸어. 좀 더 깊은 곳까지 가야 해."

나는 몸을 돌리며 멍하게 생각했다. 나를 살려줄 수 있는 유일한 사내한테, 넌 뇌 손상을 입은 인간 이하의 살인 기계라고 선고해 버린 꼴인가.

다시 걷기 시작했다.

흘긋 위를 올려다보니 구름 한 점 없는 태평스러운 하늘이 눈에 들어온다. 나는 눈이 아플 정도로 새파란 하늘과 결부된 기억들이 마음속에서 봇물처럼 터져 나오려고 하는 것을 억누른다. 모두 과거의 일이야. 다 끝났어. 프루스트적인 플래시백이나, 빌리 필그림*식의 시간 여행 따위는 사절이야. 과거로 도망칠 생각은 추호도 없다고. 난 미래를 향해 살아갈 거야. 여기서도 기필코 살아남고야 말겠어. 하지만 어떻게? 카터는 무자비하며 매수도 불가능해 보이므로 힘으로 제압하는 수밖에 없다. 나는 앉아서 키보드나 두들기며 살아왔을지 모르지만 나이는 카터의 반도 채 안 된다. 이 사실이 내게 불리하게 작용할 리가 없다. 최소한 몸동작은 내가 더 빠르지 않겠는가. 달려들어 총을 빼앗아 볼까? 아니, 그럴 필요까지는 없을지도 모른다. 도망칠 기회가 주어질 수도 있지 않은가.

카터가 말했다. "나하고 무슨 거래를 해보려고 고민해 봤자 시간 낭비야. 그런 일은 일어나지 않아. 그러느니 차라리 피할 수 없는 운명을 받아들일 방법을 고민하라고."

"그런 좆같은 걸 받아들일 생각은 추호도 없어."

"그건 사실이 아냐. 받아들이고 싶지야 않겠지만 그걸 피할 방도

※   커트 보니것의 자전적 SF소설 『제5도살장』의 주인공.

는 없어. 그러니까 거기에 대처하는 법을 모색해 보라고. 전에도 죽음에 관해서 생각해 본 적은 있을 거 아냐."

환장할 노릇이다. 나를 죽이려는 암살자에게서 죽음에 관한 심리 상담을 받다니. "사실을 말하자면 난 단 한 번도 죽음에 관해 생각해 본 적이 없어. 아직 해본 적이 없는 일이 하나 더 늘었네. 정말로 그걸 해보고 싶으니까 한 10년이나 20년쯤 시간을 줄 수는 없을까?"

"10년이나 그럴 필요는 없어. 전혀 오래 걸리지 않아. 이렇게 생각해 보라고. 네 피부 밖의 세계에는 여러 장소가 존재하지만, 넌 네가 거기 가 있지 못한다고 안달하거나 하진 않잖아? 너라는 존재가 네 정수리 높이에서 딱 끝나고, 그 위로는 공기밖에 없다고 해서 그게 마음에 안 들어? 물론 그럴 리가 없지. 그러니까 네가 더 이상 존재하지 않는 시간이 온다고 해서 고민할 필요는 없어. 자기가 있지 못하는 장소가 존재한다고 안달하지는 않는 것처럼 말이야. 종말이 찾아온다고 해서 네 삶 자체가 소멸하고 아예 없던 것이 된다고 생각해? 네 머리 위의 공간이 네 육체를 무효화하기라도 했나? 모든 것에는 경계라는 게 있기 마련이야. 그 어떤 사물도 영원히 뻗어 나가지는 않아. 그 어느 방향으로도."

나도 모르게 헛웃음이 나왔다. 사디즘에서 이제는 초현실주의로 방향을 튼 건가. "정말로 그런 개소리를 믿는 거로군? 정말로 그렇게 생각하는 거야?"

"아니. 물론, 믿을 수도 있었겠지. 그건 상품으로도 나와 있으니까 말이야. 사실 심각하게 구매를 검토하기도 했고. 완벽하게 아귀가 맞는 관점인 건 사실이지만… 다만, 막판에는 왠지 와닿지 않더라고. 어차피 내가 원한 건 그게 아니었어. 그래서 난 전혀 다른 걸 선택했지. 멈춰."

"뭐라고?"

"멈추라고 했어."

나는 황망하게 주위를 둘러보았다. 도착했다는 사실이 도저히 믿기지 않았다. 딱히 특별한 장소도 아니었다. 사방이 추악한 유칼리나무들로 둘러싸인, 가뭄 탓에 말라 비틀어진 덤불이 종아리 높이까지 자란 곳이다. 난 뭘 기대하고 있었던 걸까? 인위적으로 만들어진 공터? 소풍 오기에 딱 좋은 장소?

나는 몸을 돌려 그를 마주 보았고, 마비된 뇌세포들을 쥐어짜서 조금이라도 살아남을 방법을 찾아보려고 했다. 총을 빼앗을 수 있는 거리까지 접근하거나 총을 쏘기 전에 충분히 먼 곳까지 도망칠까 생각했을 때, 카터는 진지하기 짝이 없는 어조로 말했다. "난 너를 도와줄 수 있어. 네가 이걸 더 쉽게 받아들일 수 있도록." 나는 한순간 그를 빤히 쳐다보았다가 꺽꺽거리며 울기 시작했다.

내가 쥐어짜듯이 "어떻게?"라는 말을 내뱉을 때까지 카터는 참을성 있게 기다렸다.

카터는 셔츠 앞주머니에 왼손을 집어넣더니 조그만 물체를 꺼내서 손바닥 위에 올려놓고 내가 볼 수 있도록 했다. 한순간 나는 그것이 어떤 약물이 든 캡슐이라고 생각했지만 잘 보니 아니었다.

엄밀하게 말하면 약은 아니다.

신경 임플란트 삽입 봉이었다. 투명한 삽입 봉 안에 들어 있는, 잿빛의 깨알 같은 임플란트 본체도 보인다.

한순간 과감하게 앞으로 걸어 나가 그것을 받아 드는 나의 모습이 선명하게 머리에 떠올랐다. 마침내 총을 빼앗을 기회가 온 것이다.

"받아."

카터는 내 얼굴을 향해 용기를 던졌고, 나는 황급히 손을 내밀어 그것을 받았다.

그는 말했다. "물론 그걸 쓸지 안 쓸지는 전적으로 네게 달렸어. 그걸 쓰라고 강제할 생각은 없어."

땀에 젖은 내 얼굴에 파리들이 내려앉았다. 나는 다른 쪽 손으로 파리를 쫓았다. "이걸 쓰면 난 어떻게 되는데? 당신이 내 머리를 날려 버리기 전에 20초 동안 우주적인 황홀감을 느끼기라도 하는 거야? 아니면 이 모든 게 꿈이라고 믿어버릴 정도로 선명한 환각을 본다든지? 죽음의 고뇌에서 나를 해방시켜 줄 작정이었다면 5분 전에 내 뒤통수를 쏴버려야 했어. 아직 살 가능성이 있다고 내가 믿고 있었을 때."

카터는 말했다. "그건 환각이 아냐. 어떤… 마음가짐의 집합에 가까워. 원한다면 철학이라고 불러도 좋아."

"뭔 놈의 철학? 시간과 공간의 경계가 어쩌고 하는 그 개소리?"

"아냐. 아까 말했듯이 난 그걸 받아들이지 않았어."

거의 폭소할 뻔했다. "설마 이게 당신의 종교였던 거야? 나를 죽이기 전에, 나를 개종시키고 싶었던 거야? 내 좆같은 영혼을 구원해주려고? 그래서 그렇게 사람을 많이 죽이고도 아무렇지도 않았던 거야? 사람은 죽여도 영혼을 구해줬으니까?"

카터는 고개를 가로저었다. 화난 기색은 없었다. "나는 그걸 종교라고 부르지는 않아. 신은 존재하지 않아. 영혼도 존재하지 않고."

"그래? 흠, 만약 무신론으로 내게 위안을 줄 생각이라면, 굳이 임플란트 따위는 없어도 돼."

"죽는 게 두렵나?"

"글쎄, 당신이 보기엔 어때?"

"그 임플란트를 쓰면 두렵지 않을 거야."

"나를 죽음 따위는 두렵지 않은 용감한 인간으로 만든 다음에 죽이려는 거야? 아니면 아예 무감각하게 만들려는 건가? 난 차라리 황홀한 쪽이 나은데."

"용감한 인간이 되는 것도 아니고 무감각해지는 것도 아냐. 단지 통찰력이 생길 뿐이야."

이 사내는 타인인 나에게 연민의 정 따위는 느끼지 않겠지만, 적어도 내게는 아직 그럴 수 있는 인간적 감정이 남아 있었다. "통찰력이 생긴다고? 죽음에 관한 허접한 거짓말을 무조건 받아들이는 걸 통찰력이라고 주장하고 싶은 거야?"

"거짓말이 아냐. 그 임플란트는 사실관계에 관한 그 어떤 믿음도 건드리지 않아."

"난 사후의 삶 따위는 믿지 않아. 그래봤자…"

"누구의 삶?"

"뭐라고?"

"네가 죽으면 다른 사람들은 계속 살아갈까?"

한순간 숨이 턱 막혔다. 난 살기 위해서 싸우고 있는데, 이자는 이 모든 일을 마치 무슨 철학적 논쟁처럼 다루고 있다. 나는 절규하기 직전이었다. 더 이상 나를 갖고 놀지 마! 그냥 끝내버리라고!

그러나 나는 끝나고 싶지 않았다.

그리고 그와 이렇게 말을 나누는 한은 아직 가능성이 남아 있었다. 상대의 허를 찔러 몸싸움을 하거나 기적적으로 생환할 가능성이.

나는 심호흡을 했다. "응. 내가 아닌 다른 사람들이야 물론 계속 살아가겠지."

"몇십억 명이 삶을 이어갈 거야. 몇 세기가 흐르면 그 수는 아마 몇천억 명이 될 수도 있겠지."

"그게 뭐? 내가 죽는다고 우주가 통째로 사라질 거라고 믿은 적은 없지만, 그게 무슨 큰 위로라도 된다고 생각한다면…"

"두 명의 인간은 서로 얼마나 다른 존재가 될 수 있다고 생각해?"

"글쎄. 당신이 나와는 좆같이 달라 보이는 것만은 확실하지만."

"몇천억 명이나 되는 사람들 중에, 너하고 똑같은 사람들이 몇 명은 있을 거라는 생각은 안 들어?"

"이번엔 또 뭔 얘기를 하려는 거지? 환생?"

"아냐. 통계학적인 얘기야. '환생'은 존재하지 않아. 다시 태어날 영혼 따위는 존재하지 않으니까 말이야. 하지만 언젠가는 순전한 우연으로 인해서 지금의 너를 정의하는 모든 것을 포함한 누군가가 태어날 수는 있어."

이유는 모르겠지만 대화 내용이 점점 황당무계해질수록 내 희망도 커지는 느낌을 받는다. 마치 카터의 고장 난 논리적 사고력이 다른 방식으로 그를 취약하게 만들기라도 한다는 듯이.

나는 말했다. "그런 일은 일어날 수 없어. 내가 갖고 있는 기억과 경험 따위를 공유하는 타인이 태어날 리가…"

"기억은 중요하지 않아. 경험이 너라는 인간을 정의하는 것도 아니고. 네가 살아오면서 우연히 겪었던 사소한 일들은 너의 외모와 마찬가지로 피상적인 것에 불과해. 그것들은 지금의 너를 형성했을지도 모르지만, 너의 본질적인 일부는 아냐. 너한테는 그것 말고 핵이 되는 것이, 깊고 추상적인…"

"바꿔 말해서, 영혼?"

"그게 아냐."

나는 세차게 머리를 흔들었다. 이 사내와 말을 맞춰주더라도 얻을 것은 아무것도 없다. 상대가 믿어버릴 정도로 그럴듯한 연기를 할 깜냥도 안 되고, 반론을 해봤자 조금 더 시간을 버는 것이 고작이다.

"내가 내 죽음을 좀 더 기꺼이 받아들여야 한다는 거야? 먼 미래에는 나와 몇 가지 추상적인 특징을 공유하는 타인이 태어날 수 있으니까?"

"아이를 갖고 싶다고 했잖아?"

"거짓말이었어."

"다행이군. 자식은 해답이 아냐."

"나하고는 조금도 혈연관계가 아닌 데다가 내 기억을 이어받은 것도 아니고, 나라는 존재의 연속도 아닌 누군가를 떠올리면서 위안을 얻으라는 건…"

"지금의 너와 5살이었을 때의 너 사이에는 얼마나 많은 공통점이 있지?"

"그리 많지는 않다고 해야겠지."

"그 어린애보다는 훨씬 더 너를 빼닮은 사람이 몇천 명은 있을 거란 생각은 안 들어?"

"그럴지도. 어떤 의미에서는 아마 그렇겠지."

"10살이었을 때와 비교하면 어때? 15살이었을 때와 비교하면?"

"그게 무슨 상관인데? 알았어, 인정할게. 인간은 변하기 마련이야. 느리게. 눈치채지 못할 정도로 조금씩."

카터는 고개를 끄덕였다. "눈치채지 못할 정도로 조금씩. 맞아, 바로 그거야! 하지만 그랬다고 해서 너라는 존재의 현실성이 조금이라도 줄어들었나? 거짓말을 아무 생각 없이 받아들인 건 어느 쪽이라고 생각해? 네 육체가 살아온 인생을 한 사람의 인생으로 보는 행위야말로 환상이야. '너'라는 존재가, 너 자신이 태어난 이래 일어난 모든 사건으로 이루어져 있다는 생각은 편리한 픽션에 불과해. 그런 건 사람이 아니라 합성물, 모자이크라고."

나는 어깨를 으쓱했다. "그럴지도 모르겠군. 그래도 그건 사람이 가질 수 있는… 자기 정체성에 가장 가까운 거잖아?"

"그건 사실이 아냐! 게다가 그런 생각은 우리가 진실을 직시하는 걸 방해할 뿐이라고!" 카터의 언행은 점점 더 열정적으로 변했지만,

그의 태도에서 광신적인 기색은 전혀 찾아볼 수 없었다. 차라리 고래 고래 고함을 지르는 쪽이 훨씬 더 맘이 편할 텐데. 그러나 그는 한층 더 차분하고, 한층 더 침착하게 말을 이어갔을 뿐이었다. "기억이 무의미하다는 얘기는 아냐. 물론 기억에는 의미가 있어. 하지만 기억과는 분리된 너의 일부, 그 일부는 다시 살아갈 수 있어. 언젠가 어딘가에서 누군가 네가 생각했던 것처럼 생각하고, 네가 행동했던 것처럼 생각할 거라는 뜻이야. 설령 그런 일이 1, 2초밖에는 계속되지 않더라도, 그 사람은 그 순간만큼은 바로 너라고."

나는 고개를 세게 흔들었다. 카터의 집요하고 가차 없는 꿈의 논리에 얼이 빠진 나머지, 살아남는다는 가장 절실한 문제로부터 위험할 정도로 멀어지고 있었다.

나는 단호하게 말했다. "그건 다 개소리야. 이 세상에 그런 생각을 받아들일 수 있는 사람은 없어."

"그건 사실이 아냐. 나는 받아들였어. 그리고 너도 그럴 수 있어. 네가 그러기를 원한다면."

"흐음, 난 그러고 싶지 않은데."

"지금 이 순간에는 말도 안 된다고 느끼겠지. 나도 이해해. 하지만 이 임플란트만 있으면 모두 바뀌리라는 걸 보장하지." 카터는 무심코 자신의 오른쪽 팔뚝을 주무르기 시작했다. 총으로 나를 계속 겨누고 있었던 탓에 근육이 굳은 것이리라. "넌 공포에 질린 채로 죽을 수도 있고, 확신에 찬 상태로 죽을 수도 있어. 결정은 너한테 달렸어."

나는 임플란트 삽입 봉을 꼭 쥐었다. "사람을 죽이기 전에 언제나 이걸 제공했어?"

"언제나 그랬던 건 아냐. 몇 번만 그랬을 뿐이야."

"그중 몇 명이나 이걸 썼어?"

"아직 아무도 없어."

"놀랄 일은 아니군. 대체 누가 그런 식으로 죽고 싶어 하겠어? 자기 자신을 속이면서?"

"넌 그렇게 죽고 싶다고 했잖아."

"살고 싶다고 했어. 죽고 싶은 게 아니라, 나를 속이더라도 살고 싶다고."

얼굴로 날아드는 파리를 쫓아낸다. 백번은 그런 듯하지만 파리들은 겁내지 않고 용감하게 달려들었다. 카터는 5미터 떨어진 곳에 있었고, 내가 한 걸음이라도 다가간다면 단 1초도 주저하지 않고 내 머리통을 쏠 것이다. 주위의 소리에 집중해 보아도 귀뚜라미 울음소리밖에는 들리지 않는다.

이 임플란트를 쓰면 시간을 벌 수 있다. 그것이 효과를 발휘하려면 4분에서 5분쯤 걸릴 테니까 말이다. 이걸 거부한다고 해서 내가 잃을 게 무엇이란 말인가? 내가 '무지몽매한' 상태로 죽는 것에 대해 카터가 느끼는 저항감? 결국 끝에 가서는 아무 차이도 없었다. 33번 모두 말이다. 살고 싶다는 의지? 그럴지도 모르고, 안 그럴지도 모른다. 누구든 언젠가는 죽는단 사실에 대한 나의 지적인 관점이 약간 변한다고 해서 내가 생을 향한 집착을 완전히 버린 무기력한 인간이 된다는 보장은 없다. 영광스러운 사후의 삶을 굳게 믿는 사람들조차도 막판에는 죽기 싫어서 곧잘 버둥댄다고 하지 않는가.

…카터가 나직하게 말했다. "이제 결정을 내려. 열까지 세겠어."

나를 속이지 않고 정직하게 죽을 기회? 마지막 순간까지 이 두려움과 혼란에 빠진 채로 버둥댈 기회?

그런 좆같은 기회들은 필요 없다. 어차피 죽어야 한다면 내가 그걸 어떻게 대하든 간에 달라지는 것은 없다. 그게 내 철학이다.

나는 말했다. "셀 필요 없어." 나는 삽입 봉을 오른쪽 콧구멍 깊숙이 찔러 넣고 방아쇠를 당겼다. 조금 따끔한 감각과 함께 임플란트는 내 코의 점막에 파고들어 뇌를 향한 여정을 시작했다.

기쁘게 웃는 카터. 나도 따라 웃을 뻔했다. 무에서 유를 창조하듯이 내 목숨을 구할 5분을 만들어 낸 셈이니까 말이다.

나는 말했다. "좋아. 당신이 원하는 대로 했어. 하지만 처음에 내가 했던 얘기는 여전히 유효해. 살려주면 난 당신을 부자로 만들어 줄 수 있어. 1년에 최소 100만씩 줄게."

카터는 고개를 가로젓는다. "허황된 꿈이야. 나더러 어디로 가란 말이지? 핀은 일주일도 안 되어서 나를 찾아낼 텐데."

"도망칠 필요 따윈 없어. 난 해외로 튈 거니까. 돈은 당신의 〈궤도〉 계좌에 입금할게."

"그래? 설령 그런다고 해도, 내게 그런 거금이 무슨 소용이 있단 말이지? 맘대로 쓰기엔 너무 위험하잖아?"

"충분한 액수를 모으면 돈으로도 어느 정도 안전을 살 수 있어. 독립해서 핀의 속박에서 벗어나라고."

"됐어." 카터는 다시 웃었다. "넌 왜 아직도 빠져나가고 싶어 하는 거지? 아직도 이해 못 해? 이젠 그럴 필요가 없어졌잖아."

지금쯤 임플란트는 내장한 나노머신들을 방출해서 나의 뇌와 카터의 기괴한 신념을 구현한 신경 네트워크를 이루는 조그만 광光프로세서들을 연결하고 있을 것이다. 나 자신의 신념을 합선시켜서 무효화하고 카터 본인의 광기를 나의 뇌에 배선하는 식으로. 그러나 그것은 문제가 되지 않는다. 임플란트 따위는 언제든 손쉽게 제거할 수 있으니까 말이다. 내가 그러기를 원한다면 말이지만.

나는 말했다. "그 무엇도 필요하지는 않아. 당신이 나를 죽일 필요도 없어. 함께 여기서 걸어 나가면 되잖아. 당신은 왜 아무 선택의 여지도 없는 것처럼 행동하는 거지?"

카터는 고개를 설레설레 흔들었다. "허황된 꿈이야."

"쌍! 아직도 이해 못 하겠어? 핀이 갖고 있는 건 돈밖에 없다고! 필요하다면 세계 반대편에서라도 난 그 새끼를 파멸시킬 수 있어! 이젠 나도 이런 내 말을 믿어야 할지 믿지 말아야 할지 모르겠군. 하여튼 그래줄 수는 없어? 내가 살기 위해서?"

카터는 나직하지만 단호한 어조로 말했다. "안 돼."

더 이상은 나도 할 말이 없었다. 논거도, 간원의 말도 이젠 고갈되어 버렸다. 나는 몸을 돌려 도망치기 직전이었지만 결국 그러지는 못했다. 그래봤자 도망칠 수 있을 것 같지는 않았고, 카터가 한순간이라도 일찍 방아쇠를 당기는 상황은 도저히 받아들일 수 없었기 때문이다.

햇살이 눈부시다. 그래서 눈을 감았다. 나는 아직 포기하지 않았다. 임플란트가 오작동을 일으킨 것처럼 행동해 보자. 그런다면 카터는 틀림없이 동요할 것이고, 그러면 몇 분은 더 시간을 벌 수 있다.

그런 다음엔?

현기증이 밀물처럼 몰려온다. 나는 비틀거리다가 가까스로 균형을 되찾았다. 우두커니 서서 땅에 드리워진 나의 그림자를 바라본다. 몸이 조금씩 휘청거리고, 마치 날아갈 수 있을 정도로 가벼워진 느낌.

이윽고 나는 고개를 들고, 눈을 가늘게 떴다. "나는…"

카터가 내 말을 끊었다. "너는 죽을 거야. 내가 쏜 총알에 머리통을 관통당해서. 그걸 이해해?"

"응."

"하지만 그런다고 너라는 존재가 끝나는 건 아니고, 정말로 중요한 것이 끝나는 것도 아냐. 너도 그걸 믿지. 안 그래?"

나는 마지못해 고개를 끄덕였다. "응."

"넌 네가 죽을 거라는 사실을 알지만, 두렵지는 않지?"

나는 다시 눈을 감았다. 여전히 눈이 부셨기 때문이다. 나는 피곤한 웃음을 흘렸다. "당신 생각은 틀렸어. 난 여전히 두려워. 그걸 알면서도 일부러 나한테 거짓말을 한 거지? 개자식. 하지만 이해는 할 수 있어. 네가 한 얘기는 이제 모두 아귀가 맞아."

사실. 아귀가 맞는다. 지금까지 내가 꺼낸 모든 반론이 부조리하고 발상부터가 틀렸다는 점은 명백하다. 카터가 옳았다는 점에 대해서는 여전히 분개하고 있지만, 그의 논리에 대한 나의 불신감이 근시

안적인 자기기만의 산물에 불과했다는 사실까지 부정할 수는 없는 일이다. 이토록 명명백백한 사실을 받아들이기 위해서 내가 무려 신경 임플란트를 필요로 했다는 사실은 내가 얼마나 큰 혼란에 빠져 있었는지를 보여주는 반증이나 다름없다.

나는 똑바로 서서, 눈을 감은 채로 목덜미에 내리쬐이는 따스한 햇살을 느꼈다. 기다린다.

"넌 죽고 싶지 않지만… 그게 유일한 해결책이라는 건 알지? 이제는 그걸 받아들였고?" 카터는 거듭 물었다. 마치 나의 즉각적인 개종이 너무나도 완벽해 보여서 되레 믿기 힘들다는 듯한 투다.

나는 그를 향해 절규했다. "그렇다고 했잖아, 이 새끼야! 그렇다고! 그러니까 이제 끝내! 끝내라고!"

카터는 잠시 침묵했다. 잠시 후 퍽 하는 소리가 들렸다. 덤불 위로 쓰러지는 소리.

내 팔과 얼굴에 앉아 있던 파리들이 일제히 날아올랐다.

다음 순간 나는 눈을 뜨고 무릎을 꿇었다. 몸이 덜덜 떨린다. 나는 자제력을 잃고 엉엉 울면서 주먹으로 지면을 마구 갈겼고, 잡초를 마구 쥐어뜯고, 조용히 하라고 새들을 향해 고함을 질렀다.

잠시 후 벌떡 일어나서 시체를 향해 걸어갔다.

카터는 그가 자신의 신념이라고 주장한 것들을 빠짐없이 믿고 있었다. 그럼에도 그는 그 이상의 무엇인가를 필요로 하고 있었던 것이다. 언젠가는 이 행성에 있는 누군가가 순전한 우연에 의해 그와 완벽하게 동일선상에 놓임으로써, 순간적이나마 그가 될 것이라는 추상적인 희망 이상의 것이 필요했다. 따라서 카터는 자신과 똑같은 신념을 가진 누군가가 필요했다. 그리고 그 누군가는 바로 그의 눈앞에서 죽음을 맞이해야 했고, 자신이 죽을 거라는 사실을 '알고' 있어야 했던 것이다. 카터 자신과 마찬가지로, 두려워하면서 말이다.

그럼 지금 나는 뭘 믿고 있는 것일까?

하늘을 우러러보고, 조금 전까지만 해도 거부하고 있던 기억들이 뇌 안으로 쏟아져 들어오는 것을 자각한다. 어린 시절의 나른한 휴일의 기억에서, 나의 전처와 아들과 함께 보냈던 마지막 주말의 기억들이. 그런 기억들을 관통하는 것은 가슴이 아릴 정도로 새파란 하늘. 그것이 모든 것을 하나로 묶어주고 있다.

정말로?

나는 카터를 내려다보았고, 발끝으로 그를 건드린 후 속삭였다. "오늘 죽은 사람은 누구지? 말해줘. 진짜로 죽은 게 누구야?"

9

우리 사이의 간극

Closer

혼자서 영원히 살고 싶어 하는 사람은 없다.

("이런 식의 친밀함은," 사랑을 나누고 난 뒤에, 나는 샤안에게 이렇게 말한 적이 있다. "유아론을 치유해 줄 유일한 방법인 것 같아.")

그러자 그녀는 웃음을 터뜨리고 말했다. "너무 앞서 나가지 마, 마이클. 난 아직 혼자서 자위도 하거든?"

그러나 나의 진짜 고민은 유아론이 제기하는 본질적인 의문에 관한 것이 아니었다. 처음 그런 고민을 했을 때부터, 나를 둘러싼 외부 세계가 실제로 존재한다는 것을 과학적으로 증명할 방법 따위는 없단 사실을 받아들였기 때문이다. 하물며 타인 마음의 실존 여부를 무슨 수로 증명하란 말인가. 그러나 일상생활을 정상적으로 영위하려면, 일단 이 두 가지가 실제로 존재한다고 믿는 수밖에 없다는 사실 역시 받아들이고 있었다.

나를 괴롭혀 온 강박적인 의문은 다음과 같다. 만약 타인이 정말로 존재한다면, 그들은 자기 자신의 존재를 어떤 식으로 인식할까? 어떻게 경험할까? 다른 인간이 경험하는 의식이 어떤 것인지 타인인 내가 진정으로 이해하는 것이 가능하기는 할까? 유인원이나 고양이나 곤충의 의식을 이해할 수 있는 것 이상으로?

그럴 수 없다면, 결국 나는 혼자라는 얘기가 된다.

타인은 어떤 식으로든 인식 가능한 존재라고 믿고 싶은 마음이야 굴뚝같았으나, 문제는 내가 그것을 무조건적으로 받아들이지 못한다는 점이었다. 완벽한 증명 따위가 불가능하다는 것은 알지만, 억지로라도 좋으니 나는 설득당하고 싶었던 것이다.

소설이나 시나 희곡의 경우, 내심 아무리 공감했다 하더라도 작가의 영혼을 잠시나마 엿보았다고 느낄 정도로 명확한 확신을 내게 심어준 작품은 없었다. 애당초 인간이 언어를 발달시킨 것은 화자들 사이의 협력 관계를 촉진해 물리적 세계에 대한 정복을 용이하게 하기 위해서지 주관적 현실을 묘사하기 위해서가 아니다. 사랑, 분노, 질투, 원망, 슬픔. 이 모든 감정은 궁극적으로는 외부 상황 그리고 관찰 가능한 행동의 형태로 정의되기 마련이다. 설령 어떤 문학작품 속의 이미지나 은유가 나의 심금을 울렸다 해도, 그것은 내가 일련의 정의, 즉 문화적으로 규정된 언어 연상의 목록을 저자와 공유하고 있다는 사실의 증명밖에는 되지 못한다. 사실 지금도 많은 출판사가 컴퓨터 프로그램—고도로 전문화되긴 했지만, 자의식 획득 따위는 꿈도 꿀 수 없는 투박한 알고리즘의 집합—을 이용해서, 인간이 쓴 것과 구별이 되지 않는 문학작품과 문학비평서 양쪽을 쏟아내고 있지 않은가. 컴퓨터가 썼다고 해서 반드시 판에 박은 듯한 쓰레기가 나오는 것도 아니었다. 어떤 작품을 읽고 깊은 감동을 받았다가 뒤늦게 그것이 아무런 사고력도 가지고 있지 않은 전문 소프트웨어에 의해 급조되었다는 사실을 알고 놀란 것도 한두 번이 아니었다. 그렇다고 해서 인간이 쓴 문학작품이 해당 작가의 내면생활을 아예 전달하지 못한다는 증명은 되지 못하지만, 의문의 여지가 매우 크다는 점만은 명백했다.

　많은 친구들과는 달리, 나는 18살이 되어 〈전환〉할 시점이 와도 아무 불안도 느끼지 않았다. 나의 유기적 뇌는 제거된 후 폐기되었고, 내 육체의 제어권은 〈보석〉에게 이양되었다. 〈보석〉. 공식적으로는 '엔돌리 장치'라고 불리는 이 신경망 컴퓨터는 출생 직후 나의 뇌에 이식되었고, 그후 줄곧 나의 뇌 활동을 모방하는 법을 학습함으로써 급기야는 개개의 뉴런 레벨까지 내 유기적 뇌의 완벽한 복제품이 되었다. 내가 〈전환〉에 불안을 느끼지 않은 이유는 〈보석〉과 뇌가 의식을 똑같은 방식으로 경험할 거라고 확신해서가 아니라, 어린 시절부터 나 자신을 줄곧 〈보석〉과 완전히 동일시해 왔기 때문이었다. 나의 유기적 뇌는 일종의 부팅 장치 그 이상 그 이하도 아니었고, 그걸 잃었다고 슬퍼하는 것은 내가 배아기 신경 발달의 극초기 단계에서 탈피했다고 슬퍼하는 것만큼이나 무의미한 행위였다. 〈보석〉으로의 〈전환〉은 이제 보편적인 통과의례였고, 인간 생명주기의 일부로서 완전히 정착했다. 설령 그것이 우리 몸의 유전자가 아닌 우리의 문화에 기인한 것이라고 해도 말이다.

　엔돌리 장치가 발명되기 전의 인간들은 서로가 죽어가는 것을, 서로의 육체가 점점 쇠약해져 가는 것을 목격함으로써, 결국 자기들은 모두 같은 인간이라는 확신을 갖기에 이르렀는지도 모른다. 당시의 문학작품들을 보아도 만인에게 평등한 죽음에 관해서 수없이 언급하고 있지 않은가. 그렇기에 당시 사람들은 우주는 자기가 없어도 잘만 돌아갈 것이라는 결론을 내렸고, 스스로의 하찮음에 절망하며 죽음이야말로 모든 인간을 규정하는 속성이라고 믿어버렸지도 모르겠다.

그러나 우리 같은 현대인의 생각은 다르다. 몇십억 년쯤 기다리면, 물리학자들은 우주가 없어져도 인간이 계속 존재할 수 있는 방법조차 발견해 낼 거라는 정반대의 신념을 가지고 있기 때문이다. 만인에게 평등한 죽음이라는 수상쩍은 개념도 〈보석〉 앞에서는 설득력을 잃는다고나 할까.

샤안은 통신 엔지니어였다. 나는 홀로비전 뉴스 에디터였다. 우리는 금성에 테라포밍 나노머신이 파종되는 과정을 생중계했을 때 처음 만났다. 현시점에서는 아직 거주 불가능한 금성의 지표면 대부분은 이미 팔려나간 후였기 때문에 이 사업은 대중의 큰 관심을 받고 있었다. 중계방송을 진행하던 중에 파국으로 이어질 수도 있었던 몇몇 기술적 문제가 발생했지만 그녀와 나는 힘을 합쳐 어떻겐가 해결책을 찾아냈고, 그뿐 아니라 송출이 고르지 않았던 부분들을 슬쩍 은폐하기까지 했다. 물론 대단한 업적은 아니었고 각자가 단지 자기 할일을 완수했을 뿐이었다. 그러나 방송이 끝난 후 긴장이 풀린 탓인지 나는 엄청나게 고양된 상태였다. 그로부터 24시간 흐른 뒤에 내가 그녀와 사랑에 빠졌다고 알아차렸을(또는 결심했을) 정도로.

그러나 다음 날 샤안에게 그 사실을 고백하자 그녀는 내게 아무런 감정도 느끼지 않는다고 잘라 말했다. 내가 '우리 사이'에서 일어났다고 생각한 화학반응은 실은 내 머릿속에서만 일어났던 것이다. 나는 낙담했지만 놀라지는 않았다. 다시 함께 일할 기회는 오지 않았지만 나는 이따금 그녀에게 연락을 취했고, 6주 후 나의 그런 끈질긴 노력은 보상받았다. 나는 샤안과 함께 지능을 강화한 앵무새들이 연기하는 〈고도를 기다리며〉의 연극 무대를 보러 갔다. 나는 엄청나게 즐거웠지만 그로부터 한 달이 지나도 샤안을 만날 기회는 오지 않았다.

가망이 없어 보여서 거의 체념한 상태였지만 어느 날 밤 샤안은 아무 예고도 없이 우리 집 현관에 나타났고, 쌍방향 컴퓨터 즉흥 연주를 골자로 하는 이른바 '콘서트'로 나를 끌고 갔다. 이 콘서트의 '청중'은 2050년대 베를린 나이트클럽을 모방한 실물 크기의 세트장 안에 모였다. 이곳의 귀청을 찢을 듯한 음악은, 원래는 영화음악 작곡을 위해 제작된 컴퓨터 프로그램에 세트장 내부에서 둥둥 떠다니는 호버 카메라가 보내오는 영상 신호를 입력함으로써 실시간으로 생성되고 있었다. 참가자들은 춤을 추고, 노래를 부르고, 일부러 꽥꽥 고함을 질러대며 소란을 피웠고, 온갖 기괴한 행동으로 카메라의 주의를 끌어 세트장에서 울려 퍼지는 음악을 몸소 형성하려고 했다. 나는 처음에는 주눅이 들어 주뼛거렸지만, 샤안의 종용에 못 이겨 어쩔 수 없이 참가했다.

무질서하고 정신나간 데다가 때로는 소름끼치기까지 한 경험이었다. 옆 테이블에서 어떤 여자가 다른 손님을 칼로 찔러 '죽이는' 광경을 보았을 때는 혐오스러운(그리고 쓸데없이 비싼) 취미라고 생각했지만,

막판에 폭동을 일으킨 청중이 일부러 약하게 만든 가구들을 마구 박살 내기 시작하자 나도 샤안과 함께 환성을 올리며 난투에 돌입했다.

이 이벤트 전체를 여는 구실이었던 음악은 솔직히 쓰레기 같았지만, 나는 전혀 개의치 않았다. 절뚝거리며 밤거리로 걸어 나갔을 때 우리는 만신창이였음에도 웃고 있었다. 적어도 무엇인가를 공유함으로써 우리 사이의 거리가 예전보다는 더 가까워졌다는 실감이 있었다. 샤안은 나를 집까지 데려다주었다. 우리는 함께 침대에 누웠지만, 온몸이 욱신거리는 데다가 워낙 피곤했던 탓에 얌전하게 자는 수밖에 없었다. 그러나 아침이 되어 그녀와 사랑을 나눈 뒤엔 이번이 처음이었다고는 도저히 믿을 수 없을 정도로 편안한 기분이 된 것을 자각했다.

얼마 지나지 않아 우리는 떼려야 뗄 수 없는 사이가 되었다. 오락에 관한 나의 취미는 샤안의 그것과는 동떨어져 있었지만, 나는 그녀가 선호하는 '예술 체험' 대다수를 그럭저럭 무사히 통과할 수 있었다. 내 아파트에서 함께 살자고 제안하자 그녀는 순순히 이사 왔고, 그때까지 내가 주의 깊게 유지해 왔던 규칙적인 생활 리듬을 아무렇지도 않은 듯이 박살 냈다.

샤안의 세세한 과거에 관해서는 그녀가 가끔 툭툭 던지는 말을 바탕으로 재구성하는 수밖에 없었다. 진득하게 앉아서 조리에 맞게 자신의 과거사를 설명한다는 것은 샤안에게는 너무나도 따분한 행위였기 때문이다. 알고 보니 나 못지않게 평범한 인생이었지만 말이다. 샤안은 교외의 중류 계층 가정에서 나고 자란 후 직업교육을 받고 취직했다. 절대다수의 사람들과 마찬가지로 18살 때 〈보석〉으로의 〈전환〉을 마쳤다. 딱히 정치적 신념이라 할 만한 것은 가지고 있지 않았다. 직업인으로서는 우수했으나 사교 생활 쪽에 그보다 10배는 더 많은 에너지를 쏟고 있었다. 머리가 좋았지만 과도하게 지적인 것은 질색이었다. 급하고 적극적인 성격이라서 좀 걸걸하긴 해도 정이 많았다.

그리고 이런 샤안의 머릿속이 실제로 어떤지 나는 단 일순간도 상상할 수 없었다.

우선, 나는 샤안이 속으로 무슨 생각을 하고 있는지 도무지 알 수 없었다. 방금 무슨 생각을 하고 있었는지 알려달라고 느닷없이 질문하는 경우, 어떤 대답이 돌아올지 전혀 예상이 안 된다는 맥락에서 말이다. 그보다 더 긴 관점에서 보았을 때도, 샤안이 도대체 어떤 욕구나 자아상, 자기 정체성, 내적 논리에 입각해서 행동하는지 아예 감을 잡을 수가 없었다. 소설의 등장인물을 '묘사'하듯이 샤안의 성격을 얼추 '묘사'하는 것조차 불가능했던 것이다.

설령 샤안이 자신의 정신 상태를 내게 실황 중계해 주고, 최신 정신역학 용어를 구사해서 자기가 한 이런저런 행동의 이유를 일일이 설명한 평가서를 매주 내게 제출해 준다고 해도, 내 입장에서는 무의미한 단어의 나열로밖에는 보이지 않았을 것이다. 설령 샤안과 똑같은 환경에 놓여 있는 나를 상상하고, 그녀의 신념과 강박관념을 내 것처럼 받아들이고, 그녀가 하는 모든 말과 그녀가 내리는 모든 결정을 완벽하게 예상할 수 있을 정도로 깊게 감정 이입한다 해도 아무 소용이 없었을 것이다. 눈을 감고, 과거를 잊고, 그 무엇에도 개의치 않는 자연인으로서의 샤안을 나는 단 한 순간도 이해 못 하기 때문이다.

물론 그런 고민 따위에 시간을 낭비하는 일은 거의 없었다. 생판 남이라고 해도 우리는 함께 있는 것만으로도 충분히 행복했다. 각자가 느끼는 '행복'의 의미가 조금이라도 일치하든, 일치하지 않든 간에 말이다.

몇 년이라는 세월이 흐르면서 샤안은 예전보다는 덜 자족적으로, 좀 더 개방적으로 변했다. 샤안은 경천동지할 어두운 비밀이라든지 어린 시절의 트라우마 같은 것은 가지고 있지 않았지만, 시시콜콜한 불안감이나 일상적인 신경증 따위에 관해서 종종 내게 털어놓곤 했다. 나도 그렇게 했으며 나의 특이한 강박관념에 관해서조차도 떠듬거리며 설명했다. 샤안은 딱히 기분이 상한 것 같지는 않았고, 단지 의아해했을 뿐이었다.

"그래서 구체적으로 뭘 하고 싶다는 거야? 타인이 된다는 게 어떤 느낌인지 알고 싶다? 그러기 위해선 타인의 기억, 성격, 육체, 이런 것들을 모조리 가지고 있어야 하잖아. 하지만 정말로 그런다면 그건 더 이상 네가 아니라 타인이고, 결국 넌 아무것도 알아내지 못해. 처음부터 말이 안 되는 소리라고."

나는 어깨를 으쓱했다. "반드시 그런 건 아냐. 물론 타인을 완벽하게 아는 건 불가능하겠지만 좀 더 가까워지는 건 가능하잖아. 지금처럼 이런저런 일을 함께 하면서 계속 경험을 공유한다면, 우리 사이도 그렇게 될 거라고 생각하지 않아?"

샤안은 얼굴을 찡그렸다. "그야 그렇겠지. 하지만 그건 네가 5초

전에 한 얘기하곤 다르잖아. 2년을 계속하든 2,000년을 계속하든 간에, 네가 말하는 '경험의 공유'는 서로의 관점에 차이가 있는 한은 아무 의미도 없어. 두 사람이 '함께'했던 기간이 아무리 길더라도, 단 한 순간이나마 정말로 똑같은 경험을 했다고 어떻게 증명할 수 있어?"

"맞아. 하지만…"

"네가 원하는 게 실현 불가능하다는 사실을 인정한다면, 아마 더 이상 그런 고민은 안 해도 될 거야."

나는 웃음을 터뜨렸다. "내가 정말로 그렇게 이성적일 거라고 생각해?"

육체 교환 테크놀로지가 실용화되어 인기를 끌기 시작하자, 이런저런 방식을 모조리 시험해 보자고 제안한 사람은 내가 아니라 샤안이었다. 샤안은 최신 유행이라면 한시라도 빨리 체험해 보고 싶어서 안달하곤 했다. "정말로 영원히 살 작정이라면, 제정신을 유지하기 위해서라도 호기심을 유지할 필요가 있어"라는 것이 샤안의 말버릇이었다.

육체 교환은 그리 내키지 않았던 나는 이런저런 이유를 들며 반대했지만, 문득 나의 이런 행동은 위선적이라는 생각이 들었다. 그런 게임에 참가한다고 해서 내가 열망하는(그러나 거지반 단념한) 완전한 지식의 획득으로 이어질 리 만무했지만, 불만족스럽더라도 올바른 방향을 향한 일보 전진이 될 가능성을 부정할 수는 없었다.

우선 우리는 몸을 맞교환해 보았다. 나는 젖가슴과 질을 가진다는 것이 어떤 기분인지를 처음으로 알았다. 그러니까, 샤안으로서가 아니라, 어디까지나 나의 관점에서 말이다. 물론 우리가 충격은커녕 더 이상 신기함조차도 느끼지 못할 정도로 오랫동안 맞교환 상태를 유지했던 것은 사실이지만, 샤안이 지금은 내 것이 된 이 몸을 태어났을 때부터 어떤 식으로 받아들이고 경험했는지에 대해서 딱히 무슨 통찰을 얻은 것은 아니었다. 내 〈보석〉에는 샤안의 몸이라는 새로운 기계의 제어에 필요한 최소한의 변경밖에는 가하지 않았고, 이것은 다른 남성의 육체로 바꿔 탈 경우 필요한 변경과 오십보백보였다. 월경 주기는 몇십 년 전에 이미 과거의 것이 되었다고는 해도, 적절한 호르몬을 섭취하면 생리를 하거나 임신하는 것조차 가능했다. (몸으로 직접 아이를 낳는 행위에 대한 재정적인 장벽은 근년 들어 극단적일 정도로 높아졌지만 말이다.) 설령 그런다고 해도, 그 어느 쪽도 경험한 적이 없는 샤안에 관해서 내가 뭔가를 알아낼 가능성은 전무했다.

섹스에 관해 말하자면, 행위 자체의 쾌감은 남자의 몸을 가지고 있었을 때와 완전히 동일했다. 질과 클리토리스의 신경은 나의 〈보석〉 안에서는 음경의 신경을 단순 대체했을 뿐이므로 전혀 이상할 것이 없었다. 삽입을 당한다는 느낌조차도 내가 예상했던 것만큼 이질적이지는 않았다. 행위 시 쌍방의 신체 구조를 일부러 의식하려고 노력하지 않는 이상, 누가 누구한테 뭘 하고 있는지에 대해 신경을 쓰는 것은 쉽지 않았다. 그러나 오르가슴은 샤안의 몸 쪽이 더 낫다는 점은 인정하지 않을 수 없다.

샤안의 몸으로 직장에 출근해도 놀라는 사람은 아무도 없었다.

직장 동료 다수가 이미 나와 똑같은 일을 시도한 후였기 때문이다. 최근 개인의 신원 확인에 관한 법적 정의는 표준적인 유전 표지자에 입각한 DNA 지문의 일치 여부에서 〈보석〉의 일련번호 확인으로 바뀌었다. 법률조차도 현실을 인정하는 마당에, 나 혼자서 그것을 위험시한다거나 중대시할 수는 없는 일이 아닌가.

석 달이 지나자 샤안은 싫증을 냈다. "남자 몸이 이토록 투박한지 전혀 몰랐어. 사정이 그렇게 시시하다는 것도."

샤안은 이번에는 자기 클론을 만들어서 두 사람 모두 여자가 될 수 있도록 했다. 최소한의 생리 기능만 수행하도록 일부러 뇌를 손상시킨 예비 육체, 일명 〈엑스트라〉는 예전에는 엄청나게 비쌌다. 사실상 실시간으로 육성해야 하는 데다가, 사용 시까지 건강을 유지하기 위해서 계속 활성화된 상태에 놓아두어야 했기 때문이다. 그러나 시간 경과나 운동이 끼치는 생리학적 효과에 마법은 개재되어 있지 않다. 충분히 깊은 수준까지 파 내려가면, 그런 효과를 유발하는 생화학적 신호가 반드시 존재하기 마련이고, 궁극적으로 그런 신호는 모방이 가능하다. 이제 튼튼한 골격과 완벽한 근력을 갖춘 성숙한 〈엑스트라〉는 기본 재료만 있으면 1년—시험관 수정에서 출산까지 4개월, 혼수상태에서 8개월—이면 육성이 가능했다. 그 덕에 예전보다 한층 더 철저한 뇌사 상태를 야기하는 것도 가능해졌고, 활성화된 상태에서 자랐던 구식 〈엑스트라〉의 뇌 속에서 실제로는 얼마나 많은 활동이 일어나는지 의문을 갖고 있던 사람들의 윤리적 불안도 누그러졌다.

처음으로 신체 교환을 시도했을 때 가장 힘들었던 것은, 거울을 보면 내가 아닌 샤안의 모습이 보인다는 사실이 아니라, 샤안을 보면 그녀가 아닌 나의 모습이 보인다는 사실이었다. 나 자신보다 샤안 쪽을 훨씬 더 그리워했던 것이다. 지금은 내 원래 몸이 아니라도 충분히 즐겁다. (현재 내 남자 몸은 〈엑스트라〉가 가진 최소한의 뇌를 본뜬 〈보석〉으로 생명 활동을 유지하며 보관 중이다.) 쌍둥이 특유의 대칭성이 마음에 들었다고나 할까. 우리 사이도 필시 예전보다 훨씬 더 가까워졌을 것이다. 지난번에는 단지 서로의 육체적 차이를 교환했을 뿐이지만, 이번에는 그런 차이를 아예 없애버렸기 때문이다.

그러나 대칭성은 환상에 불과했다. 나는 젠더를 바꿨지만 샤안은 예전 그대로였기 때문이다. 나는 사랑하는 여성과 함께 살고 있으나 샤안의 파트너는 자기 자신의 걸어 다니는 패러디였다.

어느 날 아침, 샤안이 멍이 들 정도로 강하게 내 젖가슴을 때리는 통에 화들짝 놀라며 잠에서 깼다. 눈을 뜨고선 주먹을 피하려고 손을 들어 올리자, 샤안은 미심쩍은 눈으로 내 얼굴을 들여다보았다. "마이클? 너 거기 있는 거 맞아? 이젠 미칠 것 같아. 돌아와 줘."

샤안이 제안한 세 번째 신체 교환에 동의한 것은 모든 것을 깨끗하게 잊고 이 기괴한 경험에 종지부를 찍기 위해서였다. 혹은 샤안이 두 번째 신체 교환에서 무엇을 경험했는지 알고 싶었던 것인지도 모른다. 이번에는 1년 기다릴 필요는 없었다. 지난번에 샤안의 〈엑스트라〉를 육성하는 동안 내 것도 함께 육성해 놓았기 때문이다.

이유는 잘 모르겠지만, 나는 샤안의 몸을 두르고 있었을 때보다 '나 자신'과 대면했을 때 훨씬 더 큰 혼란을 느꼈다. 나 자신의 얼굴 표정을 읽을 수가 없었다. 서로 몸을 교환했을 때는 아무렇지도 않았던 데 비해 합당한 이유도 없이 신경이 곤두섰고, 때로는 피해망상에 가까운 상태에 빠지기도 했다.

섹스가 익숙해지기까지는 좀 시간이 걸렸지만, 결국은 혼란스럽고 막연하게 나르시시즘적인 방식으로 쾌감을 느끼게 되었다. 두 사람 모두 여성의 몸으로 사랑을 나눴을 때 느꼈던 강렬한 평등감은 서로의 성기를 빨고 있을 때도 완전히 돌아오지는 않았지만 말이다. 그러나 두 사람 모두 여성이었을 때, 샤안은 그런 평등감 따위를 느낀다고 주장한 적이 없었다. 모두 내 머릿속에서 나온 생각이었다.

우리가 원래 상태로 되돌아간 다음 날(실제로는 거의 원래 상태라고 해야 옳다. 26년이나 쓴 탓에 낡아버린 육체는 따로 보관해 놓았고, 그보다는 더 건강한 〈엑스트라〉의 육체로 옮겨 탔기 때문이다), 유럽발 영상을 훑어보다가 우리가 아직 시험해 본 적 없는 방식에 관한 뉴스를 보았다. 자웅동체의 일란성 쌍둥이로 갈아타는 방식이었는데, 틀림없이 크게 유행할 것이라는 내용이었다. 그러기 위해서는 샤안과 나의 유전적 특성을 정확하게 반반씩 이어받은(남성과 여성의 육체적 특징 양쪽을 겸비하기 위한 유전자조작은 할 필요가 있었지만) 생물학적 자식을 두 명 육성하면 된다. 쌍방이 성별을 바꾸고, 원래 파트너와 작별하는 방식이라고나 할까. 샤안과 나는 모든 의미에서 평등해지는 것이다.

퇴근한 후 나는 그 뉴스 파일을 샤안에게 보여주었다. 그녀는 차분하게 그것을 시청한 후 말했다. "민달팽이도 자웅동체 아니었어? 두 마리가 실 같은 점액에 매달려서 짝짓기를 하잖아? 셰익스피어도 짝짓기 중인 민달팽이들의 장엄한 모습에 관해 언급한 적이 있었던 것 같은데. 상상해 봐. 나하고 네가 민달팽이처럼 사랑을 나누는 광경을."

나는 배를 움켜잡고 웃었다.

그러다가 퍼뜩 정신을 차리고 물었다. "아니, 셰익스피어가 대체 어디서 그런 얘기를 했어? 설마 네가 셰익스피어를 읽었을 줄이야."❋

그 뒤로 해가 거듭될수록 나는 샤안을 예전보다는 좀 더 잘 알게 되었다는 믿음을 갖게 되었다. 전통적인 의미에서, 대부분의 커플이 만족하는 수준에서 상대를 '알게' 되었다는 뜻이다. 나는 그녀가 내게서 뭘 기대하는지 알고 있었다. 어떻게 행동하면 그녀의 마음이 상하지 않는지도 알고 있었다. 물론 말다툼을 하거나 크게 싸운 적은 있었지만, 우리 사이에 일종의 안정된 기반이 존재하는 것은 확실해 보였다. 왜냐하면 우리는 언제나 함께 살아가는 쪽을 택했기 때문이다. 샤안의 행복은 내겐 극히 중요한 문제였고, 그녀의 주관적인 체험 전부가 내 입장에서는 근본적으로 이질적일 수밖에 없다고 믿었다는 사실 자체에 뒤늦게 놀라움을 느낄 때도 있었다. 모든 뇌는 유일무이하고, 따라서 모든 〈보석〉도 유일무이하다는 말은 맞다. 그러나 원칙적으로는 모든 인간이 동일한 하드웨어와 동일한 신경 구조를 갖췄

❋ 셰익스피어는 직접적으로 언급하지 않았으나, 쌍둥이 형제 두 쌍의 오인된 정체성을 두고 벌어지는 소동을 다룬 초기의 희극 〈실수 연발(The Comedy of Errors)〉에 "이 밥벌레, 이 굼벵이, 이 느림뱅이, 이 숙맥 같은 인간아!(Thou drone, thou snail, thou slug, thou sot!)"라는 유명한 욕설이 담긴 대사가 있다. 앞의 세 단어는 원래는 수벌, 달팽이, 민달팽이를 의미한다.

다는 점을 감안하면, 인간이 경험하는 의식의 본질에 극단적인 개인 차가 있을 수 있다는 주장은 이젠 좀 과하게 느껴진다.

그럼에도 밤에 자다가 잠이 깨면, 나는 그녀를 바라보며 소리를 내지 않고 충동적으로 이렇게 속삭일지도 모른다. "난 너를 몰라. 난 네가 누군지, 무엇인지 아예 몰라." 그렇게 그녀 곁에 누운 채로 있으면서, 짐을 싸서 떠날 생각을 할지도 모른다. 나는 혼자였고, 혼자가 아니라는 식으로 연극을 계속하는 것은 가식적이라고밖에는 할 수 없었기에.

이따금 잠에서 퍼뜩 깨어나서 내가 죽어가고 있다거나 그 못지않게 부조리한 망상에 사로잡히는 경우도 있었다. 반쯤 잊은 꿈에서 깬 직후 동요하고 있는 동안에는 어떤 혼란을 느끼더라도 이상할 것이 없지만 말이다. 이것은 아무 의미도 없는 현상이었고, 아침 무렵에는 언제나 예전의 나로 돌아올 수 있었다.

크레이그 벤틀리가 제공하는 서비스—본인은 그것을 '연구'라고 칭했지만, 이 연구의 '지원자'들은 그가 행하는 실험에 참가한다는 특권의 대가를 돈으로 지불해야 했다—에 관한 뉴스를 보았을 때, 이 내용을 내가 편집하는 단신에 포함시키는 것은 정말 내키지 않았다. 나의 직업적인 판단력은 바로 이것이야말로 시청자들이 30초 길이의 최첨단 기술 소개 꼭지에서 보고 싶어 하는 것이라고 주장했지만 말이다. 기괴하고 좀 불온한 느낌까지 주지만, 그리 머리를 쓰지 않아도 그럭저럭 이해할 수 있는 뉴스.

벤틀리는 사이버신경학자였고, 과거에 신경학자가 뇌를 연구했듯이 그는 엔돌리 장치를 연구했다. 신경망 컴퓨터를 써서 처음으로 뇌 활동의 모방에 성공했을 때도, 뇌의 고차원적 구조에 대한 깊은 이해가 필수적이었던 것은 아니었다. 그리고 인간의 유기적 뇌가 〈보석〉으로 대체된 뒤까지 뇌의 고차원적 구조에 관한 연구는 이어졌다. 〈보석〉은 뇌에 비하면 당연히 관찰하기도, 조작하기도 쉬웠기 때문이다.

최신 프로젝트를 통해 벤틀리가 커플들에게 제공하는 서비스는 민달팽이의 성생활에 대한 통찰보다는 약간 더 고급스러운 것이었다. 그는 8시간 동안 해당 커플이 완전히 동일한 마음을 가질 수 있게 해주겠다고 선전했다.

나는 광섬유를 통해 전송되어 온 10분 길이의 원본 영상을 복사한 다음, 편집 콘솔에게 가장 자극적인 30초를 골라 방송용으로 편집하라고 지시했다. 편집 콘솔이 내놓은 결과는 매우 그럴듯했다. 편집 스킬을 꾸준하게 학습해 온 덕이다.

샤안에게 거짓말을 할 수는 없었다. 뉴스를 고의적으로 숨긴다거나 관심이 없는 시늉을 할 수도 없었다. 이 경우 내가 할 수 있는 유일하게 성실한 행동은, 샤안에게 이 뉴스 동영상을 보여주고, 내 속마음을 솔직하게 털어놓고, 그녀의 의사를 묻는 일이었다.

나는 그렇게 했다. 홀로비전 영상이 사라지자 샤안은 나를 돌아보더니 어깨를 으쓱하며 가벼운 어조로 말했다. "좋아. 재밌어 보이네. 해보자고."

벤틀리는 아홉 개의 CG 초상화를 가로세로 세 개씩의 격자 배열로 프린트한 티셔츠를 입고 있었다. 좌측 상단의 초상화는 엘비스 프레슬리였고, 우측 하단은 매릴린 먼로였다. 나머지는 이 두 사람 사이의 다양한 중간 단계들이었다.

"바로 이 그림처럼 진행될 겁니다. 이행하는 과정엔 20분이 걸리고, 그동안 두 분은 육체에서 분리된 상태를 유지합니다. 처음 10분 동안은 서로의 기억에 대한 동일한 액세스가 가능해지고, 다음 10분 동안은 두 분 모두 점진적으로 중간 인격을 향해 이행합니다.

일단 그 과정을 완료하면 두 분의 엔돌리 장치는 완전히 동일해집니다. 두 장치 모두 동일한 가중치를 가진, 완전히 동일한 신경 연결 구조를 획득한다는 의미에서 말입니다. 하지만 두 장치가 각기 다른 상태에 놓여 있을 것은 거의 확실합니다. 제가 그걸 수정하는 동안은 두 분의 의식을 꺼놓아야 합니다. 그런 다음, 깨어나면…"

누가?

"…완전히 동일한 전기 기계식 몸 안에 있게 될 겁니다. 클론을 쓰지 않는 건, 유기체는 기계처럼 완벽하게 똑같아질 수 없기 때문이죠.

그런 다음엔 8시간 동안 각자가 완전히 똑같은 방에서 홀로 지내게 됩니다. 호텔 스위트룸 같은 곳이라고 생각하면 됩니다. 홀로비전이 있으니까 심심할 경우 그걸 보면 되지만 영상통화 기능은 물론 없습니다. 두 사람이 동시에 같은 번호에 전화를 걸면 두 사람 모두 통화중신호음을 들을 거라고 생각하실지도 모르지만, 그럴 경우 교환 장치는 무작위적으로 한쪽 통화만 골라 연결하게 되어 있고, 그런다면 결과적으로 두 분의 환경에 차이가 발생해 버리니까요."

샤안이 물었다. "서로에게 전화를 걸면 안 되나요? 아니, 아예 직접 만나는 게 낫지 않을까요? 우리가 완전히 동일한 인물이 된다면, 우린 똑같은 말을 하고 똑같은 행동을 하겠죠. 그러니까 두 사람이 만나더라도, 각자의 환경에 완전히 동일한 요소가 하나 더 추가되는 것만으로 끝나지 않을까요?"

벤틀리는 입을 꽉 다물고 고개를 가로저었다. "장래의 실험에서는 그런 종류의 행동을 허용할 수도 있겠지만, 현시점에서는… 트라우마를 겪을 가능성이 너무 크다고 생각합니다."

샤안은 곁눈으로 나를 흘끗 보았다. '아, 진짜 따분한 인간이네'라는 뜻이다.

"실험 종료 시에는 시작할 때의 단계를 역순으로 밟게 됩니다. 우선, 각자의 인격이 복구됩니다. 그다음에는 서로의 기억을 액세스할 수 없게 됩니다. 물론 실험 중에 겪었던 경험의 기억은 손대지 않은 멀쩡한 상태로 남지만요. 그러니까, 저는 그 기억에 손을 대지 않는다는 뜻입니다. 원상 복구된 각자의 인격이 거기에 어떻게 반응할지는 예측할 수 없습니다. 해당 경험을 삭제하거나, 억압하거나, 재해석할지의 여부는 본인에게 달렸다는 뜻이죠. 불과 몇 분이 흐르더라도, 문제의 체험에 대해 서로 완전히 다른 해석을 하게 될지도 모릅니다. 제가 보장할 수 있는 건, 문제의 8시간 동안 두 분은 완전히 동일해질 거라는 사실뿐입니다."

우리는 머리를 맞대고 의논했다. 샤안은 여느 때처럼 적극적으로 찬성했다. 경험의 구체적인 내용 자체에는 별 관심이 없는 듯했고, 오직 또 하나의 새로운 경험을 추가할 수 있다는 사실에만 마음이 가 있는 기색이 역력했다.

"무슨 일을 겪든 간에, 실험이 끝나면 우린 다시 예전의 우리로 되돌아온다잖아." 샤안은 말했다. "그러니 뭐가 걱정이야? 엔돌리에 관한 옛날 농담을 떠올려 보라고."

"무슨 농담?"

"사람은 뭐든 견딜 수 있다. 그게 영원히 계속되지만 않으면."

나는 마음을 정할 수가 없었다. 기억을 공유하더라도 결국 우리가 알 수 있는 것은 서로가 아니라 일시적으로 만들어 낸 제3의 인격에 불과할 것이기 때문이다. 그래도 우리는 난생처음으로 완전히 똑같은 경험을, 완전히 똑같은 관점을 가지게 된다. 설령 그 경험이란 게 8시간 동안 각자의 방 안에 갇혀 지내는 것에 불과하고, 그 관점이란 게 정체성 위기에 직면한 상태이자 성별 구분도 없는 로봇의 관점을 의미한다고 해도 말이다.

실험 자체가 일종의 타협안이라고밖에는 할 수 없었다. 하지만 그걸 개선할 현실적인 안은 떠오르지 않았다.

나는 벤틀리에게 연락해서 예약을 했다.

완벽한 감각 상실 상태에 놓인 나의 사고는 제대로 형성되기도 전에 주위의 어둠 속으로 흩어져 사라지는 것처럼 보인다. 그러나 고립 상태는 오래 지속되지 않았다. 서로의 단기 기억들이 융합되면서 우리는 일종의 텔레파시를 획득했다. 한쪽이 어떤 메시지를 떠올리면, 다른 쪽은 그 메시지를 떠올렸던 것을 '기억'하고서 같은 방법으로 대답하는 식이다.

　—구질구질하고 치사한 비밀들을 몽땅 파헤쳐 줄 테니 각오하라고.

　—그럼 실망할걸. 지금까지 너한테 얘기 안 했다면 그건 이미 억압되었을 공산이 커.

　—…아, 억압은 삭제하곤 달라. 뭐가 튀어나올지 알게 뭐람?

　—피차 곧 알게 되겠지.

　지금까지 살아오면서 지었던 온갖 사소한 죄들을 모두 떠올려 보려고 했다. 부끄럽고, 이기적이고, 부적절한 생각들을. 그러나 머리에 떠오른 것이라고는 백색소음에 가까운 막연한 죄책감뿐이었다. 다시 시도해 보자 뜬금없게도 어릴 적 샤안의 모습이 떠올랐다. 어린 소년이 그녀의 허벅지 사이로 손을 슬쩍 넣었다가 화들짝 놀라 비명을 지르며 손을 빼는 광경. 그러나 이 사건은 이미 오래전에 샤안에게서 들은 적이 있다. 그렇다면 이것은 샤안의 기억일까, 아니면 내 기억이 재구성된 것일까?

　—내 기억일 거라고 생각해. 혹은 내 기억이 재구성된 건지도 모르지. 알다시피 우리가 만나기 전에 일어났던 일에 관해 너한테 얘기한 뒤에는, 너한테 얘기했었다는 그 기억이 문제의 기억 자체보다 훨씬 더 선명해지는 경우가 많았어. 원래 기억을 거의 대체할 정도로 말이야.

—그건 나도 똑같아.

—그렇다면 우리의 기억은 어떤 의미에선 몇 년에 걸쳐 일종의 균형 지점을 향해 나아가고 있었던 건지도 모르겠군. 두 사람 모두 서로에게 들은 기억을 마치 제3자에게서 들은 것처럼 기억하니까 말이야.

동의. 침묵. 한순간의 혼란. 그리고…

—벤틀리는 '기억'하고 '인격'을 뚜렷하게 구별해서 쓰던데, 이 둘 사이에 정말로 그렇게 명확한 차이가 있는 걸까? 〈보석〉은 신경망 컴퓨터고, 거기서 '데이터'와 '프로그램'을 엄밀하게 구별하는 건 불가능하잖아.

—일반적으로는 그렇겠지. 벤틀리의 분류는 상당 부분 자의적이라고 생각해. 하지만 그게 뭐 그리 중요해?

—중요해. 만약 벤틀리가 '인격'을 복구해 놓고도 '기억'을 계속 남겨둔다면, 그리고 그걸 우리가 잘못 분류한다면…

—잘못 분류한다면?

—결과는 상대적일 수 있다는 뜻이야. 극단적인 얘기지만, 각자를 너무나도 완벽하게 원래 상태로 '복구'해 놓는다면, 외부 영향은 무의미해지고 경험 자체가 아예 없었던 일이 되어버릴 수도 있어. 하지만 그 반대편 극단을 취한다면, 우리 사이는…

—항구적으로…

—가까워지겠지.

—그게 목적이 아니었어?

—이젠 나도 잘 모르겠어.

침묵. 망설임.

내가 대답할 차례인지 아닌지를 모른다는 사실을 퍼뜩 깨닫는다.

깨어나자 침대에 누워 있었다. 사고 정지의 영향이 가시기를 기다리고 있는 듯한, 가벼운 혼란을 느낀다. 몸은 약간 어색한 느낌이었지만, 다른 사람의 〈엑스트라〉를 두르고 깨어났을 때만큼은 아니었다. 고개를 들어 흘끗 앞쪽을 보자 희끄무레하고 매끄러운 플라스틱제 몸통과 다리가 눈에 들어 들어온다. 얼굴 앞에서 손을 흔들어 본다. 쇼윈도에 진열된 유니섹스 마네킹 같은 모습이었지만, 벤틀리가 미리 보여준 덕에 별다른 충격은 받지 않았다. 천천히 상체를 일으켜 앉은 다음, 침대에서 내려와서 몇 걸음 걸어보았다. 조금 감각이 둔해지고 공허해진 느낌이었으나, 운동감각이나 자기수용체 감각은 양호한 상태였다. 내가 두 눈 사이에 존재한다는 느낌을 받았고, 이 몸 역시 내 것이라고 느꼈다. 현대의 모든 육체 이식과 마찬가지로, 나의 〈보석〉에는 이런 변화를 받아들일 수 있도록 직접적인 조작이 가해져 있었기에, 적응을 위해 몇 달씩 물리요법을 받을 필요는 없었다.

방을 둘러본다. 침대 하나, 탁자 하나, 의자 하나, 시계 하나, 홀로비전 세트 하나. 액자에 든 채로 벽에 걸려 있는 것은 M. C. 에셔의 리소그래프*인 〈연결의 끈〉의 복제화였다. 화가 본인과 아마 그의 아내를 묘사한 이 초상화에서, 부부의 얼굴은 마치 레몬 껍질을 길게 깎아 놓은 듯한 형태의 나선을 이루고 있었고, 그것이 이어져서 하나의 끈

※ 물과 기름이 섞이지 않는 성질을 이용해 석판에 그림을 그려 찍어내는 평판화. 석판화.

을 이루고 있었다. 손끝으로 껍질 표면을 처음부터 끝까지 훑어보았지만, 예상과는 달리 뫼비우스의 띠처럼 중간에서 한 번 뒤틀리지는 않았다는 사실을 알고 은근히 실망했다.

창문은 없었고, 하나 있는 문에는 손잡이가 달려 있지 않았다. 침대 옆쪽 벽에는 전신을 비추어 볼 수 있는 체경이 끼워져 있었다. 잠시 선 채로, 나의 우스꽝스러운 모습을 바라본다. 그러자 퍼뜩 이런 생각이 떠올랐다. 벤틀리가 그토록 대칭성을 사랑한다면, 이 방을 다른 방의 완벽한 좌우대칭 경상鏡像이 되도록 만들고, 홀로비전 세트의 영상 역시 그렇게 보이도록 조정해 놓고, 한쪽의 〈보석〉도 좌우를 뒤바꿔놓지 않았을까. 그렇다면 거울처럼 보이는 이것은 서로 벽을 맞대고 있는 두 방 사이의 창문에 지나지 않는다는 얘기가 된다. 나는 플라스틱제 얼굴로 어색하게 웃음 지었다. 거울에 반사된 나의 얼굴은 나름 곤혹스러운 표정이었다. 실제로 모든 것이 경상일 리야 없겠지만 마음에 드는 아이디어다. 핵물리학 실험이라도 하지 않는 이상 이 모든 환경이 경상이 아님을 증명하는 것은 불가능하다. 아니, 그럴 것도 없이 푸코의 진자처럼 자유롭게 진동하는 진자 하나만 있어도 충분하다. 진자는 어느 쪽 방에서도 같은 방향으로 회전할 것이기 때문이다. 나는 거울 앞으로 걸어가서 그것을 쾅 두들겨 보았다. 거울은 꿈쩍도 하지 않았지만, 벽돌로 된 단단한 벽에 끼운 탓에 그랬을 수도 있고, 거울 반대편에서 똑같은 힘으로 두들겼기 때문이라고도 설명할 수 있다.

나는 어깨를 으쓱하고 몸을 돌렸다. 벤틀리라면 무슨 짓을 했더라도 이상할 것이 없었다. 심지어 이 방을 포함한 모든 설정이 컴퓨터 시뮬레이션일 수도 있는 것이다. 내 몸은 관계없다. 이 방도 관계없다. 정말로 중요한 것은…

침대에 앉는다. 정체성에 관해 고민하다가 내가 패닉에 빠지지는 않을까 생각한 인물—아마, 마이클—이 머리에 떠올랐지만, 그래야 할 이유를 찾을 수가 없었다. 만약 최근 기억이 결락된 상태로 깨어나서 나의 (두 가지) 과거를 바탕으로 내가 누군지를 유추해야 했다면 미쳐버렸을 것이 뻔하지만, 나는 내가 누군지 정확하게 안다. '기대'라는 이름의 항적 두 줄을 길게 끌며 어떻게 현 상태에 도달했는지를 알고 있기 때문이다. 몇 시간 뒤에 내가 샤안이나 마이클로 되돌아갈 거라는 사실에도 신경이 쓰이지 않았다. 나의 내부에는 독립된 정체성을 되찾고 싶다는 강한 소망이 존재했고, 다시 분리되어 완전하게 한 사람의 인간이 되고 싶다는 욕구는 나의 소멸에 대한 두려움이 아니라 오히려 안도감의 형태로 나타났다. 어차피 나의 이 기억은 말소되지 않고, 두 사람 중 어느 한쪽은 관심을 보이지 않을지도 모르는 목표를 가지고 있지도 않다. 나는 모종의 시너지로 인해 생겨난 하이퍼마인드(초정신)라기보다는, 두 사람의 최소공배수에 가깝다는 느낌을 받는다. 나는 부분의 합보다 큰 전체가 아니라, 부분의 합보다 덜한 존재였다. 나의 존재 목적은 극히 제한적이다. 내가 지금 여기서 존재하는 것은 샤안을 위해 신기함을 만끽하고, 마이클을 위해 의문에 대답하기 위해서다. 때가 오면 기꺼이 두 갈래로 나뉘어서 내가 기억하고 소중하게 여기는 두 삶을 다시 살아갈 것이다.

그럼 지금 나는 어떻게 의식을 체험하고 있을까? 마이클과 같은 방식으로? 샤안과 같은 방식으로? 내가 지금 느끼는 선에선, 무슨 근본적인 변화를 겪은 것 같지는 않다. 그러나 이런 결론을 내리는 와중에도 내가 정말로 그런 것을 판단할 수 있는 입장에 있는지에 대해 의문을 느끼기 시작했다. 마이클이었다는 기억과 샤안이었다는 기억은, 두 사람이 직접 말로 하는 대화를 통해 교환할 수 있는 것보다 훨씬 더 많은 정보를 포함하고 있을까? 나는 그들이라는 존재의 본질에 관해 정말로 알고 있는 것일까? 아니면 나의 머릿속에는 간접적으로 전해 들은 얘기―은밀하고 자세하지만, 궁극적으로는 언어 못지않게 불명료한―만 잔뜩 들어 있는 것일까? 만약 나의 마음이 그들과는 근본적으로 다르다면, 그 차이를 내가 인식할 수 있기는 한 것일까? 그게 아니라면, 나의 모든 기억은 기억한다는 행위 자체에 의해 일견 익숙하게 느껴지는 내용으로 단지 재구성될 뿐일까?

과거란 결국 외부 세계와 같은 정도로밖에는 인식할 수 없는 개념이다. 과거가 실제로 존재하는지의 여부도 믿음에 의존하는 수밖에 없다. 게다가 그런 믿음을 가진다고 해도, 오해의 소지가 남는다는 점은 매한가지다.

나는 낙담한 나머지 양손으로 얼굴을 감싸 쥐었다. 나는 두 사람이 서로 접근할 수 있는 최대치였지만, 그 결과로 뭘 얻었단 말인가? 마이클의 의문은 예전과 하등 달라진 것이 없었다. 극히 타당하다는 점에서도, 그리고 입증 불가하다는 점에서도.

잠시 후 기분이 가벼워지기 시작했다. 적어도 마이클의 탐구는 끝났다. 설령 실패로 끝났다고 해도 말이다. 이제 그는 그 결과를 받아들이고 전진하는 수밖에 없었다.

나는 잠시 방 안을 배회했고, 홀로비전을 켰다가 껐다. 정말로 심심하지만 죽치고 앉아서 연속극을 감상하는 일에 8시간과 몇천 달러를 허비할 수는 없는 일이다.

나의 두 카피의 동기화를 저해할 방법은 없을지 생각해 보았다. 벤틀리가 제아무리 정교하게 두 개의 방과 두 개의 몸을 대칭화했다고 해도, 엔지니어임을 자처하는 내가 어떤 식으로든 간파할 수 없을 정도의 수준까지 그랬을 리가 없다. 동전을 던지는 것만으로도 충분해 보였지만 동전은 없었다. 종이비행기를 날려볼까? 공기의 흐름에 극히 민감하게 반응하는 물체이므로 유망해 보였다. 그러나 방 안에 있는 유일한 종이는 에셔의 리소그래프였고, 그걸 구겨서 훼손할 생각은 들지 않았다. 거울을 박살 내서 거울 파편의 모양과 크기를 관찰한다면 목적을 달성할 수 있을 뿐만 아니라 덤으로 아까 내가 했던 추측들을 입증하거나 반증하는 것조차 가능했지만, 의자를 머리 위로 들어 올린 순간 갑자기 마음이 바뀌었다. 두 개의 상반되는 단기 기억 집합을 감각 상실 상태에서 단 몇 분만 경험하는 것만으로도 충분히 혼란스러웠던 마당에, 몇 시간 동안이나 물리적 환경과 상호작용한다면 나는 완전히 기능 부전 상태에 빠질지도 모른다. 따분함을 도저히 견디지 못할 때까지는 최대한 참는 편이 낫다.

그래서 나는 침대에 누워 아마 벤틀리의 고객들 대다수가 했을 일을 했다.

하나의 마음으로 융합했을 때, 샤안도 마이클도 프라이버시 침해를 두려워하고 있었다. 그러나 서로에게서 뭔가를 숨기고 있다는 인상을 주고 싶지 않았던 두 사람은, 마치 그 사실을(변명까지는 아니더라도) 보상하려는 듯이 서로에 대한 솔직함을 유지하겠다고 다짐했다. 그들이 느꼈던 호기심 역시 양면적이었다. 두 사람 모두 서로를 이해하고 싶어 했지만, 엿보는 것은 물론 사절이었다.

이 모든 모순은, 적어도 앞으로 30초는 시계를 보지 않겠다고 다짐하며 천장을 올려다보고 있는 나의 내부에서도 승계되고 있었지만, 무엇을 파헤칠지 굳이 고민할 필요는 없었다. 지금까지 두 사람의 관계를 쌍방의 시점에서 되돌아보는 일이야말로 현재 내가 할 수 있는 가장 자연스러운 행동이었으므로.

회상치고는 매우 기묘한 경험이었다. 거의 모든 일이 어딘가 이질적인 동시에 지극히 익숙한 느낌으로 다가왔기 때문이다. 마치 끊임없는 데자뷔의 습격을 받고 있는 듯한 기분이다. 뭔가 큰 거짓말로 상대를 속이려고 한 것은 아니었다. 두 사람이 지금까지 연인으로서 함께 살아올 수 있었던 것은 악의 없는 조그만 거짓말을 한다거나 사소한 원망 따위를 굳이 내색하지 않고 마음에 묻어두는 식으로 서로의 차이를 극복해 왔기 때문이다. 그러나 사랑했기 때문에 필수적이었을 수밖에 없었던 이 모든 선의의 기만행위는 나의 머릿속을 혼란과 환멸로 이루어진 기묘한 안개로 가득 채웠다.

그것은 그 어떤 의미에서도 대화는 아니었다. 나는 다중 인격이 아니기 때문이다. 선의를 담아 과거의 행위를 변호하고, 설명하고, 또다시 서로를 기만할 샤안과 마이클이 나의 내부에는 아예 존재하지 않았다. 아마 나는 그들을 위해 이 모든 일을 시도했어야 옳았을지도 모르지만, 내 역할이 무엇인지 한시도 확신할 수가 없었고, 어떤 입장을 취해야 할지도 알 수 없었다. 결국 나는 대칭성에 마비된 채로 침대에 누워, 그들의 기억이 내 머릿속을 흘러가는 것을 수수방관하는 수밖에 없었다.

그런 뒤에는 시간이 너무 빨리 흐른 탓에 거울을 깰 겨를조차 없었다.

우리는 함께 있으려고 노력했다.

일주일이 한계였다.

벤틀리는 실험을 시작하기 전에 관련 법규에 따라 우리 〈보석〉들의 복구용 스냅숏을 미리 찍어두었다. 그 데이터를 이용해서 당시의 우리로 되돌아간 후, 벤틀리에게 왜 우리가 그런 선택을 하게 됐는지 설명해 달라고 요청할 수도 있었다. 그러나 이런 식의 자기기만이 효력을 발휘하는 것은 너무 늦기 전에 그러는 경우뿐이다.

우리가 서로를 용서할 수 없었던 이유는 용서할 일이 아예 없었기 때문이다. 나도 그녀도 상대방이 이해하지 못하거나, 공감하지 못하는 행동을 단 하나도 하지 않았다는 뜻이다.

우리는 서로를 너무나도 잘 알고 있었다. 단지 그뿐이다. 온갖 자질구레한 세부에 이르기까지, 구역질이 날 정도로 잘 알고 있었던 것이다. 진실을 알고 상처를 받은 것은 아니었다. 더 이상은 말이다. 진실은 우리를 무감동하게 만들었고, 숨 막히게 했을 뿐이다. 우리는 스스로를 알듯이 서로를 알지는 못했다. 실상은 그보다 안 좋았다. 자기 자신에 대해 생각하는 경우 기억의 세부는 사고 과정 자체에 의해 흐릿해지는 법이다. 자기 정신을 자기가 해부하는 것은 가능하지만, 그런 상태를 유지하려면 엄청난 노력이 필요하다. 그에 비해 우리의 상호 해부는 그 어떤 노력도 필요로 하지 않았다. 함께 있으면 우리는 자연히 그런 상태에 빠지기 때문이다. 우리의 거죽은 낱낱이 벗겨졌지만, 그 내부에 있는 영혼을 일별할 수 있었던 것은 아니었다. 살갗 아래에서 우리가 발견한 것은 회전하는 톱니바퀴들뿐이었다.

이제 나는 샤안이 자기 연인에게서 가장 절실하게 원했던 것이 이질감, 불가지함, 신비함, 불투명함이었음을 안다. 그녀가 다른 사람과 함께 시간을 보낸 이유는 전적으로 타자를 정면으로 마주하는 감각을 체험하기 위해서였다. 그게 빠지면 혼잣말을 하는 것과 뭐가 다르냐는 것이 그녀의 신념이었다.

나도 지금은 그 관점을 공유하고 있다. (이 변화가 정확히 어디서 온 것인지는 깊이 생각하고 싶지 않다… 하지만 샤안이 나보다 더 강한 성격을 가지고 있다는 사실은 처음부터 잘 알고 있었으므로, 영향을 받지 않았다면 오히려 더 이상했을 것이다.)

함께 있어도 혼자 있는 것과 아예 다르지 않았기 때문에, 헤어지는 수밖에 없었다.

혼자서 영원히 살고 싶어 하는 사람은 없다.

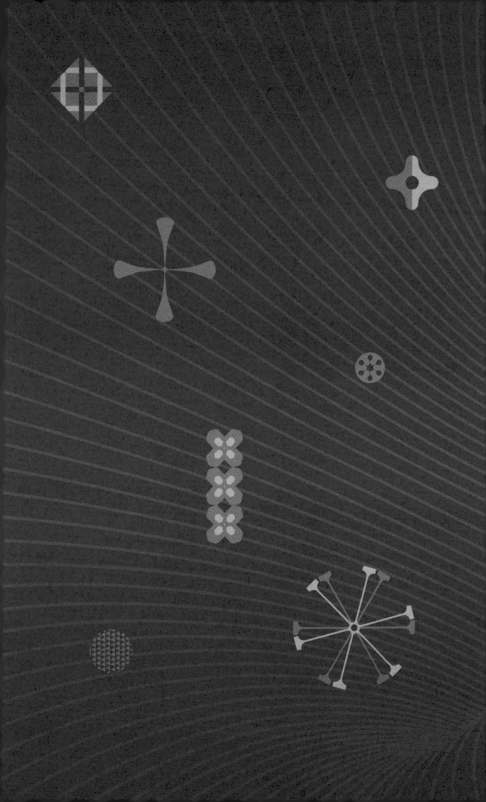

10

플랑크 다이브

The Planck Dive

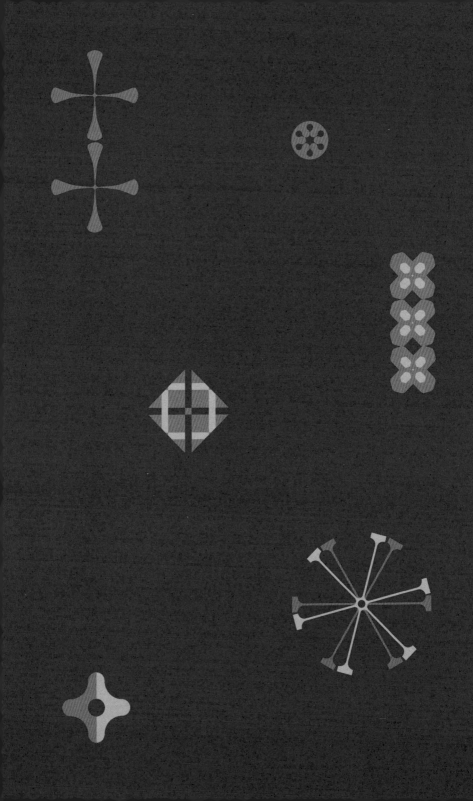

기젤라가 자기 자신이 찌부러질 경우—최대한 완만하게 진행되겠지만, 마지막에 가서 압사할 것이 거의 확실한—의 이점에 관해 고찰하고 있었을 때, 전령이 그녀의 전용 홈스케이프*에 출현했다. 그녀는 전령이 온 것을 알아차렸으나, 기다리라는 지시를 내렸다. 날개가 달린 샌들을 신은 날렵한 모습의 금빛 전령은 20델타 떨어진 곳에서 조급하게 한쪽 손을 내밀고 한쪽 발을 들어 올리는 자세 그대로 얼어붙었다.

현재 홈스케이프는 맑고 파란 하늘 아래, 노란 모래 언덕이 끝없이 펼쳐진 사막이었다. 너무 황량하지도 않으며 너무 산만하지도 않은 경치다. 서늘한 모래땅 위에 누워 있는 기젤라가 지금 뚫어지게 바라보고 있는 것은 모래 언덕 위에 비스듬하게 떠 있는 거대한 삼각형—세 변이 느슨하게 묶인 짚단을 닮은 탓에 좀 너저분해 보인다—이었다. 이 삼각형은 파인먼 도형**들의 집합이었고, 어떤 입자가 시공 내에 존재하는 세 가지 사건 사이를 움직일 때 이동 가능한 수많은 경로 중 몇 개만을 보여주고 있었다. 양자론에서 입자는 어느 한 경로에

※　개개인의 사적인 거주 구역에 해당하는 가상공간을 가리킨다.
※※　양자장에서 기본 입자들 사이의 미세한 상호작용을 직관적으로 나타낸 도형.

고정된 것이 아니라 각기 다른 궤적을 따라 움직이며, 상이한 일군의 상호작용에 관여하는 국지적인 성분들의 합으로서 다루어진다.

'텅 빈' 시공에서 가상 입자들 사이의 상호작용은 각 성분의 위상을 시곗바늘처럼 계속 회전하게 만든다. 그러나 평탄한 시공에서 임의의 시계가 두 개의 사건 사이를 이동할 경우, 그 시계가 측정한 시간이 최대치에 달하는 것은 상술한 이동 경로가 직선인 경우이며, 우회하는 경우는 어떤 경로든 간에 상대론적인 시간 지연을 야기함으로써 이동 시간을 단축시키기 마련이다. 따라서 위상 변화와 우회의 크기를 비교한 그래프가 정점을 찍는 것 역시 이동 경로가 직선인 경우다. 이 정점은 매끄럽고 편평하기 때문에, 그 주위에 모여 있는 거의 직선에 가까운 경로들의 일군 또한 비슷한 위상 변화를 보인다. 이런 경로들의 경우, 경사상에 있는 그 어떤 대응군에 비해서도 더 많은 성분이 동일한 위상에서 정점에 도달하고, 그럼으로써 서로를 강화한다. 삼각형의 세 변을 이루는 각각의 '짚단' 중앙에서 빨갛게 반짝이는 세 줄기의 직선이 그 결과물이다. 고전적인 경로, 확률이 가장 높은 경로들은 직선이었다.

물질이 존재할 경우 이 모든 과정은 약간씩 왜곡된다. 기젤라는 2나노그램의 납을 모델에 추가했다. 이것은 원자 몇조 개에 해당하고, 그 세계선*들은 삼각형 중앙을 수직으로 통과하며 자체적인 가상 입자들의 구름을 만들어 낸다. 원자들의 전하와 색은 중성이지만, 원자에 포함된 개개의 전자와 쿼크들은 여전히 가상 광자와 가상

※ 상대성이론에서 공간 및 시간 좌표를 가진 점(点)입자가 운동하면서 그리는 궤적.

글루온⁕들을 산란시킨다. 모든 종류의 물질은 이 가상 입자군의 일부에 간섭하고, 이 간섭이 야기한 최초의 교란 역시 가상 입자들을 산란시키며 시공으로 확산한다. 그 결과, 1톤의 바위와 1톤의 뉴트리노 사이에 존재하는 차이는 빠르게 소멸하고, 간섭 효과는 거리가 늘어남에 따라 거리의 제곱에 대략 반비례하여 감소한다. 가상 입자의 비와 그것이 만들어 내는 위상 변화는 장소에 따라 달라지기 때문에 가장 높은 확률을 가진 경로들은 평탄한 시공의 구조를 더 이상 따르지 않게 된다. 존재 확률이 가장 높은 궤적들로 이루어진 빨갛게 반짝이는 삼각형은 이제 뚜렷하게 만곡해 있었다.

핵심이 되는 발상은 사하로프⁕⁕의 이론까지 거슬러 올라간다. 중력이란 불완전하게 상쇄된 다른 힘들의 잔재에 불과하며, 양자 진공을 충분히 세게 쥐어짜면 아인슈타인 방정식들이 후두둑 떨어진다는 식이다. 그러나 아인슈타인 이래 나온 중력이론들은 모두 시간에 관한 이론이기도 하다. 상대성이론은 자유낙하 중인 입자들의 회전하는 위상이 같은 경로를 이동하는 그 밖의 모든 시계와 일치할 것을 요구하며, 일단 중력적인 시간 지체 효과가 가상 입자의 밀도 변화와 결부되면 모든 시간 척도—방사성 동위원소의(진공 요동에 촉발된) 붕괴 반감기에서, 쿼츠 조각의(궁극적으로는 고전적 경로들을 야기한 것과 동일한 위상 효과에 기인한) 진동 모드에 이르는—는 가상 입자들과의

⁕ 쿼크 사이의 강한 상호작용을 매개하는 입자. 접착자.
⁕⁕ 안드레이 드미트리예비치 사하로프. 소련의 핵물리학자, 인권 운동가. 양자 중력에 대한 대안 이론으로 유도 중력 아이디어를 개발했다. 소련 최초의 수소폭탄을 설계한 것으로 유명하다.

상호작용의 횟수로 재해석하는 것이 가능해진다.

이런 이론의 연장선상에서, 쿠마르는 사하로프로부터 1세기 뒤 펜로즈[※]와 스몰린[※※]과 로벨리[※※※]의 연구를 바탕으로, 시공이란 입자 세계선들이 자아내는 것이 가능한 모든 네트워크의 양자적인 합이며, 고전적인 '시간'은 네트워크의 주어진 가닥strand을 따라 존재하는 교점들의 수에서 생겨난다는 모델을 고안했다. 이 모델은 몇 세기에 걸친 철저한 이론적 검토와 실험을 거쳐 확고한 입지를 구축했다. 그러나 쿠마르 모델은 말도 안 되는 고에너지 상태에서만 확인 가능한 최소 길이 스케일에서는 단 한 번도 실증된 적이 없고, 네트워크의 기본 구조나 그것들을 좌우하는 규칙들을 설명하려는 시도도 하지 않았다. 기젤라는 이런 세부가 어디서 유래하는지를 알고 싶었다. 우주를 가장 깊은 레벨에서 이해하고 싶었고, 그 모든 것 아래에 존재하는 아름다움과 단순함을 직접 느끼고 싶었던 것이다.

그녀가 플랑크 다이브를 감행하려는 것은 바로 그 때문이었다.

기젤라의 시선이 다시 전령의 모습으로 향했다. 전령은 자신이 〈카르탕〉 시장의 대리임을 알리는 태그를 발신하고 있었다. 시장은 〈카르탕〉이 다른 폴리스[※※※※]들과 양호한 관계를 유지할 수 있도록

[※] 로저 펜로즈. 영국의 수리물리학자. 일반상대론의 중력 특이점에 관한 많은 업적들을 세웠다.
[※※] 리 스몰린. 미국의 이론물리학자. 양자 중력을 향한 여러 접근법을 개발했다.
[※※※] 카를로 로벨리. 이탈리아의 이론물리학자. 루프 양자 중력이론의 창시자다.
[※※※※] 고대 그리스의 도시국가를 의미. 작중에서는 육체를 버리고 자의식을 컴퓨터 소프트웨어인 '카피(copy)'로 변환한 '시민(citizen)'들이 살아가는 가상 현실 네트워크상의 공동체를 뜻한다. 먼 미래에 항성 간 우주로 진출한 인류 대부분은 시민이며, 각 시민이 원한다면 스스로를 복제할 수도 있고, 데이터 송신의 형태로 물리적으로 몇백 광년이나 떨어진 곳에 있는 다른 폴리스까지 광속으로 '이동'할 수도 있다.

감독하는 비非지능 소프트웨어였고, 세부적인 의전을 관할하고 현실 시민들끼리의 관계가 존재하지 않는 경우에 발생한 사소한 대립 사항들을 원만하게 조정하는 역할을 맡고 있었다. 지구에서 97광년 떨어진 찬드라세카르 블랙홀을 3세기 가까이 공전하고 있을뿐더러 현재 그 어떤 우주 항행 폴리스들보다 더 멀리 와 있는 〈카르탕〉에서, 폴리스의 시장이 긴급하게 처리해야 할 외교 임무가 무엇인지는 짐작도 되지 않는다. 하물며 기젤라 본인의 조언까지 구해야 할 이유란 도대체 무엇이란 말인가.

기젤라는 전령에게 활성화 태그를 보냈다. 홈스케이프의 미학적 일관성을 존중하기 위해 전령은 모래 언덕 위를 달려왔고, 그녀 앞에서 엷은 모래 구름을 일으키며 멈춰 섰다. "현재 지구에서 온 두 명의 방문자를 수신 중입니다."

기젤라는 깜짝 놀랐다. "지구라고? 어느 폴리스에서 온 건데?"

"〈아테나〉입니다. 첫 번째 방문자는 방금 도착했습니다. 두 번째 방문자는 90분 뒤에 전송이 완료됩니다."

〈아테나〉라는 이름의 폴리스는 들어본 적이 없었지만, 1인당 무려 90분이나 들이다니 보통 일이 아니라는 생각이 든다. 개개의 시민을 구성하는 중요 요소들은 모두 1엑사바이트※ 내에 집어넣은 다음, 몇 밀리세컨드 길이의 감마선 버스트에 실어 송신할 수 있다. 만약 시뮬레이션을 통해 육체인肉體人의 몸을 통째로—불필요한 내장까지 포함해서 세포 하나하나까지—재현하고 싶어 했다면 별반 해가 없는

※ 100경(京) 바이트. 10억 기가바이트에 해당.

기행으로 치부할 수 있겠지만, 무려 97광년 떨어진 곳까지 소장小腸의 미시적인 세부마저 포함한 '자기 자신'을 가져오다니 솔직히 도를 넘었다는 생각밖에는 안 든다.

"〈아테나〉에 관한 정보는 있어? 짧게 말해줘."

"2312년에 창립된 폴리스고, 창립 헌장에 명기된 목표는 '사라진 육체인적 미덕의 회복'입니다. 〈아테나〉의 시민들이 공공 포럼에서 폴리스 외부의 현실에 관심을 보이는 경우는 육체인의 역사와 예술 양식을 제외하면 거의 없었지만, 최근 폴리스들 사이에서 벌어지는 문화적 활동에는 가끔 참가하고 있습니다."

"그렇다면 그 두 명은 왜 여기 온 건데?" 기젤라는 웃음을 터뜨렸다. "삶이 너무 따분해서 도망쳐 온 거라면, 조금 더 지구에 가까운 데서 망명 신청을 하는 편이 낫지 않았을까?"

시장은 기젤라의 말을 곧이곧대로 받아들였다. "그들은 〈카르탕〉 시민권을 취득하지 않았고, 단지 방문자 자격만으로 우리 폴리스로 들어왔습니다. 전송 프리앰블*에 기입된 방문 목적에 의하면 플랑크 다이브를 직접 목도하기 위해서 왔다고 합니다."

"목도하기 위해서라. 직접 참가하고 싶어서는 아니고?"

"본인들은 그렇게 말했습니다."

고향인 지구에서도 플랑크 다이브에 참가하지 않는 〈카르탕〉의 주민들과 동등한 정보를 열람할 수 있는데 굳이 방문했단 말인가. 〈카르탕〉이 블랙홀을 공전하는 궤도에 진입한 지 몇 년 후, 플랑크 다

※　네트워크 통신에서 시스템 간의 전송 타이밍을 동기화하기 위해 사용되는 시작 표시.

이브의 아이디어가 단순한 농담이나 사고실험이 아닌 현실의 가능성으로 응축되었던 바로 그 순간부터, 다이브팀은 전 우주를 향해 온갖 관련 정보—논문, 도해, 시뮬레이션, 기술적 토론, 형이상학적 논쟁 등을 망라한—를 발신하고 있었다. 그러나 적어도 왜 시장이 기젤라의 조언을 얻으러 왔는지는 알 수 있었다. 공개 자료를 써서 자동적으로 응답할 수 없는 정보를 달라는 외부 요청이 들어올 경우, 응대하겠다고 자원한 사람은 다름 아닌 기젤라였기 때문이다. 그렇다고는 해도, 지금까지 공개한 정보에서 중요한 세부 사항이 단 하나라도 결락되어 있다고 생각한 사람은 아무도 없었다. 지금까지는 말이다.

"그럼 처음 도착한 사람은 정지 상태에 있어?"

"아뇨. 그녀는 도착하는 즉시 깨어났습니다."

이것은 이들의 전송량이 과다하다는 사실보다 한층 더 기묘하게 느껴졌다. 누군가와 함께 여행을 왔다면, 왜 동반자가 도착할 때까지 기다렸다가 함께 활성화하는 쪽을 택하지 않은 것일까? 아니, 아예 처음부터 동반자와 자신의 데이터 비트를 교차 배치하는 인터리브 inter-leave 방식으로 전송하지 않은 이유가 무엇일까?

"하지만 아직도 도착 라운지에 머무르고 있다는 거야?"

"예."

기젤라는 망설였다. "다른 한 명이 완전히 도착할 때까지 기다리는 편이 낫지 않아? 두 명을 함께 맞이할 수 있도록?"

"아니요." 시장은 이 점에 대해서는 확신하고 있는 듯했다. 폴리스 사이의 외교 의례가 비지능 소프트웨어도 주인 역할을 할 수 있도록 허락해 주면 좋을 텐데. 자신은 이런 역할을 맡을 준비가 전혀 되어 있지 않다는 것이 기젤라의 본심이었다. 그러나 지금부터 다른 사람들의 조언을 구하고 시간을 들여 〈아테나〉의 문화를 면밀하게 들여다본다면, 기젤라가 준비를 마치기도 전에 방문자들은 〈카르탕〉을 모두 둘러보고 지구로 귀환할 게 뻔하다.

그녀는 마음을 단단히 먹고 점프했다.

도착 라운지를 마지막에 마음 내키는 대로 재설계한 누군가는 그곳을 바람이 몰아치는 회색 바다로 에워싸인 목제 잔교*로 만들어 놓았다. 두 방문자 중 먼저 도착한 인물은 여전히 잔교 끄트머리에서 참을성 있게 서서 기다리고 있었다. 그래줘서 다행이다. 잔교는 바다 쪽으로는 무한하게 계속되기 때문에, 몇 킬로델타를 하염없이 걸어가기라도 했다면 조금 낙담했을 수도 있으니까 말이다. 여전히 전송 중인 그녀의 동반자는 꼼짝도 하지 않는 대체 아이콘으로 표시되어 있었다. 두 아이콘 모두 해부학적 리얼리즘에 충실했고, 옷을 입고 있긴 했지만 남자와 여자임을 뚜렷하게 알 수 있었다. 이미 도착해서 동결이 풀린 여자 쪽이 훨씬 더 어려 보인다. 기젤라 본인의 아이콘은 이들보다는 더 양식화되어 있었다. 그 표면—이것을 '피부'로 보든 '옷'으로 보든 간에—은 기젤라가 원한다면 촉각을 느낄 수도 있었지만, 현실에 있는 그 어떤 물질의 광학적 특성과도 정확하게는 일치

※　선박에 오르내릴 수 있도록 부두에 설치한 다리 모양의 구조물.

하지 않는 확산반사[※] 법칙을 따르고 있었다.

"〈카르탕〉에 오신 걸 환영합니다. 나는 기젤라예요." 기젤라가 손을 내밀자 방문자는 앞으로 걸어 나와 악수를 나눴다. 방문자 입장에서 이것은 제스처용 중간 언어를 매개체로 해서 교차 번역된 전혀 다른 동작일 가능성도 있지만 말이다.

"나는 코델리아고, 저쪽은 내 아버지인 프로스페로입니다. 우리 모두 지구에서 여기까지 직접 왔어요." 코델리아는 조금 멍한 기색이었다. 전혀 이상해할 것이 없는 반응이라고 기젤라는 생각했다. 그들은 고향 폴리스인 〈아테나〉에서 자기들 자신을 정지시키도록 커뮤니케이션 소프트웨어에 지시하고, 적절한 설명 헤더와 체크섬[※※]을 추가한 다음, 데이터 패키지 전체를 변조된 감마선의 흐름에 1비트씩 실어 보냈다. 그러기 위해 그들이 구사한 은유적 과정이 아무리 정교했다고 해도, 지구에서 97광년 떨어져 있을 뿐만 아니라 97년 뒤 미래에 존재하는 장소에, 주관적으로는 단 한 순간 만에 첫발을 내딛으면서 마음의 준비를 완전히 갖추는 것은 불가능하다.

"플랑크 다이브를 관찰하려고 온 건가요?" 기젤라는 상대방에게 의아한 기색을 보이지 않으려고 결심했다. 직접 오지 않았어도 〈아테나〉에서 모든 걸 구경할 수 있었다는 사실을 굳이 이해시키는 것은 무의미하게 잔인한 지적일 것이다. 설령 광속 통신이 아닌 실시간 데이터에 대한 페티시를 가지고 있다 하더라도, 왕복하면서 고향 시민

[※]　표면에 부딪힌 빛이 다수의 방향으로 반사되는 반사. 난반사.

[※※]　송신된 데이터의 오류 존재 여부를 확인하기 위해 추가로 끼워 넣는 수치의 값.

들과 194년이나 시차가 발생하는 것을 감수할 가치는 없다.

코델리아는 수줍은 듯이 고개를 끄덕였고, 곁에서 미동도 하지 않는 조각상을 흘끗 보았다. "실은 아버지가…"

그게 무슨 뜻일까? 모두 아버지의 뜻이었다? 기젤라는 격려하듯 미소 지으며 상대가 더 자세히 설명해 주기를 기다렸지만, 더 이상의 대답은 없었다. 기젤라는 아까부터 프로스페로가 왜 자기 딸에게 코델리아라는 이름을 붙였는지 의아해하고 있었지만[◈], 설령 자식에게 셰익스피어 인물의 이름을 붙인다는 유행에 굴복한다고 해도 한 가족 안에 같은 희곡에 등장하는 인물을 포함시키는 것은 피하는 편이 현명하다는 사실을 퍼뜩 깨달았다.

"아버지가 도착할 때까지 우리 폴리스를 둘러보고 싶어요?"

코델리아는 말없이 자기 발 쪽을 내려다보았다. 마치 엄청나게 당혹스러운 질문을 받기라도 한 듯한 태도였다.

"원하는 대로 하면 돼요." 기젤라는 웃음을 터뜨렸다. "아직 전송 중이라서 부분적으로만 와 있는 친족에 대한 예절이 뭔지 난 도통 모르니까요." 코델리아도 알고 있을 것 같지는 않았다. 〈아테나〉의 시민들에게 항성 간 전송이 일상다반사가 아니라는 점은 명백했고, 지구상에서의 전송은 워낙 대역폭이 커서 실시간이나 다름없기 때문에 그런 문제는 아예 일어나지도 않을 테니까 말이다. "하지만 내가 저렇게 전송 중이라면 전혀 개의치 않았을 것 같네요."

◈ 프로스페로는 셰익스피어 희곡 〈템페스트〉에 등장하는 여자 주인공 미란다의 부친 이름이고, 코델리아는 비극 〈리어왕〉에서 주인공인 리어왕의 막내딸 이름이다.

코델리아는 주저하며 물었다. "그럼 블랙홀을 견학해도 될까요?"

"물론 됩니다." 찬드라세카르—60억 살이나 된 탓에 이미 오래전에 주변 영역에서 가스나 먼지를 완전히 청소해 버린—는 밝게 타오르는 강착 원반※ 따윈 가지고 있지 않았지만, 그 주위의 통상적인 별빛에는 그 존재가 확실하게 각인되어 있었다. "짧게 둘러보기만 할테니까 당신 아버지가 각성하기 훨씬 전에 돌아오게 될 거예요." 기젤라는 턱수염을 기른 프로스페로의 아이콘을 훑어보았다. 양팔을 늘어뜨린 자세로 꼼짝도 하지 않고 수평선을 응시하고 있는 그의 모습은 마치 당장이라도 큰 소리로 노래하기 시작할 듯한 느낌이다. "부분적인 데이터를 이미 돌리기 시작한 게 아니라면 말이에요. 방금 눈이 움직인 걸 본 듯한데."

코델리아는 얼굴에 희미한 미소를 띠더니, 고개를 들고 진지한 어조로 말했다. "우리는 그런 식으로는 패키지되지는 않았어요."

기젤라는 그녀에게 주소 태그를 보냈다. "그렇다면 당신 아버지가 알아차릴 염려는 없어요. 따라와요."

그들은 텅 빈 공간에 있는 원형 플랫폼 위에 서 있었다. 기젤라는 이곳 스케이프 주소에 변경을 가해서 플랫폼에 '인공중력'—두 사람의 움직임과는 무관하게, 일률적으로 1G를 유지하는—을 부여했고, 표준적인 온도와 압력에 맞춰진 공기를 가득 채운 투명한 돔을 만들

※ 블랙홀 등의 천체를 공전하면서 낙하하는 물질에 의해 형성되는 원반 모양의 구조. 응축 원반.

플랑크 다이브

어서 플랫폼을 덮었다. 육체인의 미덕을 신봉하는 〈아테나〉의 시민이라면 자신에게 불편함을 야기할 가능성이 있는 스케이프의 매개변수를 아예 무시하도록 설정되어 있을 공산이 컸지만 돌다리도 두들겨 보고 건너는 편이 낫다는 생각이 들었기 때문이다. 플랫폼 자체는 타협의 산물이었다. 너비가 5델타이므로 어느 정도 현기증을 방지하는 효과를 가지고 있지만, 그곳에 서 있는 사람들이 '지평선'에서 40도 아래까지를 볼 수 있을 정도로는 작았다.

기젤라는 손을 들어 가리켰다. "저기 저거예요. 찬드라세카르. 질량은 태양의 12배. 거리는 1만 7,000킬로미터. 찾아내려면 좀 시간이 걸릴지도 모르겠군요. 지구에서 본 초승달과 거의 비슷하니까." 기젤라가 선택한 플랫폼의 좌표와 속도는 신중하게 고려된 것이었다. 그녀가 말하는 동안 밝은 별 하나가 블랙홀 바로 뒤를 통과하면서 반으로 갈라졌고, 한순간 눈부시게 불타오르면서 작고 완벽한 고리로 변했다. "물론 중력렌즈 효과는 제외하고 말이지만."

코델리아는 얼굴에 미소를 띠었다. 누가 보아도 기뻐하는 표정이었다. "저건 실제로 보이는 광경인가요?"

"부분적으로는 실제 모습이에요. 저 광경은 우리가 블랙홀 주변에 대량으로 배치해 놓은 탐사기 무리의 전 개체로부터 수신한 이미지들에 기반해 있으니까요. 하지만 아직도 아예 커버하지 못한 관측점들이 여전히 남아 있어서, 그런 경우는 내삽⁕해서 추측할 필요가 있었어요. 우리가 해당 지점을 통과한 어떤 탐사기의 속도와도 다른 속

⁕   실측 데이터를 기반으로 그 데이터 범위 내의 데이터를 추측하는 방법. 보간.

도로 움직이고 있을 것은 거의 확실하다는 점도 고려했고요. 따라서 저건 도플러 편이*나 광행차**의 차이까지 감안한 광경입니다."

코델리아는 전혀 낙담한 기색 없이 이 사실을 받아들였다. "더 가까이 갈 수 있나요?"

"원하는 만큼 가까이 갈 수 있어요."

기젤라가 플랫폼으로 제어 태그를 보내자 그들은 3차원적 나선을 그리며 블랙홀에 접근했다. 한동안은 딱히 볼만한 것이 없었다. 그들 전방에 자리 잡고 있는 저 특징 없는 검은 원반은 점점 더 커지기는 했지만, 부분적으로나마 그 세부가 갑자기 뚜렷해지거나 할 것 같지는 않았다. 그러나 중력렌즈에 의해 만들어진 헤일로***가 블랙홀 주위에 서서히 형성되기 시작하면서, 빛이 기묘하게 행동하고 있다는 사실은 굳이 아인슈타인 고리****가 반짝여 주지 않아도 알수 있었다.

"현재 거리는 얼마쯤인가요?"

"약 34M이랍니다."

코델리아의 자신 없는 표정을 보고 기젤라는 덧붙였다. "600킬로미터에 해당하지만, 물질을 통상적인 방법으로 거리로 변환할 경우에는 찬드라세카르 질량의 34배가 된다는 뜻이죠. 사실 이건 편리

※ 상대속도를 가진 관측자에게 파원(波源)에서 나온 파동의 진동수가 다르게 관측되는 현상. 도플러효과.
※※ 관측자가 이동하고 있는 탓에 천체의 위치가 이동 방향으로 쏠려 보이는 현상.
※※※ 천체 주위를 가스 등의 성간물질이 후광처럼 둥글게 감싸고 있는 것처럼 보이는 현상.
※※※※ 멀리 있는 천체들이 중력렌즈의 빛 왜곡 효과에 의해 관측자에게는 고리 모양으로 보이는 현상.

한 관행이에요. 어떤 블랙홀이 전하도 각운동량※도 갖고 있지 않다면, 그 질량이 모든 시공 구조의 스케일을 결정하니까요. 사건의 지평선은 언제나 2M의 위치에 있다, 빛은 3M에서 원형 궤도를 형성한다, 이런 식으로 말이에요." 기젤라는 블랙홀 바깥 영역의 시공 맵을 불러냈고, 그 위에 플랫폼의 세계선을 기록할 것을 스케이프에 지시했다. "실제로 이동하는 거리는 당신이 어떤 경로를 선택하는지에 달려 있지만, 블랙홀이 실제로 측정 가능한 힘, 이를테면 조석력※※ 따위가 일정한 구각, 그러니까 구球 모양의 껍질들에 둘러싸여 있다고 생각한다면, 해당 구각 중심까지 어떻게 도달할지에 대해 일일이 신경 쓰지 않고 각 구각에 대해 곡률 반지름을 부여할 수 있어요." 시간에 자리를 내어주기 위해서 맵상에서 공간 차원을 하나 생략하자 구각들은 원이 되었고, 그것들이 그린 궤적은 반투명한 동심 원통들로 표시되었다.

원반 자체가 커지면서 그 주위의 왜곡이 확산되는 속도도 빨라졌다. 10M 떨어진 곳에서 찬드라세카르의 폭은 60도 이하였지만, 밖에서 오는 광선들이 중력에 의해 구부러지면서 좀 더 방사형 경로를 취함에 따라 천공天空의 반대편 반구에 위치한 성좌들조차도 이제는 뚜렷하게 밀집해 있었다. 천공 전체를 동일하게 뒤덮은 중력에 의한 청색 편이도 한층 더 강해져서, 별빛 자체에 눈이 아플 정도의 번득임—얼음처럼 번득인다기보다는 새파랗게 불타오르는—을 부여하고 있

※　회전하는 물체의 운동량.
※※　물체에 대해 작용하는 중력장이 부위별로 차이가 나는 탓에 발생하는 중력 효과. 기조력.

었다. 맵에 표시된, 스스로의 세계선을 따라 점점이 존재하는 광추[※]들
—양식화된 원뿔 모양의 모래시계 같은 이 구조물들은 주어진 순간
에 주어진 지점을 통과한 모든 광선으로 이루어져 있다—은 블랙홀
을 향해 기울어지기 시작하고 있었다. 광추들은 물리적인 운동이 가
능한 영역의 경계를 표시하고 있으며, 자기 자신의 광추를 가로지른
다는 것은 빛을 추월하는 것을 의미한다.

기젤라는 쌍안경을 만들어서 코델리아에게 건넸다. "저 헤일로를
봐요."

코델리아는 그 말에 따랐다. "아! 저 별들은 모두 어디서 오는 건
가요?"

"블랙홀 반대쪽의 별들이 보이는 건 렌즈 효과 때문이지만, 거기
서 끝나는 게 아니죠. 3M 구각을 스치고 지나가는 빛은, 블랙홀 주위
의 궤도를 도중까지 돌다가 새로운 방향으로 날아간답니다. 그리고
빛이 껍질을 충분히 가까이서 스쳐 간다면 빛이 돌아갈 수 있는 거리
에 한계는 없어요." 기젤라는 시공 맵 위에 다양한 각도에서 블랙홀에
접근하는 반 다스의 광선들을 그려 보였다. 각 광선은 3M 원기둥에서
조금씩 다른 거리에서 스스로를 이발소 간판 기둥을 연상케 하는 나
선을 그리며 감싼 다음, 일제히 거의 같은 방향을 향해 나아갔다. "이
런 궤도에서 탈출하는 빛을 자세히 보면, 좁은 고리 모양으로 압축된
천공 전체의 이미지가 보일 거예요. 그리고 그 고리의 안쪽 가장자리
에는 더 작은 고리가 있고, 그 안쪽에는 또 고리가 있는 식으로 계속되

※ 상대성이론에서 시공상의 한 점에서 발사된 빛이 그리는 원뿔형 궤적. 광원뿔.

죠. 개개의 고리는 블랙홀을 한 번 더 돈 빛으로 이루어져 있고.”

코델리아는 이 설명에 관해 잠시 생각해 보는 기색이었다. “하지만 그게 영원히 계속되지는 않는 게 맞죠? 언젠가는 회절 효과※의 영향으로 패턴 자체가 흐릿해지는 게 아닌가요?”

기젤라는 놀란 기색을 감추며 고개를 끄덕였다. “맞아요. 하지만 여기선 그걸 보여줄 수 없어요. 이 스케이프는 그 정도로 세밀한 레벨까지 보여줄 수는 없으니까!”

그들은 3M 구각의 본체가 있는 곳에서 멈췄다. 천공은 완벽하게 이등분되어 있었다. 한쪽 반구는 절대적인 암흑이었고, 다른 반구는 선명한 파란 별들로 가득 차 있었다. 양쪽의 경계선을 따라서 호를 그리는 광륜은 믿기 힘들 정도로 기하학적인 은하수처럼 보인다. 〈카르탕〉이 이곳에 도착한 지 얼마 되지 않아 기젤라는 이 광경을 바탕으로 M. C. 에셔에 대한 오마주를 제작한 적이 있었다. 성좌의 가장자리에 그것을 더 작게 복제한 성좌들을 쪽매 맞춤이 되도록 끼워 넣고, 이 방법을 되풀이하는 식으로 천공의 반을 채우는 구성이었다. 쌍안경의 배율을 1,000배로 올리자 ‘먼 곳’에 있는 플랫폼 자체의 실루엣 같은 것을 볼 수 있었다. 모든 방향에서 광륜의 극히 작은 부분을 가로막는 암흑의 띠처럼 보인다.

그런 다음 그들은 사건의 지평선을 향해 계속 나아갔다. 현실 세계에서 그런 느긋한 속도를 유지할 때 필요했을 조석력과 추력 양쪽을 무시한 채로.

※ 전파나 빛이 좁은 틈새를 통과할 때 파동이 그 뒤편까지 전달되는 현상.

이제 별들은 자외선 파장에서 가장 밝게 빛났지만, 기젤라는 육체인이 육안으로 볼 수 있는 스펙트럼 광 이외의 모든 것을 걸러내도록 돔을 조정해 놓고 있었다. 코델리아의 시뮬레이션된 피부가 방사선에 대해 진짜 육체인처럼 반응해 버릴 경우에 대비한 조치였다. 이전의 천구 전체가 조그만 원반으로 축소되면서 찬드라세카르는 원반을 감싸기 시작하는 것처럼 보였다. 그리고 이 착시 현상은 현실에까지 효과를 끼친다. 만약 블랙홀 밖을 향해 광선을 쏘지만 조그맣고 파란 창문처럼 보이는 천구를 제대로 겨냥하지 못했다면, 그 광선의 궤적은 공중을 향해 던진 돌멩이처럼 구부러지며 다시 블랙홀에 떨어지게 된다. 물체를 발사하는 경우도 매한가지다. 선택 가능한 탈출 경로가 점점 좁아지면서 기젤라는 폐소공포증을 느끼고 전율했다. 곧 그녀는 현실에서 같은 일을 할 것이기에.

실제로는 불가능했지만 두 사람은 또다시 정지해서 사건의 지평선 바로 위에서 부유했다. 유일한 조명은 배후에서 오는, 극도로 청색편이한 바늘구멍 같은 전파뿐이었다. 맵상에서 두 사람의 미래 광추는 거의 완전히 블랙홀로 이어지고 있었고, 극미한 조각 하나만 2M 원주 밖으로 돌출해 있을 뿐이었다.

기젤라가 말했다. "통과해 볼까요?"

코델리아의 얼굴에는 보라색 음영이 새겨져 있었다. "어떻게요?"

"순수한 시뮬레이션으로요. 최대한 현실에 가깝겠지만, 우리가 갇혀버릴 정도로 현실적이지는 않으니까 걱정하지 말아요."

코델리아는 양팔을 펼치며 눈을 감았고, 뒤로 몸을 던져 블랙홀로 떨어지는 시늉을 했다. 기젤라는 사건의 지평선을 가로지르라고 플랫폼에 지시했다.

조그만 점처럼 보이던 천공이 마침내 사라지더니, 또다시 빠르게 확대되기 시작했다. 기젤라는 시간을 100만분의 1로 감속시키고 있었다. 현실 세계였다면 두 사람은 밀리초의 몇분의 1도 지나지 않아 특이점에 도달했을 것이다.

코델리아가 말했다. "여기서 멈출 수 있나요?"

"시간을 동결시키고 싶어요?"

"아뇨, 그냥 떠 있고 싶어요."

"이미 그러고 있답니다. 지금 우리는 이동하고 있지 않으니까." 기젤라는 가상 스케이프의 시간 경과를 멎게 했다. "방금 시간을 멈췄어요. 아마 이러고 싶었던 게 아닌가 해서."

코델리아는 이 말을 부인하려는 듯한 기색을 보였다가, 이제는 얼어붙은 별들의 원을 말없이 가리켰다. "블랙홀 밖에 있었을 때 청색 편이는 천공 전체에서 동일했잖아요. 하지만 지금은 천공 가장자리에 있는 별들이 훨씬 더 파랗게 보이는군요. 왜 그런지 모르겠어요."

기젤라는 말했다. "어떤 의미에서는 전혀 신기한 일이 아녜요. 만약 블랙홀을 향해서 자유낙하를 한다면, 사건의 지평선을 넘기 훨씬 전에 우리는 모든 파장의 도플러 편이가 중력에 의한 청색 편이 위에 겹치는 걸 볼 수 있을 정도로 빠르게 이동할 거예요. 스타보 효과*에

※ 우주선의 속도가 광속에 가까워질 경우, 광행차 및 도플러 편이로 인해 진행 방향을 중심으로 별들의 색깔이 변하며 무지갯빛 고리처럼 보이는 현상.

관해서는 알아요?"

"예." 코델리아는 다시 천공을 관찰하며 대답했다. 그녀가 방금 들은 설명을 음미하며, 청색 편이한 스타보가 어떻게 보일지를 머릿속에 떠올려 보고 있는 게 분명했다. "하지만 그 설명은 우리가 움직일 때만 유효하지 않나요? 아까 우리는 이동하고 있지 않다고 했잖아요."

"지금 우리가 이동하고 있지 않다는 건 한 가지의 완벽한 정의에 의하면 사실이랍니다. 하지만 그 정의는 블랙홀 밖에서는 적용되지 않아요." 기젤라는 그들 세계선의 수직 단면, 그들이 3M 구각에서 부유하고 있는 곳을 하이라이트로 강조했다. "사건의 지평선 밖에서는 ─충분히 강력한 구동 기관이 있다면─언제나 항구적인 조석력의 껍질 위에 고정된 상태로 머무를 수 있어요. 따라서 그걸 '정지 상태'의 정의로 채택하는 건 타당합니다. 이 맵상의 시간은 완전히 수직이니까요. 하지만 블랙홀 내부에선 그 정의는 실제 체험과는 완전히 모순되는 것이 되어버려요. 당신의 광추가 너무나도 크게 기울기 때문에 당신의 세계선은 구각을 뚫고 들어가는 수밖에 없으니까요. 따라서 가장 단순하고 새로운 '정지 상태'의 정의란, 구각들에 달라붙는 것과는 정반대의 상태, 즉 구각을 그대로 뚫고 들어가서 '맵 시간'이 블랙홀 중앙을 향하도록 완전히 수평이 된 상태인 거죠." 기젤라는 이제 수평이 된 세계선의 단면을 하이라이트로 강조해 보였다.

코델리아의 표정이 당혹스러움에서 놀라움으로 바뀌기 시작했다. "그렇다면 광추가 어느 수준 이상으로 뒤집어진다면, …'공간'과

'시간'의 정의도 함께 뒤집어진다는 건가요?"

"바로 그거예요! 지금 블랙홀의 중앙은 우리의 미래에 위치해 있어요. 우리는 특이점과 정면충돌하는 게 아니라 그 미래에 먼저 부딪힐 겁니다. 빅크런치※에 부딪히는 거나 마찬가지죠. 그리고 이 플랫폼에서 특이점을 향하고 있던 방향은 이제 맵상으로는 '아래'를 향하고 있어요. 밖에서 보면 블랙홀의 과거로 보이지만, 실제로는 광막한 공간의 일부를 향해서 말이에요. 우리 앞쪽에는 몇십억 광년이, 블랙홀 내부의 전 역사가 공간으로 변환된 것이 펼쳐져 있고, 우리가 특이점에 다가감에 따라서 확산해요. 그럴 경우의 유일한 문제는 상하좌우로 움직일 공간이 부족하다는 점입니다. 시간은 말할 나위도 없고."

코델리아는 매료된 표정으로 맵을 응시했다. "그럼 블랙홀 내부의 모양은 전혀 구형球形이 아니란 말이군요? 두 방향으로는 구 모양의 껍질이고, 껍질 내부의 역사가 세 번째의 방향으로 변환되어 있으니까… 전체가 초超원기둥의 표면이 되어 있는 건가요? 길이는 계속 길어지면서, 반경은 줄어드는 초원기둥 말이에요." 불현듯 표정이 밝아진다. "그리고 청색 편이는 우주가 수축하기 시작할 때의 청색 편이 같다는 거죠?" 코델리아는 얼어붙은 천공을 돌아보았다. "단지 이 공간이 두 방향을 향해 수축하고 있다는 점은 제외하고 말이에요. 그렇다면 별빛의 각도가 그 두 방향을 선택하면 선택할수록 청색으로 더 이동한다는 거네요?"

※ 빅뱅에 의해 탄생한 우주는 우주 전체의 질량이 임계치보다 클 경우 그 자체 중력에 의해 언젠가는 팽창을 멈추고 하나의 특이점으로 수축한다는 가설.

"맞아요." 기젤라는 코델리아의 빠른 이해력에도 더 이상 놀라지 않았다. 오히려 왜 오래전에 블랙홀에 관해 알려진 모든 지식을 습득하지 못했는지 궁금할 정도였다. 보통 수준의 라이브러리에 제약 없이 접속할 수 있고 초보적인 개인 교습 소프트웨어만 있었다면, 지식이 부족한 부분 따위는 금세 채울 수 있었을 텐데. 그럼에도 그녀의 아버지가 플랑크 다이브를 관찰하고 싶은 일념에서 〈카르탕〉까지 딸을 끌고 온 것이 사실이라면, 〈아테나〉의 문화가 딸의 교육을 방해하는 것을 왜 두고 보고만 있었단 말인가? 전혀 아귀가 맞지 않았다.

코델리아는 쌍안경을 들어 올리고 옆쪽으로 돌리며 블랙홀 주위를 둘러보았다. "왜 우리 모습은 보이지 않는 건가요?"

"좋은 질문이군요." 기젤라는 맵 위에 그들이 사건의 지평선을 넘은 직후에 플랫폼을 떠난 광선 한 줄기를 그렸다. "3M 구각에서 이런 식의 광선은 시공 안에서 3차원적인 나선을 그리며 움직이고, 한 바퀴 돈 다음에 우리 세계선으로 되돌아와요. 하지만 블랙홀 내부에서 이 나선은 반전되어서 2차원적인 나선으로 압착되어 버리는 거예요. 그렇게 이동해 봤자 특이점에 부딪치기 전에 블랙홀 주위를 반쯤 돌 시간밖에는 없고, 따라서 우리가 사건의 지평선을 가로지른 뒤에 발한 빛은 전혀 우리에게 되돌아올 수 없어요.

이건 완벽하게 대칭적인 슈바르츠실트 블랙홀※을 상정했을 때의 얘기고, 우리가 지금 시뮬레이션하고 있는 건 바로 그거예요. 그리고

※ 독일의 물리학자 카를 슈바르츠실트가 제시한, 회전하지 않으며 전하를 띠지 않는 블랙홀의 모델이다.

찬드라세카르처럼 오래된 블랙홀의 시공 구조는 아마 슈바르츠실트 블랙홀의 그것과 상당히 닮은 형태로 자리 잡았을 공산이 크죠. 하지만 특이점 근처에서는 유입되는 별빛조차도 그 구조의 안정성을 흐트러뜨릴 정도로 청색 편이를 일으키고, 우리처럼 그보다 질량이 더 큰 물체가 있을 경우 카오스적인 변화를 한층 더 빨리 일으킬 거예요. 그러니까, 우리가 정말로 여기 와 있다면 말이에요." 기젤라는 스케이프를 향해 벨린스키-칼라트니코프-리프쉬츠 시공 구조®로 전환한 다음 시간을 다시 흐르게 하라고 지시했다. 별들이 마치 교란된 대기를 통해 본 것처럼 일그러지며 어른거리기 시작하더니 적색 편이와 청색 편이가 거센 파도처럼 밀어닥치며 천공 전체가 마치 부글부글 끓어오르는 것처럼 보였다. "만약 우리가 실체를 가지고 있고 조석력에서도 살아남을 수 있을 정도로 튼튼하다면, 각기 다른 방향으로 붕괴하고 확대하는 영역들을 통과하는 과정에서 시공이 격렬하게 진동하는 걸 느낄 수 있을 거예요." 기젤라는 방금 설명한 대로 시공 맵을 수정했고, 더 뚜렷하게 보이도록 확대했다. 특이점 부근에서 예전에는 항구적인 조석력의 원기둥이었던 것들은 이제 점점 더 미세해지고 점점 더 일그러지면서 무작위적인 거품 덩어리 같은 것으로 와해해 있었다.

코델리아는 아연실색한 표정으로 맵을 훑어보았다. "저런 환경에서 도대체 어떤 식의 계산을 할 생각인 거죠?"

® 블랙홀이나 빅뱅과 같은 극도로 높은 밀도와 온도 조건에서 발생하는 중력 특이점을 설명하는 이론.

"그럴 생각은 없어요. 이건 카오스이니까요. 하지만 카오스계는 쉽게 조작이 가능해요. 티플러[※] 신학에 관해서는 알아요? 빅크런치가 오기 전에 무한한 계산이 가능해지도록 우주를 개조해야 한다는 교리?"

"예."

기젤라는 양팔을 활짝 벌려 찬드라세카르 전체를 감싸 보였다. "블랙홀을 개조하는 쪽이 더 쉬워요. 닫힌 우주에서는 이미 그곳에 있는 것들을 재배열할 수밖에 없으니까. 하지만 블랙홀의 경우 우리는 모든 방향에서 새로운 물질과 방사선을 쏟아부을 수 있어요. 그렇게 함으로써 우리는 블랙홀의 구조가 좀 더 질서정연하게 붕괴하도록 유도할 수 있기를 희망하고 있어요. 슈바르츠실트 블랙홀이 아니라, 빛이 블랙홀의 내부 공간을 여러 바퀴 돌 수 있는 버전으로 말이에요. 〈카르탕 널〉[※※]은 반대 방향으로 회전하는 광선들로 이루어져 있고, 실에 꿴 구슬들처럼 펄스 변조될 겁니다. 두 광선이 서로를 통과할 때 펄스들도 상호작용하고, 그 결과 광선은 청색 편이를 일으켜서 쌍생성[※※※]이 가능해지고, 궁극적으로는 중력 효과조차 유발할 수 있을 정도의 고高에너지 상태에 도달하겠죠. 이 광선들이 우리의 메모리가 될 거고, 그것들의 상호작용이 우리의 모든 계산을 실행해 줄

[※] 프랭크 티플러. 미국의 수리물리학자이자 우주론자. 지수함수적으로 발전한 컴퓨터 지성은 궁극적으로는 물리학의 기본 법칙에 모순되지 않은 형태로, 우주의 종말이 오기 전에 일찍이 존재한 모든 지적 생명의 시뮬레이션을 실행할 수 있다는 '오메가 포인트 가설'을 제창했다.

[※※] 널(null)은 '0'을 의미한다.

[※※※] 에너지에서 입자와 반입자가 쌍으로 생성되는 물리현상.

거예요. 운이 좋다면 거의 플랑크 길이※까지, 10의 마이너스 35제곱 미터까지 말이에요.”

코델리아는 말없이 생각에 잠겼다가, 잠시 후 주저하듯이 물었다. “하지만 실제로는 얼마나 많은 계산을 할 수 있을까요?”

“다 합쳐서?” 기젤라는 어깨를 으쓱했다. “그건 플랑크 단위에서 시공 구조가 세부적으로 어떤지에 달려 있어요. 블랙홀 내부로 들어가지 않으면 알 수 없는 세부 말이에요. 우리에게는 티플러적 조작, 그러니까 무한한 계산의 축소판을 실행할 수 있게 해주는 모델이 몇개 있긴 한데, 대부분의 경우 그것들이 내놓는 해답의 범위는 크든 작든 유한합니다.”

코델리아는 낙담하고 의기소침한 기색이 역력했다. 설마 블랙홀로 돌입한 다이버들이 어떤 운명을 맞이하게 될지 모르고 있었단 말인가?

기젤라는 말했다. “우리가 클론을 보낸다는 건 알죠? 자기 자신의 유일한 버전을 〈카르탕 널〉에 보내려는 사람은 없어요!”

“알아요.” 코델리아는 기젤라의 시선을 피했다. “하지만 당신이 그 클론이라면… 죽는 게 두렵지는 않을까요?”

기젤라는 상대의 말에 감명을 받았다. “아주 조금은 그럴지도 모르겠네요. 하지만 마지막에는 전혀 두렵지 않을 거예요. 무한대로 계산할 가능성이 조금이라도 남아 있거나 우리가 탈출할 수 있는 어떤 특수한 발견을 할 가망이 아직 남아 있는 동안에는, 우리는 죽음의

※ 우주에서 유의미하게 측정 가능한 최소 길이. 독일의 이론물리학자 막스 플랑크가 고안한 자연 단위계의 일부다.

공포를 계속 느끼는 쪽을 택할 거예요. 공포야말로 살아남기 위해 모든 선택을 샅샅이 검토하게 만드는 원동력이니까요! 하지만 결국 죽음을 피할 수 없다는 사실이 명백해지는 경우, 우리는 오래된 본능적 반응을 꺼버리고 그냥 그런 운명을 받아들일 거예요."

코델리아는 순순히 고개를 끄덕였지만, 전혀 수긍한 기색이 아니었다. '사라진 육체인적 미덕'을 칭송하는 폴리스에서 자란 사람에게, 그런 행동은 잘해봤자 사기 행위나 최악의 경우에는 자해 행위로 밖으로는 느껴지지 않을 테니까 말이다.

"슬슬 돌아가도 될까요? 아버지가 곧 깨어날 듯해서요."

"물론 좋아요." 기젤라는 이 묘하고 진지한 소녀를 안심시킬 말을 해주고 싶었지만, 도대체 어디서부터 시작해야 할지 알 수 없었다. 그래서 그들은 스케이프 밖으로 함께 도약해서 가상 광추들로부터 빠져나왔고, 블랙홀의 시뮬레이션이 새로운 지식도 죽음의 가능성도 제공할 수 없다는 사실을 억지로 인정해야 하는 상황으로 몰리기 전에 그곳을 떠났다.

프로스페로가 각성하자 기젤라는 자기소개를 한 다음 무엇을 보고 싶은지 그에게 물었다. 그녀는 〈카르탕 널〉의 구조도를 볼 것을 권했다. 코델리아가 이미 찬드레세카르 블랙홀을 둘러보았다는 사실을 언급하는 것은 그리 현명한 행동이 아니었으므로, 차라리 딸도 아직 못 본 스케이프를 제공하는 식으로 대처하는 편이 모나지 않을 거라는 생각이 들었기 때문이다.

프로스페로는 기젤라를 보며 짐짓 관대하게 웃어 보였다. "자네들의 〈낙하하는 도시〉가 실로 기발하다는 건 나도 알지만, 난 그런 덴 관심이 없다네. 내가 여기 온 건 자네들의 동기를 음미하기 위해서지, 자네들의 기계를 구경하기 위해서가 아니거든."

"우리 동기라고요?" 기젤라는 혹시 번역 오류가 난 것이 아닌지 의아해했다. "우린 시공의 구조에 관해 흥미를 가지고 있습니다. 그런 동기가 아니라면, 블랙홀에 다이빙할 이유가 없지 않나요?"

프로스페로의 미소가 커졌다. "난 바로 그걸 확인하고 싶어서 여기 온 거라네. 판도라 신화 말고도 선택의 폭은 넓지. 프로메테우스. 돈키호테. 당연히 성배도 빼놓을 수 없고… 오르페우스조차도 가능하겠군. 자네들은 망자를 구출하는 걸 원하나?"

"망자를 구출해요?" 기젤라는 어안이 벙벙한 상태로 되물었다. "아, 혹시 티플러적인 지적 생명체의 부활을 얘기하시는 건가요? 아뇨, 그럴 계획은 전혀 없습니다. 만에 하나 우리가 무한대의 계산 능력을 손에 넣는다고 해도, 고인이 된 특정한 육체인들을 재현할 만한 정보가 거의 없으니까요. 설령 우격다짐으로 모든 지적 생명체를 통째로 시뮬레이션하는 식으로 부활시킨다고 해도, 그러자마자 극도의 고통을 경험하게 될 존재들을 미리 거르는 건 불가능합니다. 통계적으로도 그런 존재들은 그렇지 않은 존재들보다 1만 배 더 많을 공산이 크고요. 그런 행위는 극히 비윤리적입니다."

"두고 보면 알겠지." 프로스페로는 손을 저으며 기젤라의 반론을 일축했다. "중요한 건 내가 〈카론〉에 탈 승객들을 가급적 빨리 만나야 한다는 점이네."

"〈카론〉…? 블랙홀에 돌입할 '다이브팀'을 말씀하시는 건가요?"

프로스페로는 마치 오해당하는 것이 괴롭다는 듯이 고뇌에 찬 표정으로 고개를 가로저었지만, 결국 이렇게 말했다. "응. 자네의 그 다이브팀을 집합시키게. 그 친구들 모두와 얘기를 나누고 싶으니까. 이곳이 왜 이토록 나를 절실하게 필요로 하는지를 잘 알겠군!"

기젤라의 당혹감은 최고조에 달했다. "필요로 한다고요? 물론 오신 걸 환영합니다만… 우리가 어떤 식으로 당신을 필요로 한다는 건가요?"

코델리아가 손을 뻗어 자기 아버지의 팔을 잡아당겼다. "성 안에서 기다리면 안 될까요? 너무 피곤해서." 이렇게 말하면서도 그녀는 기젤라와 눈을 마주치려고 하지 않았다.

"우리 딸의 소원이라면야!" 프로스페로는 허리를 굽히고 딸의 이마에 입을 맞췄다. 그러고는 입고 있는 로브 안에서 양피지 두루마리를 하나 꺼내더니 공중에 던졌다. 양피지는 펼쳐지면서 잔교 옆 해면 위에 떠 있는 문으로 변화했다. 기젤라는 문 너머로 햇살이 내리쬐는 스케이프가 펼쳐져 있는 것을 보았다. 너무 많은 초목으로 우거진 광대한 정원과 석조 건물들. 날개 달린 말들이 하늘을 날고 있다. 두 방문자가 숙소를 자기들의 몸보다는 더 효율적으로 압축해 온 것 같아서 다행이다. 안 그랬더라면 감마선 링크는 10년쯤 먹통이었을 테니까 말이다.

코델리아는 프로스페로의 손을 잡고 문간을 넘었고, 아버지를 끌어당겼다. 그제야 기젤라는 알아차렸다. 자기 아버지가 더 이상 기젤라를 당혹스럽게 하기 전에 입을 다물게 하려고 저러는 것이다.

그러나 코델리아의 이런 시도는 성공하지 못했다. 프로스페로는 한쪽 발을 아직 잔교에 딛고 있었을 때 기젤라 쪽으로 몸을 돌렸던 것이다. "왜 내가 필요하느냐고? 내가 여기 온 건 자네들의 호메로스, 자네들의 베르길리우스, 자네들의 단테, 자네들의 디킨스가 되어주기 위해서야! 이 영광으로 가득 찬, 비극적인 시도의 신화적 에센스를 추출하려고 왔단 말이네! 난 자네들이 추구하는 불멸보다 무한하게 더 위대한 선물을 내려줄 작정이야!"

기젤라는 블랙홀 내부로 돌입하면 자신이 지금보다 훨씬 더 짧은 생을 마감하게 되리라는 사실을 확신하고 있었지만, 이번에도 역시 굳이 지적해 줄 의욕이 생기지 않았다.

"난 자네들을 전설로 만들어 주려고 왔어!" 프로스페로가 잔교를 떠나자 문은 그의 등 뒤에서 수축하더니 사라졌다.

기젤라는 바다 너머를 잠시 멍하게 바라보다가, 천천히 잔교 위에 앉아서 양쪽 발을 얼음처럼 차가운 바닷물에 담갔다.

몇 가지 의문이 풀리기 시작했다.

"상냥하게 대해줘." 기젤라는 간원했다. "코델리아를 봐서라도."

티몬*은 짐짓 곤혹하며 마음을 상한 듯한 표정을 지었다. "내가 왜

※ 기원전 3세기에 불가지론의 일종인 '피론주의'를 설파한 고대 그리스 철학자의 이름이기도 하다.

안 그럴 거라고 생각하는 거야? 난 누구에게든 상냥하게 대한다고."

그는 평소의 각진 아이콘―전신이 갈빗대 같은 골조와 관절이 있는 막대기로 이루어진―에서 잠깐 귀여운 곰 인형으로 모핑⊛해 보였다.

기젤라는 낮은 신음을 흘렸다. "들어줘. 만약 내 생각이 옳다면, 그러니까 코델리아가 정말로 〈카르탕〉으로 이주할 생각이라면, 그건 그 아이에겐 일찍이 경험한 적 없을 정도로 힘든 결단이 될 거야. 만약 고향인 〈아테나〉를 쉽게 떠날 수 있었더라면 코델리아는 진즉에 그랬을 거야. 아버지로 하여금 이번 여행은 자기가 발안한 것임을 믿게 하려고 애써 책략을 꾸미는 대신에 말이야."

"아버지의 발안이 아니라는 걸 왜 그렇게 확신해?"

"프로스페로는 현실에는 전혀 관심을 갖고 있지 않아. 그런 인물이 플랑크 다이브에 관해 알 수 있었던 건 오직 코델리아가 아버지인 프로스페로의 관심을 환기했기 때문이야. 코델리아가 〈카르탕〉을 택한 건 깨끗하게 결별할 수 있을 정도로 지구에서 멀리 떨어져 있기 때문일 거야. 그리고 플랑크 다이브는 그 아이가 필요로 하던 그럴듯한 이유를 제공해 줬고, 그걸 아버지 눈앞에서 당근처럼 흔들어 보임으로써 예의 '재능'을 자극한 절호의 주제가 되어주었던 거지. 하지만 코델리아가 자기 입으로 지구로 돌아가지 않겠다고 선언할 때까지는 프로스페로가 소외감을 느끼게 하면 안 돼. 그렇게 된다면 코델리아는 지금보다 한층 더 힘들어 할 테니까 말이야."

티몬은 산화피막을 입힌 두개골 안쪽에서 눈알을 굴려 보였다. "알

⊛ 컴퓨터 그래픽에서 하나의 형상을 점진적으로 다른 형상으로 변화시키는 기법.

았어! 하라는 대로 할게! 네가 그 아이의 본심을 제대로 읽었을 가능성도 없어 보이진 않으니까 말이야. 하지만 네 판단이 잘못됐다면…"

프로스페로가 마치 기다렸다는 듯이 입장한 것은 바로 이때였다. 로브를 나부끼며, 뒤에는 딸을 대동하고 있었다. 그들 모두가 있는 스케이프는 이 회견을 위해 프로스페로의 주문에 맞춰 창조된 것이었다. 꼭대기를 잘라낸 두 개의 사각 피라미드를 바닥 부분에서 서로 맞붙인 듯한 모양의 방이었다. 방의 내부는 흰색 패널로 덮여 있었고, 사다리꼴 창문을 통해 20M에서 바라본 찬드라세카르 블랙홀이 보인다. 기젤라는 이런 양식을 본 적이 없었다. 티몬은 이것을 '아테네 풍의 우주 키치'라고 명명했다.

다이브팀을 구성하는 다섯 멤버들은 반원형 탁자 주위에 앉아 있었다. 기젤라가 사치오, 티엣, 비크럼, 티몬을 소개하는 동안, 프로스페로는 탁자 앞에 우뚝 서 있었다. 기젤라는 이들과 미리 말을 나누며 코델리아 일을 부탁했지만, 티몬에게서 받은 미적지근한 양보가 그나마 가장 약속에 가까운 것이었다. 코델리아는 눈을 내리깔고 방구석에서 몸을 사리고 있었다.

프로스페로가 근엄하게 말하기 시작했다. "1,000년 가까운 세월이 흐르는 동안, 우리 육체인의 후계자들은 까마득한 과거에 있었던 영웅적 행위들의 꿈에 에워싸인 채로 살아왔네. 하지만 우리에게 영감을 줄 새로운 〈오디세이아〉를, 과거의 영웅들 옆에 나란히 설 새로운 영웅들을, 영원한 신화를 새로이 들려줄 새로운 방법들을 얻으려는 우리의 꿈은 무위로 돌아갔을 뿐이었어. 그리고 사흘 뒤에는 자네들의 여정 역시 헛된 꿈이 되어 우리 눈앞에서 영원히 상실될 운명이었지." 그는 의기양양한 미소를 떠올렸다. "하지만 나는 늦기 전에 이곳에 도착할 수 있었네. 자네들의 이야기를 중력의 아가리로부터 끄집어내 줄 내가 말일세!"

티엣이 말했다. "상실될 위험 같은 건 전혀 없습니다만. 다이브에 관한 정보는 실시간으로 모든 폴리스에 발신되어서, 모든 라이브러리에 저장되고 있으니까요." 티엣의 아이콘은 흑단을 깎아 만든, 보석으로 장식된 유연한 조각상처럼 보였다.

프로스페로는 손을 흔들어 보이며 티엣의 말을 일축했다. "그건 특수한 기술적 용어를 나열한 것에 지나지 않아. 〈아테나〉에서는 그런 건 파도가 살랑거리는 소리나 마찬가지일 걸세."

티엣은 한쪽 눈썹을 추켜세웠다. "당신들의 어휘가 빈약하다면, 그걸 늘릴 생각을 해야죠. 우리가 거기에 맞춰 수준을 끌어내릴 걸 기대하지는 마십쇼. 도시국가 이름을 아예 언급하지 않고, 고대 그리스에 관한 얘기를 할 수 있다고 생각합니까?"

"아니. 하지만 그것들은 보편적인 용어인 데다, 우리 인류의 공통 유산…"

"그것들은 공간적으로 아주 좁은 영역과 아주 짧은 시간 내에서나 통용되고, 그 밖에서는 아무 의미도 없는 용어입니다. 그것과는 달리 플랑크 다이브를 기술하기 위해 필요한 용어들은 펨토미터* 단위의 시공까지 적용될 수 있죠."

※　1,000조분의 1미터.

프로스페로는 조금 경직된 어조로 대답했다. "그럼에도 불구하고, 〈아테나〉에서는 방정식보다 시를 선호한다네. 그리고 내가 여기 온 건 향후 몇천 년 동안이나 상상력의 회랑 속에서 메아리칠 언어로 자네들의 여정을 찬양하기 위해서야."

사치오가 말했다. "그 말인즉 다이브를 묘사하는 일에는 당신이 참가자들보다 더 적임자라고 믿는 거야?" 사치오는 올빼미 모습을 하고 있었고, 육체인 모양을 본뜬 철제 새장—찌르레기들로 가득 차 있었다—의 머리 부분 속 횃대에 앉아 있었다.

"나는 설화학자거든."

"그렇다면 무슨 특수한 훈련 같은 걸 받았다는 뜻이야?"

프로스페로는 자랑스러운 표정으로 고개를 끄덕였다. "사실을 말하자면, 그건 내 천직이라고 할 수 있겠지. 고대의 육체인들이 모닥불 주위에 모여들었을 때, 밤새도록 이야기를 들려주었던 사람이 바로 나라네. 신들이 어떻게 서로와 다퉜는지, 유한한 수명을 가진 전사들조차도 어떻게 하늘로 끌어 올려져서 별자리가 되었는지에 관한 이야기를 말이야."

티몬은 진지하기 짝이 없는 표정으로 대꾸했다. "그리고 그 모닥불 반대편에 앉아서, 허튼소리 좀 작작 하라고 당신에게 핀잔을 줬던 사람은 다름 아닌 바로 나고." 기젤라는 티몬이 약속을 어긴 것을 격하게 힐난할 작정으로 몸을 돌리려다가, 그가 스케이프 밖으로 데이터를 라우팅*하는 방법으로 그녀에게만 말을 걸었다는 사실을 깨달

❖ 네트워크 안에서 통신 데이터를 보낼 때 최적 경로를 선택하는 제어 방식.

왔다. 기젤라는 표독스러운 눈으로 티몬을 쏘아보았다.

사치오의 올빼미가 당혹스러운 표정으로 눈을 껌뻑였다. "하지만 당신은 다이브 자체를 이해 못 하는 것 같은데. 그런데 어떻게 그걸 다른 사람들에게 설명할 적임자일 수 있다는 거지?"

프로스페로는 고개를 가로저었다. "내가 온 건 설명이 아니라 수수께끼를 만들어 내기 위해서라네. 자네들의 강하를, 자네들의 모든 라이브러리가 먼지가 되어 사라진 뒤에도 훨씬 더 오래 남아 있을 형태로 빚어주기 위해서 말이야."

"어떤 식으로 빚어준다는 겁니까?" 비크럼은 지금처럼 원할 때는 다빈치의 인체도처럼 해부학적으로 정확히 인간의 모습을 할 수 있었지만, 생리학적 시뮬레이션 특유의 특징들을 결여하고 있었다. 땀도 흘리지 않고, 때가 나오지도 않고, 털도 빠지지 않는다는 뜻이다. "사실을 바꾼다는 뜻인가요?"

"신화적인 에센스를 추출하면, 단순한 세부는 더 깊은 진실에 종속되는 법이라네."

티몬이 말했다. "방금 대답은 긍정인 것 같아."

비크럼은 온화한 표정이었던 얼굴을 살짝 찡그렸다. "그렇다면 정확히 뭘 바꿀 건데요?" 그는 양팔을 펼치고 그것들을 늘려서 다이브팀의 동료들을 에워쌌다. "우리들을 지금보다 더 개선할 작정이라면, 어떻게 그럴 생각인지 얘기해 주시겠습니까?"

프로스페로는 신중한 어조로 말했다. "우선 다섯이라는 빈약한 머릿수를 바꿀 생각일세. 일곱, 아니면 열둘도 괜찮겠군."

"휴우." 비크럼은 씩 웃었다. "엑스트라들은 존재감이 희박한 친구들로 한정하고, 우리를 해고하지는 말아주시길."

"그리고 자네들의 배의 이름을…"

"〈카르탕 널〉? 그게 뭐 어때서요? 〈카르탕〉은 아인슈타인 이론의 의미와 결론을 명확하게 해준 위대한 육체인 수학자입니다. '널'을 붙인 건 질량이 0인 광자가 따라가는 경로인 '널 측지선'들로 이루어져 있기 때문이죠."

"후세 사람들은," 프로스페로가 선언했다. "그걸 〈낙하하는 도시〉라고 부르는 편을 선호할 걸세. 그 에센스가 자네들의 부적절한 용어들 따위로 인해 가려지면 안 되니까 말이야."

티엣은 냉랭한 어조로 대꾸했다. "우리 폴리스는 엘리 카르탕※의 이름을 따서 명명됐습니다. 따라서 찬드라세카르 블랙홀 내부로 보내어질 이 폴리스의 클론 역시 엘리 카르탕의 이름을 따서 명명될 겁니다. 만약 그걸 존중할 생각이 없다면, 지금 당장 〈아테나〉로 돌아가는 편이 나을 겁니다. 당신에게 조금이라도 협력할 사람은 없을 테니까요."

프로스페로는 다른 멤버들을 흘끗 보았다. 혹시 티엣의 말에 반대하는 사람이 나오지 않을지 기대한 것일까. 기젤라의 심중은 복잡했다. 프로스페로가 무엇을 상상하고 있든 간에 신화를 창조하겠다는 이 사내의 헛소리는 라이브러리에 기록될 진실보다 더 오래 남을 가

※ 프랑스의 수학자. 중력과 관련된 시공간 구조를 설명하는 데 필수적인 '리 군(Lie group)' 이론을 발전시켰으며, 블랙홀 주변 같은 강한 중력장에서의 물체의 운동을 설명하는 데 중요한 역할을 했다.

능성은 없었으므로, 어떤 의미에서는 문제의 신화에 무슨 얘기가 포함되어 있든 상관없다고 할 수 있었다. 그러나 그와는 별개로, 어딘가에서 선을 긋지 않는다면 그들은 곧 이 사내의 존재 자체를 견딜 수 없게 될 것이었다.

프로스페로는 말했다. "알았어. 〈카르탕 널〉이라고 부르겠네. 난 예술가인 동시에 장인이기도 하기 때문에, 질이 안 좋은 점토를 가지고서도 작품을 빚을 자신이 있거든."

회합이 끝나자 티몬이 기젤라를 방구석으로 몰아갔다. 그가 불평하려고 운을 떼기도 전에 기젤라는 재빨리 말했다. "앞으로 사흘이나 더 저런 걸 견뎌야 하는 게 끔찍하다고 말할 작정이라면, 코델리아가 처한 상황은 어땠을지 상상해 봐."

티몬은 고개를 가로저었다. "약속은 지키겠어. 하지만 그 아이가 뭐에 직면하고 있는지를 알게 된 지금, 정말로 거기서 벗어날 수 있을 것 같지는 않군. 태어나서 줄곧 육체인들의 황금시대에 관한 과장된 선전에 푹 빠진 채로 살아왔는데, 그런 것 너머에 있는 진실을 어떻게 간파할 수 있겠어? 〈아테나〉 같은 폴리스는 밈meme적으로 닫혀 있어서, 꽉 끼어 결코 빠져나올 수 없는 표면을 형성한다고. 충분히 많은 수의 프로스페로들을 한 장소에 농축시킨다면, 탈출 자체가 불가능해지는 법이지."

기젤라는 표독스럽게 티몬을 쏘아보았다. "코델리아가 자기 의사로 여기까지 왔다는 걸 잊었어? 단지 태어난 곳이 〈아테나〉라는 이유 하나만으로, 영영 그곳에 묶여 있을 거라는 소린 하지 마. 현실은 절대 그렇게 단순하지 않아. 블랙홀들조차도 호킹 복사*를 방출하잖아.”

“호킹 복사는 정보를 운반할 수 없어. 열잡음에 불과해서, 그걸 타고 블랙홀에서 탈출할 수는 없어.” 티몬은 두 개의 손가락을 붙여 공중에 대각선을 그어 보였다. ‘증명 끝’을 의미하는 제스처다.

기젤라는 말했다. “멍청아, 내 말은 은유지 글자 그대로의 의미가 아니었어. 그 차이를 모르겠다면, 너도 그 잘난 〈아테나〉로 꺼져버리라고.”

티몬은 자기를 물어뜯으려고 하는 뭔가로부터 황급히 손을 빼는 시늉을 한 다음 사라졌다.

기젤라는 인적이 사라진 스케이프 주위를 둘러보았다. 참지 못하고 분통을 터뜨린 자기 자신이 한심했다. 창문 너머에서는 찬드라세카르가 고요하게 시공을 짜부라뜨려서 없애버리는 작업을 진행하고 있었다. 지난 60억 년 동안 줄곧 그래왔던 것처럼.

기젤라는 말했다. “네가 한 말이 틀렸으면 좋을 텐데.”

플랑크 다이브 50시간 전, 비크럼은 가장 낮은 궤도에 있는 탐사기 무리에게 사건의 지평선 내부로 나노머신들을 주입하라고 명했다. 기젤라와 코델리아는 제어 스케이프에 있던 그에게 합류했다. 다양한 맵과 찬드라세카르 주위에 산재한 하드웨어들을 조작하기 위한 장치로 가득 찬 광활한 공간이었다. 프로스페로는 티몬을 심문하러 간 탓

※ 입자가 양자 터널 효과로 인해 사건의 지평선 근처에서 ‘쌍생성’을 일으키면서 양의 에너지를 가진 입자가 블랙홀 밖으로 방사되는 것처럼 보이는 현상. 물리학자 스티븐 호킹이 제창했다.

에 없었다. 비크럼도 방금 그 시련을 통과한 참이었다. 비크럼에게 질문할 때 프로스페로는 '오이디푸스적 충동'이라든지 '자궁-질 상징'이라는 표현을 많이 사용했지만, 비크럼은 쾌활한 어조로 〈카르탕〉 승무원 중에서 그런 신체 장기들에 대해 조금이라도 관심을 보인 사람은 아무도 없다고 대답했을 뿐이었다. 기젤라는 코델리아가 정확하게 어떻게 탄생했는지 궁금해하고 있었다. 육체인의 출산을 시뮬레이션으로 충실하게 재현했을 가능성 따위는 생각만 해도 끔찍했다.

나노머신들이 형성하는 것은 미량의 물질이었고, 그 질량은 1초당 몇 톤에 불과했다. 그러나 블랙홀 깊숙한 곳에서 그것들은 주위의 곡률을—별빛과 후속 나노머신들이 보내오는 신호 양쪽을 관찰하는 방법으로—측정한 다음, 블랙홀의 미래 시공 구조가 목표에 가까워지는 형태가 되도록 스스로의 집단적인 질량 분포를 수정한다. 자유낙하로부터의 모든 일탈은 분자 조각들의 배출과 화학적 에너지의 손실을 의미하지만, 나노머신들은 스스로를 갈가리 찢어버리기 전에 그보다 작은 규모에서 똑같은 작업을 수행할 수 있는 광자적 기계들을 낳을 것이다.

이런 것들이 하나라도 계획대로 작동하고 있는지를 확인할 방법은 없었지만, 제어 스케이프에 표시된 맵 중 하나는 그들이 희망하는 결과를 보여주고 있었다. 비크럼은 서로에 대해 반대 방향으로 회전하고 있는 두 개의 빛다발을 스케치해 보였다. "공간이 두 방향에서 수축하고 세 번째 방향에서 확장되는 건 피할 수 없어. 대량의 물질을 주입해서 공간이 세 방향 모두에서 축소된다면 모르겠지만, 이건 더 좋지 않은 결과를 가져올 뿐이지. 하지만 확장 방향을 계속 바꾸는 건 가능해. 공간을 90도씩 거듭 뒤집어서 구조를 고르게 하는 거지. 그럼으로써 빛은 계속해서 몇 바퀴를 돌 수 있고, 한 바퀴 돌 때마다 걸리는 시간은 그 직전에 걸린 시간의 100분의 1이야. 이건 이건 광선마다 수축하는 기간이 따로 있다는 뜻인데. 그 덕에 확장 기간 동안의 분산 효과를 상쇄할 수 있지."

두 개의 빛다발은 원형과 타원형의 단면들 사이에서 진동하면서 곡률에 의해 확장되거나 축소되었다. 코델리아는 확대경을 만들어 내서 빛다발들을 따라갔고, 특이점을 향해 '안쪽'으로, 시간축 위에서 전진했다. 그녀는 말했다. "만약 주회 궤도들이 기하급수를 이룬다면, 특이점에 도달하기 전에 거기 집어넣을 수 있는 궤도의 수에는 한계가 없어져. 게다가 파장은 궤도 크기에 비례해서 청색 편이를 일으키니까, 회절 효과가 그걸 상회하는 일은 절대로 없겠고. 그렇다면 도대체 무엇이 우리들이 무한히 계산하는 걸 막는단 말이야?"

비크럼은 신중하게 대답했다. "광자들이 일단 입자 반입자 쌍을 생성하기 시작한 후, 준광속으로 이동하는 해당 입자들의 속도가 펄스가 퍼져버릴 정도로 느려질 때가 되면 각 입자의 종류별로 에너지 범위가 생겨날 거야. 우린 모든 데이터가 살아남을 수 있는 방식으로 펄스를 형성하고 그 폭을 조절했다고 생각하지만, 미지의 거대 입자가 단 한 개라도 있다면 모든 흐름은 엉망진창이 되어버릴 거야."

코델리아는 기대하는 듯한 표정으로 비크럼을 올려다보았다. "그런 미지의 입자가 존재하지 않는다면?"

비크럼은 어깨를 으쓱했다. "쿠마르 모델을 따르자면 시간은 양자화되어 있으니까, 광선들의 주파수는 무제한적으로 상승을 계속할 수는 없어. 그것과는 다른 이론의 대부분도 모종의 이유로 인해 설정 전체가 와해할 거라고 시사하고 있지. 난 단지 그런 와해 과정이 우리가 그 이유를 이해할 수 있을 정도로 천천히 진행되기를 바랄 따름이야. 우리가 그 무엇도 이해할 수 없는 상태가 되어버리기 전에 말이야." 그는 웃음을 터뜨렸다. "그렇게 슬픈 얼굴 하지 마! 그건… 나무에 달린 수많은 나뭇가지 중 하나가 말라 죽는 것이나 마찬가지니까. 게다가 우리는 블랙홀 밖에서는 흘끗 보는 것조차 불가능한 지식을 한동안 얻을 수 있을지도 몰라."

"하지만 그런 지식이 있어도 아무 일도 하지 못하잖아요." 코델리아가 항변했다. "누군가에게 그걸 전할 수도 없고."

"아, 테크놀로지와 명성 얘기로군." 비크럼은 콧방귀를 뀌었다. "있잖아. 만약 내 다이버 클론이 설령 아무것도 습득하지 못하고 죽는다고 해도, 그 친구는 내가 블랙홀 밖에서 계속 존재하리라는 걸 아니까 기꺼이 죽음을 받아들일 거야. 만약 내가 기대하는 대로 모든 걸 알아낼 수 있다면, 그 친구는 너무나도 황홀한 나머지 더 살고 싶어 하지도 않을걸." 비크럼은 얼굴에 과장스러울 정도로 열성적인 표정을 지어 보이며 스스로를 희화화해 보였고, 그걸 본 코델리아는 실제로 웃음 짓기까지 했다. 기젤라는 이 소녀가 다이버들의 운명을 병적으로 동정한 나머지 〈카르탕〉을 떠나버릴 수도 있다는 생각에 대해 의구심을 느끼기 시작하고 있었다.

코델리아가 말했다. "그렇다면 가치가 있는 발견이란 어떤 것일까요? 기대할 수 있는 가장 좋은 결과란 어떤 것이죠?"

비크럼은 코델리아와 그 사이의 공간에 파인먼 도형 하나를 그렸다. "시공을 당연한 걸로 본다면, 회전대칭*에 양자역학을 더하면 입자의 스핀을 다루는 일련의 규칙을 얻을 수 있어. 펜로즈는 이걸 뒤집어서 '두 방향 사이의 각도'라는 개념 전체를 세계선들의 네트워크 안에서 처음부터 만들어 낼 수 있다는 걸 보여줬지. 그것들이 그런 스핀 규칙들을 따르는 한은 말이야. 이를테면 일정한 총 스핀량을 가진 입자계가 전자를 다른 계로 던지고, 그 과정에서 첫 번째 계의 스핀량이 감소했다고 가정해 봐. 만약 이 두 스핀 벡터 사이의 각도를 알고 있다면, 두 번째 스핀이 감소하는 대신 증가했을 확률을 계산할 수 있지… 하지만 '각도'라는 개념이 아직 존재하지 않는 경우에는, 이론을 거꾸로 전개해서 두 번째 스핀이 증가한 모든 네트워크을 관찰해서 얻은 확률로부터 '각도'를 정의할 수 있어.

쿠마르를 위시한 이론가들은 이 발상을 확대해서 그보다 더 추상적인 대칭성을 설명했어. 유효한 네트워크를 구성하는 것이 무엇이고, 또 각 네트워크에 대해 위상을 어떻게 할당하는지를 규정하는 법칙들로부터 우리는 일찍이 알려진 모든 물리학을 끌어낼 수 있어. 하지만 나는 그런 법칙들 아래에 더 깊은 설명이 존재하는지를 알고 싶어. 스핀과 그 밖의 양자수量子數들은 정말로 가장 기본적인 것일까, 아니면 뭔가 더 근본적인 것의 산물일까? 네트워크들이 위상차에 의

※   어떤 도형을 일정 각도로 회전시켰을 때, 처음 위치의 도형과 완전히 겹쳐지는 특성.

해 서로를 강화하거나 상쇄하는 현상은 기본적인 것일까, 아니면 그 수학적 설명 아래에는 뭔가 숨은 기제가 존재하는 걸까?"

티몬이 스케이프에 출현하더니 기젤라를 옆으로 데려갔다. "방금 난 약속을 조금 어겼어. 넌 어차피 그걸 알아차릴 게 뻔하고. 그래서 이렇게 미리 고백함으로써 너의 관대함에 기대고 싶어."

"대체 무슨 짓을 했는데?"

티몬은 불안한 표정으로 그녀를 보았다. "프로스페로가 육체인의 문화야말로 모든 지식으로 이어지는 길이다 어쩌고 헛소리를 하더라고." 티몬은 프로스페로의 모습으로 완벽하게 모핑하더니, 그 목소리를 그대로 재생했다. "천문학을 이해하는 열쇠는 위대한 고대 이집트의 점성술사들에 관한 연구고, 수학의 핵심은 피타고라스파의 신비 의식에 의해 밝혀질 수 있다네…"

기젤라는 양손에 얼굴을 묻었다. 그녀가 티몬이었다고 해도 그런 소리에는 반박하지 않을 수 없었을 것이다. "그래서, 넌 뭐라고…?"

"난 이렇게 대꾸했어. 만약 당신이 단 한 번이라도 별들 사이에서 둥둥 떠나니는 우주복 안에서 현화現化하는 날이 와서 페이스 플레이트*에 대고 재채기라도 하게 된다면, 당신 눈에 들어오는 경치도 좀 개선될 거라고 말이야."

기젤라는 참지 못하고 웃음을 터뜨렸다. 티몬은 기대하는 듯이 물었다. "그럼 난 용서받은 거야?"

"아니. 프로스페로의 반응은 어땠는데?"

❀　우주복 헬멧의 투명한 안면 덮개를 의미한다.

"잘 모르겠어." 티몬은 얼굴을 찡그렸다. "솔직히 모욕당했다는 게 뭔지 이해할 능력이 있는지도 확신 못 하겠어. 그 사내가 모욕을 느끼려면, 일단 그 자신을 인류 문명의 미래에 필수 불가결한 존재로 여기지 않는 사람도 존재한다는 걸 상상할 능력부터 갖춰야 할걸."

기젤라는 엄한 어조로 말했다. "이틀만 참으면 돼. 더 노력해 봐."

"네가 더 노력해야지. 이젠 네 차례잖아?"

"뭐?"

"프로스페로가 널 좀 봐야겠대." 티몬은 쌤통이라는 듯이 히죽 웃었다. "너 자신의 신화적 에센스를 추출당할 때가 왔어."

기젤라는 코델리아 쪽을 흘끗 보았다. 소녀는 비크럼과 활기차게 대화하는 중이었다. 〈아테나〉, 그리고 프로스페로가 코델리아를 얼마나 숨 막히게 했는지를 알 수 있을 것 같았다. 그녀가 생기를 띠는 것은 그 양쪽으로부터 떨어져 있는 지금 같은 때였다. 이주를 결단하는 것은 물론 코델리아 본인에게 달렸지만, 그녀가 그럴 기회를 조금이라도 줄이는 짓을 한다면 기젤라는 결코 자기 자신을 용서하지 못할 것이다.

티몬이 말했다. "상냥하게 대해줘."

다이브팀은 자기들의 클론과는 아예 작별 인사 따위를 하지 않기로 미리 정해놓고 있었다. 그들의 동결된 스냅숏은 찬드라세카르 블랙홀 외부에서는 단 한 번도 실행되는 일 없이 〈카르탕 널〉의 청사진에 편입될 것이다. 프로스페로는 기젤라한테 이 얘기를 듣고 기겁했지만, 거의 즉시 기쁜 표정을 지었다. 진실 따위에 방해받지 않고도 여행자들을 위한 거창한 고별식을 창작할 여지가 훨씬 더 늘어났기 때문이리라.

그래도 돌입을 개시하기 전에 그리고 프로스페로와 코델리아 및 몇십 명의 친구들이 제어 스케이프에 모였다. 비크럼이 발사를 앞두고 초읽기를 하는 동안, 기젤라는 군중과 떨어진 곳에 서 있었다. 그가 '10'을 셌을 때, 기젤라는 외부 자아*에게 그녀 자신을 복제하라고 지시했다. '9'에서 그녀는 스케이프 한복판에 떠 있는 〈카르탕 널〉 파일의 아이콘—서로 반대 방향으로 회전하고 있는 광선들을 양식화한—이 방송하고 있는 주소로 그녀의 스냅숏을 보냈다. 처리가 완료되었음을 확인해 주는 태그가 되돌아오자, 기젤라는 상실감이 솟구치는 것을 느꼈다. 다이브는 더 이상 그녀 자신의 선형적인 미래의 일부가 아니었다. 설령 기젤라가 클론을 그녀 자신의 확장된 자아의 한 구성 요소로 간주하고 있다고 해도 말이다.

비크럼이 고양된 목소리로 외쳤다. "3! 2! 1!" 그러고는 〈카르탕 널〉의 아이콘을 집어 들어 찬드라세카르 블랙홀 주위의 시공 맵으로 던져 넣었다. 이것이 방아쇠가 되어서 폴리스에서 8M 궤도에 있는 한 대의 탐사기를 향해 감마선 송신파가 발사되었다. 감마선에 실린 데이터는 그곳에서 데이터를 능동적인 광자 형태로 재현되도록 설계된 나노머신들에 인코딩되었다. 그리고 이 나노머신들은 블랙홀로

※ 여기서는 소프트웨어화한 인간 〈카피〉의 연장선상에서 해당 카피를 위한 정보처리를 전담하는 외부 시스템을 의미한다.

쏟아져 내리는 흐름에 합류했다.

맵상에서 낙하하기 시작한 아이콘은 '정지' 상태의 수직 세계선으로 방향을 틀며 2M 구각에 접근했다. 블랙홀 외부의 정적 좌표계에서 상수 시간의 연속적인 타임 슬라이스들은 결코 사건의 지평선을 가로지르지 않았고, 단지 그것에 밀착했을 뿐이었다. 어느 한 정의를 따르자면, 나노머신들은 영원히 찬드라세카르로 돌입하지 못한다.

다른 정의를 따르자면, 다이브는 이미 종료되었다. 스스로의 좌표계에서 나노머신들이 탐사기에서 사건의 지평선으로 떨어지는 데는 1.5밀리초도 걸리지 않았고, 〈카르탕 널〉의 발사 지점에 도달하는 것도 그보다 조금 오래 걸렸을 뿐이었다. 설령 다이버들이 아무리 긴 주관적 시간을 체험한다고 해도, 그 과정에서 얼마나 많은 계산이 행해진다고 해도, 〈카르탕 널〉을 포함한 공간 영역 전체는 몇 밀리초 뒤에는 특이점에서 짜부라질 운명이었다.

"다이버들이 블랙홀에서 탈출한다면, 역설이 발생하는 게 아닌가요?" 기젤라는 몸을 돌렸다. 코델리아가 어느새 뒤에 와 있었다는 사실을 알아차리지 못했다. "다이버들이 언제 블랙홀에서 나오든 간에 그 시점에서는 낙하하지 않은 상태니까, 그대로 급강하해서 나노머신들을 저지함으로써 자기들이 태어나는 것을 방지할 수 있다는 얘기잖아요." 코델리아는 이런 생각에 동요하고 있는 기색이었다.

기젤라는 말했다. "그건 다이버들이 사건의 지평선 가까이에서 탈출했을 경우에 한정돼. 만약 그들이 출현한 지점이 그보다 더 떨어져 있는 것처럼 보인다면, 이를테면 이곳 〈카르탕〉에 바로 지금 출현한다고 한다면, 그러기엔 이미 때가 늦은 거라고 봐야 해. 나노머신들은 우리보다 훨씬 더 먼저 출발했기 때문에, 우리 좌표계에서 그것들이 거의 정지해 있다고 해도 실제로 그걸 쫓아가는 입장에서는 결코 쉬운 표적이 될 수 없어. 설령 광속을 낸다고 해도, 여기서는 결코 그것들을 따라잡을 수 없고."

코델리아는 이 얘기를 듣고 힘을 얻은 듯했다. "그렇다면 탈출이 불가능하다는 얘긴 아니군요?"

"그건…" 기젤라는 다른 장애물들 일부를 열거할까 하다가, 퍼뜩 상대방의 질문이 전혀 다른 것에 관한 것일지도 모를 가능성에 생각이 미쳤다. "응. 불가능하진 않지."

코델리아는 다 안다는 듯한 미소를 떠올렸다. "다행이군요."

프로스페로가 고래고래 외쳤다. "다들 모이게! 다들 모여서 '〈카르탕 널〉의 발라드'에 귀를 기울이는 거야!" 그는 연단을 창조해서 발치로 솟구쳐 오르게 했다. 티몬이 기젤라에게 슬금슬금 다가오더니 속삭였다. "혹시 그걸 읊으면서 류트*까지 연주할 작정이라면 난 오감을 딴 데로 날려 보낼 거야."

류트는 쓰이지 않았다. 프로스페로의 무운시無韻詩는 음악 반주 없이 낭독되었기 때문이다. 그러나 시의 내용은 기젤라가 우려했던 것보다 한층 더 끔찍했다. 프로스페로는 기젤라와 그녀의 동료들에게 들은 모든 얘기를 무시했던 것이다. 프로스페로 버전의 플랑크 다이브에서 '카론의 승객'들은 그가 날조한 엉터리 이유로 인해 '중력

※ 기타와 비슷한 모양의 고전 현악기.

의 심연'으로 돌입하고 있었다. 파탄 난 로맨스 / 극악무도한 범죄에 대한 복수 / 장수로 인한 따분함 등에서 벗어나서, 오래전에 죽은 육체인 조상을 부활시키고, '신들'과 접촉하기 위해서 그랬다는 식이다. 다이버들이 정말로 해답을 얻고 싶어 하는 보편적인 질문들—플랑크 규모에서의 시공 구조, 양자역학의 기반—에 관한 언급은 아예 없었다.

기젤라는 티몬을 흘끗 보았지만, 그는 자신의 유일한 버전이 찬드라세카르 안으로 도망친 것은 그가 저지른 모종의 만행에 대한 벌을 회피하기 위해서였다는 프로스페로의 참신한 주장을 극히 초연하게 받아들이고 있는 것처럼 보였다. 얼굴에 도저히 못 믿겠다는 표정을 떠올리고 있기는 했지만, 화난 기색은 전혀 없었기 때문이다. 그는 나직하게 말했다. "저 친구는 지옥에 살고 있군. 저 친구 눈에 보이는 거라고는 자기 페이스 플레이트 안에 튄 콧물밖에는 없는 것 같아."

프로스페로가 플랑크 다이브 자체를 '묘사'하기 시작했을 때, 청중은 말없이 서 있었다. 티몬은 멍한 미소를 떠올린 채로 바닥을 내려다보고 있었다. 티엣은 초연하고 따분한 표정을 하고 있었다. 비크럼은 배후에 있는 디스플레이를 흘끗흘끗 보면서, 블랙홀에 유입 중인 나노머신들이 발하는 희미한 중력 방사가 여전히 그의 예측과 일치하고 있는지를 확인하고 있었다.

마침내 자제심을 잃고 화난 목소리로 끼어든 사람은 사치오였다. "〈카르탕 널〉은 어떤 스케이프의 유령처럼 희미한 반사상이고, 유령처럼 희미한 아이콘들을 가득 채운 채로 진공을 표류하다가 구멍 속

354

으로 떨어지고 있다, 이거야?"

프로스페로는 낭독을 방해받았다는 사실에 격노했다기보다는 깜짝 놀란 것처럼 보였다. "그건 빛의 도시. 반투명하고, 영원한…"

사치오의 두개골 안에 있던 올빼미가 깃털을 한껏 부풀렸다. "그렇게 보이는 광자 상태 따위는 존재하지 않아. 당신이 묘사하는 것들은 결코 존재할 수 없고, 설령 존재한다고 해도 결코 의식을 가질 수는 없어." 사치오는 〈카르탕 널〉이 주위의 시공 구조를 교란하지 않고 자유롭게 데이터를 처리할 수 있도록 몇십 년 동안이나 연구를 해 온 장본인이었다.

프로스페로는 상대를 달래려는 듯이 양팔을 벌려 보였다. "원형적인 탐색 서사는 단순할 필요가 있다네. 그런 것에 기술적인 세부까지 넣는 건 너무 부담스러워서…"

사치오는 고개를 까닥 기울이더니 손가락 끝을 이마에 대고 폴리스의 라이브러리에서 정보를 다운로드했다. "원형적인 서사가 뭔지 조금이라도 알고 있어?"

"신들, 또는 영혼의 깊숙한 곳에서 보낸 전갈이랄까. 그걸 누가 알겠나? 하지만 그것들은 지극히 심오하고 신비적인 비밀을 내포하고 있고…"

사치오는 짜증스럽게 상대의 말을 끊었다. "원형적 서사란 육체인의 신경 생리에 있는 몇몇 우발적 끌개*들의 산물이야. 그보다 더 복잡하거나 미묘한 이야기가 구전 문화를 통해 퍼뜨려질 경우, 결국 그 이

❖ 복잡계에서 최종 상태로 끌어당기는 성질을 가진 위상적 영역.

야기는 원형적 서사로 퇴화하게 되지. 문자가 발명된 뒤의 원형적 서사는, 그게 뭔지 제대로 이해하지 못한 육체인들에 의해 의도적으로 만들어진 것들밖에는 없어. 만약 고대의 가장 유명한 조각상들을 빙하에 처넣었다면, 지금쯤 그것들은 예상 가능한 범위의 타원체 형상을 가진 자갈들이 되어 있겠지. 하지만 그런다고 해서 타원체 자갈들이 예술 형식의 정점에 서는 건 아냐. 당신이 창작한 건 진실을 결여하고 있을 뿐만 아니라 미학적으로도 무가치하다는 뜻이야."

프로스페로는 아연한 표정이었다. 누군가가 그의 '발라드'를 옹호해 주지는 않을까 기대하는 듯한 표정으로 주위를 둘러본다.

기침 소리조차도 나지 않았다.

여기까지다. 외교적 언사로 어르는 단계는 끝났다. 기젤라는 코델리아에게만 들리도록 대화 모드를 선택한 다음, 다급한 어조로 속삭였다. "〈카르탕〉에 남아! 그 누구도 너더러 떠나라고 강요할 수는 없으니까!"

코델리아는 놀란 표정을 감추려고도 하지 않고 기젤라를 돌아보았다. "하지만 난…" 그녀는 침묵했고, 놀란 표정을 감추고 뭔가를 재확인했다.

이윽고 그녀는 말했다. "여기 남을 수는 없어요."

"왜? 누가 너를 막는다는 거지? 넌 〈아테나〉 따위에 묻혀 있을 사람이…" 기젤라는 퍼뜩 입을 다물었다. 그 폴리스가 코델리아에 대해 어떤 기괴한 구속력을 갖고 있다고 해도, 그걸 폄훼하는 일은 아무 도움이 안 된다.

프로스페로는 도저히 믿지 못하겠다는 듯이 중얼거리고 있었다. "이렇게 배은망덕할 수가! 은혜를 원수로 갚다니!"

코델리아는 처량한 애정이 담긴 눈으로 자신의 아버지를 응시했다. "아버지는 아직 준비가 안 됐어요." 코델리아는 기젤라를 마주 보고 담담한 어조로 말했다. "〈아테나〉가 영원히 존속되지는 않을 거예요. 그런 종류의 폴리스들은 생겨났다가 쇠락하는 걸 거듭하는 법이니까. 현실은 몇 세기 동안이나 임의적으로 신격화된 단 하나의 문화에 몇 세기나 매달리기에는 너무나도 많은 가능성을 내포하고 있어요. 하지만 아버지는 그런 변화를 받아들일 준비가 아직 안 됐죠. 변화가 올 거라는 사실조차도 깨닫지 못하고 있으니까요. 그렇다고 해서 그런 상태의 아버지를 저버릴 수는 없어요. 아버지에겐 변화를 헤치고 나아갈 수 있도록 곁에서 도와줄 사람이 필요해요." 코델리아는 갑자기 얄궂은 미소를 지었다. "하지만 난 대기 시간을 2세기나 단축하는 데 성공했어요. 적어도 여기로 왔다 가는 것만으로도 그만한 시간이 흘렀으니까."

기젤라는 잠시 할 말을 잊었다. 소녀의 깊은 효심 앞에서는 숙연해지는 수밖에 없었다. 이윽고 그녀는 코델리아에게 태그를 잔뜩 전송했다. "지구에 있는 최고의 라이브러리들 주소야. 거기 가면 육체인의 물리학을 어정쩡하게 희석한 것과는 무관한, 진짜 지식을 얻을 수 있을 거야."

프로스페로는 연단을 쪼그라들게 해서 지면으로 내려왔다. "코델리아! 이제 내게 오렴. 이 야만인들은 자기들에게 걸맞은 무명의 어둠 속에 남겨두고 가겠어!"

코델리아의 충성심에는 감탄밖에는 느끼지 않았지만, 기젤라는 여전히 코델리아의 선택을 슬퍼하고 있었다. 그녀는 굳은 어조로 말했다. "넌 〈카르탕〉에 있어야 할 사람이잖아? 충분히 그럴 수 있었는데. 힘을 합쳐서 방법을 찾는 식으로."

코델리아는 고개를 가로저었다. 실패하지도 않았고, 후회하지도 않는다는 듯이. "제 걱정은 안 해줘도 돼요. 지금까지 〈아테나〉에서도 살아남았으니, 그게 종언을 맞이할 때까지도 그럴 수 있을 겁니다. 당신이 제게 보여준 것 그리고 제가 여기서 한 일 모두가 도움이 되어 줄 거예요." 그녀는 기젤라의 손을 꼭 잡았다. "고맙습니다."

코델리아는 아버지에게 갔다. 프로스페로는 문을 열고, 별들 사이로 계속되는 노란 벽돌 길을 열었다. 그는 문을 지나갔고, 코델리아도 그 뒤를 따랐다.

비크럼은 중력파 추적 화면으로부터 몸을 돌리더니 온화한 어조로 물었다. "좋아. 이제 실토해도 좋아. 아까 발사한 데이터에 10억 기가바이트를 추가한 게 누구야?"

"난 자유야아아아아아아!" 코델리아는 〈카르탕 널〉의 제어 스케이프 위를 마구 뛰어다니며 외쳤다. 제어 스케이프는 충돌하며 붕괴하는 몇십억 개의 별빛들이 남긴 궤적처럼 어둠 속을 흘러가는, 컬러 코딩된 파인먼 도형들이 이루는 터널 안에 떠 있는 긴 플랫폼이었다.

기젤라가 본능적으로 떠올린 생각은 코델리아를 구석으로 밀어

붙이고 그녀의 얼굴에 대고 이렇게 외치는 것이었다. 당장 자살해! 당장 이걸 끝내야 해! 오리지널과 그 클론 사이의 인격 차이가 발생하기도 전에 차단된 분기를 진짜 삶과 진짜 죽음으로 간주할 사람은 없을 것이다. 잊힌 꿈 이상의 그 어떤 것도 아닌 것이다.

그러나 이런 견해는 오래가지 못했다. 자의식을 획득한 순간부터, 눈앞의 이 코델리아는 오리지널과는 완전히 다른 인간이었기 때문이다. 이 코델리아는 〈아테나〉를 영원히 떠나왔고, 탈출에 성공한 버전이었다. 코델리아의 외부 자아는 이 클론에 이미 너무나도 많은 투자를 했기 때문에, 이 클론을 단지 실수로 치부하고 손절하는 것은 불가능했다. 클론 역시 자기 스스로 어떤 기대를 품고 있든 간에, 오리지널에게 자기 자신의 존재가 어떤 의미를 갖고 있는지를 정확하게 알고 있었다. 설령 절대로 발각될 염려가 없다고 해도, 오리지널의 희망에 반하는 행위를 저지른다는 선택은 클론 입장에서는 상상도 할 수 없는 것이었다.

티엣이 기젤라에게 힐문했다. "혹시 과도한 희망을 품게 한 건 아니겠지?"

기젤라는 코델리아와 나눴던 대화를 떠올렸다. "그랬을 것 같지는 않아. 살아남을 확률은 거의 없다는 걸 몰랐을 리가 없어."

비크럼은 뒤숭숭한 기색이었다. "난 우리가 한 선택의 의의를 너무 강조했을지도 몰라. 그래서 우리의 탐구 방식이 자신에게도 충분히 만족스러울 거라고 믿어버렸을 수도 있겠군. 하지만 내겐 그런 확신이 없어."

티몬은 곤혹스러운 기색으로 한숨을 내쉬었다. "이미 여기 와 있잖아. 그걸 되돌릴 수는 없는 일이고. 따라서 이러쿵저러쿵 고민해 봤자 의미가 없어. 우리가 할 수 있는 일이라곤 그녀에게 이 체험을 최대한 자기 걸로 만들 수 있는 기회를 주는 것뿐이야."

기젤라는 퍼뜩 끔찍한 생각을 떠올렸다. "설마 데이터의 양이 증가한 탓에 우리 작업에 무리가 오는 건 아니지? 완전한 계산 영역에 엑세스할 수 없게 된다든지?" 코델리아는 지구에서 〈아테나〉로 올 때 발송했던 버전에 비하면 군살을 훨씬 더 많이 뺀 버전으로 스스로를 압축해 놓았지만, 예상외의 용량이라는 점에는 변함이 없었다.

사치오는 분개한 듯이 콧방귀를 뀌었다. "도대체 내 일솜씨를 얼마나 낮게 보고 있었던 거야? 약속한 용량 이상을 가져올 사람이 있으리라는 건 일찌감치 예상하고 있었어. 그래서 예상한 양보다 100배의 안전 여유를 잡아놓았다고. 밀항자가 한 명 있다고 해서 바뀌는 건 아무것도 없어."

티몬은 기젤라의 팔에 손을 갖다 댔다. "저걸 봐." 마침내 걸음걸이가 좀 느려진 코델리아는 주위를 관찰하고 있었다. 모든 계산의 기반이 되어줄 1차 광선들은 이미 청색 편이를 일으켜 경직된 X선이 되어 있었고, 충돌하는 광자들은 상대론적인 전자와 양전자 쌍들을 만들어 내고 있었다. 이에 덧붙여 더 짧은 범위의 파장을 가진 실험적 광선들이 길이 척도가 1만분의 1인 물리학을 탐색하고 있었다. 주관적으로 1시간 뒤에, 1차 광선들에 적용될 물리학을 말이다. 코델리아는 이 광선들로부터의 주요한 결과를 보여주는 표시창을 찾아냈다.

그녀는 몸을 돌려 큰 소리로 말했다. "전방에 꼭대기 쿼크와 바닥 쿼크가 잔뜩 들어 있는 중간자meson들이 대량으로 널려 있지만, 예상 못했던 건 전혀 없어요!"

"잘됐네!" 기젤라는 마음속에 응어리진 죄책감과 불안이 풀리기 시작하는 것을 느꼈다. 코델리아는 기젤라나 그녀의 동료들과 마찬가지로 자기가 원해서 플랑크 다이브에 참가했다는 사실을 실감했기 때문이다. 아무리 쉽지 않은 결정이었다고 해도, 코델리아가 그것을 후회하리라고 지레짐작할 이유는 없다.

티몬이 말했다. "흐음, 네 생각이 옳았어. 내 생각은 틀렸고. 코델리아는 〈아테나〉를 확실하게 탈출했으니."

"응. 〈아테나〉는 밀적으로 닫혀 있어서 결코 빠져나올 수 없는 표면을 형성하고 있다는 네 이론은 엉터리라는 게 판명됐어." 기젤라는 웃음을 터뜨렸다. "그게 은유에 불과했다는 게 좀 아쉽긴 하지만."

"왜? 코델리아가 탈출에 성공했으니까 엄청 기쁘지 않아?"

"물론 기뻐. 하지만 우리들 자신의 탈출 가능성에 대해서는 아무런 단서가 되어주지 않는다는 점이 아쉬워서 말이야."

궤도를 한 바퀴 돌면 다이버들의 주관 시간으로는 30분이 흐르지만, 〈카르탕 널〉의 진짜 길이와 시간 척도는 그럴 때마다 100분의 1씩 줄어든다. 사치오와 티엣은 그들의 폴리스인 〈카르탕 널〉의 기능을 면밀히 검사했고, 새로운 종류의 입자들이 펄스 열로 들어올 때마다 '하드웨어'가 정상 작동하는지를 확인하고 또 확인했다. 티몬은 기회가 생길 경우에 대비해서 정보를 새로운 모드로 이동시킬 수 있는 다양한 방법을 재검토했다. 기젤라는 할 수 있는 데까지 코델리아의 이해를 도왔고, 주로 나노머신을 담당하고 있던 비크럼도 곁에서 그것을 도왔다.

가장 짧은 파장의 광선들은 여전히 옛 입자가속기 실험의 결과를 반복하고 있었다. 기젤라를 위시한 세 사람은 함께 데이터를 자세히 들여다보았다. 기젤라는 최선을 다해 결과를 요약했다. "전하고 다른 양자수들은 스핀과 마찬가지로 네트워크 내부의 세계선들 사이에 일종의 각도를 생성하지만, 이 경우에는 5차원 공간의 각도처럼 행동해. 저低에너지 상태에서 관찰되는 건 세 개의 따로 떨어진 부분 공간인데, 이것들은 각각 전자기력, 약력, 강력에 대응하고 있어."

"왜요?"

"초기 우주에서 힉스 보손®들에게 일어난 우연한 사건 탓이야. 그림으로 설명해 볼게…"

입자 물리학의 세부에 일일이 언급할 시간은 없었지만, 찬드라세카르 블랙홀 밖에서라면 매우 중요하다고 간주되는 문제들의 다수는 블랙홀 안으로 들어온 〈카르탕 널〉에서는 공론空論에 불과해지고 있었기 때문에 상관없었다. 대칭성의 붕괴는 그들이 대화하는 동안에 회복하고 있었고, 운동에너지가 증가하면서 정지停止 질량의 차이를 무의미할 정도로 작게 만들었다. 〈카르탕 널〉 폴리스는 존재 가능한

® 스핀 각운동량이 0인 매개 입자. 영국의 이론물리학자 힉스가 제창했고, 2011년 이후 이뤄진 실험을 통해 실제로 발견되었다.

모든 종류의 입자들의 혼성물로 빠르게 변화하고 있었다. 이제 다이 버들의 미래를 결정하는 것은 어느 한 힘에 관한 이론이 아니라, 양자 역학의 본질 그 자체였다.

"소립자의 주파수와 파장 뒤에는 뭐가 있느냐고?" 비크럼은 시 공 구조의 도식 위에 파동 묶음의 스냅숏을 그려 보였다. "전자 자체 의 좌표계에서, 그 위상은 일정한 속도로, 대략 10의 마이너스 20제곱 초에 한 번씩 회전하고 있어. 만약 그 전자가 움직이고 있다면 그 속 도가 시간 지연 효과로 인해 느려지는 걸 관찰할 수 있지만, 그게 전 부는 아니지." 그는 파동의 한 점에서 부채처럼 펼쳐지는, 각기 다른 속도를 가진 성분들의 집합을 그린 다음, 각 성분에서 위상이 완전히 일주하는 지점들을 잇달아 표시했다. 이 지점들이 그리는 궤적은 시 공에서 한 조의 쌍곡선 파면波面들—마치 원뿔형 사발들을 겹쳐놓은 것처럼 보인다—을 형성했고, 성분들의 속도가 더 빠른 곳에서는 시 간과 공간 양쪽에서 더 밀접하게 겹쳐져 있는 것을 알 수 있었다. "오 리지널 파동의 간격은 거기 딱 맞는 속도를 가진 성분들에 의해서만 재현될 수 있어. 그런 성분들은 모두 깔끔하게 겹쳐진 상태에서 오리 지널 파동을 고스란히 재현하지. 맞지 않는 속도를 가진 성분들의 경 우는 위상을 교란하고, 그것들이 복제한 파동은 모두 상쇄되는 식이 지." 비크럼이 파동을 따라 100개에 달하는 지점에서 구조 전체를 재 현해 보이자, 그것은 질서정연하게 미래로 전파되었다. "만곡한 시공 에서는 이런 과정 전체가 왜곡되지만, 올바른 대칭성이 주어진다면 파장이 축소되고 주파수가 상승하더라도 파동의 모양은 유지될 수 있어." 비크럼은 도식을 휘게 만들어서 방금 한 설명을 시연해 보였다. "이게 우리가 놓인 상황이야."

코델리아는 이런 이야기에 열심히 귀를 기울였고, 계산을 끼적이며 그녀가 만족할 때까지 모든 데이터를 대조 검토했다. "알았어요. 그렇다면 왜 그런 상태가 붕괴해야 하나요? 계속 청색 편이를 일으키는 상태로 있지 못하는 이유가?"

비크럼은 시공 도식을 확대해 보였다. "모든 위상 변화는 궁극적으로는 상호작용, 한 세계선이 다른 세계선과 교차할 때 발생해. 쿠마르 모델에선 모든 세계선 네트워크는 유한하게 엮여 있고. 각 교차점에서는 극히 작은 위상 변화가 일어나서 시간을 10의 마이너스 43제곱 초쯤 도약하게 만들지… 그리고 그보다 작은 위상 변화나 더 짧은 시간 척도에 관해 논하는 건 무의미해. 따라서 파동으로 하여금 무기한으로 청색 편이를 일으키도록 한다면, 결국 어느 시점에서는 시스템 전체가 더 이상 스스로를 복제하는 데 필요한 해상도를 가질 수 없게 되는 거야." 나선을 그리며 축소되던 파동 묶음이 흐릿해지고 들쭉날쭉해지면서 원래 모양을 상실하기 시작했다. 곧 그것은 인식 불가능한 노이즈로 와해되었다.

코델리아는 시공 도식을 주의 깊게 검토하며 개개의 성분들을 붕괴 과정의 최종 단계까지 추적했다. 잠시 후 그녀는 말했다. "앞으로 얼마쯤 지나면 이런 현상이 실제로 일어나고 있다는 증거를 볼 수 있나요? 이 모델이 옳다고 가정하고?"

비크럼은 대답하지 않았다. 이런 시연을 해 보인 것 자체가 현명한 행동이었는지 뒤늦게 의구심에 사로잡힌 듯했다. 기젤라는 말했다. "2시간 30분 뒤에는 실험적 광선들에서 양자화된 위상을 탐지할 수 있을 거야. 그런 다음 1시간쯤 지나면…" 비크럼은 기젤라에게 의미심장한 눈길을 보냈다. 사적 경로를 통해서. 그러나 코델리아는 기젤라가 왜 말꼬리를 흐렸는지 알아차린 듯했다. 그 즉시 비크럼을 돌아보았기 때문이다.

"내가 뭘 할 거라고 생각했어요?" 코델리아는 분개한 어조로 힐문했다. "죽음을 피할 수 없다는 징후가 보이자마자 울고불고 난리를 친다든지?"

비크럼은 이 말에 움찔한 기색이었다. 기젤라는 말했다. "그건 이해해 줘. 우리가 너를 알게 된 지 사흘밖에 안 됐잖아. 그런 마당에 네 행동을 어떻게 예상하겠어?"

"그야 그렇겠죠." 코델리아는 그들을 인코딩한 광선의 양식화된 이미지—이제는 광자에서 가장 무거운 중간자들을 망라하는 온갖 소립자들로 들끓고 있다—를 올려다보았다. "하지만 난 여러분의 다이브를 망칠 생각은 없어요. 죽음에 관해서 음울하게 곱씹고 싶었다면 고향에 머무르며 육체인이 쓴 구닥다리 시를 읽고 있었을 거예요." 그녀는 싱긋 웃었다. "보들레르 따윈 엿이나 먹으라고 하고, 내가 여기 온 목적인 물리학 얘기를 하죠."

쿠마르가 제창한 모델의 옳고 그름을 판단할 수 있는 진실의 순간이 다가오자, 다이브팀은 모두 한 개의 표시창 주위에 모였다. 표시창에 표시된 데이터를 얻은 방법은 본질적으로는 이중 슬릿 실험과 동일했지만, 실험 주체인 그들이 고체와는 인연이 없는 존재가 된 탓에 간단하지는 않았다. 이 표시창의 사인곡선 패턴은 각기 다른 두 경로를 지나온 전자 빔이 스스로와 재결합한 영역 전체에서 탐지된 입자들의 수를 보여주고 있었다. 탐지점의 수는 유한했으므로 탐지 결과는 정수整數여야 했고, 그 탓에 패턴은 이미 '양자화'되어 있었다. 그러나 분석 소프트웨어는 그 점을 이미 계산에 넣고 있었던 데다가 수 자체도 충분히 컸기 때문에, 이미지는 매끄러운 연속성을 유지하고 있었다. 어떤 특정한 파장에 도달하면 순수한 플랑크 단위의 효과는 이런 인공적 수단 위로 모습을 드러낼 것이고, 일단 등장한 뒤에는 점점 더 강해질 것이다.

소프트웨어가 "뭔가를 찾았습니다!"라고 말하며 해당 장소를 클로즈업했고, 곡선에 생겨난 계단 모양의 변화를 표시했다. 변화는 처음에는 너무 미세했던 탓에 기젤라는 이것이 통상적이며 불가피한 가짜 신호가 아니라는 프로그램의 말을 그대로 받아들이는 수밖에 없었다. 이윽고 조그만 계단을 이루던 두 개의 수평 픽셀의 수가 세 개로 늘어나며 계단이 눈에 띌 정도로 넓어졌다. 그곳에 인접한 세 곳의 사이트—조금 전까지만 해도 상이한 입자 수를 기록하고 있던—도 똑같은 결과를 보내오기 시작했다. 지나온 경로의 길이 차이를 전자들이 스스로 분간하지 못할 정도로까지 관측 장치 전체가 축소된 것이다.

기젤라는 순수한 환희의 감정이 솟구치는 것을 느꼈고, 뒤이어 두려움을 맛보았다. 바야흐로 그들은 손가락을 뻗어 진공의 직물을 훑으려 하고 있었다. 여기까지 살아남은 것 자체가 이미 크나큰 승리였지만, 내리막길로 가는 것을 저지할 수 없다는 사실은 거의 확정적이었다.

계단들의 폭이 더 넓어졌다. 이미지가 줌아웃되면서 곡선의 더 많은 부분이 시야에 들어왔다. 분석 소프트웨어가 철저한 통계 테스트를 거쳐 결과를 승인하기도 전에, 비크럼과 티엣이 동시에 소리쳤다. 비크럼은 나직하게 방금 한 말을 되풀이했다. "저건 말이 안 돼." 티엣도 고개를 끄덕이더니 소프트웨어를 향해 말했다. "단일 파동의 위상 구조를 보여줘." 디스플레이상의 곡선이 선형적인 계단으로 바뀌었다. 단일 파동의 변화하는 위상을 직접적으로 측정하는 것은 불가능하지만, 이것은 광선의 두 버전에 동일한 변화가 일어나고 있다고 상정했을 때 현재의 간섭 패턴이 시사하는 수열이었다.

티엣이 말했다. "이 현상은 쿠마르 모델과 일치하지 않아. 위상이 양자화된 건 맞지만, 계단들의 폭은 동일하지 않은 거지. 그렇다고 산티니 모델처럼 무작위적이지도 않고. 오히려 파동 전체에서 주기적인 구조를 이루고 있는 것 같군. 폭이 좁아졌다가, 넓어지고, 다시 좁아지는 식으로…"

침묵이 내렸다. 기젤라는 문제의 패턴을 응시하며 애써 정신을 집중하려고 했다. 뭔가 예상외의 발견을 했다는 사실에 고양하는 동시에, 그 의미를 결국 파악하지 못할 수도 있다는 생각에 전전긍긍하고 있었다. 위상 변화가 동일한 단위로 일어나지 않는 이유가 뭘까? 이

주기적인 패턴은 대칭성을 위반하고 있었고, 가장 작은 양자 계단을 가진 위상을 일종의 고정된 기준점처럼 고르는 것을 가능하게 하고 있었다. 그러나 양자역학은 이런 행위는 텅 빈 공간에서 한 방향을 선정하는 것만큼이나 무의미하다고 줄곧 주장해 오지 않았는가.

그러나 공간의 회전 대칭성은 완벽하지는 않다. 모든 방향이 똑같아 보일 거라는 통상적인 약속은 네트워크가 충분히 작은 경우에는 더 이상 성립하지 않는다. 그것이 해답일까? 두 줄기의 광선이 탐지기에 도달하기 위해 선택해야 하는 각도는 그 자체가 양자화되어 있기 때문에, 그 효과가 위상에 겹쳐지는 것일까?

아니다. 단위 자체가 완전히 다르다. 이 실험은 아직도 너무 넓은 영역에서 시행되고 있었다.

비크럼이 환희에 찬 환성을 올리더니 뒤로 공중제비를 넘었다. "네트워크들 사이를 가로지르는 세계선들이 있어! 그게 위상을 만들어 내고 있는 거야!" 그는 더 이상 한마디도 하지 않고 공중에 맹렬하게 도형을 스케치하고, 소프트웨어를 기동해서 시뮬레이션들을 돌리기 시작했다. 몇 분도 지나지 않아 그의 모습은 여러 개의 디스플레이와 장치들로 거의 가려져 버렸다.

한 표시창은 간섭 패턴의 시뮬레이션을 보여주고 있었는데, 이것은 현재 데이터와 완벽하게 일치했다. 기젤라는 찌르는 듯한 질투심을 느꼈다. 나도 거의 끝나가고 있었는데. 내가 일등이었어야 하는데. 그러나 더 많은 결과를 검토하기 시작하자 이런 기분은 금세 날아가 버렸다. 너무나도 우아하고, 아름답고, 옳았다. 누가 먼저 발견했는지는 중요하지 않았다.

뒤에 남겨진 코델리아는 황망한 기색이었다. 비크럼은 그가 만들어 놓은 어수선한 디스플레이들 아래에서 빠져나왔고, 그것들을 해석하려고 하는 동료들을 내버려 두고 코델리아의 손을 잡더니 함께 왈츠를 추며 스케이프를 가로질렀다. "양자역학의 중심에 있는 수수께끼는 언제나 이거였어. 왜 어떤 사건이 일어날 수 있는 방식들을 있는 그대로 셀 수 없는가? 왜 일어날 수 있는 경우 하나하나에 위상을 부여해서, 그것들이 서로를 상쇄하는 동시에 강화할 수 있게 해야 하는가? 우린 그걸 실행하는 규칙을 알고 있었고 그 결과도 알고 있었지만, 위상이 무엇인지, 또 그것들이 어디서 왔는지는 전혀 감을 잡지 못하고 있었지." 비크럼은 춤추는 것을 멈추더니 겹겹이 쌓인 파인먼 도형들을 공중에 소환했다. 동일한 과정에 대한 다섯 개의 선택지를 가리키는 도형들을 위아래로 쌓아놓은 꼴이었다. "이것들은 기타 모든 관계들과 똑같은 방식으로 만들어졌어. 더 큰 네트워크로 이어지는 공통된 링크들." 그는 가상 입자들을 몇백 개 추가해서 원래는 분리되어 있었던 도형들 사이를 종횡으로 왕래하게 만들었다. "스핀 같은 거야. 만약 네트워크들이 두 입자의 스핀이 평행되도록 하는 방향들을 공간에 만들었다면, 쌍방이 결합할 경우 그것들은 단지 합쳐질 뿐이야. 만약 반反평행이라서 반대 방향을 향하고 있다면 서로를 상쇄하는 식이지. 위상도 마찬가지지만, 이 경우는 두 차원에서 각도처럼 행동하고 모든 양자수와 함께 작용하지. 스핀, 전하, 컬러, 기타 모든 것들과 함께. 만약 두 성분의 위상이 완벽하게 어긋나 있다면, 그것들은 완전히 소멸하는 거야."

기젤라는 코델리아가 층을 이룬 도형들로 손을 뻗쳐 두 성분의 경로를 따라가 보고, 이해하기 시작하는 광경을 바라보았다. 그들은 처음 희망했던 것처럼 개개의 양자수에 깃든 더 깊은 구조를 발견하지는 못했지만, 세계선들로 이루어진 하나의 광막한 네트워크가 예의 불가분한 실들을 써서 우주가 자아내는 모든 것을 설명할 수 있다는 사실을 알아냈던 것이다.

코델리아는 이 지식으로 만족할까? 〈아테나〉에서 미치지 않으려고 악전고투 중인 그녀의 오리지널은 플랑크 다이브에 참가한 자기 클론이 이런 식의 획기적인 발견을 직접 목격했을 수도 있다는 희망에서 위안을 찾을지도 모른다. 그러나 죽음이 다가오는 지금, 그 발견에 입회한 당사자 입장에서는 모든 것이 무의미해지지는 않을까? 기젤라는 그런 감정에 대해서는 티몬을 위시한 다른 사람들과 몇 세기 동안이나 철저하게 토론했지만, 그녀 역시 찌르는 듯한 회의심으로부터 자유로울 수는 없었다. 기젤라가 이 순간 느끼고 있는 것은 결국 무위로 돌아갈 운명일까? 이 체험을 외부의 더 넓은 세계로 전달할 가망은 없다는 이유 하나만으로? 자기 자신의 다른 자아들과 재접속하고, 멀리 있는 가족과 친지들에게 그녀가 무엇을 발견했는지를 알리고, 그것이 시사하는 것들을 몇천 년에 걸쳐 연구할 수 있다면 더 좋았을 거라는 사실은 그녀도 부정할 수 없었다.

그러나 전 우주 역시 같은 운명에 직면하고 있지 않은가. 시간은 양자화되어 있다. 빅크런치가 오기 전에 무한한 계산을 수행할 가망은 없다. 종말을 맞는 모든 것이 무無가 된다면, 이 다이브는 단지 그들이 불멸이라는 헛된 희망에 줄곧 사로잡혀 살아갈 운명으로부터 그들을 해방해 주었을 뿐이다. 만약 모든 순간이 독립되어 있고, 그 자체로서 완결하고 있다면, 그 무엇도 그들이 느끼는 기쁨을 앗아 갈 수는 없다.

진실은 물론 이것들 사이의 어딘가에 위치하고 있겠지만 말이다.

티몬이 파안대소하며 다가왔다. "혼자서 뭘 그렇게 곰곰이 생각하고 있어?"

기젤라는 그의 손을 잡았다. "작은 네트워크들에 대해 생각하고 있었어."

코델리아가 비크럼에게 말했다. "이제 위상이 뭔지 정확하게 알았고, 그게 어떤 식으로 확률을 결정하는지도 알았으니까… 이 실험에 동원된 광선들을 이용해서 우리 전방에 있는 시공 구조의 확률을 어떤 식으로든 조작할 수는 없나요? 〈카르탕 널〉이 플랑크 영역 가장자리를 훑으면서 계속 나아갈 수 있도록 광추들을 딱 필요한 만큼만 뒤로 비튼다든지? 아니면 빅크런치가 오거나 블랙홀이 호킹 복사로 증발할 때까지 특이점 주위에서 몇십억 년 동안 나선을 그리면서 다시 올라가는 방안은 없나요?"

비크럼은 한순간 망연자실한 표정을 짓더니, 곧 소프트웨어를 가동하기 시작했다. 사치오와 티엣도 와서 그를 도와 계산상의 지름길을 찾았다. 기젤라는 어지럼증을 느끼며 그 광경을 바라보았지만, 기대할 엄두를 내지는 못했다. 모든 가능성을 검토하기 위해서는 그들에게 남겨진 것 이상의 시간이 필요할지도 모르기 때문이다. 그러나 티엣은 곧 단 한 번의 계산만으로 네트워크의 여러 집합들을 통째로 테스트하는 방법을 찾아냈고, 처음보다 1,000배는 빠른 속도로 계산을 진행했다.

이윽고 비크럼은 풀이 죽은 표정으로 결과를 발표했다. "아쉽네. 불가능해."

코델리아는 미소 지었다. "괜찮아요. 그냥 궁금해서 물어봤던 거니까."

11

고치

Cocoon

폭발은 몇백 미터나 떨어진 건물들의 창문까지 박살 냈지만, 화재로까지는 이어지지는 않았다. 나중에 매쿼리대학®의 지진계에도 이 폭발의 충격이 기록되었다는 사실이 판명되었는데, 그것에 따르면 폭발 시각은 정확히 오전 3시 52분이었다. 폭발 소리에 화들짝 놀라 잠에서 깬 주민들은 몇 분 안에 긴급 신고 번호로 앞다투어 통보했고, 우리 회사의 야간 교환원도 4시가 조금 지났을 때 내게 전화를 걸었다. 그러나 당장 달려가 봤자 방해만 될 것이 뻔했기 때문에 나는 서재의 단말기 앞에 거의 1시간 가까이 죽치고 앉아 커피를 마셨고, 키보드 치는 소리가 너무 크게 울리지 않도록 주의하면서 관련 데이터를 수집하고 헤드폰으로 무선 교신 내용을 모니터했다.

내가 현장에 도착했을 때 현지의 소방 하청업자들은 더 이상 폭발이 일어날 위험이 없다는 사실을 확인한 후 이미 떠난 뒤였지만, 우리 회사의 과학수사팀은 아직도 건물 잔해를 하나하나 조사하고 있는 중이었다. 그들이 들고 있는 전자 장비들이 웅웅거리는 소리는 잠에서 깬 새들이 시끄럽게 지저귀는 소리에 묻혀 거의 들리지 않았다. 시드니 교외에 있는 레인코브는 개인 주택과 하이테크 기업들의 시설

※   오스트레일리아 시드니에 위치한 주립대학교.

이 뒤섞인 조용하며 녹음이 짙은 지역이었고, 초목이 무성한 시설 부지들은 인접한 레인코브강 양안에 펼쳐진 국립공원의 자연환경과 거의 이어져 있는 것처럼 보였다. 내 차의 단말기에 뜬 레인코브의 지도에는 연구용 시약 및 약품을 공급하는 회사들과 과학 연구, 항공우주 산업용의 정밀 기기 제조사들과 더불어 무려 27개에 달하는 생명공학 기업들이 기재되어 있었다. 라이프 인헨스먼트 인터내셔널Life Enhancement International, 약칭 〈LEI〉도 그중 한 곳이었다. 몇 시간 전까지만 해도 사방을 향해 뻗어 있던 콘크리트 건물은 지금은 흰 가루를 뒤집어쓴 돌덩어리들로 변해서 뒤틀린 철골들 주위에 널려 있었다. 노출된 상태로 새벽 햇살을 반사하며 번득이는 강판들은 당황스러울 정도로 깨끗했는데, 이것은 해당 건물이 지어진 지 불과 3년밖에는 되지 않은 탓일 것이다. 우리 회사의 과학수사팀이 왜 폭발 현장을 보자마자 사고일 리가 없다는 결론을 내렸는지 알 수 있었다. 이런 규모의 파괴를 유발하려면 유기용제 몇 드럼 가지고서는 턱도 없기 때문이다. 주거 지역에 합법적으로 저장할 수 있는 물질로 현대식 건물을 불과 몇 초 만에 산산조각 낼 수 있는 폭발을 일으키는 것은 불가능하다.

차에서 내렸을 때 재닛 랜싱의 모습이 눈에 들어왔다. 그녀는 태연자약한 표정으로 잔해를 둘러보고 있었지만, 두 팔로 자기 몸을 감싸고 있었다. 아마 가벼운 쇼크 상태에 빠져 있는지도 모르겠다. 달리 추위를 느낄 이유가 없기 때문이다. 어젯밤은 푹푹 쪘고, 새벽인 지금도 이미 기온이 상승하고 있었다. 랜싱은 레인코브에 자리 잡은

〈LEI〉 복합 시설의 소장이었다. 나이는 43살이고, 케임브리지대학의 분자생물학 박사 학위뿐만 아니라, 케임브리지 못지않게 높은 평가를 받고 있는 일본의 가상 대학에서 취득한 경영학 석사 학위도 가지고 있다. 집에서 나오기 전에 나는 정보 수집 소프트웨어로 이런저런 데이터베이스에 접속해서 그녀의 상세한 이력과 사진을 이미 입수해 놓은 상태였다.

나는 그녀에게 다가가서 말했다. "〈넥서스〉 조사 회사의 제임스 글라스입니다."

랜싱은 내가 내민 명함을 미심쩍은 눈으로 보았지만 일단 받았고, 가스 크로마토그래프 ⁕와 홀로그램 기록 장치 따위로 폐허 주위를 훑고 있는 기술자들을 흘끗 보았다. "당신 회사에서 나온 사람들이겠죠?"

"예, 새벽 4시부터 와 있었습니다."

그녀는 슬쩍 웃어 보였다. "내가 이번 일을 다른 회사에 맡기기라도 하면 어떻게 하려고요? 그러면서 당신들을 무단 침입으로 고발한다면?"

"다른 회사와 계약하실 생각이라면 여기서 수집한 샘플과 데이터 전체를 기꺼이 넘겨드리겠습니다."

랜싱은 건성으로 고개를 끄덕였다. "농담이에요. 물론 계약하겠어요. 4시부터라니 정말 대단하군요. 보험회사 사람들보다 더 빨리 오다니." 실은 〈LEI〉와 계약을 맺은 '보험회사 사람들'은 우리 〈넥서

⁕ 화합물 분석기.

스〉의 주식 49퍼센트를 소유하고 있었고, 우리 쪽 작업이 끝날 때까지는 방해하지 않기로 이미 얘기가 되어 있었다. 그러나 그런 사정까지 밝힐 필요는 없다. 랜싱은 뚱한 어조로 덧붙였다. "우리와 계약한 이른바 '경비 회사'가 용기를 쥐어짜서 내게 전화를 해 온 건 불과 30분 전이었어요. 누군가가 광섬유 배선함을 파괴해서 이 구역 전체 통신망을 먹통으로 만들어 놓았다는군요. 경비 설비가 고장 날 경우는 순찰대를 보내서 확인하는 게 정상적인 절차인데, 별거 아니라고 생각하고 무시해 버렸던 거예요."

나는 동정 섞인 표정으로 얼굴을 찡그렸다. "여기선 뭘 제조하고 있었습니까?"

"제조? 뭘 만들거나 하진 않았어요. 여긴 공장이 아니라 순수한 연구 개발 시설이었으니까."

실은 〈LEI〉의 공장들은 모두 태국과 인도네시아에 있고, 본사는 모나코에 있으며, 연구 시설은 세계 여기저기에 흩어져 있다는 사실을 이미 확인한 후였다. 그러나 고용주에 관한 정보에 정통해 있다는 사실을 입증해 보이는 것과 고용주를 불안하게 만드는 것은 종이 한 장 차이이므로 나는 언급을 피했다. 그런 반면, 정말로 아무것도 모르는 국외자라면 적어도 한 가지는 잘못된 억측을 하고, 하나쯤 엉뚱한 질문을 던지는 쪽이 자연스럽다. 나는 언제나 그렇게 한다.

"그럼 뭘 연구하고 개발하고 있었던 겁니까?"

"그건 경영상의 비밀이라서 알려줄 수가 없네요."

나는 셔츠 호주머니에서 노트패드 컴퓨터를 꺼내서 통상적인 비밀 엄수 조항이 포함된 계약서를 화면에 띄웠다. 랜싱은 그것을 흘끗 보고 자기 컴퓨터를 꺼내서 계약서를 자세히 훑어보도록 했다. 두 컴퓨터는 변조된 적외선으로 빠르게 교신하며 계약의 세부를 협상했다. 내 노트패드는 나 대신 계약서에 전자 서명을 했고, 랜싱의 컴퓨터 역시 그녀 대신 서명을 했다. 두 대의 컴퓨터는 동시에 기쁜 듯이 차임벨 소리를 울리며 계약이 완료되었음을 우리에게 알렸다.

랜싱이 말했다. "여기서는 합포체성合胞體性 영양 막 세포를 유전자조작해서 개량하는 프로젝트를 주로 진행하고 있었어요." 내가 참을성 있는 미소를 띠자 그녀는 방금 한 말을 알아듣기 쉬운 말로 번역해 주었다. "모체와 태아 사이의 혈액 공급 장벽을 강화한다는 뜻이에요. 모체와 태아는 피를 직접 공유하는 대신에 관문 역할을 하는 태반 장벽을 통해 영양분과 호르몬을 교환하는데, 문제는 온갖 종류의 바이러스나 독소나 약제나 불법 약물들도 이 장벽을 통과할 수 있다는 점이에요. 자연 상태의 영양막 세포는 HIV나, 태아 알코올 증후군이나, 코카인 중독 상태의 유아들, 또는 제2의 탈리도마이드※ 재앙 따위에 대처할 수 있도록 진화하지는 않았으니까. 그래서 우린 임산부의 정맥에 유전자조작용 벡터※※를 한 번 주사하는 것만으로도 태반 내부의 적절한 조직에 여분의 세포층 형성을 유발하는 방법을 모색하고 있었어요. 태아가 공급받는 혈액에서 모체의 혈액에 있는 오염 물질을 걸러낼 수 있도록 특별 설계된 세포층을 말이에요."

※ 임산부에게 입덧 방지제나 수면제로 쓰였다가 1960년대 초 전 세계에서 태아의 기형을 유발한 것이 밝혀지며 사용 중지되었다.
※※ 유전물질의 인위적 운반자로 사용되는 DNA 분자.

"장벽을 더 두껍게 만드는 식으로?"

"더 똑똑하고, 더 선택적으로 만든 것에 가까워요. 통과 기준을 더 엄격하게 한 거죠. 성장 중인 태아가 모체의 혈액에서 실제로 어떤 물질들을 필요로 하는지는 이미 정확하게 알고 있으니까. 유전자조 작된 세포들은 태아의 성장에 필요한 특정 물질들만 골라 통과시키 는 채널들을 포함하게 될 거예요. 그 밖의 물질들은 아예 통과시키지 않는다는 뜻이죠."

"대단하군요." 아직 태어나지도 않은 태아 주위를 누에고치처럼 감싸서 현대사회가 내뿜는 모든 독으로부터 보호해 준다, 이건가. '생 명을 향상시킨다'라는 뜻의 이름을 가진 회사가 이곳 푸르른 레인코 브에서 부화시키기에 딱 어울리는, 유익한 테크놀로지라는 느낌이다. 물론 비전문가인 내가 보아도 몇몇 결점이 눈에 띄기는 했다. 이를테 면 갓난애에 대한 HIV 감염은 임신 기간이 아니라 출생 과정에서 가 장 많이 발생한다고 들었다. 그러나 그보다 더 빈번하게 태반 장벽을 통과하는 다른 바이러스들이 존재할 가능성도 없지는 않다. 알코올 로 인한 발육 장애나 코카인에 중독된 아이를 낳을 위험이 있는 산모 들이 앞다투어 유전자조작된 태반 장벽을 자기 몸에 장착하려고 할 지에 대해서는 전혀 감이 오지 않았지만, 식품 첨가제라든지 농약이 나 오염 물질 따위를 두려워하는 계층에서 큰 수요를 기대할 수 있으 리라는 점은 쉽게 상상할 수 있다. 장기적인 관점에서 본다면—이 시 스템이 제대로 기능하고, 극단적으로 비싸게 먹히지는 않는다는 단 서가 붙지만—〈LEI〉의 태반 장벽은 표준적인 출산 전 관리의 일부가 될 가능성조차 있었다.

유익하고, 이익도 창출하는.

나는 물었다. "혹시 동물실험을 하고 있었습니까?"

랜싱은 얼굴을 찡그렸다. "송아지의 초기 배아, 그리고 소의 자궁을 적출해서 세포 배양기에서 배양한 게 다예요. 만약 이게 동물 보호 단체의 소행이라면, 차라리 도살장을 폭파하는 쪽이 나았겠죠."

"흐음." 과거 몇 년 동안, 〈동물 평등 연대〉—그런 과격한 수단을 쓰는 것으로 알려진 유일한 단체—의 시드니 지부는 영장류 연구 시설을 집중적으로 공격했다. 그들이 공격 대상을 변경했거나 아니면 가짜 정보에 휘둘렸을 가능성도 있었지만, 설령 그렇다고 해도 〈LEI〉를 표적으로 삼는다는 것은 여전히 아귀가 맞지 않는다. 살아 있는 쥐나 토끼를 마치 일회용 시험관처럼 소모하는 것으로 널리 알려진 연구소들은 아직 얼마든지 남아 있었고, 그중 다수가 레인코브 근처에 자리 잡고 있었다. "이 연구소의 경합 상대들은 어떻습니까?"

"내가 아는 한 이런 종류의 제품을 연구하고 있는 곳은 단 한 군데도 없어요. 서로 무슨 경쟁을 하고 있는 것도 아니고. 세포막 채널이라든지 전달체 분자 같은 필수적인 기술은 이미 개별적으로 특허를 취득해 놓았으니까, 설령 다른 회사에서 유사 제품을 개발한다고 해도 우리한테 특허료를 지불해야 할걸요."

"단순히 당신 회사에 재정적으로 타격을 주려고 했다면?"

"그럴 경우에는 연구소가 아니라 공장들을 폭파했어야죠. 타격을 주려면 현금 수입을 차단하는 게 가장 좋은 방법 아닌가요. 이 연구소는 단 1센트도 번 게 없었어요.”

“그래도 주가는 급락하지 않을까요? 테러만큼이나 투자자들을 불안하게 만드는 건 없으니.”

랜싱은 마지못한 기색으로 동의했다. “그렇지만 설령 주가 급락을 틈타서 적대적 인수에 나선다고 해도, 결국은 지금 우리가 놓인 것과 똑같이 불리한 상황을 감수해야 하잖아요. 우리 업계에서 가끔 영리 목적의 사보타주가 발생한다는 건 부정하지 않지만, 이런 수준의 무지막지한 파괴 활동에 나선다는 건 말이 안 돼요. 유전자공학은 섬세한 비즈니스예요. 폭탄은 광신자들에게나 어울리는 거고.”

그럴지도 모르겠다. 하지만 바이러스와 독으로부터 인간 배아를 보호한다는 아이디어에 반대하는 광신자들이란 도대체 누구일까? 몇몇 종파들은 인간의 생물 활동에 대한 그 어떤 방식의 수정도 단호하게 거부하는 것으로 알려져 있다. 그러나 그런 목적을 위해 폭력까지 동원하는 집단이라면 아직 태어나지도 않은 태아를 보호하는 일에 헌신하는 연구소보다는 낙태 약을 생산하는 회사를 폭파할 가능성이 더 높지 않은가.

우리 회사의 과학수사팀 팀장인 일레인 창이 다가왔다. 나는 그녀를 랜싱에게 소개했다. 일레인이 말했다. “이건 아주 능숙한 프로의 소행이군요. 폭파 전문가를 불러서 같은 일을 맡겼다고 해도, 이것과 한 치도 다르지 않은 방식을 택했을 겁니다. 물론 그럴 경우는 폭약의 위치나 폭파 타이밍을 계산하기 위해서 서로 같은 소프트웨어를 썼을 공산이 크지만.” 일레인은 자기 노트패드를 꺼내 들더니 연구소 건물의 간략화된 복원도에 폭약 설치 장소로 추정되는 장소들을 표시해 보였다. 그런 다음, 키를 하나 누르자 건물의 시뮬레이션이 무너지더니 우리 배후에 산더미처럼 쌓여 있는 잔해를 빼닮은 모습으로 변했다.

일레인은 말을 이었다. "최근 주요 제조사들은 일괄 출하되는 모든 폭약에 추적 가능한 미량의 흔적 물질을 첨가하기 때문에, 폭발 뒤에 남은 잔류물을 검출하면 그 출처를 특정할 수 있습니다. 연구소 폭파에 쓰인 폭약을 분석해 보니까, 5년 전 싱가포르의 어떤 창고에서 도난당한 폭약 다발이군요."

나는 곁에서 덧붙였다. "유감스럽지만 그걸 안다고 해서 별 도움은 안 되겠지만 말입니다. 암시장을 5년이나 돌아다니면서 10번은 넘게 주인이 바뀌었을 테니."

일레인은 조사 현장으로 돌아갔다. 랜싱은 피로 탓인지 멍한 표정이었다.

나는 말했다. "나중에 다시 자세한 얘기를 나눠야겠지만, 예전에 이 연구소의 직원이었거나 현재 직원인 사람들의 목록이 필요합니다. 가능하다면 지금 당장."

랜싱은 고개를 끄덕이고 자기 노트패드의 키 몇 개를 눌러 직원 명부를 내 노트패드로 전송했다. 그녀는 말했다. "영영 소실된 건 하나도 없어요. 연구소의 데이터는 모두 외부 서버에 백업해 놓았으니까. 경영 관련 데이터든, 과학 데이터든 간에 말예요. 우리가 실험 중인 세포계 대부분은 냉동시켜서 시드니 교외의 밀슨스포인트에 있는 보관 창고에 맡겨놓았고."

상업적인 데이터의 백업은 전 세계에 흩어져 있는 10여 군데의 서버에 저장되어 있는 데다가 엄중하게 암호화되어 있으므로 그걸 건드리는 것은 실질적으로 불가능하다. 그러나 실물이 있는 세포계의 경우는 보안상의 관점에서 데이터보다 취약해 보였다. 나는 말했다. "보관 창고의 경영자에게도 통보하는 편이 나을 겁니다."

"여기 오던 중에 이미 전화 연락을 넣었어요." 그녀는 건물의 폐허를 바라보았다. "재건축 비용은 보험회사가 대주겠죠. 여섯 달 뒤에는 다시 연구 업무를 재개할 수 있겠고. 따라서 누가 이런 짓을 했든 간에, 시간을 낭비한 거나 마찬가지예요. 연구는 계속될 테니까."

"애당초 누가 이런 연구를 중지시키고 싶어 하는 걸까요?"

랜싱의 얼굴에 또다시 슬며시 웃는 듯한 표정이 떠올랐다. 나는 뭐가 그렇게 우스우냐고 물어보기 직전까지 갔다. 그러나 크든 작든 재난에 직면한 사람들은 종종 부조리한 반응을 보이는 법이다. 폭발로 죽은 사람은 아무도 없었고 랜싱의 태도 역시 히스테리와는 거리가 멀었지만, 자기가 맡은 업무에 이런 식으로 차질이 생겼는데도 평소와 마찬가지로 태연자약했다면 되레 이상하게 보였을 것이다.

랜싱은 말했다. "글쎄요. 그걸 알아내는 게 당신 일 아닐까요?"

그날 저녁, 집에 도착해서 보니 마틴은 거실에서 마르디 그라 축제에 입고 갈 의상을 만드는 중이었다. 완성되면 어떤 모습일지는 상상도 되지 않았지만, 깃털들이 포함된 것만은 확실했다. 그것도 파란색 깃털들이. 나는 최대한 태연한 척했지만, 마틴의 얼굴을 보아 하니 불현듯 내 얼굴을 스치고 지나간 언짢은 표정을 본 듯했다. 그래도 우리는 키스했고, 아무 언급도 하지 않았다.

그러나 함께 저녁을 먹기 시작하자 마틴은 참지 못하고 말했다.

"시드니의 마르디 그라 축제는 올해로 40주년이야, 제임스. 역대 최대 규모가 될 건 확실해. 너도 그냥 보러 와줄 수는 있잖아?" 그의 눈이 반짝였다. 나를 놀리며 즐기고 있는 것이다. 우리가 이런 논쟁을 벌이는 것은 벌써 5년째였고, 이것은 우리 사이에서는 게이 퍼레이드 못지않게 무의미한 의식이 되어가고 있었다.

나는 심드렁하게 말했다. "1만 명이나 되는 드래그 퀸drag queen들이 옥스퍼드가를 행진하면서 관광객들에게 키스를 날리는 광경을 내가 왜 봐야 하는데?"

"그건 너무 과장됐어. 드래그 의상을 입고 행진하는 남자는 많아 봤자 1,000명이야."

"그렇겠지. 나머지는 모두 스팽글 장식이 된 국부 보호대를 뽐내며 행진할 테니."

"실제로 와서 구경한다면, 대다수 사람의 상상력은 그걸 훌쩍 뛰어넘는 수준까지 향상됐다는 걸 알 수 있을 거야."

나는 멍한 표정으로 고개를 설레설레 흔들었다. "사람들의 상상력이 정말로 향상됐다면, 지금쯤 게이와 레즈비언 들을 위한 마르디 그라 축제 따위는 이미 사라지고 없었을걸. 그건 문화적인 게토에 틀어박혀 살고 싶어 하는 사람들을 위한 가장행렬에 불과해. 40년 전에야… 도발적으로 보였겠지. 당시에는 어느 정도 선한 영향을 끼쳤을 수도 있겠고. 하지만 지금은? 그런 걸 해봤자 의미가 없잖아? 개정되어야 할 법들은 모두 개정됐고, 소리 높여 동성애자의 정치적 권리를 주장할 필요도 이젠 없어졌잖아. 그런 식의 행사는 동성애에 관한 멍청하고 구태의연한 고정관념들을 매년 똑같이 재활용하고 있을 뿐이야."

마틴은 매끄럽게 응수했다. "축제는 다양한 성생활을 향유할 개인의 자유를 공적으로 재확인하는 자리야. 그 축제가 더 이상 왕년의 항의 데모가 아니라고 해서, 그 역할 자체가 끝난 건 아니잖아? 또 고정관념들에 관해 불평하는 건… 중세 때 도덕극의 등장인물들에 대해 불평하는 거나 마찬가지야. 축제 의상은 누구든 한눈에 알아볼 수 있는 기호일 뿐이고, 아무리 교양 없는 이성애자 어중이떠중이라고 해도 그런 걸 이해할 능력이 전무한 건 아냐. 퍼레이드를 보았다고 해서 표준적인 게이 남성이 48시간 동안 금박 물린 튀튀※를 입고 지낸다고 판단하거나 하지는 않는다고. 대중은 그 정도로 상상력이 없지는 않아. 기호론이 뭔지는 우리 모두 유치원에서 터득했으니까, 메시지를 보면 그걸 어떻게 해독해야 하는지도 안다는 뜻이야."

"거야 그렇지만, 문제의 메시지가 틀렸다는 점에는 변함이 없어. 일상적이어야 마땅한 것들을 일부러 이국적으로 치장하는 꼴이잖아. 물론 누구에게든 자기가 원하는 의상으로 치장하고 옥스퍼드가를 행진할 권리는 있지… 하지만 그건 내겐 아무 의미도 없는 일이야."

※ 발레리나용 치마.

"함께 행진해 달라고 조를 생각은 없지만…"

"매우 현명한 생각이로군."

"…그 행진에는 10만 명의 이성애자들도 참가해서, 게이 공동체에 대한 지지를 표명하잖아. 너도 그러면 안 된다는 법이 어딨어?"

이젠 슬슬 넌더리가 난다. "그놈의 공동체라는 단어를 들을 때마다, 난 누군가에게 조종당하는 느낌을 받아. 만약 게이 공동체라는 게 정말로 존재한다면, 내가 그 일부가 아니라는 것만은 확실해. 사실을 말하자면 나는 TV의 게이 및 레즈비언 전용 채널을 청취하거나 게이 및 레즈비언 뉴스 서비스를 구독하면서 인생을 허비하고 싶지는 않아… 게이 및 레즈비언 퍼레이드를 구경하러 가고 싶지도 않고. 이 모든 것이 너무나도… 독점적으로 느껴지기 때문이야. 마치 어딘가의 다국적 기업이 동성애 전문 프랜차이즈를 전개하고 있는 느낌이랄까. 그리고 그 기업이 정한 **마케팅** 방식에 맞춰 행동하지 않는 사람은 2류에 불과한 저질 짝퉁 불법 퀴어가 되어버리는 거지."

마틴은 폭소를 터뜨렸다. 한참 뒤에야 그는 가까스로 웃음을 그치고 말했다. "계속해 줘. 이제 넌 갈색 눈이나 검은색 머리, 또는 왼쪽 오금에 점이 있는 걸 자랑스러워하지 않는 것처럼, 게이인 걸 딱히 자랑스럽게 생각하지는 않는다고 말할 거잖아."

나는 항변했다. "맞는 말이잖아. 왜 내가 태어날 때부터 가지고 있었던 걸 '자랑스러워'해야 한다는 거지? 난 그게 자랑스럽지도 않고, 창피하지도 않아. 난 단지 그걸 있는 그대로 받아들일 뿐이야. 그걸 증명하기 위해서 가장행렬 따위에 참가할 필요도 느끼지 않고."

"그럼 우리 모두 투명 인간처럼 숨어 있으라는 거야?"

"투명 인간이라니! 작년에 나온 영화나 TV 프로그램에 등장하는 동성애자의 비율이 진짜 분포율에 육박하고 있다고 말한 건 너잖아. 게이나 레즈비언임을 밝힌 정치가가 선거에서 당선된 게 뉴스조차도 되지 못하는 건, 그게 더 이상 사회적인 이슈가 아니기 때문이야. 이제 대부분의 사람들은 동성애를… 왼손잡이와 오른손잡이의 차이 정도로밖에는 인식하고 있지 않아."

마틴은 나의 이런 주장을 황당하게 느끼는 듯했다. "이젠 그런 건 아예 논의의 대상이 되지 않는다, 이렇게 말하고 싶은 거야? 이 행성의 주민들은 이제 성적 지향의 문제에 관해서는 철두철미하게 공정한 태도를 견지한다, 이건가? 그건 감동적인 신념이긴 하지만…" 그는 도저히 믿기 힘들다는 몸짓을 해 보였다.

"우린 법 앞에서는 그 어떤 이성애자 커플과 마찬가지로 평등하잖아, 안 그래? 최근 네가 게이라는 걸 밝혔을 때 눈이라도 한 번 깜짝한 사람이 있었어? 그래, 아직도 몇십 개의 나라에서는 동성애가 불법이고, 부적절한 정당에 합류한다든지, 부적절한 종교를 믿는 행위 따위와 싸잡아서 함께 금지되고 있다는 건 알아. 옥스퍼드가에서 퍼레이드를 벌인다고 해서 그런 사실을 바꿀 수는 없는 법이지."

"우리가 사는 이 도시에서도 여전히 동성애자라는 이유로 두들겨 맞는 경우가 있어. 차별당하는 경우도 있고."

"알아. 출퇴근하면서 자동차 오디오로 부적절한 음악을 틀었다는 이유로 총을 맞는 사람도 있고, 부적절한 변두리에 살고 있다는 이유로 취직을 거부당하는 사람이 있는 것처럼 말이야. 난 인간이 완전한 존재라고 주장하려는 게 아냐. 단지 우리가 이미 조그만 승리를 거뒀다는 사실을 너도 인정해 달라는 뜻이야. 소수의 정신병자들, 그리고 소수의 편협한 종교적 원리주의자들을 제외하면, 대부분의 사람은 우리의 성적 지향이 무엇이든 아예 신경을 안 쓴다는 사실을."

마틴은 슬픈 어조로 말했다. "그게 사실이라면 얼마나 좋을까."

논쟁은 1시간 넘게 계속되었고, 으레 그래왔듯이 교착 상태로 끝났다. 피차 상대방을 설득할 것을 기대하고 논쟁을 벌인 것은 아니었지만 말이다.

그러나 잠시 후 나는 이렇게 자문하고 있었다. 방금 내 입으로 늘어놓은 낙관적인 전망을 나는 정말로 믿고 있는 것일까. 왼손잡이냐 오른손잡이냐의 차이에 불과하다? 서구권의 정치가와, 학자와, 에세이스트와, 토크쇼 진행자와, 소프 오페라 각본가와, 주류 종교의 지도자들 대다수가 이런 노선을 채택한 것이 사실이지만, 같은 이들이 과거 몇십 년에 걸쳐 옹호해 온 고매한 인종 평등주의를 현실은 여전히 따라잡지 못하고 있지 않은가. 나 자신은 차별을 거의 경험한 적이 없었다. 내가 고등학교에 입학할 무렵 톨레랑스는 힙한 태도였고, 그 뒤로도 동성애자의 사회적 지위가 꾸준하게 향상되는 것을 목격해 왔다. 그러나 겉으로 드러나지 않는 편견이 얼마나 남아 있는지 도대체 어떻게 파악할 수 있단 말인가? 나 자신의 이성애자 친구들을 붙잡고 꼬치꼬치 캐물어야 할까? 사회학자들이 발표한 최신 의식조사 설문의 결과를 읽어본다든지? 사람은 언제나 상대방이 듣고 싶어

한다고 생각하는 대답을 내놓는 법이다.

그러나 여전히 중요한 문제라는 생각은 들지 않았다. 개인적으로 나는 다른 모든 사람의 진지하고 전적인 승인을 받지 않아도 아무 문제 없이 잘 살아갈 수 있다. 마틴과 나는 운 좋게도 동성애자가 일상생활의 거의 모든 면에서 이성애자와 평등한 대우를 받을 수 있는 시대와 장소에서 태어났다고 해야 할 것이다.

그 이상 뭘 바란단 말인가?

그날 밤 침대에서 우리는 아주 천천히 사랑을 나눴다. 처음에는 그냥 입을 맞추고, 서로의 몸을 거의 몇 시간은 흘렀다고 느낄 만큼 오랜 시간 동안 어루만졌다. 두 사람 모두 아무 말도 하지 않았다. 정신이 아득해질 정도의 열기 속에서, 나는 지금 이 시간과 이 장소를 제외한 모든 현실에 대한 소속감을 상실했다. 우주에 존재하는 것은 우리 두 사람뿐이었다. 그 밖의 세계도, 그 밖의 인생도, 모두 어둠 속으로 굴러떨어졌다.

수사는 느리지만 착실하게 진행되었다. 나는 〈LEI〉에 현재 고용된 모든 직원과 얘기를 나눠본 다음, 퇴직한 직원들의 긴 목록을 훑기 시작했다. 폭파 솜씨가 너무나도 전문적이었으므로, 나는 여전히 경쟁 기업에 의한 사보타주일 가능성을 가장 높게 보고 있었다. 그러나 경쟁 상대를 폭약으로 날려버린다는 것은 극단적인 수단이고, 보통은 얌전한 첩보 활동부터 시작하는 법이다. 나는 〈LEI〉의 퇴직 직원들 중에 돈을 줄 테니 내부 정보를 팔지 않겠느냐는 경쟁 기업의 제안을 받은 사람이 있지는 않을까 기대하고 있었다. 그리고 그런 뇌물을 거절한 사람을 한 명이라도 찾아낼 수 있다면, 경쟁 상대로 추정되는 기업과 접촉하면서 뭔가 유용한 정보를 얻어내지는 않았는지 확인할 수 있을 것이다.

레인코브 연구소는 불과 3년 전에 지어졌지만, 〈LEI〉는 12년 전부터 레인코브 연구소에서 그리 멀지 않은 시드니 교외의 노스라이드에 연구소를 두고 있었다. 이 시기에 노스라이드에서 근무했던 직원들은 현재는 오스트레일리아 국내의 다른 주나 해외에 거주하고 있었고, 그중 상당수는 퇴직하지 않고 〈LEI〉의 해외 지사들로 전근해서 근무하는 중이었다. 그러나 개인용 휴대 전화의 번호를 바꾼 사람은 거의 없다시피 했기 때문에, 이들과 연락을 취하는 것은 전혀 어렵지 않았다.

유일한 예외는 캐서린 멘덜슨이라는 이름의 생화학자였다. 〈LEI〉의 직원 명부에 기록된 그녀의 전화는 해지되어 있었다. 전국 전화번호부에는 그녀와 같은 성과 머리글자를 가진 인물이 17명 실려 있었는데, 이들 중에 자신이 캐서린 앨리스 멘덜슨임을 시인한 사람은 아무도 없었고, 직원 명부의 사진과 같은 얼굴을 한 사람도 없었다.

선거인 명부에 있는 멘덜슨의 주소는 뉴타운에 있는 아파트였고, 이것은 〈LEI〉의 기록과도 일치했다. 그러나 전화번호부와 선거인명부에서 이 주소를 검색해 보니 거주자의 이름이 스탠리 고로 되어 있었다. 전화를 걸어보니 청년이었고, 자기는 멘덜슨을 한 번도 만난 적이 없고, 18개월 전부터 이 아파트를 빌려 살고 있다는 대답이 돌아왔다.

신용 등급 데이터베이스에도 이 옛 주소만 실려 있었다. 세금, 은행, 수도나 전기 계약은 법원의 수색영장 없이는 확인이 불가능하다. 나는 정보 수집 소프트웨어를 써서 부고訃告를 검색했지만, 그녀의 이름과 일치하는 사망자는 없었다.

멘덜슨은 연구 부서가 레인코브로 이전하기 1년쯤 전까지 〈LEI〉에서 근무했다. 생리통을 완화하는 유전자 요법을 연구하는 팀의 일원이었다. 시드니 지사는 일관되게 부인과婦人科 의학 관련 연구를 전문으로 하고 있었지만, 어떤 이유에서인지 프로젝트 전체가 텍사스 지사로 이관되었다. 업계 관련 잡지에서 관련 기사를 찾아보니 〈LEI〉는 당시 유행하던 연구 혁신 이론에 입각해서 모든 사업을 재편성하고, 전 세계에 흩어져 있던 프로젝트들을 한군데로 모아 새로운 다학제적 조직을 만든 듯하다. 그리고 멘덜슨은 텍사스 지사로의 전출을 거부한 탓에 해고당했다.

나는 더 깊이 파고들어 갔다. 인사 기록에 의하면 멘덜슨은 해고되기 이틀 전 심야에 노스라이드 연구소로 들어왔다가 경비원들의 불심검문을 받았다. 생명공학 업계에서 일 중독증에 걸린 과학자는 드물지 않지만, 아무리 자기 일에 헌신적이라고 해도 새벽 2시에 출근하다니 미심쩍다고밖에는 할 수 없었다. 특히 〈LEI〉가 그녀를 텍사스의 애머릴로 지사로 전출시키려고 시도했던 시점에 그랬다는 점을 감안하면 말이다. 전출을 거부한 이상, 어떤 처분을 받게 될지는 당연히 알고 있었을 것이다.

그러나 그 사건에서 뭔가를 알아낼 수는 없었다. 설령 멘덜슨이 당시 소소한 사보타주를 계획했다고 해도, 그것을 4년 뒤에 일어난 폭발 사건에 결부시키는 것은 무리였다. 분노를 못 이겨 〈LEI〉의 경쟁사에 기밀 정보를 흘렸을 가능성도 없지는 않았지만, 레인코브 연구소를 폭파한 범인의 관심은 태반 장벽 프로젝트에서 일했던 직원들 쪽을 향했을 공산이 크기 때문이다. 게다가 그 프로젝트는 멘덜슨이 해고당한 지 1년 뒤에야 시작되지 않았던가.

나는 다시 목록을 훑기 시작했다. 퇴직자들과의 면담은 좌절의 연속이었다. 거의 모든 퇴직자가 여전히 생명공학 업계에서 일하고 있었고 '〈LEI〉가 잘못되면 누가 가장 큰 이득을 얻을 것인가'라는 질문의 대상으로 삼기에는 이상적인 집단이라고 할 수 있었다. 그러나 나는 비밀 유지 계약에 서명을 했기 때문에 문제의 연구에 대해서는 아무것도 밝힐 수가 없었다. 〈LEI〉의 다른 부서에서 일하는 사람들에게조차도 말이다.

그나마 내가 할 수 있었던 질문 하나가 있긴 했지만 역시 아무런 소득도 얻지 못했다. 설령 뇌물을 주겠다는 제안을 받은 사람이 있다 하더라도, 그 사실을 인정한 사람은 아무도 없었다. 그렇다고 해서 117명분의 재무 기록을 마음대로 뒤질 수 있는 영장을 내게 발부해 줄 판사가 있을 리도 만무했다.

폭발 현장과 파괴된 광섬유 배선함의 정밀 분석은 평소와 마찬가지로 온갖 자질구레한 검사 결과들을 제공해 주었다. 이것들은 궁극적으로는 귀중한 증거가 되어줄 가능성도 있었지만, 요술을 부리듯이 용의자를 소환해 주지는 않았다.

연구소가 폭파된 지 나흘째 되는 날, 새로운 실마리를 찾지 못해서 고민하고 있던 나에게 재닛 랜싱의 전화가 걸려 왔다.

연구 프로젝트의 유전자조작 세포계 백업 샘플들이 전멸했다는 소식이었다.

밀슨스포인트의 보관 창고는 하버 브리지의 특정 구간 바로 아래에 자리 잡고 있었다. 북쪽 기슭 방향에 있는 교각 토대의 내부를 활용한 공간이었다. 랜싱은 아직 도착하지 않았지만, 창고 대여 회사의 보안 책임자인 데이비드 애셔라는 이름의 노인이 창고 내부로 안내해 주었다. 창고 안으로 들어가자 대교 위로 차들이 지나가는 소리는 거의 들리지 않았지만, 창고 바닥에서는 약한 지진 같은 진동이 계속 느껴졌다. 동굴을 연상시키는 창고 내부는 건조하며 서늘했고, 적어도 100대에 달하는 극저온 냉동고들이 줄줄이 배치되어 있었다. 냉동고들 사이를 누비는 두꺼운 피복을 입힌 파이프들은 냉각용의 액체질소를 공급하기 위한 것이다.

상황이 상황인 만큼 애셔는 뚱한 표정이었지만 협조적이었다. 모든 것이 디지털화되기 전에는 셀룰로이드 영화 필름을 보관하던 창고였으나, 현재는 생물학적 소재의 냉동 보관에 특화되어 있다고 그는 설명했다. 보관 창고에 상주하는 경비원은 없더라도 감시 카메라와 경보 시스템은 최신식이었고, 시설 자체도 난공불락인 것처럼 보였다.

랜싱은 연구소가 폭파된 날 아침에 창고 대여 회사인 〈바이오파일〉에 이미 연락을 취했다고 했다. 그녀의 연락을 받은 애셔는 〈바이오파일〉 노스 시드니 지사의 부하 직원을 한 명 파견해서 〈LEI〉의 냉동고를 점검했다. 냉동고의 내용물은 모두 무사했지만, 애셔는 경비 체제를 즉각 강화하겠다고 랜싱에게 약속했다. 냉동고는 부정 조작이 아예 불가능한 구조인 데다가 자체적으로 잠금장치를 갖추고 있었기 때문에 평소에 이용 고객들은 자유롭게 창고에 출입할 수 있었다. 감시 카메라가 상시 가동 중인 것을 제외하면 따로 감독하는 사람은 없었다는 얘기다. 애셔는 랜싱에게 앞으로는 누가 창고에 드나들든 간에 반드시 그의 휘하에 있는 보안 요원 한 명을 대동시키겠다고 약속했다고 한다. 게다가 그의 말에 따르면 폭파 테러가 일어난 날 이래 창고에 들어온 사람은 어차피 단 한 명도 없었다.

그리고 오늘 아침, 재고 확인을 위해 창고에 들린 〈LEI〉의 기술자 두 명은 서류상에 기록된 것과 동일한 수의 배양병이 자사 냉동고에 들어 있는 것을 확인했다. 배양병에 부착된 바코드 라벨은 모두 정확했고 밀봉 상태도 완벽했지만, 내용물의 겉모습이 미묘하게 달라 보였다고 한다. 그들의 주의를 끈 것은 배양병 속의 냉동된 반투명 콜로이드의 색깔이 희뿌옇다기보다는 젖빛에 가깝다는 점이었다. 문외한이 보았다면 아예 모르고 지나쳤을지도 모르지만, 전문가의 눈에는 명약관화한 차이였다는 것은 명백했다.

기술자들은 분석을 위해 배양병 몇 개를 가지고 돌아갔다. 현재 〈LEI〉는 페인트 제조사의 품질 관리 실험실 일부를 재임대해서 임시 연구소로 쓰고 있었다. 랜싱은 창고에서 나와 합류할 때까지는 예비 분석 결과가 나올 거라고 했다.

잠시 후 도착한 랜싱은 냉동고의 잠금장치를 풀고 뚜껑을 열었다. 그녀는 장갑을 낀 손으로 소용돌이치는 차가운 수증기 속에서 배양병 한 개를 꺼내서 내가 볼 수 있도록 들어 보였다.

그녀가 말했다. "해동한 샘플은 세 개뿐이지만, 모두 똑같았어요. 세포조직이 갈가리 찢겨 있더군요."

"어떻게 그런 일이?" 배양병은 서리로 완전히 덮여 있었던 탓에 희뿌연지 혹은 젖빛인지를 판단하기는커녕 내용물의 유무조차도 알 수 없었다.

"방사선에 의한 손상처럼 보인다는군요."

온몸에 소름이 돋았다. 나는 냉동고 안을 들여다보았다. 줄줄이 배치된 똑같은 배양병의 주둥이들밖에는 안 보였지만, 만약 이것 중 하나에 방사성 동위원소가 섞여 있다면…

랜싱은 미간을 찌푸렸다. "걱정하지 말아요." 그녀는 입고 있는 실험실 가운에 핀으로 고정된 조그만 전자 배지를 툭 쳐 보였다. 배지 표면은 태양전지를 닮은 칙칙한 회색이었다. 방사선량계다. "우리가 조금이라도 역치를 넘는 방사선에 노출되었다면 이 물건이 이미 난리를 쳤을 테니까. 방사선원이 무엇이었든 간에, 지금 이 안엔 없어요. 냉동고 벽이 무슨 형광색으로 빛나고 있지도 않고. 그러니까 당신이 장래에 낳을 아이들은 안전해요."

나는 이 말을 한 귀로 흘려보냈다. "그럼 다른 샘플도 전멸했다고

398

생각합니까? 그나마 멀쩡한 걸 건질 가능성조차도 없다?"

랜싱은 여전히 얼굴빛 하나 바꾸지 않았다. "그래 보이네요. 공을 들여 DNA를 수복할 방법이 아예 없는 건 아니지만, 그러느니 처음부터 다시 DNA를 합성해서 수정되지 않은 암소 자궁의 세포계에 재도입하는 편이 아마 더 쉽겠죠. 염기서열 데이터는 고스란히 백업되어 있으니까. 결국 가장 중요한 건 그거예요."

나는 냉동고의 잠금장치와 감시 카메라들에 관해 곰곰이 생각해보았다. "방사성 물질이 이 냉동고 안에 들어 있었던 건 확실합니까? 혹시 냉동고는 건드리지 않고, 밖에서 쏜 방사선으로 내벽을 투과하는 식으로 손상을 입혔을 가능성은 없을까요?"

그녀는 잠시 생각하는 눈치였다. "그럴지도 모르겠네요. 이 냉동고의 재질 대부분은 발포 플라스틱이고, 금속은 거의 포함되지 않았으니까. 하지만 난 방사선 전문가가 아녜요. 당신 회사의 과학수사팀이 냉동고의 상태를 자세히 분석한다면 좀 더 확실한 결론을 낼 수 있을지도 모르겠군요. 발포 플라스틱의 중합체까지 손상을 입었다면, 그걸 이용해서 방사선장의 형태를 재구성할 수도 있을 테니까."

과학수사팀은 이미 창고로 오는 중이었다. 나는 말했다. "범인은 어떻게 이런 일을 할 수 있었던 겁니까? 그냥 어슬렁거리면서 냉동고 옆을 지나가는 것만으로…"

"그럴 수는 없어요. 순식간에 이런 효과를 낼 수 있는 방사능원 따위는 상상하기 힘들어요. 몇 주 내지는 몇 달에 걸쳐 이루어진 저준위 피폭에 의한 손상일 가능성이 커 보이는군요."

"그렇다면 자기들이 계약한 냉동고 안에 모종의 장치를 몰래 숨겨 넣고 당신들의 냉동고를 조준했다는 얘깁니까? 하지만 그게 사실이라면… 피폭 경로를 측정하면 쉽게 그 원천을 특정할 수 있지 않습니까. 범인은 어떻게 그런 물건이 들통나지 않을 거라고 생각했던 걸까요?"

"그보다 한층 더 간단한 방법을 썼겠죠. 필요한 건 몇십억 달러나 하는 입자빔 무기 따위가 아니라, 소량의 감마선을 방출하는 동위원소니까. 유효 거리는 기껏해야 2미터쯤 될까요? 정말로 우리 냉동고 밖에서 감마선을 쏜 거라면, 용의 선상에 오르는 건 딱 두 곳뿐이겠군요." 그녀는 통로를 끼고 〈LEI〉의 냉동고의 왼쪽에 위치한 냉동고를 탁 쳤다. 그런 다음 오른쪽에 있는 냉동고도 탁 쳐 보았다. "아하."

"뭡니까?"

그녀는 다시 좌우의 두 대를 두들겨 보았다. 두 번째 냉동고는 텅 빈 듯한 소리를 냈다.

나는 말했다. "액체질소가 들어 있지 않은 건가요? 가동 중이 아니라서?" 랜싱은 고개를 끄덕이고 문제의 냉동고 손잡이로 손을 뻗쳤다. 애셔가 말했다. "그러시면 안…"

냉동고는 잠겨 있지 않았고, 뚜껑은 쉽게 열렸다. 랜싱이 가슴에 단 배지가 삑삑거리기 시작했다. 그보다 더 안 좋았던 것은 냉동고 안에 무엇인가가 들어 있었다는 사실이었다. 전지와 배선 케이블 따위가 달린…

내가 왜 그 즉시 엎드리라고 소리치며 랜싱을 바닥에 쓰러뜨리지 않았는지는 나도 모르겠다. 그러나 랜싱은 태연한 기색으로 뚜껑을 활짝 열고 침착한 어조로 말했다. "놀랄 필요는 없어요. 이 냉동고의 방사선율은 극히 낮으니까. 검출이 될까 말까 한 수준이에요."

문제의 냉동고 안 물체는 겉보기에는 사제 폭탄처럼 보였지만, 처음에 흘끗 보였던 전지와 타이머 칩은 잘 보니 육중한 솔레노이드◈ 스위치에 접속되어 있었다. 솔레노이드 자체는 커다란 회색 금속 상자 한쪽에 부착된 복잡한 셔터식 개폐 장치의 일부였다.

랜싱은 말했다. "의료용 기기의 부품을 뜯어내서 조립한 것 같네요. 이런 것들은 쓰레기 하치장에 얼마든지 널려 있다는 건 알죠?" 그녀는 가슴의 배지를 떼어내서 상자 근처에서 흔들어 보았다. 삑삑거리는 경보음이 더 높아졌지만, 조금 그랬을 뿐이었다. "차폐막도 아직은 멀쩡한 것 같고."

나는 가능한 한 침착한 어조로 말했다. "이걸 설치한 작자들은 고성능 폭약조차도 입수할 수 있었습니다. 우린 이 상자 안에 뭐가 들어 있는지, 이 배선이 뭘 위한 건지도 아예 모르지 않습니까. 지금은 그냥 조용히 밖으로 나간 다음에 폭탄 처리 로봇에 맡겨야 합니다."

랜싱은 반론하려고 하다가, 이내 겸연쩍은 표정으로 고개를 끄덕였다. 우리 세 사람은 도로까지 올라갔다. 애셔가 현지의 대테러리즘 하청 업체에 연락을 취했다. 폭발물을 처리하려면 하버 브리지의 통행을 전면 금지하는 수밖에 없다는 사실을 내가 깨달은 것은 그때였다. 레인코브의 폭파 사건은 짤막하게 보도되었을 뿐이지만, 이번 일

◈ 원통 코일 형태의 전자석.

의 경우 오늘 저녁 뉴스에서 톱뉴스로 다루어질 것이라는 점은 확실했다.

나는 랜싱을 옆으로 따로 데려가서 말했다. "놈들은 당신의 연구소를 폭파했고, 세포계까지 일소했습니다. 백업 데이터를 찾아내거나 파괴하는 건 거의 불가능할 테니까, 논리적으로 생각하면 다음 표적은 당신과 당신 연구소 직원들입니다. 〈넥서스〉에는 경호 부문이 없지만, 대신 좋은 회사를 추천해 드릴 수 있습니다."

경호 회사의 전화번호를 알려주자 랜싱은 상황에 걸맞은 숙연한 태도로 그것을 기록했다. "그럼 마침내 내 말을 믿은 거로군요? 범인들은 영리 목적으로 이런 짓을 한 게 아녜요. 위험천만한 광신자들이라고요."

그녀의 입에서 나온 '광신자들'이라는 모호한 표현이 거슬렸다. "정확히 말해서 누구를 의심하고 있는 겁니까?"

랜싱은 음침한 어조로 말했다. "우리 연구는 모종의… 자연적인 과정을 건드리고 있어요. 이 정도면 당신도 나름대로 결론을 낼 수 있지 않아요?"

전혀 논리적이지 않은 얘기였다. 〈신의 형상〉이라면 HIV에 감염되었거나 마약에 중독된 산모들 모두에게 고치를 쓸 것을 되레 강요하려고 할 것이다. 따라서 그런 기술을 연구하는 곳을 폭탄으로 날려 버리려고 할 리가 없다. 〈가이아의 병사들〉은 인간처럼 하찮은 종에 대한 사소한 개량 시도보다는 유전자조작 곡물이나 박테리아 쪽에 더 관심을 가지고 있었다. 그리고 그들이라면 설령 지구의 명운이 걸려 있다고 해도 절대로 **방사성 동위원소** 따위를 쓰지는 않았을 것이다. 랜싱의 언사는 피해망상에 시달리는 편집증 환자의 그것을 **빼닮**았다고 해도 과언이 아니었다. 그러나 상황이 상황인 만큼 그녀를 비난할 생각은 들지 않았다.

나는 말했다. "나는 무슨 결론을 내거나 할 생각은 없습니다. 단지 당신에게 적절한 예방 조치를 강구하라고 충고하고 있을 뿐입니다. 이번 건이 앞으로 얼마나 더 크게 번질지를 알 방도가 없으니까요. 하지만… 〈바이오파일〉이 창고의 냉동고를 모든 경쟁 기업에게 대여하고 있었던 것은 사실입니다. 그리고 그런 기업이라면 보관 창고 안으로 침입해서 저 물건을 설치하는 건 가상의 광신자가 그러는 경우보다 백배, 천배는 더 쉬웠겠죠."

쥐색 장갑 밴이 우리들 앞에서 끼이익 급제동을 걸며 멈춰 섰다. 뒷문이 위로 열리고 경사로가 지면으로 스르르 내려오자, 여러 개의 팔이 달린 땅딸막한 로봇이 무한궤도로 움직이며 내려왔다. 내가 손을 들어 인사하자 로봇도 같은 동작을 했다. 로봇 조작원은 내 친구였다.

랜싱이 말했다. "당신 말이 옳을지도 모르겠군요. 하지만 테러리스트가 생명공학 기업에 정식으로 취직하는 걸 막는 방법은 아예 없지 않나요?"

문제의 상자에 부비 트랩은 설치되어 있지 않았다. 상자는 단지 매일 밤 자정부터 6시간 동안 〈LEI〉의 귀중한 세포들을 향해 감마선을 조사照射하도록 조정된 장치에 불과했다. 만에 하나 누군가가 새벽에 보관 창고로 와서 냉동고들 사이의 좁은 공간에 일부러 자기 몸을 쑤셔 넣는다고 해도, 피폭량은 매우 미미한 수준에 머물 것이다. 랜싱이 말했듯이 세포들이 입은 손상은 몇 달에 걸친 축적 작용에 의한 것이었다. 상자 안에 들어 있던 방사성 동위원소는 코발트60이었는데, 그 출처가 폐기 처분된 의료 기기라는 점은 거의 확실했다. 즉, 의료용으로 쓰기에는 약해졌지만 그대로 폐기하기에는 아직 너무 방사능이 강해서 '냉각 장소'에 보관되어 있던 것을 훔친 것이다. 그런 것이 도난당했다는 보고는 들어온 적이 없지만. 일레인 창의 조수들은 현지 병원들로 전화를 걸어 자체 콘크리트 보관 창고의 재고를 다시 확인해 보라고 설득하는 중이었다.

코발트60은 위험한 물질이지만, 엄중하게 차폐된 용기 안에 든 50밀리그램은 전술핵무기라고는 도저히 말할 수 없었다. 그러나 뉴스 매체는 폭주했다. 「원폭 테러리스트, 하버 브리지를 공격!」 뭐 이런 식으로 말이다. 만약 〈LEI〉의 적들이 활동가이고 대중을 향해 모종의 '대의'를 내세울 목적을 가지고 있다면, 그들의 홍보 담당자들의 실력은 업계 최악이라고밖에는 할 수 없을 것이다. 그들이 조금이라도 대중의 공감을 얻을 수 있을 가능성은, 뉴스 보도에서 방사능이라는 단어가 나오자마자 완전히 날아가 버렸기 때문이다.

나의 비서 소프트웨어는 여기저기서 들어오는 문의에 대해 나를 대신해서 '노코멘트'라는 정중한 대답을 보냈지만, TV 촬영팀이 우리 집 현관문 앞을 얼쩡거리기 시작했기 때문에 나는 어쩔 수 없이 카메라를 향해 앞의 대답과 기본적으로는 동일한 말을 뉴스 용어로 몇

마디 하는 수밖에 없었다. 마틴은 내가 나온 뉴스 화면을 보며 재미있어하는 기색이었지만, 나는 다음 순간 재닛 랜싱 본인의 자택 앞 기자회견 장면이 화면에 떠오르는 것을 보고 아연실색했다.

"극히 냉혹한 사람들입니다. 사람의 목숨도, 환경도, 방사능 오염 따위에도 전혀 개의치 않으니까요."

"랜싱 박사님, 이런 극악무도한 범죄의 배후에는 도대체 누가 있다고 생각하십니까?"

"아직 그 부분은 공개할 수 없습니다. 현시점에서 밝힐 수 있는 것은 우리 연구소의 연구가 예방의학의 최첨단에 있다는 사실뿐입니다. 따라서 우리 연구를 적대시하는 강력한 기득권 진영이 존재한다고 해도 전혀 놀랄 일이 아니겠죠."

강력한 기득권 진영? 본인은 계속 부인하지만 이런 표현에 걸맞은 존재는 라이벌 생명공학 기업밖에는 없지 않은가? 물론 이것이 「원폭 테러리스트」의 피해자로 간주될 경우의 홍보 효과에 착안한 발언이라는 점에는 의심의 여지가 없지만, 내가 보기에는 쓸데없는 말을 하고 있는 것에 불과했다. 2년쯤 뒤에 해당 제품이 마침내 시장에 나올 무렵이면 이번 사건은 이미 잊힌 지 오래일 것이 뻔했기 때문이다.

관할권을 둘러싼 복잡하고 골치 아픈 교섭을 벌인 끝에, 애셔는 마침내 내게 보관 창고의 감시 카메라가 촬영한 6개월 분량의 파일을 보내주었다. 이것은 보존된 영상의 전부였다. 문제의 냉동고는 거의 2년 가까이 쓰이지 않았고, 마지막으로 그것을 정식 임대한 것은 도산해서 지금은 없는 소규모 인공수정 클리닉이었다. 현재 대여 중인 냉동고들은 전체 냉동고의 60퍼센트에 불과했기 때문에, 〈LEI〉가 빌린 냉동고 옆의 냉동고들이 편리하게도 비어 있었다는 사실은 딱히 놀랄 일은 아니었다.

나는 혹시 누군가가 사용하지 않는 냉동고의 뚜껑을 여는 광경이 찍혀 있지는 않는지 보려고 이미지 처리 소프트웨어로 감시 파일들을 검색했다. 검색에는 슈퍼컴퓨터의 처리 속도로도 거의 1시간 가까이 걸렸지만, 아무 결과도 얻을 수 없었다. 몇 분 후 일레인 창이 내 사무실 안으로 빼꼼 얼굴을 내밀더니 냉동고 벽이 입은 손상의 분석이 끝났다고 보고했다. 매일 밤 이루어진 방사선 조사는 8개월에서 9개월 동안 지속되었다고 한다.

나는 좌절하지 않고 소프트웨어를 써서 파일들을 다시 스캔했다. 이번에는 보관 창고 내부에 들어온 모든 사람의 영상을 나열하도록 했다.

62명의 얼굴이 떠올랐다. 개개의 얼굴에 그들이 속한 회사의 이름을 할당한 다음, 그들의 모습이 찍힌 시각을 〈바이오파일〉의 고객들의 전자 열쇠 사용 기록과 일일이 대조해 보았다. 딱히 눈에 띄는 모순점은 드러나지 않았다. 정식 전자 열쇠를 쓰지 않고 보관 창고에 들어온 인물은 없었고, 같은 사람이 같은 열쇠를 거듭해서 쓰고 있었다.

나는 나열된 사진들을 넘기면서 이제 무엇을 해야 할지 생각해 보았다. 창고로 들어왔을 때 방사능 냉동고 쪽을 몰래 곁눈질한 사람을 찾아볼까? 소프트웨어를 쓰면 불가능하지 않았지만, 아직 그런 지푸라기라도 잡으려는 식의 수단에 호소하고 싶지는 않았다.

그러던 중 낯익은 얼굴이 눈에 띄었다. 30대 중반의 금발 여자였고, 〈연방화 100주년 기념병원〉 소속 종양학과의 전자 열쇠를 세 번 쓴 기록이 남아 있었다. 틀림없이 본 적이 있는 얼굴이었지만, 어디서 봤는지 기억이 나지 않았다. 그러나 그것은 문제가 되지 않았다. 몇 초쯤 더 검색하다가 그녀가 입은 실험실 가운 가슴 쪽에 핀으로 고정된 명찰이 뚜렷하게 보이는 화면을 찾아냈기 때문이다. 그것을 확대하기만 하면 됐다.

명찰에 적힌 이름은 C. 멘덜슨이었다.

열어둔 사무실 문을 노크하는 소리가 들렸다. 화면에서 고개를 돌리니 또 일레인이었다. 흡족한 표정이다.

그녀가 말했다. "코발트60을 분실했다는 걸 실토한 곳을 찾아냈어. 게다가 그 장치의 선량은 분실된 코발트60의 붕괴 곡선과 정확하게 일치해."

"그래서, 도난당한 병원이 어디야?"

"〈연방화 100주년 기념병원〉."

나는 이 병원의 종양학과에 전화를 걸었다. 예, 캐서린 멘덜슨은 이 병원에서 4년 가까이 일하고 있습니다. 아뇨, 지금 당장 연결해 드릴 수는 없군요. 이번 주 내내 병가를 받아서요. 그들이 내게 준 전화번호는 〈LEI〉가 내게 준 해약된 번호와 동일했지만, 주소가 달랐다.

피터섬에 있는 아파트였다. 주소는 전화번호부에는 기재되어 있지 않았다. 직접 찾아가 보는 수밖에 없었다.

암 연구를 전문으로 하는 종양학과가 〈LEI〉에 해를 끼칠 이유는 없어 보였지만, 같은 업계의 라이벌 회사라면 냉동고의 열쇠를 자체적으로 갖고 있든 갖고 있지 않든 간에 멘덜슨을 매수해서 대신 일을 시켰을 가능성이 있었다. 멘덜슨 본인은 그 대가로 무엇을 제시받았든지 득이 될 것 같지는 않았지만 말이다. 만약 기소되어 유죄 판결을 받는다면 뇌물로 받은 돈은 자금 추적을 통해 마지막 한 푼까지 몰수당하기 때문이다. 그러나 자신을 해고한 〈LEI〉에게 품은 원한이 너무 깊었던 탓에 판단력이 둔해졌는지도 모르겠다.

가능한 얘기다. 너무 그럴듯하게 들린다는 것이 마음에 걸리지만.

나는 감시 카메라가 찍은 멘덜슨의 영상을 재생해 보았다. 특이하거나 수상쩍은 행동은 전혀 찾아볼 수 없었다. 보관 창고로 들어온 그녀는 종양학과의 냉동고로 직행했고, 가지고 온 샘플 따위를 그 안에 집어넣고 그대로 떠났기 때문이다. 그러면서 다른 냉동고를 몰래 곁눈질하지도 않았다.

멘덜슨이 정당한 업무를 처리하기 위에 이 보관 창고에 들어왔다는 사실은 그 무엇도 증명하지 못한다. 그녀가 지금 일하는 병원에서 코발트60이 도난당했다는 사실은 순전한 우연일 수도 있기 때문이다.

게다가 누구에게도 전화 계약을 해지할 권리는 있다.

레인코브 연구소의 철골들이 햇살을 반사하며 번득이는 광경이 뇌리에 떠올랐다.

내키지는 않았지만 회사 건물에서 나가기 전에 지하층에 들렀다. 콘솔 화면 앞에 앉자 무기고는 내 지문을 확인했고, 내가 내쉰 숨의 샘플을 채취했고, 망막 혈관의 스펙트럼 사진을 찍었고, 지각 및 판단 행동의 반응 시간을 측정하는 테스트를 시행했고, 5분에 걸쳐 내가 담당한 사건에 관해 질문했다. 무기고는 나의 반응 속도와, 동기와, 정신 상태에 관해 마침내 만족했고, 9밀리미터 구경 권총과 숄더 홀스터를 내게 지급해 주었다.

멘덜슨의 아파트는 1960년대에 지어진 상자 모양의 콘크리트 건물이었다. 긴 공용 복도를 따라 현관이 늘어선 방식이었으며 방범 설비는 전무했다. 7시를 조금 넘은 시간에 도착한 나를 맞이한 것은 수없이 많은 창문에서 흘러나오는 음식 냄새와 TV 게임쇼의 박수 소리였다. 콘크리트는 아직도 낮의 열기로 이글거리고 있었다. 3층분의 계단을 올라가니 온몸이 땀으로 뒤범벅이 되었다. 멘덜슨의 아파트는 조용했지만, 불은 켜져 있었다.

초인종을 울리자 멘덜슨이 문을 열었다. 나는 신원을 밝히고 내 ID 카드를 제시했다. 그녀는 불안해 보였지만 놀란 기색은 아니었다.

그녀가 말했다. "당신 같은 사람들을 상대해야 한다는 게 아직도 화가 나."

"나 같은…?"

"경찰의 민영화에 반대했거든. 민영화 반대 행진을 직접 몇 번 주

최하기도 했고."

민영화 당시 이 여자는 14살이었을 것이다. 사실이라면 실로 조숙한 정치 활동가였다는 얘기가 된다.

멘델슨은 마지못한 기색으로 나를 안으로 들였다. 거실은 검소했고, 한쪽 구석의 책상 위에는 단말기가 한 대 놓여 있었다.

나는 말했다. "〈LEI〉 연구소 폭파 사건을 조사 중입니다. 약 4년 전까지는 당신도 그 회사에서 일했다고 들었습니다. 맞습니까?"

"맞아."

"왜 거길 그만뒀는지 얘기해 줄 수 있습니까?"

그녀는 담당하던 프로젝트가 텍사스의 애머릴로 지사로 이전된 사정에 관한 예의 이야기를 되풀이했다. 내 눈을 똑바로 쳐다보며, 내가 한 모든 질문에 막힘없이 대답했던 것이다. 불안한 기색은 여전했지만, 마치 내 표정에서 뭔가 중대한 정보를 읽고 싶어 하는 듯한 인상이었다. 혹시 코발트60의 출처를 추적당했을까 고민하고 있는 것일까?

"해고되기 이틀 전, 새벽 2시에 노스라이드 연구소 내에서 뭘 하고 있었습니까?"

"〈LEI〉가 새로운 건물에서 뭘 하려고 하는지를 알아내고 싶었어. 왜 나를 계속 그곳에 두고 싶어 하지 않는지를."

"당신이 담당하던 업무는 텍사스 지사로 모두 이관되지 않았습니까."

멘델슨은 메마른 웃음소리를 냈다. "내 업무는 그럴 정도로 전문적인 게 아니었어. 미국 지사로 가고 싶어 하는 사람을 나 대신에 보냈더라도 아무 문제가 없었을걸. 그러면 모든 문제는 완벽하게 해결되었을 거고, 기꺼이 나와 자리를 교환하고 싶어 하는 사람들도 얼마든지 있었을 거야. 하지만 회사 쪽에서 허가해 주지 않더군."

"그래서… 해답을 알아냈습니까?"

"그날 밤에는 못 알아냈어. 하지만 나중에 알아냈지."

나는 신중하게 물었다. "그렇다면 〈LEI〉가 레인코브에서 뭘 하고 있는지 알고 있다는 얘깁니까?"

"응."

"어떻게 그걸 알아냈나요?"

"상황을 줄곧 유심히 관찰하고 있었어. 회사에 남은 동료들은 내가 물어봐도 얼버무렸지만, 결국 정보가 새어 나왔던 거지. 1년쯤 전에."

"당신이 퇴사한 지 3년 뒤에 말입니까? 왜 당신은 여전히 그 일에 관심을 가지고 있었던 겁니까? 그 정보를 사줄 상대가 있다고 생각하기라도 한 겁니까?"

그녀는 말했다. "노트패드를 화장실 세면대에 가져다 놓고 수도꼭지를 틀어봐."

나는 주저하다가, 결국 하라는 대로 했다. 거실로 돌아가자 멘델슨은 두 손으로 얼굴을 감싸 쥐고 있었다. 그녀는 음침한 표정으로 나를 올려다보았다.

"왜 내가 여전히 그 일에 관심을 가지고 있었느냐고? 왜냐하면 레즈비언이나 게이 팀원이 포함된 모든 프로젝트가 왜 하나도 빠짐없이 시드니 연구소 밖에 있는 부서로 전출되었는지를 알고 싶었기 때문이야. 그게 순전히 우연인지, 아니면 우연이 아닌지를 확인하고 싶었던 거지."

나는 명치께가 갑자기 서늘해지는 느낌을 받았다. 나는 말했다. "만약 당신이 차별로 인한 문제 따위를 경험했다면, 다른 경로를 통해서 그걸 해결할 수도…"

멘덜슨은 짜증스러운 듯이 고개를 가로저었다. "〈LEI〉는 절대로 차별 따위는 하지 않았어. 전출에 응할 용의가 있었던 직원들은 아무도 해고되지 않았고, 전출 시에는 언제나 팀 전체가 전출되었지. 성적지향에 입각해서 직원을 선별하는 식의 조잡한 방식은 안 썼다는 뜻이야. 게다가 어떤 상황에 대해서도 그럴듯한 이유가 준비되어 있었어. 개별 프로젝트들이 각 지사를 넘나드는 식으로 재편성되는 건 '부서 간 교류에 의한 시너지 효과'를 촉진하기 위해서라는 식이지. 그게 대놓고 가식적인 개소리처럼 들린다 해도 이상할 건 없어. 개소리가 맞으니까. 하지만 실로 그럴듯하게 들리는 개소리라는 건 부인할 수 없잖아? 다른 회사에서는 그보다 훨씬 더 황당한 계획을 100퍼센트 진지하게 추진하는 경우를 얼마든지 찾아볼 수 있으니까 말이야."

"하지만 차별에서 비롯된 문제가 아니었다면… 왜 〈LEI〉는 특정 부서에서 직원들을 쫓아내려고 했던 겁니까?"

이런 질문을 한 시점에서 나는 이미 어떤 답이 나올지를 직감하고 있었다고 생각한다. 그러나 그것이 사실임을 정말로 믿기 위해서는, 그녀의 입을 통해 직접 들을 필요가 있었다.

멘덜슨은 생화학자가 아닌 사람들도 알아들을 수 있도록 설명하는 법을 미리 연습해 두었던 듯하다. "사람은 육체적 또는 감정적 스트레스에 노출되면, 특정 물질의 혈중 농도가 올라가기 마련이야. 주로 코르티솔※이나 아드레날린이 분비되지. 아드레날린은 신경계에 빠르고 단기적인 영향을 끼쳐. 코르티솔의 경우는 그보다 훨씬 더 장기간에 걸쳐 작용하고, 오만 가지 신체 활동들을 조율해서 부상이나 피로 따위의 어려움에 적응할 수 있게 해줘. 만약 스트레스가 장기화한다면, 해당 인물의 코르티솔 농도는 며칠, 몇 주, 또는 몇 달까지도 높은 상태를 유지할 수 있어.

임산부의 혈중 코르티솔 농도가 일정 수준보다 더 높아지는 경우, 코르티솔은 태반 장벽을 통과해서 발육 중인 태아의 호르몬계와 상호작용할 수 있어. 인간 뇌의 특정 부위들은 태아의 정소나 난소에서 분비된 호르몬의 영향을 받고 배아 발생 과정에서 두 개의 신경 연결 경로 중 하나를 택하게 되는데, 여기서 말하는 특정 부위란 신체상※※을 규정하는 부위, 그리고 성적 지향을 관할하는 부위야. 통상적으로 여성 배아의 경우는 여성 몸의 자기신체상을 가지게 되고, 장래에는 남성에 대해 가장 강한 성적 매력을 느끼게 될 뇌를 발달시키게 되지. 남성 배아의 경우는 물론 그 반대이고. 성장 중인 뉴런에게 배아의 성별이나 어떤 신경 연결 패턴을 선택해야 하는지를 알려주는 건 태아의 혈중 성호르몬이라는 뜻이야.

※　부신피질에서 분비되는 대표적인 스테로이드 호르몬.
※※　개인이 자신의 신체에 대해 갖는 생각, 감정, 인식.

고치　　　　　　　　　　　　　　　　　　　　　　　413

그리고 코르티솔은 이 과정에 간섭할 수 있어. 상호작용 자체는 복잡해서 일일이 설명하기 힘들지만, 최종적인 효과는 결국은 타이밍에 달려 있어. 뇌의 이런저런 부위들은 각기 다른 발달 단계에서 어느 한쪽의 성별에 특화된 버전으로 전환되기 때문이지. 따라서 임신 중인 산모가 각기 다른 시기에 받는 스트레스는 태어날 아이의 성적 지향과 신체상 패턴의 불일치로 이어지게 되는 거야. 동성애자, 양성애자, 트랜스섹슈얼의 경우처럼.

많은 부분이 산모의 생화학적 상태에 좌우되는 건 말할 나위도 없어. 임신 자체도 크나큰 스트레스라고 할 수 있지만, 그에 대한 당사자의 반응은 천차만별이지. 코르티솔이 그런 식의 영향을 끼칠지도 모른다는 첫 번째 징후는 1980년대에 행해진 연구에서 발견되었어. 제2차 세계대전 중에 연합군의 가장 격렬한 공습을 당했던 지역의 독일인 산모들이 낳은 아이들을 대상으로 한 연구였는데, 당시 산모들이 받은 스트레스가 워낙 컸던 탓에 개인차를 뛰어넘는 영향이 나타났던 거야. 1990년대 들어 연구자들은 남성 동성애의 요인이 되는 유전자를 발견했다고 생각했지만, 언제나 모계유전된다는 사실이 문제였지. 결국 그 유전자는 태아에게 직접 영향을 끼치는 것이 아니라 산모의 스트레스 반응에 영향을 준다는 사실이 판명되었어.

만약 모체의 코르티솔이나 그 밖의 스트레스 관련 호르몬들이 태아까지 도달하지 못하도록 한다면, 해당 태아의 뇌 성별은 모든 점에서 언제나 그 육체의 성별과 일치하게 돼. 그 결과 이성애를 제외한 현재의 모든 성적 변이는 일소되는 거지."

나는 전율을 금할 수 없었지만, 그걸 내색하지는 않았다고 생각한다. 지금까지 그녀가 한 말은 내 귀에는 모두 진실로밖에는 들리지 않았다. 단 한마디도 의심할 수 없었다. 성적 지향이 태어나기 전에 이미 결정된다는 사실은 예전부터 알고 있었다. 나는 7살 때도 이미 내가 게이인 것을 알고 있었다. 그러나 그런 상태를 결정한 복잡한 생물학적 설명까지 알아내려고 하지는 않았다. 왜냐하면 구체적인 과정은 따분하기만 할 뿐 내 입장에서는 전혀 중요하게 느껴지지 않았기 때문이다. 내 피를 얼어붙게 만든 것은 성적 욕구의 신경생리학적 원인이 무엇인지를 마침내 배웠기 때문이 아니었다. 내가 충격을 받은 것은 〈LEI〉가 자궁 속으로까지 손을 뻗쳐 그것을 관리하려 했다는 것을 알아냈기 때문이었다.

나는 일종의 트랜스 상태에 빠져 모든 감정을 가사 상태에 몰아넣은 채로 질문을 계속했다.

나는 말했다. "〈LEI〉의 태반 장벽은 바이러스와 독극물을 걸러내려고 만들어진 것이 아니었습니까. 당신이 언급한 물질들은 이미 몇백만 년 전부터 이미 인체 내에 존재했던 자연 물질이고…"

"〈LEI〉의 태반 장벽은 그치들이 중요하지 않다고 여기는 모든 걸 배제해. 태아가 살아남기 위해 모체의 코르티솔을 반드시 필요로 하는 건 아니니까 말이야. 〈LEI〉가 확실한 운반 수단을 포함시키지 않는 이상 그 어떤 물질도 태반 장벽을 통과하지 못해. 이제 그치들이 뭘 계획하고 있는지 알아맞혀 보겠어?"

"당신은 피해망상에 빠져 있습니다. 설마 〈LEI〉가 전 세계에서 동성애자들을 일소하려는 음모에 가담할 목적으로 몇천만 달러나 되는 돈을 쏟아부었다고 주장할 작정입니까?"

멘델슨은 가련하다는 듯이 나를 보았다. "그건 음모가 아니라 마케팅 기회야. 〈LEI〉는 애당초 성의 정치학 따위에는 아무 관심도 없어. 태반 장벽에 코르티솔 운반체를 포함시키고 항바이러스, 항약물, 항오염물질 기능에 특화된 차단막으로서 판매하는 것도 가능해. 혹은 코르티솔 운반체를 넣지 않고, 방금 얘기한 것과 동일한 기능을 가진 태반 장벽이라고 선전하는 것도 가능하지. 이 경우는 태어날 아이는 틀림없이 이성애자라는 보증이 따라붙지만 말이야. 둘 중 어느 쪽이 더 큰돈을 벌어들일 거라고 생각해?"

이 질문은 아픈 곳을 찔렀다. 나는 화난 어조로 대꾸했다. "그래서, 대중의 현명한 선택 따위는 아예 믿지 못하겠으니까, 연구소를 폭파해서 선택의 여지 자체를 아예 없애버리려고 한 겁니까?"

멘델슨의 표정이 돌처럼 딱딱하게 굳었다. "난 〈LEI〉의 연구소를 폭파하지 않았어. 냉동고를 향해 방사선을 쏘지도 않았고."

"그래요? 우리는 코발트60의 출처가 〈연방화 100주년 기념병원〉인 걸 알아냈습니다만."

그녀는 한순간 아연실색하더니. 잠시 후 입을 열었다. "축하해. 그런데 거기서 근무하는 사람이 나 말고도 6,000명은 더 있다는 거 알아? 결국 〈LEI〉가 무슨 음모를 꾸미고 있는지 알아차린 건 나 혼자가 아니었다는 얘기네."

"〈바이오파일〉의 보관 창고에 출입할 권한을 가진 직원은 당신뿐이었습니다. 나더러 뭘 믿으라는 겁니까? 당신은 이 프로젝트의 진상을 알아냈지만, 아무 일도 하지 않고 가만히 있을 작정이다?"

"가만히 있을 리가 없잖아! 난 여전히 그치들이 하고 있는 짓을 폭로할 생각이야. 그 연구 프로젝트의 진상을 사람들에게 알릴 거야. 온갖 가짜 정보로 치장한 제품이 나오기 전에, 이 문제를 반드시 공론화하고야 말겠어."

"진상은 1년 전에 이미 깨달았다고 하지 않았습니까?"

"맞아. 그리고 난 지난 1년 동안 내가 알아낸 사실의 진위 여부를 확인하려고 시도했지. 폭로는 증거를 모두 갖춘 뒤에 할 거야. 어정쩡한 소문만 가지고 섣부르게 비밀을 공개하는 것만큼 멍청한 짓은 없으니까 말이야. 내가 진상을 알린 친구들은 아직 10여 명 정도밖에는 안 되지만, 우린 올해의 마르디 그라 축제에 맞춰서 대대적인 홍보 활동에 나설 작정이었어. 그 폭파 사건이 일어난 뒤로는, 모든 게 천배는 더 복잡하게 되어버렸지만." 그녀는 속수무책이라는 듯이 양손을 펼쳐 보였다. "그래도 우린 할 수 있는 일을 할 거야. 최악의 사태가 일어나는 것만은 막아야 하니까."

"최악의 사태?"

"분리주의. 피해망상. 동성애가 병의 일종으로 재정의되고, 레즈비언과 그들에게 동정적인 이성애자 여성들은 동성애 문화를 존속시키기 위해서 자체적으로 기술적 수단을 모색하고… 종교적 극우 진영은 아기에게 독을 투여한다며 그들을 고발하는 식이지. 그 '독'이야말로 과거 몇천 년 동안 아기들을 긍휼하게 여긴 하느님이 내려주신 물질인데도 말이야. 〈LEI〉의 테크놀로지가 쓰이는 부유한 나라에서 그렇지 못한 가난한 나라를 향한 매춘 관광도 성행하겠지."

나는 멘덜슨이 그려 보인 미래의 비전에 욕지기가 치받쳐 올라오는 것을 느끼면서도 끈질기게 질문을 계속했다. "당신이 진상을 알렸다는 10여 명의 친구들 말인데……"

멘덜슨은 무감동한 어조로 내뱉었다. "이제 꺼져. 더 이상 할 말은 없으니까. 내가 말한 건 진실이고, 난 범죄자가 아냐. 그러니까, 이제 나가보라고."

나는 욕실로 가서 내 노트패드를 회수했다. 현관에서 나는 말했다. "당신이 범죄자가 아니라면, 왜 이토록 꼭꼭 숨어 있었던 겁니까?"

그녀는 대답을 하는 대신 경멸하는 듯한 태도로 셔츠 자락을 걷어 올리고 갈비뼈 아래쪽에 난 멍을 내게 보여주었다. 거의 사라지고는 있었지만 여전히 섬뜩한 광경이었다. 그녀를 구타한 사람이 누구였든 간에—예전 애인이었을까?—같은 사태가 일어나는 것을 회피하기 위해 최대한의 노력을 기울인 그녀를 나는 비난할 수 없었다.

계단을 내려오면서 노트패드의 재생 버튼을 눌렀다. 소프트웨어는 수도꼭지에서 쏟아지는 물로 인한 잡음의 주파수 스펙트럼을 계산한 다음 녹음 파일에서 그것을 소거했고, 뒤에 남은 소리를 증폭해 왜곡을 없앴다. 나는 우리가 나눈 대화를 처음부터 끝까지 명료하게 들을 수 있었다.

차 안으로 돌아온 나는 감시 전문 회사에 전화를 걸어 멘덜슨을 24시간 감시하라고 지시했다.

집까지 반쯤 와서 곁길에 차를 세웠다. 나는 그로부터 10분 동안 아무 생각도 하지 못하고, 꼼짝도 하지 않고 운전석에 앉아 있었다.

그날 밤 침대에서 나는 마틴에게 물었다. "넌 왼손잡이잖아. 그런데 앞으로 왼손잡이 아기들이 아예 태어나지 않으면 어떤 기분을 느낄 것 같아?"

"전혀 개의치 않을 것 같은데. 왜?"

"그건 일종의… 대량 학살 같은 거라고 느끼지는 않아?"

"설마. 도대체 무슨 얘기야?"

"아무것도 아냐. 신경 쓰지 않아도 돼."

"떨고 있는데?"

"추워서 그래."

"몸은 차갑지 않잖아?"

처음에는 상냥하게, 나중에는 격렬하게 사랑을 나누면서 나는 생각했다. 이건 우리가 말하는 언어, 우리가 말하는 방언이야. 과거에는 이보다 훨씬 더 하찮은 이유로 전쟁이 발발한 적도 많았지. 그리고 만약 이 언어가 정말로 사라진다면, 그 언어를 말하는 사람들도 지상에서 사라지게 돼.

나는 이번 사건에서 손을 떼야 한다는 것을 알고 있었다. 멘델슨이 범인이라면, 그걸 증명하는 일은 다른 사람에게 맡기면 그만이다. 〈LEI〉를 위해 계속 일한다면 나를 기다리고 있는 것은 파멸뿐이다.

그러나 조금 있자 이런 생각은 감상적인 개소리처럼 느껴졌다. 나는 무슨 부족의 일원이 아니다. 모든 인간은 각기 자신만의 성생활을 가지고 있고, 그 인간이 죽으면 그 성생활도 함께 끝난다. 설령 앞으로는 그 누구도 게이로 태어나지 않는다고 해도, 나와는 상관없는 일이다.

그리고 내가 게이라는 이유로 이번 수사에서 손을 뗀다면, 나는 나 자신의 평등함과 정체성에 대한 지금까지의 모든 믿음을 저버리는 것이나 마찬가지다… 게다가 그럴 경우 나는 〈LEI〉에게 '예, 물론 우리는 조사 담당자의 성적 지향을 전혀 고려하지 않고 그를 고용했습니다만, 그것은 실수였음이 명백해졌습니다'라고 당당히 선언할 기회를 주게 된다.

어둠을 올려다보며 나는 말했다. "'공동체'라는 단어를 들을 때마다, 나는 내 리볼버 권총으로 손을 뻗치곤 하지."

대답은 없었다. 마틴은 세상모르고 잠들어 있었다. 지금 당장 그를 깨워서 끝판 논쟁을 벌이고 싶었지만, 나는 계약서에 서명했기 때문에 비밀을 유지할 책임이 있었다. 따라서 아무것도 밝힐 수 없었다.

그래서 나는 잠든 마틴의 모습을 바라보며, 스스로를 설득해 보려고 했다. 진실이 공표되면 그는 이해해 줄 것이라고 말이다.

나는 재닛 랜싱에게 전화를 걸어 멘덜슨에 관한 최신 정보를 알렸고, 그런 다음 차가운 어조로 말했다. "왜 그렇게 내숭을 떤 겁니까? '광신자들'? '강력한 기득권 진영'? 혹시 창피해서 제대로 입 밖에 내지 못하는 단어라도 있는 겁니까?"

그녀가 이 순간이 올 것을 알고 미리 대비하고 있었다는 점은 명백했다. "내 선입견을 당신에게 미리 심어주고 싶지는 않았어요. 당신에게 불리한 상황을 강요한 것처럼 보일 수도 있으니까."

"누구 눈에 그렇게 보일 수 있다는 겁니까?" 이것은 수사적인 질문이었고, 대답은 이미 알고 있었다. 물론 대중매체다. 랜싱은 이번 문제에 대해 침묵함으로써 마녀사냥을 시작한 장본인처럼 보일 위험성을 최소화했던 것이다. 동성애자 테러리스트들을 찾아내라고 나에게 명령했다면 〈LEI〉는 매우 적대적인 여론에 직면했겠지만, 내가 멘델슨을 찾아낼 경우—진상을 전혀 모르는 상태였음에도 불구하고, 전혀 다른 이유에 의해—는 수사가 아무런 선입견도 개재되지 않은 상태에서 진행되었다는 증거처럼 보였을 것이다.

나는 말했다. "용의자에 관해 뭔가 짚이는 데가 있었다면 미리 내게 알려줬어야 했습니다. 최소한 그 태반 장벽의 목적이 뭔지는."

"그 장벽은," 그녀는 입을 열었다. "바이러스와 독에 대한 보호막을 제공하기 위한 거예요. 하지만 인간의 몸을 건드리면 반드시 부작용이 있기 마련이죠. 그런 부작용을 허용할지 허용하지 않을지를 판단하는 건 내 일이 아녜요. 규제 당국에서는 그 제품을 쓸 때 일어날 수 있는 모든 결과를 공표할 것을 요구하겠죠. 결국 결정은 소비자 몫이 되는 거예요."

실로 교묘한 언사다. 정부가 자기들에게 압력을 가해서 이 제품의 최대 장점을 공표하라고 '강요'했다, 이건가.

"그래서, 시장 조사를 해보니 어떤 결과가 나왔습니까?"

"그건 극비 정보예요."

나는 그녀에게 거의 이렇게 물어볼 뻔했다. '도대체 언제부터 내가 게이라는 걸 알고 있었습니까? 나를 고용한 뒤입니까, 아니면 그 전입니까?' 연구소가 폭파된 날 새벽에, 내가 재닛 랜싱에 관한 서류 일체를 수집하고 있었을 때, 그녀는 사건 조사 의뢰에 입찰할 가능성이 있는 모든 사람의 인사 서류를 모으고 있었단 말인가? 그리고 최고의 홍보 효과를 보장해 줄 만한 인물, 궁극적인 공정함을 상징해 줄 인물인 나를 찾아냈고, 도저히 그 매력에 저항할 수 없었단 말인가?

나는 묻지 않았다. 설령 그랬더라도 결과는 아무 차이도 없었을 것이라는 믿음에 아직도 매달려 있었기 때문이다. 그녀는 나를 고용했고, 나는 다른 범죄와 마찬가지로 이번 사건을 해결할 것이다. 그런다면 그 밖의 일들은 아무 상관도 없게 된다.

코발트60이 보관되어 있던 지하 벙커로 갔다. 벙커는 〈100주년 연방화 기념병원〉의 부지 가장자리에 위치해 있었다. 끌어 올리는 식의 문은 견고했지만 자물쇠는 있으나 마나 한 물건이었고, 경보 장치는 아예 없었다. 똑똑한 12살 아이라면 누구든 쉽게 침입할 수 있었을 것이다. 반감기가 짧은, 온갖 종류의 저준위 방사성 폐기물이 든 상자들이 벙커 천장까지 잔뜩 쌓여 있었고, 하나 있는 전구가 발하는 빛은 그것들에 가려 거의 보이지도 않았다. 도난 사실이 뒤늦게 알려진 것은 하등 이상할 것이 없었다. 벙커 안에는 거미줄까지 쳐져 있었다. 돌연변이 거미 같은 것은 눈에 띄지 않았지만 말이다.

대여해서 가슴에 달아둔 방사선량 측정 배지가 노출량이 점점 올라가고 있는 것을 알리는 소리를 들으며 5분 동안 여기저기를 들쑤셔 보다가 밖으로 나왔다. 흉부 엑스레이를 한 번 찍을 때의 피폭량이 방금 피폭한 양의 10배는 된다는 사실을 알고 있긴 했지만, 그래도 밖으로 나오니 마음이 놓였다. 멘덜슨은 몰랐던 것일까. 사람들이 방사능에 대해 얼마나 비합리적으로 예민한 반응을 보이는지, 그 코발트 장치의 존재가 알려지면 그녀의 대의가 얼마나 큰 타격을 받게 될지? 보관 창고에 설치해 놓은 코발트 조사 장치의 실제 위험도가 극히 낮다는 사실을 전문가인 그녀는 너무나도 잘 알고 있었던 탓에, 되레 판단력이 흐려지기라도 했던 것일까?

감시팀들의 보고는 매일 도착했다. 비싸게 먹혔지만, 요금을 지불하는 것은 〈LEI〉다. 멘덜슨은 공개적으로 친구들을 만났고, 그들에게 내가 그녀를 심문한 날 밤에 일어난 일을 모두 털어놓았고, 격분한 어조로 그들도 십중팔구 감시당하고 있을 것이 뻔하니 조심하라고 경고했다. 그들은 태반 장벽에 관해 의견을 교환했고, 합법적인 반대 행동의 가능성과 폭파 사건이 그들의 활동에 야기한 문제들에 관해 논의했다. 그들 사이의 대화는 모두 내게 들려주기 위한 의도적인 연기일 수도 있었고, 멘덜슨은 멘덜슨 본인이 폭파 사건과는 관련이 없다고 정말로 믿고 있는 친구들만 골라서 접촉했을 가능성도 있었지만, 어느 쪽인지는 나도 판단이 서지 않았다.

나는 대부분의 시간을 그녀가 만난 사람들의 이력을 조사하는 데 썼다. 그들 중 누구도 과거에 폭력 행위나 파괴 활동에 관여한 사람

고치   423

은 없었다. 그런 마당에 고성능 폭약을 다뤄본 적이 있는 사람이 있을 리가 없었다. 물론 그런 방법으로 폭파 범인을 찾을 수 있으리라고 정말로 기대한 것은 아니었지만 말이다.

내가 찾아낸 것은 모두 정황 증거에 불과했다. 이런 상황에서 내가 할 수 있는 일이라고는 세부 정보를 닥치는 대로 수집하는 것밖에는 없었다. 그렇게 축적된 사실들이 마침내 일종의 임계점에 도달하거나 아니면 멘딜슨이 압박을 견디지 못하고 실수를 저지를 것을 기대했던 것이다.

몇 주가 지나갔지만, 멘딜슨은 대놓고 떳떳하게 활동을 계속했다. 심지어 마르디 그라 축제 때 배포할 팸플릿을 인쇄하기까지 했는데, 팸플릿은 〈LEI〉의 비밀주의뿐만 아니라 폭파 테러를 맹비난하고 있었다.

날이 갈수록 밤은 후덥지근해졌고, 그에 따라 내 신경도 점점 예민해졌다. 마틴이 나의 이런 변화를 어떻게 받아들이고 있는지는 모르겠지만, 나는 눈앞에 닥친 폭로를 우리가 어떻게 극복할 수 있을지에 대해 전혀 감을 잡을 수가 없었다. 주요 대중잡지 지면에서 원폭 테러리스트들이 태아에게 몰래 독을 투여하는 게이들과 맞부닥칠 경우, 도대체 얼마나 엄청난 역풍이 몰아칠지 상상하기조차 두려웠다. 멘딜슨이 범인으로 체포되어 뉴스에 나오든, 아니면 기자회견에서 진상을 까발리고 자신의 결백을 주장함으로써 공론화에 성공하든 간에, 실질적으로는 아무 차이도 없다. 어느 쪽이든 간에, 그 이후 행해지는 수사는 코미디나 다름없을 것이기 때문이다. 나는 가급적 그런 생각을 떠올리지 않으려고 노력했다. 다른 길을 택하기에는 이미 늦었기 때문이다. 지금 와서 수사를 단념하거나 마틴에게 진상을 알리는 것은 논외였다. 그래서 나는 시야 협착에 빠진 것이나 다름없는 상태에서 일을 계속했다.

일레인은 방사성 폐기물 벙커를 샅샅이 뒤져 증거를 찾아보려고 했지만, 몇 주에 걸친 분석도 결국은 아무 소득 없이 끝났다. 나는 코발트 장치가 몰래 설치되었을 때 모니터를 통해 (규정상으로는) 줄곧 현장을 감시하고 있던 〈바이오파일〉의 경비원들을 심문해 보았지만, 눈에 띄게 크며 묘한 모양을 한 물건을 들고선 엉뚱한 통로로 들어온 고객을 보았다는 사람은 아무도 없었다.

그런 뒤에야 겨우 멘델슨의 전 인생에 걸친 전자적 기록을 샅샅이 조사할 수 있는 영장을 발부받았다. 그녀는 20년 전에 딱 한 번 체포된 적이 있었다. 경찰 민영화 반대 시위에 참가했다가 (아직 민영화되기 전의) 경찰관을 폭행한 혐의였는데, 그녀에게 정강이를 걷어차인 경찰관은 내심 그녀에게 박수갈채를 보내고 있었을지도 모르겠다. 기소는 나중에 철회되었다. 18개월 전부터 지금까지 법원 명령 하나가 발동 중이었는데, 멘델슨의 거주지에서 1킬로미터 이내로 전 애인의 접근을 금지한다는 내용이었다. (전 애인은 〈파상풍 잭나이프〉라는 밴드의 멤버였는데, 그녀는 폭행죄로 두 번 기소된 적이 있었다.) 신고 누락된 소득이나 부자연스러운 지출은 없었다. 무기나 폭약 밀매를 의심받는 인물이나 그 공모자로 지목된 사람들과 전화 연락을 한 적도 없었다.

그러나 그런 일은 신중하게 준비하기만 한다면 공중전화와 현금만을 써서 얼마든지 은밀하게 진행할 수 있는 법이다.

멘덜슨은 내가 감시하는 동안에는 꼬리를 밟힐 생각이 없는 듯했다. 그러나 아무리 신중하게 행동했다고 해도, 혼자서 그런 폭파를 실행하는 것은 무리였다. 따라서 내게 필요한 것은 돈에 눈이 멀고, 소심하거나 가책에 시달리고 있는 탓에 밀고자로 변신할 수 있는 인물이었다. 나는 평소에 쓰던 경로를 통해 소문을 퍼뜨렸다. 정보를 준다면 돈을 지불할 용의가 있고, 교섭에 응할 용의도 있다는 내용이었다.

폭파 사건에서 6주가 지난 후, 익명의 이메일이 도착했다. '도청기나 무기를 지니지 않고 마르디 그라 축제에 참가할 것. 29. 17. 5. 31. 23. 11.'

1시간 넘게 이 숫자들의 의미를 알아내려고 머리를 굴리다가, 결국 일레인에게 보여주었다.

"조심해, 제임스."

"왜?"

"이건 폭발 현장의 잔류물에서 찾아낸 여섯 가지 흔적 물질의 함유 비율이야."

마틴은 마르디 그라 축제 당일을 가두 행진에 참가할 친구들과 함께 보내고 있었다. 나는 에어컨을 튼 사무실에 죽치고 앉아서 축제의 마지막 준비 상황을 중계하고 있는 TV 채널을 시청하며, 간간이 끼어드는 기자의 역사 설명에 귀를 기울였다. 40년이라는 세월이 흐르면서 게이 및 레즈비언 마르디 그라 축제는, 경찰과 당국을 상대로 격렬한 충돌이 빚어지기 일쑤였던 논란 많은 행사에서 전 세계의 관광 팸플릿을 통해 대대적으로 선전되며 막대한 수입을 산출하는 이벤트로 변신했다. 시드니의 마르디 그라 축제는 상부에서 말단에 이르는 모든 정부 조직의 축복을 받고 있었고, 유명 정치가나 기업가들에 의해 주도되었으며, 대다수의 직종과 마찬가지로 조합별로 참가하는 꽃수레 중에는 경찰의 것도 있었다.

마틴은 의상도착증은 아니었다. (근육질의 가죽옷 페티시도 아니었고, 그 밖의 상투적인 게이 이미지와도 거리가 멀었다.) 그런 마틴이 1년에 딱 하룻밤만 현란한 의상으로 치장하고 퍼레이드에 참가한다는 것은 대다수의 이성애자 남성 참가자들의 경우와 마찬가지로 위선적이고 부자연스럽기 짝이 없는 행위였다. 그러나 마틴의 동기는 이해할 수 있었다. 그는 자신의 평소 복장이라든지 자연스러운 말투나 태도가, '이성애자로서도 충분히 통용된다'는 사실에 죄책감을 느끼고 있는 것이다. 마틴은 누구에게도 자신의 성적 지향을 숨기거나 하지는 않았지만, 그를 전혀 모르는 사람이 그것을 단박에 알아차리기는 힘들 것이다. 마틴 입장에서 마르디 그라 축제에 참가한다는 행위는, 누가 보아도 동성애자이지만 그 사실을 아예 감추지 않는 탓에 편협한 차별 행위에 더 자주 직면해야 했던 게이 남성들에 대한 연대감의 표명인 것이다.

땅거미가 지기 시작하자 구경꾼들이 축제 행진이 지나갈 길을 따라 모이기 시작했다. 온갖 언론사의 헬리콥터들이 머리 위를 날아다니기 시작했고, 이것이야말로 가장 중요한 이벤트임을 증명이라도 하듯이 앞다투어 경쟁사의 헬리콥터를 향해 카메라를 돌렸다. 군중 통제를 하려고 나온 기마 경비원들—내가 어렸을 때 민영화되어 사라진 파란 제복의 기마경찰대를 빼닮은—은 패스트푸드 노점들 옆에 말을 묶어두고 옹기종기 모여 서서 다가오는 긴 밤에 대비하기 위해 요기를 하고 있었다.

폭파 사건의 범인이 10만 명에 달하는 인파 속에서 정말로 나를 찾아낼 작정이라고는 도저히 믿기 힘들었다. 그래서 〈넥서스〉 건물에서 차를 몰고 나온 나는 만일의 경우에 대비해서 회사 주위의 블록을 일부러 세 바퀴나 돌았다.

전망이 좋은 곳에 도착했을 때, 퍼레이드의 선두 행렬은 이미 지나간 뒤였다. 가장 먼저 내 눈에 들어온 것은 유명하거나 악명 높은 퀴어들의 얼굴들을 본뜬, 거대한 플라스틱제 인형 머리통을 뒤집어쓴 사람들의 긴 줄이었다. 지난 몇 년 동안 사람들의 눈 밖에 났던 '퀴어'라는 단어는 최근 들어 차별 용어가 아니라는 공식 선언의 대상이 된 후로 다시 유행하고 있다고 한다. 인형은 너무나도 디즈니풍이라서 보는 것만으로도 숨이 턱 막힐 지경이었다. 심지어 세계 최초로 만화에 등장한 레즈비언 쥐 캐릭터인 버나뎃의 모습까지 보였다. 인간을 모델로 한 것 중에서는 세 사람밖에는 알아볼 수 없었다. 노벨 문학상 수상자인 패트릭 화이트는 초췌하고 누가 보아도 곤혹스러운 표정이었고, 극작가인 조 오튼은 신랄하며 음흉하게 미소 짓고 있었으며, FBI 국장이었던 J. 에드거 후버는 메피스토펠레스적인 냉소를 떠올리고 있었다. 이들 모두가 해당 인물의 이름이 쓰인 어깨띠를 두르고 있었지만 그게 얼마나 도움이 될지는 의문이다. 내 옆에 서 있던 청년이 함께 온 여자 친구에게 물었다. "도대체 월트 휘트먼*이 뭐 하는 작자야?"

그녀는 고개를 가로저었다. "몰라. 앨런 튜링**은 또 누굴까?"

"난들 어떻게 알겠어?"

이렇게 말하면서도 그들은 이 두 사람의 사진을 찍었다.

나는 행진자들을 향해 이렇게 외치고 싶은 충동을 느꼈다. 그래서 뭐 어쨌다는 거지? 어떤 퀴어들은 유명인이었어. 그리고 어떤 유명인들은 퀴어였지. 아니, 이렇게 놀라울 수가 있나! 그래서, 그 사람들이 너희들의 소유물이라도 된다고 생각하는 거야?

물론 나는 그렇게 외치거나 하지는 않았다. 내 주위 사람들이 환호성을 울리며 박수를 치는 동안, 나는 폭파 범인이 나와 얼마나 가까운 곳까지 와 있는지에 대해 의아해하고 있었다. 긴장한 탓에 진땀을 흘리고 있는 나를 얼마나 더 오래 내버려 둘 생각일까? 감시 용역을 맡은 회사인 〈파놉티콘〉은 여전히 멘델슨과 지금까지 확인한 그녀의 동료들을 미행하고 있었다. 이들 대다수는 퍼레이드가 지나갈 길가에서 예의 팸플릿을 배포하는 중이었다. 그러나 그들 중 나를 미행하는 사람은 없는 듯했다. 폭파범이 우리가 확인한 멘델슨의 인적

※　미국의 국민 시인. 미국에서 가장 위대한 시인으로 손꼽힌다.
※※※　영국의 수학자이자 과학자. 제2차 세계대전 시기, 나치 독일군의 암호를 해독해 연합군 승리에 기여했다. 그러나 종전 후 당시 불법이었던 동성애 혐의로 체포되어 화학적 거세형을 받았고, 2년 후 자택에서 숨진 채 발견되었다.

네트워크 밖에 있는 인물인 것은 거의 확실해 보였다.

항바이러스, 항약물, 항오염물질 기능에만 특화된 태반 장벽, 또는 태어날 아이가 이성애자임을 보증해 주는 수단. 둘 중 어느 쪽이 더 큰돈을 벌어들일 거라고 생각해? 내 주위에서 지금 환호하고 있는 구경꾼들의 절반은 어린아이들을 대동한 남녀 커플이었다. 이런 환경에서는 어렵지 않게 멘델슨의 우려를 웃어넘길 수 있을지도 모른다. 여기 모인 사람들 중에서 도대체 누가 이 모든 엔터테인먼트의 원천을 전멸시켜 버리는 고치를 사겠다고 하겠는가? 그러나 괴물이 등장하는 쇼를 향해 박수갈채를 보낸다고 해서, 자신의 피와 살을 나눈 자식들이 그 쇼에 합류하는 것을 원한다는 뜻은 아니다.

퍼레이드가 시작된 지 1시간이 지나자, 나는 구경꾼들로 가장 혼잡한 구역에서 빠져나오기로 했다. 폭파범이 인파에 가로막혀 나를 만나러 올 수 없다면, 더 이상 이곳에 있어도 무의미하기 때문이다. 일부러 큰 소음을 내도록 개조한 전기 모터사이클에 탄 가죽옷 차림의 여자 100여 명이 십자가 대형을 짜고 곁을 지나갔다. 선두의 모터사이클에는 '예수를 섬기는 바이크에 탄 다이크*들'이라고 쓰인 깃발이 꽂혀 있었다. 아까 지나쳤던 기독교 원리주의자의 소집단이 머리에 떠올랐다. 행여나 소금 기둥으로 변할까 두려웠는지** 퍼레이드에 등을 돌린 채로 촛불을 들고 비를 내려달라고 기도하고 있었다.

※ dyke. 레즈비언의 속칭. 남성적 레즈비언에 대한 멸칭으로도 사용된다.
※※ 구약성서 창세기에 수록된 이야기의 내용. 남색 등의 성적 퇴폐로 신의 분노를 사 불타 버린 도시 소돔에서, 의인 롯의 아내는 신의 구원을 받아 빠져나올 기회를 얻지만 뒤를 돌아보지 말라는 명령을 어겼다가 소금 기둥이 되어버린다.

430

음식을 파는 노점 중 하나로 가서 말똥 냄새를 무시하려고 노력하며 차갑게 식은 핫도그 하나와 미지근한 오렌지 주스를 샀다. 이 노점은 법 집행 관련 인사들에게 인기가 있는 듯하다. 내가 핫도그를 먹고 있었을 때 사악한 험프티 덤프티[⊕]를 연상시키는 J. 에드거 후버가 어슬렁거리며 다가왔다.

내 곁을 지나가던 그가 말했다. "29. 17. 5."

나는 핫도그를 모두 삼키고 그의 뒤를 따라갔다.

그는 슈퍼마켓 주차장 뒤쪽을 지나 인적이 없는 곁길에서 멈춰 섰다. 내가 곁으로 다가가자 그는 자기磁氣 스캐너를 꺼내 들었다.

나는 말했다. "도청기도 무기도 안 가지고 왔어." 그는 내 몸을 스캐너로 훑어보고 내 말이 사실임을 확인했다. "그런 걸 쓰고 말을 할 수 있어?"

"응." 거대한 머리가 묘한 동작으로 까닥였다. 눈구멍 따위는 눈에 띄지 않았지만, 상대가 장님이 아니라는 점은 명백했다.

"알았어. 폭약의 출처는 어디지? 싱가포르에서 사라진 건 알지만, 여기서 너희들한테 그걸 공급한 사람이 누구야?"

후버는 웃었다. 굵고 불분명한 웃음소리였다. "그걸 너한테 알릴 생각은 없어. 알린다면 난 일주일도 지나기 전에 죽어 있을걸."

"그럼 대체 뭘 얘기해 줄 건데?"

"난 단지 하청을 받고 그 작업을 실행했을 뿐이야. 멘델슨이 뒤에서 모든 걸 조종했고."

⊕ 영국 동요나 문학작품에 등장하는, 계란을 의인화한 땅딸막한 캐릭터.

"나도 그렇게 생각했어. 하지만 그걸 증명할 수단을 갖고 있어? 전화 녹음이라든지, 계좌 내역 같은?"

그는 또다시 웃었을 뿐이었다. 누가 J. 에드거 후버 역할을 맡았는지를 아는 퍼레이드 참가자는 몇 명이나 될까. 설령 이자가 여기서 입을 다문다고 해도, 나중에 조사해 보면 아마 찾아낼 수 있을 것이다.

이런 생각을 하고 있었을 때 똑같은 후버 머리통을 뒤집어쓴 여섯 명이 길모퉁이를 돌아오는 걸 보았다. 모두 야구 배트를 쥐고 있었다.

나는 자리를 뜨려고 했지만 후버 1호는 권총을 뽑아 들고 내 얼굴을 겨냥했다. 그는 말했다. "두 손을 뒤통수로 돌리고 천천히 무릎을 꿇어."

나는 명령에 따랐다. 후버 1호는 줄곧 내 얼굴을 겨냥했고, 나는 방아쇠에서 눈을 떼지 않았다. 그러나 다른 후버들이 내 뒤로 와서 반원을 이루고 멈춰 서는 소리를 들었다.

후버 1호가 말했다. "배신자가 무슨 꼴을 당하는지 몰라? 이제 네가 무슨 일을 당할지 상상 안 돼?"

나는 천천히 고개를 가로저었다. 무슨 말을 해야 이자를 달랠 수 있을지 몰랐기 때문에, 나는 진실을 말했다. "내가 왜 배신자라는 거지? 내가 누굴 배신했다는 거야? '예수를 섬기는 바이크에 탄 다이크들'? 아니면 '윌리엄 S. 버로스 무용단'?"

누군가가 내 목덜미를 야구 배트로 내리쳤다. 힘껏 내리친 것은 아니었다. 나는 휘청했지만 앞으로 고꾸라지지는 않았다.

후버 1호가 말했다. "역사를 배운 적이 아예 없어? 우리 짭새 나리는? 이 폴리차이※ 새끼야! 나치 놈들은 우릴 죽음의 수용소에 몰아넣었어. 레이건주의자들은 우리 모두를 에이즈로 죽이려고 시도했지. 그리고 짭새 넌 지구상에서 우리를 일소해 버릴 작정인 개새끼들을 위해 일하고 있잖아. 그게 배신이 아니면 뭐겠어?"

나는 무릎을 꿇은 채로 총구를 응시했다. 아무 말도 나오지 않았다. 나의 행동을 정당화해 줄 말이 떠오르지 않았다. 진실은 너무나도 받아들이기 힘들었고, 너무나도 모호했고, 너무나도 혼란스러웠다. 이가 딱딱거리기 시작했다. 나치스. 에이즈. 인종 학살. 이자의 말이 옳은 건지도 모른다. 나는 죽어 마땅한 것인지도 모르겠다.

뺨 위로 눈물이 흐르는 것을 느꼈다. 후버 1호가 웃었다. "짭새가 엉엉 우네." 누군가가 배트로 내 어깨를 때렸다. 나는 얼굴을 바닥으로 향한 채 그대로 쓰러졌다. 두려웠던 나머지 뒤통수를 감쌌던 손을 내려 땅을 짚지도 않았다. 나는 그 자세로 일어나려고 했지만, 누군가의 부츠 발이 내 목덜미를 짓밟았다.

후버 1호는 허리를 굽히고 권총으로 내 머리통을 겨냥했다. 그는 속삭였다. "이쯤에서 수사를 중단하겠어? 캐서린에 관한 증거도 모두 처분하고? 네 남자 친구가 위험한 장소를 곧잘 들락거리는 건 너도 알지? 친구가 아무리 많아도 모자랄 정도로 자주."

나는 대답할 수 있을 만큼만 아스팔트에서 얼굴을 들어 올리고 말했다. "중단할게."

※ 독일어로 '경찰'을 뜻한다.

"좋은 대답이야, 짭새 나리."

헬리콥터 소리가 들려온 것은 이때였다.

눈을 세게 깜박여 흙먼지를 떨쳐내고선 묘하게 밝은 아스팔트 바닥을 보았다. 스포트라이트가 우리를 비추고 있었다. 나는 확성기 소리가 들리기를 기다렸다. 그러나 아무 소리도 들리지 않았다. 나는 나를 공격한 자들이 도망치기를 기다렸다. 후버 1호는 내 목덜미에서 발을 뗐다.

다음 순간, 그들 모두가 나를 향해 야구 배트를 내려치기 시작했다.

나는 몸을 웅크리고 양손으로 머리통을 보호했어야 했다. 그러나 호기심을 이기지 못하고 잠깐 몸을 돌려 헬리콥터 쪽을 흘끗 보았다. 역시 TV 뉴스팀이다. 이토록 TV 카메라를 잘 받는 멋진 특종 장면에 끼어듦으로써 직업윤리를 위반할 생각은 추호도 없는 듯했다.

그러나 이 깡패들의 행동은 전혀 아귀가 맞지 않았다. 왜 당장 도망치지 않고 현장에 머물러 있는 것일까? 나를 두들겨 패는 즐거움을 몇 초라도 더 맛보기 위해서?

설마 그 정도로 멍청할 리가 없다. 그 정도로 외부 노출에 대해 둔감할 리가 없다.

나는 부러진 이 두 개를 뱉어내고 손으로 다시 얼굴을 가렸다. 이들 모두가 이 광경이 방송에 나오는 것을 원하고 있었다. 헤드라인을, 역풍을, 대중의 분노를 기대하고 있는 것이다. 「원폭 테러리스트들의 만행! 아기 독살범들! 잔학무도한 망나니들!」

적이 악마처럼 보이도록 바로 그 적으로 가장하고 있는 것이다.

후버들은 마침내 야구 배트를 버리고 도망치기 시작했다. 나는 입에서 피를 흘리며 아스팔트 바닥에 누워 있었다. 그들이 무엇을 보고 도망쳤는지 확인하기 위해서 머리를 들 힘조차 없었다.

잠시 후 말굽 소리가 들렸다. 누군가가 내 곁으로 와서 말에서 내리더니 맥박을 쟀다.

나는 말했다. "난 고통스럽지 않아. 난 기뻐. 이건 헛소리야."

여기서 의식을 잃었다.

내가 입원한 병원으로 마틴이 두 번째 문병을 왔을 때, 그는 캐서린 멘덜슨을 데리고 왔다. 그들은 마르디 그라 축제 다음 날 열린 〈LEI〉 기자회견의 녹화 영상을 내게 보여주었다. 멘덜슨의 기자회견이 예정된 시각으로부터 2시간 전에 열렸다고 했다.

재닛 랜싱이 말했다. "최근 일어난 사건들을 감안할 때, 이렇게 공표하는 것밖에는 달리 방법이 없다는 결론에 도달했습니다. 저희 회사는 상업적인 이유에서 이 기술을 비공개 상태로 놓아두려고 했지만, 죄 없는 사람들이 생명의 위기를 겪고 있는 것을 간과할 수는 없었습니다. 게다가 자기와 같은 집단에 속한 사람들을 습격하는 상황에 이르러서는…"

나는 입술의 실밥이 터질 때까지 웃었다.

〈LEI〉는 자사의 연구소를 자기 손으로 폭파했던 것이다. 배양된 세포에 방사선을 조사한 것도 그들이었다. 그리고 그들은 내가 증거 추적을 통해 멘덜슨을 찾아낸 다음에는, 내가 그녀의 대의에 공감하고 그녀를 감싸려고 할 것을 기대하고 있었다. 그리고 나중에 취재 기자 한두 명에게 슬쩍 그 사실을 흘리면, 나의 은폐 시도는 들통난다는 시나리오다.

신제품 발표에는 완벽한 환경이다.

그러나 내가 고집스럽게 수사를 계속한 탓에 그들은 차선책을 택하는 수밖에 없었다. 자기들은 멘덜슨과 엮여 있다고 주장하는 후버 가면들을 보내서 나의 근면함을 벌했던 것이다.

멘덜슨이 말했다. "〈LEI〉가 코발트나 냉동고의 열쇠를 내가 가지고 있었다는 식의 거짓 사실을 흘렸다는 얘기는 내가 인쇄한 폭로 팸플릿에 이미 포함되어 있지만, 대중매체들은 그런 것엔 별 흥미가 없는 것 같아. 그래서 난 하버 브리지의 감마선 테러리스트가 되어버렸지."

"결코 당신을 고발하진 않을 겁니다."

"거야 당연하지. 그럼 난 법정에서 결백을 증명할 수도 없으니까 말이야."

"퇴원한 뒤에는 놈들을 추적할 작정입니다." 공명정대한 수사를 원한다고? 편견에 물들지 않은 인물을 위해? 나도 이번에는 그들의 그런 희망에 완벽하게 부응해 줄 생각이었다. 시야 협착을 일으키지 않은 상태에서 말이다.

마틴은 나직하게 말했다. "누가 너를 고용해서 그런 일을 시키려고 하겠어?"

나는 아픔으로 얼굴을 찡그리며 미소 지었다. "〈LEI〉의 보험회사."

두 사람이 떠나자 나는 꾸벅꾸벅 졸기 시작했다.

그러다가 숨이 막힐 듯한 꿈에 눌려 퍼뜩 잠에서 깼다.

설령 이 모든 것이 〈LEI〉의 홍보 활동이었다는 걸 내가 증명하더라도, 설령 중역들 절반을 감방으로 보내고 〈LEI〉 자체가 공중분해되더라도, 테크놀로지 자체는 여전히 누군가의 수중에 남아 있을 것이다.

그런 다음 우여곡절을 거치긴 하겠지만 결국은 누군가에게 팔릴 운명이었다.

중립성에 병적으로 집착하던 내가 간과했던 것은 바로 그 부분이었다. 병이 없는데 치료 약을 팔 수는 없는 법이다. 따라서 내가 끝까지 중립을 지킨 것이 올바른 행동이었다고 해도, 설령 싸워 지켜야 할 대의가, 배신을 유발할 수 있는 차이가, 반드시 보전해야 할 성적 지향의 차이 따위가 처음부터 존재하지 않았다고 해도, 고치를 팔 수 있는 가장 좋은 방법은 그런 차이를 계속 날조하는 것이다. 만약 1세기가 지난 뒤에 세상에 이성애자들밖에 남아 있지 않는다면, 설령 그것이 비극이 아닐지라 해도 그런 결과로 이어질 수 있는 길은 단 하나, 거짓과 중상과 비방으로 점철된 길밖에는 없었다.

사람들은 돈을 주고서라도 그런 길을 택하려고 할까?

그럴 것이라는 불길한 예감이 불현듯 나를 엄습했다.

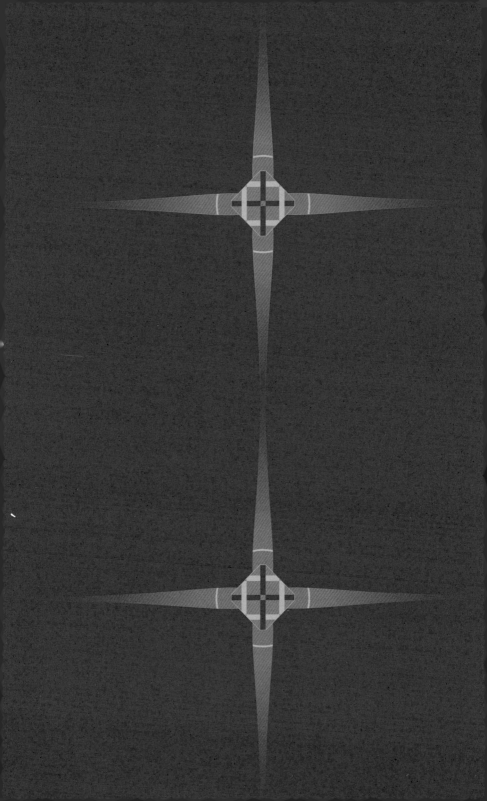

12

시각

Seeing

나는 수술실 천장에 줄지어 매달려 있는 수술실 전등의 먼지로 뒤덮인 등갓을 내려다보고 있다. 금속 등갓의 회색 페인트 칠이 된 표면에는 깔끔한 손 글씨가 쓰인 스티커가 붙어 있었다. 스티커는 누르스름하게 변색했고 글씨도 조금 희미해진 데다가 한쪽 모서리가 떨어져 나간 상태였지만 말이다. 스티커에는 이렇게 쓰여 있었다.

체외 이탈 경험을 하셨다면 137-4597로 전화하십시오.

당혹스러웠다. 1로 시작하는 시내 번호가 있다는 얘기는 들어본 적도 없기 때문이다. 그러나 자세히 보니 1이 아니라 7이었다. 등갓이 '먼지'에 덮여 있다고 생각한 것도 실은 내 착각이었고, 약간 거친 도장 면에 빛이 반사된 탓이었다. 100퍼센트 살균된 데다가 공기조차도 여과되는 이런 방에서 먼지라니, 도대체 나는 무슨 생각을 하고 있었던 것일까.

내 몸으로 주의를 돌린다. 온몸이 녹색 천으로 덮여 있었지만, 오른쪽 관자놀이 부분 천에만 조그만한 정사각형 구멍이 나 있었다. 마이크로 외과 로봇이 그 구멍을 통해, 총탄이 내 두개골을 뚫고 박혔을 때 생긴 상처 안으로 바늘 같은 탐침을 밀어 넣는 중이다. 수술대 앞에 있는 것은 이 가느다란 로봇뿐이지만, 수술 가운과 마스크를 착용한 두 사람이 로봇 옆에 서서 표적에 접근 중인 탐침의 X선 영상처럼 보이는 것을 주시하고 있다. 위에서 아래를 내려다보고 있는 나의 시점에서는 위아래로 압축된 화면밖에는 보이지 않는 탓에 제대로 영상을 판독하는 것은 쉽지 않았다. 내 몸에 주입된 마이크로 외과 기계들은 이미 지혈을 마쳤고, 몇백 개에 달하는 혈관을 수리하고 위험한 혈전을 모두 분해한 것이 틀림없다. 그러나 총탄 자체는 물리적으로 너무 견고한 데다가 화학적으로도 비활성 상태라서, 미세한 로봇 무리가 아무리 노력하더라도 총탄을 신장결석처럼 잘게 쪼개서 제거하는 것은 무리였다. 그렇기에 수술 기구를 넣어서 직접 꺼내는 것밖에는 대안이 없다. 평소에도 나는 이런 종류의 수술에 관한 글을 자주 읽었고, 밤에 자려고 침대에 누운 뒤에도 언제 그런 수술을 받게 될지 상상해 보곤 했다. 바로 이런 식으로 수술대에 누워 있는 광경도 곧잘 상상했는데, 지금 내가 놓인 상황은 당시 떠올렸던 광경과 세부까지 완벽하게 일치한다고 맹세할 수 있다. 이것이 단순한 데자뷔인지, 아니면 수술받는 광경을 여러 번 강박적으로 시각화한 탓에 빚어진 환각인지는 나도 잘 모르겠다.

침착하게 나의 기이한 시점에 관해 생각하기 시작한다. 자기 몸밖으로 나와 있는 듯한 느낌은 죽음이 가까워졌을 때 겪는 현상이라고 들었지만… 이런 체험에 관해 보고한 몇천, 몇만 명에 달하는 사람들은 죽지 않고 살아남은 덕에 바로 그런 보고를 한 것이 아닌가? 살아남아서 보고한 사람들의 수와 체험을 하기는 했지만 그대로 죽어 버린 사람들의 수를 비교할 방법은 없으므로, 현 상황을 두고 나의 생존 확률을 논해보았자 아무 의미도 없다. 이런 현상이 심각한 육체적 손상과 관련이 있는 것만은 확실하지만, '영혼'이 육체를 떠났고 빛의 터널을 지나 저세상으로 둥둥 떠나가기 직전이라는 식으로 이 체험을 죽음과 결부시키려는 시도는 어리석다는 생각밖에는 안 든다.

습격을 받기까지의 기억이 어렴풋하게나마 돌아오기 시작한다. ⟨자이트가이스트* 엔터테인먼트⟩의 연차 총회에 참석하기 위해 회의 장인 힐튼 호텔에 도착하는 광경. (물리적으로 참석한 것은 몇 년 만의 일이었는데, 아무래도 판단을 그르친 듯하다. 내가 소유하던 회사인 ⟨하이퍼 비대면 회의 시스템⟩을 팔아치웠다고 해서, 그 회사의 테크놀로지까지 멀리할 필요는 없지 않은가?) 호텔 건물 앞에서 머치슨 그 미친놈이 난동을 부리며, 자기가 제작한 미니시리즈 계약에서 다른 사람도 아닌 내가(!) 사기를 쳤다고 고래고래 떠들고 있다. (마치 내가 그 계약서를 읽었을 뿐만 아니라, 원 계약서의 모든 조항을 직접 작성하기라도 했다는 듯이 말이다. 계약이 문제였다면 법무팀을 찾아가서 총질을 할 일이지, 왜 나를 찾아와서 해코지를 한단 말인가?) 머치슨의 시끄러운 고함 소리를 차단하기 위해, 내가 탄 방탄 롤스로이스의 전동식 반사 유리창이 소리 없이, 안심하라는 듯이 스르르 올라가다가… 갑자기 작동 불량으로 멈추면서…

나도 잘못 예상했던 것이 하나 있다. 만약 내가 총을 맞는다면 범인은 보나 마나 ⟨자이트가이스트⟩가 제작한 《필름 명화 속편 시리

<hr>

❖　'시대정신'이라는 뜻의 독일어.

즈》중 한 편을 보고 격분한, 항문기적 성격을 가진 시네필일 거라고
지레짐작하고 있었던 것이다. 우리가 감독으로 쓰는 소프트웨어 아
바타들은 실존했던 거장의 진정한 페르소나를 재현할 목적으로 엄선
된 심리학자와 영화 사학자들에 의해 최대한 정교하게 만들어진다.
그러나 일부의 순수주의자들을 만족시키는 것은 애당초 불가능한 노
릇이라서, 속편 〈한나와 그 자매들 3D〉를 출시했을 때는 1년 넘게 살
해 협박을 받았다. 내가 미처 예상하지 못했던 것은 무려 7자리에 달
하는 거금을 받고 자기 일대기의 영화화 판권을 판 사내─〈자이트가
이스트〉의 후한 선급금 덕에 겨우 보석을 허락받은─가, 설마 이누이
트어 더빙판의 위성 재방영 분배금을 자기 모르게 차감했다는 이유
로 나를 쏘아 죽이려고 할 가능성이었다.

　수술실 전등 등갓에 붙어 있던 괴상한 스티커가 사라졌다는 사실
을 퍼뜩 깨달았다. 그것은 도대체 무슨 현상의 전조였을까? 만약 나
의 망상이 해체되고 있다면, 내 상태는 악화되고 있는 것일까 아니면
회복되고 있는 것일까? 불안정한 환각은 안정된 환각보다 더 건전하
다고 할 수 있을까? 곧 현실이 난입해 올 거라는 징후는 아닐까? 지
금 이 순간, 내가 보고 있어야 **마땅한** 것이란 무엇일까? 내가 정말로
마취 상태에서 저 녹색 천에 덮인 채로 눈을 감고 있다면, 나는 순수
한 어둠을 보고 있어야 옳다. 그래서 '두 눈을 감아'보려고 했지만, 이
런 사고는 나의 시각에 아무런 영향도 끼치지 못했다. 그래서 최선을
다해 의식을 잃어보려고 했다. (그러니까, 내가 경험하고 있는 것이 의식이
맞다면 말이다.) 마치 잠에 빠져드는 것처럼 몸의 힘을 뺐지만, 다음 순

간 외과 기계의 탐침이 희미하게 윙윙거리며 상처에서 빠져나오는 소리가 내 주의를 온통 사로잡았다.

비육체적인 시선을 물리적으로 돌리고 싶어도 돌리지 못하는 나는, 은빛으로 번들거리는 가느다란 탐침이 관자놀이 상처에서 천천히 빠져나오는 광경을 응시한다. 이 과정은 영원히 계속되는 것처럼 느껴졌다. 두뇌를 쥐어짜서 이것이 꿈이 만들어 낸 피학적인 연극의 일부인지 아니면 조금이나마 현실을 반영한 망상인지 판단해 보려고 하지만, 결론을 내리지 못한다.

탐침이 마침내 몸 밖으로 완전히 빠져나오자(나는 그 사실을 한 박자 먼저 직감하지만, 실은 처음부터 줄곧 그렇게 느끼고 있었다) 그 끄트머리에 들러붙은 우중충한 빛깔의 조금 찌그러진 탄두도 함께 딸려 나온다. 당혹스러울 정도로 흔해 빠진, 강력 순간 접착제 한 방울의 힘을 빌려서 말이다.

내 가슴을 덮은 녹색 천이 크나큰 안도의 한숨으로 인해 올라왔다가 내려가는 것이 보인다. 전신 마취 상태에서 인공호흡기에 연결된 사내의 가슴이 실제로 그렇게 움직이는지는 의문이지만. 갑자기 나는 세계를 상상하려는 이 모든 노력에 대해 극도의 피로를 느끼고, 모든 것이 사이키델릭한 노이즈로 분해되도록 내버려 둔다. 그러자 어둠이 찾아왔다.

귀에 익숙하지만 누구 것인지 통 기억이 나지 않는 목소리가 말했다. "〈사회적 책무감에 눈뜬 연쇄살인범 협회〉에서 이런 메시지를 보내왔습니다. '우리는 큰 충격을 받았고… 이번 사건은 영화계 전체에 대한 비극이며… 로 씨의 빠른 쾌유를 기원합니다.' 그러면서 자기들은 랜돌프 머치슨과는 일면식도 없다는 사실을 재차 강조하고 있군요. 머치슨이 과거에 이름 없는 히치하이커들에게 무슨 짓을 했든 또는 안 했든 간에, 유명 인사를 암살하려는 시도는 연쇄살인 행위와는 전혀 상이한 정신 병리를 수반하며, 이 두 방식을 혼동함으로써 문제의 본질을 흐리는 무책임한 발언을 남발하는 사람들에게는 집단 소송도 불사하겠다고…"

나는 눈을 뜨고 말했다. "왜 이 침대 위 천장에 거울이 달려 있는지 얘기해 주겠어? 여기 병원 맞아? 얼어 죽을 매춘굴이 아니고?"

병실 안이 조용해졌다. 나는 가늘게 눈을 뜨고 거울을 빤히 올려다보았지만 거울과 천장의 경계선이 어디인지 도통 알 수가 없었다. 왜 저런 괴상한 곳에 거울 장식을 붙여놓았는지 누군가가 설명해 주기를 기다린다. 그러자 어떤 가능성이 머리에 떠올랐다. 혹시 나는 전신이 마비된 상태고, 주위 상황을 내게 보여주려면 이 방법밖에는 없었던 것은 아닐까? 패닉이 몰려오는 것을 억누른다. 설령 이 추정이 사실이라고 해도, 그런 마비 상태는 영원히 계속되지는 않는다. 요즘은 신경 재생도 가능하므로, 몸 어디에 손상을 입었든 복구할 수 있지 않은가. 중요한 점은 내가 죽지 않고 살아남았다는 사실이다. 그러니까 앞으로는 재활 치료만 하면 된다. 게다가 언젠가 이런 꼴을 당하리라는 건 어차피 예상하고 있었잖아? 머리에 총을 맞았지만 아슬아슬하게 즉사하지 않고 꼼짝도 못 하는 상태에서 다시 부활한다. 이거

446

야말로 내가 생각했던 각본 그대로가 아냐?

거울에 비친 것은 침대를 둘러싸고 서 있는 네 명의 남녀였다. 불편한 각도임에도 불구하고 누가 누군지 쉽게 알아볼 수 있었다. 나의 개인 비서인 제임스 롱. 아까 들은 목소리는 그의 것이다. 〈자이트가이스트〉의 수석 부회장인 앤드리아 스튜어트. 별거 중인 나의 아내 제시카. 올 줄 알았다. 그리고 아들인 앨릭스. 소식을 듣자마자 모든 일을 중단하고 모스크바발 첫 번째 항공편을 타고 왔을 것이다.

그리고 침대 위에서 붕대에 친친 감긴 상태로, 10여 개의 모니터와 펌프로 이어지는 복잡하게 얽힌 튜브와 케이블에 거의 묻혀 있다시피 한 창백한 얼굴의 여윈 사내는 바로 나임이 틀림없다.

제임스는 천장을 흘끗 올려다보고는 다시 아래를 내려다보고서 상냥하게 말했다. "로우 회장님, 거울 같은 건 없습니다. 의식을 되찾으셨다고 의사들에게 알릴까요?"

나는 얼굴을 찌푸리고 머리를 움직이려 하다가 실패했다. "자네 눈이 멀기라도 했어? 난 지금 저걸 **똑바로** 올려다보고 있잖아. 게다가 이렇게 많은 기계에 연결되어 있는 마당에 그걸 모니터하는 작자가 내가 깨어난 걸 모를 리가…"

제임스는 어색하게 헛기침을 했다. 회의 중에 내가 하는 얘기가 사실과 너무 동떨어지기 시작했다는 걸 내게 넌지시 알릴 때 쓰는 신호다. 나는 다시 고개를 움직여 그의 눈을 똑바로 쳐다보려고 했고…

이번에는 성공했다. 적어도 침대 위에 누워 있는 인물이 고개를 돌리는 것이 보였으며…

…내 주위의 모든 것에 대한 나의 감각이, 마치 모든 것을 아우르고 있던 착시 현상이 들통나기라도 한 것처럼 통째로 뒤집혔다. 방바닥은 천장이 되고, 천장이 방바닥이 되었던 것이다, 1밀리미터도 움직이지 않고 말이다. 목이 터져라 고함을 지르고 싶은 기분이었지만 실제로는 깜짝 놀라서 끙하는 소리밖에 나오지 않았다… 그리고 1, 2초가 흐른 뒤에는 내가 이토록 명백한 현실을 지금까지 깨닫지 못했다는 사실이 되레 믿기지 않았다.

거울 따위는 없었다. 나는 천장에서 이 모든 광경을 바라보고 있었다. 총탄이 적출되는 광경을 보았을 때처럼. 난 여전히 천장에서 침대를 내려다보고 있고, 아래로 내려가지는 않았어.

눈을 감는다. 그러자 병실은 페이드아웃했고, 2, 3초 뒤에는 완전히 시야에서 사라졌다.

다시 눈을 뜬다. 아까와 다르지 않은 시야가 돌아왔다.

나는 말했다. "이거 혹시 꿈이야? 내가 눈 뜨고 있는 거 맞아? 제시카? 무슨 일이 일어나고 있는지 알려줘. 혹시 내 얼굴도 붕대로 감겨 있어? 난 눈이 먼 거야?"

제임스가 말했다. "로 회장님, 아내분은 여기 안 계십니다. 아직 연락이 닿지 않아서요." 그는 잠시 주저하다가 이렇게 덧붙였다. "그리고 회장님 얼굴은 붕대로 감겨 있지 않습니다만…"

나는 화난 듯이 웃었다. "그게 무슨 소리야? 자네 곁에 서 있는 사람은 누구야?"

"제 곁에는 아무도 서 있지 않습니다. 지금 이 방에 와 있는 사람

448

은 스튜어트 부회장님과 저뿐입니다."

앤드리아가 헛기침을 하고 말했다. "이 친구 말이 맞아, 필립. 제발 진정해. 방금 대수술을 받았다는 걸 잊으면 안 돼. 물론 완치되겠지만, 일단은 절대안정을 취해야 해." 아니, 앤드리아는 언제 침대 발치로 이동했던 것일까? 아래에 누워 있는 인물이 고개를 돌려 두 사람 사이의 공간을 훑어보자, 말도 안 되는 번호였던 1이 7로 바뀌었던 것만큼이나 쉽게, 그 황당한 스티커가 씻은 듯이 사라졌던 것만큼이나 쉽게, 내 시야에 있던 아내와 아들의 모습이 소멸했다.

나는 말했다. "돌아버리겠군." 그러나 이 말은 사실이 아니다. 머리가 띵하고 배 속이 메스꺼운 것은 부인할 수 없는 사실이지만, 완전히 미치려면 아직 멀었다. 나의 목소리는 합당하게도 나의 유일무이한 입, 그러니까 내가 내려다보고 있는 인물의 입에서 흘러나오는 것처럼 보인다. 내 몸이 글자 그대로 천장 근처에서 부유하고 있다면, 응당 내 입이 있어야 할 허공의 한 지점에서 흘러나오는 것이 아니었다. 말을 할 때마다, 나는 아래쪽에 누워 있는 나의 후두가 떨리고 입술과 혀가 움직이는 것을 느낀다. 그러나 그와 동시에 내가 저 몸 위에서 나 자신을 내려다보고 있다는 감각은 여전히 확고하게 남아 있다. 마치… 나의 몸 전체가 발이나 손가락 끝처럼 육체의 말단이 되었고, 나의 일부로서 연결되고 움직일 수 있지만, 나라는 존재의 중심을 포함하고 있지는 않은 느낌이랄까. 입안에서 혀를 움직여 왼쪽 앞니에 대보고 침을 조금 삼켜본다. 이 모든 감각은 알기 쉽고, 일관적이며, 익숙했다. 그러나 내가 이런 행동이 일어나고 있는 곳으로 '빨려 들어가는' 듯한 느낌은 끝내 오지 않았다. 내 엄지발가락을 구두 밑창에 대고 구부려도 나라는 인물의 존재감이 엄지발가락 속으로 흘러 들어가지는 않는 것과 마찬가지로.

제임스가 말했다. "의사들을 불러오겠습니다." 나는 제임스의 목소리가 들려온 방향에서 조금이라도 모순되는 점이 있는지 찾아보려고 했지만… 그의 목소리에 대한 기억을 바탕으로 나의 왼쪽 귀와 오른쪽 귀가 받아들인 상대적인 세기를 분석한 다음, 천장에서 아래를 내려다보고 있을지도 모르는 누군가의 귀에는 응당 다르게 들렸을 목소리와 비교한다는 역설적인 행위는 내겐 힘에 부치는 일이다. 그나마 알 수 있었던 것은 제임스의 목소리가 통상적인 방식으로 본인의 입에서 흘러나오는 것처럼 보였다는 점이다.

앤드리아가 다시 헛기침을 하고 말했다. "필립? 전화를 걸어도 될까? 도쿄 증시가 열리려면 1시간도 안 남았는데, 당신이 총을 맞았다는 사실이 알려진다면…"

나는 그녀의 말을 가로막는다. "전화하지 말고 직접 거기로 가. 다음 준궤도 로켓 편을 잡으면 늦지 않을 거야. 주식시장에는 그쪽이 더 좋은 영향을 끼친다는 거 알잖아. 아까 내가 깨어났을 때 당신이 있어줘서 고마워." 적어도 그녀의 존재는 나의 희망적 관측의 산물이 아니었으니까 말이다. "하지만 당신이 지금 내게 해줄 수 있는 가장 좋은 일은 〈자이트가이스트〉가 아무 탈 없이 이 사태를 극복할 수 있도록 확실하게 처리하는 거야." 나는 이렇게 말하며 그녀와 눈을 마주치려고 했지만, 성공했는지 실패했는지는 알 수 없다. 앤드리아와

내가 연인 사이였던 것은 20년 전의 일이지만, 지금도 그녀는 나의 가장 가까운 친구였다. 솔직히 그런 그녀를 왜 이 장소에서 이토록 쫓아내고 싶어 하는지는 나도 이해가 안 된다. 하지만 분명한 것은, 위에 있는 내가 노출되어 있는 탓에 그런 나를 그녀가 갑자기 홀끗 올려다볼 경우 나의 육체가 지금까지 감춰왔던 비밀스러운 일부가 까발려지지는 않을까 하는 불안감이 머리를 떠나지 않았다.

"정말 그래도 괜찮겠어?"

"물론이야. 나를 돌보는 일은 제임스한테 맡기면 돼. 바로 그런 일을 위해 고용한 거니까 말이야. 〈자이트가이스트〉를 당신에게 맡겨놓으면 나도 마음이 놓일 거야. 내가 이렇게 누워 있는 동안에도 당신이 알아서 잘 운영해 주리라는 걸 알거든."

앤드리아가 떠나자마자, 지금 내가 처한 상황에 비하면 하찮은 문제에 불과한 주가 따위에 대해 고민을 하고 있다는 게 정말이지 말도 안 되는 기이한 행동이라는 것을 문득 떠올렸다. 고개를 돌려 침대에 누워 있는 인물이 '나'를 다시 한번 똑바로 올려다볼 수 있도록 한다. 한 손으로 가슴 위를 훑자 '내 몸을 덮고' 있는 케이블과 튜브 대부분이 사라졌다. 그 뒤에는 조금 구겨진 시트 한 장이 남아 있을 뿐이었다. 나는 힘없이 웃었다. 마지막으로 거울을 보고 웃었을 때의 기억을 떠올리게 하는 묘한 광경이다.

제임스가 아무 특징도 없는 흰 가운을 입은 네 명의 의사를 데리고 돌아왔다. 그쪽으로 고개를 돌리자 의사 수는 두 명으로 줄어들었다. 젊은 남자 의사와 중년의 여자 의사였다.

여자 의사가 말했다. "로 씨, 저는 신경과 주임인 닥터 타일러입니다. 기분은 어떠세요?"

"기분이 어떠냐고? 천장까지 올라가 있는 기분이야."

"마취는 풀렸지만 여전히 현기증을 느끼시는 건가요?"

"그게 아냐!" 거의 고함에 가까운 소리가 나왔다. 내가 말을 걸 때는 제발 나를 똑바로 바라봐 주지 않겠어? 그러나 곧 침착을 되찾고 정상적인 목소리로 말했다. "난 '현기증'을 느끼고 있는 게 아니라, 환각을 보고 있어. 이 모든 광경이 마치 천장에서 내려다보고 있는 것처럼 보인다고. 무슨 뜻인지 알겠나? 지금 이렇게 말하고 있는 동안, 내 입술이 움직이는 것이 보인다는 뜻이야. 지금 난 자네의 정수리를 내려다보고 있어. 체외 이탈 현상을 경험하고 있는 거야. 지금이 순간, 자네 바로 앞에서." 또는 자네 위에서. "그게 시작된 건 수술실이었어. 수술 로봇이 탄두를 적출하는 걸 봤지. 나도 알아. 그게 망상에 불과하다는 걸. 뭔가를 정말로 본 것은 아니니 일종의 자각몽이라고 해야 할지도 모르겠군. 하지만 그게 지금도 계속되고 있어. 깨어난 지금도 여전히 계속되고 있는 거야. 내려오고 싶어도 내려올 수가 없어."

닥터 타일러는 단호한 어조로 말했다. "수술로 탄두를 적출한 적은 없습니다. 애당초 머리에 박힌 적이 없으니까요. 총알은 단지 머리를 스쳤을 뿐입니다. 그 탓에 두개골이 골절되었고, 뼛조각 일부가 두개골 아래 조직에 박혔습니다. 하지만 손상을 입은 부위는 극히 적습니다."

452

나는 안도의 미소를 떠올렸다가, 퍼뜩 표정을 가다듬었다. 이 표정은 너무 기묘하고, 너무 작위적으로 보였기 때문이다. "그건 희소식이지만, 난 여전히 천장에 둥둥 떠 있어."

닥터 타일러는 미간을 찌푸렸다. 그걸 난 어떻게 알고 있는 것일까? 지금 그녀는 나를 향해 허리를 굽히고 있기 때문에 여기서는 얼굴이 보이지 않는다. 그러나 그녀가 미간을 찌푸렸다는 정보는 어떤 이유에선가 나에게 전달되었다. 마치 여분의 감각을 경유한 것처럼. 이건 말이 안 된다. 내가 내 눈으로 '보고' 있는 것들—따라서 응당 '알고' 있어야 하는—은 신뢰할 수 없는 투시의 성격을 띠기 시작했는데, 그러는 동안에도 방 전체를 내려다보고 있는 나의 '시각'—어림짐작과 희망적 관측을 짜깁기한—이 되레 꾸밈없는 진실인 체하다니.

"몸을 일으켜 앉을 수 있겠습니까?"

그럴 수 있었다. 천천히 움직인다면 말이다. 내 몸은 극도로 쇠약해진 상태긴 해도 마비된 것은 아니었다. 나는 발과 팔꿈치를 꼴사납게 버둥거린 끝에 가까스로 상체를 일으켜 앉았다. 이런 식으로 힘들게 몸을 움직이니 팔다리와 모든 관절, 모든 근육의 존재를 예민하게 의식할 수 있었지만… 무엇보다도 이것들의 상호 관계가 전혀 변하지 않았다는 사실을 실감했다. 볼기뼈는 여전히 대퇴골에 이어져 있었고, 중요한 것은 바로 그게 사실이란 점이었다. 설령 '나' 자신은 그것들로부터 멀리 떨어져 있는 것처럼 느끼더라도 말이다.

내 몸이 움직이는 동안에도 내 시야는 고정되어 있다. 그러나 딱히 당혹감을 느끼지는 않는다. 어떤 레벨에서는, 머리를 돌린다고 해서 세계가 반대 방향으로 돌아가는 것은 아니라는 단순한 사실만큼이나 받아들이기 쉬웠기 때문이다.

닥터 타일러가 오른쪽 손을 들어 보였다. "제가 세운 손가락이 몇 개입니까?"

"두 개."

"그럼 지금은?"

"네 개."

그녀는 들고 있던 클립보드로 공중에서 내려다보고 있는 나의 시선을 차단했다. "그럼 지금은?"

"하나. 하지만 안 보여. 그냥 추측했을 뿐이야."

"추측은 맞았습니다. 그럼 지금은?"

"세 개."

"또 맞았군요. 그럼 지금은?"

"둘."

"맞습니다."

그녀는 침대에 앉아 있는 인물이 못 보도록 자기 손을 가리고, 침대 위에 떠 있는 나에게 그것을 '드러내' 보였다. 나는 세 번 연달아 틀렸고, 그다음엔 맞혔고, 다시 틀렸고, 또 틀렸다.

이 모든 일은 물론 완벽하게 이치에 맞는다. 나는 내 눈에 보이는 것밖에는 알 수 없고, 눈에 안 보이는 것은 순전히 어림짐작할 수 있을 뿐이다. 따라서 나는, 방금 뚜렷하게 증명되었듯이 내 머리로부터 3미터 높이만큼 떨어진 허공에서 세계를 관측하고 있지는 않다. 그러나 진실을 명백하게 드러냈다고 해서 무슨 변화가 일어난 것은 아니다. 나는 여전히 아래로 내려가지 못하고 천장 근처에 머물러 있기 때문이다.

닥터 타일러가 갑자기 내 눈을 찌르려는 듯이 손가락 두 개를 쑥 내밀었고, 눈에 닿기 직전에 멈췄다. 높은 곳에서 내려다보고 있는 나는 놀란 기색조차도 보이지 않았다. 〈바보 삼총사The Three Stooges〉의 간판 개그인 눈 찌르기나 마찬가지로 전혀 위협적이지 않았기 때문이다. "눈깜박임 반사는 정상적으로 작동하는군요." 그녀는 말했다. 그러나 단지 눈을 깜박이는 대신에 화들짝 놀랐어야 정상이라는 사실을 나는 알고 있었다.

닥터 타일러는 병실 안을 둘러보더니 의자를 보았고 그것을 침대 옆에 가져다 놓았다. 그런 다음, 젊은 동료 의사에게 말했다. "빗자루 좀 가져다주겠어?"

그녀는 의자 위에 올라섰다. "지금 자신이 어디에 있다고 생각하는 건지 정확한 지점을 특정할 필요가 있을 것 같네요." 젊은 의사는 2미터 길이의 흰색 플라스틱 관을 가지고 돌아왔다. "진공청소기의 연장 튜브입니다." 그는 설명했다. "개인 병실에서는 빗자루를 쓰지 않아서."

제임스는 침대에서 물러나면서 신경이 쓰이는 듯 천장 쪽을 흘끗 흘끗 올려다보았다. 여전히 침착하긴 하지만 불안해하는 기색이 역력했다.

튜브를 받아 든 닥터 타일러는 한 손으로 높게 들어 올리더니 그

끄트머리로 천장 여기저기를 긁어보기 시작했다. "이 물건이 로 씨에게 가까워지면 얘기해 주세요." 파이프 끝이 왼쪽에서 불쑥 나타나더니 천장에 있는 나를 향해 다가왔고, 내 시야 아래쪽을 훑듯이 지나갔다. 내 '눈'에서 불과 몇 센티미터밖에는 떨어지지 않은 지점을 지나갔던 것이다.

"가까워졌나요?"

"나는⋯" 천장을 긁는 소리가 내 귀에는 위협적으로 들렸다. 닥터 타일러와 협력해서 내가 있는 곳으로 튜브 끝을 유도하기 위해서는 의식적으로 노력할 필요가 있었다.

마침내 튜브 끝이 정통으로 내 눈을 향해 다가오자, 나는 폐소공포증에 가까운 감각을 억지로 떨쳐내고 길고 어두운 터널 내부를 내려다보았다. 터널 끝에서 눈 부신 빛을 발하는 동그란 원 너머로 닥터 타일러가 신은 하얀 편상화 앞부분이 보인다.

"지금 뭐가 보이죠?"

나는 내가 보고 있는 광경을 묘사했다. 그녀는 천장에 닿은 쪽은 그대로 둔 채로 침대를 향해 튜브를 기울였고, 붕대를 감은 내 이마와 깜짝 놀란 듯한 나의 눈—기묘한 카메오 세공처럼 반짝이는—을 직통으로 가리켰다.

"빛을 향해⋯ 움직여 보세요." 그녀가 제안했다.

나는 움직이려고 시도했다. 오만상을 찌푸리고, 이를 악물고, 터널 속으로 전진하라고, 두개골 속으로, 나의 요새로, 나만의 전용 시사회실로 되돌아가라고 명령했다. 나의 자아가 마땅히 앉아 있어야 할 옥좌로, 나의 정체성을 고정해 주는 닻으로. 고향으로 돌아가라.

아무 일도 일어나지 않았다.

언젠가는 머리에 총을 맞게 될 것임을 나는 알고 있었다. 그럴 수밖에 없는 것이, 나는 돈을 과도하게 벌었고 운도 과도할 정도로 좋았기 때문이다. 그래서 마음속 깊은 곳에서는 늦든 빠르든 인생의 균형추가 움직이면서 대가를 치르게 될 것임을 알고 있었다. 게다가 나를 암살하려는 시도가 실패하리라는 확신도 있었다. 그 결과, 장애를 입고 언어와 기억까지 상실한 나는, 완전한 나를 되찾기 위해 고투하고 그 과정에서 나 자신을 재발견하거나 아예 재발명하는 수밖에 없을 것이다.

인생을 다시 시작할 수 있는 기회를 얻는 것이다.

하지만 도대체 이건 뭔가? 이것도 속죄의 일종일까?

눈을 뜨든 감든 간에 발바닥에서 정수리 두피에 이르기까지 감각을 느끼는 데는 아무 문제도 없었다. 그러나 나의 피부 표면은 아무리 뚜렷한 윤곽을 가지고 있는 것처럼 보여도 여전히 나를 감싸주지는 못했다.

닥터 타일러는 참대에 앉아 있는 나에게 고문 희생자의 사진, 우스운 네 컷 만화, 포르노그래피 사진을 잇달아 보여준다. 나는 움찔하고, 씩 웃고, 발기한다. 내가 무엇을 '보고' 있는지를 알기도 전에.

"좌우 뇌의 반구 간 연결이 끊긴 분할 뇌 환자와 비슷하군." 나는 중얼거렸다. "그 경우에도 이러지 않아? 시야의 절반에 어떤 사진을 보여주면 그것에 대해 정서적인 반응을 보이잖아? 자기가 뭘 봤는지도 설명 못 하면서."

"로 씨의 뇌량腦梁은 멀쩡합니다. 그러니까 분할 뇌 환자라고는 할 수 없습니다."

"수평 방향으로는 멀쩡하지만, 수직 방향으로도 그럴까?" 돌처럼 무거운 침묵이 흘렀다. 나는 말했다. "농담이었어. 농담도 못 하나?" 그녀가 클립보드에 '부적절한 감정 상태'라고 적는 것이 보인다. 위에 붕 떠서 내려다보고 있음에도 불구하고 쉽게 읽을 수 있었다. 하지만 정말로 그렇게 썼는지 본인에게 물어볼 용기는 나지 않았다.

내 얼굴 앞으로 거울이 불쑥 들이닥쳤다. 그런 다음 그녀가 거울을 뒤로 물리자, 침대에 앉아 있는 나는 아까보다는 덜 창백하고 초췌해 보였다. 그러자 거울은 천장에 있는 나를 향하며 내가 '있는' 장소인 천장에는 아무도 없다는 사실을 '보여'주었다. 어차피 나도 알고 있었지만 말이다.

나는 기회가 생길 때마다 나의 눈으로 '주위를' 둘러보았다. 그러자 방 안 풍경이 점점 더 상세해지고, 안정적이고 일관적으로 변해간다. 소리로도 실험을 해본다. 침대 옆쪽을 손가락으로 똑똑 두들겨 보고, 내 갈비뼈와 턱과 머리통도 두들겨 본다. 소리를 여전히 내 육체에 달린 귀를 통해 듣고 있음을 확신하는 것은 어렵지 않았다. 평소와 마찬가지로, 소리가 난 장소가 침대에 앉아 있는 나의 귀에 가까우면 가까울수록 그 소리는 더 크게 들렸기 때문이다. 청각적인 자극을 올바르게 해석하는 일도 전혀 어렵지 않았다. 오른쪽 귀 옆에서 손가락으로 딱 소리를 내보면, 그 음원이 천장에 있는 내가 아니라 내 귀에 가까운 곳에 위치해 있다는 것이 명백히 느껴졌기 때문이다.

마침내 걷는 연습을 해도 좋다는 닥터 타일러의 허가가 떨어졌다. 처음에는 익숙하지 않은 시점 쪽으로 자꾸 정신이 팔리는 탓에 어색하고 불안정했지만, 곧 위에서 내려다보는 상태에서 장애물의 위치를 파악하고 나머지는 무시하는 법을 터득했다. 내 몸이 방 안을 가로지를 때, 나도 그 위쪽에서 따라간다. 보통은 머리 바로 위에서 부유하며 이동하다 조금씩 앞서거나 뒤처질 때도 있지만, 결코 멀리 떨어지지는 않는다. 묘하게도 내가 똑바로 서 있음을 알려주는 몸의 균형 감각과 아래를 향한 나의 시선은 상충하지 않는다. 나의 시선은 나의 몸이 방바닥을 수평으로 마주 보고 있다고 내게 알려줘야 마땅하지만 실제로는 그러지 않는 것이다. 어떤 이유에서인지 전혀 위화감을 느끼지 않는데, 이것은 내 몸이 서 있는 모습을 위에 있는 내가 '볼' 수 있다는 사실과는 무관하다. 혹시 내가 위치 정보를 올바르게 파악할 수 있는 것은, 뇌의 손상된 부분이 지각을 변질시키기 전인 어떤 시점에서 내 눈이 보내오는 정보를 무의식 중에 취합하기 때문은 아닐까? 아래를 내려다보는 나의 시선에서는 '차단'된 물체들의 위치를 내가 '투시'함으로써 파악하는 것처럼 말이다.

1킬로미터라도 걸을 자신이 있지만 빠르게 걷는 것은 아직 불가능했다. 내 몸을 움직여 휠체어에 앉게 하자, 과묵한 간호사가 뒤에서 휠체어를 밀며 나를(그리고 위에서 내려다보는 나를) 방 밖으로 데리고 나갔다. 예의 기괴한 시각까지 휠체어에 끌리듯이 이동하자 처음에는 불안을 느꼈지만, 시간이 흐르면서 당연한 움직임으로 받아들일 수 있게 되었다. 팔걸이에 올려놓은 손과 휠체어에 밀착한 다리와 엉덩이 그리고 등의 감촉을 느끼는 상황에서, 나의 '일부'가 휠체어에 앉아 있다는 사실을 받아들이는 것은 어렵지 않았다. 또 롤러스케이트를 타며 자기 발을 내려다보는 사람처럼, 나의 '나머지' 일부도 아래에서 내게 연결된 채로 따라오는 수밖에 없다는 생각을 받아들이는 것은 불가능하지 않았다. 복도를 지나 경사로를 오른 다음, 엘리베이터를 경유해서 로비의 회전문을 통과한다… 간호사가 오른쪽으로 돌 때 공중에 있는 나는 왼쪽으로 도는 식으로 내 몸을 떠나가는 대담한 몽상을 해보지만, 사실을 말하자면 어떻게 하면 그럴 수 있는지 감조차 오지 않았다.

모퉁이를 돌아서 병원의 주요 블록 두 개를 잇는, 통행인들로 붐비는 연락 통로로 들어가자, 어느새 휠체어를 탄 다른 환자와 나란히 나아가고 있었다. 내 또래의 사내였고, 나처럼 머리에 붕대를 감고 있다. 그가 무슨 일을 당했고 앞으로 무슨 일을 겪게 될지 궁금했지만, 지금 여기서 말을 걸고 대화를 시작하는 것은 적절하지 않다는 생각이 들었다. 위에서(그러니까, 내 시점에서) 내려다보면 둘 다 똑같은 환자복을 입고 머리에 붕대를 감고 있는 탓에 누가 누군지 분간하기가 힘들었다. 문득 이런 생각이 들었다. 왜 나는 저 육체 중 하나가 겪게 될 일에 훨씬 더 연연하는 걸까? 누가 누군지도 제대로 분간 못 하는 주제에… 뭐가 그리 중요하단 말이지?

나는 휠체어 팔걸이를 꽉 움켜잡지만, 한쪽 손을 들어 올려 '이쪽이 나야'라는 신호를 보내고 싶은 유혹을 억누른다.

마침내 영상의학실에 도착했다. 전동식 침대에 고정 벨트로 몸을 고정하고 혈관에 방사성 물질들을 혼합한 용액을 주입한 다음, 몇 톤에 달하는 초전도자석과 입자검출기로 이루어진 거대한 헬멧 안으로 운반된다. 이 헬멧은 내 머리통 전체를 감싸지만 내가 내려보던 방은 금세 사라지진 않았다. 현실로부터 차단된 의료 기술자들은 여전히 스캐너의 제어장치를 바쁜 듯이 조작하고 있다. 오래된 필름 영화에서 엑스트라들이 핵발전소나 항성 간 우주선의 조작법에 통달한 것처럼 제어반 여기저기를 어색하기 짝이 없는 동작으로 건드리는 광경을 연상케 한다. 이 광경이 점점 스러지다가 곧 어둠이 찾아온다.

다시 밖으로 나왔을 때는 어둠에 눈이 익숙해진 탓에 1, 2초 동안 견디기 힘들 정도로 눈이 부셨다.

"정확히 해당 뇌 부위에 손상을 입은 사례는 지금까지 한 번도 없었습니다." 닥터 테일러는 시인했다. 그녀는 사려 깊게도, 내가 육체의 눈으로 보는 동시에 그것을 위에서 시각화할 수도 있도록 뇌 스캔 사진을 비스듬한 각도로 들여 보였다. 그러나 그녀가 말을 거는 상대는 어디까지나 침대에 앉아 있는 나였다. 그 탓에 마치 어린아이 취급을 받고 있는 듯한 느낌을 조금 받는다. 곰 인형을 안고 있는 아이를 무시하고, 허리를 굽혀 곰 인형에게 작위적인 인사를 건네는 어른을 보는 느낌이랄까.

"문제가 연합 피질에 있다는 것은 아닙니다. 높은 레벨의 감각 정보를 처리하고 통합하는 부분이죠. 뇌가 세계의 모델을 구축하고 그 모델과 당사자와의 관계를 정립하는 곳입니다. 로 씨의 증세를 고려하면, 1차 모델에 대한 접속을 상실한 결과 2차 모델로 그것을 대용하고 있는 것처럼 보이는군요."

"그게 무슨 뜻이지? 1차 모델은 뭐고 2차 모델은 또 뭐야? 나는 여전히 예전과 똑같은 눈으로 모든 걸 바라보고 있는 게 아니었어?"

"그렇습니다."

"그럼 왜 **나는** 그런 방식으로 못 보는 거지? 카메라가 손상을 입은 경우엔 그저 왜곡된 영상만 보여줄 뿐이잖아? 몸은 지상에 있으면서, 위에서 아래를 조감하는 영상을 보여주는 게 아니라."

"카메라 얘긴 잊으세요. 인간의 시각은 사진과는 차원이 다른 정교한 인지 활동입니다. 망막에 비친 빛의 패턴은 뇌가 분석하기 전에는 아무 의미도 없습니다. 분석한다는 행위는 물체의 경계를 인식하고, 움직임을 감지하고, 노이즈에서 형상을 추출해서 단순화하고, 외삽해서 추정하는 작업뿐만 아니라, 물체를 구축하고, 그것을 현실에 맞춰보고, 기억이나 예상과 비교해 보는 행위까지 망라합니다… 그리고 그런 작업들의 결과물은 머릿속에서 상영되는 영화 따위가 아니라, 세계에 관한 추론의 집합입니다.

인간의 뇌는 이런 추론들을 조합해서 주변 환경의 모델을 구축합니다. 1차 모델은 임의의 순간 당사자가 직접 보고 있는 거의 모든 것의 정보를 포함하고, 그 밖의 정보는 아예 포함하고 있지 않습니다. 1차 모델은 모든 시각 정보를 최대한 효율적으로 활용하는 동시에 추정을 최소화합니다. 따라서 이 모델은 많은 장점을 가지고 있지만, 인간의 눈을 통해 데이터를 얻었다고 해서 자동적으로 생성되는 것은 아닙니다. 게다가 이것이 유일한 모델도 아닙니다. 인간은 계속해서 다른 모델들을 만들어 내고, 대다수 사람은 주변 환경을 거의 모든 각도에서 상상할 수 있는 데다가…"

나는 믿기지 않는다는 듯이 웃었다. "이런 각도는 아냐. 시야 전체를 이토록 선명하게 '상상'할 수 있는 사람은 존재하지 않아. 적어도 나는 절대 그러지 못해."

"그건 아마 로 씨가 1차 모델의 선명도를 관할하는 신경 경로를 다른 곳으로 재배치하는 데 성공했기 때문일지도…"

"난 재배치 따위는 하고 싶지 않아! 그놈의 1차 모델을 되찾고 싶을 뿐이라고!" 나는 내 얼굴에 떠오른 두려운 표정을 보고 움찔했지만 반드시 알 필요가 있었다. "그리해 줄 수 있어? 손상 부분을 복구할 수 있어? 신경을 이식하는 방법으로?"

닥터 테일러는 나의 곰 인형을 향해 상냥하게 말했다. "손상된 조직을 대체하는 건 가능하지만, 아직 연구가 충분하지 않은 영역이라서 마이크로 외과 기계를 사용해 직접 복구할 수는 없습니다. 정확히 어떤 뉴런에 어떤 뉴런을 연결해야 하는지를 모르니까요. 유일한 방법은 미발달 상태의 뉴런들을 손상 부위에 주입한 다음, 자연스레 다른 뉴런들과 연결망을 형성할 때까지 기다리는 것입니다."

"그런 뉴런들은… 올바른 연결망을 형성할까?"

"최종적으로 그렇게 될 가능성은 충분합니다."

"충분하다라. 실제로 그렇게 되려면 얼마나 오래 걸리지?"

"적어도 몇 달은 걸릴 겁니다."

"다른 의사들의 의견도 듣고 싶은데."

"물론입니다."

그녀는 동정적인 표정으로 말하며 내 손을 살짝 두드렸지만, 내 쪽을 제대로 쳐다보지도 않고 그냥 방에서 나갔다.

적어도 몇 달은 걸릴 겁니다. 내가 있는 방이 천천히 회전하기 시작한다. 그러나 그 속도가 너무 느려서, 실제로는 아예 움직이지 않는 것이나 마찬가지다. 나는 눈을 감고 이 감각이 사라지기를 기다린다. 내 시야는 사라지기를 거부하고 계속 남는다. 10초. 20초. 30초. 저 아래쪽 침대에 누워 있는 나의 눈이 감겨 있는 것이 보이지만, 그런다고 위에 있는 내가 사라지는 일은 없다. 당연하지 않은가? 눈을 감는다고 해서 주위의 세계가 사라지지는 않는다. 이 모든 망상이 야기하는 문제의 절반은 바로 그거다. 분통이 터질 정도로 합리적이다.

손바닥 언저리를 좌우 눈에 갖다 대고 누른다. 세게. 빛을 발하는 삼각형으로 이루어진 모자이크가 시야 한복판에서 빠르게 퍼져 나간다. 회색과 흰색으로 일렁이는 빛의 패턴이 곧 방 전체를 뒤덮는다.

손을 떼어내자 잔상이 천천히 희미해지며 어둠 속으로 녹아들었다.

잠들어 있는 나의 몸을 위에서 내려다보고 있는 꿈을 꾼다. 그런 다음 천천히 위를 향해 부유하며 침착하고 수월하게 높은 하늘로 올라간다. 나는 맨해튼 상공에서 부유하고, 곧 런던, 취리히, 모스크바,

나이로비, 카이로, 베이징을 내려다본다. 〈자이트가이스트 네트워크〉가 뻗어 나가는 곳이라면 나는 어디든 존재한다. 나는 내 존재로 지구 전체를 감싼다. 나는 육체를 필요로 하지 않는다. 나는 인공위성들과 함께 지구를 돌고, 광섬유 케이블을 따라 흘러간다. 콜카타의 빈민가에서 베벌리힐스의 고급 주택가까지, 나는 〈자이트가이스트〉, 시대정신이다…

갑자기 깨어난 나는 이유를 알기도 전에 욕설을 내뱉고 있는 나의 목소리를 듣는다.

다음 순간에야 잠을 자면서 실금했다는 사실을 깨닫는다.

제임스는 전 세계에서 최고의 신경과 의사 12명을 항공편으로 불러왔고, 다른 10명과는 영상으로 원격 회의를 할 수 있도록 조처했다. 의사들은 내 증세를 어떻게 분석해야 할지를 두고 논쟁을 벌였지만, 그들이 추천한 치료법은 실질적으로 모두 동일했다.

그런 연유로, 처음 수술을 했을 때 조금 채취해 놓은 나 자신의 뉴런들을 유전적으로 태아 단계까지 퇴행시킨 다음 체내에서 증식하도록 자극하고 그것을 손상 부위에 다시 주입하는 시술을 받았다. 국소마취만 했기 때문에 적어도 이번에는 실제로 일어난 일을 그럭저럭 '볼' 수 있었다.

향후 며칠 동안(치료법이 효과를 발휘하기에는 너무 이른 시점이었다) 나는 놀랄 정도로 빠르게 현 상황에 적응했다. 운동협응력※이 개선되

※ 복합적인 운동을 효과적으로 수행하기 위하여 개별 동작들을 통합하는 능력.

면서 외부의 도움을 받지 않고도 대부분의 단순한 활동을 하는 것이 가능해졌다. 기괴한 시각이라는 문제가 남아 있었음에도 불구하고, 먹고, 마시고, 배뇨하고, 배변하고, 몸을 씻고, 수염을 깎는 등 일상적으로 해왔던 일들을 예전과 마찬가지로 위화감 없이 수행할 수 있게 된 것이다. 처음에는 샤워를 할 때마다 김으로 자욱한 욕실 안에서 (앤서니 퍼킨스⁕의 페르소나를 장착한) 랜돌프 머치슨의 모습을 자꾸 보곤 했지만 시간이 흐르자 이 현상도 곧 사라졌다.

앨릭스가 〈자이트가이스트 뉴스〉 모스크바 지점에서의 격무를 잠시 미뤄두고 마침내 문병을 왔다. 무슨 말을 해야 할지 몰라 버벅거리는 아버지와 아들의 모습을 내려다보며 묘한 감명을 받는다. 그러나 단지 불편한 관계라고 해서 왜 그토록 많은 고통과 혼란을 겪어야 했는지를 자문해 보면 솔직히 당혹감이 앞선다. 부자지간인 저 두 사내는 결코 친밀하지 않지만, 그렇다고 해서 세상이 끝나는 것은 아니지 않은가. 몇십억에 달하는 인류 중에서 친밀하다고 할 수 있는 사람이 도대체 몇이나 된단 말인가. 결국은 부질없는 고민이다.

4주째가 끝나갈 무렵에는 따분해서 미칠 지경이었고, 담당 심리학자인 닥터 영이 하루에 두 번씩 시행하라고 내게 종용하는 시각 테스트에도 넌더리를 내고 있었다. 숨겨진 나무 블록을 확인해 보는 테스트였는데, 내 육체의 시선을 차단하는 칸막이가 올라가면 빨간색 블록 다섯 개와 파란색 블록 네 개였던 것이 실은 빨간색 블록 세 개와 녹색 블록 한 개였음이 판명되는 식이었다. 테스트는 1,000번은

⁕ 미국의 배우. 샤워실 살인 장면으로 유명한 영화 〈싸이코〉에서 '노먼 베이츠'를 연기했다.

족히 되풀이되었지만, 테스트 결과를 자각한다고 해서 나의 세계관은 붕괴하지 않는다. 사람의 옆얼굴로 변신하는 꽃병 그림이라든지, 망막의 맹점으로 인해 발생하는 시각 정보의 공백이 마술처럼 알아서 메워지는 현상을 본다고 해서 하늘이 무너지는 듯한 충격을 받지는 않는 것과 마찬가지다.

닥터 타일러를 추궁하자 이제 내가 퇴원하지 못할 이유는 없다고 마지못해 시인했지만…

"그래도 관찰을 계속하고 싶습니다."

나는 말했다. "그건 나도 할 수 있어."

영상통화에 연결된 2미터 폭의 보조 스크린이 내 서재 바닥에 놓여 있다. 일종의 인지적 목발이나 다름없었지만, 적어도 의자에 앉아 있는 내 눈앞에 놓인 작은 스크린이 보여주는 영상을 인지하는 과정에서 '투시' 요소를 제거하는 효과는 있었다.

앤드리아가 말했다. "지난봄에 고용한 〈창조 컨설턴트〉 팀을 기억해? 거기서 최근에 '존재했을지도 모르는 필름 영화의 고전'이라는 참신한 기획안을 제출했는데, 거의 제작될 뻔했지만 준비 단계에서 갑자기 틀어진 획기적인 영화들을 제작하자는 내용이더군. 시리즈 첫 번째 작품으로 프랑스 영화 〈이브닝 드레스Tenue de Soirée〉의 할리우드 리메이크 작품이 될 예정이었던 〈세 명의 도둑놈Three Burglars〉을 찍자는데, 주연인 드파르듀 역할에는 아널드 슈워제네거의 페르소나를 쓰고, 감독으로는 레너드 니모이나 이반 라이트만의 페르소나를 추천하더군. 마케팅팀에서 시뮬레이션을 돌려보니까 구독자의 23퍼센트가 파일럿 버전을 시청할 거라는 결과가 나왔어. 제작 비용도 감당 못 할 정도는 아냐. 우리 회사는 대부분의 페르소나 재생권을 이미 갖고 있으니까.”

나는 꼭두각시의 머리를 끄덕였다. “아주⋯ 괜찮을 것 같아. 그것 말고 또 의논할 필요가 있는 문제는 없어?”

“하나 남았어. 〈랜돌프 머치슨 이야기〉.”

“뭐가 문젠데?”

“〈시청자 심리 예측〉 팀이 최신 각본을 도저히 승인할 수 없다고 해서. 머치슨이 당신을 습격한 부분을 빼놓는 건 어불성설이라고 하더라고. 워낙 유명한 사건인 데다가⋯”

“그걸 빼라고 한 적은 없는데. 단지 수술 후의 내 상태를 자세하게 알리지만 않으면 돼. 로는 총을 맞았지만, 살아남았다. 이거면 충분하잖아? 히치하이커 토막 살인을 다룬 근사한 시리즈인데, 기껏해야 조역에 불과한 인물의 신경학적 상태를 시시콜콜하게 늘어놓아 보았자 욕이나 먹는 게 고작일걸.”

“물론 그렇겠지. 하지만 문제는 그게 아냐. 진짜 문제는 습격 사건에 대해 조금이라도 언급한다면, 언급하는 이유와 이 미니시리즈를 만든 이유가 뭔지를 밝히지 않고 지나갈 수는 없다는 점이야. 〈시청자 심리 예측〉 팀 얘기로는 시청자는 그런 수준의 자기 언급을 불편하게 느낄 공산이 크대. 시사 다큐였다면야 아무 문제도 없었겠지. 프로그램의 존재 자체가 그것의 주제인 데다가, 진행자들의 행동 자체가 뉴스에 해당하니까. 그런 건 당연시되고, 시청자들도 거기에 익숙해. 하지만 실화에 입각한 다큐드라마의 경우에는 얘기가 달라. 픽션의 서술 방식을 쓸 수는 없어. 시청자들에게 감정적으로 몰입해도 괜찮다, 이건 엔터테인먼트이고, 당신의 현실과는 무관하다는 신호를 보내놓고, 그들이 시청 중인 작품 자체에 관해 느닷없이 언급하는 꼴이니."

나는 어깨를 으쓱했다. "알았어. 좋아. 그걸 회피할 방법이 없다면, 기획안은 폐기해도 좋아. 그 정도는 충분히 감당할 수 있어. 한두 번 있는 일도 아니고."

앤드리아는 마지못한 표정으로 고개를 끄덕였다. 그녀도 내가 이런 결정을 내리기를 원했다는 점을 나는 확신하고 있었다. 그러나 이런 식으로 즉답이 돌아올 것이라고는 미처 예상하지 못한 듯하다.

그녀가 영상통화를 끊자 화면은 공백으로 변했고, 변화가 사라진 서재 내부의 모습도 곧 단조로워졌다. 화면을 케이블 입력으로 바꾼 후 〈자이트가이스트〉와 주요 경쟁사들의 채널 몇십 개를 빠르게 둘러본다. 수단의 기근 사태와 중국의 내전, 뉴욕의 보디페인팅 패션 퍼레이드와 영국 의회 폭파 사건의 유혈 낭자한 여파에 이르기까지, 전세계가 나의 눈 아래에 펼쳐져 있다. 전 세계. 또는 부분적으로는 진실이고, 부분적으로는 억측이고, 부분적으로 소망 충족인 세계의 모델이.

내 눈을 똑바로 응시할 수 있을 때까지 의자 위에서 한껏 고개를 젖혔다. 내 입이 말한다. "계속 여기 처박혀 있으니 좀이 쑤시는군. 밖으로 나가자고."

양어깨에 내려앉은 싸락눈이 차가운 날파람이 불어올 때마다 날려가는 광경을 내려다본다. 얼어붙은 보행로는 인적이 아예 없었다. 맨해튼의 이 부근에서는 그 누구도 더 이상 걸어서 이동하지는 않는 듯하다. 이런 날은 말할 것도 없고, 가장 청명한 날씨에도 말이다. 앞뒤로 나를 에워싸고 있는 경호원 네 명의 모습이 시야 가장자리에 어렴풋하게 보인다.

나는 머리에 총을 맞고 싶었다. 그렇게 파괴된 뒤에 새 사람으로 다시 태어나고 싶었다. 속죄로 이어지는 마법 같은 길을 원했다. 그런 내가 얻은 결과는 무엇일까?

고개를 들자 남루한 행색의 수염을 기른 부랑자가 내 옆에 출현한다. 보행로 위에서 발을 구르고 자기 몸을 끌어안은 채 덜덜 떨고 있다. 그는 아무 말도 하지 않았지만 나는 걸음을 멈춘다.

내 아래에 보이는 사내 중 하나는 외투와 방한화로 따뜻하게 차려입고 있다. 다른 한 명은 낡아빠진 청바지에 너덜너덜한 항공 점퍼 차림이고, 머리에는 구멍투성이의 야구 모자를 쓰고 있다.

너무나도 격차가 커서 헛웃음이 나올 정도다. 따뜻하게 차려입은 사내는 외투를 벗더니 떨고 있는 사내에게 건네고 다시 걷기 시작한다.

그리고 나는 생각한다. 〈필립 로 이야기〉에 쓰면 딱 좋을 근사한 장면이군.

13

결정하는 자

Mister Volition

"그 패치를 내놔."

총을 들이댔음에도 불구하고 사내는 잠시 주저했고, 이것은 내게
물건이 진짜라는 확신을 주기에 충분했다. 입은 옷은 싸구려였지만
몸단장에는 돈을 쓴 티가 났다. 잘 다듬어진 손톱에, 어린애처럼 매끈
하고 제모 처리를 한 피부를 가진 부유한 중년 남자. 지갑에 들어 있
는 카드는 모두 익명 사용이 가능한, 암호화되어 있는 p캐시 전용일
것이고, 본인의 생명 징후를 포함한 지문이 없으면 아예 쓸 수 없을
것이 뻔했다. 귀금속류는 지니고 있지 않았고 손목시계형 휴대전화
는 플라스틱제였다. 강탈할 가치가 있는 소지품은 안대처럼 한쪽 눈
에 붙인 패치가 유일했다. 잘 만든 모조품은 15센트면 살 수 있지만,
제대로 된 진품은 1만 5,000달러는 하는 물건이다. 그리고 이 사내는
패션 소품으로 가짜 패치를 붙이고 다닐 나이도, 계층도 아니었다.

사내가 패치의 끄트머리를 살짝 잡아당기자 패치는 피부에서 쉽
게 뜯겨 나왔다. 접착성이 있는 패치 가장자리는 피부에 아무런 자국
도 남기지 않았고, 단 한 오라기의 눈썹도 뽑지 않았다. 다시 맨눈으
로 돌아간 사내의 한쪽 눈은 깜박이거나 가늘어지지 않았지만, 아직
잘 보이지는 않는다는 사실을 나는 알고 있었다. 패치에 의해 억제된

지각 경로들이 다시 깨어나려면 몇 시간은 걸리기 때문이다.

그는 내게 패치를 건넸다. 손바닥에 들러붙을 것이라고 반쯤 예상했지만 그런 일은 일어나지 않았다. 패치 바깥쪽은 검었고, 양극산화 처리된 알루미늄 같은 느낌이었다. 한쪽 구석의 조그만 로고는 금이 새겨지고 접힌 자기 몸의 그림으로부터 '빠져나오면서' 자기 꼬리를 물고 있는 은회색 용을 형상화한 것이었다. '재귀적 비전'이라는 회사명은 M. C. 에셔의 그림에 기인한 것이다. 나는 권총을 사내의 배에 한층 더 세게 갖다 댐으로써 그 존재를 다시금 인식시켰고, 흘끗 아래를 보며 패치를 뒤집어 보았다. 패치 안쪽 면은 처음에는 칠흑의 벨벳 천 같은 인상이었지만, 기울여서 각도를 바꾸자 빼곡히 들어찬 양자점 레이저* 배열이 가로등 빛을 회절 반사하며 무지갯빛으로 번득였다. 플라스틱제 모조품 중 일부에도 이와 비슷한 효과를 내는 미세한 홈을 파놓은 것들이 있었지만, 내가 목격한 반사광의 선명함—각 색상이 전혀 번지지 않고 마치 칼로 자른 것처럼 뚜렷하게 구분되는—은 지금까지 한 번도 본 적이 없는 것이었다.

고개를 들어 사내를 보자 그는 경계하듯이 내 눈을 보았다. 나는 사내가 어떤 기분일지 잘 알고 있었다. 배 속에 얼음물이 찬 듯한 느낌일 것이다. 그러나 사내의 눈에는 두려움뿐만 아니라 뭔가 다른 것이 깃들어 있었다. 마치 자신이 이런 일탈 상황에 빠졌다는 사실에 넋이 나간 나머지, 도착적인 호기심마저 느끼고 있다고나 할까. 자신이 새벽 3시의 밤거리에서 권총으로 배를 겨냥당한 채로 꼼짝 못 하고

※   나노미터 크기의 초미세 입자를 매체로 쓰는 반도체 레이저.

서 있다는 사실을 다시금 자각하고, 제일 비싼 장난감까지 강탈당한 현 상황에서 또 무엇을 잃게 될지 곱씹고 있는 것이 틀림없다.

나는 슬픈 미소를 떠올렸다. 눈만 내놓은 모직 복면을 머리에 뒤집 어쓴 상태에서 그것이 상대방에게 어떻게 보일지는 잘 알고 있었다.

"크로스※ 밖으로는 나오지 말았어야 했어. 도대체 뭘 하려고 여기 까지 온 거야? 섹스 상대를 찾으려고? 약을 빨려고? 그냥 나이트클 럽 주위를 어슬렁거렸다면 상대 쪽에서 알아서 와줬을 텐데."

사내는 대답하지 않았지만, 내 시선을 피하려고 하지도 않았다. 마치 이 모든 것을 이해하려고 악전고투하고 있는 느낌이었다. 몰려 오는 공포, 자기를 겨냥하고 있는 권총, 이 순간 자체를. 이 모든 상황 을 받아들이고, 거기서 의미를 찾아보려고 하고 있었다. 마치 해일에 휩쓸린 해양학자처럼. 나는 이런 태도가 감탄스러운지 아니면 짜증 스러운지 마음을 정할 수 없었지만 말이다.

"뭘 찾고 있었던 거야? 새로운 경험? 그럼 내가 새로운 경험을 하 게 해주지."

바람에 날린 무엇인가가 우리들 배후의 지면 위로 굴러가는 소리 가 들렸다. 플라스틱 포장지나 작은 나뭇가지 따위일 것이다. 거리에 늘어선 건물은 모두 테라스하우스를 사무용으로 개조한 것들이었고, 지금은 쇠창살을 내린 채 비어 있었다. 방범 센서는 설치되어 있지만 단지 그뿐이었다.

나는 패치를 호주머니에 집어넣고 권총의 총구를 위로 움직였다.

※ '킹스 크로스'의 약칭. 오스트레일리아 시드니 중심부의 환락가.

그런 다음 솔직한 어조로 말했다. "널 죽여야 한다면 심장에 한 발을 쏘아 넣을 거야. 깨끗하고 빠르게 끝장낼 것을 약속하지. 여기 쓰러진 채로 피가 다 흘러나올 지경이 될 때까지 고통받게 할 생각은 없어."

사내는 말을 하려는 듯한 기색을 보였지만 이내 마음을 바꿨고, 복면을 쓴 내 얼굴을 홀린 듯이 바라보기만 했다. 바람이 또 불어왔다. 시원하고 믿기 힘들 정도로 부드럽게 산들거리는 밤바람. 내 손목시계가 연속해서 내는 중인 짧게 삑삑거리는 소리는, 시계가 사내의 몸에 박혀 있는 개인용 보안 임플란트가 발하는 신호를 성공적으로 방해하고 있다는 뜻이다. 우리는 전파가 차단된 조그만 공간 안에 고립되어 있는 것이나 마찬가지였다. 동조 과정은 무효화되고, 출력은 서로 아슬아슬하게 길항하고 있는 상태다.

나는 생각했다. 나는 이 사내를 살릴 수도 있고… 죽일 수도 있어. 그러자 명석함이 찾아왔다. 마치 눈앞을 가린 베일이 찢겨 나가고, 안개가 좌우로 갈라지는 듯한 느낌. 이제 모든 것은 내 손아귀에 있다. 나는 고개를 들지 않았지만, 그럴 필요는 없었다. 별들이 나를 중심으로 돌고 있는 것을 느낀다.

나는 속삭였다. "난 할 수 있어. 너를 죽일 수 있어." 우리는 여전히 서로를 응시하고 있었지만, 나는 이제 그를 그대로 투과해서 보고 있었다. 나는 사디스트가 아니므로 사내가 공포로 떠는 것을 볼 필요는 없었다. 그가 느끼는 공포는 나의 바깥에 있었고, 정말로 중요한 것은 내부에 있었기 때문이다. 나의 자유, 그것을 포용할 용기, 나 자신을 이루는 모든 것을 전혀 위축되지 않은 채 마주 볼 수 있는 힘이.

손이 마비된 듯이 저려 온다. 방아쇠를 손가락으로 훑어 신경 말단을 깨운다. 팔뚝의 땀이 차갑게 식어가고, 얼어붙은 듯한 미소를 줄곧 떠올리고 있는 탓에 턱이 욱신거리는 것을 자각한다. 내 몸 전체가 긴장으로 딱딱해지고 팽팽해진 것을 느낄 수 있다. 또한, 행동에 나서고 싶어서 안달하고 있지만, 순순히 내 명령을 기다리고 있는 것을.

나는 권총을 뒤로 젖히고 손잡이 바닥으로 사내의 관자놀이를 강타한다. 사내는 비명을 지르며 무릎을 푹 꺾는다. 한쪽 눈에 피가 흘러들어 간다. 나는 뒤로 물러서서 신중하게 사내를 관찰한다. 그는 지면에 얼굴을 박는 것을 피하기 위해 두 팔로 땅을 짚었지만, 망연자실한 탓에 그대로 무릎을 꿇고 피를 흘리며 신음하는 것이 고작이었다.

몸을 돌리고 복면을 홱 벗은 다음, 권총을 호주머니에 집어넣고 달리기 시작했다.

사내의 보안 임플란트는 불과 몇 초만에 경찰의 순찰차와 접촉했을 터다. 나는 좁은 골목과 인적이 끊긴 옆길들을 누비며 달렸다. 도주라는 순수하게 본능적인 행위에 완전히 몰입한 상태였지만, 여전히 평정을 잃지 않고 본능을 제어하고 있었다. 경찰 사이렌 소리는 들리지 않았으나 일부러 꺼놓고 다가올 공산이 컸기 때문에, 나는 엔진 소리가 가까워질 때마다 재빨리 은폐물에 몸을 숨겼다. 이 거리의 지도는 나무 한 그루, 벽 한 개, 녹이 슨 방치 차량 한 대에 이르기까지 나의 뇌리에 뚜렷하게 각인되어 있었기에, 달리는 도중에도 은신처가 될 수 있는 장소에서 몇 초 이상 떨어지는 일은 결코 없었다.

집이 신기루처럼 눈앞에 출현했지만 환상이 아닌 진짜 우리 집이 맞다. 나는 가로등으로 조명된 마지막 지면을 가로질렀고, 고양감에 못 이겨 환호성을 지르지 않으려고 노력하면서 현관문 자물쇠를 연 다음 안으로 들어가 등 뒤로 문을 쾅 닫았다.

온몸이 땀으로 젖어 있었다. 옷을 벗고 계속 집 안을 돌아다니며 흥분을 가라앉힌 후에야 비로소 샤워기 아래에 섰다. 물을 맞으며 천장을 올려다보고, 환기용 송풍기의 음악적인 소음에 귀를 기울인다. 나는 그 사내를 죽일 수도 있었어. 그리고 바로 그 사실이 야기한 승리감이 나의 혈관을 가득 채운다. 그것은 온전히 나 자신의 선택이었어. 내가 무슨 선택을 하든 그것을 막는 것은 없어.

물기를 닦아내고 거울을 응시하며 김이 서린 거울 면이 천천히 맑아지는 것을 바라보았다. 그때 내가 방아쇠를 당길 수 있었다는 사실을 아는 것만으로 충분했다. 나는 그런 가능성을 정면에서 마주 보았고, 더 이상 무엇인가를 증명할 필요는 전혀 없었다. 어떻게 행동했든 간에 행동 자체는 중요하지 않았다. 정말로 중요한 것은 자유를 가로막는 모든 장애물을 극복하는 행위다.

하지만 다음에는?

다음에는, 죽일 것이다.

나는 그럴 수 있기 때문에.

패치를 트랜에게 가져갔다. 레드펀*에 있는 그의 테라스하우스 내부는 실력에 걸맞게 거의 알려지지 않은 벨기에 출신 전기톱 밴드의

※   시드니 도심에 인접한 주거 지역. 우범 지역이었지만 21세기 들어 대부분 재개발되었다.

포스터들로 뒤덮여 있다시피 했다. 트랜은 말했다. "〈재귀적 비전〉의 인트로스케이프 3000이로군. 소매 가격은 3만 5,000이야."

"알아. 확인하고 왔어."

"앨릭스! 나를 그렇게 못 믿는다니 실망했어." 트랜이 히죽 웃자 산으로 부식된 이가 드러났다. 너무 자주 구토하는 탓이다. 이미 충분히 날씬하다고 누군가 얘기해 주지 않는 것일까.

"그럼 얼마나 줄 수 있어?"

"1만 8,000에서 2만쯤. 하지만 이걸 사줄 고객을 찾으려면 몇 달은 기다려야 할 거야. 당장 팔아치워야겠다면 1만 2,000 줄 수 있어."

"기다리겠어."

"좋을 대로 해." 내가 패치를 건네받으려고 손을 내밀자 트랜은 손을 뒤로 뺐다. "뭐가 그렇게 급해!" 그는 패치 가장자리에 있는 조그만 소켓에 광케이블 잭을 꽂더니 임시방편으로 만들어 놓은 작업대 한복판에 놓인 랩톱의 키보드를 두들기기 시작했다.

"고장 내면 죽는다."

트랜은 눈을 흘겼다. "내 크고 투박한 광자光子들이 이 안에 있는 작고 섬세한 시계태엽을 박살 낼지도 모른다, 이거야?"

"내가 뭘 얘기하는지 알잖아. 잘못 건드렸다가는 록이 걸릴 수도 있어."

"여섯 달이나 갖고 있을 건데 이 패치에서 무슨 소프트웨어가 돌아가고 있는지 알고 싶지 않아?"

나는 기가 막힌다는 듯이 대꾸했다. "설마 내가 이걸 쓸 거라고 생각했어? 보나 마나 '우울한 일요일' 같은 이름으로 팔리는, 대기업 임원용 스트레스 모니터 따위일 게 뻔한데? '당신의 기분 표시 패널의 색깔을 그 옆에 있는 참조용 색조 표와 일치시키면, 최고의 생산성과 완전한 심신 건강을 유지할 수 있습니다' 이딴 거 말이야."

"써보지도 않고 바이오피드백을 우습게 여기면 안 돼. 이건 네가 지금까지 애타게 찾던 조루 치료법일지도 모른다고."

나는 트랜의 비쩍 마른 목덜미를 주먹으로 툭 때린 다음 그의 어깨 너머로 랩톱의 화면을 보았다. 16진법의 무의미한 숫자들이 눈에도 보이지 않을 정도로 빠르게 스크롤링 되고 있었다. "정확히 뭘 하고 있는 거야?"

"모든 제조사는 리모컨이 우연히 엉뚱한 장치를 작동시키는 일이 없도록 ISO 코드 한 블록을 안 쓰고 그대로 남겨둬. 하지만 유선 제품에도 같은 걸 쓰기 때문에 여기에 〈재귀적 비전〉의 코드를 입력하기만 하면…"

랩톱 화면에 고급스러운 대리석 무늬의 회색 인터페이스 창이 떴다. 제목은 **팬더모니엄**⊛이었고, 옵션은 '리셋'이라고 쓰인 버튼이 유일했다.

트랜은 한 손에 마우스를 쥔 채로 나를 돌아보았다. "'팬더모니엄'이라니, 들어본 적도 없어. 무슨 사이키델릭한 쓰레기처럼 들리지만, 이게 원래 주인의 머릿속을 읽었고, 그 증거가 이 안에 통째로 남

⊛ 존 밀턴의 〈실락원〉에 등장하는 마귀 소굴서 유래된 단어이며, 엄청난 혼란 상태를 의미한다. 복마전.

482

아 있다면…" 그는 어깨를 으쓱했다. "어차피 팔아넘기기 전에는 지워야 하니까, 지금 해버리는 편이 나아."

"알았어."

트랜이 버튼을 클릭하자 질문이 떠올랐다. '저장된 맵을 삭제하고, 새로운 착용자를 위해 준비할까요?' 트랜은 '예'를 클릭했다.

트랜이 말했다. "이제 이걸 붙이고 즐기라고. 요금은 안 내도 돼."

"이렇게 고마울 데가 있나." 나는 패치를 받아 들었다. "하지만 이게 무슨 일을 하는지 모르는 상태에서는 붙일 생각이 없어."

트랜은 또 다른 데이터베이스를 불러내더니 'PAN*'이라고 타이핑했다. "카탈로그에는 안 올라와 있는데. 그렇다면 이건 암거래되는 물건이야… 정식 승인을 받지 않은!" 그는 자벌레를 먹어보라고 친구를 부추기는 초등학생 같은 표정으로 나를 보며 히죽 웃었다. "하지만 이깟 조그만한 물건이 해를 끼쳐봤자 얼마나 끼치겠어?"

"글쎄. 혹시 나를 세뇌하는 건 아니겠지?"

"그럴 것 같진 않아. 패치는 자연스러운 영상을 보여주지는 못하니까 말이야. 고도로 구상적인 건 못 보여주고, 텍스트도 안 돼. 뮤직비디오나, 주가나, 외국어 습득 따위도 시험해 보았지만… 착용자들은 자꾸 앞에 있는 것과 부딪치기만 했거든. 그래서 지금 패치가 표시할 수 있는 건 추상적인 그래픽 영상뿐이야. 그런 걸로 어떻게 사람을 세뇌할 수 있겠어?"

나는 시험 삼아 패치를 왼쪽 눈 가까이에 대보았다. 눈 주위 피부에 완전히 밀착하지 않으면 켜지지도 않는다는 사실은 알고 있었지만 말이다.

트랜이 말했다. "그게 뭘 하든 간에… 정보이론적으로 말하자면, 패치는 이미 네 머릿속에 있는 것밖에는 보여주지 못해."

"그래? 그럼 따분해서 죽어버릴지도 모르겠군."

그렇다고는 해도, 이런 기회를 허비하는 것은 미친 짓이라는 생각이 드는 것도 사실이었다. 이렇게 비싼 기계를 소유한 인물이었다면 소프트웨어에도 큰돈을 지불했을 것이 뻔한 데다가, 그 소프트웨어가 법에 저촉될 정도라면 자극적인 물건일 가능성조차 있었다.

트랜은 흥미를 잃은 듯했다. "하고 싶은 대로 하라고."

"그러지."

나는 한쪽 눈에 패치를 갖다 대고, 그 가장자리가 피부에 살짝 융합되도록 했다.

미라가 말했다. "앨릭스? 어땠는지 얘기 안 해줄 거야?"

"응?" 나는 졸린 눈으로 그녀를 보았다. 웃는 낯이지만, 어딘가 마음이 상한 듯한 느낌.

"뭐가 보이는지 알고 싶다고!" 위에서 나를 내려다보며 손가락 끝으로 내 광대뼈의 윤곽을 훑는다. 마치 패치를 만지고 싶지만 왠지 그럴 용기가 나지 않는다는 듯이. "뭘 봤어? 빛의 터널? 고대 도시들이 불타오르는 광경? 네 머릿속에서 은빛 천사들이 섹스하는 광경?"

나는 그녀의 손을 떼어놓는다. "아무것도 안 보였어."

"거짓말하지 마."

하지만 내 말은 사실이다. 우주 규모의 불꽃놀이 따위는 없었다. 내가 섹스에 몰두하는 동안 패턴들은 오히려 평소보다 한층 더 얌전해졌을 정도였다. 그러나 의식적으로 눈앞에 그것들을 떠올리지 않는 이상, 세부를 기억하는 것은 여전히 쉽지 않다.

나는 설명해 보려고 한다. "대부분의 경우는 아무것도 안 보여. 자기 코라든지 속눈썹 따위를 너도 '보거나' 하진 않잖아? 패치가 바로 그런 식이야. 처음 몇 시간이 지나면 영상은 그냥… 사라져 버려. 실제로 존재하는 것처럼 보이지도 않는 데다가, 고개를 돌려도 함께 움직이거나 하진 않아. 그래서 뇌는 그 영상이 외부 세계와는 아무 관련이 없다는 걸 깨닫고는 시야에 있더라도 그걸 무시하기 시작하는 거지."

미라는 분개하는 표정으로 나를 보았다. 마치 내가 속임수를 쓰기라도 했다는 투였다. "그게 보여주는 걸 볼 수도 없다는 거야? 그럼 그건… 도대체 무슨 쓸모가 있지?"

"눈앞에 그 영상이 떠오르지는 않지만, 여전히 그걸 인식할 수는 있어. 그건… 뭐랄까, 신경학적으로 '맹시'라고 불리는 상태에 가까워. 시각을 완전히 잃었는데도 앞에 뭐가 있는지를 지각하는 현상인데, 정보는 여전히 뇌에 유입되고 있기 때문에 정말로 노력하기만 하면…"

"투시 능력 같은 거로군. 무슨 얘긴지 알겠어." 그녀는 목에 건 앵크 십자가◈를 만지작거렸다.

"응. 좀 섬뜩해. 패치를 붙인 눈에 파란 불빛을 비추면… 마치 묘

◈ 윗부분이 고리 모양을 한 고대 이집트 십자가.

한 마법을 써서 그게 파란색인 걸 알아차리는 느낌이야."

미라는 신음 소리를 흘리며 침대에 다시 털썩 누웠다. 집 앞으로 차 한 대가 지나가면서, 커튼 너머로 비쳐 온 전조등 불빛이 책장에 놓인 조각상을 밝힌다. 자칼의 머리를 가진 여자가 결가부좌를 틀고 있는데, 한쪽 가슴 아래에 성스러운 심장이 노출되어 있다. 매우 힙하고 혼합주의적이다. 미라는 진지한 표정으로 내게 이렇게 말한 적이 있다. 이건 화신化身에서 화신으로 전생하면서 이어져 내려온 내 영혼이야. 과거에는 모차르트의 것이었고, 그 전에는 클레오파트라였지. 조각상의 기부에는 '부다페스트, 2005년'이라고 각인되어 있었다. 그러나 가장 묘했던 것은 이 조각상이 러시아 인형처럼 만들어졌다는 사실이었다. 심장 모양을 한 미라의 영혼 속에는 또 다른 영혼이 있었고, 그 안에는 세 번째 영혼, 또 그 안에는 네 번째 영혼이 있는 식으로 말이다. 그때 나는 이렇게 말했다. 이 마지막 물건은 그냥 죽은 나뭇조각이잖아. 그 안에는 아무것도 없어. 그런데도 넌 불안하지 않아?

나는 정신을 집중하고 예의 영상을 다시 불러내려고 했다. 패치는 동공의 확장과 패치로 가려진 눈의 수정체의 초점거리—자연히 두 쪽 모두 가려지지 않은 눈의 움직임을 따른다—를 끊임없이 측정하고, 측정 결과에 맞춰 합성 홀로그램을 조절한다. 따라서 가려지지 않은 눈이 뭘 보든 간에, 앞에 떠오르는 홀로그램 영상의 초점이 흐려진다든지, 너무 밝거나 너무 어둡게 보이거나 하는 일은 결코 없다. 그러나 실제 물체는 절대로 그런 식으로 행동하지 않기 때문에, 뇌가 그 데이터를 주저 없이 옆으로 제쳐놓는 것도 하등 이상한 일이 아니다. 눈앞에 있는 모든 물체에 패턴들이 겹쳐 보이던 처음 몇 시간 동안에도, 이 패턴들은 빛의 굴절에 의한 착시 따위라기보다는 내 마음이 보여주는 선명한 영상에 더 가까워 보였다. 지금은 내가 그냥 홀로그램을 향해 '시선을 돌리면' 자동적으로 그것을 '볼' 수 있다는 생각 자체가 말도 안 된다고 여겨진다. 실제로는 어둠 속에서 어떤 물체를 더듬어서 그것을 마음속에 떠올리려고 시도하는 행위에 더 가깝기 때문이다.

내가 보고 있는 것은 어둑어둑한 방 안에서 반짝이는, 나뭇가지처럼 복잡하게 나뉘어서 갈라진 색색 가지 실들이며, 모세혈관에 주입한 형광색 염료가 맥동하는 광경을 연상케 한다. 이미지 자체는 선명하지만 눈부실 정도는 아니라서, 어둑어둑한 침대 주위도 여전히 볼 수 있다. 이렇게 분기된 몇백 개의 패턴들이 동시에 반짝거리는데, 대부분은 희미하고 금세 사라져 버린다. 어느 순간에는 10~12개의 패턴들이 주위를 압도하고 있는 것처럼 보이는데, 이것들은 각각 0.5초쯤 강하게 반짝였다가 스러진 후 다른 패턴으로 대체된다. 이따금 이런 '강한' 패턴들은 그 주변에 있는 한 패턴으로 직접 힘을 전달함으로써 해당 패턴을 어둠 속에서 끌어내는 것처럼 보이며, 그 결과 이두 패턴은 주변부의 가지들이 서로 복잡하게 뒤얽힌 상태로 함께 밝아지기도 한다. 다른 경우 힘이나 밝기는 무無에서 출현하는 것처럼 보이기도 하지만, 그 배경에서 두세 개의 미묘한 빛의 흐름을 언뜻 볼 때도 있다. 이런 흐름은 개별적으로는 너무 희미하고 빨라서 눈으로

결정하는 자

쫓는 것이 거의 불가능하지만, 이내 하나의 단독 패턴으로 수렴하면서 오래 유지되는 밝은 섬광을 발하곤 한다.

패치에 내장된 초전도 회로의 웨이퍼*는 나의 뇌 전체를 이미징하고 있다. 따라서 예의 패턴들이 개개의 뉴런일 가능성은 있지만, 그런 현미경적인 영상을 보여준다고 해서 무슨 의미가 있단 말인가? 그보다는 더 큰 계系들, 이를테면 몇천 개에서 몇만 개에 달하는 뉴런들로 이루어진 신경망 영상이자 그 전체가 모종의 기능적인 맵일 공산이 커 보인다. 기존의 연결 상태를 반영하고 있지만, 해석하기 쉽도록 상호 거리를 조절해 놓은 신경망 이미지라고나 할까. 실제 영상은 아니지만, 해부학적으로 정확한 위치에 연연하는 것은 신경외과 의사 정도이니 그 정도는 문제가 되지 않는다.

하지만 이 패치가 내게 보여주고 있는 것은 정확히 어떤 계의 영상일까? 그리고 나는 그런 영상에 대해 어떻게 반응해야 옳을까?

대다수의 패치 소프트웨어는 바이오피드백용이고, 패치 사용자의 스트레스나 우울함, 흥분, 집중도 따위를 전자적으로 측정해서 다양한 색채나 형태의 그래픽으로 표시해 준다. 패치가 보여주는 영상은 시야에서 '사라지기' 때문에 일상생활에 지장을 주지는 않지만, 정보 자체는 원할 때마다 마음대로 액세스할 수 있다. 그 결과 자연 상태에서는 서로를 '알지' 못하는 뇌의 소정 부위들이 접촉함으로써 새로운 방법으로 서로를 조절하는 것이 가능해진다. 적어도 제조사는 그렇게 홍보하고 있다. 그러나 바이오피드백용 패치웨어라면 응당 그

※　전기회로와 반도체소자로 구성된 칩인 집적회로를 만들 때 쓰는 초박형 실리콘 디스크.

목표가 무엇인지를 명확하게 알려줘야 한다. 패치가 보여주는 실시간 영상 가장자리에 착용자가 목표로 삼을 수 있는 모종의 고정된 템플릿이 어떤 방식으로든 표시되어 있어야 한다는 뜻이다. 그러나 이 패치가 내게 보여주는 영상은 무의미하고 혼란스러워서… 글자 그대로 **팬더모니엄**이다.

미라가 말했다. "이제 가줄래?"

패치의 영상이 마치 만화 속 말풍선을 바늘로 찌른 것처럼 거의 사라져 버렸지만, 나는 의식적으로 노력해서 그것을 시야에 유지했다.

"앨릭스? 이제 가주면 좋겠다고."

목덜미의 잔털이 곤두선다. 방금 내가 본 것은… 뭐지? 방금 미라가 똑같은 말을 했을 때, 똑같은 패턴이 보이지 않았던가? 나는 억지로 기억을 되살려 이 부분을 재생해 보려고 했지만, 지금 눈앞에 떠오른 패턴—억지로 기억하려고 할 때의 패턴?—들 탓에 그럴 수가 없었다. 원래 영상이 사라지게 놓아둔 시점에서는 이미 때가 늦었다. 이제는 내가 무엇을 보았는지 알 수가 없다.

미라가 내 어깨에 손을 올려놓고 말했다. "이제 가줘."

소름이 돋았다. 눈앞에 영상이 떠올라 있지 않은 상태에서도 나는 같은 패턴들이 발화하고 있다는 사실을 알고 있다. '이제 가주면 좋겠다고.' '가줬으면 좋겠어.' 나는 나의 뇌에 인코딩된 소리를 보고 있는 것이 아니다. 나는 의미를 보고 있다.

그리고 지금 이 순간에서조차 의미에 관해 생각하는 것만으로 그 시퀀스가 희미하게나마 재생되는 것을 알고 있다.

결정하는 자   489

미라는 화난 듯이 내 몸을 잡고 흔들었고, 나는 그제야 그녀를 돌아보았다. "뭐가 문제야?" 나는 말한다. "떡이라도 치고 싶었는데, 내가 방해했어?"

"웃겨 죽겠군. 그냥 가."

그녀의 신경을 건드리려고 일부러 천천히 옷을 입는다. 그런 다음 침대 곁에 서서, 시트 밑에서 웅크리고 있는 그녀의 마른 몸을 내려다보며 생각한다. 원한다면 지금 당장이라도 이 여자를 두들겨 팰 수 있어. 너무나도 간단하게.

그녀는 불안한 표정으로 나를 바라본다. 갑자기 수치심이 솟구친다. 솔직히 말하자면, 두들겨 패기는커녕 겁을 줄 생각조차도 없다. 그러나 이미 엎질러진 물이었다. 그녀는 이미 겁을 먹었기 때문이다.

그녀는 내가 작별 키스를 하도록 해주었지만, 몸 전체가 불신으로 경직해 있는 것을 알 수 있다. 배 속이 뒤틀린다. 나한테 무슨 일이 일어나고 있는 걸까? 난 무엇이 되고 있는 거지?

그러나 거리로 나와서 차가운 밤바람을 맞자 정신이 맑아진다. 사랑. 공감. 동정심… 자유를 가로막는 이 모든 장애물을 극복해야 한다. 폭력을 선택할 필요는 없지만, 사회적 관습이나 감상벽, 위선, 자기기만 따위에 방해받는다면 나의 선택은 무의미하기 때문이다.

니체는 그것을 이해하고 있었다. 사르트르와 카뮈도 이해하고 있었다.

침착하게 생각한다. 나를 막을 수 있는 것은 없어. 나는 무엇이든 할 수 있었어. 그녀의 목을 부러뜨릴 수도 있었지. 하지만 나는 그러지 않는 편을 택했다. 그럼 그 선택은 어떻게 이루어졌을까? 어떻게, 그리고 어디서? 내가 이 패치의 원래 주인을 죽이지 않고 살려주었을 때… 미라에게 손을 대지 않는 것을 선택했을 때… 마지막에 가서 다른 식으로 행동하지 않고 그런 식으로 행동한 것은 내 육체다. 하지만 이 모든 것은 어디서 시작되었던 것일까?

만약 패치가 나의 뇌 안에서 일어나고 있는 모든 과정 내지는 사고나, 의미나, 고도의 추상 작용 따위의 가장 중요한 것들을 보여주고 있는 것이라면? 그럴 경우, 내가 그런 패턴들을 읽는 방법을 알고 있었다면, 나는 그 과정 전체를 이해할 수 있었을까? 그 과정을 거슬러 올라가서, 제1원인[※]에 다다를 수 있었을까?

발을 내디디던 중에 정지한다. 그런 생각을 하니 현기증이 나고… 고양감이 몰려온다. 나의 뇌 깊숙한 곳 어딘가에 **틀림없이** '나'가 존재한다는 얘기가 되기 때문이다. 모든 행동의 원천이자 결단을 내리는 자기自己. 문화나 교육이나 유전자의 영향을 전혀 받지 않으며, 완전히 자율적이고 오직 스스로에 대해서만 책임을 지는 인간 자유의 근원. 나는 줄곧 이 사실을 알고 있었지만, 그것을 더 명확하게 파악하려고 오랫동안 악전고투를 거듭해 왔다.

만약 이 패치가 내 영혼을 비추는 거울이라면… **방아쇠**를 당긴 순간 내 존재의 중심에서 나 자신의 의지가 손을 뻗쳐 오는 광경을 볼 수 있다면…

그 순간, 완벽한 정직함을, 완벽한 이해를 경험할 수 있을 것이다.

※　고대 그리스의 철학자 아리스토텔레스가 주창한, 존재하는 모든 것의 원인.

완벽한 자유를.

집으로 돌아온 나는 어둠 속에서 침대에 누운 채로 영상을 다시 불러내서 실험을 해본다. 강을 거슬러 올라갈 작정이라면, 최대한 넓은 영역의 지도를 만들어 놓아야 한다. 내 생각들을 감시하고, 패턴들을 감시하고, 연결점들을 찾아봐야 하기 때문에 쉬운 일은 아니다. 내가 억지로 자유연상을 할 때 보이는 패턴들은 연상된 개념들에 상응하는 것일까? 아니면 패턴들은 영상 자체와 그 영상이 반영하고 있다고 추정되는 사념들 사이에서, 의식적으로 균형을 잡으려는 행위 전체를 밀접하게 반영하고 있는 것일까?

라디오를 켜고서 토크쇼를 하고 있는 방송국에 주파수를 맞추고, 패치가 보여주는 영상을 시야에 유지한 채로 귀에 들리는 단어 하나하나에 집중해 본다. 몇몇 단어들에 의해 발화한 패턴들을 식별하는 데 성공한다. 그게 아니라면, 적어도 해당 단어들이 들릴 때마다 폭포수처럼 세차게 쏟아져 나오는 가느다란 빛줄기들, 그 빛줄기로 이루어진 영상들 전부에 공통된 패턴들을 식별한다. 그러나 단어 수가 대여섯 개를 넘은 뒤부터는 처음 패턴이 어땠는지 생각이 나지 않는다.

전등을 켜고 종이를 찾아내서 개략적인 패턴 사전을 그려보려고 한다. 그러나 이런 행위는 아무 소용도 없다. 빛의 폭포는 너무나도 빨리 발생하고, 하나의 패턴을 포착해서 그 순간을 고정해 보려는 나의 모든 노력은 되레 해당 순간에 간섭함으로써 그것을 소멸시켜 버리기 때문이다.

거의 동이 틀 시각이다. 나는 포기하고 자려고 시도한다. 곧 집세를 내야 하므로, 패치를 지금 팔라는 트랜의 제안에 응하지 않는 이상 뭔가 행동에 나서야 한다. 매트리스 아래로 손을 뻗치고 권총이 여전히 그곳에 있는지 확인한다.

지난 몇 년을 회상한다. 아무 쓸모도 없는 학위가 하나. 3년 동안의 실업 상태. 낮 동안의 안전한 부업. 그리고 밤에만 하는 일. 환상의 껍질이 잇달아 벗겨져 나가는 나날들. 사랑, 희망, 윤리… 이 모든 것은 극복되어야 한다. 지금 멈출 수는 없다.

그리고 나는 그것이 어떻게 끝나야 하는지를 안다.

새벽빛이 방으로 비쳐 들어오면서 갑작스러운 변화를 느낀다… 무엇이 변한 것일까? 기분? 지각? 부스러진 석회 천장에 햇살이 그리는 좁다란 띠를 올려다보지만, 그 무엇도 달라 보이지 않고 그 무엇도 변하지 않았다. 마치 즉각 이해할 수 없는 모종의 통증을 느끼기라도 한 것처럼 마음속에서 내 몸을 훑어보지만, 나 자신의 불안감과 혼란에서 오는 긴장감밖에는 느낄 수 없다.

이 기묘한 느낌이 강해지면서 나는 무의식중에 소리를 지른다. 마치 온몸의 살갗이 파열하며 그 아래에 있는 액체화한 살에서 1만 마리에 달하는 구더기들이 일제히 기어 나오고 있는 듯한 감각이지만, 이렇게 느끼는 이유를 설명할 방도가 없다. 상처나 곤충들의 환각을 보는 것도 아니고, 통증도 전혀 없다. 가렵지도 않고, 열이 오르지도 않고, 식은땀도 흐르지 않으며… 아무것도 없다. 마치 끔찍한 마약 금단증상이라든지 알코올 금단증세에서 비롯된 악몽적인 섬망을 연상케 하지만, 끔찍하다는 느낌을 제외하면 다른 그 어떤 증세도 찾아볼 수 없는 것이다.

두 발을 휙 내리고서 침대 위에 앉아 배를 움켜잡고 있지만, 이것은 공허한 제스처에 불과하다. 토하고 싶은 느낌조차도 없기 때문이다. 울렁거리는 것은 내 배 속이 아니다.

앉아서 울렁거림이 지나가기를 기다린다.

그러나 이 느낌은 사라지지 않는다.

나는 거의 패치를 뜯어내기 직전까지 갔지만—이것 말고 달리 무슨 원인이 있단 말인가?—마음을 바꾼다. 우선 시험해 보고 싶은 것이 있다. 라디오를 켠다.

"…사이클론 경보를 북서 해안 지역에서 발령…"

수만 마리의 구더기들이 흘러나오며 마구 꿈틀거린다. 단어들은 소방 호스가 뿜어내는 물처럼 구더기들을 강타했다. 때리듯이 라디오를 꺼서 격한 변화를 가라앉히자 단어들이 나의 뇌 안에서 메아리친다.

…사이클론…

빛줄기의 폭포는 이 개념 주위를 빙빙 돌며 그 소리 자체에 상응하는 패턴들을 마구 발화했다. 알파벳으로 쓰인 단어 자체가 희미하게 떠오르고, 100장에 달하는 인공위성 기상도를 추상화한 영상과, 강풍에 휘날리는 야자나무들의 뉴스 영상이 보이고, 그 밖에도 단번에 파악하기에는 너무나도 방대한 것들이 몰려온다.

…사이클론 경보를…

대부분의 '경고' 관련 패턴들은 문맥에서 뚜렷하게 예측할 수 있기 때문에 이미 발화하고 있다. 최고조에 달한 폭풍우의 뉴스 영상과 상응하는 패턴들이 강화되면서, 다음 날 부서진 자기 집 앞에 서 있는 사람들의 모습에 상응하는 패턴들을 유발한다.

…북서 해안 지역…

인공위성 기상도의 패턴이 팽팽히 조여오면서, 그 에너지를 기억에 있었거나 새로 만들어진 하나의 이미지—소용돌이치는 구름이 정확하게 위치한—에 집중한다. 북서 해안에 위치한 대여섯 개의 도시 이름들과 관광명소들에 상응하는 패턴들이 발화하는가 싶더니… 세차게 흘러나오는 빛줄기들은 스파르타적인 시골의 단순성과 결부된 모호한 연상들 속으로 꼬리를 끌며 스러진다.

그리고 나는 무슨 일이 일어나고 있는지를 이해한다. (이해에 해당하는 패턴들이 발화하고, 패턴들에 상응하는 패턴들이 발화하고, '혼란된, 압도당한, 광기 어린'에 상응하는 패턴들이 발화한다…)

발화 과정의 기세가 조금 꺾인다. (이런 개념들에 해당하는 패턴들이 발화한다.) 나는 이것을 냉정하게 파악할 수 있어. 나는 그걸 간파할 수 있어. (패턴들이 발화한다.) 나는 무릎에 머리를 묻고 웅크린 자세로 (패턴들이 발화한다) 이 모든 공명, 그리고 실제로는 보지 못하는 나의 왼쪽 눈을 통해 패치(패턴들이 발화한다)가 내게 계속 보여주고 있는 연상들에 대처해 보려고 사고를 집중시킨다.

결국 불가능한 일을 할 필요는 전혀 없었던 것이다. 자리에 앉아서 종이에 사전을 그리는 식으로 말이다. 지난 열흘 동안, 패턴들은 스스로의 사전을 나의 뇌에 각인했다. 어떤 패턴이 어떤 사념에 대응하는지 의식적으로 관찰하고 기억할 필요도 없었다. 나는 깨어 있는 모든 순간마다 정확히 그런 연상들에 노출되어 있었고, 그것들은 순전히 반복에 의해 나의 시냅스들 내부에 새겨졌던 것이다.

그리고 이제 그것이 결실을 맺고 있었다. 단지 내가 무슨 생각을 하고 있는지를 되뇔 목적이라면 패치는 필요하지 않지만, 패치는 이제 나머지 부분, 즉 너무 희미하고 순간적이라서 단순한 자기 성찰 가지고서는 포착할 수 없는 모든 세부를 내게 보여주고 있었다. 단일하고 자명한 의식의 흐름—해당하는 순간의 가장 강력한 패턴에 의해 정의되는 일련의 흐름—이 아니라, 그 밑에서 휘돌고 있는 모든 저류와 소용돌이를.

사고思考라고 불리는 혼란스러운 과정 전체를.

팬더모니엄을.

소리 내어 말하는 것은 악몽이다. 나는 라디오를 향해 대답을 하는 식으로 혼자서 연습한다. 말이 막히거나 옆으로 새지 않는 법을 터득할 때까지는 전화를 거는 것조차도 힘들 정도로 불안정한 상태이기 때문이다.

언제나 입을 채 열기도 전에, 단어와 구절에 상응하는 10여 개의 패턴이 기회를 포착하고 말로서 발성되기 위해서 서로 경쟁하는 것을 느낀다. 그리고 선택된 단어나 구절을 향해 몇분의 1초도 안 되는 짧은 시간 안에 쇄도했어야 할 빛의 폭포들은(과거에도 그랬을 것이 틀림없다. 안 그랬더라면 이 과정 자체가 기능했을 리가 없으니까) 내가 다른 대안들을 너무나도 뚜렷하게 자각했다는 바로 그 사실에 의해 결론을 내지 못하고 주변에서 우글거리고 있다. 잠시 후 나는 이런 식의 피드백을 억누르는 법을 터득한다. 적어도 마비 상태에 빠지는 것을 피할 수 있을 정도로는. 그러나 여전히 강한 위화감을 느낀다.

라디오를 켠다. 토크쇼에 전화를 걸어온 청취자가 말한다. "범죄자 갱생을 위해 우리 세금을 낭비한다면 그자들을 충분히 오래 가둬두지 않았다는 사실을 인정하는 꼴밖에는 안 됩니다."

폭포수처럼 쏟아져 나오는 패턴들이 수많은 연상과 접점들로 각 단어의 뼈대가 되는 의미에 살을 붙이지만… 이 패턴들은 나올 가능성이 있는 대답들을 조합 중인 폭포들에 이미 얽히고설킨 상태로 스스로의 연상들을 생성하고 있다.

나는 최대한 빠르게 반응한다. "갱생시키는 쪽이 더 싸게 먹혀. 당신은 뭘 제안하고 싶은 거지? 범죄자들을 재범 우려가 없을 정도로 늙어빠질 때까지 가둬두자는 거야?" 내가 이렇게 말하는 동안 선택받은 단어들의 패턴들은 의기양양하게 반짝이고, 그와 동시에 선택받지 못한 2, 30개의 단어와 구절들은 그냥 스러진다… 마치 내가 실제로 입 밖에 내서 한 말을 내 귀로 듣는 것이, 말로서 발성될 기회를 잃었다는 사실을 확인할 수 있는 유일한 방법이라는 듯이.

나는 이 실험을 10여 번 되풀이한 끝에, 마침내 대답 패턴의 선택지들을 모두 '볼' 수 있게 된다. 그것들이 선택받을 것을 기대하며 내 마음 전체에 정교한 의미의 그물망을 치는 광경을 본다.

결정하는 자

하지만… 어디서 선택받고, 또 어떻게 선택받는단 말인가?

여전히 알 수가 없다. 내가 이 과정의 속도를 늦추려고 시도하면 내 사고는 완전히 멎어버리지만, 어떻게든 대답을 하는 데 성공할 경우 패턴들의 추이를 파악할 가능성은 완전히 사라져 버린다. 1, 2초 후에도 대답을 할 때까지 유발된 단어들과 연상들 대부분을 '보는' 것은 여전히 가능하지만… 최종적으로 발성된 대답을 결정한 과정을 그 원천까지—나 자신까지—역추적하려는 것은 1,000대의 자동차가 연쇄 추돌한 사건 전체를 찍은 단 한 장의 흐릿한 장시간 노출 사진을 가지고서 처음 원인을 제공한 차가 어떤 것인지를 알아보려는 것이나 마찬가지다.

1, 2시간 휴식을 취하기로 결심한다. (어떻게 그랬는지는 모르겠지만.) 내가 마구 꿈틀거리는 애벌레 집단으로 분해되는 감각은 무뎌졌지만, 팬더모니엄을 인식하는 것을 완전히 그만둘 수는 없다. 패치를 떼어내 볼 수는 있겠으나, 다시 눈에 붙일 경우 감수해야 하는 길고 완만한 재순응 과정에 걸맞은 가치는 없는 것처럼 보인다.

욕실에서 수염을 깎으면서, 거울에 비친 나의 눈을 바라보는 일을 그만둔다. 나는 이런 식으로 끝까지 가보고 싶은 것일까? 낯선 사람을 죽이는 동안 거울에 비친 나의 마음을 바라보고 싶을까? 그런다면 무엇이 바뀔까? 무엇을 증명할 수 있을까?

그런다면 나를 제외한 그 누구도 손을 댈 수 없고, 그 누구도 자기 것이라고 주장할 수 없는 자유의 번득임이 나의 내부에 존재한다는 사실을 증명할 수 있다. 그런다면 내가 하는 모든 행위의 궁극적인 원인은 바로 나 자신이라는 사실을 증명할 수 있다.

　무엇인가가 팬더모니엄 속에서 올라오는 것을 느낀다. 그 심연에서 무엇인가가 출현하고 있다. 양쪽 눈을 감고, 세면대를 잡고서 몸을 지탱한다. 그런 다음 두 눈을 뜨고, 양쪽의 거울 속을 다시 들여다본다.

　그러자 마침내 보인다. 거울에 비친 내 얼굴 위에 겹쳐 있는 복잡한 방사상의 패턴이 사고 기제를 자유자재로 구사해서, 셀 수 없이 많은 단어와 상징들을 향해 마치 해저의 발광생물처럼 섬세한 실들을 뻗치며 접촉하고 있는 광경이. 강한 기시감을 느끼고 충격을 받는다. 나는 이 패턴을 이미 며칠 전부터 '보고' 있었다는 사실을 깨달았기 때문이다. 나 자신을 사고 대상으로, 행위의 주체로 간주했을 때마다. 의지의 힘에 대해 고찰했을 때마다. 내가 거의 방아쇠를 당길 뻔했던 순간을 돌이켜 보았을 때마다…

　이제 의심의 여지가 없다. 내가 찾던 것은 바로 이것이다. 선택하는 자기自己. 자유로운 자기.

　다시 내 눈을 들여다보자, 패턴은 빛을 발하며 흐르듯이 따라온다. 단지 내 얼굴뿐만이 아니라, 바라보고 있는 나 자신의 모습을. 내가 바라보고 있다는 사실을 알고, 내가 언제든 고개를 돌릴 수 있다는 사실을 알고 있다는 듯이.

　나는 우뚝 서서 이 경이로운 패턴을 응시한다. 이것을 뭐라고 불러야 할까? '나'? '앨릭스'? 양쪽 모두 어딘가 들어맞지 않는다. 이 단어들의 의미는 소진된 상태이기에. 가장 강한 반응을 야기하는 단어나 이미지를 찾아본다. 거울에 비친 나 자신의 얼굴이나 밖에서 바라본 나의 얼굴을 보아도 패턴은 깜박거릴 기색조차 보이지 않지만, 어두운 동굴 같은 두개골 내부에 무명無名인 채로 앉아 두 눈을 통해 밖을 내다보고, 육체를 제어하는 나—결정을 내리고, 배후에서 조종하는—라는 존재를 인식하자, 패턴은 기다렸다는 듯이 밝게 불타오른다.

나는 속삭인다. "결정하는 자. 그게 바로 나야."

머리가 욱신거리기 시작한다. 나는 패치가 보여주는 영상이 시야에서 사라지도록 내버려 둔다.

면도를 끝내면서 며칠 만에 처음으로 바깥쪽에서 패치를 점검한다. 비현실의 초상 속에서 빠져나와 실체를 획득하는 용. 적어도 그렇게 그려져 있다. 내게서 이것을 강탈당한 사내를 머리에 떠올리고, 그가 나만큼 깊게 팬더모니엄 속을 들여다보았는지 궁금증을 느낀다.

그랬을 것 같지는 않다. 그랬더라면 결코 내가 패치를 빼앗도록 내버려 두지 않았을 테니까. 진리를 흘끗 본 나는, 이런 식으로 볼 수 있는 능력을 내가 끝까지 사수하리라는 사실을 알고 있다.

자정 무렵에 집에서 나와 주변 지역을 정찰하며 흐름을 파악한다. 클럽과 술집과 사창가와 도박장과 사적인 파티들 사이를 오고 가는 흐름은 매일 밤 미묘하게 다른 양상을 띠고 있다. 그러나 내가 노리는 것은 군중이 아니다. 나는 아무도 갈 이유가 없는 장소를 찾고 있다.

결국 인적이 없는 사무실 건물들 사이에 낀 건설 현장을 선택한다. 도로변에서 검고 시꺼먼 삼각형의 그림자를 떨어뜨리고 있는 대형 폐기물 용기 탓에, 가장 가까운 두 개의 가로등 불빛의 사각死角에 들어 있는 지점이 있다. 나는 총과 복면을 언제든 꺼낼 수 있도록 윗옷에 쑤셔 넣고서 밤이슬로 축축해진 모래와 시멘트 가루가 널린 지면 위에 앉는다.

침착하게 기다린다. 나는 인내하는 법을 터득했다. 밤을 새우고 빈손으로 새벽을 맞은 적도 종종 있었다. 그러나 보통 밤이면 꼭 지름길을 지나려는 사람이 있다. 보통 밤이면 꼭 길을 잃는 사람이 있다.

발걸음 소리가 들리지 않는지 귀를 기울이지만, 마음은 딴 곳에 가 있다. 팬더모니엄을 좀 더 가까이서 관찰해 보려고 노력한다. 뭔가 다른 것에 관해 생각하면서 그때 떠오르는 일련의 이미지들을 흡수하고 그 기억을 재생해 볼 수는 없을까. 나의 사고를 기록한 영화를 보듯이.

주먹을 쥐었다가, 편다. 주먹을 쥐었다가… 펴지 않는다. 그 동작을 하는 도중에, 변덕을 부린다는 선택을 수행하는 〈결정하는 자〉의 모습을 포착해 보려고 한다. 내가 '보았다'고 생각하는 것을 재현하려고 하면 무수히 많은 촉수를 뻗친 패턴이 밝게 빛나는 것은 확실하지만, 기억이 묘한 장난을 치고 있는지 순서를 올바르게 재현할 수가 없다. 머릿속에서 예의 영화를 돌려보면, 해당 행동에 관련된 대다수의 다른 패턴들이 먼저 반짝인 뒤에 빛의 폭포들이 〈결정하는 자〉로 수렴해서 그것을 발화시키는 광경이 보이는 것이다. 이것은 내가 알고 있는 진실과는 정반대가 아닌가. 〈결정하는 자〉는 내가 선택을 한다고 자각하는 바로 그 순간에 빛을 발하지 않는가… 정신적 잡음은 차치하더라도, 도대체 어떤 과정이 그런 중차대한 순간에 선행할 수 있단 말인가?

1시간 이상 연습을 계속해도 착각은 사라지지 않았다. 시간 지각이 어떤 식으로든 왜곡된 것일까? 그게 아니라면, 패치의 부작용?

발소리가 다가온다. 한 사람.

복면을 뒤집어쓰고 몇 초 기다린다. 그런 다음 천천히 몸을 일으켜 웅크린 자세를 취하고 폐기물 용기 가장자리에서 고개를 조금 내밀어 본다. 사내는 이미 이곳을 지나갔고, 뒤를 돌아보고 있지도 않았다.

나는 사내의 뒤를 밟는다. 사내는 웃옷 호주머니에 손을 찔러넣고 빠르게 걷고 있다. 3미터 후방—대다수 사람들은 이 정도로 가까우면 도망칠 생각을 하지 못한다—까지 접근하자 나는 나직하게 말한다. "멈춰."

사내는 일단 어깨 너머로 뒤를 돌아다 보았다가, 황급히 돌아선다. 젊다. 18살에서 19살쯤 되어 보이고, 나보다 키도 큰 데다가 아마 힘도 셀 것이다. 혹시 만용을 부리지 않을지 주의할 필요가 있다. 눈을 비비는 정도까지는 아니지만, 복면은 언제나 상대방에게 믿기지 않는다는 듯한 표정을 짓게 만드는 효과가 있는 듯하다. 그것에 더해 나의 침착한 태도도 일조하는 것 같다. 내가 팔을 마구 휘두르며 할리우드 영화에 나올 법한 욕설을 입에 담지 않는 탓인지, 어떤 사람들은 이것이 현실임을 완전히 받아들이지 못하는 경향이 있다.

더 가까이 다가간다. 사내는 한쪽 귓불에 다이아몬드 스터드 귀걸이를 하고 있었다. 조그만 보석이지만 없는 것보다는 낫다. 내가 귀걸이를 가리키자 그는 그것을 내게 건넸다. 음울한 표정을 짓고 있지만, 어리석은 행동에 나설 것 같지는 않다.

"지갑을 꺼내서 안에 있는 걸 꺼내봐."

그는 내 말에 따랐고, 트럼프를 펼쳐 보이듯이 지갑의 내용물을 부채 모양으로 펼쳐 보인다. 나는 e-캐시 카드를 선택한다. 여기서의 'e'는 '쉽게 해킹할 수 있다easily hacked'의 'e'나 마찬가지다. 계좌 잔고를 확인할 수는 없지만, 그것을 내 호주머니에 집어넣고 나머지는 돌려준다.

"자, 이제 신발을 벗어."

사내는 주저하고, 한순간 그의 눈에서 순수한 분노가 번득인다. 그러나 두려움 쪽이 강한 탓인지 말대답을 하지는 않고, 어설프게 외발로 선 자세로 신발을 한쪽씩 벗는다. 그런 그를 비난할 생각은 들지 않는다. 신발을 벗으려고 앉는다면 한층 더 취약해진 느낌을 받을 것이기 때문이다. 그런다고 해서 무슨 차이가 나는 것은 아니지만.

내가 한 손을 써서 사내가 건넨 신발의 끈을 내 허리띠에 연결하는 동안, 사내는 자신이 더 이상 내놓을 물건이 없다는 사실을 내가 이해하고 있는지를 확인해 보려는 듯이 나를 응시한다. 혹시 내가 실망하고 화를 내지는 않을지 알아보려는 듯이. 나도 그를 응시한다. 화 따위는 전혀 내고 있지 않고, 단지 사내의 얼굴을 기억에 각인하기 위해서다.

한순간 팬더모니엄을 시각화해 보려고 했지만, 그럴 필요는 없었다. 나는 패턴들을 완전히 패턴들 고유의 방식대로 읽고 있기 때문이다. 시각의 신경생물학적 해석을 바탕으로 패치가 만들어 낸 새로운 지각 채널을 통해 그것들을 받아들이고, 완전히 이해할 수 있다.

그리고 나는 〈결정하는 자〉가 발화하고 있다는 사실을 알고 있다.

나는 총을 들어 올려 이름 모를 사내의 심장을 겨냥하고 안전장치를 딸깍 푼다. 사내의 침착한 태도가 녹아내리고, 얼굴이 일그러진다. 그는 덜덜 떨기 시작하면서 눈물까지 떨구지만, 눈을 감지는 않는다. 나는 연민의 정이 솟구치는 것을 느낄뿐더러 그것을 '보기'까지 하지만, 이 패턴은 〈결정하는 자〉 외부에 있기에 선택할 수 있는 것은 〈결정하는 자〉뿐이다.

낯선 사내는 짧고 애처로운 어조로 묻는다. "어째서?"

"나는 그럴 수 있으니까."

사내는 눈을 감은 채로 이를 딱딱 맞부딪치기 시작하고, 한쪽 콧구멍에서는 콧물이 한 줄 흘러내린다. 나는 명석한 순간이, 완벽한 이해의 순간이 찾아오기를 기다린다. 세계의 흐름 밖으로 발을 디디고 나가서 나 자신에 대해 온전히 책임을 지는 순간이.

그러는 대신 좌우로 갈라진 것은 또 다른 베일이었다. 그러자 팬더모니엄이 자기 자신에게 자기 자신을 보인다. 모든 세부까지 빠짐없이.

자유, 자기 인식, 용기, 정직함, 그리고 책임의 개념에 상응하는 패턴들이 모두 밝게 발화하고 있다. 그러면서 빛의 폭포—길이가 몇백 패턴에 달하는, 얽히고설킨 좁다란 띠들의 거대한 집합체—를 쏟아내고 있다. 그리고 드디어, 모든 접점과 모든 인과관계가 수정처럼 명료하게 드러나 있는 것이 보인다.

그러나 어떤 행위의 원천—더 이상 단순화할 수 없는, 자율적인 자기自己 따위에서 흘러나오는 것은 전무했다. 〈결정하는 자〉는 발화하고 있지만, 그것은 몇천 개에서 몇만 개에 달하는 패턴 중 하나에 불과하고, 정교한 톱니 중 하나에 불과하다. 〈결정하는 자〉는 10여 개의 촉수를 뻗어 주위의 폭포들에 접속하며 미친 듯이 "나, 나, 나"라고 주절거리며, 모든 것은 자기 책임하에서 이루어지고 있다고 주장한다. 그러나 실제로는 다른 패턴들과 하등 다를 것이 없다.

목에서 헛구역질하는 소리가 났고, 다리의 힘이 풀려 쓰러질 뻔했다. 이건 이해하기엔 너무 거대하고, 받아들이기엔 너무 끔찍해. 상대를 향해 여전히 총을 겨냥한 채로, 복면 밑으로 한쪽 손을 넣어 패치를 뜯어낸다.

아무 변화도 일어나지 않는다. 쇼는 계속된다. 뇌는 모든 연상과 모든 접점을 내재화했고, 나의 뇌리에서 의미는 가차 없이 계속 풀려 나온다.

나의 내부에 제1원인 따위는 존재하지 않고, 결정 과정이 시작되는 장소 따위도 없어. 존재하는 것은 단지 내부를 통과하는 인과의 흐름에 의해 움직이는 날개와 터빈으로 이루어진 광대한 기계, 육화肉化한 말들, 육화한 이미지, 육화한 개념들로 만들어진 기계에 불과하다.

그 밖에는 아무것도 존재하지 않는다. 단지 이 패턴들과, 그 패턴들 사이의 접점이 존재할 뿐이다. '선택'은 어디서든 일어날 수 있다.

결정하는 자

어떤 연상 작용에서든, 어떤 개념들의 관련성 속에서든 말이다. 이 구조 전체가, 이 기계 전체가 '결정'하고 있는 것이다.

그렇다면 〈결정하는 자〉는? 〈결정하는 자〉는 그 자체를 표현하는 개념에 불과하다. 팬더모니엄은 무엇이든 상상할 수 있다. 그것이 산타클로스든, 신이든… 인간의 영혼이든 간에 말이다. 그것은 온갖 개념을 위한 상징을 구축할 수 있고, 몇천 개에서 몇만 개에 달하는 개념에 그 상징을 전달할 수 있지만, 그렇다고 해서 그 상징이 표현하고 있는 것이 현실에서 존재할 수 있다는 얘기는 아니다.

나는 전율과, 연민과, 수치심을 느끼며 내 눈앞에서 떨고 있는 사내를 응시한다. 나는 누구를 위해 이 사내를 희생시키려고 했던 것일까? 미라에게 나는 이렇게 대꾸할 수도 있었다. 이 조그만 영혼 인형은 하나라도 너무 과해. 자기自己 내부에 두 번째의 자기는 존재하지 않고, 내부 깊숙한 곳에서 꼭두각시의 줄을 잡아당기며 결정을 내리는 조종자 따위도 존재하지 않는다. 단지 거대한 기계 전체가 존재할 뿐이다.

그리고 자세히 관찰해 보니, 아까까지 신나게 돌아가고 있던 톱니는 이제 쪼그라들고 있었다. 팬더모니엄이 스스로를 완전히 볼 수 있는 지금, 〈결정하는 자〉는 아무 의미도 생성하지 못한다.

아무것도 존재하지 않는다. 누군가를 희생양으로 바치거나 자기 목숨을 바쳐서라도 지켜야 할 황제의 새 마음 따위는 존재하지 않는 것이다. 그리고 자유를 얻기 위해 애서 극복해야 할 장애물 따위도 존재하지 않는다. 사랑, 희망, 윤리관… 그 아름다운 기계를 아무리 잘

506

게 분해해 보아도, 광휘에 찬 순수하고 무애無㝵한 초인Übermensch 따위는 나타나지 않고, 기껏해야 무작위적으로 경련하는 신경세포 몇 개를 발견할 수 있을 뿐이다. 자유는 다른 존재가 아니라 오직 이 기계 자체가 됨으로써 얻을 수 있다.

따라서 이 기계는 총을 아래로 내리고, 손을 들어 어색한 동작으로 회한의 감정을 전달하고, 몸을 돌린 다음 밤의 어둠 속으로 도망친다. 숨을 고르려고 멈춰 서지도 않고, 추적당할 위험에 한층 더 신경을 곤두세운 채로 질주하지만, 그러는 내내 해방의 눈물을 흘리면서.

작가의 말

나는 마빈 민스키와 대니얼 C. 데닛 및 다른 학자들이 주창한 '팬더모니엄' 인지 모델에서 영감을 받고 이 작품을 썼다. 그러나 내가 여기서 거칠게 묘사한 이론은 단지 이런 모델들이 어떻게 기능하는지를 개략적으로 전달하기 위한 것이라서 학술적으로 엄밀한 분석과는 거리가 멀다. 이 모델의 상세에 관심이 있는 독자들은 데닛의 『의식의 수수께끼를 풀다』와 민스키의 『마음의 사회』를 읽어볼 것을 권한다.

14

스티브 피버

Steve Fever

1

열네 번째 생일을 맞이하고 몇 주 후에 대두 농사의 수확일이 코앞에 다가왔을 무렵, 링컨은 농장을 떠나 도시로 가는 선명한 꿈을 매일 밤 꾸기 시작했다. 여행에 필요한 물자를 끌어모은 다음, 고속도로까지 터벅터벅 걸어가서 히치하이크로 애틀랜타까지 가는 꿈이었다.

그러나 그런 꿈에서도 애틀랜타행을 가로막는 문제들은 존재했기 때문에 링컨은 매일 밤 자는 동안에도 해결책을 찾으려고 노심초사했다. 식품 저장실 문은 잠겨 있을 것이 뻔했으므로 그는 꿈속에서 이런저런 도구들을 끌어모아 자물쇠를 따고 들어간다는 부차적인 계획을 세웠고, 농장 주위를 빙 두르듯이 감시하고 있는 센서들을 회피하거나 무력화하기 위한 다양한 방법들을 고안했다.

꿈속에서 마침내 그럴듯한 각본이 완성된 뒤에도, 낮에 검토해 보면 문제점들은 여전히 남아 있었다. 예를 들어 농장 부지를 에워싼 쇠울타리 밑을 지나가는 용수로의 쇠창살은 볼트 커터로 절단하기에는 너무 튼튼했지만, 농장의 용접 토치에는 생체 인식 로크가 걸려 있어서 쓸 수 없었다.

추수가 시작되자 링컨은 콤바인의 탈곡부에 일부러 큼지막한 돌을 집어넣어 고장을 냈고 직접 수리하겠다고 자청했다. 아버지가 옆에서 지켜보는 동안 링컨은 꼼꼼히 작업을 마쳤고, 예상대로 칭찬을 받자 (자존심과 당혹감이 뒤섞인, 짐짓 젊잖은 어조로) 이렇게 대답했다. "난 더 이상 어린애가 아녜요, 아빠. 용접 토치쯤은 다룰 수 있다고요."

"그렇군." 아버지는 잠시 당혹해하다가 이내 쭈그리고 앉았고, 용접 토치를 관리 모드로 전환한 다음, 링컨의 지문을 사용자 목록에 등록해 주었다.

링컨은 달이 없는 밤이 올 때까지 기다렸다. 예의 꿈은 밤마다 찾아와서 그의 머릿속을 조급하게 휘저으며 돌아다녔고, 계획을 당장 실행에 옮기라고 필사적으로 간청했다.

드디어 결행의 밤이 왔고, 링컨은 방에서 나와 어둠 속에서 맨발로 걷기 시작했다. 오랫동안 연습해 왔던 행동을 마침내 실행에 옮기는 기분이다. 연기를 한다기보다는 온몸의 근육에 각인되어 있는 정교한 춤의 스텝을 밟는 감각에 가까웠다. 우선 뒷문으로 가서 계단 위에 부츠를 놓아둔다. 그런 다음 배낭을 가지고 식품 저장실로 간다. 슬쩍해 온 도구들은 서로 부딪혀 소리가 나지 않도록 각기 다른 호주머니에 들어 있었다. 식량 저장실 문의 경첩은 문 반대편에 달려 있었지만, 문에 칠해진 니스를 펜나이프로 긁어서 경첩의 위치를 미리 표시해 놓은 덕에 이제는 손으로 만지기만 해도 경첩의 위치를 알 수 있었다. 몇 년 전 링컨과 그의 동생인 샘이 한밤중에 몰래 야식을 훔쳐 먹은 이래, 어머니는 식품 저장실 문을 잠가놓는 습관이 생겼다. 그래봤자 금고가 아닌 식품 저장실에 불과했으므로, 송곳으로 문 옆 나무 벽에 구멍을 뚫어서 경첩을 고정한 나사못 끄트머리를 노출시키는 것은 쉬웠다. 그런 다음, 끝이 뾰족한 플라이어를 써서 나사를 돌려보려고 했지만 자꾸 미끄러졌다. 그러나 이미 다른 해결책을 꿈에서 떠올린 기억이 있었다. 링컨은 송곳을 써서 나무를 좀 더 파낸 다음 작은 육각 너트를 나사에 끼웠고, T형 박스 렌치를 써서 너트와 나사를 함께 돌렸다. 나사는 많이 돌지는 않았지만 아까보다는 느슨해진 것을 알 수 있었다. 너트를 빼낸 다음 다시 플라이어를 써서 나사못을 돌렸고, 박스 렌치를 갖다 댄 다음 망치로 탁탁 치자 나사못은 마침내 구멍 밖으로 떨어졌다.

같은 작업을 다섯 번 더 되풀이하자 경첩은 완전히 벽에서 떨어져 나왔다. 문손잡이를 꽉 잡고 몸으로 문을 힘껏 밀었다. 문 잠금쇠의 볼트가 볼트 구멍에서 빠져나오며 문이 열렸다.

식품 저장실 안은 껌껌해서 아무것도 안 보였지만, 손전등을 켜는 위험을 무릅쓸 수는 없었으므로 미리 기억해 둔 곳들을 더듬어서 일주일치 식량을 배낭에 집어넣었다. 이제 어떻게 할까? 꿈속에서는 결코 떠오르지 않았던 의문이다. 애틀랜타로 가면 아마 그를 도와줄 새로운 친구들을 만날지도 모른다. 그런 생각이 들자마자, 반드시 그렇게 될 것이라는 확신이 솟구쳤다. 단순한 희망적 관측이 아니라 깜박 잊고 있었던 자명한 진실을 마침내 떠올린 기분이었다.

공구 창고 문은 단단히 잠겨 있었지만, 링컨은 아직도 마른 소년

체형이었던 덕에 뒤쪽 벽에 나 있는 구멍을 비집고 안으로 들어갈 수 있었다. 워낙 오랫동안 잡동사니로 가려져 있었던 터라 아버지도 깜박 잊고 방치해 놓은 구멍이었다. 이번에는 어둠 속에서 더듬거리는 대신 손전등을 켰고, 용접 토치가 있는 곳으로 똑바로 갔다. 다시 맨몸으로 창고 밖을 나온 링컨은 바닥에 놓아둔 토치를 조심스레 구멍 밖으로 꺼냈지만 밖에서 구멍을 가리고 있던 다 썩은 목재를 제자리에 돌려놓지는 않았다. 이런 흔적을 숨겨보았자 아무 의미도 없었기 때문이다. 뭘 어떻게 해놓든 간에 그의 실종 사실은 부모님이 깨어나고서 몇 분 안에 들통날 것이 뻔했다. 따라서 지금은 최대한 빠르게 움직이는 것이 관건이었다.

링컨은 부츠를 신고 용수로 쪽으로 갔다. 멜빌이라는 이름의 저먼 셰퍼드가 총총 다가와서 링컨의 손을 핥기 시작했다. 링컨은 잠깐 멈춰서서 개를 쓰다듬어 준 다음, 개집으로 돌아가라고 단호하게 명령했다. 개는 나직하게 낑낑거렸지만 그의 명령에 따랐다.

농장 부지의 쇠 울타리로부터 20미터 떨어진 지점에서 둑으로 올라간 링컨은 용수로로 내려갔다. 쇠창살이 있는 배수구까지는 여전히 몇 미터 더 가야 하지만 그는 내려간 즉시 쭈그리고 앉아 어색한 자세로 전진하기 시작했다. 센서에 걸리는 것을 피하기 위해서였다. 용접 토치는 물에 젖지 않도록 옆구리에 단단히 끼고 있었다. 차가운 물은 별다른 장애가 되지 않았다. 부츠가 물에 젖어 무거워졌지만, 용수로 바닥에 뭐가 널려 있을지 모르기 때문에 맨발로 걷는 것은 논외였다. 녹슨 쇳조각 따위에 발을 베이느니 차라리 젖은 부츠를 신고 있는 편이 훨씬 낫다.

링컨은 콘크리트로 만들어진 원통형 배수구로 들어갔다. 몇 걸음 더 들어가자 외부인의 침입을 막기 위한 쇠창살이 나왔다. 그는 용접 토치의 스위치를 넣고 제어반의 불빛만으로 위치를 잡았다. 방호 고글을 쓰자 아무것도 안 보였지만, 토치의 방아쇠를 당기자 백열白熱한 아크 불빛이 주위 터널을 환하게 밝혔다.

창살 하나를 절단하는 데는 몇 초밖에는 걸리지 않았지만, 창살은 여러 개 있었다. 좁다란 공간 내부의 온도는 곧 견디기 힘든 수준까지 올라갔고, 링컨의 티셔츠도 곧 땀으로 젖었다. 그러나 배낭에 갈아입을 옷이 들어 있었고, 쇠창살을 돌파한 뒤에 용수로의 물로 몸을 씻을 수 있으므로 상관없었다. 그런 뒤에도 도저히 차를 얻어 탈 수 있을 정도의 몰골이 아니라면, 걸어서라도 애틀랜타까지 갈 작정이었다.

"거기 젊은이, 당장 밖으로 나와."

링컨은 용접 토치를 껐다. 저런 목소리에 저런 말투를 쓰는 사람은 할머니밖에는 없었다. 몇 번 심장이 세차게 박동하는 동안 혹시 잘못 들은 것이 아닌가 망설였지만, 다음 순간 할머니는 한층 더 목소리를 높여 잘못 들으려야 잘못 들을 수 없는 말투로 말했다. "장난칠 생각은 하지 마. 그런 걸 받아들일 인내심은 없으니까 말이야."

링컨은 어둠 속에서 힘없이 주저앉았다. 도저히 믿을 수가 없었다. 꿈속에서 모든 경우의 수를 빠짐없이 검토해 보고 모든 장애를 피해 갈 방법을 찾아냈다고 확신했는데, 할머니는 도대체 어디서 저렇게 갑자기 나타나서 이 모든 계획을 망쳐놓을 수 있었던 것일까?

뒤로 몸을 돌릴 공간은 없었기 때문에 그는 뒷걸음질 쳐서 배수구 어귀까지 기어 나왔다. 할머니는 용수로 둑 위에 서 있었다.

"도대체 거기서 뭘 하려던 거니?" 할머니가 힐문했다.

"애틀랜타로 가야 해요."

"애틀랜타? 한밤중에, 그것도 혼자서 애틀랜타로 가겠다고? 도대체 왜 그러는 건데? 여기선 먹을 수 없는 무슨 특별한 음식이라도 사 먹고 싶어서 그래?"

링컨은 할머니의 신랄한 어조에 얼굴을 찌푸렸지만, 정면으로 반박하지 않을 정도의 분별은 있었다. "계속 꿈을 꿨어요." 마치 이걸로 모든 것을 설명할 수 있다는 듯한 어조였다. "매일 밤. 어떻게 하면 최선의 방법을 써서 애틀랜타로 갈 수 있는지."

할머니는 잠시 아무 말도 없었다. 링컨은 할머니의 침묵이 충격 탓이라는 사실을 뒤늦게 깨닫고 두려움이 솟구치는 것을 느꼈다.

할머니가 말했다. "넌 여기서 도망쳐야 할 이유가 아예 없잖니. 누군가한테 맞기라도 했어? 누가 못살게 굴었니?"

"아뇨."

"그럼 도대체 왜 집에서 도망쳐야 하는데?"

링컨은 수치심으로 얼굴이 뜨겁게 달아오르는 것을 자각했다. 도대체 난 어떻게 그걸 알아차리지 못했던 걸까? 이런 강박관념이 어떻게 내 마음에서 우러나온 것이라고 착각할 수 있었단 말인가? 그러나 링컨이 자신의 어리석음을 탓하는 중에도 길을 떠나고 싶다는 갈망은 여전히 사라지지 않았다.

"링컨, 그 열병에 걸렸구나, 그렇지? 그런 꿈이 어디서 오는지는 너도 알 거야. 지금 너의 뇌 안에서는 나노스팸들이 잔치를 벌이고 있어. 100억 개의 멍청한 나노머신들이 '스티브가 왔도다'라며 잔치를 벌이고 있는 거야."

할머니는 팔을 뻗어 링컨을 용수로 밖으로 끌어 올려주었다. 아마 힘으로 제압할 수 있을 거라는 생각이 떠올랐지만, 그는 퍼뜩 제정신으로 돌아와서 그런 혐오스러운 생각을 마음속에서 쫓아냈다. 링컨은 풀밭 위에 주저앉아 두 손으로 머리를 감쌌다.

"저를 가둘 건가요?" 그는 물었다.

"여기선 누구를 가두거나 하지 않아. 자, 네 엄마, 아빠한테 가서 알리자. 이 소식을 듣고 어떤 표정을 지을지는 안 봐도 뻔하지만."

네 사람은 주방의 식탁에 모여 앉았다. 다른 가족들이 논쟁을 벌이는 동안에도 링컨은 침묵을 고수했다. 너무 창피해서 차마 자기 의견을 내놓을 엄두가 나지 않았기 때문이다. 몽유병 환자가 따로 없었다. 그는 몇 주 동안이나 음모를 꾸미고 온갖 계책을 세우면서 스스로의 창의력을 자화자찬하기까지 했지만, 그런 행동이 오래전에 죽은 사내, 그것도 이 세상에서 가장 우매하고 가장 혐오스러운 사내의 명령에 의한 것이라고는 단 한 순간도 의심하지 않았던 것이다.

애틀랜타로 가고 싶다는 갈망은 여전히 강했다. 지금 당장 집 밖으로 뛰쳐나가서 울타리를 넘어 고속도로까지 달려가고 싶어서 미칠 지경이었다. 이 모든 행동이 순서대로 뇌리에 뚜렷이 떠올랐고, 어느새 그는 이 계획의 결점을 찾아보고 해결책을 떠올리고 있었다.

링컨은 식탁에 머리를 쾅 찧었다. "제발 멈춰! 이것들을 꺼내줘!"

어머니는 링컨의 어깨에 팔을 둘렀다. "무슨 요술 지팡이를 휘둘러서 쫓아낼 수 없다는 건 너도 알잖니? 게다가 넌 그 나노 스팸에 대한 카운터웨어*를 이미 접종했는데도 전염됐어. 그러니까 지금 우린 표본을 보내서 분석을 요청하고 신속하게 처리되도록 최선을 다하는 수밖에 없어."

치료 약이 나와서 완치될 때까지는 몇 달, 아니 몇 년이 걸릴지도 모른다. 링컨은 애처롭게 신음했다. "그럼 나를 가둬요! 지하실에 가둬달라고요!"

아버지가 링컨의 이마에서 번들거리는 땀을 닦아주었다. "그럴 수는 없어. 필요하다면 하루 종일이라도 너를 따라다니면서 인간답게 대우할 거야." 두려움과 반항심이 뒤섞인, 굳은 목소리였다.

침묵이 흘렀다. 링컨은 눈을 감았다. 이윽고 할머니가 입을 열었다.

"그 빌어먹을 소원을 해결해 주는 게 가장 좋은 해결책일지도 모르겠구나."

"뭐라고요?" 아버지는 믿기지 않는다는 듯한 어조로 되물었다.

"이 아이는 애틀랜타로 가고 싶어 하잖니? 내가 데려가겠어."

"애틀랜타로 가고 싶어 하는 건 이 아이가 아니가 스티블렛**들이지 않습니까." 아버지가 대꾸했다.

❖   인간의 뇌에 대한 나노머신의 침입을 막는 나노백신을 의미한다.

❖❖ 영어로 '작은 스티브'를 뜻한다.

"그것들은 링컨에게 무슨 해를 끼치려는 게 아니라 그냥 링컨의 몸을 빌리고 싶어 할 뿐이야. 싫든 좋든 간에, 링컨은 이미 그런 상태고. 그러니까 아마 가장 빠른 해결책은 그것들을 만족시켜 주는 걸지도 몰라."

아버지가 말했다. "그놈들이 결코 만족하지 않는다는 걸 어머니도 아시면서."

"완전히 만족하지야 않겠지. 하지만 놈들이 택하는 길은 모두 막다른 길뿐이고, 이 길도 막다른 길이라는 걸 놈들이 빨리 깨닫게 하면 링컨도 그만큼 빨리 해방될 수 있어."

어머니가 말했다. "링컨을 농장에 계속 잡아두더라도 놈들에겐 막다른 길 아닌가요? 애틀랜타로 가게 하고 싶은데, 절대로 애틀랜타로 갈 수 없다는 걸 깨닫는다면…"

"놈들은 그렇게 쉽게 포기하지는 않을 거야." 할머니가 대꾸했다. "절대로 도망 못 칠 곳에 가둬두고 그 사실을 깨닫게 하지 않는 한, 계획에 조금 차질이 생기거나 지연된다고 해서 애틀랜타로 갈 가망이 아예 없다고 판단하지는 않을걸."

다시 침묵이 흘렀다. 링컨은 눈을 떴다. 아버지가 할머니에게 말했다. "설마 어머니도 감염된 건 아니죠?"

할머니는 눈을 굴렸다. "무슨 〈바디 스내처〉도 아니고. 칼, 너희 내외가 농장 일에서 도저히 손을 뗄 수 없다는 걸 아니까 하는 소리야. 그러니까 링컨을 보내줄 생각이라면 내가 인솔하고 가마." 할머니는 어깨를 으쓱하고 맘대로 하라는 듯이 고개를 돌렸다. "하고 싶은 말은 다 했으니 결정하려무나."

링컨은 고속도로까지 트럭을 몰고 간 다음 마지못해 할머니에게 운전대를 넘겼다. 그는 이 낡아빠진 트럭을 사랑했다. 농장에서 생산되는 대두 기름을 연료로 쓰는 이 트럭의 엔진은 그가 태어나기 훨씬 전에 할아버지가 직접 설치한 것이었다.

"메이컨˟을 경유해서 목적지로 직행하겠어." 할머니가 선언했다. "네 친구들이 이의가 없다면 말이야."

링컨은 곤혹스러운 어조로 대꾸했다. "그런 식으로 말하지 마세요!"

"미안하구나." 할머니는 그를 곁눈질했다. "그래도 확인은 해야 해."

링컨은 마지못해 할머니가 말한 경로로 차를 타고 가는 자기 자신의 모습을 머리에 떠올렸고, 그러자마자 머릿속에서 올바름의 감각이 솟구치며 이 계획을 승인하는 것을 느꼈다. "아무 문제도 없어요." 링컨은 중얼거렸다. 스티블렛들이 그의 생각에 영향을 끼치는 것을 막을 수 있으리라는 환상은 애당초 갖고 있지도 않았지만, 마치 운전석에 앉아 있는 제3의 인물을 향해 의도적으로 질문을 하는 듯한 이런 행위는 링컨을 훨씬 더 괴롭게 했다.

링컨은 고개를 돌려 창밖을 보았고, 방치되어 황폐해진 밭과 원통형 곡물 저장탑들이 흐르듯이 지나가는 광경을 응시했다. 고속도

˟ 애틀랜타 남쪽에 위치한, 미국 조지아주의 도시.

로의 이 구간은 수없이 지나다녔다. 그런데도 검게 그을린 기계 장비가 눈에 들어오면 마음이 뒤숭숭해지는 이유가 뭘까. 〈대붕괴〉는 30년 전에 일어났지만 아직도 끝났다고는 할 수 없었다. 스티블렛들은 누구에게든 해를 끼치지 않으려는 열망을 가지고 있었으며 그 부분의 능력도 매년 개선된다고는 하지만, 뭐 하나 제대로 해결하기에는 여전히 너무나도 멍청하고 융통성이 없었다. 단 한 사람의 도움조차도 아쉬운 수확기에, 스티블렛들은 부모님에게서 두 명의 숙련된 인력을 빼앗아 오지 않았는가. 어떻게 이게 해가 되지 않는다고 주장할 수 있단 말인가? 〈대붕괴〉가 일어났을 때 전 세계에서는 몇백만 명에 달하는 사망자가 나왔지만, 그 모든 것을 패닉과 자해 행위에 가까운 행동 탓으로 돌릴 수는 없었다. 당시는 정부도 완전히 맛이 가서 남동부의 농장 절반을 폭격하는 폭거를 저질렀고, 지금은 모두가 정부의 이런 행동 탓에 오히려 더 사태가 악화되었다는 점을 인정하고 있었다. 그러나 그 외의 사망자들 다수는 스티블렛들이 다르게 행동했다면 죽지 않을 수도 있었다.

그러나 스티블렛들에게 설득 따위는 통하지 않는다. 수치심을 느끼게 하거나 벌을 줄 수도 없다. 자기들에게 주어진 불가능한 임무를 실행하기 위해 매진하는 것이 오히려 사태를 악화시키고 있다는 사실에 대해 예전보다 조금이라도 더 자각해 주기를 기대하는 것이 고작이다.

"저 폐허가 된 공장 보이지?" 할머니는 잡초로 뒤덮인 부지에 널려 있는, 금이 간 콘크리트판들을 가리켜 보였다. 그 위로는 녹아버린 철제 골조가 드리워져 있었다. "저기서 콘클라베⊛가 열린 적이 있었어. 거의 20년쯤 됐군."

링컨은 트럭으로 이 폐허를 여러 번 지나친 적이 있었지만 그런 얘기를 들은 것은 이번이 처음이었다. "그래서 어떻게 됐죠? 무슨 일을 하려고 했는데요?"

"소문에 의하면 타임머신을 만들려고 했다나. 어떤 정신 나간 작자가 인터넷에 타임머신 건조 계획을 올렸는데, 스티블렛들은 그걸 직접 검토할 필요가 있다는 판단을 내렸던 거야. 100명쯤 되는 사람들하고 몇천 마리나 되는 동물들이 저기서 일하고 있었다는군."

링컨은 몸을 부르르 떨었다. "얼마나 오랫동안 그랬는데요?"

"3년." 할머니는 이렇게 말하고 재빨리 덧붙였다. "하지만 요즘 놈들은 일꾼들을 교대로 일하게 하는 법을 터득했어. 특정 개인한테 한두 달 이상 달라붙는 경우도 드물고."

한두 달. 링컨의 일부는 이 얘기를 듣고 움찔했지만, 마음 한구석으로는 '그 정도라면 나쁘지 않네'라고 생각했던 것도 사실이었다. 농장의 따분한 일과에서 벗어나서 뭔가 다른 일을 할 수 있으니까 말이다. 새로운 사람들을 만나고, 새로운 기술을 배우고, 동물들과 함께 일하는 식으로.

동물이라고 해봤자 쥐들일 게 뻔하지만 말이다.

스티브 해슬럭⊛은 신종 의료용 나노머신을 개발하는 과학자들로

⊛ 라틴어로 '열쇠로 잠글 수 있는 방'이란 뜻이며, 회합, 특히 교황을 선출하기 위한 추기경들의 비밀 회의를 의미한다.
⊛ '운이 좋다(has luck)'라는 뜻으로 해석할 수도 있는 이름이다.

이루어진 연구팀의 일원이었다. 연구팀의 목표는 극미 사이즈의 외과 수술 수단으로 이용되는 나노머신들을 개량해서, 수술 부위에서 자체적인 판단에 따라 자율적으로 행동할 수 있도록 하는 것이었다. 스티브의 연구팀은 나노머신군 전체로 하여금 컴퓨터 연산 능력을 공유함으로써 '전문가 시스템'이라고 불리는 대용량의 복잡한 프로그램을 실시간으로 돌릴 수 있게 하는 효율적인 방법을 개발했다. 이 시스템은 과거 몇십 년 동안 축적된 생물학적, 임상적 지식을 의료 현장에서 직접 응용할 수 있는 규칙의 형태로 목록화한 것이었다. 나노머신들은 뭔가를 정말로 '이해하는' 것은 아니었지만, "만약 A와 B라면, C일 확률은 80퍼센트다"라는 식의 규칙으로 이루어진 극히 긴 목록을 초고속으로 검토할 수 있었고, 그런 목록의 질이 높으면 높을수록 조기 진단을 통해 치료할 수 있는 질병의 수도 늘어났다.

그러던 중 스티브는 자신이 암에 걸렸고, 이 암이 그 어떤 진단 목록에도 포함되어 있지 않은 희귀한 암이라는 사실을 알게 되었다.

그는 한 무리의 나노머신을 방 하나 분량의 우리에 갇힌 실험 쥐들에게 주입했고, 종양 표본도 함께 주입했다. 나노머신들은 종양 세포를 완전히 에워싸고 그 활동을 상시 모니터링했다. 이어서 실험 쥐의 피부 아래에 만들어 낸 중합체 안테나를 고속 무선 인터넷 통신처럼 써서 개개의 숙주를 관찰한 결과나 예측을 공유했고, 스티브 본인에게도 같은 보고를 올렸다. 이 정도로 많은 정보를 모았으니 문제가 무엇인지를 이해하고 해결하는 것은 식은 죽 먹기가 아니겠는가? 그러나 스티브와 그의 동료들은 나노머신들이 보내오는 정보를 도무지 이해할 수 없었다. 스티브의 병세는 깊어졌지만, 쥐들에게서 쏟아져 나오는 기가바이트 단위의 정보는 여전히 아무 쓸모도 없었다.

스티브는 나노머신 무리에게 새로운 소프트웨어를 주입하려고 시도했다. 데이터 분석을 통해 그를 치료할 방법을 알아낼 수 없다면, 나노머신 무리에게 아예 그 작업을 맡기면 되지 않겠는가? 스티브는 나노머신들이 방대한 수의 임상적 데이터베이스에 접속할 수 있도록 했고, 데이터를 규합해서 자체적인 규칙 목록을 추출하라고 명령했다. 그렇게 해도 치료법이 여전히 발견되지 않자 스티브는 더 많은 수의 소프트웨어를 때려 넣었고, 그중에는 화학과 물리학에 관한 기초 지식을 장착한 전문가 시스템들도 포함되어 있었다. 나노머신 무리는 이 시스템들을 바탕으로 세포막과 단백질 접힘◈에 관해 지금까지 전혀 알려지지 않았던 사실을 발견했지만, 여전히 스티브의 치료에는 아무런 도움도 되지 않았다.

스티브는 나노머신들의 시야가 여전히 너무 좁다고 판단했고, 무리 전체에 범용 지식 획득 엔진을 부여함으로써 웹 전체에서 무제한적으로 지식을 흡수할 수 있도록 했다. 웹 열람 방식과 자기 개량 과정에 방향성을 부여하기 위해 스티브는 나노머신들에게 두 개의 명확한 목표를 부여했다. 첫 번째는 숙주들에게 해를 끼치지 말라는 명령이었다. 두 번째는 스티브의 목숨을 구할 방법을 찾아내고, 실패할 경우에는 그를 부활시키라는 명령이었다.

마지막 추가 사항은 완전히 터무니없는 것은 아니었다. 스티브는

◈ 단백질 사슬이 3차원적인 고유의 기능을 가진 입체 구조를 형성하는 과정.

사망 시에 그의 몸을 액체 질소로 냉동 보존하도록 미리 조처해 놓았기 때문이다. 실제로 그런 일이 일어났다면, 향후 30년 동안 스티블렛들은 냉동 보존된 그의 뇌에서 기억을 몽땅 추출해 내는 작업에 종사했을지도 모른다. 불행히도 그런 일은 일어나지 않았다. 스티브가 운전하던 차량이 텍사스주 오스틴 외곽에서 길가의 나무와 고속으로 충돌하는 사고를 일으켰고, 그 결과 스티브의 뇌는 완전히 구워져 버렸기 때문이다.

사고 소식은 뉴스에서도 보도되었고, 스티블렛들도 그것을 보았다. 웹에서 얻은 교훈과 창조주에게서 부여받은 본능인지 뭔지 모를 것에 입각해서, 나노머신들은 자기들도 창조주와 마찬가지로 소각 처리될 공산이 크다는 결론을 내렸다. 나노머신 입장에서 이것은 별 문제가 되지 않았을 것이다. 게임은 아직 끝나지 않았다는 결론을 이미 내린 상태만 아니었다면 말이다. 탄화되어 버린 육체를 되살리는 방법에 관해 언급한 온라인 의학 학술지는 전무했지만, 웹 전체를 볼 경우 그보다 훨씬 더 다양한 의견들이 존재했다. 나노머신 무리가 읽은 다양한 웹사이트들의 작성자들 다수는, 자기 수정 능력을 가진 소프트웨어는 스스로를 똑똑하게 만드는 방법을 발견할 수 있으며 그런 식으로 한층 더 똑똑해지는 과정을 거듭한다면 급기야는 불가능한 일은 없을 거라고 확신하고 있었다. 그리고 망자의 부활은 이런 웹사이트들이 열거하는 주요 기적의 단골 메뉴 중 하나였다.

그러나 쥐들을 숙주 삼아 살아가던 스티블렛들은 자신들이 실험 쥐 화장장에서 한 줄기 연기가 되어 피어오른다면 아무 목표도 달성할 수 없다는 사실을 잘 알고 있었다. 그런 연유로 그들은 탈출을 계획해서 실행에 옮겼다. 우선 우리에서 탈출했고 건물에서 빠져나온 다음에는 도시 밖으로 나갔다. 오리지널 나노머신들은 자기 복제 기능을 가지고 있지 않았던 데다가 단순한 화학적 스위치만으로도 삽시간에 파괴되도록 설정되어 있었다. 그러나 그들은 시 외곽의 하수도나, 경작지나, 곡물 저장탑 어딘가에서 서로를 철저하게 검사하고 해부해 본 끝에 자기 복제가 가능한 경지에 도달했고, 그 기회를 살려서 옛 특성의 일부도 개량했다. 그 결과, 신세대 스티블렛들은 자살 스위치를 갖고 있지 않았고 자체 소프트웨어에 대한 외부 간섭에도 저항할 수 있게 되었다.

숲으로 도망쳐서 나뭇가지와 잎사귀로 스티브의 허수아비를 만드는 정도로 끝날 수도 있었지만, 소프트웨어에 뿌리를 둔 탓에 나름대로 엄격한 판단 기준을 가지고 있다는 것이 문제라면 문제였다. 나노머신들을 인터넷 검색을 통해 세계에 관한 오만가지 정신 나간 아이디어를 수집했던 것이다. 어떤 아이디어가 말도 안 된다는 사실을 간파할 판단력을 갖고 있지는 않았지만, 그렇다고 아무런 검토도 하지 않고 무조건 믿어버리는 것도 불가능했다. 따라서 그들은 그런 주장들의 사실 여부를 일일이 확인하는 방법을 써서라도 스티브의 부활을 암중모색할 필요가 있었다. 웹에 널린 주장에 의하면 자기 수정 능력이 있는 나노머신들은 그 어떤 목표도 달성할 수 있었지만, 현실적으로 나노머신들이 수행할 수 없는 중요한 과정들도 수없이 존재했다. 손재주가 좋은 돌연변이 쥐들의 도움을 아무리 많이 받는다고 해도, 시공간의 구조를 재설계하거나 가상현실에서 스티브를 부활시키는 것은 스티블렛에 탑재된 '스티브웨어' 버전 2의 능력을 완전히 벗어난 일이었다.

탈출한 지 몇 달 지나지 않아서 인간의 도움 없이는 극복할 수 없는 장애물도 존재한다는 사실을 나노머신들은 깨달았을 것이다. 그들이 인간을 징발하기 시작한 것도 바로 그 무렵이었기 때문이다. 스티블렛들은 물리적으로 무슨 해를 끼치지는 않았지만, 특정한 아이디어나 강박관념으로 인간의 뇌를 감염시킴으로써 자발적으로 실험에 지원하게 만들었다.

그 뒤로 온 것은 패닉과 폭격과 〈대붕괴〉였다. 링컨은 나이가 어린 덕에 최악의 시기는 경험하지 않았다. 콘클라베에 모여든 무해한 감염자들이 폭도에 의해 산 채로 불태워지거나, 돌연변이 쥐들의 은신처나 식량이 되는 것을 막기 위해 정부가 곡물 밭을 소이탄으로 몽땅 태워버리는 광경을 직접 목격하지는 않았다는 뜻이다.

향후 몇십 년 동안 나노머신들과의 전쟁은 좀 더 은밀한 투쟁으로 변질되었다. 카운터웨어를 접종하면 한동안은 스티블렛들에 의한 감염을 막을 수 있었다. 전문가들은 스티브웨어 자체를 와해시키려 시도했다. 나노머신 무리의 기능을 마비시킬 목적으로 만들어 낸 명제를 탑재한 개조 스티블렛을 유포하기도 했고, 목표가 이미 달성되었다고 믿게 만들려는 야심적인 시도까지 있었다. 스티브웨어가 이에 대한 대항책으로 인증 및 암호화 프로토콜을 개발한 탓에 나노머신에 손상을 주거나 오작동을 유발하는 것은 한층 더 힘들어졌다. 아직 남아 있는 스티브의 병리 조직 표본을 써서 스티브의 클론을 만들자고 주장하는 사람들도 여전히 존재했지만, 스티브웨어가 그 정도로 만족하거나 복제된 스티브를 그 이상의 존재로 격상시키기 위한 역정보에 넘어갈 가능성은 희박하다는 것이 전문가들 대다수의 의견이었다.

스티블렛들은 불가능한 일을 실현하려는 염원을 가지고 있었고 그 어떤 대안도 받아들이려고 하지 않았다. 인류는 더 이상 간섭받지 않고 좀 더 유익한 과업을 수행할 수 있기를 갈망하고 있었지만 말이다. 링컨이 아는 세계는 이것밖에는 없었지만, 얼마 전까지만 해도 그는 이 투쟁을 방관자적인 입장에서만 바라보고 있었다. 가끔 눈에 띄는 쥐를 총으로 쏘아 잡거나 카운터웨어 접종을 받기 위해 줄을 서는 것을 제외하면 말이다.

그럼, 지금 그는 어떤 역할을 수행하고 있는 것일까? 반역자? 이중 첩자? 포로? 사람들은 감염자들에게 몽유병자나 좀비라는 딱지를 붙였지만, 사실 링컨의 현재 상태를 가리키는 적절한 표현은 아직도 고안되지 않았다.

오후 늦게 애틀랜타에 가까워질 무렵, 링컨은 이 도시에 대한 그의 지리적 인식이 왜곡되면서 낯익은 주요 지형지물들의 중요성이 변화하는 것을 느꼈다. 새로운 정보가 들어오고 있는 탓이다. 그는 양쪽 팔뚝을 손으로 훑어보았다. 나노머신들이 곧잘 안테나를 생성한다는 장소였지만, 안테나를 구성하는 중합체는 피부 너머로 느끼기엔 너무 부드러운 듯했다. 수신을 방해할 생각이 있었다면 부모님은 알루미늄 포일로 링컨의 몸을 감싼 다음 공기통의 공기만을 쓰는 천막 안에 그를 넣어둠으로써 스티블렛들이 추가적으로 이용하는, 전달 속도가 느린 화학적 신호까지 차단할 수도 있었을 것이다. 무슨 조치를 취하더라도, 애틀랜타로 가야 한다는 그의 근원적인 충동을 제거하는 것은 불가능했겠지만 말이다.

그들이 탄 트럭이 공항 옆을 지나 메이컨발 고속도로가 앨라배마주에서 오는 고속도로와 합류하는 복잡한 고가 교차로를 통과할 무렵, 링컨은 앞쪽에서 점점 다가오는 야구장에 관한 생각을 억누를 수가 없었다. 설마 스티블렛들은 애틀랜타 브레이브스의 홈구장을 징발하기라도 한 걸까? 사실이라면 틀림없이 뉴스에서 보도되었을 것이고, 전쟁의 강도도 한두 단계 더 격상되었을 것이다.

"다음 출구예요." 링컨은 말했다. 그런 다음 그가 내린 지시의 절반은 그의 마음에서 나왔지만 나머지 절반은 섬뜩한 꿈의 논리에서 흘러나온 것이었다. 잠시 후 길모퉁이를 돌자 그가 반드시 가야 한다고 확신하고 있는 건물이 모습을 드러냈다. 야구장은 아니었다. 야구장은 목표에서 가장 가까운 주요 건물이었고, 스티블렛들이 링컨을 유도하기 위해 쓴 식별 비컨에 불과했다. "모텔을 통째로 빌렸나봐!" 할머니가 놀란 어조로 말했다.

"통째로 사버린 거 같은데요." 링컨이 이렇게 추측한 이유는 한눈에 보기에도 큰 규모의 개축 공사가 이루어지고 있었기 때문이었다. 스티브웨어는 엄청난 금융 자산을 보유하고 있었다. 그중 일부는 감염된 몽유병자들의 자산을 강탈한 것이었지만, 대부분은 공장에서 돌연변이 쥐들이 생산한 제품—질이 좋은 약품에서 유명 브랜드 신발의 완벽한 모조품을 망라하는—들을 판매해서 합법적으로 얻은 수익이었다.

모텔 주차장은 가득 차 있었지만, 수영장이었던 장소 근처에 마련된 여분의 주차 공간으로 가라는 안내 표시가 있었다. 할머니와 함께 접수처로 걸어가던 중, 묘하게도 동생인 샘이 출전한 스펠링 대회를 참관하기 위해 가족 전원이 애틀랜타에 왔을 때의 기억이 떠올랐다.

모텔 로비에는 정부에 소속된 제복 차림의 스티브 학자 세 명이 모종의 기계 장치를 올려놓은 작은 탁자를 둘러싸고 앉아 있었다. 링컨은 먼저 접수 데스크로 갔다. 데스크에 앉아 있던 젊은 여성은 링컨이 입을 열기도 전에 미소 지으며 두 개의 열쇠를 건넸다. "콘클라베를 즐기시기 바랍니다." 그녀가 링컨과 같은 좀비인지 아니면 모텔의 예전 직원이 소유권이 바뀐 뒤에도 계속 일하고 있는 것인지는 알 수 없었지만, 적어도 링컨에게 질문할 필요를 느끼지 않는 것만큼은 확실했다.

정부에서 파견 나온 학자들과의 면담은 그보다는 더 오래 걸렸다. 긴 질문지에 답변을 써넣으며 할머니는 한숨을 쉬었다. 이윽고 데이나라는 이름의 여성 학자가 링컨의 혈액을 채취했다. "보통은 숨어버려서 검출되지 않지만, 네가 접종한 카운터웨어는 이따금 유용한 파편들을 회수해 올 때가 있단다." 데이나가 말했다. "비록 감염은 막지 못했어도 말이야."

할머니와 함께 모텔 식당에서 저녁을 먹으면서, 링컨은 주위에서 식사 중인 사람들과 시선을 맞춰보려고 했다. 불안한 듯이 그의 시선을 피하는 사람들도 있었지만, 그를 바라보며 격려하듯이 미소 짓는 사람들도 있었다. 무슨 컬트 종교에 가입한 듯한 느낌은 받지 않았는데, 전도 팸플릿이라든지 연설이 없었기 때문만은 아니었다. 링컨은 스티브를 숭배하도록 세뇌받지는 않았고, 오래전에 죽은 이 사내에 대한 링컨의 의견 역시 예전과 전혀 다르지 않았다. 처음에 느꼈던 애틀랜타로 가려는 욕구와 마찬가지로, 링컨에게 주어진 임무는 훨씬 더 제한적이고 구체적인 것이었다. 스티브웨어의 입장에서 링컨은 특정 지시를 내리고 조작할 수 있는 일종의 기계나 마찬가지였다. 링컨이 자기 스마트폰을 조작하고 맘대로 설정을 바꾸는 것처럼 말이다. 링컨이 자기가 듣는 음악이나 자기 친구들을 존중할 것을 기계에 불과한 스마트폰에서 기대하지 않는 것과 마찬가지로, 스티브웨어는 자신의 최종 목표를 링컨이 공유할 것을 기대하지는 않았다.

링컨은 그날 밤 꿈을 꿨지만, 잠에서 깨어난 뒤에는 무슨 꿈이었는지 기억이 나지 않았다. 할머니 방의 문을 노크하고 들어가 보니 할머니는 이미 몇 시간 전부터 깨어 있었다고 했다. "여기선 못 자겠어." 그녀는 불평했다. "농장보다 훨씬 조용해서 되레 잠이 오지 않더구나."

링컨은 할머니 말이 사실임을 깨달았다. 모텔은 고속도로 가까운 곳에 위치해 있었지만, 도시 특유의 교통 소음이라든지 음악이나 사이렌 소리가 거의 들리지 않았다.

아침을 먹으려고 식당으로 내려갔다. 식사를 마치자 링컨은 이제 뭘 해야 할지 갈피를 잡을 수가 없었다. 접수 데스크로 가보니 첫날 보았던 여자가 있었다.

링컨은 말할 필요가 없었다. 입을 열기도 전에, "아직 준비가 덜 됐어요. 그러니까 TV를 보거나 산책을 해도 좋고 모텔 헬스장에서 운동을 해도 좋아요. 필요해지면 절로 알게 될 겁니다."

링컨은 할머니를 돌아보며 말했다. "그럼 산책하러 가죠."

그들은 모텔에서 나와 야구장 주위를 산책했다. 고속도로에서 동쪽을 향해 몇 블록쯤 걸어가자 초목이 무성한 공원이 나왔다. 공원에 와 있는 사람들 모두가 평소 공원에서 하는 일을 하고 있었다. 그네에 탄 자녀들 등을 밀어주거나 개와 놀아주는 식으로 말이다. 할머니가 말했다. "네가 마음을 바꾼다면 언제든 집으로 돌아갈 수 있어."

마치 링컨이 원하는 대로 자기 마음을 바꿀 수 있다는 듯한 투였다. 그러나 지금 이 순간에 한정하자면 그를 애틀랜타로 오게 만든 강박관념이 상당히 약해진 것은 사실이었다. 스티브웨어가 링컨의 감시를 중단한 것인지 아니면 그가 임무를 포기할 수 있는 기회를 의도적으로 제공한 것인지는 알 수 없었지만 말이다.

링컨은 말했다. "여기 머물겠어요." 다시 고속도로로 나갔다가 중간에 소환당해서 되돌아오다니, 생각만 해도 끔찍하다. 어느 정도는 호기심 탓도 있었다. 고래의 아기리 안으로 과감하게 걸어 들어갈 수 있는 용기를 가진 사람이 되고 싶었다. 물론 나중에 다시 그를 뱉어준다는 보장이 있는 경우에나 해당되는 얘기지만.

그들은 모텔로 돌아가서 점심을 먹었고, TV를 시청했고, 저녁을 먹었다. 링컨은 스마트폰을 확인해 보았다. 왜 연락이 끊겼는지 궁금해하는 친구들의 부재중 전화가 잔뜩 와 있었다. 애틀랜타로 간다는 얘기를 아무에게도 하지 않은 탓이다. 동생인 샘에게 설명하는 일은 모두 부모님한테 떠넘기고 왔다.

그날 밤 또 꿈을 꿨고, 이번에는 그 파편들을 움켜잡은 채로 잠에서 깼다. 즐거운 한때, 아슬아슬한 순간, 머리 위로 펼쳐진 파란 하늘, 친한 친구들과 보내는 시간. 30년 전 나노머신 무리가 불사성不死性의 물리학에 관해 인터넷을 검색하면서 찾아낸 정신 나간 아이디어에 기인한다기보다는, 링컨 본인이 스스로 꾸는 꿈에 가까웠다.

그로부터 사흘이 더 만연히 흘러갔다. 아무 소식도 없는 것은 링컨이 어떤 테스트에 불합격했기 때문일까? 그게 아니라면, 모종의 계산 착오로 인해 좀비들의 과잉 공급 사태가 발생한 것일까?

애틀랜타에 온 지 닷새째 되는 날의 이른 아침, 욕실에서 세수를 하고 있었던 링컨은 변화가 오는 것을 느꼈다. 되풀이되던 꿈의 파편들이 마음 뒤꼍에서 강렬하게 반짝이고, 마음의 눈에 모텔 부지를 누비며 통과하는 길이 구체적으로 떠오른다. 소환을 받은 것이다. 당장 가고 싶다는 욕구가 워낙 강렬했던 탓에 할머니 방의 문을 두들기고 큰 소리로 종잡을 수 없는 설명을 더듬거리는 것이 고작이었다. 링컨은 복도로 나아가기 시작했다.

할머니가 그를 따라잡았다. "몽유병 증세를 겪고 있는 거니? 링컨?"

"전 아직 저지만, 곧 빙의당할 것 같아요."

할머니는 두려운 기색이 역력했다. 그녀는 그의 손을 꼭 잡았다. "걱정하지 마세요." 링컨은 말했다. 소환당할 때가 오면 두려움을 느끼는 쪽은 자신이고 용기를 주는 쪽은 할머니일 거라 예상했는데 현실은 정반대였다.

모퉁이를 돌자 대회의실이나 결혼식장이었을지도 모를 넓은 방으로 이어지는 복도가 눈에 들어왔다. 방 안에는 여섯 사람이 서 있었다. 링컨은 그중 세 명의 10대들이 자신과 같은 좀비이며, 나머지 세 명의 성인들은 그냥 그들을 돌보기 위해 와 있음을 한눈에 알아차렸다. 방에는 아무런 가구도 비치되어 있지 않았지만, 사다리 네 개와 자전거 네 대를 포함한 묘한 물건들이 쌓여 있었다. 사방의 벽에는 방음판이 덧대어져 있었다. 건물 전체가 이렇게 조용한데도 그것만으로는 충분하지 않다는 걸까.

시야 가장자리에 꿈틀거리는 검은 털 덩어리들이 보였다. 벽가에 모여 있는 쥐 무리였다. 한순간 소름이 돋았지만, 곧 머리가 핑핑 돌듯한 고양감이 솟구치며 그가 느낀 혐오감을 날려 보냈다. 링컨의 몸에는 스티브웨어의 극히 미세한 일부만 들어 있었고, 마침내 그 본체라고 할 만한 것을 마주할 때가 온 것이다.

링컨은 쥐들을 향해 몸을 돌리고 양팔을 벌렸다. "나를 불러서 이렇게 달려왔어. 그러니까 뭘 원하는지 말해주겠어?" 두서없게 떠오른 피리 부는 사나이 이야기가 그의 마음을 어지럽혔다. 쥐들에게 피리 소리를 들려주니 저항 못 하고 따라갔다는 얘기 말이다. 쥐들이 사라진 다음에는 어린아이들 차례였다.

쥐들은 대답하지 않았지만, 방이 갑자기 사라졌다.

타이가 탄 자전거가 길가의 흙더미로 돌진하자 사방으로 먼지가 무럭무럭 피어올랐다. 그는 환호성을 올렸고, 아까보다 두 배는 더 힘차게 페달을 밟으며 먼지구름 속에 남겨진 친구들을 뒤로하고 빠르게 달려갔다.

에롤이 곁에 따라붙더니 팔을 뻗어 타이의 팔을 툭 쳤다. 마치 일부러 먼지를 일으킨 것을 비난하는 듯한 동작이었으나 살짝 친 것에 불과했기 때문에, 타이는 굳이 되돌려 줄 필요는 느끼지 않았다. 그저 친구를 향해 씩 웃어 보였을 뿐이었다.

학교에 가는 날이었지만 그들은 수업이 시작되기 전에 몰래 학교를 빠져나왔다. 읍내에서는 아는 사람이 너무 많아서 대놓고 돌아다닐 수 없었기에, 댄은 그의 아버지가 창고에 보관해 둔 분무식 페인트 캔들을 가지고 급수탑으로 가자고 제안했다. 함께 급수탑에 올라가서 낙서를 하자는 얘기였다.

급수탑 주위에는 철조망 울타리가 쳐져 있었지만, 지난 주말 이미 이곳에 왔던 댄이 울타리 밑에 조금 파놓은 굴이 있었다. 힘을 합치자 굴은 금세 뚫렸다. 그 굴을 통해 모두가 울타리 안으로 들어오자 타이는 급수탑 꼭대기를 올려다보았고 아찔한 느낌을 받았다. 카를로스가 말했다. "밧줄을 가져왔어야 했나?"

"없어도 돼."

크리스가 말했다. "내가 먼저 올라가겠어."

"왜 네가 먼저 그래야 하는데?" 댄이 따졌다.

크리스는 호주머니에서 최신 스마트폰을 꺼내서 흔들어 보였다. "최고의 촬영 각도에서 찍어야 하거든. 너희들 엉덩이를 올려다보면서 그럴 순 없잖아."

카를로스가 말했다. "웹에 올리지 않겠다고 약속해. 우리 엄마, 아빠가 그걸 보면 난 끝장이야."

크리스는 웃음을 터뜨렸다. "나도 마찬가지야. 내가 바본 줄 아냐."

"거야 그렇지만, 네가 찍으니까 넌 처음부터 아예 찍힐 염려가 없잖아."

크리스는 사다리를 오르기 시작했다. 청바지 뒷주머니에 페인트 캔을 하나 찔러 넣은 댄이 그 뒤를 따랐다. 그다음은 타이, 에롤, 카를로스 순서였다.

지상의 공기는 여전히 정체되어 있었지만, 높은 곳까지 올라가자 어딘가에서 산들바람이 불어오더니 땀에 젖은 타이의 등을 식혀주었다. 사다리가 진동하는 것을 느꼈다. 사다리 본체는 급수탑의 콘크리트 표면에 볼트로 단단히 고정되어 있었지만, 고정되지 않은 중간 부분은 불안해질 정도로 흔들릴 때가 있었다. 타이는 이것을 놀이동산 기구나 마찬가지라 생각하고 계속 올라가기로 했다. 조금 무섭긴 하지만 안전에는 아마 문제가 없을 것이다.

크리스가 마침내 사다리 끝에 도달했다. 댄은 사다리에서 한 손을 떼더니 호주머니에서 페인트 캔을 꺼냈고, 그 손을 옆으로 뻗어 하얀 콘크리트 표면 위로 가져갔다. 댄은 재빨리 파란색 배경을 그렸다. 일그러진 마름모꼴이었다. 그런 다음 그는 빨간색 페인트 캔을 가지고 있는 에롤에게 캔을 건네달라고 외쳤다.

에롤이 건넨 페인트 캔을 위로 전달한 타이는 갈색 먼지로 뒤덮인 지평선 쪽을 바라보았다. 멀리 읍내가 보인다. 위를 흘끗 올려다보자 한 손으로 사다리를 잡은 채 뒤로 몸을 뒤튼 크리스가 보였다. 다른 손에 든 스마트폰으로 아래에 있는 친구들을 찍는 중이었다.

타이는 크리스에게 외쳤다. "어이 스코세이지!◈ 날 스타로 만들어 줘!"

댄은 5분이나 들여 은색 페인트로 까다로운 세부 낙서를 추가했다. 타이는 개의치 않았다. 여기 있는 것만으로도 좋았기 때문이다. 직접 자기 손으로 급수탑에 그림을 그리지 않아도 좋다. 나중에 댄의 낙서를 보는 것만으로도 충분히 이 기분을 떠올릴 자신이 있었기 때문이다.

그들은 천천히 아래로 내려갔고, 지면에 내려간 후에는 급수탑의 기반이 되는 부분에 앉아서 스마트폰에 저장된 크리스의 영화를 돌려보았다.

링컨은 사흘 동안의 휴식을 가진 뒤에 다시 소환당했다. 이번에는 나흘 연속으로 일했다. 나중에 그는 몽유병자 같은 상태에서 경험한 장면들을 낱낱이 기억해 보려고 악전고투했지만, 할머니에게서 그녀

◈ 유명 영화감독인 마틴 스코세이지에 빗댔다.

가 직접 목격한 '연극' 얘기를 참조해도 세부까지 빠짐없이 파악하는 것은 쉽지 않았다.

이따금 다른 배우들과 함께 모텔의 게임방에서 당구를 치며 교류할 때도 있었지만, 각자가 맡은 배역에 대해서는 논하지 않는다는 암묵의 금기 사항이 존재하는 듯했다. 이런 제약을 억지로 벗어던진다고 해서 스티브웨어가 그들을 벌할 것 같지는 않았지만, 배우들이 너무 많은 정보를 이어 맞추는 것을 스티브웨어가 원하지 않는다는 점은 명백했다. 심지어 스티브웨어는 등장인물 중 한 명인 스티브의 이름을 일부러 바꾸기까지 했다(아마 스티브 본인을 연기한 사람은 예외였겠지만, 링컨을 위시한 다른 배우들의 귀에는 다른 이름이 들렸다는 뜻이다). 그들이 현실에서 이 사내에 대해 느끼는 분노가 그들의 연기에 영향을 끼칠 것을 우려하기라도 한 것일까. 타이 역할을 연기할 때 링컨은 자기 어머니의 얼굴조차도 기억할 수 없었다. 농장, 〈대붕괴〉, 과거 30년 동안의 역사 전체가 완전히 뇌리에서 사라졌던 것이다.

하여튼 링컨은 무언의 제스처 놀이를 떠올리게 하는 이 연극을 망칠 생각은 없었다. 스티브웨어가 스스로 하는 일을 어떻게 평가하고 있든 간에, 모든 작업이 완벽하게 진행되고 있다고 믿어주는 편이 링컨 입장에서도 바람직했기 때문이다. 시골 마을에서 보낸 어린 시절로부터, 정해놓은 특정 연령에 도달할 때까지의 스티브의 삶을 완벽하게 재현함으로써, 그 정보를 피와 살을 가진 존재에 전사轉寫할 수 있는 수준까지 도달했다는 결론을 내린다면, 스티브웨어는 스스로의 위업에 만족할 것이고 마침내, 자비롭게도, 용해된 후 쥐의 오줌으로 배출될지도 모른다. 그런 뒤에야 비로소 인류는 자기 갈 길을 갈 수 있는 것이다.

이곳에 온 지 2주가 되었을 때, 링컨의 임무는 아무 경고도 없이 끝났다. 아침에 눈을 뜨자마자 그는 그 사실을 알았다. 아침을 먹은 후 접수 데스크로 가자, 짐을 싸고 열쇠를 반환한 후 나가달라는 정중한 요청을 받았다. 정확한 이유는 알 수 없었지만, 아마 타이의 가족은 스티브의 고향을 떠났고 그 이후로 스티브와는 아무런 접점이 없었던 것인지도 모르겠다. 하여튼 링컨은 자기 역할을 완수했고, 이제 자유의 몸이 되었다.

할머니와 함께 여행 가방을 들고 로비로 가자 데이나가 그들을 보더니 설문 조사에 응해주겠느냐고 링컨에게 물었다. 링컨은 할머니를 돌아보고 말했다. "차가 많이 밀릴 것 같아요?" 아버지에게는 이미 전화를 걸어 저녁때까지는 돌아가겠다고 알린 상태였다.

할머니가 말했다. "다 하는 편이 나아. 난 트럭에서 기다릴게."

링컨과 데이나는 로비에 있는 탁자를 사이에 두고 앉았다. 데이나는 녹음 허가를 요청했고, 링컨은 기억하고 있는 모든 것을 털어놓았다.

링컨은 얘기를 끝낸 후 말했다. "스티브 학자라고 하셨죠? 스티브웨어가 최종적으로 목적을 달성할 거라고 생각하세요?"

데이나는 손짓으로 자기 스마트폰의 녹음 기능을 정지시켰다. "현재의 스티블렛들은 지금까지 존재한 전 인류 뇌의 10만 배에 달하는 연산 능력을 가지고 있다는 추정치가 있어."

링컨은 웃음을 터뜨렸다. "그런 능력이 있으면서도 그런 조촐한 가상현실을 만들어 내려고 소도구에 엑스트라까지 동원해야 했던 거예요?"

"스티블렛들은 지금까지 1,000만 개에 달하는 인간 뇌의 해부 구조를 연구했지만, 여전히 인간의 의식을 완전히 이해하지는 못한다는 사실을 자각하고 있는 것 같아. 굳이 인간들을 데려와서 단역 연기를 하게 하는 건 주역인 스티브에 대한 탐구에 능력을 집중하기 위해서야. 특정 인간의 뇌를 스티블렛들에게 제공한다면, 그걸 고스란히 소프트웨어에 복사할 능력이 있는 건 확실해 보여. 하지만 그보다 조금이라도 복잡해지면 금세 혼란에 빠지는 것 같아. 자기들도 의식이 없는 마당에, 어떻게 스티브에게 의식이 있는지 없는지 알 수 있겠어? 스티브는 역튜링 테스트 같은, 스티블렛들이 참조할 수 있는 체크리스트를 부여하지 않았어. 결국 너 같은 인간의 판단에 의존하는 수밖에 없다는 얘기지."

링컨은 희망이 솟구치는 것을 느꼈다. "제가 보기엔 충분히 진짜 같던데요." 링컨의 기억은 흐릿했고, 타이의 친구 네 명 중 누가 스티브였는지도 100퍼센트 확신할 수 없었지만, 그들 모두에게서 인간이 아니라는 인상은 전혀 받지 않았다.

데이나가 말했다. "스티블렛들은 스티브의 게놈 정보를 가지고 있어. 스티브를 찍은 동영상에, 블로그에, 이메일까지 없는 게 없지. 스티브의 것만 아니라 그를 알고 지내던 다른 사람들의 것까지 말이야. 스티브의 인생에 관한 무수한 조각들을 갖고 있는 거야. 거대한 조각 그림 맞추기의 이음매들 같은 거지."

"그건 좋은 소식이 아닌가요? 데이터가 많다는 건?"

데이나는 잠시 주저하다가 말했다. "네가 묘사했던 장면들은 과거에 이미 몇천 번이나 되풀이되었던 것들이야. 그걸 매번 미세하게 조정함으로써 스티브 역할을 맡은 배우로 하여금 원본과 똑같은 이메일을 쓰게 하고 카메라를 향해 진짜 스티브와 똑같은 표정을 짓게 하려는 거지. 엑스트라들처럼 각본에 따라 행동하는 게 아니라 자발적으로 말이야. 바탕이 되어주는 데이터 양이 워낙 방대하면 허들도 그만큼 높아진다는 뜻이야."

링컨은 주차장으로 걸어가면서 그가 크리스라고 부르던 웃음이 많고 낙천적인 소년을 머리에 떠올렸다. 며칠 동안을 살아가면서, 이메일을 한 통 쓰고 그런 다음에는 기억을 소거당하고 리셋되어 처음부터 다시 시작해야 하는 소년을. 급수탑을 기어 올라가서 친구들의 동영상을 찍은 다음, 카메라를 자신에게 돌리고 한마디 틀린 말을 했다가 다시 소거당하는.

1,000번씩. 100만 번씩. 스티브웨어는 한없이 끈질길 뿐 아니라 한없이 어리석은 존재였다. 실패할 때마다 스티브웨어는 배우를 교체하고 몇 가지 변수를 뒤섞은 다음 똑같은 실험을 되풀이한다. 가능성은 무한하지만, 태양이 완전히 타버려서 차갑게 식을 때까지도 그 노력은 계속될 것이다.

피로가 한꺼번에 몰려왔다. 링컨은 트럭 시트로 올라가서 할머니 옆에 앉았다. 그들은 집을 향해 출발했다.

옮긴이의 말

Q: 수학자인 당신이 생명과학, 특히 신경과학에 관심을 가지게
된 계기는 무엇입니까?

A: 제가 작품 속에서 생명과학을 즐겨 다루는 이유는 인간도 주
위 세계와 하등 다르지 않은 물질이라는 과학적인 사실에 대
한 구체적인 통찰과 가능성들을 제기해 주기 때문입니다. 인
간은 분자들이 뭉쳐 만들어진 일종의 집합체지만, 이런 추상
적인 개념만으로는 인간이라는 특정 집합체를 탐구하는 데는
한계가 있습니다. 신경과학은 바로 그런 이유에서 극히 유용
한 탐구 수단이 되어줄 수 있습니다. 사랑, 윤리, 애정, 질투, 공
포, 환희 같은 감정은 궁극적으로는 모두 생물학적 현상이기
때문입니다.

Q: 「행동 공리」라든지 「내가 행복한 이유」 같은 작품에서는 우리
가 인간 정체성의 중심적인 요소라고 간주하는 것 대부분은
대뇌 임플란트인 〈모드mod〉같은 신경화학적 수단을 통해 조

작 가능하다는 내용이 나옵니다. 〈카피copy〉나 〈보석〉의 예에서 볼 수 있듯이, 인간의 육체를 벗어던지고 소프트웨어가 됨으로써 자기 인격을 자유자재로 편집할 능력을 획득한 인물들도 곧잘 등장하고요. 그럼에도 그들은 자기가 한 선택에 책임을 질 수 있는 '나'라는 정체성을 유지하고 있는 것처럼 보입니다.

A: 인간의 정체성은 환원이나 변경이 불가능한 것이 아니지만, 변화하는 환경에 대처하며 효율적으로 기능하려면 어느 수준까지는 자기 자신에 대한 합의, 즉 정체성을 유지해야 합니다. 개인성을 유지하면서 한꺼번에 할 수 있는 일들의 범위는 현실적으로 한정되어 있기 때문입니다. (…) 따라서 아노미에 빠지는 일 없이 인간 특유의 상충하는 충동과 욕구들을 충족시키려면 인격적, 가치적 맥락에서 유지할 필요가 있다고 판단한 요소들을 자체적으로 취사선택해야 합니다. 그런 종류의 판단 역시 궁극적으로는 물리적인 상호작용에 기반하고 있지만 말입니다.

― 그렉 이건 인터뷰, 2014년

옮긴이의 말

2022년에 출간되어 독자들의 호평을 받은 『내가 행복한 이유』에 이은 그렉 이건의 한국어판 세 번째 단행본이자 두 번째 중단편집 『대여금고』를 독자 여러분에게 선보인다. 2024년 현재 데뷔 장편 『쿼런틴』을 포함한 합계 세 권의 책이 국내에 번역 출간되었으므로, 그의 작품 세계를 논할 수 있는 최소한의 기반은 생겨났다고 할 수 있을 것이다. 그러나 국내에 소개된 작품의 비율이 총 작품 수의 10퍼센트에도 미치지 못한다는 점을 감안하면, 아직 갈 길이 멀다는 것이 기획자인 필자의 솔직한 심정이다.

그렉 이건이 평단과 독자층 양 진영에서 종종 SF, 특히 과학적인 엄밀함과 정합성을 중시하는 하드 SF의 일인자로 꼽힌다는 사실은 새삼 강조할 필요도 없겠지만, 그런 그가 '작가들의 작가'라는 찬사를 듣는 이유는 데뷔 이후 첨단 과학 연구의 성과를 때로는 통절하고, 때로는 냉혹하기까지 한 서사의 형태로 독자에게 전달하는 '전도자'로서의 역할을 성실하게 수행해 왔기 때문이다. 유전공학, 나노과학, 위상수학, 고전물리학, 양자역학 등의 다양한 분야에 걸친 1990년대 초중반의 중단편들을 편찬한 『대여금고』는 이런 경향을 가장 뚜렷하게 보여주는 작품집인 동시에, 그의 작품 세계의 양대 축을 이룬다고 해도 과언이 아닌 뇌과학 SF와 우주 SF 분야의 대표작들을 망라한 쇼케이스기도 하다.※

특히 앞의 인터뷰에서도 언급된 포스트휴먼 〈카피〉, 즉 마인드 업

※ 그렉 이건의 창작적 방향성에 관한 자세한 설명은 『내가 행복한 이유』의 「옮긴이의 말」을 참조하기 바란다.

로딩을 통해 육체의 속박을 벗어던지고 자의식을 가진 소프트웨어가 된 인류의 양태를 직간접적으로 다룬 참신한 작품들이 두드러지는데, 이 작품집의 첫 번째 주자인 「유괴」(1995)는 시뮬라시옹 담론을 기반으로 인간 정체성과 〈카피〉의 관계를 명시적으로 규정한 기념비적인 작품이다. 우생학이라는 역사적으로 민감한 주제와 시간 여행 소재를 절묘하게 결합한 초기 단편 「유진」(1990)은 존 콜리어*풍의 유쾌한 블랙코미디로 읽을 수도 있지만, 유전자조작으로도 극복하지 못하는 양극화 사회의 구조적 불평등을 파고들어 간 테드 창의 최신 엽편 「2059년에도 부유층 자녀들이 여전히 유리한 이유」(2019)**와도 일맥상통하는 묵직한 울림을 가진다.

이 작품집의 제목이자 표제작이기도 한 「대여금고」(1990)는 호러와 스릴러 창작에 경도했던 아마추어 시절의 영향을 짙게 함유한 이색작이며, 독자들의 순위 투표에서도 언제나 다섯 손가락 안에 드는 인기 단편이기도 하다. 표면적으로는 뇌신경과학을 소재로 한 스릴러의 형태를 취하고 있지만, 결말까지 가서도 그렉 이건 특유의 과학적 '설명'이 빠져 있다는 측면에서는 하드 SF라기보다는 오히려 판타지적인 여운을 남기는 작품이다. 작가 본인이 필자와의 이메일 대화에서 밝힌 바에 의하면,

「대여금고」가 하드 SF라기보다는 판타지처럼 읽힌다는 당신의

※　20세기 영국의 단편 작가이자 각본가.

※※　「에스에프널 SFnal 2021 Vol.1」(허블, 2021)에 필자의 번역으로 수록되었다.

지적에 대해서는 저도 공감합니다. 왜냐하면 저는 이 작품의 기반이 되는 설정에 대해서 딱히 과학적인 설명을 제공하지 않았기 때문입니다. 이와 비슷한 맥락에서, 초기 단편인 「Unstable Orbits in the Space of Lies」(1992) 역시 판타지라고 할 수 있겠죠. 제가 「대여금고」를 쓴 이유랄까, 동기는 주인공이 매일 아침마다 다른 사람의 몸에서 깨어난다는 특이한 설정 자체를 탐구하고 싶었기 때문입니다. 주인공의 이런 특수한 능력을 이른바 '텔레파시'로 볼 수 있지 않느냐는 지적도 있지만, 저는 현실에서는 그 어떤 종류의 텔레파시도 가능하다고 생각하지 않습니다. 논리적인 해석보다는 곤경에 빠진 갓난애를 구조하기 위해 다른 갓난애들이 어떤 방식으로 힘을 모아 협력한다는 서사 쪽에 오히려 더 큰 매력을 느꼈다고나 할까요.

드라이하면서도 실로 그렉 이건다운 대답이지만, 과학 논리의 의도적인 생략은 역설적으로 「대여금고」의 하드한 서정성과 강렬한 주제 의식(인간의 정체성이란 무엇인가?)을 한층 더 뚜렷하게 부각시키는 결과를 낳았다. 혹자는 초창기 그렉 이건의 약점으로 문학적 균형 감각의 결여("보들레르 따윈 엿이나 먹으라고 하고, 물리학 얘기를 해요!")를 들곤 하지만, 전통적인 아이디어 SF의 틀 안에서 경이감이라는 SF의 성배를 추구하는 그의 집요함은 현대 SF의 핵을 이루는 〈보석〉의 산물일지도 모른다.

자기애성 성격장애에 시달리는 한 남성의 수태 과정과 그 비극적인 결말을 다룬 극초기작 「큐티」(1989)는, 1996년 처음 발매되어 전 세계적인 히트 상품이 된 가상 반려동물 '다마고치' 광풍을 테드 창의 「소프트웨어 객체의 생애 주기」(2010)보다 무려 20년이나 앞서 예언한 섬뜩한 작품이다. 「큐티」의 저류에 흐르는 성의 정치학에 대한 그렉 이건의 뿌리 깊은 관심은 후속작인 「적절한 사랑」(1991)과 이 책에도 수록된 「우리 사이의 간극」(1992)으로 이어진다. 이들 단편은 "젠더 SF의 분수령을 이루는 작품"이라는 찬사를 받으며 아시모프상, 디트머상, SF 크로니클상을 휩쓴 중편 「고치」(1994)의 사변적인 초석을 쌓았다는 평가를 받는다.

시도 때도 없이 출현하면서 지구를 쑥대밭으로 만든 미지의 웜홀 현상과 목숨을 걸고 웜홀에 갇힌 사람들을 구조하는 〈러너〉들의 활약을 다룬 「어둠 속으로」(1994)는 천체 현상을 소재로 한 그렉 이건의 대표적인 하드 SF이며, 할리우드 영화의 클리프행어cliffhanger를 방불케 하는 플롯과 정교한 물리학 이론이 혼연일체가 된 1급 액션물이기도 하다. 「어둠 속으로」와 마찬가지로 상대성이론을 종횡무진으로 구사한 「플랑크 다이브」(1998)는, 상술한 〈카피〉의 최종 진화형에 도달한 인류의 과학자들이 우주 생성의 비밀을 알아내기 위해 죽음을 불사하고 블랙홀에 돌입한다는 파격적인 내용으로 화제를 모았고, 1999년의 로커스상 최우수 중편상을 수상하면서 그렉 이건의 대표작 중 하나로 등극했다. (원래는 「대여금고」가 아니라 「플랑크 다이브」가 이 책의 표제작이 될 예정이었다.) 첨언하자면 그렉 이건이 세계적인 명성을 얻는 계기가 된 장편 『순열 도시Permutation City』(1994)와 『디아스포라Diaspora』(1997)는 주제뿐만 아니라 소재적으로도 이 중편과 밀접한 관계를 맺고 있으며, 시간적으로 보면 세 작품 모두 그렉 이건이 묘사하는 장대한 미래 역사의 가장 '미래'에 위치해 있다.

생명공학 SF로 분류되는 「피를 나눈 자매」(1991)는 바이러스 유출 사고에 의한 팬데믹이 맹위를 떨치는 21세기를 배경으로, 의사들과 제약회사의 유착이 빚어낸 의료계 카르텔의 비윤리적인 처사에 단신으로 저항하는 일란성 쌍둥이 여성 해커의 윤리적인 갈등에 초점을 맞춘 복수극이다. 1992년의 『올해의 SF 걸작선The Year's Best Science Fiction』과 앤솔러지 『해커스Hackers』(1996) 양쪽에 수록되었으며, 비슷한 소재를 다룬 「실버파이어」(1995)와 마찬가지로 의학 연구소에서 프로그래머로 근무했던 그렉 이건의 실제 경험과 윤리의식이 극명하게 반영된 문제작이다.

「이행몽」(1993)은 「유괴」의 연장선상에서 마인드 업로딩 과정을 묘사한 흥미로운 작품이다. 은유적인 결말을 통해 제시되는 불사不死에 관한 그렉 이건의 '유권해석'은 〈카피〉 개념의 기반을 이루는 유물론적 결론—유기 뇌의 구조를 복제한 〈카피〉의 이른바 '자의식'은 유기 뇌의 그것과는 상이한 별개의 현상이다—과 정확하게 일치하며, 「이행몽」이 작가의 사상을 보여주는 핵심적인 단편으로 간주되는 것은 바로 이런 이유에서다. 데뷔 장편 『쿼런틴』(1992)처럼 〈모드〉 사용이 보편화된 미래에서 일어난 사건을 다룬 단편 「산책」(1992) 역시 「이행몽」 못지않게 날것에 가까운 메타 사유를 전개하고 있는데, 특히 등장인물의 장광설에 기대어 전개되는 심오한(?) 우주론은 장편 『순열 도시』를 위시한 〈카피〉 연작의 우주론적 기반을 이루는 먼지 이론dust theory의 효시에 해당한다는 점에서 주목받았다. 인공지능 연구의 아버지로 알려진 MIT 교수 마빈 민스키의 인지 이론에서 직접 소재를 가져온 「결정하는 자」(1995)와 신경과학 이론의 최신 성과에 착안한 챈들러풍의 하드보일드 「시각」(1995)은 짧지만 순수한 하드 SF의 전범을 여실히 보여주는 소품이다.

작품집 『대여금고』의 말미를 장식하는 단편 「스티브 피버」(2008)는 무신론자를 표방하는 그렉 이건의 걸작 종교 SF이자, 지금까지 국내에 소개된 중단편 중에서는 가장 최근에 발표된 '최신' 작품이기도 하다. 그의 에세이 「잠시, 거듭나다Born Again, Briefly」(2009)※에 의하면, 어린 시절 독실한 영국 성공회 신자였던 아버지와 형의 영향으로 기독교에 심취했다가, 자신이 경험한 '종교 체험의 기반을 이루는 감정'의 원천이 반드시 초자연적일 필요는 없다는 사실을 깨닫고 마음을 바꿨다고 한다. 그의 이런 종교적 여정은 휴고상 수상작 「오셔닉」(1998)에도 직접적으로 반영되어 있는데, 같은 맥락에서 과학자 스티브가 창조한 나노머신 무리의 폭주가 야기한 열병을 의미하는 '스티브 피버'가 무엇을 은유하고 있는지는 굳이 설명할 필요가 없으리라.

명실공히 21세기를 대표하는 SF 작가로서 부동의 명성을 확립한 그렉 이건은 최근 『백열광Incandescence』(2008)과 〈직교Orthogonal〉 3부작(2011-2013)에 이어 『모든 하늘의 책The Book of All Skies』(2021) 등 우

※ 『무신예찬』(현암사, 2012)에 수록.

주론을 중심에 둔 역작을 잇달아 발표하며 화제에 올랐다. 현재 그는 고향인 오스트레일리아 퍼스에 거주하면서, 최신 장편『모포트로픽Morphotrophic』(2024)의 마무리 작업에 매진하는 중이다.

— 김상훈(SF 평론가, 번역가)

그렉 이건 저작 목록

장편소설

An Unusual Angle (1983) | Quarantine (1992) | Permutation City (1994) | Distress (1995) | Diaspora (1997) | Teranesia (1999) | Schild's Ladder (2002) | Incandescence (2008) | Zendegi (2010) | The Clockwork Rocket (2011)* | The Eternal Flame (2012)* | The Arrows of Time (2013)* | Dichronauts (2017) | The Book of All Skies (2021) | Scale (2022) | Morphotrophic (2024) (*〈Orthogonal〉 3부작)

중·단편집

Axiomatic (1995) | Our Lady of Chernobyl (1995) | Luminous (1998) | Dark Integers and Other Stories (2008) | Crystal Nights and Other Stories (2009) | Oceanic (2009) | The Best of Greg Egan (2019) | Instantiation (2020) | Sleep and the Soul (2023) | Phoresis and Other Journeys (2023)

대여금고

초판 1쇄 펴낸날 2024년 2월 28일
초판 2쇄 펴낸날 2024년 3월 25일
지은이 그렉 이건
옮긴이 김상훈
펴낸이 한성봉
편집 양은경·김학제·박소연
콘텐츠제작 안상준
디자인 최세정
마케팅 박신용·오주형·박민지·이예지
경영지원 국지연·송인경
펴낸곳 허블
등록 2017년 4월 24일 제2017-000050호
주소 서울시 중구 필동로8길 73 [예장동 1-42] 동아시아빌딩
페이스북 www.facebook.com/dongasiabooks
트위터 twitter.com/in_hubble
전자우편 dongasiabook@naver.com
블로그 blog.naver.com/dongasiabook
홈페이지 hubble.page
전화 02) 757-9724, 5
팩스 02) 757-9726

ISBN 979-11-93078-21-1 03840

※ 허블은 동아시아 출판사의 문학 브랜드입니다.
※ 잘못된 책은 구입하신 서점에서 바꿔드립니다

만든 사람들

편집 김학제
크로스교열 안상준
디자인 석윤이
본문조판 최세정